猫台

永利中短篇作品集

王永利 ◎ 著

中国出版集团
中译出版社

图书在版编目（CIP）数据

猫台：王永利中短篇作品集/王永利著. -- 北京：中译出版社，2021.1
ISBN 978-7-5001-6438-8

Ⅰ.①猫… Ⅱ.①王… Ⅲ.①中篇小说-小说集-中国-当代②短篇小说-小说集-中国-当代 Ⅳ.①I247.7

中国版本图书馆CIP数据核字(2020)第237950号

出版发行 / 中译出版社
地　　址 / 北京市西城区车公庄大街甲4号物华大厦6层
电　　话 /（010）68359719
邮　　编 / 100044
电子邮箱 / book@ctph.com.cn
网　　址 / www.ctph.com.cn

出 版 人 / 乔卫兵
策划编辑 / 刘香玲
责任编辑 / 刘香玲　张　旭
文字编辑 / 郭丹娅
营销编辑 / 毕竞方
装帧设计 / 刁　瑞　万　聪

印　　刷 / 北京玺诚印务有限公司
经　　销 / 新华书店

规　　格 / 787毫米×1092毫米　1/16
印　　张 / 33.5
字　　数 / 480千
版　　次 / 2021年1月第1版
印　　次 / 2021年1月第1次

ISBN 978-7-5001-6438-8　　　　定价：78.00元

版权所有　侵权必究
中 译 出 版 社

目 录

Contents

序言　人生开挂，握拳而出，撒手而去 _ I

散　文

01　玉泉山下水清清 _ 002

02　消失的玉泉山下北京鸭 _ 010

03　没有了碾子、辘轳、古槐、古钟，还有什么能勾起乡愁？_ 020

04　我经历的物价大震荡——回顾改革开放 40 年 _ 032

05　我大舅的同窗海圆法师的故事 _ 040

06　为文化守望一生，大有庄极乐寺最后一位尼姑 _ 048

07　那时为脱贫拼命干的事，今天看来笑中有泪 _ 056

08　泉水叮咚响和"撅屁股茶" _ 066

09　猎户季老二传奇 _ 074

10　"天先生"和他的永动机 _ 084

11　猫咪对想死的丁老太说"NO！" _ 096

12　他的职业是送走逝者，却因救人而被铭记 _ 102

13　奶奶的剪刀 _ 108

14　那山，那寺，那人 _ 112

15	消失的赤脚医生和神奇的中草药 _ 120
16	被巨豹吓尿的少年 _ 128
17	杏花、杏仁油、杏仁粥和她 _ 138
18	"猫台"的故事 _ 146
19	小区喵星族盛衰记 _ 154
20	包菜地的故事 _ 164
21	海外银行破产的烦恼 _ 172
22	日本祇园祭节凸显中国元素,伯牙的故事大行其道 _ 178
23	美丽春天醉人心 _ 182
24	四次和大鱼近距离对话 _ 186
25	国旗的故事 _ 192

人 物

26	"老饕"溥杰的"食不厌精"传奇 _ 200
27	戴安娜,英格兰永远的玫瑰 _ 218
28	方李邦琴,活出了一部美国华人史 _ 226
29	洒向千峰秋叶丹——记生物科学家张令玉 _ 238
30	瑞典汉学家认为《红楼梦》胜过《尼伯龙根之歌》_ 246

小 说

31　随风而去 _ 256

32　太阳给我一把金锁 _ 272

33　天若有情天亦老 _ 286

34　蛇豆 _ 300

35　小周璇和大猪头 _ 312

36　老宅挖宝的"京混儿" _ 322

37　淘粪工、弃婴和亲妈 _ 338

38　跨国爱情流产记 _ 348

39　三巴、蚂蚱和女人 _ 358

40　还俗和尚 _ 398

剧 本

41　太原爱情 _ 446

评 论

42　大型山水实景演出：可复制的成功模式 _ 476

43　博位出圈的《我是余欢水》实现逆袭 _ 486

44　从《长安十二时辰》《鹤唳华亭》到《庆余年》，中国网剧崛起

　　并反向输出 _ 492

45　电视剧《新世界》是一部反映北平人渴望解放的史诗 _ 502

46　《我们的西南联大》震撼呈现知识分子救亡爱国的苦难风流 _ 508

47　电视剧《谷文昌》：树起一座不朽的丰碑 _ 514

48　《正是青春璀璨时》：浪漫主义叙事闪耀家国情怀的光辉 _ 518

序言

人生开挂，握拳而出，撒手而去

人类的第一声啼哭，也许是世间最动人的歌。但又有谁知道所有的婴儿呱呱坠地都带着一个巨大的谜团而来——只要从娘胎里一生下来，都紧握两个小拳头，没有人解释得清楚是为什么。

无论是出生在大富之家，还是寒门草屋，无论是出生在医院洁白干净的病床上，还是接生婆侍弄得脏兮兮的火炕上，或是等不及匆匆生在路途中，甚至茅厕里、草丛中、树林里、舟车中，无论是白种人、黑种人、黄种人，无论是男婴儿还是女婴儿，只要人出生，一定是准拳击手的模样。即使眼睛紧闭着，那两只稚嫩的肉乎乎的小手，紧握成拳，伴随哇哇的啼哭，上下轻轻挥舞，是在示威，还是在挑战，抑或是表示生命的不可侵犯？

生在富贵之家的你，衣食无忧，似乎不应该用握拳来对付危险和未知世界。生在平民百姓家的你，又怎知在你的周围充满了真挚的爱，无须握拳以对。即使不幸的你，面临初生的重重险境，握拳能摆脱什么呢？

幼小的生命是脆弱的，即使紧握拳头，也不能成为武器，既不能保护自己，也不能攻击别人，那么人为什么要握拳而来呢？

人生开挂，握拳而来，一定是有原因的，一定是在握着秘密，握着天机，也许是生命的密码。正因为如此，才成为生命之谜。

有多少人想解开这一生命之谜！但是谜底在哪里呢？书上没有，现实中也没有。于是，各种传说就不胫而走。有人说左手讨债，右手还债。有人说左手烟火，右手诗意。有人说左手握现在，右手握未来。有人说两只拳头攥着宿命。还有人说是本能，要抓住生命中的每一秒、每一分钟。

我奶奶说："孩子生下来就是要讨生活的，娘胎里就准备好了，就握着小拳头。"

我相信我奶奶说的有道理。无论是生在朱门还是寻常百姓家，每个人都要生存。生存之道，是要靠讨才能得来的。讨生活，有要的意思，有争取的意思。对于大多数的我们来说，要是要不来的，只有少数人，生来就衣食无忧，甚至过一辈子衣来伸手饭来张口锦衣玉食的日子，而我们大多数人只能争取，才可生存。这个争取，就是要靠诚实劳动、靠奋斗、靠勤俭，才能够活得下来，才能够活得踏实，才能够活得精彩。

在我出生后，我奶奶就把我兜在她宽大的缩裆裤上。她就喜欢我的小拳头，爱不释手地抚摸，还轻轻地试图把我的小手指一一掰开，但是我的小手指会自然地收回、握紧，还原为小拳头。她对我娘说："所有的孩子，都握着拳头来，这个孩子，小拳头握得紧，有劲儿哩！"缩裆裤是在北方农村常见的裤子。青布制成，肥大宽松，穿着时不用腰带，只需将裤腰在腹部左边开始裹紧，多余的部分向右展平，掖在裤腰下一卷，就会紧紧地绷在腰上了。她的缩裆裤成了我的摇篮。我就是在这柔软带着奶奶体温的"摇篮"中长大的。她常教导我："你爷爷带着农民闹农会，被地主还乡团吊在房梁上，用烧红的火筷子穿心杀死的。你爷爷有一点文化，他常拿着一卷书本对穷人讲：'天地生人，有一人当有一人之业；人生在世，活一日当尽一日之勤。'"直到后来，我才明白我爷爷奶奶留给我的是多么珍贵的一份精神财富。

后来有一天，奶奶死了，我记得她是张着两只手走的，两只干巴瘦瘪的手，无力地张开，手心朝上。这空空的两只手，给我留下难忘的印象。我试图把一块窝头放在她手上，但是滑落在地上，我接着试图把一个钢镚儿放在她手心上，还是滑落下来。我娘说："你奶奶什么也不要。她就希望你长大成人，成为一个能自己讨生活的人！"

　　从那时起我就明白，人走的时候，是空着两只手的。"天地生人，有一人当有一人之业；人生在世，活一日当尽一日之勤。"这是多么深刻的人生哲理，前半句是人类大同的理想，后半句是靠奋斗才能讨生活的现实。这才是人生的终极密码，经过无数鲜血和生命而书写在大地上的诗歌，经过岁月的洗礼，渐渐变得凝练恢宏，静静地阅读凝视它，会不经意看到岁月映照的万丈光芒，感受到震撼灵魂深处的力量……

　　既然要讨生活，就要靠自己的诚实劳动，靠奋斗，靠勤奋。我每天工作之余，坚持阅读和写作，特别是每天坚持早起，甚至有时在凌晨3点就开始了我的文学创作。因为9点钟我还要上班，和其他人一样，努力工作。所以，我必须牺牲休息时间，在业余时间争分夺秒。与别人不一样的是我不断挑战人生的高度，用英文写作。几十年坚持不懈下来，出版了14本书籍，有5本是用英文写的，在国外出版，成为中国文学走出去的先行者之一。

　　人生是什么，也许对于某些人来说是一树繁花，但对大多数人来说是过程，而我认为人生就是四季风景画。大自然有春夏秋冬，有四季的美，而我们人类也有少年、青年、中年、老年4个阶段。我们能否像美丽的大自然那样呈现四季的美呢？特别是人到中年或步入老年，喜怒哀乐，悲欢离合，使多少人颓唐了。"四十不惑，五十知天命"是消靡人生的反映。那么作为一个人，我们也应该在人生的4个阶段，尽自己的努力，走好自己的路，让每个阶段都问心无愧。逆境时不气馁，顺境时不懈怠，怀着一颗拳拳报国之心，与人民同在，与祖国同行，与时代同进!

人生下来是握拳而来,走的时候是撒手而去,两手空空,什么也带不走。因此,面对坎坷,无须彷徨和迷茫,握紧双拳,讨自己的生活去!

散文……

— 01 —

玉泉山下水清清

一方水土养一方人，玉泉山的水清冽甘甜，养育了北京人。因此，北京人心地清澈、敞亮、善良，为人清清白白，凡事讲究个理儿，透着识大体、懂大局、宽容处世、上善若水的"爷范儿"。我就是喝玉泉山甘甜的泉水长大的，因此，对玉泉山的水有着对母亲般感恩的深切情感。

一

玉泉山位于京城西郊、颐和园西侧。山不在高，有泉则灵。泉水自山间石隙喷涌，水卷银花，宛如玉虹，明代以前便有"玉泉垂虹"之说，清代被乾隆皇帝御封"天下第一泉"，"玉泉趵突"被列为"燕京八景"之一。

"先有玉泉水，后有北京城。"这个说法一点也不为过，因为北京这片土地，缺乏贯穿城市的天然大河，地下水大多苦涩，因此，"苦井"比比皆是。唯有玉泉山的水甘甜清冽，且水源充沛，从半山巨石缝隙流出，在山脚下形成一个碧幽幽的深潭。潭水终年丰盈，还溢出流向附近的沟渠和水田，灌溉数百亩"京西稻米"，那是驰名天下的"贡米"。住在北京这片土地上的人，上自皇帝，下至皇亲国戚、公卿大臣、平民百姓，都喝玉泉山的水。从玉泉山到西直门距离十多里，有一条石板路，无论什么季节，这条路总是繁忙，运水的马车、挑担子担水的百姓，来来往往、川流不息。住在京城的人要么买水吃，要么自己去担水，总之，你要想喝到甜水，一定是来自玉泉山的。而买不起水或没体力担水的，只好喝"苦井水"或有怪味的"酸井水""咸井水"或"水泡子"、河沟里汇聚的地表水，甚至不少人家用大缸筹集"雨水"，以备日常生活之用。

玉泉山的水有多美？首先，清凉透明无色无味；其次，甜、软、柔，像蜂蜜水，但没有蜂蜜之齁甜齁腻，清爽甘洌、回甘生津、沁人心脾、解渴醒脑。喝了玉泉山的水，让人心舒气爽、精神抖擞；喝了玉泉山的水，让人身体健壮、通筋活络、祛瘀化瘀、祛病除灾。相传清乾隆帝为验证此泉水质，令人取来全国各大名泉的水样，和玉泉水比较。称量结果，济南珍珠泉、无锡惠山泉、杭州虎跑泉、苏州虎丘泉等，每斗（银制小斗）质量都在一两二厘以上，唯有玉泉水，每斗质量仅为一两，水轻质优，淳厚甘甜，乾隆欣然赐予封号并题字。

明代王英曾写下咏玉泉的诗歌。诗云：

山下泉流似玉虹，清泠不与众泉同。
地连琼岛瀛洲近，源与蓬莱翠水通。
出涧晓光斜映月，入湖春浪细含风。
迢迢终见归沧海，万物皆资润泽功。

我出生在离玉泉山不远的一个村落，名叫大有庄。大有庄在北上坡有一口"双子井"，在一块巨大的青石板上矗立着两个圆圆的用青石岩凿成的半米高的井口，井口下面的双子井是相通的，一个用石头砌成的井壁又圆又深黑洞洞的井。但是这口井只有在冬天的时候，水是无味微甜的，春天是苦的，夏天雨季时是混浊发臭的，秋天是咸涩的。因此，家家户户都备有水桶和大水缸，经常到玉泉山去取水或买水喝。

在我记事的时候，就常听到爸爸妈妈自豪或夸耀地说："来客了，请喝水,是玉泉山的水!甜极了。用它泡茶,汤色纯正,味道香醇。"周围的邻居也常说:"喝了玉泉山的水,祛除百病,延年益寿!造化!"

我小时候见过各式各样的运水车,在通向玉泉山的马路上,有铁质的运水汽车,有两三匹马拉着的四轮或两轮木质运水车,水箱高得像一座巍峨的小山,而且是前低后高,高出的部分是槽口,上面盖有木质的盖子。两只取水的水桶大多挂在车尾。马车经过时,晃晃悠悠,铁质的水桶相互磕碰叮当作响,车把式甩着鞭子,嘴里大声:"嘚儿!""驾儿!"吆喝着,马车颠簸而过,钉有马掌的铁蹄咔咔地砸在马路上,时不时溅出火星,那场面十分壮观和震撼。我还经常见到一头毛驴拉着一只大木桶形状的两轮木质车,也有独轮挂着两只水桶的人力木质推车。当然,也有用自行车挂水桶去取水的,挑担担水的不太多。最可怜的是有的水车走着走着,由于颠簸突然间水箱爆裂了、水桶开裂了,或独轮车翻了,或自行车爆胎摔倒了,水洒了一地,一切辛苦付诸东流。

小时候我和小伙伴们最开心的事就是站在马路边看这样的"西洋景儿",在别人狼狈懊恼的时候,我们哈哈大笑,回去后还当作笑话说给大人们听。爸爸妈妈听到后,阻止我说:"别再去看,即使看了也不许笑,别给人家添堵!那是遭骂的!"我不听,还和小伙伴们伴照常去看,结果真遭到那些懊恼的人痛骂。"滚一边去,小兔崽子,再看笑话,信不信老子抽你!"直到这时,我才切身体验到,洒了从玉泉山弄来的珍贵的水,人们的心情是多么糟糕。从此,我不再去当那个讨人嫌的看"西洋景儿"的主儿了。

大有庄有一座敬老院,里面住着不少孤寡老人。有一位姓常的70多岁老人,外号"活不长",曾在宫里与颐和园当过太监,中华人民共护国成立后,他年事已高,住在敬老院。这位老人"谱儿"大得很,每天早晨起来,头一件事,就是要用玉泉山的水泡茶,喝透了一壶"高的"[1]才去吃早饭,然后出来晒太阳。那一天,敬老院运水的驴车在半路上翻了,装水的大木桶爆裂了,水洒

---

1 "高的"或"高茉",指高级茉莉花茶,也指高级茶叶碎粉。

了。只有赶车人和一头驴回来了。"活不长"没有玉泉山的水泡茶,急得直骂街。院长用从"双子井"打来的水给他泡茶,他不干!"没有玉泉山的水,老子宁可渴死也不喝别的水!你休想用别的臭水糊弄我!"他骂了一早晨大街。引起乡亲们围观。有人劝他:"你骂了一早晨,嗓子都哑了,喝口水润润嗓子,消消气,多丁点儿的事儿,不值得这样闹。心平气和才长寿!"他回敬道:"没有玉泉山的水,我一天也活不下去!你们喝得下臭井水,我可喝不下去!"

活不长果然活不长,没多久,他就死了。他死前,嘱咐院长,要把他这把老骨头埋在红山口的高处,能看得见玉泉山。只有看到玉泉山和那汩汩流淌的玉泉水,他才能瞑目。

二

玉泉山的水让我情牵梦绕,不仅因为甜如妈妈的乳汁,还因为水产丰富。小时候,妈妈经常带着我去玉泉山下洗衣服,一群妇女沿着渠水一字排开洗衣服。而我就和邻居小伙伴在水塘里捉鱼、捉虾、捉泥鳅,采集螺蛳,挖荸荠、慈姑、藕或鸡头米。

洗衣服的媳妇们议论李家的姑娘李明珠最漂亮,漂亮得像个小仙女。我妈妈夸她是"藕仙子",因为她白如凝脂的小胳膊,就像白玉般的藕节,大家一致称是。李明珠是我小学一年级的同班同学,不仅是班花,也是学校的校花,人长得美丽聪慧,学习成绩也是年级第一名。李妈妈骄傲地说:"是因为喝玉泉山的泉水怀上的,所以女孩子漂亮聪明。一方水土的确养一方人!"

碧幽幽的玉泉山水潭,有一隅长满了香蒲,夏天里香蒲结出了蒲棒,又名鬼蜡烛。蒲蓬的棒子是香蒲草的肉穗状花絮,又称作蒲棒,圆圆的,像一支大蜡烛。那一天,李明珠指着那一片随风摇曳着的肉乎乎的蒲棒说:"你能帮我折一枝蒲棒吗?它的样子多可爱,摆在家里多么美!"我说:"没问题。"于是,我游了过去,折下几枝坚实的蒲棒,让她挑选。她选了一枝,说:"谢谢你,你真棒!"我第一次听到美女夸我,心里乐滋滋的。

玉泉山清凉的水,滋润万物。这里的螺蛳非常多,浸在水下的大石条的边边角角长满了螺蛳,轻轻用手一摘,一会儿就能采集一小筐。拿回家煮熟吃,味道非常鲜美,除了有似肉非肉的香,还有柔软的甜。而抓鱼,我不擅长。邻居李明珠的弟弟庆子是高手,他经常能徒手捉到半尺长的鲢鱼、鲤鱼或"鲫瓜子"。有一天,我捉到了一只拳头大小的小王八,而庆子捉到的是一条又大又肥的黄鳝。我说:"王八有营养。"庆子说:"那么小,还不够塞牙缝的!看这条大黄鳝,够全家吃一顿的!好吃又解馋!"我只有羡慕的份儿!当天晚上,漂亮的"藕仙子"李明珠,出乎意料地给我送了一小碗李妈妈做的"响油鳝糊",这是我第一次吃到鳝鱼,柔软香甜,余香满口,回味无穷。

"稻花香里说丰年,听取蛙声一片。"玉泉山的玉泉水滋润着附近的水稻,花开时节淡淡的香味萦绕在空气中,令人心旷神怡。而清凉又甘甜的水,使这里的水稻有了灵性,禾苗茁壮,稻穗长而饱满。有名的"京西稻米",米质优良,米粒微长淡绿,晶莹透明,如玉似冰,蒸熟后银珠粒粒,芬芳四溢,庭院飘香,故而闻名中外。据老辈人讲,"早年间京西稻是皇家贡米,慈禧太后的饭桌上总要摆上一小碗用京西稻做成的米饭"。据史料记载,清乾隆皇帝下江南时携回紫金箍水稻良种,在京西试种,被称御田。中华人民共和国成立后,"京西稻"的种植面积曾接近12万亩。

记得老师要我们以"为什么京西稻米长得好?"为题,写过一篇作文。李明珠写出了玉泉山的水稻好,是因为农民伯伯辛勤劳作、施肥、捉虫、打药、田间管理,还引用了"锄禾日当午,汗滴禾下土"等古诗词。她的作文获得全海淀区小学生作文比赛一等奖。我则名落孙山,但是我写出的原因很另类,是因为农民伯伯喂了稻谷"马掌水"。当时,老师和其他学生都不知道马掌水,认为我胡编。下课了,我气呼呼地对李明珠说:"你敢不敢和我一起去看沤马掌水的水塘?""有什么不敢?我们一起去!如果不是真的,让老师批评你!"她信心满满地说。

放学后，我领着"藕仙子"先去了马掌铺。在通向玉泉山的路上，有许多马掌铺，后来随着自来水的普及和马车的减少，马掌铺逐渐消失。马掌铺，和铁匠铺差不多，是给马钉铁掌的地方。小时候，我常到马掌铺去玩，看那些因运输玉泉山的水而磨坏了马掌的马在这里得到"医治"。马磨坏了铁掌后，会一瘸一拐，马蹄子会受伤。在这里，师傅先给马蹄子用锋利的刀削掉一层硬甲或烂甲，然后用大小合适的半圆形的新铁掌换上去，再用特制的铁钉子钉在马蹄上，有时钉子深了，马疼得会哆嗦。而换好马掌后，原本一瘸一拐的马，走上几步后，立刻不瘸了，精神抖擞，扬起尾巴，显示出骄傲来。然后，被主人套上马车，继续运水去。而削掉的那些马掌甲，积攒多了后，被运到稻田中部的一个池塘中，泡在水里沤着，等到充分腐烂发酵后，肥力十足，含有丰富的氮磷钾和微生物酵母菌，施在稻田里，这种生物秘诀，才是京西水稻丰收的关键。李明珠看了马掌铺，又看了沤马掌水的池塘，她信了，对我说："你对了！你是怎么知道这个秘密的？"我告诉她这个秘诀是邻居陈嫂告诉我的，她就是掌管施马掌水的人，还是玉泉山稻田养鸭的"鸭司令"。在一方水塘旁，我带她见了陈嫂，此时陈嫂正赶着数千只鸭子下塘。然后她提着篮子去捡鸭蛋，招呼我们俩也帮忙捡。等捡完鸭蛋陈嫂说："玉泉山水加上马掌水，喂饱了京西稻，稻米才饱满。这个方法从老祖宗那时就传下来了。"陈嫂还告诉我们："稻田从不打农药，现在每年产的稻米，大部分都运到城里去，剩下一小部分，生产队分给每个社员。"我想起来，我爸爸曾用三斤白面和陈嫂家换了一斤稻米，看来京西稻米要比白面值钱。

陈嫂把鸭蛋锁在一间屋子中，然后她提着一袋子大麦粒，撑船喂塘里的鸭子。鸭子蜂拥抢食，嘎嘎嘎欢叫声一片。玉泉山下的鸭子非常珍贵，驰名中外的北京烤鸭用的就是玉泉水滋润的北京特有的玉泉山白鸭，据北京烤鸭店老师傅介绍："玉泉山的白条鸭，皮白肉厚，十分可口。是最上等食材！"我和李明珠看到，有几只公鸭子，趁机欺负母鸭子，又咬又骑。母鸭子无论怎么逃，都甩不掉。我说："嫂子，那几只公鸭子太坏了，你应该把它们都弄走,剩下的鸭子就不受欺负了。"陈嫂说:"傻孩子,你懂什么。母鸭子愿意,离不开公鸭子。没有了公鸭子,母鸭子不下蛋,下出的蛋也是哑蛋。"她的话,我和李明珠都不懂,睁大了眼睛问她为什么。陈嫂说:"就像女人离不开男人,等你们俩长大结婚成两口子就知道了。"羞涩和尴尬弄得李明珠和我都脸红了,赶快匆匆忙忙离开了那方水塘。

三

动乱年代中,我家随着父亲被下放到了怀柔喇叭沟门公社苗营大队"接受贫下中农再教育",商品粮吃不到了,喝玉泉山的水成为记忆。吃糠咽菜,饥饿时吃过杏树叶,深刻见识了中国农村的穷困和山里人的纯朴。4年后,政策落实,我们一家返城了,在青龙桥安家,离玉泉山更近了,和陈嫂成为紧挨着的邻居。我上高中,就读于玉泉山中学,每天都要路过玉泉山的水渠和数百亩稻田。不过,玉泉山的水却越来越少,几乎断流了。玉泉山墙外的那个深潭几近干涸,变成一个小浅池,再也没有溢出的水供给附近的稻田。陈嫂成为机井站的放水员,每天看墒情给稻田供水,抽取的是地下水,不过也算是玉泉水脉系,保持了水质的清洌甘甜。马掌水没有了,代替的是农家肥和化肥。李明珠出落成"沉鱼落雁、闭月羞花"的大姑娘,在67中上学,成了那里的校花。

受玉泉山泉水减少的影响,附近的果园减产,就连盛产"小脸盆大的苹果"的"六一幼儿园"也出现了减产。得益于甘甜清亮的玉泉山泉水,再加上园艺师高超的栽培技术,这里每年盛产"小脸盆大的苹果",一个苹果将近两斤重。一次我们拜访同学郝中实的家,郝妈妈是"六一幼儿园"员工,亲手拿出"小脸盆大的苹果"招待我们吃。我是有生以来第一次见到如此硕大的苹果果实,味道甘甜,清脆可口,非常好吃;可是,近年来,地下水越来越难抽上来,他们种植的果实,也越来越小,产量越来越低。

更严重的是,人吃水都发生了困难。为了安定人心,青龙桥居委会不得不筹钱打了一眼深机井，给家家户户通上了自来水。这眼深机井直接影响了附近汽车连的机井。汽车连不得不到百姓这里取水，用于饮食和灌满汽车的水箱。很快，地下水供应时断时续。水少时，居民识大体、懂大局，先保障子弟兵用水！越是困难的时候，北京人就越体现出敞亮的"爷范儿"。

忽然有一天，陈嫂步履蹒跚、满脸虚汗地来到我家房前敲门求救。见状，我赶紧把她背在背上送到了医院，帮她看医生、拿药、打针、输液。原来，她得了急性肝炎，是喝不洁的水闹的。病情稳定了，我和陈嫂闲聊。她在病床上拉着我的手说："大兄弟，玉泉山没水了，鸭场要倒闭了，稻田病虫害严重，京西稻米快走到头了，瘪稻子像瘟疫，传染！你一定要好好读书，别像我当这样没文化没奔头的农民，混出个人样来，娶一个好媳妇。"她还问我和"藕仙子"李明珠关系处得怎么样。我摇摇头，说来往越来越少了。我为陈嫂这个"鸭司令"担忧，没有了甘甜的泉水，玉泉山下的稻农陈嫂竟然因喝不洁的水而生病！

后来，我们一家人从吃水困难的玉泉山下搬走了。玉泉山下的稻田也没有了，现如今并入了颐和园景区的"耕织图"，从此，"京西稻米"彻底消失。

前不久，陈嫂用微信告诉我，随着南水北调，来自长江的水源源不断进京，北京地下水位显著回升，玉泉山又回涌了清冽甘甜的玉泉水。真是一个好消息！

玉泉河中的碧水、莲蓬、鱼虾、螺蛳、黄鳝，还有勤劳的陈嫂……时常出现在脑海中。我的梦中，情牵梦绕！

— 02 —

消失的玉泉山下北京鸭

凡是北京人都知道北京烤鸭是北京的城市名片，而最早的北京烤鸭的食材，一定是来自京西玉泉山脚下的北京白鸭。北京白鸭，全身羽毛纯白，体形硕大丰满，体躯呈长方形，体态优雅。前部昂起，头部呈圆形，无冠和髻，颈粗，眼明亮，喙扁平，呈橘黄色，喙豆为肉粉色。虹彩呈蓝灰色，胫、蹼为橙黄色或橘红色。姿态宛如白天鹅，优美、典雅。而肉质肥嫩，则是成就北京烤鸭蜚声海内外的关键因素。

一

玉泉山因泉得名。泉水自山间石隙喷涌，水卷银花，宛如玉虹，乾隆皇帝曾御赐"天下第一泉"。"玉泉趵突"是"燕京八景"之一。明人王英《玉泉》诗云："山下泉流似玉虹，清泠不与众泉同，地连琼岛瀛洲近，源与蓬莱翠水通。出涧晓光斜映月，入湖春浪细含风，道迢终见归沧海，万物皆资润泽功。"清冽甘甜的玉泉水，养育了北京人，也因这得天独厚丰沛甘甜的泉水，玉泉山下盛产驰名中外的京西稻米还有北京白鸭。

北京白鸭，有的说起源距今有一千多年历史，是因宋辽金元之历代帝王游猎，偶获此纯白野鸭种，后为游猎而养一直延续下来，才得此优良纯种，并培育成今之名贵的肉食鸭种。还有的说起源距今有四百多年的历史，源于明代，是北京东郊潮白河所产的"小白眼鸭"，老鸭工称之为"白河蒲鸭"。还有一种说法是早期伴随明朝迁都北上，由于漕运繁忙，船工携鸭捡拾散落稻米，将南方特有的小白鸭带到北京，乾隆年间的才子袁枚说："谷味之鸭，其膘肥而白色。"久而久之，落户的小白鸭成为专一育肥的肉用型鸭种。清朝，北京白鸭成为清宫御膳，后传至民间，北京烤鸭随之诞生，成为中华饮食文化之代表。

我小时候，家住在玉泉山附近的大有庄，名字也是乾隆皇帝御赐的。过去曾叫"穷八家"，只有八户人家，可是随着来往玉泉山取水的车马和客流增多，这里形成一个繁华的镇子，乾隆皇帝路过此地，受到富有的乡绅热情款待，感叹道："何曰穷，简直是大有！大有庄！"并提笔写下"大有庄"三个字。于是，乡绅出钱在村头竖立起一块大石碑，让石匠把乾隆皇帝御书"大有庄"三个大字镌刻在上面，字迹遒劲，龙飞凤舞，乡绅还出资在石碑旁竖立了三连门的石牌楼，雕花玉砌，十分精美，非常气派。

我小时候，经常和小伙伴祥子在石碑和石牌楼下玩耍，祥子住我家对门，和我同龄。我俩从穿着开裆裤起，就在一起玩。我们轮流骑在驮石碑的乌龟头上，大呼小叫，手舞足蹈，不亦乐乎！或爬上石牌楼一人多高的石墩子，向下撒尿，看谁尿得远，或攀上拴马桩的石头桩子上，向下跳，看谁跳得远。快乐的童年，快乐的伙伴。

大有庄有一座养老院，养老院里住着许多老人，其中有一位姓常，70多岁了，瘦高，驼背，留着山羊胡子，灰白头发在脑后梳着一条长长的辫子。眼睛混浊，长瓜子脸，常穿一身清灰色大褂，一只手里托着一把紫砂壶，龇儿哐儿地喝着玉泉水泡的高茉茶，另一只手里常把玩着两只文玩核桃。这个常爷爷"谱儿"特别大，平常人他都看不起，因为他曾是宫里的太监，在宫里在颐和园伺候过皇帝和太后，中华人民共和国成立后，年事已高，被安排在养老院养老。他的大褂腰处，挂着一串小玩意儿，有一个银质耳挖勺，一个龟筋制成的牙签，还有一把指甲刀，一个微型红玛瑙如意，还有一个翡翠制成的绿色小葫芦。不过他的脾气特别大，动不动就发火，外号"活不长"。

我和祥子在石牌楼旗杆墩子上玩闹，吵到了正在晒太阳的常爷爷，他开口骂道："两个王八小子，下来，瞎闹腾什么？哪儿凉快到哪儿待着去！让爷爷我耳根子清静清静！"

我和祥子乖乖地下来了，不过对他身上挂着的那串小玩意儿非常好奇。就缠着他，问做什么用的。他一般不让我们碰，但有时高兴，一一展示给我们，说是哪个皇帝和太后送的，最可爱的是那个绿色小葫芦，里面常装着六神丸，常爷爷用它来醒脑。他津津有味地半回忆半炫耀，但是说的这些，我和祥子都不懂。出于孩子本性，我们好奇地问他："常爷爷，宫里最好吃的是什么？"

他咂了一口茶，把玩手里的文玩核桃，鼓捣得哗啦哗啦地响，然后才说："最好吃的，是北京烤鸭！"这让我和祥子出乎意料，我们以为红烧肉最好吃，尽管只有过年时才吃得到。

他说："那是玉泉水和好粮食喂大的鸭子。肉质细嫩，肥而不腻，入口即化。皇上和太后，最喜欢玉泉山下的鸭子，御厨往鸭肚子里放上各种香料，用铁签子把肚子缝住，用柿子木炭火烧烤，那些香料的香味就渗透在每层鸭肉里，烤熟后，外皮脆而不焦，入口即化，吃到嘴里变成一汪油，却肥而不腻，鸭肉细嫩，也是入口即化，那叫一个香，那香味勾你的馋虫啊！"说着，他开始吧唧嘴，仿佛在回味北京烤鸭吃到嘴里喷香无比的味道。

他把我和祥子说的都流出了口水。常爷爷说，玉泉山下的北京白鸭，是宫廷特供。我和祥子都去过玉泉山下的稻田，看到过那里养殖的北京鸭，全身羽毛纯白，体形硕大丰满，像白天鹅一样姿态优美，招人喜爱，但从没有想到过，鸭肉是那么好吃。我和祥子都没有吃过，家庭条件不好，吃不起这样首屈一指名贵的北京菜！

龇儿呲儿嘴，他喝了几口茶，才把他肚子里的馋虫压下去。不过，他摸索着大褂里的口袋，拿出 15 元钱，大呼小叫地吩咐院长："去，快去给我买北京烤鸭去，老子馋了，今天就要吃这一口！快派人去给我买来！鸭子要大小适中，不要他们切片，他们最多切 100 片，拿回来老夫我自己片，老夫我能切 120 片！鸭饼要薄如葱纸，黄瓜丝、萝卜丝要细如发丝，山楂条要甜酸适口，甜面酱要新鲜，不能隔夜！"

院长是个复员军人，山东人，憨厚，笑容可掬地立刻安排人去给常老爷子买烤鸭。用了一个小时左右，烤鸭从外边买回来了。常爷爷回屋子去独享。不过，没有一会儿，就听见常老爷子在养老院内大声骂街："他妈的，糊弄老子，什么北京烤鸭，这也叫烤鸭？根本不是过去宫里那个味儿！鸭膛里竟然是一根高粱秆！糟蹋了，好好的北京鸭让你们这些王八蛋给糟蹋了！我伺候皇上那会儿，御厨烤的鸭子，肚子里塞满了香料，柿子木炭火烧烤，丝毫马虎不得，烤出的鸭子，香料味渗透在每层肉里，柿子木的香，附着在脆脆的肉皮上，你这叫什么玩意儿？狗屁不是！"无论院长怎么劝，也劝不住常爷爷的高声叫骂。

骂了大约半个时辰，我和祥子也听烦了，准备回家。忽然，一个东西落了下来。原来，常爷爷气得把没吃完的半只鸭子，随手扔出了院外，落在了祥子脚下。祥子看了看，没有人追出来，于是，他捡起粘了土的半只鸭子就往家跑去了，我在后面追，他也不理我。看样子，在美食面前，他要吃独食了！

二

第二天，我见到了祥子，问他鸭子好吃吗？他说香极了。我说："你丫的真不够意思！"祥子抱歉说："别生气，下次再捡到，一定给你。都是让常老爷子说的，北京烤鸭是天下第一的名菜，他扔出来掉地上的，我怕你嫌脏，就闷灯密了！"为了弥补他的不够意思，他给了我一毛钱去买雪糕冰棍儿。我知道他给我的一毛钱，也是他攒下来的"压岁钱"，算是道歉的诚意。我原谅了他，买了雪糕，一个人享用。

祥子是家中老大，下面有两个妹妹一个弟弟，护家的意识比较强。他后来告诉我说，他回家把粘上土的鸭子洗干净后，本来准备留给爸爸妈妈和弟弟妹妹一块儿吃，可是他们不在家，他就先尝了一口，结果香得他控制不住嘴了，不到一会儿就都给吃了，连软骨头都嚼碎了吃了。看到我脸色不好看，他连忙再三承诺，下次捡到了一定给我，他绝不再拿回家。

朋友毕竟还是朋友，只不过我就纳闷，北京烤鸭有那么香吗？这倒勾起我巨大的好奇心，北京烤鸭到底是什么滋味？被常爷爷骂得狗血喷头的北京烤鸭居然让祥子没有留给弟弟妹妹，一个人独吞了！掉在地上的半只烤鸭居然让这个小子六亲不认了？

不久，养老院里的常爷爷，真的活不长，死掉了。我再也没有机会捡剩落了。祥子一直愧疚，总像是欠我什么似的。我俩上了小学，在同一个学校同一个班。尽管友谊还在，但是中间总隔着一道坎儿，那就是半只北京烤鸭！

有一天，我们两人下学走在回家的路上，遇见了邻居，她是在玉泉山下养鸭的陈嫂，是鸭司令，每天赶鸭子下水塘，用大麦粒喂鸭子，鸭子下了蛋，运到中南海，给中央首长吃。稻田旁，还有一座鸭场，我和祥子去参观过，这里专门饲养"北京填鸭"，就是用填喂的方法，迅速把北京鸭催肥。工厂里的工人把排队过来的鸭子用双手抓住，在一台机器前，把机器食槽导管插进鸭子嘴，用脚一踩踏板，一梭子食物就准确地填进鸭子的脖子和胃里，然后把喂饱的鸭子放了，再喂下一只鸭子。这天，陈嫂手里提着一只大白北京鸭。我和祥子问："嫂子，你怎么把鸭子带回家了？"

陈嫂说："这是死的，让我喂撑了，撑死了。厂长说，让我赔钱，一块钱。活鸭子要六七块钱一只，死的要我赔一块钱。我回家拿钱去。可是家里没有一块钱。我想谁要，给我一块钱，我就卖给谁！"

"填鸭"喂养，据说也历史悠久。在我国南北朝时即有记载的养鸭"填嗉"法，北京鸭农独创了人工"填鸭"法，培育出了毛色洁白，雍容丰满，肉质肥嫩，体大皮薄的新品种——北京鸭（亦称北京填鸭）。可是，硬往鸭胃里填食物，同样的一梭子食物，有的鸭子还没有吃饱，有的鸭子就会过饱，就会被撑死。死了鸭子，就是损失，是集体财产的损失。为了减少损失，生产队长用罚钱来惩诫"肇事者"。

"一块钱？"这个价格很便宜，买下来太划算了！我的脑子立刻高速旋转，我知道我和祥子每人兜里都有五毛钱，那是要交学杂费的钱。凑到一起，不就是一块钱吗？我掏出五毛，问祥子"你不是欠我半只鸭子吗？这样，你也出五毛，给陈嫂，我们俩逃学去烤鸭子吃去！"

祥子看到这只大白鸭子大约有四五斤，说："好！能吃个够！"于是，把五毛也掏了出来。我们把钱给了陈嫂，满脸冒汗的陈嫂，对我俩说了声"谢谢，可是帮了我大忙了！"于是，她反身回鸭厂去了。我和祥子提着鸭子跑到一个荒地里，祥子从小就帮家里做饭，知道怎么能把东西弄熟。他用小刀，把鸭子开膛，掏出里面的东西，用黄泥把鸭子裹起来，简单挖个坑，让我去找柴火。我弄来柴火，祥子从小就抽烟，身上有火柴，点着了火，让我继续去找柴火。我就四处去捡柴火，树枝、木棍，甚至连草根都弄来了，他用文火烧烤黄泥裹的鸭子，过了一个多小时，终于不用我再捡柴火了，他说再用余热焖一会儿就差不多能吃了。

余火烧尽了，祥子打开了用黄泥裹着的鸭子，热腾腾、香味四溢。我们这小哥俩一人撕下一条鸭子胸脯肉，开吃。在那个缺油少盐的年代，肉是难得一年吃一回的，四五斤鸭肉，让我俩大快朵颐，甩开腮帮子，吃得满嘴流油，过足了嘴瘾。不过祥子说，要是能再蘸点酱，就更好吃了。可是没等他说完，我们已经把一只鸭子吃得干干净净，只剩下了鸭架子了。

我俩在野外玩了一天。晚上才回家，不过，逃学的事，很快让家长知道了。我挨了爸爸一顿揍。第二天,看见祥子的左脸是肿的,没等我问,他告诉我是他爸爸给了他一巴掌,不是因为他逃学,而是因为他"弄丢了五毛钱学杂费",他爸不得不再给他五毛钱学杂费。说他是"败家子"!

祥子个子高挑,单眼皮,大奔儿头,可是学习一般,然而爬树掏鸟窝、偷鸟蛋,下河沟摸虾米、捉鱼、捉泥鳅是高手。我学习成绩好,但是和祥子当了一回逃学的坏学生,还是非常开心的,特别是我们饱尝到了梦寐以求的"北京烤鸭",挨一顿揍也值了!这是我当时的想法。

三

据历史记载,明清时京西玉泉山一带就专门放养特供皇宫的北京鸭。玉泉山一带溪流交错,水食丰富;西北环山,冬季可以抵御西北风的侵袭;河溪因源于泉水,严冬不冻,夏季凉爽,非常有利于北京鸭的生长发育。加上鸭农长期的精心饲养,选优去劣,终于培养出了优良品种的北京鸭,具有生长发育快、育肥性能好的特点。也正因为是王公贵族爱吃北京烤鸭,北京烤鸭长期以来一直是有钱人和达官显贵们的专宠。

也正因为如此,得天独厚的环境和优良的品种使北京鸭成为早期外国人偷窃走私的对象,还因此赚得盆满钵满。根据资料记载,1873 年,美国人詹姆斯将北京鸭种蛋带至北美,初次将北京鸭种输入美国。同年,英国人凯尔在北京附近得到北京鸭种蛋,又将北京鸭种输入英国。日本明治二十一年(1888 年)也从中国输入北京鸭种。1875 年,英国人将一批填肥的北京鸭海运至美国,立刻引起了美国市场的轰动。欧美原有的鸭种,肉味粗劣,富膻酸味,不堪烹食。而北京鸭外观美丽,肉质细嫩,立刻风靡欧美市场。据清史资料记载:北京鸭在美国,"样品既出,社会耳目为之一新,绅士名媛,交誉不置。购者骤多,供给缺乏。一时价格腾贵,每种卵十二枚,竟需价十至十三美元,而每卵一枚,当金圆一元之价。美国社会,遂有鸭即金砖之美称。

并因其来自中国之北京也,而冠以北京鸭之佳名"。玉泉山下的 Peking Duck 从清代晚期就这样名扬四海了。

改革开放了,中国人民的生活水平更得到空前改善,过去一般人吃不起的北京烤鸭,"飞入寻常百姓家",变为"遍地开花",大多数家常菜餐馆都提供北京烤鸭。我更是有机会到全聚德或前门北京烤鸭店去吃烤鸭。果然名不虚传,细嫩汁满、酥香不腻、色如琥珀、味道醇厚。

北京烤鸭,一直是北京的名菜。外地人来北京,一定要尝尝北京烤鸭;外国人来北京,一定要吃北京烤鸭。北京烤鸭,名扬四海,是北京人的骄傲。以玉泉山下玉泉水为生的北京鸭是最为地道的北京烤鸭原料。北京烤鸭是享有国际盛誉的美味佳肴,国际友人来到中国,来到北京,流传着"不登长城非好汉,不吃烤鸭更遗憾"的说法,北京鸭堪比"活的长城"。千百年来独特的传统手工填嗉工艺,使北京烤鸭的声誉与日俱增,闻名世界。从周总理的"烤鸭外交",到 2008 年奥运会,近年的 APEC 会议、"一带一路"峰会,2018 年平昌冬奥会上的"北京八分钟",北京烤鸭都是中国向世界展示中国文化的重要元素。

大有庄的石牌楼早就不复存在了,乾隆皇帝御赐"大有庄"三个字的石碑也没了踪影。我的发小祥子,先在供销社当服务员,后来下海,在一家家常菜馆当大厨。他最拿手的菜,就是北京烤鸭。这道菜,销量大,无论是南来北往的客人,还是北京人的聚餐,都少不了点上一份北京烤鸭。无烤鸭不成席,也是大多数北京人请客吃饭的礼数。

吃过不少北京烤鸭,但是少年时代的记忆在我脑海里难以忘怀,尽管吃的是全聚德正宗的北京烤鸭,可是,我总觉得,还不如祥子当年用黄泥烤的好吃。我曾查看过这些鸭膛里,大都是空的,或支撑着一根高粱秆,更不是常爷爷说过的,"御厨烤的鸭子,肚子里塞满了香料,柿子木炭火烧烤,丝毫马虎不得,烤出的鸭子,香料味渗透在每层肉里,柿子木的香,附着在肉皮上"。

1994—1996年我在英国留学，曾在一家台湾人开的中餐馆打过短工。在那里，我发现这家台湾人在过春节时，给大家烤鸭时，在鸭肚子里填满了各种香料，然后用铁签子把鸭肚子缝上，鸭皮外表涂满糖色油脂，用柿子木炭火烧烤。烤出的鸭子格外香。我问他是从哪里学来的烤鸭方法？他告诉我，他祖上是御厨，随蒋介石兵败后去了台湾，曾在台湾开过仿膳馆。他是从祖父那里学来的一些皮毛，在英国开店，做的都是迎合英国当地人口味的菜。大多是甜丝丝的，如咕噜肉，把肉用甜汁制作，加上菠萝、甜菜根、胡萝卜。而这么费工夫考究做烤鸭，不是因为过春节，轻易不会做的。一是香料成本高；二是柿子木炭很难找；三是地道的北京鸭更难找。这些炭是他的朋友从北京给他寄来的，只够做一次用的。今天为了犒劳大家帮工辛苦，又逢过年，所以才用传统方法烤一两只给大家尝尝鲜。

烤鸭上桌了，果然细嫩汁满、酥香不腻、色如琥珀、味道醇厚，香料味渗透在每层肉里，柿子木的香，附着在肉皮上。外皮脆而不焦，咬一口，瞬间变作一汪油，肉质细嫩，入口即化，香气扑鼻，余香满口，那香味仿佛像醇香的老酒，令我回味无穷。我想，这可能就是常爷爷日思夜想的那种御厨味道，那种难以忘怀的宫廷北京烤鸭味道。

随着北京人口的增多，北京地下水被严重超采。玉泉山的玉泉已经不再有水流到山脚下去灌溉稻田，玉泉山下的鸭场也倒闭了。正宗玉泉山的北京鸭已经不存在了。据大厨祥子和餐饮界的知情人士透露，现在市面上的烤鸭来自四面八方，本土物种流失最突出的例子是"北京鸭"，该品种在英国被杂交后繁育出来新良种"樱桃谷"鸭，后来，英国繁育的"樱桃谷"鸭又重新被引种到中国，占领中国的市场。现在，在中国真正的"北京鸭"几乎绝迹，而重新由英国引进的"樱桃谷"鸭，则成为北京烤鸭的主要原料。

玉泉山，玉泉水，玉泉山下的京西稻米和北京鸭，犹如昔日余梦在人们的记忆中渐行渐远，终将会成为过往的云烟，烟消云散。但在真正老北京人心中，却思之念之，挥之不去。时间越久，思念越强烈！

— 03 —

没有了碾子、辘轳、古槐、古钟，还有什么能勾起乡愁？

想到乡村，你一定会想到村头有一盘石头碾子，村中井口上架着的辘轳，一棵老槐树上吊挂着的一口铜质的泛着绿光的古钟，村长召集全村人时，会当当当地敲响……其实，那是最简单且肤浅的乡愁，是影视剧中套路思维定格出的画面，真正的乡愁没有这么简单，而是浓缩在农家院中，浸润在人们的生活中，活跃在庄户人的心头上。

一、石磨的乡愁

"盘石轮囷隐涧幽，烟笼月照几经秋。可怜琢作团团磨，终日随人转不休。"这是宋代诗人刘子翚咏石磨的诗。传说，石磨是春秋时代的鲁班发明的，他看到百姓磨面很辛苦，用石臼捣砸，舂出的粮食有粗有细，不均匀。他反复琢磨，终于发明了用上下两盘带槽的石片对磨，中间用立轴固定，上扇有磨眼，磨面的时候，谷物通过磨眼流入磨膛，均匀地分布在四周，被磨成粉末，从夹缝中流到磨盘上，用箩筛去麸皮等就得到了面粉。到了晋代，中国还发明了用水做动力的水磨。但是在大部分农村，驴子拉磨是常态。人力推磨或小毛驴拉磨，是农村的一道风景。

我下乡到怀柔喇叭沟的那些年，就经常帮妈妈推石磨，研磨家里等待做饭用的面粉。村里人把石磨视为宝贝，精心呵护。使用前，要用笤帚反复清扫，清理干净残存在石磨槽内的污垢和尘土。使用后，也要用笤帚把每个缝隙打扫干净，每一粒粮食都必须珍惜。推转石磨，考验的是耐力，别看所需的力度不是很大，但是一斗粮食要磨成细粉，也需要个把钟头。若是更多斗粮食，则需要大半天或一天的工夫。时间长一点双臂就会酸疼，有时我会感觉头昏脑涨，因为循环反复、单调乏味的转动，真是无趣！这时，我才理解为什么要把拉磨的驴子的眼睛蒙上罩子，不然它一定会转晕或无聊得发疯。

石磨是生活的一面镜子，它承载着岁月的沧桑，见证着民间的悲凉。饥馑年间，石磨是闲置的弃物，任凭风吹雨打，任凭尘土封盖，没有粮食，哪里有谷物需要石磨来研磨呢。村民平时吃的粗粮，大多靠石头碾子解决。大多数村民，粗茶淡饭，随便弄熟了，能填肚子就好，天天七分饱，好歹有得吃，青黄不接时还不得不靠吃杏树叶续命。而只有好的年景，充足的粮食，人们才欢快地动用石磨；只有吃细粮和磨豆腐，才用得上石磨。石磨可以把粗粝的玉米变成细粉，可以把泡发的黄豆磨成豆浆，可以把小米磨成小米面，而这些细粮，大多是过年的时候才舍得吃的。

石磨是生活的见证。当村民靠把杏树叶熬成稀汤续命时，石磨也是苦涩的，因为，村民要用石磨把干硬的榆树皮磨成面掺进去，这样杏树叶稀汤才多少有一点营养，榆树皮粉可以让稀汤黏稠一些，粘连起人们稀薄的希冀和渺茫的未来。苦涩的石磨，此时的颜色也变了，不再是石青色，而是蜡黄或黑乎乎的，那是人们把榆树皮或其他植物勉强研磨为食物时染花的，它们令石磨变得丑陋不堪。一旦石磨蜡黄或黑乎乎的，下雨时，石磨会流出黑色的或浑黄的泪水，它为吃不饱肚子的主人哭泣，为自己丑陋的形象哭泣。而当粮食充足时，石磨不仅又恢复了石青色，有时还会变白，那是磨豆腐的乳白浆汁把石磨滋养的，令它焕发着营养充足的光华。

神奇的石磨仿佛会变魔术，丢进去的是颗粒状坚硬的果实，而输出去的则是瀑布一样流淌的白面粉或宛如乳汁一样的白浆，把生活的满意度，拔升了指数。石磨更是提香神器，汇聚着米香、豆香、黍香，那是大地的精华凝结的喷香味，从土地中长出，从汗水里抽穗，开出暖暖的花朵，结出丰硕的果实，经石磨的研磨，唤醒了像精灵般的香味之魂，从石磨缝隙间飘散开来，弥漫在村庄的街道上，村庄似乎都醉了。当炊烟袅袅，把粮食从清香的原味，变为成熟的厚重喷香，就像美女变成了成熟的少妇，雍容华贵，仪态万千。不用说，主人家的饭桌上一定会出现丰盛的饭菜，精细的美食，如豆腐、面条、饸饹、"小黄饽饽"、米粉、年糕、箩糕、发糕、面茶等，散发着香甜厚重且诱人的味道，勾起人们肚子里的馋虫，一家老少大快朵颐。

"蒙眼驴儿圈瞎转，两轮石磨绕飞忙。碾碎七情烦恼事，磨出喷香好日长。"改革开放后，百姓结束了挨饿的日子，随着乡村城镇化，石磨也完成了历史使命。但是，石磨带给人们的回忆，烙印在心中，像优美的诗一样令人回味无穷。

二、饸饹床子的乡愁

在农村，也许有些地方还保留着饸饹床子，这是一种古老的木质工具，可制作一种类似于面条一样的食物。元代诗人许有壬曾写到他吃饸饹的感慨：

坡远花全白，霜轻实更黄。
杵头麸退墨，碾齿雪流香。
玉叶翻盘薄，银丝出漏长。
元宵贮膏火，薰墨笑南乡。

饸饹，古称"河漏"或"河洛"，是我国北方一种古老而别具风味的传统汤食面点。《辞海》中饸饹的词条，解释为：北方一种用荞麦面轧成的食品。

传说，从商朝就有了这种面食，商纣王听闻苏护之女苏妲己相貌奇美，下诏纳其为妃。妲己酷爱这种面食，从此这种民间的食物成为宫廷皇家美食。到了清朝乾隆年间，乾隆酷爱这种面食，但出于治理国家的需要，嫌"河漏"一词不雅，有江河溃堤之嫌，就授意改为"饸饹"。

我下乡的怀柔喇叭沟，出产荞麦。荞麦的果实，酱黑的外壳，呈三角棱形，颗粒比高粱要大、要饱满。有关书籍介绍，荞麦营养全面，富含生物类黄酮、多肽、糖醇和D手性肌醇等高活性药用成分，具有降糖、降脂、降胆固醇、抗氧化、抗衰老和清除自由基的功能。那一年，村里荞麦丰收。用石磨磨面后，我家准备做面条吃。而邻居"杏花"姑娘告诉我妈妈，她家有"饸饹床子"，荞麦面最适合压饸饹，建议我家试一试。我妈妈听说后，很高兴，就让我随"杏花"姑娘，到她家借用"饸饹床子"。

那是我第一次见到这样古老的工具。形态古朴，像板凳一样，有四条腿，粗大的木梁中间有一个圆洞，圆洞里面镶上一块布满小孔的铁片，上面有另一条粗大木棍对准这个圆洞，可直插在圆洞中。制作饸饹时，先把水烧开，再把"饸饹床子"横跨在大铁锅上，然后把和好的荞麦面放入圆洞中，用木棍直接压下来，像活塞似的上下运动，面条便从小孔落入锅中，待面条煮熟后捞入碗中，浇上各种卤汁，即可食用，这就是所谓的"压饸饹"。"银丝出漏长"的诗句，形容的就是饸饹挤压成形时的状态。

荞麦面的饸饹口感确实美，筋道耐嚼，爽滑，比面条筋道、质软。过年时，荞麦面里加上点新麦子磨成的白面，饸饹不再是黑褐色，而是浅淡的褐色，看上去就有食欲，口感更滑润。这时讲究的是熬一锅好高汤，不断往里续水放肉丁加作料，汤色亮黄，吃荞麦面的时候，加上青蒜苗段，连汤带肉地舀一勺子浇上去，蒜苗的清香和着肉香扑鼻而来，吃一口，面条筋道汤厚味重，余香满口解馋解腻，欲罢不能，我一连能吃下去三大碗。

"饸饹床子"化腐朽为神奇，带来了人间美味，引得许多骚人墨客为之咏叹。清朝河东河道总督、江南河道总督张井写过一首《衡水食河洛四百字》

"早起负种去，烈日鞭黄犊"，"刈获事镰刀，碾簸转碌碡"。从种植到收获荞麦，作者观察得非常细致。"薪釜沸白浪，凿枘待力勷。初如钟乳悬，渐拟银鱼簇。"形容的是饸饹下锅时的可爱状态，形象而传神。"下车试取尝，大嚼俄果腹。所重故乡味，饕餮笑童仆。"则描写了他本人和童仆吃饸饹的饕餮样子，狼吞虎咽停不下来，吃相一定不那么好看，更顾不上讲究斯文了。试想如果没有发明"饸饹床子"，人世间将会少了多少诗情画意！

"饸饹床子"忠厚古朴的形象，像板凳一样，四条腿平稳，有力支撑起沉重的人生，食物来之不易，背后的艰辛和劳作，每一粒谷都来自一滴滴汗水的浇灌，每一根饸饹都有恒远厚重的身世，每一根粉条都是春耕秋收的一帧帧记忆。"饸饹床子"懂得人世间的酸甜苦辣，大块吃肉大碗喝酒的豪爽岁月不一定有粗茶淡饭实惠，一日看尽长安花的飞扬不如温良恭俭让的低调沉稳，好日子要懂得珍惜，坏日子只要会过，精打细算，也可以气定神闲，生生不息。"吃不穷，花不穷，算计不到才受穷！""饸饹床子"敦厚的样子，在提醒每个人"忠厚传家久，诗书继世长"。

"饸饹床子"可使粗粮细作，帮助庄户人把平淡的日子化成有滋有味的生活。庄户人流泪时，"饸饹床子"也并不开心，庄户人喝着淡淡的汤、稀薄的杏树叶粥时，它不是呆呆地闲置在那里，而是提醒着人们，"嘿，干吗不搞一点榆树皮面？"只要你肯劳动，这物产丰富的大山，怎么就会饿死人？于是，庄户人行动了，"饸饹床子"压出了红薯面饸饹条、豆面加榆树皮面饸饹条、棒子面加榆树皮面饸饹条、高粱面加榆树皮面饸饹条、葛根粉加山药蛋粉饸饹条……外观滑滑细圆像艺术品一样，口感比杏树叶稀汤要强上百倍！就这样，"饸饹床子"陪伴庄户人走过一段又一段生命的旅程，支撑着或贫瘠或丰足的岁月！庄户人的怒、哀、苦，在"饸饹床子"支起的那一刻，都变得轻掷可抛……

虽然"饸饹床子"逐渐被面条机等机械取代，但是在它彻底消失在世界上之前，我要说一声："谢谢你，是你使我懂得了生活的甜酸苦辣！如果说我经历了很多酸苦和辛辣的话，和甜相比，还是甜更多一些！"

三、梿枷的乡愁

梿枷是一种脱粒农具，由手杆和敲杆构成。手杆，多用约6尺长的木棍或竹竿，又称"梿枷把"。敲杆，是用约3尺长的木质较硬的细木棍或木竹棍5—6根平列并排，用牛皮筋或竹篾或藤条编织连接如板，俗称"梿枷拍"。将梿枷拍套在梿枷把上，有个轴，使两者既相连，又各自分开。使用时，操作者将梿枷把上下甩动，带动梿枷拍旋转，拍打敲击晒场上的麦穗或豆荚，使之脱粒。其杠杆原理和甩动后产生的加速度，比用其他工具如木棍直接敲打谷物要均匀，力度要大，效率要高。祖国南北各地都有过使用梿枷脱粒的历史。

我下乡时的怀柔喇叭沟，每个生产队都使用梿枷脱粒。打谷场上，男男女女嬉笑着，收获的喜悦洋溢在每个人脸上。十几个人集结在一起，各执梿枷，自动分成两排，面对面地挥动手杆，让"梿枷拍"有力地落在需要脱粒的谷子、豆荚、高粱等堆积物上，从左向右，横向移动，然后再从右向左返回。双方梿枷举落整齐一致，你上我下，彼起此落，错落有致，响声雷动，节奏分明。打梿枷又像是一种武术，腰要直，腿要弓，手臂要用力，甩动幅度要大。好把式身姿轻盈优美，动作娴熟，如果几十个高手上场，远远看去，仿佛是一种集体舞蹈或大型团体操。

我尝试过打这种梿枷，由于连接部分不是金属轴承，而是简易的藤条，或用木头在圆孔中连接，所以甩起来，"梿枷拍"很不听话，不旋转，有时卡在那里，让我干着急，使不上劲。而梿枷技艺熟练者，挥动自如，手杆挥动时，"梿枷拍"则跟着旋转，落下去时刚好是平面打在庄稼上面，一片"乒乒乓乓"之声，似喜庆的爆竹，若丰收鼓乐，如轻雷滚滚。打到极兴时，人们相互鼓励，整齐调整梿枷节奏，欢声笑语，你追我赶，使场上的气氛更加热烈，成为一种场面盛大的充满乐趣的劳动竞赛。

在"梿枷"连续不断地敲打下，场院上堆积的那层稼禾下面，一粒粒的果实，如豆子、麦子、高粱、谷子、黍子等便会破壳而出。村民们一边打"梿枷"，一边还要唱打"梿枷"的号子，用来鼓舞士气、激励斗志。领号者不仅要嗓子好，还要体力过人，要一边劳动一边领号子，内容多为领号者现场即兴所编。如：

> 嗨呀，嗨呀，哥哥们，使劲呀！
> 嗨呀，打粮食呀，抢收呀！
> 嗨呀，艳姑们，使劲呀！
> 嗨呀，抓紧打呀，嗨呀！
> 嗨呀，要下雨呀，嗨呀！
> 嗨呀，抓紧打呀，嗨呀！
> 嗨呀，颗粒归仓呀，嗨呀！

梿枷起源于我国，历史悠久。据《国语·齐语》记载，早在公元前7世纪，当时的齐国（在今山东半岛），首先使用梿枷打麦。梿枷，那时称"枷"或称"拂"。唐朝颜师古《注汉书》，明确地说："拂音佛，以击治禾，今谓之梿枷。"那么，从唐朝算起，这种打场的农具定名为"梿枷"已有1200多年的历史了。宋代范成大《石湖集·秋日田园杂兴》中有"笑歌声里轻雷动，一夜梿枷响到明"之句，就是描写农村打场脱粒的繁忙景象。

众人挥动梿枷，在嗨呀声中整齐地落下"梿枷拍"。然后，有人用木杈子挑起这些庄稼的秸秆，抖落一下，翻过面来，铺在地上，让大家接着用梿枷继续敲打，直到老把式看到结穗的稼禾都被打空了，才招呼大家去打新送来的稼禾，"开辟第二战场"。但是会安排两三人扬场，扬场的，用木掀扬起夹杂短秸杂草的种粒，通过重力的不同和风力的作用，下降时便分开了粮食和杂物。粮食经过晾晒后，归仓。被梿枷打过的庄稼的秸秆捆起来晒干，当柴火用。

如果天气预报近日有雨来袭的话，那么全村的人必须要玩命地挥动梿枷，争取在大雨之前，把庄稼全部脱粒，颗粒归仓。"一夜梿枷响到明"丝毫没有夸张，那是人类在和大自然抢夺时间，在"雨"口夺粮。此时打梿枷，"大弦嘈嘈如急雨"，噼里啪啦，呼啸带风，已经不追求整齐划一了，而是越快越好。我就曾一连几夜不睡，和乡亲们一起抢收粮食。因为，那是命根子，容不得糟蹋。

如今，机械化脱粒机代替了梿枷，只有山区的少数人还在使用这一工具。梿枷就要消失了，但是梿枷带给中国的农耕文明，将永久留在人类发展史上，留在不少中国农民的心中。

四、犁铧的乡愁

真正的庄户人家，大多有一间房子堆放农具和杂物，农具中最重要的是犁铧。犁铧是用铁或钢锻造而成的，三角形，下头尖，上头方，顶中间有一个槽口，便于像弓一样的木犁架子插在里面。犁铧有大有小，小的犁铧，适用于人力拉犁，或牛力拉犁，用来在土地上豁出一条条沟，土向两边排开，达到松土的效果。而大的犁铧，是铧与犁结合在一起的，略带螺旋形。能把土朝向一侧翻，把下层土翻到地面上，适用于马拉犁，或拖拉机等机械。

早春，在希望的田野上，你会看到犁铧破土。犁刃犀利，破开冰封尚未完全解冻的土层。厚厚的土层在犁铧的作用下，波浪一样向两边翻滚。犁铧犁过的田地变成一道道沟垄，被翻起的泥土闪耀着黑色油亮的光。远远看去，沉睡的大地在犁铧的深耕下，变得渐渐苏醒，一道道泥浪，后浪追着前浪，排山倒海而来！哗啦哗啦，在犁铧势不可当的攻势下，大地彻底更换了颓唐懒散不修边幅的容颜，变得整洁而有序，像被梳子梳过的发髻，每一垄新翻过的春泥都散发着沁人心脾的泥土芳香！

过去，犁把式一般在村里享有较高的地位，土翻得好不好，翻得匀不匀，翻得深不深，翻得松软不松软，关系到一年的收成，就像盖房子打基础一样，犁地就是种庄稼的基础。好的犁把式不一定是膀阔腰圆的年轻汉子，而大多是上了年纪的老人。别看白发苍苍，白胡子飘飘，而在早春的田野上，他们驾驭着牛或驴子，一手挥动鞭子，一手扶着犁铧的手柄，口里"嘚儿驾"地吆喝着，潇洒飘逸，大地便臣服在他们的脚下，变得松软、顺从，任凭他们用犁铧、用鞭子、用脚步在上面肆虐。

好的犁把式犁过的田垄一定笔直，比木匠和瓦匠用拉线定下的走向还要直。他们凭的是感觉，凭的是几十年的积累，凭的是对土地的深情。换句话说，他们不是在犁地，而是在大地上作画，横平竖直，容不得半点马虎，要呈现出最拿手的杰作。好的犁把式一定见过大世面，处事不惊，任凭冰封土层，任凭土层中夹杂着石头或树根，"嘚儿驾"地招呼牛、驴子或马使劲前行，把犁铧深深地插下去，把石头和树根挖出来，堆放到田边不碍事的地方，让田中每一寸土，都没有杂质，都松软透气。再大的困难也难不倒他们，再硬的石头和树根也一定要刨除干净。这才是好的犁把式做事的态度，耕田照样需要匠心！

犁铧是庄稼人离不开的重要工具，也是老祖宗传下来的传家宝。中国人大约自商朝起就已使用耕牛拉犁，木身石铧。公元前6世纪，也就是战国时期，中国人发明了铁犁。欧洲人到17世纪才使用铁犁，比中国晚了2300年左右。1050年，中国人还发明了犁镜，给犁装上犁镜，便于翻土，大大提高了耕作效率，从而增加了农业产量。

我下乡时的1969年，怀柔喇叭沟村里农民使用的就是简单的牛拉犁，弓形简易的犁铧架子，配上铁制犁头，仿佛回到了古代。但是，村里的好把式，凭借这样简陋的工具，照样把大田翻耕得平平整整。好把式懂得如何保护犁头避免与石头直接碰撞，遇到石头或把犁头深深插入地下，或躲避绕过，然后用镐头把石头挖出。爱护犁头，就像爱护自己的孩子，就像战士爱枪一样。由于是技术活，好把式的工分要高于一般的人。

冻土需要破封，石头树根需要刨除，犁铧的硬度，受到了考验。好的犁铧要求硬度很高，但是还要有韧性，不能脆，脆就容易崩坏。于是村里的铁匠在犁铧中加入了好钢，千锤百炼地锻打。红红的炉火，叮当的锻造声，赋予了犁铧像宝剑一样既锋利又坚韧的品质，雄如宝剑冲牛斗，插入春泥作雷吼。

时代在变，犁铧和犁架也在改变，变得更加锋利和坚固耐用，更可以调节深浅。大型机械化与现代农业合作社模式，让耕田变得轻松，在平原，眨眼间，一大片土地就耕耘完毕。不少农民成了现代地主，拿红利，出租土地，不流汗水，也有丰厚的收成和回报。耕作的诗意留给了机械犁铧和农机手。

在山区，改革开放了，农民分田到户了，小型的农机和适应人力畜力的犁铧在小块的田野上大显神威。不信，如果你四月到怀柔喇叭沟转转，你一定会看到我在一首诗歌中描写的景象：

    四月的燕山从冬的怀抱里初醒，
   又在桃花、杏花、山丹丹的芬芳里入梦，
   田野上一位年轻的汉子，袒露着健壮的胸，
    用豹子般粗壮悠长的吆喝声，
    唤起山沟里一轮挂着炊烟的太阳，
     弯下他健硕的腰肌，
    把铁犁深深插入泥土之中，
    任腱子牛有力而宽大的蹄瓣，
    踏碎深山锁着冰霜的黎明。

    黑油油海浪一样深翻过的土垄，

一位年轻的少妇在播种。
　　她那山茶花般红润的脸上，
细碎的汗珠在霞光里剔透晶莹。
她把谷种抛起来又埋在土里，
　让希望在沃土上孕育萌生。
　汗珠像奶珠一样滚落下来，
　　　陶醉了四月的微风。

　免除了赋税，农民绽开笑容，
小康的日子已不再是遥远的梦。
　　伴随恩爱且憨厚的情话，
　小两口互动着庄稼人的野性，
让每一块筋肉所爆发出的力量，
　都必须在土地上得到偿还！
他铿锵的步子和清脆的响鞭，
　震撼着臣服于他脚下的土层。
她挺起丰满的胸脯，擦擦汗水，
把爱情也深深地在大地上播种。

　他们身后，一个会跑的娃娃，
　　模仿着布谷鸟的叫声，
　　采来一大抱盛开的野花，
　撒满了田埂，撒满了田垄……

— 04 —

我经历的物价大震荡——
回顾改革开放 40 年

（本文初次公开发表于 2018 年）

正值纪念改革开放 40 周年，随着《我们一起走过》《必由之路》等多部纪录片、政论片的播出，引发一代人的集体回忆，而这些片子中都采用了我当年拍摄《物价大震荡》四集纪录片中的抢购镜头，"疯狂的君子兰现象分析"等镜头，一下子勾起了我的回忆，当年拍摄的画面，现在已经成为珍贵的历史，而历史见证了改革开放 40 年给人民生活带来的翻天覆地的变化。

一、抢购人群差点把王府井百货大楼的柜台挤翻

凡是经历过那段历史的人都知道，在短缺经济时代，人们不仅吃不饱，而且买什么都要票，布票、粮票、豆腐票、肉票、鱼票、油票，甚至缝纫机票、自行车票、手表票……没有票，你什么都买不到，甚至寸步难行。

1978 年，党的十一届三中全会后，中国开始改革开放。这些票证陆续失去作用，但是短缺的市场供应，还是在遏制老百姓的购物需求。席卷全国的抢购风经历了两个阶段，第一个阶段出现在 20 世纪 80 年代初期人们抢购布料，很多老百姓担心价格放开了，以后会买不到布了，所以就把所有的积蓄拿出来买布，甚至连儿子、孙子将来结婚要用的布料、被面，都要把它积攒

起来。当时我妈妈托门路一下子抢购来两丈多商店卖剩下的粗粝的白布头，买回家后怎么用，令人犯难。我妈妈手巧，给我做了一件白衬衫，可是穿在身上，非常扎人，像穿着一件麻袋片一样，那颜色，不是纯白，是白中泛黄，和披麻戴孝用的丧服差不多，别人以为我家出了什么事。我回家后，沮丧地对妈妈说："我不穿这件衬衫了，太难看了。"妈妈什么话也没说，她让我脱下衬衫，洗干净，托在蓝靛厂上班的邻居从厂里走后门买来了一小包染料，她用一只铁盆放在火炉子上加水煮沸染料，然后把衣服放在铁盆里面反复煮，捞出来后，凉一凉，再接着煮，反复三五次，然后用清水洗，把衣服晾干、再熨烫平整，折腾了一夜。第二天一早，我起床后，发现妈妈把一件折叠整齐的银灰色衬衫放在我的床头，我非常欣喜，穿上后，照镜子，发现很好看，而且那些粗粝的线头和疙瘩也被妈妈剪掉、熨烫平整了，穿在身上不再感觉扎得慌。穿上这件银灰色衬衫出去，没有人再讥笑我，以为我买了一件新衣服，笔挺，颜色也与当时流行的差不多。我从心里感谢妈妈为我做的一切。而其余的布料，妈妈拼接起来当被里子用，剩下的碎布头，妈妈纳鞋底用，一点也没有浪费。

抢购的第二个阶段，是 20 世纪 80 年代后期，国家启用价格双轨制，也就是从计划和市场两种价格体系并存，渐次过渡到以市场价格为主。但在 80 年代后期，价格双轨制的弊端逐渐显现：一种价格高，另一种价格低。有门路的人低买高卖牟取暴利，导致了投机和腐败。1988 年，中央决定加快改革步伐，进行"价格闯关"，要在价格改革上"迈大步""啃硬骨头"。这个消息一出来，立刻引起了老百姓的恐慌，导致的一种预期，就是价格要大幅度上涨。老百姓兜里那点钱，恐怕要像"金圆券"一样不值钱了，东西要贵了。这种价格要上涨的预期一旦形成，是很可怕的。所有的人都会想着，赶紧把钱拿出来去多买一些东西，以实物来保值。

深层原因是，当时，很多商品供应不足，而消费需求在上升，因此存在价格上涨的必然性。据统计，1988 年第一季度、第二季度物价指数是 8.8%。

价格放开后，肉禽蛋和烟酒都开始大幅度涨价。到 8 月，物价指数已经蹿升到了 38.8%，远远高于居民收入涨幅。老百姓确实慌了，真是见什么买什么，不管有用没用，不管质量好坏，只要上了商店的货架，就花钱买回家去。

  那年我带着摄制组准备制作四集《物价大震荡》的电视片，第一站就来到了王府井百货大楼。在卖布的柜台架好了摄像机，开始时人们还有秩序地排队购物，但是不知道为什么，过了一会儿，就出现了拥挤的场面，我当时站在柜台内拍摄，很快，柜台就被挤得倾斜了 45 度角。挤得我踉跄后退了几步。要不是商店经理带着好几个强壮的售货员前来增援，柜台就要被挤翻了。人们疯狂抢购的画面，还是挺震撼的。遗憾的是，因为摄像头被挤得踉跄抖动，那个长镜头在我编辑《物价大震荡》第一集"购物热引发的思考"时忍痛删掉了，怕同行说我拍得"掉水准"。今天想起来，那个踉跄抖动的镜头才更有震撼力、才更真实。

  物价大震荡，不仅影响了城里人，也波及了农村乡镇。山西有一个乡村老太太和家里人一下子抢购了 1000 袋白面，堆放在家里炕上、地下，没有考虑到这么多的面，全家人几年都吃不掉，简陋的保存条件，会令其发霉变质。一个河北蠡县农村小伙子见供销社货架上仅剩下一台残损的收音机，售货员劝他别买，外观都残损了，但是还是被他抢购到家里去了。这些典型的故事和镜头，都被我编辑进了片子里。

  抢购生活用品，抢购生活必需品，心态之急迫，呈现了社会的众生相。抓拍，是记者的基本功，为了拍摄到各类人抢购的镜头，我在商场旁、大街上扛着摄像机"挑、等、抢、拍"，于是一个小伙子头顶大沙发的画面被我抢拍下来，男女老幼肩扛手提各种物品的镜头，被我记录下来。忽然一个穿白衬衣毛料裤子身材魁伟的青年男子跳到我的镜头前，指着鼻子大骂："你他妈的，老子和你们电视台长很熟，看你敢把它播出来！"尽管他长得眉清目秀算得上美男子，但是其气势汹汹、粗鲁蛮横，让我很不爽。我编辑好了节目，特意给时任央视台长的黄慧群女士看，她笑了笑说，"不认识，播吧！"于是，隐掉骂人的话，这一段其余的都播了出来。

《物价大震荡》一经播出，就引起了全社会的轰动，准确地说是震动，真实地反映了那时人们的生活状态，引起人们的共鸣，片中及时释疑解惑，也起到了疏导民众情绪的作用。当时的新闻记录，在今天就是珍贵的历史。插曲是，那个特权阶层的人果然找到了电视台，一番交涉后，在重播时删掉了那一段。这是后话，但从中可以看出，物价大震荡，冲击了社会各阶层的人，"覆巢之下，焉有完卵"，这段历史，就是见证。

二、主持人肖晓琳因《物价大震荡》而家喻户晓

四集《物价大震荡》是央视深度报道栏目《观察·思考》的创刊力作，新栏目，一定要有一位有思想的主持人，我们一致认为，这个有深度有思想的电视评论性节目，其主持人在内容生产中起着非常重要的作用，我们不需要仅仅作为"最后一棒"——只会念编辑写好的稿子的"花瓶"。在社科院新闻研究生班学习的湖南妹子肖晓琳进入了我们的视线。一袭白裙的她飘然而至，没有小女生的羞涩腼腆，落落大方，对不公平的时事和社会弊端有强烈的批判态度，有一种天然的使命感，她立志要做中国的女"克朗凯特"[1]。试镜后，她稳重端庄和柔中带刚的形象，一下子被大家认可。说"人话"而不是"播音腔"或"高八度"（"文革"时期播音员的播音方式），这是她的主持优势，娓娓道来，符合她知性美女的身份，甜美但不姣美、典雅但不端架子、绵里藏针，但不咄咄逼人。

《物价大震荡》，针对当时的抢购风潮，从政治经济和百姓视角，用有冲击力的电视镜头呈现，并在结尾处由主持人在演播室内冷静地分析、评论。在电视评论节目还是全国电视界短板的那个年代，这一档别具一格的电视评论节目

---

[1] 克朗凯特是美国CBS著名的新闻主播和60分钟栏目著名主持人。

一出现,就赢得观众好评。肖晓琳立刻成为新星,受到观众的喜爱,当时观众来信如雪片般飞来,其中有不少一部分是青年男性观众向她表白的求爱信。栏目因肖晓琳这个出色的主持人而家喻户晓,肖晓琳也因这个有影响力的栏目脱颖而出,成为著名主持人。她清新靓丽、娓娓道来的主持风格,培养了无数忠实观众和"肖粉"。该栏目是全国第一个新闻深度报道的节目,收视率一直名列前茅,作为主持人的肖晓琳以其温柔和冷俏的形象给观众留下了深刻的印象,也许就是从那时开始,栏目外的人叫她"铁面美人"的封号不胫而走。

肖晓琳的眼睛会说话,一双弯月眉下,如深潭般的两只大眼睛,总是带着笑意、带着真诚、带着热情、带着善良。她深知要做好主持人,就必须会同记者、编辑等深度参与节目内容生产,甚至会作为编辑主任、制片人等掌握内容决策权。主持人深度参与内容生产能更好地理解和传播内容,有利于塑造主持人的传播个性,提升传播效果。她以女人的细心提出不少关心女性的节目选题,提出不少关爱社会弱势群体的选题,播出后使节目更贴近百姓、更贴近生活、更接地气。她人缘好,平易近人,善解人意,大家喜欢叫她"肖晓",她虽苗条瘦小,但她才是栏目的核心、最大品牌和财富。

肖晓琳因长期担任深度电视新闻节目主持人,有人称她为普法大使,追求卓越和完美是她一生的梦想。她先后主持过《观察·思考》《焦点访谈》《半边天》《社会经纬》栏目,后担任《今日说法》栏目主持人、制片人。也许从那时就开始积劳成疾,仗着年轻,没有认真善待自己的身体。在2017年7月初的一天,她去世了,生命定格在55岁。

三、抢购君子兰,让多少人血本无归

抢购,是为了保值,但是,抢购非生活用品,则为了升值,换句话说,是为了发财。在20世纪80年代中后期,还爆发了"抢购君子兰热"。一时间,君子兰的价格,从一盆几元,飙升到一盆几百元、上千元,甚至上万元、

十几万元！被人们称为"疯狂的君子兰"！

君子兰原是非洲南部的一种野花，后传入欧洲和日本。20世纪30年代，日本将此花赠送给溥仪，作为珍贵花卉种植在伪满洲皇宫花苑中，民间少有栽培。20世纪40年代中期，君子兰从长春等地逐渐向全国普及。我奉命到长春采访，听到了无数传说。当时一位50多岁的养兰人李健告诉我："红旗街是早期的君子兰马路市场，端一盆君子兰，不用走完整条街，买家给出的价格就能涨三次。"时任长春凤冠联营花卉发展公司的总经理郭凤仪告诉我："年初，一位港商来公司参观，看中了一盆名叫凤冠的君子兰，提出用一辆豪华皇冠轿车交换，我当时寻思，这盆君子兰居然这么值钱，也许还能碰到肯出更大价钱的买家，先不急出手，等等再说。我就拒绝了港商的要求。"他补充说："改革开放后，君子兰交易在长春日益活跃。1979年，我卖了瑞士表，用180元买棵二年生的花苗，这价钱轰动了长春养兰界。而凤冠是我多年精心培育的结果，况且没了它，公司还怎么拿凤冠命名？那辆皇冠车在当时约值9万元。可皇冠每天可以生产，我用钱能买到，没有这盆凤冠君子兰，就没有了公司立足之本！"郭凤仪还谈出了心里的那一点顾虑，"当时省级的领导干部才坐上上海产的车，我们小公司经理要是坐上皇冠，就太出风头。树大招风。别忘了，老话说，出头的椽子先烂。我寻思还是别出头的好。"吉林君子兰协会秘书长牛俊奇告诉我，"上一年初，长春市郊王姓养花大户将一盆君子兰卖给了哈尔滨客户，价格是14万元，创造了君子兰交易之最"。我当时就查了资料，按当时伦敦金融市场牌价，14万元可买40多两黄金。懂黄金的一位会计给我算过一笔账，一株君子兰顶多不过十来片叶子，一两黄金可塑成17.5平方米的金片，按此可制成几十盆"纯金的君子兰花"。君子兰"绿色金条"的称号也因此而得名。

这些神话，助推"水涨船高"，越传越邪乎，大街小巷"人人养兰，人人说兰"，甚至引起了持枪、开车抢花窖的恶性治安案件。除长春外，"疯狂的君子兰"也传播到全国各地，就在北京的花市，一盆君子兰也卖到10万元以上，我的一个表叔，养了4盆君子兰，卖了3盆，赚了30万，给儿子买了一辆桑塔纳轿车，还在北二环买了一套三居室，那是北京第一批商品房，一套三居室售价不到10万元，还不如一辆桑塔纳值钱。一盆好兰能买一套房，不是神话，而是实实在在的现实！

我采访过北京什锦坊街一位养兰的回民老先生，他养了十几盆兰花，开始时，3千元一盆卖了8盆，后来听说还能涨价，就捂住不卖了，没想到剩下的都被孙子偷着给卖了，每盆7万元。后来听说价格涨到了十几万元，他狠狠地给了孙子几巴掌，骂他："败家子！"于是乎，全国各地大街小巷，买君子兰成风！市场里，粤语、闽南语、湖南话、上海话讨价还价，有的公司也加入抢购，或囤积居奇，以期大赚一笔！

学过经济学的人都知道"疯狂的郁金香"的故事，又称郁金香效应（经济学术语），源自17世纪荷兰的历史事件。这是人类历史上有记载的最早的投机活动，人们疯狂地炒作郁金香，对财富的狂热追求、羊群效应、理性的完全丧失、泡沫的最终破灭和千百万人的倾家荡产。没想到，这种泡沫，"借尸还魂"在中国大地上重演了！借君子兰这种植物，竟在商品意识萌动的年代，无比诡异地开出经济泡沫"恶之花"。

那一年《人民日报》发表了评论，文中将"君子兰交易"称为"虚业"，并提出"四化建设要我们多干实事"。央视也接连播出我和同事采制的"疯狂的君子兰现象分析"，再加上资金的"洼地效应"，催生不少公司、企业和个人投入君子兰的生产中，使市场供求关系开始转变，从此"疯狂的君子兰"降温了，就像击鼓传花一样，泡沫破灭的那一刻，声落花落，最后接花者就是最倒霉的人。不再有人接盘，君子兰的市场价格回归了理性，许多想借君子兰发大财的人，梦魇般泡沫破裂，血本无归。我制作的电视节目，记录了这个历史事件，如今也成为宝贵的历史资料。

无独有偶，疯狂的郁金香效应，很快也传导到股市上去，股票尽管那时还是新鲜事，但是很快就迎来了中国股市的第一个大牛市，股指被高估，泡沫来得如此之早，如此之迅猛，诞生出"杨百万""李百万"等多个一夜暴富的神话。一方面，这无疑是贫困已久的普通民众对财富渴望的一次妖魔式释放；另一方面，全民爆炒股票，炒不到股票的就"骂娘"，社会似乎都不稳定了，"红眼病"成为人们对贫富差距大而愤懑的代名词。高估的股指应该回归理性，泡沫经济需要降温。

《人民日报》又连发三篇社论，让中国股市降温。政府干预，在特定的历史条件下，起到了社会稳定器的作用。"潘多拉的盒子"被打开后，尽管关不上了，但是理性的大盘调整，势在必行。泡沫破灭后，在这场旋涡中，有人一夜暴富，有人倾家荡产。

作为时代的记录者，我手中的摄像机，忠实地记录了当时的历史。很快，中央召开紧急会议，宣布暂停物价改革方案。这一波抢购风才平息下来。后来的改革和进一步开放带来了供给能力的提升和物质的极大丰富。1992年之后，中国政府全面放开粮食购销价格和经营，不仅是粮食，交由市场定价的范围几乎涵盖了所有生活资料。一度遇挫的"价格闯关"，在改革深化的背景下，波澜不惊地取得了成功。回顾历史，是为了更好地看清未来，我们有理由相信，坚持改革开放，坚持中国特色的社会主义，未来一定会更美好！

— 05 —

我大舅的同窗海圆法师的故事

每月的初一和十五,是灵光寺香火最鼎盛的日子,香客们如潮水般涌向这里,目睹僧侣举行的盛大的膜拜佛牙舍利仪式,并由高僧坐坛宣讲佛经弘扬佛法。那场面可以说是人山人海、人头攒动、盛况空前。

又是一个初一,我随家人挤在人流中,来到了北京西山著名的旅游胜地八大处,灵光寺就坐落在二处。这里早已人头攒动,张灯结彩,佛旗招展。上午9时,灵光寺山门前钟鼓齐鸣,宝盖熠熠,幡幢逶迤。在手执香炉、拂尘、如意等法物的侍者前引和两序大众的礼迎下,住持大和尚缓缓走向灵光寺大殿、升座法台。仪式结束后,宣讲佛经。而此时,那些常来的香客和居士们居然可以和高僧一起高声背诵佛经。那数千甚至近万人齐诵的场面,蔚为壮观,抑扬顿挫节奏鲜明的诵经声音,回荡在山谷,赏心悦耳,宛如雄浑的歌,令人肃然起敬,荡气回肠。

此时,让我想起了我大舅的好友,海圆法师,正是因为海圆法师二十多年的努力,供奉佛牙舍利的灵光寺才有今天如此繁盛的景象。

海圆法师,河南人,生于1907年,13岁时(1919年)在桐伯山太白顶云台寺剃度出家,年纪虽小,可日操勤杂夜修功法从不懈怠,师视其有学佛灵根,送至武汉归元寺受具足戒,为临济宗第十一代传人,净慧双修。1979

年中国佛教协会委派海圆法师到灵光寺守护佛牙舍利塔。海圆法师来到灵光寺时已72岁。那时"文革"刚结束，八大处游人不多，冬季人更少，整个西山八面空旷，寥无人迹。饭要自己烧，吃水要从远处挑，吃菜也要自己种。孤身一人守塔，其艰苦可想而知。从海圆法师当年的诗文可领略到海圆法师的内心境界。早课："月是禅灯星为伴，佛牙塔旁坐蒲团，灵台深处菩提住，高诵'楞严'震三千。"晚课："一佛一僧一盏灯，风吹松摆伴诵经。孤身守塔无寂静，祇缘佛祖在心中。"一单僧："一人吃水一人挑，自性清净乐逍遥。今日单僧守孤塔，明朝梵呗遍九霄。"

心胸博大的海圆法师，以年迈的身躯弘扬佛法，正是他开创了每月初一和十五公开的佛事法事，与香客见面，共同参与佛事法事的作法。他亲自接待来自各地的香客和居士，并回答他们的问题，释疑解惑。他接待的群众访客数不胜数，使佛事不再神秘，对游人开放，欢迎大家都来参与。

我大舅曾是出家人，他与海圆法师同龄，并还有过一段相识的同窗情意。在20世纪40年代，我大舅曾与海圆法师在北京弥勒院师从真空上人。北京弥勒院，地址在北京西直门内南小街，今官园儿童活动中心西侧，寺院在50年代被拆毁，那里曾是北京乃至全国佛教界知名的寺院。始建于明代，是敕建寺院，1925年，天台宗大德倓虚法师接任弥勒院住持，创办弥勒院佛学院。40年代后真空上人为住持。该学院是佛门中人最值得推崇的佛学院之一。不少学僧在那里修习后，逐渐成为有名的高僧。除了要求对佛经研究透彻外，真空上人还要求弥勒院参学的出家人，都要会"三槌""三刀"。三槌：大磬槌——上殿会唱念；木鱼槌——早晚课打大鱼子；铃鼓槌——早晚课会打铃鼓。三刀：菜刀——大寮会做饭；剪刀——缝补衣服，即"要当和尚，先当婆娘"；剃头刀——会给自己和同修剃头。我大舅曾讲起过去的事，他记得初见海圆法师时的情景，海圆法师眉清目秀，身材适中，眉宇间有一股俊朗英气，声音洪亮，犹如洪钟一般富有穿透力，中气十足，聪慧过人，记忆力超强，而且定力和毅力非一般人可比。"站如松，坐如钟，行如风，卧如弓。"他优雅的气质和风度都超过一般弟子。海圆习禅打坐，观心自悟，经常忘记食宿，穷追话头，功夫不断提升，造就了一个禅和子的真实形象。所以，当70多岁的海圆法师孤身一人到八大处灵光寺当住持，自己挑水，自己补衣，自己解决温饱，就是不在话下了。更重要的是，他诵经诵得好，三槌敲得响，三刀用得巧，讲经讲得透彻，深深感染了周围的信众。我母亲也是个居士，和我大舅一起拜见过海圆法师，听过他的宣讲。所以他们非常敬仰海圆法师，每与海圆法师见面，总是感慨万千。我大舅总对我讲海圆法师1944年到弥勒院随真公参禅，是所有弟子中最优秀的，后任弥勒院监院。50年代弥勒院被拆毁，改为染料厂，僧众遣散，他在北京参加劳动，1979年被佛教协会派到北京八大处灵光寺佛牙塔守塔，他持诵《金刚经》，修持精进，在灵光寺弘扬佛法，甚得其所。

为什么派海圆法师来灵光寺守塔呢？因为这座塔太重要了。辽道宗咸雍七年（1071年），丞相耶律仁先之母郑氏为供奉佛牙舍利建造了"招仙塔"。塔为八角形，以雕砖砌成，规模宏大。佛祖释迦牟尼圆寂火化后留下两颗佛牙舍利，一颗传到锡兰（今斯里兰卡），一颗传到乌苌国（今巴基斯坦境内），后由该国传到于阗（今我国新疆和田县）。5世纪中，南朝高僧法显西游于阗，把这颗佛牙舍利带回南齐首都建康（现在的南京）。隋朝建立后，佛牙被送到长安。五代时期，中原战乱，佛牙舍利又辗转传到了当时北辽都城燕京（今北京）。咸雍七年（1071年）八月，招仙塔建成后，这颗佛牙舍利便供奉在塔内。八国联军攻打北京时，用炮轰毁了舍利塔。后来，僧人圣安率众收拾残局时发现了地宫中装有佛牙舍利的石函，函中装有一沉香木匣，木匣上有"释迦牟尼佛牙舍利"。由于长期的社会动荡，佛牙舍利一直被佛教界秘密保藏、供奉着。直到1949年后才迎请到中国佛教协会所在地广济寺，供奉在舍利阁七宝塔中，供国内外佛教徒瞻仰、朝拜。1955年和1961年，应缅甸和斯里兰卡佛教界请求，这颗佛牙舍利被中国佛教界护送出国，接受两国信徒朝拜。1957年中国佛教界发起，依照佛教传统在原塔址西北重建新塔，永久供奉佛牙舍利，得到政府和有关部门的大力支持。1958年至1964年，一座庄严雄伟的佛牙舍利塔在西山灵光寺落成，并修建了山门殿和东、北两配殿，形成一个以佛牙塔为中心的佛教寺庙建筑群。"文化大革命"期间，八大处被军队所占，直到1979年才在海圆法师主持下，恢复为佛寺，对外开放，让世人瞻仰这世界上仅存的两颗的佛牙舍利之一。

灵光寺是八大处公园最重要的寺院，位于二处。这里的和尚们历代传承下来所修的功课为净土宗。这座寺庙，始建于唐代大历年间（766—779年），初名"龙泉寺"。金世宗大定二年（1162年）重修，改称"觉山寺"。净土宗，是以"往生西方极乐净土"为目的的宗派。因本宗以称念佛名为主要修行方法，希望借着弥陀本愿的他力，往生于西方极乐净土，所以又称为念佛宗，是影响中国佛教民间信仰最为深远的宗门。海圆法师来到这里后，倡导融合，他融合了禅宗、律宗和净土宗的精髓，弘扬佛学大法，他认为以修净土者的"心行"为"内因"，以弥陀的"愿力"为"外缘"，内外相应，往生极乐净土。简言之，就是正知、正见、正信、正念、爱国、爱教！他的深入浅出，使融合的净土宗更加发扬光大、更加亲民，他在讲解中，可以回答信众的任何问题，万宗归净，从而使净土宗成为北京信徒最多、最受香客欢迎的佛学宗门。我大舅认为海圆法师品性高洁，功德伟大。而周围的群众更是一传十、十传百，说灵光寺的老和尚最灵，于是前来求他释疑解惑或瞻仰他的风采或前来听他讲经的人络绎不绝。

我大舅，在青岛罗浮寺剃度出家，在北京戒台寺受戒，从北京弥勒院修习后，到颐和园后身的青龙寺当住持，弘扬弥勒佛法。他身材高大，器宇轩昂，声音浑厚，富有磁性，把寺庙管理得井井有条，吸引了不少香客，而且还开办义学，让附近穷苦人家的孩子免费上学，深受附近穷苦百姓的称赞。中华人民共和国成立后他和庙里所有和尚被遣散到密云农村还俗劳动，青龙寺变成了青龙桥中心小学。他曾存放在我家的几箱子宝贵的经书，得知海圆法师住持八大处灵光寺后，便要把这些很有学术价值和文物价值的古籍善本捐给海圆法师。但是不知怎么就走漏了风声。有一天,一位自称是南京来的"教授"没房子住,求我母亲把存书的那间耳房租给他住三个月,并给了我母亲三个月的租金,9元钱。可是,只住了一个晚上,第二天一早这个没有留下真实姓名的"教授"就消失了。几天后不见人,隔着玻璃窗瞭望发现床上也不见这个人的行李,善良的母亲还着急想还给他租金,后来打开房门却发现,经书绝大多数被那个"教授"卷走了。剩下的是常见的现代铅字印刷品如《普贤行愿品》等或发黄的木刻版的经卷碎脆残页。全家人非常痛心,我爸爸怒然和我妈妈吵架,骂她不应该租耳房给那个狗屁"教授"。之后电报告知我大舅此事,他来京后也表示非常遗憾。他告知海圆法师,海圆法师却说,既然被"爱书的人"拿走,"如果这个人是真教授的话,也许能用这些宝贵的书,为祖国的文化事业做出贡献"。他的胸怀如此宽广,经他这么一说,大家就都释然了。我大舅去了八大处想重新皈依佛门,但是令他遗憾的是他还俗后已经娶妻生子,一家人都强烈反对他回归佛门。海圆法师也劝我大舅只要心中有佛,又何必在乎形式,在家修行也是一样的。在海圆法师的鼓励下,我大舅一生吃素,佛经不离口。只要他来到北京,就必去八大处见海圆法师,每次从八大处回来,精神都特别好,心中的烦恼也都烟消云散。那一定是他从海圆法师那里得到了"真经",得到了精神上的巨大鼓励。

"你吃等于我吃,你有等于我有",是我大舅常教导我的口头禅。他常对我妈妈讲,念经打坐,只是出家人和居士们修为的一个方面,更重要的是要解救众生。当他们看到随着城市人口的增加,许多人没有房子住,我大舅和我妈妈就把他们名下的两套连在一起的四合院房地产主动上交给了国家。房管所拿到地契房契后,把位于颐和园后的这片房地产做了改造,盖起了两大排连排平房,租给那些缺房子住的居民,解决了二十几户人家的住房问题。记得那一天,70多岁的大舅穿了一件平时舍不得穿的中山装,腰板挺直,精神抖擞,从房管所回来后,更是红光满面,仿佛年轻了10岁,高兴地朗诵起"安得广厦千万间,大庇天下寒士俱欢颜,风雨不动安如山!"声音比播音员还好听。矮小瘦弱的我的妈妈，也笑容满面，哼唱起"嘿啦啦啦嘿啦啦啦，天空出彩霞，地上开红花……"的确，那一天他们兄妹俩做出了人生最重要的决定，捐献出了毕生所有。

海圆法师称赞我大舅和我妈妈是真正的心中有佛。而海圆法师主持僧伽期间，刻苦修行，严守戒定慧三学，勤于功课，生活简朴，威仪严谨，灵光寺道场得以弘扬光大。海圆法师每讲经说法，接受海内外信众弟子，都恪守原则。在举行皈依仪式上，要求信众坚持正知、正见、正信、正念、爱国、爱教。海圆法师率灵光寺的出家人省吃俭用，用积蓄支援灾区，向北京、河北、东北等地捐资一百多万元并印经放生。1998年长江中下游发生特大洪水，海圆法师率灵光寺的出家人及全体居士向湖北省监利县募捐赈灾20余万元，并又捐资30余万元为灾区捐建了一所监利县白螺镇灵光小学。普救众生，是海圆法师毕生践行的宏愿。

海圆法师守塔二十多年来灵光寺佛光普照，法雨广施，信徒猛增，弟子达十多万之众。来此朝拜的有缅甸、英国、法国、日本、朝鲜、韩国、东南亚各国及港澳台地区信众，也有慕名而来的政府首脑。灵光寺已逐步发展成为国内外闻名的佛教道场。

2000年2月1日23点20分，96岁的海圆法师圆寂。消息传来，附近的群众和居士香客无不悲痛，自发前去吊唁。我大舅听到此消息后，人一下子就魔怔了，自言自语起来，絮絮叨叨地说海圆要他一同去给菩萨护圣水瓶，不久也去世了，享年也是96岁。也许真的像我大舅所说，他是和海圆法师一起去给菩萨守护圣水瓶了。

送走了我大舅之后，我母亲和我买了黄缎与贡品来到灵光寺为海圆法师的塑像披黄袍，以祭奠这位德高望重的大师，也纪念我大舅和海圆法师这段同窗友情。我大舅的宽广胸怀和善良心地对我影响很大。而海圆法师毕生弘扬佛法，开了开放办佛事的宗教改革先河，毕生践行普度众生，为天下佛教界所敬仰，让我感觉到海圆法师更是我辈毕生学习的榜样。

如今海圆法师的塑像就设立在灵光寺，前来瞻仰者络绎不绝。海圆法师的塑像面向群山，略带微笑，似乎依旧在巡视着他所爱的一草一木、一砖一石。而这里依旧古树参天、花木扶疏、宝塔高耸、殿宇庄严。还有莲花水池、飞泉瀑布。海圆法师的继任者常藏法师和正果法师继续弘扬海圆法师的优秀传统，初一、十五，仍然公开佛事法事活动，灵光寺香客居士依旧络绎不绝前来参与互动。香火繁盛，继续在弘扬光大佛法。

— 06 —

为文化守望一生，
大有庄极乐寺最后一位尼姑

我出生在北京海淀区的大有庄，我母亲家族都信佛，我大舅曾任青龙寺住持，我妈妈是带发修行的居士，她有一位好友，是大有庄极乐寺的比丘尼，活到了90多岁，是一位安贫乐道、遇事通达、化忧愁为平和的尼师，看透了世态炎凉，了解人间疾苦，在清贫中致力于保护祖国的典籍文物，坚持弘扬弥勒佛法，堪称鞠躬尽瘁的尼师（依稀记得她姓金名安，法号安然）。从小，妈妈就带我去极乐寺拜见这位德高望重的住持，妈妈让我叫她安达，或安达达（达，是陕西方言，也就是爸爸或大爷的意思，也有先生的意思）。

一、文化守望者的真诚关怀

大有庄有座寺庙最早叫罔极寺，寺名取自《诗经》"欲报以德，昊天罔极"之句，以表达子女对父母无限的孝思。始建于明代，后经年失修，战乱毁坏，面积逐渐缩小，后来变成观音庵、娘娘庙。有一种说法，光绪年间，敕赐修建极乐寺，以谢慈禧养育之恩。还有一说是住在大有庄那些"款儿爷"，修建颐和园手艺精湛的匠人们有了钱，想做善事，就筹资在娘娘庙的基础上扩建了极乐寺。不管哪一种说法，总之，极乐寺有一定历史。据《北京寺庙历史资料》记载："极乐寺为家庙，坐落在北郊大有庄10号，清光绪二十二年（1896年）重建，先系私建，后系募建。不动产土地1亩。房17间，管理及使用状况为供佛焚修，庙内法物有石木铜泥瓷质佛像11尊，石泥神像19尊，礼器12件，法器8件，另有槐树2棵，枣树8棵，小松树2棵。"印证了这座寺庙有不凡的来头。

我印象中的极乐寺，庙堂雄伟，四合布局，佛像不少，还有马匹塑像。而高大的佛像，前殿内明间有泥塑关公圣像一尊，正殿内明间砖座上有如来坐像一尊，观音站像一尊，均是石雕。另有瓷观音带莲花座站像一尊。泥塑、石雕、瓷观音为寺中"三绝"。院门外有旗杆，院内素雅幽静，树木繁阴，其中两棵国槐树有数百年历史。我随妈妈拜见安然住持时，整个寺庙就只有她一人，她就住在最后院的修室。我妈妈先是在大殿主佛像前上香，把善款捐到一支黄铜色的蜡烛台的喇叭口内（那时一般寺庙都没有功德箱，功德箱是20世纪80年代中后期才流行起来的），然后在安大师的引导下，去修房喝茶。修房内还有一尊玉质菩萨佛像，精美但比较小巧，供在桌子上。安然住持慈眉善目，和蔼可亲，个子一米六六左右，身材匀称，当年有50多岁，脸盘较宽大，双眼皮，大眼睛，眉毛较粗重。下门牙齿有点龋齿留下的黄斑。说话声音很洪亮好听，陕西口音，口齿清晰，有穿透力。她终年穿着一身缝了补丁的灰色斜襟长袍，戴灰色尼姑帽，脖子上挂着一串用菩提子制成的佛珠。在妈妈的指点下，我"安达达""安达达"甜脆地称呼她，她听到后，心花怒放，非常欢喜，"乖，真是个乖孩子！"掏出几角零钱给我，说让我买糖吃。因此，我对她便有了好感。

妈妈和她聊天，通常一聊就聊上一两个时辰。我听不懂，就一个人在大殿内外溜达，还偷偷地揪下一匹泥塑马的马尾巴。后来才知道门口那匹马是关公的坐骑"赤兔马"。而殿内还有一匹泥塑马是复制洛阳白马寺的圣马，纪念它历经千山万水把佛经驮到中国。我喜欢一个人在大殿里玩，想摸摸哪个佛像脚，就偷偷地摸一摸，想摸摸佛像手里的兵器，如刀枪，就偷偷地摸一摸。有一次，还爬上佛台去摸如来佛圆鼓鼓的肚子。还有一次藏在供桌的深蓝色桌布后面，让妈妈和安达达找不到我，干着急。深蓝色的粗桌布，遮蔽光线，藏在里面，犹如藏在黑暗中。而供桌上燃烧的香气，氤氲缭绕，馨香扑鼻，让我安宁，很快就睡着了，直到她们发现了我的呼噜声，才寻声把我提溜出来。"真淘气，这个孩子该打！"妈妈打了我一巴掌。"别打！"安然住持说："我看这个孩子挺聪明，胆子挺大，一个人敢躲藏在那么阴暗的角落不害怕，还睡着了。看来是有佛缘的，阿弥陀佛！"

为什么叫极乐寺？难道是极度快乐？安住持曾解释给妈妈和我听，极乐，梵文本义是幸福所在之处，大乘佛教用语，出处在净土宗圣经《净土三经》。极乐指的是阿弥陀佛的净土或者阿弥陀佛的世界，也就是佛教中阿弥陀佛成佛时依因地修行所发四十八大愿所感之庄严、清净的佛国净土。《佛说阿弥陀经》载明彼佛土以其国众生无有众苦，但受诸乐，故名极乐。我不懂，只知道，在这里一个人玩，没有人约束我，非常快乐！

我所出生的大有庄是有历史典故、藏龙卧虎、文人趣事繁多的村镇。明代时不过是个小村落。最初，只是一些有钱人家雇用了八户守坟人在此居住，当地人称"穷八家"。乾隆十五年（1750），乾隆下旨修建清漪园（后在光绪年间改名为颐和园）。村庄内的人家逐渐增多起来，大部分人在清漪园内当差，另有许多生意人。清乾隆年间，西郊逐步发展成为皇家行宫及别墅的聚集地，往来官员也逐渐频繁。据载，乾隆帝在观《西郊胜景图》时，嫌其村名欠雅，故赐名改为"大有庄"，"大有"是丰收的意思，人们都期盼着荣华富贵。乾隆御题"大有庄"三字，被有钱的乡绅刻在汉白玉的石碑上，立在大有庄村口。大有庄北有郎贝勒园及润贝勒园，俗称东所、西所。解放战争中，东北野战军第二兵团司令部就驻在此处，程子华司令员在此接待傅作义的谈判代表周北峰、张东荪。不久，华北野战军第十九兵团指挥机关也迁至大有庄。

安住持洞察世事，对大有庄的过去了如指掌。她对我说，这个村子，爱新觉罗·弘历，也就是乾隆皇帝曾在里门额眉御题过"化育长春"四字牌匾。到了20世纪20年代，里门与额眉均不知所终。1917年这里的商业有公和长栈、公和局、天元局和火兴局，继而有毓泰长、公和厚粮店、开德胜、万珍楼猪肉铺，贾家、白家、梁家羊肉铺，还有祥和荣绒线铺、三和盛烟铺、董家茶饭馆、高家茶馆，以及三家煤铺、一家麻刀铺、一家药铺。其中"炸糕李"的炸糕是皇家御园的贡品。这是远近最繁华的镇子，尤其到了厂甸扭秧歌的正月里，人山人海，摩肩接踵。

后来日本鬼子来了，打砸抢烧，其间商业开始荒凉萧条、败落、倒闭，到了中华人民共和国成立前全村店铺都关了门。曾经香火旺盛的极乐寺，几乎没有什么人来，上香的人少了，香火钱就断了，安然住持每月的粮食都成了问题。这也是我妈妈每月必去几次极乐寺捐香火善款的原因之一，一定不能让安然住持饿死。

安然住持说，她一个人守在这座庙里，这些佛像和佛经是稀世珍宝。如果没有人看守，那就是暴殄天物，是祖国文化的损失。她是北京弥勒院施大法师派来的，无论如何也要保住这些文物，弘扬佛法。因此，她矢志不渝、恪尽职守、鞠躬尽瘁。

北京弥勒院，地址在北京西直门内南小街，今官园儿童活动中心西侧，寺院在20世纪50年代末被拆毁，那里曾是北京乃至全国佛教界知名的佛学寺院，专门培养高僧。我小时候，曾随母亲到北京弥勒院拜见过这里一位地位极高的女高僧，她管理着弥勒院近百名前来修学的女尼。依稀记得她姓施，有女尼称呼她上师，也有人称呼她大法师。她气质十分高雅，学富五车，她的室内有紫檀木象牙和螺钿雕饰的屏风，有沙发和席梦思。妈妈让我叫她"太爷爷"，她当年有70多岁，个子不高，身材瘦小，是南方人，说话有江浙口音，非常爱干净。她的室内一尘不染，她的衣裳有袈裟，光艳亮丽，也有古铜色尼姑袍子。施大法师指点我妈妈学习佛经，也从我妈妈那儿了解百姓的生活情况。那是自然灾害最严重的时期，她通过我妈妈了解了自然灾害给百姓带来的深刻疾苦,她是政协委员,准备写成材料,上书党中央、国务院,坚决遏制浮夸风,呼吁要让百姓吃饱肚子。我记得,那天,她留我妈妈、姐姐和我在那里吃饭。素斋饭,有熏干豆腐、什锦豆腐和青菜,非常可口。

我妈妈带着姐姐和我回到了家,但是家里粮食饥馑的日子还是很难挨的。妈妈带着我们姐弟俩在我家的四合院子里种植玉米、蓖麻、鬼子姜。青黄不接时,吃刚开花的蓖麻花和叶子,又麻又苦,但是毕竟能提供营养和热量。结籽的蓖麻,可以压榨蓖麻油,虽然有股子怪味,但是毕竟可以食用。鬼子姜产量也高,不需要打理,就在根部长出一窝窝肥硕的白色姜块。腌咸菜非常好吃,充饥又提味。只要家里有点收获,妈妈一定会匀一部分给安然住持。在那三年自然灾害中,我妈妈和安然住持都得了浮肿病,腿肚子上的皮肤肿得很高,用手指一按一个坑,不能回弹复原。

一个下雪天,鹅毛大雪从天而降,呼啸的西北风把窗户纸都吹破了,饥肠辘辘的我们一家,忙着糊被风吹破的窗户纸。忽然,有人敲院门。我妈妈出去开门,带进屋里的是一位年轻的尼姑,名字叫静珠,她是北京弥勒院施大法师的贴身女沙弥,专门伺候施大法师的日常生活。我曾在北京弥勒院施大法师那里见过她,她今天特意给我带来了两铁盒高级饼干。她说,施大法师通过安住持知道了我家的困难,吩咐她带来施大法师平时舍不得吃的配发的饼干,给我这个小孩子吃,别把孩子饿坏了。这是我一生中吃到的最精美的点心,是咸味的酥脆的饼干,十分香甜。静珠是冒着大风雪从西直门走到大有庄的,10多里路,从鞋子到上半身都湿透了,特别是灰色的棉袍湿透后,非常沉重。她走得浑身是汗水,里里外外都湿透了!我妈妈和我非常感动。妈妈赶紧弄了一碗热姜汤让她喝下去,免得感冒得肺炎。然后让静珠换下湿透的衣服,搭在竹质的专门烤衣服的烤笼子上,放在火炉子上烤,要不时翻面,烤干一面再烤另一面。用了两个多小时烤干了衣服,静珠说,她必须马上走,给极乐寺的安然住持带点粮食去,然后还要赶回西直门,因为施大法师的身体也不太好,需要她照顾。就这样,妈妈送走了静珠,我从玻璃窗看到，高个子健壮的女尼静珠，和我妈妈道别后，向我招了招手，扭头消失在风雪中。那一幕，让我终生难忘。一位佛教女高僧，在经济最困难的时候，派徒弟冒大风雪走10多里路把她省下的点心送给我，同时把节省下的粮食送给坚守在极乐寺的安然住持，那是怎样的人文关怀呀！

二、生命的最后一程也熠熠生辉

舍得和解救众生，是修行的最高境界。随着城市人口的增加，许多人没有房子住，在安然住持的影响下，我妈妈和我大舅商量，就把他们兄妹俩名下的两套连在一起的四合院房地产主动上交给了国家。房管所拿到地契房契后，把位于颐和园后的这片房地产做了改造，盖起了两大排连排平房，租给那些缺房子住的居民，解决了二十几户人家的住房问题。

没有了房产，我家就断了生活来源。"我们也有两只手，不在城里吃闲饭"的号召兴起了，许多城里人下放到农村去了。没多久，我们一家也下放到农村去了。临行前，安然住持偷偷给了我两块钱，说："到了农村，也要多读书，给你买本子学习用的。"她是抹着眼泪和我母亲道别的。母亲也哭了，对她说："好姐姐，多保重，留得青山在，不怕没柴烧！"

"妹妹说得好，多保重，留得青山在，不怕没柴烧！"

这一别就是很多年。在农村，我一家人吃了很多苦，但是我妈妈在安达达安贫乐道的精神鼓舞下，特别坚强，坚信吃苦是福，这是人生的磨砺，是财富。我们一家人用诚实劳动，换自己的口粮，这是安身之本。同时我没有忘记安达达的嘱咐，一边劳动，一边好好读书，学到了不少在城里学不到的知识。

后来，我家被落实政策返回了北京。我妈妈在安置好家当后，首先就去了极乐寺，去探望多年不见的安然住持，这位心灵相交的好姐姐。回来后，妈妈告诉我，极乐寺面目全非，成了大杂院。庙产被强占，房管所把房子打隔断，出租给日益增多的来京工作的人和家属。但是，还是人多房子少。住房难，成为百姓的一大困扰。而安然住持，先被安排在鞋厂当了工人，后来就退休了，好在有退休工资，生活有了保障。不过，她每天都在吃斋念佛，一心弘扬佛法。

过了几年后，国家恢复了宗教事务的合法地位，许多寺庙又恢复了晨钟暮鼓，并成为文化旅游的重要内容和景点。安达达上书给政府，要求恢复极乐寺的原貌。这是她毕生坚守的地方，希望能在有生之年把古建筑和文物保护到底。

我家住在城里，离大有庄比较远。记得1994年在我赴英国留学前，我妈妈再一次拜访了安达达，回来告诉我说安达达把埋藏的玉佛上交给了国家。静珠也回来过一次，嫁人了，有了孩子。但是信守承诺，把"文化大革命"中带到乡下保存的经书背回来了，和安达达一起捐献给了国家。

"哇，太伟大了，两位伟大的女性！祖国优秀传统文化的守望者！"我由衷地赞叹。

后来，我出国留学去了。其间，我接到了妈妈的来信，告诉我，安达达去世了，享年92岁，属于高寿年龄了。我敬佩这位伟大的女尼师！如果我们中国多一些这样的人，中华优秀传统文化就会多保留下来一部分！如果多一些人像她一样安贫乐道、乐观豁达、对信仰笃定坚守的人，那么我们的社会风气就会好很多！安达达一路走好！

— 07 —

那时为脱贫拼命干的事，
今天看来笑中有泪

刚刚，传来消息，曾被认为扶贫最有效的"神果"——火龙果，从2分地到种植1.5万亩，从每斤15元跌到两三元，扶贫火龙果"熄火"了，贵州关岭县山区依赖"神果"脱贫受到了巨大挫折。脱贫攻坚，是举国之重。但是，不能蛮干。让我想起下乡待过4年的北京怀柔喇叭沟的一个青年闹的笑话，他当年30岁左右，个子不高，头顶有些秃，小眼睛，小圆脸，短粗身材，是公社里的第一个配马员。他的大名叫什么，我已经忘记了，而似乎全公社里的人都称呼他"扛大杆儿的"，这个诨名形象、易上口，让所有人都记得牢，在脑海呼之欲出。

一

那年我12岁，全家下放到山里当农民，接受"贫下中农再教育"。尽管喇叭沟拥有一片原始森林，山清水秀，景色优美，动植物繁多，仿佛是人间天堂，但是百姓的生活还是比较艰苦的。那时山里的农活重，拉犁耢地全靠人，生产力极为低下。县里一度提出的宏伟计划就是让村村都有马，用畜力解放人力，实现生产力的大解放。于是，村村都集资贷款买母马，寄希望于母马下小马，将来可以繁殖一大群，幻想将来都用大马拉车豁地，老少爷们儿就过上好日子了！但是一个紧迫的问题出现了，光有母马，没有公马，生不出马驹来。于是，喇叭沟公社赶紧成立了一个配种站，近30岁的刘家二儿子，忽然间就成为吃商品粮的"公家人"，专司配马。

其实，所谓的公社配种站，只有一匹枣红马和一个配马员。不过这匹马可真是旷世难得的好马呀！它总是高昂着头，翘着尾巴，个头比一般的马高大，浑身毛发红得像团火，油亮闪闪的，长长的棕毛，编成一缕缕红辫子还扎着红头绳，煞是好看，它的鼻梁上和四蹄处长着雪白的毛，真个如一片红霞衬着五朵白云，又如一团火炭闪着五点白光。又大又粗的马尾，竖起来像红松，垂下来像瀑布。无论谁见到这么雄壮的马，都会惊叹："哇！真棒！真高！真雄壮威武的枣红马！"

每听到这样的夸奖，个头不高的配马人心里美滋滋的，仿佛是在夸耀他似的。不过最让他受用的是村里卢老爷子的夸奖。卢老爷子是村里最德高望重的老人，见多识广，博学强记。平时爱喝高粱烧，几口烧酒下肚，卢老爷子便高兴地给大伙儿说书。我就是从他老人家那儿首次听到了少年罗成、李元霸、小五义、狄公传、杜十娘怒沉百宝箱、卖油郎独占花魁等故事。卢老爷子赞美配种站的那匹枣红马堪比"赤兔马"，那是三国第一名马。传说"赤兔马"日行千里，夜行八百，渡水登山，如履平地。赤兔马长什么样呢？卢老爷子传神地描述说："那马浑身上下，像火炭般赤红，无半根杂毛；从头至尾，长一丈；从蹄至项，高八尺；嘶喊咆哮，有腾空入海之状。追风逐电，甚至超过光速。此马先随董卓、后从吕布；吕布被杀后，被曹操转赠关羽，关羽斩严良、诛文丑多靠赤兔马之神速；关公遇难后，孙权将其赐予抓住关公的头号功臣马忠，但是赤兔马绝食而亡。"

于是传说不胫而走，在山区每个人都把这匹枣红马视为"赤兔马"的化身，认为它是关公宝马的后代，带着一股威风凛凛的圣灵之气，让大家敬若为神明，被视为全山区最宝贵的财富，最值得骄傲和自豪的雄性代表。可是，谁知这厮并不擅奔跑，没有人见到它飞也似的奔驰过，更没有人见到配马员骑着它快跑过，反而见到这厮时不时闹脾气，不愿意让配马员骑它，经常尥蹶子，配马员不得不徒步牵着它到各村去配马。

那一天，他牵马来到村里。正在给孩子喂奶的陈嫂"小白丫"笑着对配马员说："刘二杆子，你拉大马干啥？"

"刘二杆子"是小媳妇们骂刘家老二的脏话，自从他吃上商品粮后，就"灶王爷放屁——神气噔噔"的，爱穿一身浅灰色制服，在以黑袄黑裤为普遍衣着的人群中，十分显眼。各村生产队长都恭敬地叫他"刘技术员"，而只有"小白丫"敢照旧粗俗地骂他。

他爱答不理地说："还能干啥？配马，让各村的母马都怀上驹呗。"

"啥？配马？！你个二杆子，打一穿上这身灰皮起，就扛大杆儿了！"小白丫笑着说。

"哈哈哈……"周围的人爆发出一阵哄笑。

听村里人对我解释，我才明白，村里人把配马配驴的人叫扛大杆儿的，有一种说法是，驴马那又长又大，就像大杆儿枪，配马配驴的人需帮助驴马把那大杆儿枪扛起来才能对准地方，因此一提起"扛大杆儿"这个词就让大家哄笑不已。

"扛大杆儿！扛大杆儿！"孩子们也起哄高声喊起来。

此时的他，哭笑不得。他知道村里的小媳妇们最不好惹，不仅嘴如刀子快，而且还敢动手，欺负他身材小、力气小，有时还三五一伙，趁其不备，突然把他按倒在庄稼地，扒其裤子"看瓜"，就是把他的脑袋按在裤裆里，露出屁股被她们打。被"看瓜"的男人总在人群中抬不起头，被耻笑。

开春了，驴马发情，正是配马配驴的好季节。配马员真格地配起马来。配马已成为村村的头等大事。只要他和"赤兔马"一到，村里人就里三层外三层地围观。无论男人、女人、大人、孩子都对马的交配给予极大的热情和关注。配马，不仅会给他们带来财富和希望，也给他们带来快乐和直观的性教育。配马是一件耗时耗力的事情，需要半天的时间，一点也不简单。首先母马必须发情，这时它的尿液里分泌一种特殊的气味，阴户半张，分泌一种液体，只有这样，才能刺激公马的生殖器官一点点地膨胀，待两匹马互相有了好感，母马才肯让公马前蹄跳上它的背，否则，就是把公马母马牵到一块儿，也是"瞎子点灯——白费蜡"。

每当这时，村里的女人就一片惊呼，也许这是她们第一次见到如此巨大的家伙，还有人装作不懂地喊："哟，天呀，你看这马怎么长了五条腿！"引得众人哈哈大笑。就连孩子也扎在人堆里睁着大眼一眨都不眨好奇地看配马，他们就这样比城里的孩子更早地完成了性教育。

配马时的确需要配马员用手帮助"赤兔马"找准地方，而不是"用肩扛"。每当这时，配马员便成了人们的讥笑对象。"扛大杆儿的！""扛大杆儿的！"哄笑如潮。他开始还脸红，但被人讥笑多了，也就麻木了。

这匹"赤兔马"的确是匹出色的种马，别看不擅飞奔，但是只要闻到母马发情的味道，便开始"工作"。围观的男人对"赤兔马"无所不能的坚挺，充满了敬佩和羡慕，甚至所有在场的男男女女都一样，关键时刻屏住呼吸，免费观看那两匹马像山一样叠加在一起，免费观看它们表演的"行为艺术"，并在那过程中感到一种心绪飞扬。

配完了马，大半晌也过去了，人也饿了，马也乏了。这时村里的生产队长，就招呼"扛大杆儿的"吃饭，并让人给"赤兔马"喂上精细的草料，草料里掺了不少黑豆和玉米粒，以补充大马的体力和营养。出村时，生产队长给5升黑豆，放在褡裢里，让马驮走。集体经济最大的好处是一般不拖欠"扛大杆儿的"配马的黑豆。

二

卢老爷子处处维护"扛大杆儿的"形象，号召大家叫他刘技术员。并说，配马配驴是"功德无量"的事，繁殖的骡马越多，日子就越红火，骡马成群，就实现共产主义了！在这个信念驱使下，每个村都盼望"扛大杆儿的"来，"扛大杆儿的"成为最受欢迎的人。有一天，"扛大杆儿的"应生产队长的邀请，牵着"赤兔马"来村里配驴，期望他再添功德。但是，也许是那头小草驴还没有长成熟，无论"扛大杆儿的"怎么努力，小草驴和"赤兔马"就是"不来电"。而按照约定俗成的规矩，没有配种，就没有报酬。这时，"扛大杆儿的"不甘心，突发奇想地说："把你村的那头母骡子拉来试试！我要创造世界奇迹！"

卢老爷子第一个站出来说："没听说过骡子能配种的，你这个小子，真是红了毛了，天不怕，地不怕！"

刘技术员说："所以就试验呀，科学没有禁区，我们不能老幻想。如果配成功了，那就可以领取世界大奖！一辈子也花不完！"

此前，报纸上确实登载过新华社的一条消息，说在内蒙古，记者还目击了骡子生小骡驹的过程（数年后被证实这是一条假新闻），这一消息轰动世界。这确实给刘技术员极大鼓舞，也让村里人不敢对科学试验说三道四。

什么是骡子？骡子是马和驴交配生下的杂种，如果是母驴和公马生的杂种叫驴骡，比驴个头大，干活有劲。如果是母马和公驴生的杂种叫马骡，比一般的马个头大，干活力气大。但是骡子和骡子不能交配，公骡子的阴茎短小，不能勃起，即使母骡子和公马或公驴交配也怀不了驹，这是一个世界性的难题。

刘技术员也要攻克这个世界性的难题，一门心思要创造人间奇迹。生产队长拉来了新买的母骡子，刘技术员牵着"赤兔马"围着母骡子绕圈，试图让它对母骡子感兴趣。这个匪夷所思的配种，更加引起全村人的围观，这可是天大的新鲜事儿，都伸着脖子看，不愿错过任何细节。可是无论把两头牲口怎么拢在一起，"赤兔马"对骡子一点兴趣也没有，它的生殖器不勃起，弄了一天，"赤兔马"发怒了，尥起蹶子来，还差点踢伤了小个子刘技术员。

"小白丫"更是揶揄地说："扛大杆儿的，你真是吃饱了撑的，你的马弄不来，要不你上？"

"哈哈哈……"周围更是一片笑声，有人甚至笑喷了，弯腰岔了气。

刘技术员无言以对，脸红一阵儿白一阵儿，气哼哼地走了。生产队没有给他五升黑豆的报酬。大家都纷纷议论这个"扛大杆儿的不靠谱！"

几天后，我和杏花姑娘等几个少男少女采药材回村时，遇到了暴雨。山里的七八月，说下暴雨，眨眼的工夫，就从响晴天变为电闪雷鸣和滂沱大雨，紧跟着山洪就倾泻下来。平日里干涸的河沟霎时间浊流滚滚。平时可以摸着石头过的河沟，顿时更是浊浪排空，激流咆哮。回不去家了，大家急得不知道如何是好。就在这时，刘技术员牵着"赤兔马"路过此地。14岁就有闭月羞花之貌的杏花姑娘主动央求刘技术员用他的"赤兔马"载我们几个过河。刘技术员开始不肯，但是娇媚的"杏花"摇着他的胳膊撒娇说："你就行行好，俺还能让俺嫂子不再叫你扛大杆儿的。"

"你嫂子是谁？"刘技术员问。

"你明知故问，谁不知道俺嫂子是最漂亮的'小白丫'！"

"哦，没的说，你们今后都不许再叫俺扛大杆儿的，俺才让你们骑马过河！"

我们几个少男少女都纷纷点头答应。于是，刘技术员答应一一扶我们上马、过河。我第一次骑马，而且是全公社最高大雄壮的种马，非常兴奋。倾盆大雨，蚕豆大的雨点密集地砸在脸上身上如同无数鞭子抽打，生疼生疼的。刘技术员每次带一个人，把我们护送过河。湍急的河水冲击得马几乎站不稳，洪水淹没了马的四条腿，淹到肚子。但是刘技术员沉着冷静，指挥着"赤兔马"踏入湍急的河中心，洪水的力量更大了，水中有滚动的泥沙和石头还有树枝，冲击得马几乎站不稳，但是"赤兔马"跟跄了几步后，站稳了蹄子，坚定平稳地驮我们过了河。

当我们全部过了河，此时天晴了，雨住了，但山洪的咆哮依然猛烈。整座大山都仿佛被咆哮的洪流征服。

我们非常感谢刘技术员和他的"赤兔马"惊心动魄地载我们渡过了凶险的河，在我们心中，他和他的"赤兔马"很靠谱，简直就是"活雷锋"！

但此时的刘技术员累坏了，他躺在岸边的一块大青石上歇息晒太阳，他说感到天旋地转，双耳轰鸣，浑身酸疼，两眼发花。他的"赤兔马"用热乎乎湿漉漉的舌头在舔他。我们才发现他和马的感情是如此深。

这一晚，刘技术员留宿在村里，住在卢老爷子家。卢老爷子讲起了秦琼卖马的故事，我们这些少年也都蹭听了故事后才离开。

第二天一早，刘技术员没有起来炕，他发烧了，他的"赤兔马"和他一样也患了感冒，头痛、发烧、浑身发冷。"赤兔马"趴在马圈里无精打采不动弹，就连槽里放满它最爱吃的黑豆和嫩草，它也懒得吃。我们帮忙找来了赤脚医生何青山，他用大青叶、板蓝根加上柴胡等几味中草药熬汤，既给刘技术员喝，也给"赤兔马"灌下去，连灌三天，刘技术员自己好了，头不疼了，眼不花了，也不再头重脚轻像踩了棉花似的了。我们来看那匹"赤兔马"，还不见好，蔫头耷脑，一点精神头也没有。大家都着了急。此时卢老爷子出主意，让刘技术员用臭鞋底子熏烟试一试。于是，我从垃圾堆里找来不知道谁穿烂的一双破布鞋用火点着了，然后吹灭火苗，留住火星，臭鞋底子便冒起了臭得难闻的烟。"真臭，谁的臭脚丫把鞋穿得比大粪还臭！"刘技术员一边说着，一边把这股臭烟在马鼻子底下熏着，不一会儿，"赤兔马"就流出了鼻涕和眼泪。卢老爷子高兴地说："这样马的鼻窍就通了，接着熏，别停！"刘技术员继续用臭鞋底子的臭烟熏马，不到半个时辰，"赤兔马"打了几个响鼻，站了起来，它开始喝水，后来吃起了草料。卢老爷子的土方法还真灵。

知道感恩的"杏花"，在嫂子"小白丫"的陪同下来看望刘技术员，带来了家里腌的咸菜和辣椒。"小白丫"依然如故，大着嗓门儿笑着说："扛大杆儿的，俺改不了口，除非你给俺家'杏花'说一个好对象。不然，俺叫你扛大杆儿的一辈子！"

见多识广的刘技术员当着我们向"小白丫"介绍了供销社主任儿子的情况，说得"杏花"满脸绯红。不久，供销社主任就托媒人，用两斤五元的票子和八身条绒布料到陈家提亲。此是后话。

一两年后，几乎每个村的生产队都添了三五匹小马驹，而且都是枣红色的小马驹，看来刘技术员和他的"赤兔马"功劳还真不小。

三

喇叭沟无霜期短，土地贫瘠，一亩地产不了二三百斤粮食。乡亲们家家粮食不够吃，青黄不接时，要靠吃杏树叶、榆树皮和野菜续命。很快，"扛大杆儿的"刘技术员和他的"赤兔马"就不吃香了，不再被人们敬若神明。因为每个村生产队都发现一个现象，即使增加了马匹，也不能提高生产力，相反，马越多，需要投入的饲养劳力和工时也越多，消耗的饲料和粮食就越多，甚至生产队都养不起马了，没有那么多公粮和饲料给马吃。公社和县里也觉得这条路走不通，而考察过苏联模式的专家，认为"苏维埃+机械化才是共产主义"。也就是说，想让山区的老少爷们儿过上好日子，就必须实现机械化。而手扶拖拉机的出现，给人们带来了希望。

村里张家二儿子大名叫张凤勤去县农技站接受了半个月培训，然后开着一辆手扶拖拉机回来了。村民发现，这个不知道疲倦的"铁牛"，不仅不吃粮食和草料，也不需要人三更半夜去喂食，却可以干比十几匹马还多的活，既可以豁地、播种、插秧、耪地、耕耘，还可以运输、磨面、粉碎秸秆和草料，甚至能发电，带动电影放映机，简直就是万能的工作能手。而价格比一匹马贵不了多少。于是，村村都放弃了养马，更没有人愿意去找"扛大杆儿的"刘技术员去配种了。

这天村里放电影，这是生产队出钱请公社放映员来放电影。按往常一样，放两部片子，一部国产片和一部进口片。不过那时的进口片不是朝鲜的，就是罗马尼亚或者南斯拉夫社会主义国家的。国产片名是样板戏《智取威虎山》，引进片是朝鲜电影《摘苹果的时候》。张凤勤的手扶拖拉机果然派上了大用场。过去放电影都是找村里几个壮劳力踩脚踏车来发电，一场电影下来，把几个小伙子累坏了，腿都酸软得走不了路。而有了拖拉机带动发电机，再不用人力踩那脚踏车。大家都可以安静地观看电影了。"小白丫"夸奖张家二儿子说："你真棒，比刘家那个就知道'扛大杆儿的'二货强多了！"

张凤勤，是个中等个子长得十分帅气的小伙子，脑子快，嘴也快，信心满满地说："嫂子，你说得对，机械化才是发展方向，'扛大杆儿的'扛一辈子也没有多少出息！"他的话赢得不少村民的赞同。坐在一旁看电影的"扛大杆儿的"刘技术员，羞愧地低下头，一声也不敢出。

"小白丫"感慨地说："凤勤，你是好样的，哪天嫂子给你介绍个对象吧，你这么有出息，俺娘家村的姑娘愿意嫁给你呢！"

这天加映了一部纪录电影《小尾寒羊》。片中介绍小尾寒羊是中国乃至世界著名的裘肉兼用型绵羊品种，起源于古代北方蒙古羊，随着历代人民的迁移，把蒙古羊引入中原以后，经过长期地选择和精心地培育，逐渐形成具有多胎高产的裘（皮）肉兼用型优良绵羊品种。它既是农户脱贫致富的最佳项目之一，又是政府扶贫最稳妥的工程，也是国家封山退耕、种草养羊、建设生态农业的重要举措。可是这部片子没有多少人看，夜深了，大多数村民回去睡觉了。然而被大家取笑的"扛大杆儿的"刘技术员却看得很投入甚至激动得热泪盈眶。

散场了，他要到卢老爷子家去借宿。我和他一路，向村东头走去。他对我说："俺明显意识到，靠配马确实没有前途和出路，而配羊，才是山区老百姓最需要的。"

几天后，"扛大杆儿的"刘技术员的配种站，果然购置了几只公羊种羊，无论走到哪个村，刘技术员都向村民介绍小尾寒羊的优点，介绍配羊能给村民带来巨大的好处，能改善生产队和普通村民的经济收入。

尽管卢老爷子一个劲儿号召大家支持刘技术员的行动，但是没有乡亲们响应养小尾寒羊。

几年后，我家落实政策回到了城里。后来听说"扛大杆儿的"刘技术员的"赤兔马"死掉了，被埋在喇叭沟的一处坡地，刘技术员哭得死去活来，如丧考妣。我深为痛惜，活生生的"赤兔马"就这样结束了传奇。后来听说农机手张凤勤被调到县里，成为又红又专的技术能手。又过了几年，听说喇叭沟实行了大包干农村改革，农民都成为护林员，吃上了商品粮，按月领工资，他们封山育林，为绿化北京、净化北京的空气做出巨大贡献；而有农户养起了小尾寒羊，生活明显改观，可以卖羊毛，年底还可以杀一只羊吃肉过年。"扛大杆儿的"却不知所终。许多人和我一样，至今没有记住他的大名，只记得他的外号"扛大杆儿的"。

— 08 —

泉水叮咚响和"撅屁股茶"

"泉眼无声惜细流，树荫照水爱晴柔。"

现在的城里人，想必对"泉眼"两个字很难有直观概念了——拧开水龙头就可以取到自来水，花几元钱就可以买一瓶矿泉水，至于水从哪里来？泉眼什么样？没有人在乎。

可是这两个字，对于那些曾经靠泉水维持生命的人来说，一生都有意义。哪里有泉眼？哪里的泉水是甜的？哪里的泉眼水量大？哪一个泉眼干涸了？事事在心。

再说到我当年下乡待过的北京怀柔喇叭沟。当年，那里的村民就是靠泉眼维持生计，泉眼和每个人的生存息息相关，和每个家庭的生活息息相关，也和每个野生动物的繁衍息息相关。

一、喇叭沟常年泉水叮咚响

北京怀柔喇叭沟不仅山峰奇峻，有一片原始森林，终年郁郁葱葱，还因为那里有上好的山泉水，清冽透明，甘甜如饴。村里人就是靠吃山泉水为生的。

1969年，我家下放到苗营村，记得一辆大卡车颠簸了一天的山路，才到了沟门村，全家人都灰头土脸。司机说是汽车上不去了，还有十里地，路太窄，石头多，凹凸不平。换了一辆木头轱辘连轴转的牛车，天黑时才我们送到了村里。全家人都口渴得要命。热情的邻居杏花姑娘，用一只铁桶，把她家水缸里的水舀给了我家一桶，说："你们先烧点水喝，明天一早，我带你们去山涧里取水。"这桶水真是救急的水，让渴坏了的我们一家人没来得及烧开就痛饮起冷水来。

　　第二天一早，我抢着要去挑水，就跟着邻居杏花姑娘担着两只空桶，穿过村子，沿着一条小路来到村南头的山涧，满山涧都是鹅卵石，有的巨大如房屋那么大，有的较小，嶙峋古怪，一条清澈的小溪流过这里，村民在小溪流上垒起了石头，筑成一道简易的小水坝，中间有个出水口，形成小瀑布。杏花姑娘告诉我，"就在这儿取水，俺们村的人都在这儿取水"。水清凉透明，但毕竟是河沟，有水草、树叶，还有鱼！杏花姑娘先是在小瀑布洗了脸，接着喝了两口水说"真甜"，然后才接满两桶水。我学着杏花姑娘的样子，接满了两桶水，用肩头把扁担扛起来，两只手要一前一后攥住水桶上的挂钩，防止走起路来水桶摇晃。就这样，沿着崎岖的小路，蹒跚地挑水前行。两桶水，80多斤，对于11岁的我来说，是很吃力的，肩膀疼，脚下还要时刻提防被石头绊倒，到家时，我的两桶水洒了大半桶。但我还是很兴奋，就又往返了4次，才把水缸注满。我发现水缸里有四五条小鱼在游动，杏花姑娘站在一旁打趣地说："你家可以熬鱼汤喝了！"她笑得是那么开心，两排洁白的牙齿，像石榴籽，双眸明亮，瓜子脸，皮肤白皙，由于挑水劳作，汗珠把脸颊映衬得白里透红，像红苹果！天哪，我才发现她是那么美，像个小嫦娥！

　　杏花姑娘并不是每天去挑水，她和父母住在一起。他的哥哥是壮汉，虽然成了家单过，但是和父母的房子连在一起，用栅栏隔开两个院落。陈大哥每天早早起来，把他家和父母家的水缸都注满。但是，村里的壮汉常常被县里抽调去挖河、修水库。陈大哥走了，挑水的差事才落在杏花姑娘的肩上。

我父母年龄大,所以我这个家里唯一的男孩,必须挑起重担。在我的记忆里,那条山涧,那个小瀑布似乎永远都流淌着清凉的山泉水,那里也是村里妇女洗衣服的地方,白天叽叽喳喳欢笑不断。村里人把小水坝的水引出一部分,流到菜园里,每家的菜园都沿着河像梯田一样伸展下去,溪流就滋润每家的菜园。我家分的菜园在村子最东头,是最下游的一块三角地。需要浇水时,和杏花姑娘家说一下,从她家的菜园出水口打开缺口,就可以浇灌我家的菜园。

泉水就这样联结着全村40多户人家。即使冬天,河面结了冰,小瀑布在冰层下依然涓涓流淌,叮咚作响,而且那响声非常像音乐,富有节奏,悦耳动听。夜晚,全村人就伴随着叮咚的泉水声入眠。

泉水是全村人乃至野生动物必要的生存之源!在冬天,当别处的水源冻冰了,动物会三三两两到人类取水处饮水。杏花姑娘告诉我:"到了冬天,挑水不能去得太早,别天蒙蒙亮就去挑水,要等天大亮后才能去,不然会遇到山牲口。"

二、全山里人都爱喝"撅屁股茶"

下地干活,人渴了怎么办?这就要找泉眼来解决喉咙的焦渴。当地人从不带水壶,即便走远门串亲访友也不带水壶,这座大山,似乎每一处都可以找到泉眼。有的泉眼,直径不足一尺,总是盈着汪汪的一泉水。有的泉眼在山崖的裂缝里,滴答滴答总是流淌。有的泉眼大如澡盆,人可以在里面洗澡。大西沟一处花岗岩的缓坡上,从直径一尺到两尺、三尺、四尺、五尺、六尺、七尺向下一溜排列着七个石盆,又称"七仙盆",传说是七仙女洗澡的地方,牛郎就是在那里捧走了七仙女的纱衫,从此俩人过起了幸福夫妻的日子。那里还真是村里妇女洗澡的地方,是男人的禁区。爱洗澡的女人不长虱子。

全山里人都爱喝"撅屁股茶"。山里人喝泉水,不用手捧着喝,而是像驴马一样，把头趴在水里喝，他们俗称"撅屁股茶"，他们认为手上有土有泥太脏，用泉水洗手会弄脏了泉水，所以就直接用嘴喝才干净。我干活累了、渴了，也像当地人一样，把头浸在泉眼里，咕咚咕咚地喝个够！甘甜清凉的山泉水，从嗓子眼儿甜到心里，一下子就解除了身体的焦渴和疲乏，变得神清气爽、精力充沛。

两年后我上了中学，那年的夏天，山里大旱，连续两个多月没有下过一场雨，炙热的骄阳，把大山晒成了蒸笼，喇叭沟几乎所有沟涧的水都干涸了，原来绿幽幽的山林树叶子变黄了，特别是山杨树和白桦林，树叶子还没有完全长开就开始变黄甚至脱落。庄稼都枯黄、枯萎了，那些土地薄的地块，玉米秸秆干枯得在火辣辣的太阳下开始自燃。最令人揪心的是，曾到处存在的泉眼，一个个地干涸了，曾经叮咚的山涧不再有叮咚声，河床上袒露着发热的鹅卵石。人的汗珠掉在石头上，只听"滋儿"的一声，化成一股气蒸发了。水断流了，就连全村人吃水的那个小瀑布也断流了！人和牲畜的吃水成了大难题！

那天，我和几个同学下学后走在回家的路上，突然发现附近的山坡上浓烟滚滚。火情就是命令，保护山林是每个人的责任！我们一行八个人向着火的地方冲去。走近了发现一个放羊的老汉在哭泣。原来他为了吃口热的，就弄点柴火，点着了，烤土豆。一股风吹来，把火苗燎得非常大，不仅烧伤了放羊的胡老大，还借着风势蹿上了山林，噼里啪啦点燃了半座山，满山的干草没有火星都要自燃呢，更甭说遇到了借风狂舞的火苗。说时迟，那时快，只见烧得漫天的浓烟，遮天蔽日。我们八个少年尽管勇敢地拼尽全力去扑打，还是挡不住火势的蔓延。好在附近几个村落的民兵紧急出动，拿着铁锹铲土灭火。几百人用了多半天的时间，山火终于被扑灭了。我的中学语文老师钟昆安了解情况后，给《北京日报》投了稿件，第二天，报纸上就印出来了，标题是《八少年奋战山火》。我们在学校里受到了表扬，八个人都变成了小英雄，有了从未有过的自豪感！

回村后，杏花姑娘告诉我，她嫂子"小白丫"喝"撅屁股茶"时，遇到一头大母狼。原来，那天特别热，"小白丫"在北沟的田地里干了会儿活，热得嗓子冒烟，浑身出汗。她来到一口泉眼处，趴着喝水。就在她喝"撅屁股茶"的时候，她从水面上，看到了一只狼，她忙抬起头看，只见一只大肚子母狼吐着大舌头汗津津饥渴地望着泉水。山里的泉水已越来越少，为数不多的几口泉眼是动物和人的救命泉。此时狼饥渴得已对食物没兴趣，当"小白丫"的身子刚离开泉眼，狼就抢着身子过来忙把头扎在泉水里大口地喝了起来，"小白丫"吓呆了不知如何是好。她拿起棍子，要打狼，又不敢打。这时她发现一条两米多长的蛇也爬过来要喝水，蛇发现了狼，狼还在喝水，没有发现蛇。"小白丫"本能地照准蛇的七寸打了下去，两三下就把蛇打死了。狼先是一惊，但回头看看是人把蛇打死了，救了它一命。它知道没事了，眼前的这个女人对它构不成威胁，它继续喝水，仿佛是干渴了一辈子似的。它喝完了水，对愣在旁边的女人看了看，转头走了。"小白丫"感到后怕，她回家和杏花姑娘说这档子事时手还哆嗦。

三、找水，找泉眼成了当务之急

没有水，喇叭沟似乎变成了上甘岭，人心惶惶，恐慌情绪到处蔓延！

无奈，生产队长派人四处到山沟里找水源，找还能提供给人和牲口喝的救命水。在生存危机面前，到更远的山沟去找水和取水，成了第一件大事。

村里德高望重的80岁的天先生想起来，他小时候放牛，在10里外的大西沟有一处非常旺的泉眼，名叫不老泉，也就是无论取多少水走，泉池里的水还是满的。后来因为地震山石崩塌，被掩埋住了。他带领村民，找到了那个地点，挖开了崩塌的山石，果然，一泓泉水汩汩流淌着。生产队长组织大家把泉眼扩大，挖成了直径三米左右的池子，泉水汩汩上涌，无论取多少水走，泉池内的水依然不少。村民大喜，纷纷成群结队来背水取水。可是这里离村子有10里地远，取水耗费巨大的体力，正应了那句俗语——远水解不了近渴。

另一位德高望重的老人卢老头和他的二儿子卢老二，在离村子最近的南山一处山崖石洞里也发现了一个泉眼，但出水量不大，由于乱石层直接把水渗入了地下，所以没有形成河流。生产队长就命令家里壮劳力到10里外的大西沟去取水，家里没有壮劳力的就到卢家父子发现的那个近山洞取水。全村人心惶惶的状态基本得到缓解。人们纷纷感谢天先生和卢老爷子两家人，但是卢老爷子说："老人有老人的作用，年轻人有年轻人的优势。大难来了，共同面对，没有过不去的坎儿！"

当村里人夸天先生时，天先生一高兴，就打开了话匣子，他说："天灾不可怕，但是人心变了，十分可怕。你看，过去讲，做人要有六德。你问哪六德，那我告诉你。做人：对上恭敬，对下不傲，是谓礼。做事：大不糊涂，小不计较，是谓智。对利：君子爱财，取之有道，是谓义。人品：品德如莲，不损公肥私，是谓廉。对人：表里如一，真诚以待，是谓信。修心：优为聚灵，敬天爱人，是谓仁。说白了，就是仁义礼智信和善。"

这个天先生，真是个话痨，而且满嘴"四书""五经"之乎者也，不过村民认可他是全山区最有学问的人，为啥叫他天先生，就是顶天了，天下第一。

在燥热的天里，知了叫得格外响，仿佛非把心烦意乱的人惹急了不可。路上脚下的石头都热得发烫，与其说是在蒸笼里行走，不如说简直就是在烧红的煎饼铛子上行走，烧烤得人们要窒息了。为了取水，我到过卢老爷子父子俩发现的泉眼取过水，接一桶水需要半个多小时，不少人排队。后来我也到大西沟去取过水，真是路途远，回到家一桶水剩下小半桶。人还热得汗都湿透了，张着大嘴粗声喘着气，快虚脱了。不少取水的人累得趴在了树荫下，瘫软地大口喘着气，叫骂着："太阳咋就这么毒，像钢针似的扎人。"也有人祈祷着："老天爷，快下一场雨吧！"

歇了半晌，我的汗落了，人还懒得动弹。正在这时，忽然刮来一阵风，吹得庄稼和山林哗啦啦地响。"好风啊！"歇晌的人都纷纷站起来，敞开膀子，享受凉风的吹拂。忽然，只听得一个霹雳炸响，哗啦啦，瓢泼大雨就下了起来，雨点开始时落在地上，滋滋地变成蒸汽，冒出一股股白烟，但没过几分钟，大雨就湿透了山草、树木和土地。过了没有多久，雨就停了。尽管老天爷的雨水是那么吝啬，但山上不再那么燥热了。可喜的是小瀑布重现了！山涧又响起了流水的叮咚声。那声音，似乎变得更加好听、更加悦耳！

几年后，我家落实政策回了城里，可是，山村看天吃饭，经过断水的经历，让我一直为乡亲们担心，见到来城里办事的乡亲，总会问，今年的雨水怎么样？生怕再发生断流的恐慌。后来，何清泉告诉我，村里打了机井，家家通了自来水。我从心里为乡亲们高兴。但是何清泉又告诉我，机井打在含砂层，经常被砂子堵住管道，吃水还是时断时续，不那么痛快，有时还限量。

多年后我回到喇叭沟，回到我的第二故乡，第一件事就是问现在村民吃水怎么样？供应是否限量，水质是否洁净。头发花白的村支书崔志国告诉我："放心吧，王大记者，我们从对角沟门的水库抽水通过管道输送到村里，经过过滤和消毒，水质几乎达到纯净水的标准，不限量，也不再有砂子堵塞管道。村民吃上了放心水！"

真是好消息，只可惜，何清泉和另外三位好友彭兴军、彭兴玲、彭明利在一场车祸中丧生，再也喝不到甘甜纯净的放心水了。

愿清冽的甘泉滋润所有人的心田。

— 09 —

猎户季老二传奇

我下乡时的北京怀柔喇叭沟，山峦巍峨，沟壑纵横，原始森林覆盖，终年郁郁葱葱，村里有两家猎户，都姓季，是亲哥俩。可是，两人的命运大不相同，季老大可以说是被豹子吓死的，而季老二则成为打狼英雄，一家人活得好好的，靠打猎过上了相对富裕的日子，还留下一段大彻大悟的传奇。

一、喇叭沟的专职猎户

喇叭沟有多美？有诗云："桦密林白岫云道，林涛悦耳鸟鸣稠。橡树飘金松柏绿，枫栌赤紫丹霞收。峰峦似锷青天破，涧壑如钩碧泉流。映雪冰崖寒气锁，喇叭沟深艳阳秋。"

喇叭沟自然生态保护区是北京唯一一处原始森林自然生态景区，奇妙植物数不胜数。白桦、山杨、松树、柏树、橡树、山榆树、柞木树、山杏树、山梨树、山核桃树、山丁子树、山海棠树、榛柴林、荆条林、椴树林遮天蔽日。灌木乔木密密麻麻地生长着，阔叶林、针叶林交错混生。地上的落叶有1米厚，走在上面如踏在厚厚的棉絮上。植被好，野生动物就多，据统计，有野生动物300多种，其中兽类19种、鸟类33种、爬行类11种、两栖类6

种、昆虫类200余种。我们一家在动乱年代曾在那里下放劳动四年，常见的动物有狼、豹子、野猪、獾子、狍子、狐狸、山猫、鹿、野兔、山鸡、山鹰等。特别是雄野雉，非常漂亮，花色的长翎，招展着，像小孔雀，成为山里一道亮丽的风景。

村里本来没有专职猎户，可是那一年，野狼不知道怎么就猖獗起来。人们下地干活时，大白天就可以见到狼一群一群地出没在山梁上或林子里。而夜晚，野外狼嚎声此起彼伏。后来野狼开始在夜里溜进村，天亮后不少农户发现家里猪圈门被扒开了，猪被叼走了好几头。我很纳闷，一头猪重七八十斤，怎么能被狼轻易叼走还没有动静呢？季老大告诉我："城里来的小屁孩，你大爷我告诉你，狼很聪明，它扒开猪圈后，不是先咬死猪，而是咬住猪的屁股，让猪疼得往前走，这样狼就赶着活猪进了山，直到进了它的狼窝，狼才用獠牙咬断猪的气管。而猪胆子小，被吓破了胆，就不敢叫唤。"我才恍然大悟，原来如此。

我家邻居杏花姑娘，当年14岁，水灵灵的，有"小嫦娥"之美称，瓜子脸，脸蛋粉里透红，细眉杏眼，身材挺拔，饱满丰腴，走起路来，如欢快的小鹿，两条大辫子在背后左右甩，胸前一颤一颤的，像是揣着两只不安生随时都要蹦出来的大白兔。

她见到我嘱咐说："永利兄弟，小心点，夜里别出门上茅房。村里一连丢了七八头猪。抠门大仙彭老大舍不得买尿盆，他4岁的小女儿夜里出屋尿尿，就被野狼叼走了，待他听到惨叫出门看时，屋外早没了女儿，只剩下女儿的一只小布鞋。"

果然，我听到了不远处彭家一家老小的号啕大哭。走近了，发现全村老少都来安慰这一家人。小女儿让野狼叼走了，真是不幸，全村人都无比同情。彭老大急得红着脸拿着把斧头就上了山，要找野狼拼命。生产队长赶忙组织全村的壮劳力都拿着锄头或棍子上了山，去找被狼叼走的女娃娃，但是，除了在一处岩石洞里发现了被撕碎的女娃娃的红棉袄和一摊血迹外，其他什么也没有发现。那个山洞在后山沟深处，一个林木茂密的半山腰，是两大块岩石交错而成的天然山洞。我随着大伙爬到洞内，发现洞并不深，到处是狼爪子印。彭老大抱着小女儿的血衣失声痛哭。大家只好搀扶着他下了山。

消灭野狼成为全体民意，也成为生产队重中之重的任务。生产队长在会上说："从今天起，谁有本事，就可以天天上山打狼去，杀死了狼有奖励，给你多记工分，杀死一只狼，给你记100个工分，狼皮、狼肉都归你，由你卖钱由你吃肉。打不死狼，打伤了，吓走了这些山牲口也是功劳，一天也给记10个工分，和壮劳力的工分一样！"

俗话说，"重赏之下必有勇夫。"可是对于大多数人来说，仍束手无策，因为很少人有枪。只有季老大和季老二主动报了名，并从家里拿出了祖上传下来的猎枪。我看到的这两支枪，严格来说，是最古老的打鸟的砂子枪，长长的双管，装上火药和铁砂后需要用火镰绒点燃枪尾巴上的火药捻才能发射。

我认为这种老掉牙的枪遇到擅长奔跑的山牲口，根本就来不及发射。我对杏花姑娘说："我在北京城里军事博物馆看到过各种枪。而他们手中的家伙式儿，实际上就是烧火棍，中看不中用。"

杏花姑娘说："他们的猎枪挺厉害的，打鸟，一枪可打死一大片呢！"我听了并不相信。

而就这样老掉牙的枪，也只有他们两户有。于是，这哥俩就成了村里专职猎户，从此不用一个汗珠子摔八瓣儿面朝黄土背朝天到大田里去干农活，每天优哉游哉地满山转，还记10个工分。

杏花姑娘告诉我，她嫂子"小白丫"的娘家人，几天前就遇到过狼。在采野菜时，忽然觉着有两只手搭在了她的肩膀上。她开始还以为是谁在开玩笑，就说："别闹了，没看见俺正忙着嘛。"没人答话，只听见身后有狗一般的喘气声，闻到一股臊烘烘臭烘烘的怪味儿。"小白丫"这位娘家人是个三十岁的媳妇，马上反应是遇到狼了，而孩子就在身边，为了保护孩子，伟大的母性使她忘记了害怕。她知道如果狼的爪子搭在你的肩膀上，千万别回头，因为一回头，狼正好咬断你的脖子。她低头从裆下看后边是一个毛茸茸的狼身子，两只后腿中间露着公狼的生殖器和睾丸。她有了主意。她猛地用镰刀砍向公狼的睾丸。由于速度快，用力猛，这只公狼嚎叫了一声便倒在地上。接着她搬起石头砸狼的头，连砸四五下，狼再也不动弹了。

这个故事，让我对山里的女子由衷地敬佩。胆大心细，对付野狼有办法，下手稳、准、狠！

而猎户季老二也有了收获，他个子不高，中等偏矮的个头，干巴瘦，小眼睛，四方脸，但是非常精明能干。他用下套子的方法，套住了3只狐狸和一只半大的狼崽子，他高高兴兴地回了村，向生产队队长炫耀战利品，村里人个个向他竖起大拇指。队长给他记了100个工分。他把狼皮和狐狸皮剥下来卖了钱，全家人还连续吃了半个多月的肉，真是让人羡慕不已。

猎户季老大则一无所获。他个子瘦高，脑袋长得像个单肚葫芦瓢，小眼睛，爱吹牛，"嘴巴吧吧的"，可是手上干啥活都粗粗拉拉，下的套连兔子都不会上当，更何况精明的野狼。但季老大信誓旦旦地说："说不定，俺哪天逮住一只大母狼，套住一大窝！"

二、季老大被吓死了

那时由于"大拨轰"的集体经济生产方式，生产力低下，粮食家家不够吃，每到年底分粮食，带壳的粮食每人260斤，平均每人每天不到7两粮食，根本吃不饱肚子。当地有句俗话："稀汤灌大肚，越喝越没数，眼大耷拉脑，不知啥是饱。"而猎户季老二，几乎天天有收获，不是套住了野雉，就是套住了野兔、狐狸或狍子。一年下来收获了二十几只狐狸，上百只野雉、野兔，三五头狍子，2只獾子和5匹狼。这些皮子卖了数百元，他家成了村里的首富，盖了新房子，两个儿子都白白胖胖的，衣服穿得也比别人家的好，可以说是丰衣足食。与之相对照的是，季老大红口白牙说了很多大话，一句也没有兑现。每日白拿 10 个工分，"信心满满巡山去，形单影只回家来"，一年下来，没有任何收获，连只野兔子也没有抓到。村里人都认为他是"满嘴跑火车"，是不靠谱的男人。所以他家的日子过得不比别人好。

那一年年底，尽管年景一般，但是庄户人家都在准备"年货"，家家发面，蒸年糕、蒸米糕、蒸豆包。庄户人买不起糖，就用当地生产的南瓜干包在豆包里当糖用，吃到嘴里，甜甜的，堪比红糖。庄户人讲究正月不动刀，即在腊月里要把在正月吃一个月的主食都做出来，用筐子挂在房梁上，或存在大缸里，防止老鼠偷吃。小黄米或大黄米制作的年糕，是最美味的顶级美食。因为有黏性的黄米产量低，每人分不到多少，只有过年时，才都拿出来磨面、蒸年糕。

杏花姑娘给我家送来了礼物"箩糕"，即把七八种面粉用箩在蒸屉上筛，筛一层蒸熟后，再筛一层，再蒸熟后再筛一层，八种面粉就是八层，风味独特，非常香甜，堪比城里的糕点。再加上爸爸从猎户季老二那里用 5 元钱买来一只捕获的 3 斤重的獾子，似乎是可以过一个"肥年"。但是，獾子肉一点也不好吃，有酸腐的味道，而且肉中还有许多铁砂子，看来季老二是用砂子枪击中的目标，而这只獾子不知道放置了多长时间，早腐败变质了。

第二年开春，狼患未除，山里又闹起豹子了。先是牛倌彭瘸子说，他遇到了一头大土豹子，想吃小牛犊。大敌当前，牛群顿时围成一个圈，全部犄角冲外，把小牛犊围在里面。而一头三岁的牤牛，与那只大土豹子搏斗，尽管被抓得伤痕累累，硬是没让那头土豹子占多少便宜。彭瘸子很为这只牤牛骄傲，逢人必夸。还单独给它"开小灶"，给它割嫩草，喂高粱、玉米、豆子，增加牤牛的体力和营养。

但是好景不长，最令彭瘸子痛心的是，随着天热，闹起了"跑牛虻"。什么叫"跑牛虻"？原来，夏天山里的牛群在自然放养时，特别容易招来爱喝牛血的一种比蚕豆还大的毒蜂，叫牛虻。一旦一大群牛虻铺天盖地飞来袭击牛群，这时牛群就像炸了窝的马蜂一样，凶猛疯狂地奔腾猛跑，庄稼会被它们毁坏，人会被它们踏伤踩死。有的牛也会失蹄跌下沟崖摔死，还有的牛会一直疯跑下去直到跑得口吐白沫累死为止。一天，那头牤牛在"跑牛虻"时一条腿卡在了石头缝里，骨折了。生产队长也姓季，是猎户季老大和季老二的本家，看到瘸腿严重的牛，不能干农活了，成了废物。于是做了决定，要把牤牛杀掉。彭瘸子哭了，搂着牤牛的脖子不让杀，但是很少见到肉腥膻味的村民一致同意杀了瘸腿的牛，分肉吃。

那么谁来杀牛？在彭瘸子的叫骂下，屠户张老大不敢接这个活。生产队长就命令季老二："你杀了那么多狐狸和狼，不在乎多杀一头牛，你来！"季老二推托说肚子疼，回家躺炕上养病去了。而季老大"毛遂自荐"，条件是牛头、牛尾、牛心、牛肝、牛肚、牛鞭都归他。队长同意了。

在村东头河边，季老大让村里几个壮小伙子帮助把牤牛拴起来，按倒。也把叫骂的彭瘸子捆起来，锁在生产队的仓库。杀牛开始了，村里人都去围观。那头牤牛知道自己将被宰割，两只眼睛流下一串串泪水。

"别杀它，它多可怜！都流泪了！"14岁的杏花姑娘央求季老大。

"你就行行好吧！""杏花"的嫂子"小白丫"也动了怜悯之心，说，"牛的腿骨折了，给它打夹板固定住，伤筋动骨一百天，三个多月后，这头牛就可以下地干活了！"

我第一次见到牛流泪，也赞成杏花姑娘的意见说："季大伯，手下留情，别杀它！"

"呸！"季老大啐了口痰，"瘸腿的牛空耗费三个月的粮草，还得人伺候，那得耗费多少钱粮？眼下正是青黄不接，家家饿肚子。你们不让杀，就没有肉吃，季队长，别分给他们这几个人，全生产队的人都等着吃肉呢！"说完，他动手把牤牛杀了。扒下的牛皮，派人趁软乎扭成了牛皮绳子。而牛肉，全生产队按人头分，差不多每人半斤肉。我家因为我多嘴阻止杀牛，没有分到肉，但是我爸爸去领到了牛下水，爸爸用大锅把牛肠子洗了洗，炖了一锅，但是，我吃不下去，有一股青草发酵的味道，让我恶心。

我注意到，从那天起，每当牛群路过河边，就会集体嗷嗷长时间哀鸣，悼念它们的伙伴、那头保护过牛群的牤牛。那凄惨的长长的哀鸣，至今仍回荡在我的脑海里，撕心裂肺。牛是有感情的，是感情丰富的动物。而那时饿坏了的人类，似乎忽视了牛的感情。

彭瘸子也变得少言寡语了。他恨透了季家人，包括季队长、季老大和季老二。不过有一天，他看到了猎户季老大舍命不舍财的举动。那一天，一只大土豹子在大南山的沟底杀死了一只狍子！豹子杀死猎物后，一般不当时吃，而是跑到半山腰歇着，歇够了才下来吃。而猎户季老大刚好路过此地，发现了死狍子，扛起狍子就往家走，大豹子噌地蹿起来猛追。季老大发现后，撒丫子猛跑，豹子穷追不舍。追得紧了，季老大斗胆砍下半只狍子扔给豹子，豹子终于不追了。季老大扛着半只狍子回村后，向不少人炫耀他的经历，赢得不少村里人的羡慕。可是后半夜，据季老大的媳妇说，她老公后怕了，浑身哆嗦，发烧了，烧得那叫一个厉害呢！三天后，季老大死了。

彭瘸子解恨地对我说："那个狗怂的季老大，从豹子口中抢肉，贪财不要命，可是终究是个狗怂，后怕吓死的！死了好，只是可惜了俺的那头牤牛！要不是他们要杀牛，它一定活得好好的，还能用大犄角和那头大豹子顶。三岁的牤牛十八的汉，十八不行就扯淡……"说完，他悻悻地走了。

三、猎户季老二突然放下了猎枪

一天，季老二捕获了一只火红的狐狸，在村里引起了轰动，全村人纷纷到他家去看热闹，我也随着人流挤了进去，发现他家三间新盖的大瓦房的前檐下和窗子前，晾晒着不少动物的皮，有狐狸皮20张，狼皮8张，兔子皮30多张，其中就有一张火红的狐狸皮，红得十分耀眼，没有一点杂毛。季老二站在台阶上，得意扬扬地向大家介绍："俺追踪这只红狐狸好几个月，在大西沟一个废弃的烧炭土窑，发现了它的窝，我下了套，放上诱饵，连放3个月，它只吃诱饵，就是不入套。太聪明、太狡猾了。后来，我把诱饵里放了老鼠药。这才毒死了它！"

"小白丫"打趣地说："你打了这么多狐狸和狼、野鸡、兔子，发大财了吧？给俺们分点儿？不分，你这么造孽杀生，会遭报应的！"

季老二憨厚地说："发啥财？公社收购站，一张兔皮才给5毛，一张狐狸皮，才给12元。一张狼皮才给20元。俺不会熟皮子，听说，张家口那边熟好的一张狐狸皮，能卖好几百元呢！俺一直在公社收购站卖生皮子，你们看，这些生皮子，嘎嘎硬，卖不出钱，真没有发财！"

村里见过世面的胡老爹说："术业有专攻，熟皮子是门手艺活，不是谁都能弄得来的。这张红狐狸皮最值钱，别在公社收购站卖了，你去张家口那边找人熟皮子，就在那边卖个好价钱吧！"

季老二说："俺正想与队长合计咋去呢？队长，你把队上的毛驴借俺一头，就是那头白脸'千驴驹子'，它最老实听话，好使唤。"

季队长点头同意了。杏花姑娘说："季二叔，你出远门，给俺捎一盒雪花膏！"

季老二点头同意。全村人对季老二羡慕不已。不过在"小白丫"等人带头下对季老二的"闷灯密"提出强烈不满后，"均贫富"的心理迅速蔓延到全村，不少人也跟着骂季老二杀生还"吃独食"，"一定会遭报应"，并强烈要求生产队长取消给季老二记工分。迫于压力，生产队不再给季老二工分补贴，因为他太富有了。

季老二从张家口卖皮子回来，果然发了一大笔财，还买了一支真正的猎枪和几包子弹。这一年，季老二射杀了近20只狼，狼患基本消除了。忽然，有一天季老二郑重地向大家宣布，他再也不射杀动物了，也不再下套子套动物了。他要到大田和大家一样去耪地。

我感觉到很奇怪，觉得里面有故事，就和杏花姑娘一起到季老二家，借找他儿子大国、二国玩，打听里面的蹊跷。大国当年12岁，二国8岁，高兴地给我们看了他家的新鲜事物，他爹在院子里搭建了12个圆锥形状的蜜蜂巢，外面用黄泥糊住，防雨、防晒又保暖，里面是蜂巢。大国说，他家养的是当地的土蜜蜂，是他爹从山上把蜂巢移过来的，那些土蜜蜂就跟着长住在他家了。估计，一年能产百八十斤蜂蜜，说不定能产二百斤蜂蜜！

我和杏花姑娘一方面为季老二如此精明能干、会多种经营养家赚钱感到敬佩；另一方面又好奇，迫切地想知道他爹为啥不再当令人羡慕的猎户，就直奔主题，问："为啥你爹不打猎物了？"

大国告诉我们，有一天雪下得很大，积雪厚得有半人深，他爹在一处冰坡上，发现一只母狼带着四只两三个月大的小狼崽子，被困住在湿滑的冰坡上，饿得奄奄一息。他爹把子弹装上了膛，瞄准一只靠得最近的小狼准备开枪。这时只见那只大母狼哀嚎着，四肢发抖地凑上前来，用身体护住小狼，并用肚子把小狼按倒，让它吃自己的奶。母狼的眼睛直对猎枪，眼神里充满了绝望和悲哀。他爹被母狼的牺牲精神感动了，放下了枪。掏出两块狍子肉，扔给了母狼。母狼闻了闻，狼吞虎咽地吃下一块，另一块它没吃，而是叼在嘴上，发出嘟嘟的声音，招呼狼崽子离开这里。它们边走边摇着尾巴，蹒跚地在冰坡上行走，直到山梁上，母狼才回身，向季老二长叫了两声，表示它的谢意。然后，它又叼起那块肉，带着孩子们消失了。

从那一刻起，猎户季老二发誓不再打猎了，他想那么多生灵死在他的枪下、陷阱下、套子下，他心里不安。还有，他发现如果把狼和动物都打光了，这大山、这森林就没有了生气，于是决定金盆洗手，不再杀生。季老二从此和大家一样扛起了锄头，每天下地干农活。

打听故事的我和杏花姑娘也付出了代价，变得大方的季老二的媳妇想从蜂巢掏蜂蜜招待我们吃，可是一不小心，我们几个人被一大群愤怒的蜜蜂团团围住，猛蜇！我感觉到脑袋、脸部和手部像被无数针扎一样火辣辣地疼，第二天我们几个人的脸都肿胀得像个紫茄子。

山里恢复了往日的平静，野生动物又逐渐多起来。我父亲曾在山沟捡拣到一个鹿角，完整的头骨和枝杈多的角，漂亮极了，他把鹿角挂在土坯墙上，成了家里唯一的装饰品。

后来，我们一家落实政策回到了城里，但是季老二罢手不再杀生的举动，仍让我心灵震撼。打猎固然可以创造财富，但是正如季老二所说："如果把狼和动物都打光了，这大山、这森林就没有了生气。"野生动物是人类的生存伙伴，不滥杀，和平相处，这个世界才会变得更加和谐、更加美好。我至今都打从心底为季老二由衷地点赞！

— 10 —

"天先生"和他的永动机

我家在20世纪60年代中后期曾下放到北京市怀柔喇叭沟门公社苗营大队,令我最难忘的是,别看穷乡僻壤,却卧虎藏龙。村子里有一个"天先生",70多岁,头发花白,虽然貌不惊人,还微微驼背,可他却是全山区最传奇的人物,能给乡亲们写春联,字迹龙飞凤舞,堪比柳公权在世;能为乡亲们讲古代故事,绘声绘色,堪比说书人;还会发明设计一些让人意想不到的物件,传说他复制出过当年诸葛亮的"木牛流马",还制造过永动机!他的确是北京怀柔喇叭沟第一大学问家、书法家和发明家。他姓彭,名光天。村区的人都尊称他为"天先生",暗含"顶天"和"天下第一"的意思。

传奇一:复制出简易的"木牛流马"

据邻居杏花姑娘告诉我中华人民共和国成立后,翻身的农民当家做主,县政府决定建造一座水库——怀柔水库,以解决怀柔平原十年九旱和多年一涝的自然灾害。专家勘测好位置后,全山区的壮劳力都被轮流抽调去修建水库,那时没有机械化,全靠人力,用钢钎和大锤砸开石头,用铁锹挖土方,靠肩扛、靠挑担,把土石方运出去,确实是苦力活。那一年彭光天年60岁左右,主动要求到工地劳动,参加这无比光荣的劳动大竞赛。虽然他体力不如年轻人,可脑筋活络。"天先生"从小读过私塾,博学强记,每天在大家休息时,特别是在大家伙累得东倒西歪的时候,为给大家打气、鼓劲,就主动给大家伙讲述三国时期蜀国的丞相诸葛亮如何用"木牛流马"运军粮的故事,把那个传说中的可取代人力的"木牛流马"描绘得神乎其神。说得木工班的组长动了心,就求他说:"天先生,现在不是要多快好省地建设社会主义吗,您带领俺们哥几个把'木牛流马'复制出来,为社会主义建设服务!"

的确,大家都发现土石方运输是最大的问题,特别是靠挑担运土石方,耗费人力、物力,还"不出活,窝工",也就是"效率低下"。如果能有办法解决这个难题,那么修建水库的速度就会加快,效率就会提高,大家也就不那么累了。

"啊,动真格的?老朽也只是看书本和听三国故事得来的,道听途说,没见过'木牛流马'是什么样子,更不知道怎么制作。"天先生惭愧地说。

"诸葛亮是人,他能造出来,凭啥后人就造不出来?凭啥三国的人能造出来,咱们新中国的人就造不出来?难道古代人比咱们现代人聪明?难道他们不是两个肩膀上扛着一个脑袋?"

木工组长的一句话,把"天先生"问住了,也点醒了他,更激发了他的斗志。他说:"问得好!古代人不比现代人聪明多少,按理说现代人见到的新东西、新事物更多,飞机、大炮、轮船、电车都是古代没有的,是现代人创造的。老朽愿意和你们一道琢磨琢磨这个稀罕事!"于是,经工地领导特批,"天先生"和木工班组,一边制作铁锹把子、镐把子、独轮车等劳动工具,一边琢磨如何制造"木牛流马"。

"木牛流马",为三国时期蜀汉丞相诸葛亮发明的运输工具。史载建兴九年至十二年(231—234年)诸葛亮在北伐时所使用,其载重量为"一岁粮",大约400斤以上,每日行程为"特行者数10里,群行30里",为蜀汉10万大军提供粮食。不过,制造工艺早已经失传,确实的式样、外貌谁也说不清楚，而工作原理更是不明。"天先生"和木工班琢磨了半个月硬是毫无头绪。

"天先生"不甘心，就主动到县里的图书馆查阅资料，翻阅了不少古书，发现利用杠杆和连杆原理，把车辕的把手一面向前拉一面向下压，用这个力量传递到杠杆控制枢纽"品"字顶孔，木牛的重心就移到前腿上，当重心移出"品"字左孔时，木牛已向前移动了半步，此时可将手把迅速向上拉起并向前拉，使"品"字顶孔向后移至"品"字右孔之上使让重心落在后腿上，木牛就这样走完余下的半步。所需要人的力量并不大，却带动了"木牛流马"前行。他把这一重大发现告诉了木工班长和组里的几个木匠，于是大家就兴奋地依猫画虎、依葫芦画瓢，七拼八凑，攒巴出一个七横八纵的木车来，为了节省木料，他们没有在车头上设计牛头或马头的形象，而仅仅是一辆简陋的七横八纵的木车。但是，首次试验就失败了，不能实现走动。

他们没有放弃，反复试验，反复校正控制杠杆和连杆的"品"字孔的比例，让杠杆和连杆把力量放大，经过50多次失败和试验，终于在第60次的试验中，成功地使七横八纵的木车在人力下压前拽的作用力下，显示了连锁反应，带动"木牛流马"前行，人力和杠杆连续作用，装满土石方的"木牛流马"就连续走动了，解放了一部分人力的肩扛、担挑。

修建水库，会聚八方英雄，各路英雄都使出了绝招，做出了巨大贡献。"怀柔水库"终于修好了，在总结表彰大会上，县长表彰了无数劳模和英雄，"天先生"和木工班也被授予了大红花，每人奖励三斗小米。"天先生"戴着大红花，赶着一辆"木牛流马"驮着奖励的三斗小米回了村，成为全村人的骄傲。村里人除了敬重之外，还添油加醋地把他这一故事越夸越传奇，说"天先生"能通神，夜里做梦，梦到神仙爷诸葛亮给他传授"木牛流马"的制作工艺，天亮后，他说给了木工班长，就这样他们就制造出了复古神器，而且载重千斤，堪比吊车。

传奇二:"木牛流马"被老婆一把火烧掉了

我家下放到苗营村那年,我大约11岁,听杏花姑娘和许多村民说了"天先生"的故事,就对这个传说中的神人产生了浓厚的兴趣,简直就是"天方夜谭"!太神了,让我既佩服又半信半疑,特别想亲眼看一下他设计的那辆"木牛流马"木车。杏花姑娘,当时是村里最漂亮的姑娘,一边劳动一边在村办小学读五年级,听说我也是五年级的,愿意当我的向导,把我引荐给村里最德高望重的"天先生"。她告诉我"天先生"是苗营村小学的创始人、第一任老师兼校长,直到退休,现在学生们学习的辅助教材,还是"天先生"编写的。

在村头一家的柴火垛前,我们遇见了"天先生",只见他身材瘦高,有些驼背,衣着比大多数村里人显得干净,穿着一件白里子黑外面的夹袄,下身穿一条黑色的单裤,裤腿用黑色的带子扎紧,脚上穿一双千层底的黑布鞋,留着山羊胡子,下巴处那一撮白胡子长长的,在风中微微飘动,仿佛是一位有几分仙风道骨的道士。他神态若有所思,深眼窝,单眼皮,两只眼珠混浊发黄,满脸褶子,脑门上有三道皱纹,像是三条弯弯曲曲的蚯蚓。他正在双手用力从柴垛抽出一支带杈的树枝,自言自语地说:"这个好,柞木的,有韧性。"

"天先生好!"杏花姑娘打了招呼后,我激动地向"天先生"做了自我介绍,告诉他我是从城里下放来接受贫下中农再教育的。"天先生"看了看我,慈祥地点点头,问:"北京城来的?上几年级了?""小学五年级,彭爷爷。"我说。

"北京来的,学问一定很大。'四书''五经'都读过吧?"他眼里散射出亮光。

我摇摇头说:"没读过。"他似乎不敢相信自己的耳朵:"啥?孔子、孟子、老子的书读过吗?"

"没有,那些不是'封资修'吗?课本里没有,学校也不允许读!"

"不让读?岂有此理?你会背诵《三字经》《弟子规》吗?"

"不会，没学过，彭爷爷。"

"《千字文》呢？"他见我一脸蒙，就解释"就是那个：天地玄黄，宇宙洪荒，日月盈昃，辰宿列张，寒来暑往，秋收冬藏，闰余成岁，律吕调阳……"

"没听说过，课本里没有。"

"那你们城里的学校都学的是啥？"

"老三篇，《毛主席语录》！"我虔诚地回答。

"真是误人子弟。看来你要蹲班了，跟不上这学校的进度。"

"天先生"的话果然应验了。第二天我到村东头的苗营学校去报到，学校只有一位老师，姓刘，是"天先生"退休后的第四任老师。这所学校只有三间房，老师住一间，其中一间大教室为一年级至四年级共同使用，另一间小教室由五年级使用。老师问了问我的学习情况，还给我看了"天先生"留下的辅助教材，是"天先生"亲自用正楷抄写的《千字文》《三字经》《弟子规》等。这里的新学年是从春季开始的，不像城里是从秋季开始的，同是五年级，我的算术，比这里的学生晚了一个学期。老师摇摇头，再加上我的语文只会老三篇，就让我蹲班了，去了四年级。而杏花姑娘比我高一个年级。让我非常遗憾并感到羞愧。我所在的一年级至四年级是"复制班"，四个年级的学生同在一间教室上课，老师分类施教，教一年级的时候，让其他年级的学生写作业，以此类推。竟然能做到互不干扰。教完了这间教室的四个年级，刘老师让大家写作业，然后他就到隔壁教五年级的学生。一上午就这样过去了。这是我第一次体验到乡村小学"复制班"的课程，真是新鲜。

有一天刘老师病了，为了不让学生"散秧子"，生产队队长请来了临时代课老师，就是"天先生"。所有的学生欢呼雀跃，一致要求"天先生"讲故事。"天先生"就给我们讲了《隋唐演义》的故事，我至今都记得他讲到伍天锡是隋朝第六好汉，两臂有万斤之力，武艺高强。最后死于天下第一好汉李元霸之手。李元霸，两臂有四象不过之力，无人能敌。使一对金锤，四百斤一个，共重八百斤。坐骑为"万里云"，日行一万，夜走八千。他与伍天锡相遇，抡起金锤，一锤打死了伍天锡。他讲得绘声绘色，情节惊悚，震撼了所有孩子的心灵。从此我对"天先生"更加敬重。

但是我心里最惦念的，还是想亲眼看一看"天先生"家里的那匹"木牛流马"。就央求杏花姑娘，带我去拜访"天先生"的家。碍于情面，杏花姑娘勉强答应了，不过她说："天先生轻易不让人家看那个神圣的物件，你能不能看到，得看运气了！"

"天先生"的家在村子的正中间，那里有一片小广场，是村里开会和放电影的地方，他的宅院就在小广场的正北面胡同里的第二家，高门大院，砖墙砖瓦，与附近茅草屋土坯墙的农宅形成鲜明的对比。杏花姑娘告诉我，村里就天先生家房子好，他家的成分是中农，祖上留下的房产被保留至今。贴在门框上的"忠厚传家久，诗书继世长"对联是"天先生"书写的，在门框上。尽管红纸已经褪色，但字迹遒劲。随同我俩前去拜访的，还有一个爱读书的村里小伙子，名叫闫国忠，十四五岁，和杏花姑娘同龄，也是五年级的学生。我们叩开了门，"天先生"没在家，他的老婆在，我叫了一声"奶奶好"，满头银发的老太太那天非常高兴，说："快进屋，稀客，还是北京城里来的稀客。"

这是一座四合院，三间北房窗明几净，东西厢房是"天先生"两个儿子和儿媳妇住着，南房是放农具的仓库。院子里有石磨，有石榴树。而北房的中堂迎面是八仙桌，左右各有一把太师椅。八仙桌后是条案，条案上供奉着彭家祖先的画像。老奶奶把我们让进了东间"天先生"的卧室，一盘炕上有一溜卧柜，炕中间是一张黄花梨木的饭桌，上面放着"四书""五经"等书籍。墙上挂着四幅书法帖子，字迹龙飞凤舞，赏心悦目，但是用草书撰写的，我看不懂。老奶奶说："这是老头子自个写的诗，俺也不认得，不知道写的啥。"而闫国忠因来过多次，是"天先生"的爱徒，他说："我知道，天先生教过我怎么读，我读给你们听！"原来是四首写四季的诗，总题目是《四季好读书》：

春天到、花开了
万物复苏心开晓
性喜花方笑
懒看墙头草
趁此读书时光妙
一日千里通大道
每日熟所学
志愿人知少

夏日辉、南风吹
草木昌茂雨连雷
杨花随风飞
依伴向日葵
趁此读书谁胜谁
一心要把功业培
和平日光辉
生机物物催

秋风凉、草木黄
村南村北收割忙
年景好又强
心海荡漾漾
趁此读书好时光
北风吹来果蔬香
收获仓廪藏

先求后来尝

冬天冷、大地冻
天清气爽脑海静
雪白一片镜
梅红初著岭
趁此读书倍增兴
能使真实入心性
待到来春令
变转无穷境

  这四首诗歌后被闫国忠保留至今，今天读来，才发现意境优美，表达了老先生爱读书、热爱生活、豁达随性的心境，同时也反映了他"老骥伏枥，志在千里"的情怀和处世哲学。

  "写得太好了，'天先生'学问真大！"杏花姑娘感叹地说。"是的，学问真大！"我赞同地说。

  "奶奶，听说'天先生'带回村一辆'木牛流马'木车，您能给我看看吗？"我抑制不住内心的好奇，想一看究竟。

  "没有了，让俺一把火给烧了！"老奶奶说。

  "啊？您怎么给烧了呢？"我失望地问。

  "烧了，不烧掉那个糟心的东西，日子就没法过了！他就是个魔障，看到那个东西就发魔！把家差点都败光！"老奶奶生气地说，"你们走吧，记住了，从今往后，见到俺家老头子不许再提那个糟心的物件！"

  我们被轰出门去。闫国忠告诉我"天先生"的确是"发魔"了，他一心想改进和完善"木牛流马"，想让它不用人力就可以自主行走，于是把家里的板材不断地锯开，用来做试验，糟蹋了成百上千块板材。那些木料能盖十来间房子！他有时饭也不吃，觉也不睡，后来把能搞到的板材都给用光了，但是也没有成功。他老婆骂他败家子，趁他外出就一把火把那个木结构的劳什子给烧了，老两口为此闹别扭多年。现在，虽然时过境迁，翻篇了，但是没有人敢在他面前提这个事，如果提，他还会犯病、"发魔"，也就是发疯！我听了深感惋惜。

传奇三：一门心思研究"永动机"

"天先生又发魔障了！"村里人相互咬耳朵，传递这个消息。"天先生"出了几天远门，回村时带回了不少材料，声称要制作"永动机"！我听到消息后，就和杏花姑娘一起去看个究竟。刚走到村子中心，就看见略微驼背、白胡子飘飘的"天先生"在村小广场上兴奋地发表演讲。"火车用煤烧成蒸汽驱动，电车用电才能行走，飞机用汽油才能飞，汽车用汽油或柴油才能跑。老朽要发明的这个东西，不用煤炭，不用电池，不用火，不用电，不用汽油、柴油，只要按一下把手，把弹簧蓄积的能量传递下去，就可以永远运动！这个永动机如果造成了，将会给全中国带来天大的好处、巨大的利益！让山区的老少爷儿们都过上好日子！"他声音苍劲，吐字清晰，富有激情，说得周围的乡亲们都拍手叫好！

尽管我还是小学生，但是我在城里的课堂里听说过有不少人想制造永动机，甚至是世界一流的科学家，但是没有一个人成功过，这是个世界上难以攻克的梦想。

据资料显示，永动机的想法起源于古印度，期望在没有外界能源供给，即不消耗任何燃料和动力的情况下，源源不断地得到有用功。在人们还没有掌握自然的基本规律时，这种想法曾经引诱许多有杰出创造才能的人付出了大量的智慧和劳动，以追求这种梦想的实现。就连文艺复兴时期意大利最杰出的艺术家达·芬奇也为此耗费了后半生的精力，但还是没有造出不消耗能量却可永远输出能量的机器。16世纪70年代,意大利的一位机械师斯特尔又提出了一个永动机的设计方案。水槽流出的水,冲击水轮转动,水轮在带动水磨转动的同时,通过一组齿轮带动螺旋汲水器,把蓄水池里的水重新提升到上面的水槽中。但是这样的永动机也没有制成。永动机,就像海市蜃楼一样吸引着研究者们,一些人又梦想着制造另一种永动机,希望它不违反热力学第一定律,而且既经济又方便。比如,由于海洋和大气的能量是取之不尽,这种热机可直接从海洋或大气中吸取热量使之完全变为机械功。然而,第二类永动机最终也没有制造出来。此后层出不穷的永动机设计方案,都在实践的无情检验下一一失败了。

我劝他说:"天先生,您别做永动机了,世界上许多大科学家耗尽一生也没有成功过,这是不可能的。您别白费工夫了。"

正在兴头上的"天先生"哪里肯把我这个小孩子的话放在心上,扭过头去对乡亲们说:"毛主席说,谁说鸡毛不能飞上天?我就要把这个不可能变成可能,尝试制造一台世界上唯一的永动机!"

然后他转过头对我说:"老夫进了趟城,发现现在城里乱了,闹心!城里的学生都不读圣贤书了,闹啥戴红箍的学生运动。把孔夫子、孟子、老子的书都公开烧了,焚书坑儒,连老师、校长都敢打。"

村里另一位德高望重的老人卢老爷子也附和说:"现在啥啥都不对头,学生烧书,砸佛像,打老师,把好人赶出城,流动到乡下当农民。从历史上看,游牧民族变成农耕人口,是人类第一次人口流动,促进了生产力发展。第二次人口大流动,是从农村流动到城市,进工厂当工人,生产工业品,也促进了生产力发展。而现在城市人口流向农村,不对头呀,倒行逆施,社会退步!"

"天先生"说:"可不是嘛!一切都不对头,今不如昔!社会乱套了!"他看了看我,突然问,"你这个城里来的学生,你给大家伙说说什么是王八?"

"彭爷爷，您说的是甲鱼吗？俗名王八？"我一脸天真地说。

"错，我不是冲你，而是冲那些戴红箍的城里学生，简直是无法无天。孝、悌、忠、信、礼、义、廉、耻，这八个字代表八德，缺了一样就叫缺德，缺多了，就叫缺大德。缺了孝，就是不孝之徒。缺了耻，就叫不耻之徒。为人处世，这八个字，不能忘，忘了就是'忘八'——'王八'啊！这些城里戴红箍的学生干的打老师、打校长、弑君弑父的事，忤逆不道，造大孽，不是王八是啥？！"他的话赢得了乡亲们的喝彩。

村里漂亮的小媳妇"小白丫"一向快人快语，插话说："现在住城里的人都是王八！"引得大家哄然大笑。

杏花姑娘发现我满面窘态，替我解围说："不对，哪儿都有好人，城里人也不都坏，也有好人。咱村的人，也不是都好，也有坏人。那些偷鸡摸狗的也是王八！"

我感谢杏花姑娘为我解围，也感觉到"天先生"骂人似乎骂得对，骂得挺有学问，发泄对时局不满，借古讽今，让我佩服得五体投地。

接下来的数日里，"天先生"像打了鸡血一样，兴奋地鼓捣永动机。他的老婆劝阻他，他不听，他的儿子、儿媳劝阻他，他也不听，村支书和生产队队长劝阻他，他还是不听。他一门心思想要制造永动机，而他用的材料大多是带拐弯的木头，或树杈，金属件比较少。他想用带韧性的树杈和弹簧被压迫后，产生一种反弹的力量，驱动构件结构不停地运动，达到永不停歇的功效。

开始，大家觉得新鲜，还不时地去看热闹，看看啥是永动机。后来大半年过去了，进展非常缓慢，乡亲们都疲惫了，也就见怪不怪，和"天先生"的老婆一样，认为"'天先生'发魔了"，随他去折腾吧！就连我也懒得去看他的"永动机"了。一天杏花姑娘对我说，"'天先生'的老婆把'天先生'弄的永动机给烧了！"我们匆匆跑过去，见村中央的小广场只剩下一片灰烬和几件零星的金属件。闫国忠见到我和"杏花"，就悄悄地对我们说："'天先生'弄的永动机差点就完成了，他今天上午高兴地对大家伙宣布要进行试验，松开拧满着劲的弹簧，那个奇形怪状的物体真的动了几下，然后就砰的一声崩开了，四分五裂，飞得到处都是，还擦伤了一两个人。不过，没大碍。他老婆听说后，连忙把赤脚医生何青山找来，给受伤的人包扎治疗伤口，然后弯腰四处捡拾崩散的物件，把这些能烧的就都给烧了，最后拧着'天先生'的耳朵，一边骂着一边把他拽回家去了！"

从此，我见到的"天先生"像丢了魂一样，形容枯槁，目光呆滞，整日自言自语，行为举止古怪，时不时在各家的柴火垛前翻摸带杈的树杈子，期望再制作他的永动机。而他的老婆总是跟着他，把他弄回家的树杈子给偷偷地烧了。

"天先生"和他的永动机成为山里人永远流传的笑话。但是，他的执着探索、永不言败、百折不挠的创新精神，却给后人留下了宝贵的精神财富！

— 11 —

猫咪对想死的丁老太说"NO！"

"我要死了，我要死了！"一位九旬老太太，早上醒来说的第一句话，就是自咒，一只肥胖的黄猫"肥肥"，立刻"喵"地回应，然后小心翼翼地爬上老太太的床，趴在她的胸口上，用自己的体温去温暖主人的心口窝，生怕那里真的冰冷下来，停止了心跳。它的"喵"声音拉得很长，听上去很像英语的"NO"！

老太太姓丁，名叫世英，家住北海公园后门龙头井胡同24号。90多岁的她，走不动了，早就萌生了死的念头，可是，每当她说"我要死了，我要死了"，黄"肥肥"马上回应她"NO!"并趴在她的胸膛，用两只前爪不停地抚摸老太太的心窝。顿时，丁老太太热泪流了下来，她用苍老颤抖的手，摩挲黄"肥肥"的头，然后顺着头向后背捋下去，直到翘起的尾巴。黄"肥肥"满意地摇着尾巴，享受主人的爱抚和摩挲。它知道，主人今天不死了，还活着，它和它的伙伴还像往常一样，有个温暖的家。

丁老太太真的不能死，她是流浪猫的救星，是它们的亲人。

这世界，有想养猫的，也有随便丢弃的，也有虐待喵星族的，有的猫眼睛被人弄瞎后，遗弃在大街上；有的猫腿被砍断后，扔在垃圾桶里。好心人捡到这些可怜的小动物，就会送到丁奶奶这儿来，因为大家都知道丁奶奶慈悲心肠，看不得小生命被虐待，毕竟是条生命，她孤身一人，病魔缠身，也没有什么收入来源，却要省下钱来救养这些可怜的流浪猫和狗，最多时收养了300多只小猫和几只狗。

说起丁世英的"猫"缘，还得从小时候说起。她的老家在胶东半岛，六七岁时，日本鬼子占领了这块土地，烧杀抢掠。她的父亲丁老汉，是天主教堂的勤杂工，而这里的传教士是个德国人，还是拉贝的好友，看到日本兵见人就杀，见妇女就奸淫，见到粮食就抢，非常气愤，同时也愿意帮助前来求救避难的中国百姓。于是，在教堂顶端，高悬一面德国纳粹旗帜。杀人不眨眼的日本鬼子，本来要洗劫一切的，但看到盟友的旗帜，就绕道走了。就这样，这位德国传教士救下了一百多个来自附近村落的村民。男女老幼，躲在教堂里，没有足够的食物。等日本鬼子扫荡过了，才纷纷离去。而家里房子被日本鬼子烧掉的老乡，包括丁世英一家，无家可归，就借住在教堂的一个角落。日子长了，饥寒交迫营养不良，更糟糕的是暴发了伤寒和副伤寒等传染病。丁世英的亲人，先后死掉了，她成了孤儿。就在她悲痛欲绝，想和亲人一道死去的时候，"喵""喵""喵"，一只黄色的小猫，向她求救。猫的前爪，被一只夹耗子的夹子夹住了，鲜血直流。小猫咪可怜的叫声，引起了她的注意，本能的怜悯之心，使她抱起了受伤的小猫咪，打开了耗子夹子，并从传教士那里要了点消炎药，为猫止血。是猫咪的呼唤，把她从死神的魔爪中拉了回来。从此，这只小黄猫，便和她形影不离。只要有一口吃的，她就和小黄猫分享，晚上睡觉，小黄猫就趴在她的胸口上。猫咪的呼噜声，是她入睡的安眠药。猫咪的心跳声，是使她安静下来忘却丧失亲人悲痛的安慰剂。

她见多了人世间的血腥、杀戮、饥荒、瘟疫、尔虞我诈、欺凌、盗窃、奸淫等丑恶现象，天主教堂，是她的庇护所，但是这个庇护所后来在战火中倒塌了，传教士也走了。她无家可归，带着黄猫咪，流浪到北平。后来，在颠沛流离中，和她休戚与共的黄猫咪病死了。她几乎疯癫。世上还是好心人多，女子师范学院的院长发现了她，留她在学校当勤杂工。在学校的食堂，她遇到了和她死去的黄猫咪同一品种的另一只黄猫，大约三四岁。这只猫似乎很有灵性，嗅得出她是爱猫的好心人，见到她就像见到了亲人，冲她"喵喵喵"叫。她仿佛见到逝去的小黄，于是把自己的口粮分一部分给这只小黄猫吃，从此这只猫便和她形影不离，同吃同睡。猫的善良，是人世间没有的，猫的卖萌、猫的撒娇、猫的心跳、猫的呼噜，是她生活中离不开的乐趣的源泉，她似乎是在和猫谈恋爱！

从北平解放到公私合营，从"大跃进"到"文化大革命"，她经历了无数运动，但是穷苦出身，使她没有受到政治冲击，而她远离运动，从不参与政治，只是一个愿意和猫打交道的"猫痴"。有人给她介绍过对象，但是，她从不拿正眼看那些走马灯似的在面前出现的男人。她的心早有所属，那就是给她快乐的猫咪！

"文化大革命"后期，许多北京的房产主被赶出城里，有的被赶回老家，有的被下放到偏远农村。因此，有许多房子，在低价出售。她用积攒的几十元钱，在北海后门买了一处独门独院的平房。可以说，是她有生以来最英明的投资，也可以说是捡到的"最大的漏儿"。她和她喜爱的猫咪，有了自己的家，温馨的家，自由自在的家。院子中有树，而且绿荫蔽日，在都市中心闹中取静。猫咪可以在树上磨爪子，还可以顺着树爬到房顶去晒太阳。而她也学会了爬树，如果猫咪到点儿不下来，她会顺着树爬上房顶去抓贪玩的猫咪。久而久之练就了攀树绝技，80岁时，还能攀爬自如，上房抓猫如"探囊取物"。

作家老舍曾详细描述过猫咪的可爱："它要是高兴，能比谁都温柔可亲：用身子蹭你的腿，把脖子伸出来让你给它抓痒，或是在你写作的时候，跳上桌来，在稿纸上踩印几朵小梅花。它还会丰富多腔地叫唤，长短不同，粗细各异，变化多端。在不叫的时候，它还会咕噜咕噜地给自己解闷。"小猫咪是如此可爱，人们就不难理解为什么丁世英女士这么爱猫、离不开猫咪了。

20世纪80年代中期,她退休了。赋闲在家,就专职养猫玩。而街坊邻居听说她爱猫,只要看到流浪猫,就给她送过来。开始,她来者不拒。一时间,猫的数量剧增。《北京晚报》、各地晚报、电台、电视台,纷纷报道爱猫人士丁世英的事迹。"人怕出名猪怕壮",一旦出了名,前来送流浪猫和遗弃猫的人络绎不绝。猫是有灵性的,闻到她的味,就知道遇到了救星,遇到了恩人,于是就会"喵喵喵"地叫,叫得她心软,叫得她"六神无主",叫得她不得不收下她不想再多养、也养不起的那些小生灵。

　　附近的鱼市鱼贩们,经常会把顾客不要的鱼肠、鱼头、鱼肚子随手扔了。为了尽量节省开支,丁奶奶每天都要去后海的自由市场,去那里把鱼贩子收拾鱼后剩下的内脏捡回来,为猫做饭。

　　凡是瞎了眼或残疾的猫,她都给予了格外的关爱。邻居送来一只被气枪打瞎了眼睛的黑猫,她心疼地抱着黑瞎瞎,给它充血的眼睛清洗涂药,喂它鱼肠吃。猫咪最爱吃鱼鳃,柔软、鲜嫩,还有脆脆的嚼劲儿。黑瞎瞎还不适应这里的环境,顺着树爬上了房。甚至一天到晚都不下来。丁世英爱猫心切,爬上树,用最新鲜的鱼鳃让黑瞎瞎嗅,等黑瞎瞎想吃了,她一把抱住黑瞎瞎,下了树,专门给黑瞎瞎一个猫食盆,专属的盆,让它独享,不让别的猫前来争食。一只被人砍掉后腿的小黑猫,丁奶奶给它疗伤。一只老猫,被送来时,身体非常虚弱,由于年龄过大,猫的骨质已经疏松了,下巴脱环了,痛苦地喵喵叫,丁奶奶给复位。多年养猫,丁奶奶学会了给猫治病。一些基本的治疗如给猫咪打针、按摩、清洗伤口……丁奶奶自己都已经操作得非常纯熟了。一只只在别处饱受欺凌和虐待的身心受伤的猫,在这里得到爱抚和关照,心灵的创伤愈合了,对丁奶奶产生了依赖。凡是来这里的猫,都过上了天堂般的生活,尽管没有受到任何限制,但是四肢健全的猫咪也都不走了,哪里也不去,它们终于在饱受摧残后,找到了自己的乐土,只想在这里安享舒服的生活。因为,这里有丁奶奶,它们的救世主,它们的福星,它们的再生母亲,它们的女王!丁世英每天给猫提供的饭有鱼有菜,有猫粮做点心,病猫还有雀巢奶粉和鸡蛋黄做成的病号饭，而丁奶奶自己碗里的饭菜，却非常简单，连叫花子的还不如。

丁奶奶很辛苦，每天要折腾到夜里两三点才能睡觉，早上6点多又要继续起来干活。随着年龄越来越大，身体状况越来越差，她已经无力照顾那么多猫。2012年2月17日凌晨，什刹海龙头井街，动物保护名人丁世英奶奶家中失火。老太太收养的流浪猫，约有150只葬身火海。原因是，那天太寒冷。丁奶奶为了给猫取暖，生了炉子。凌晨的时候，余炭燎着了炉子旁的可燃物，丁奶奶发现后，出门喊人，有街坊前来帮忙救火。大家用脸盆从家里接水，往猫舍上浇，"猫已经不叫唤了，估计都熏死了"。火越来越大，很快失控，整个三间猫舍全部被火吞没。约10分钟后，消防车赶到现场，数十分钟内，火被完全扑灭，但3间猫舍已成废墟，烧得只剩下一点木架。当日上午，志愿者在帮助清理杂物，丁奶奶的卧室幸而未殃及，剩下30多条狗和50多只猫。80多岁的丁奶奶因肺部感染住进了医院，她一方面内心自责，那么多小生命走了；另一方面呼吁社会，别再遗弃猫了，特别是别再把流浪猫和遗弃的猫送到她这里来，她真是无力照顾，早就力不从心了。

这件惨痛的事发生后，越来越多的志愿者来到了丁奶奶家，有的捐钱，有的捐物，有的帮忙盖房子。丁奶奶年事已高，身体状况越来越差。这些志愿者一方面照顾那些猫咪和狗狗，另一方面照顾丁奶奶。王亚丹就是志愿者之一。她是央视优秀女记者，曾多年做"3·15"打假节目，有一腔正义感和爱心。她成了丁奶奶的至交。老太太什么心里话都对这个女记者说，包括最敏感的问题，如为什么不结婚，是不是同性恋？丁奶奶说，她一生只爱猫，对男人没兴趣，对女人也没兴趣。现在丁奶奶院子里有上百只猫和一群狗。丁奶奶最大的愿望，是死后这个院子还留给猫咪。这套院落现在价值几千万元，丁奶奶当年的投资，为猫咪挣来了福祉。王亚丹准备拍一部关于丁奶奶的纪录片，她也很喜欢黄猫"肥肥"，因为它总是抢镜，总是与丁奶奶形影不离，仿佛是她的保护神。

　　90多岁的丁奶奶，每天都要说："我要死了，我要死了！"但是，黄猫"肥肥"总是及时回应安慰丁奶奶"NO"。的确，丁奶奶不能死，这么多可爱的猫咪陪着她，她晚年并不凄凉，乐多于苦。

— 12 —

他的职业是送走逝者，却因救人而被铭记

我们都是平凡人，其实每一个平凡人都有一颗不平凡的心，至少有一颗不甘平凡的心。我"三哥"就是这样的人，他曾是我的摔跤师傅。两年前，"三哥"走了，73岁，在考验男人寿命的坎年，他没有迈过去。参加了追悼会，最感动我的是他曾挽救过别人的生命！原来，过去他一家是抬杠的，他也曾是抬杠的，因为见到了一些人想不开而自杀，于是他决定改变这种现象，从送人最后一程的人，变为阻止人自杀的"暖心调解师"，用一颗不平凡的心，挽救与他不相干的人的生命。

一

抬杠，是典型的北京话，有两个意思，一个是"顶牛"，又称"斗嘴"，即打嘴仗的意思。《红楼梦》第六十五回里，有一句话："三人抬不过一个理字去"，意思是说纵使三个嘴巴奸巧的人"抬杠"，也斗不过一个"理"字。爱"抬杠"的人，往往"认死理"，是"杠头"，看什么都不顺眼，总爱找碴儿，总爱挑刺儿。

抬杠，还有一个意思，那就是专门抬死人的职业。抬杠的，和白事班

子不是一伙的，因为在大多数时候，他们可以单独行动，不惊动任何人，只要有人招呼，他们就悄悄地去，悄悄地回，挣的是辛苦钱，是阳间的"牛头马面"。

"三哥"一家，住在万寿山后身。"三哥"排行老三，因为力气大，喜欢摔跤，逐渐在京城摔跤圈有了名气，曾在业余组比赛中拿过亚军。不过他多年内都没有打败那个冠军，被戏称为"千年老二"。后来，因琐事，他受了伤，是被一个不要命的"三青子"捅了一刀，差点儿要了命，元气大伤。从此他不在摔跤圈里混了。闲着没事儿时，看街上的半大孩子玩摔跤，他技艺痒痒，就指点一二，在他的带动下，这个小镇成为摔跤之乡，不少青少年都爱摔跤，但他没有正式收过徒弟，也没有谁正式拜他为师。

我初次认识"三哥"，是15岁时，全家刚落实政策从农村回城，有一把子力气，和小伙伴拉拉扯扯摔跤玩时，他看出我"脚底有根"，主动要教我两招儿。那年他30多岁，一米七八的大个子，大长腿，干瘦，但身上都是肌肉，长瓜子脸，小眼睛，一只眼单眼皮，一只眼双眼皮，总爱穿一件不知道从哪儿淘换来的棕黄色呢子将校服，那时候，青少年都崇拜解放军，以穿军装为时髦，军呢子更是代表衣服的前主人是"大军官"，令人羡慕。

"喜欢摔跤吗？"他问我。

"三哥，您能教我灭人的绝技吗？"我喜出望外，虔诚地问。

"三哥"皱了眉："你这孩子，怎么光想打人？还往死了灭？摔跤和灭人是两码事！"

"摔跤不就是灭人吗，把人打倒，打服？"

"不对！摔跤是体育运动，是切磋技艺，有防身功能，但不是打人！更不是灭人！三年摔跤的打不过一年练拳的。"

"哦，您会打拳吗？"

"不会。只会摔跤。教你几招，但是记住了，不是为了灭人！"

他教了我几招简单的招数，如背摔、推摔、侧摔等。那时，真不讲究认师傅的礼节，不仅没有三拜九叩，甚至连"师傅"都不叫，只是叫他"三哥"。在他的指点下，我进步挺快，不久周围的小伙伴没有几个能把我摔倒的。"三哥"看到我的进步，很是高兴。

一天一大早，我在运河游泳，那是一条从密云水库通向京城主要公园的人工河，我看到"三哥"从园子后门匆匆出来，白色的衬衫上，沾满了血。我大惊失色，爬上岸问他："三哥，怎么了？你受伤了？怎么衣服上都是血？"

他见了我说："我没受伤，你别和别人说看到我身上有血！听见没有？"

"三哥"厉害，他一瞪眼，能把对方吓死。我赶紧闭上嘴，看着他匆匆回了家。

在万寿山后身，"三哥"一家人比较奇怪，经常半夜或天蒙蒙亮出去，天大亮后回家，大白天睡觉，是这一家人的常事。后来得知，他家祖上是做抬杠的，旧社会干这行的社会地位低，往往在人前三缄其口，不透露自己的身份，怕别人瞧不起。中华人民共和国成立后他一家大多还兼职做这个，经常一大早"抬杠"去了，白天需要休息。

这条街上的人常听到传闻："又有人从万寿山跳下去了！"

二

万寿山有个地方，高台耸立，下面是一面人工砌成的陡峭的绝壁，有诗云："神仙排云出，但见金银台"，可见其高，落差有一百来层楼那么高，云彩在其半腰缭绕。而不知何时，那里曾一度成为"自杀"的地方，在"文革"时期，不知道有多少人从那高台上跳下去。只要有人轻生，"三哥"一家人接到通知后，马上进园，负责把尸体抬走，还要把地上的污迹清理干净。改革开放了，人们有钱了，还是有一些人想不开，或者抑郁，选择在那个地区结束生命。跳下去的人，"嘎巴"一声，就了却了人间的烦恼，然而，留给"三哥"这样的人的是麻烦，是很大的麻烦。

　　生命是宝贵的，送走人最后一程，是对死者的尊重，但绝不是"三哥"愿意的。他退休后，决定不要让美丽的园林再发生任何一起悲剧。于是，他成为志愿者，时不时地选择黄昏或清晨这个最易发生抑郁轻生的时辰，去那高台附近溜达，发现有人在那里犹豫徘徊，就主动上前搭话，劝说人家珍惜生命，不要干那愚蠢的事情。

　　俗话说："哀莫大于心死"，要劝说想轻生的回心转意，是非常难的事情。"三哥"摸透了规律，他知道夏天、冬天，想不开的人似乎多一些，而鲜花盛开的春天和色彩斑斓的秋天，想寻短见的人少。这和夏天闷热、冬天寒冷有关，抑郁的人，容易"苦夏"和"伤冬"。

　　有一次我在那高台附近遇见满头白发的他，他还是那么干瘦，但精神矍铄。我问他："三哥，干吗呢？"他拉着我的手找了个台阶坐下，嘘寒问暖，后来向我絮叨了他的动机。我顿时对他肃然起敬，觉得他太伟大了。他说："好多年了，这里没再发生那样的悲剧。这样多好！"

　　"三哥"告诉我，他会揣摩人的心思，见到知识分子要轻生的，他就和这类人谈诗歌。他吟诵："春湖落日水拖蓝，天影楼台上下涵，十里青山行画里，双飞百鸟似江南。"然后说，"这么美丽的景色，你怎么不欣赏，偏钻那想不开的牛角尖？"

　　遇到下岗想不开的，他就和人家说："那首歌唱得好，只不过从头再来，老天总会给人一个饭碗，只要你勤快，不怕吃苦，卖冰棍儿、扫大街、捡破烂儿都能养活自己和家人。不能等别人为你铺好路，而是自己去走，走出一条自己的路。有个叫马云的成功人士说过：'生活是公平的，哪怕吃了很多苦，只要你坚持下去，一定会有收获，即使最后失败了，你也获得了别人不具备的经历。'"

　　遇到因家庭琐事和感情寻短见的，他就说："洗个澡，打扮得漂漂亮亮的，找几个朋友一起出去吃饭，聊聊天。人生有太多的际遇，风可以含情，水可以带笑。在心灵后花园里，其实总有让你留恋的人，值得珍惜的记忆。"

遇到情绪激动的，他就厉声说："别动，站直了，深呼吸，举起手来，深呼吸，再来一次！"然后乘其不备，一把搂住，遇到反抗的，就一下抱摔。先把生命救下来，再慢慢开导。

久而久之，他慢慢成为半个演说家、半个心理疏导师、半个抑郁症调解师。再加上他原来是练摔跤的高手，出手迅速，被他从数百米高台上挽救的鲜活生命确实有那么几条。

三

追悼会上，一位40多岁穿着黑纱的女人哭得死去活来，她断断续续地说："干爸爸，是您给了我第二次生命。那年我失恋了，要从那里跳下去，是你一把抓住了我。我咬你，掐你，恨你拦住我去死。你说，多大点事儿呀，值得你搭上性命？不就是失恋吗？天涯何处无芳草，你这么年轻漂亮，再找一个中意的，不是什么难事。你愣是劝了我一个多小时，让我回心转意。你还认我为干女儿，后来为我介绍了对象。我一家现在生活很幸福，孩子已经上中学了，他爸爸也转业了，在小公司里当副经理。他们爷俩今天都有事，我代表一家三口送送您，干爸爸，一路走好！"

另一位60多岁头发斑白满脸褶子的老先生，在灵堂前鞠躬后就离开了，我出了灵堂见他坐在附近的台阶上，见我凑过去，告诉我，"三哥是我的救命恩人，那年我老伴儿去世了，我很难过，也想在那高台子上一跳了之。还没等我站上去，他就拦腰把我抱住。我说，别拦着我，我不想活了。没想到他却说，我根本不想救你，只是想告诉你，这么高的落差，你跳下去了，就像西瓜一样，摔得稀烂，把这么美好的园子弄得血腥四溅，你的肠子肚子会摔得到处都是，臭烘烘的，别人还怎么逛公园？满地是你的血肉模糊七零八落的脏东西，得动用多少人清理？还得消毒，你不是一走了之，你是给社会添乱，污染美丽的环境！他这么一说，弄得我真觉得对不住园林工人，对不住这么美丽的公园。我就不死了，决定好好活着！"

送行的人，陆续离去，不少人留下鲜花，我知道每一束鲜花，也许都是一个感人的故事。

— 13 —

奶奶的剪刀

  剪刀是中国人发明的生活用具，在西汉就有了。汉字"剪"的象形意思就是"刀前还有一把刀"。唐代诗人贺知章《咏柳》诗句"不知细叶谁裁出，二月春风似剪刀"，可见剪刀作为日常生活用品，在我国历史悠久。

  剪刀是历史的见证，承载着岁月的沧桑，介入着人世间的喜怒哀乐。人们的生活离不开剪刀，身上穿的，生活中用的，在剪刀的咔咔咔声中，像变魔术一样，都可以变幻出来。绫罗绸缎和布匹瞬间可以变成把女人装扮得花团锦簇的时尚霓裳，碎布和粗麻眨眼间可以变成实用的布袋和鞋袜。纸张可以瞬间变成婚嫁的大红喜字和新郎胸前大红花，也可以变成祭奠去世者的白色云朵和圣洁的图腾。剪刀下，新生儿与母亲连接的脐带，在咔嚓声中切断，完成新生命个体从此独立的新生礼。剪刀下，开业典礼、各种庆典、在咔咔剪彩声中，标志着吉祥和兴隆的仪式达到高潮。剪刀下，拯救者剪去束缚在善良者身上的绳索，失恋者剪碎写给负心者的情话和诗歌。剪刀下，悲欢离合，人间百态，盎然上演……

  扯远了，还是说说我奶奶的剪刀吧！剪刀是我奶奶生活中最离不开的工具，对她来说就是"万能神器"。她有一把王麻子牌的剪刀，经过铁匠的千百次锤打成型，十分锋利灵巧。她用剪刀维持一家人的生计，她在河北邦均一带用剪刀赚来一个外号"剪刀婆"。以至我奶奶真名叫啥姓啥，已经没有人知道。和老辈人絮叨唠家常，断断续续得知一些关于我奶奶的故事，而每个故事，都与剪刀有关。

一

那一年，天降大雨，连下了30多天，庄稼地成了泽国，青黄不接。我爷爷带领饥饿的农民闹农会，却被反扑回来的地主还乡团抓了起来，吊在房梁上，用烧红的红筷子穿心杀死。后来有人通知我奶奶去收尸。据说小脚且瘦弱的我奶奶只身一人把我爷爷的尸首背回了家。乡亲们没有看到她掉一滴眼泪，只见她擦干爷爷的尸体，擦干自己身上的雨水，盘腿在炕上用剪刀默默地裁剪几卷白纸。我奶奶的剪纸是有名的，过去乡亲们过年贴门联都向我奶奶讨要剪纸和窗花，而如今大家都以为她是剪出殡用的纸钱。也有的叹息说："老天爷不开眼，总是下大雨，纸钱都扔不起来，会掉在地上烂成泥。"我奶奶剪完了白纸终于开口说话了："我剪的不是纸钱，是扫天的扫帚，扫鬼的扫帚！"果然她把剪好的东西让三个儿子在父亲的灵柩前展开，是两排扫帚模样的剪纸，左边这排扫帚朝天，意为扫天，右边那排扫帚朝地，意为扫鬼。乡亲们明白，扫天是要期盼云开日出，停止连续三十多天的连阴雨，扫鬼是要扫走那些欺压百姓的恶鬼厉鬼！说来也奇怪，我爷爷出殡那天，乡亲们帮忙举着我奶奶剪的两排纸扫帚在灵柩前开路，还未等灵柩出屋门，天就晴了。大家都误认为我奶奶通灵了，她剪的扫天的扫帚扫得天开了，奇迹发生了，竟然令肆虐的老天爷停止了30余天的滂沱！远近的乡亲们闻讯纷纷赶来，加入出殡的队伍，号啕的队伍浩浩荡荡延绵数里，那扫天扫鬼的扫帚，白花花两长串，让乡亲们看了备受鼓舞，让地主还乡团看了心慌。我奶奶用白纸剪出的扫帚，成为穷人发泄悲愤的旗帜、追思英魂的号角、刺向地主还乡团的标枪。据说杀死我爷爷的那个刽子手看了心慌得很，离开了村子，在闹日本鬼子时当了汉奸，后来被八路军的乱枪打死，此是后话。

二

我奶奶成了寡妇，一个人带着三个十几岁的半大小子。日子怎么过？四张嘴靠什么吃？我奶奶没有怨天尤人，而是默默地拿起剪刀，帮人家裁衣服、帮需要过红白喜事的人家剪喜字或纸钱、给十里八乡生孩子的女人当接生婆剪婴儿的脐带。她原来就是个接生婆，略懂一点医道，就顺势给乡亲们看一些疑难杂症。一天，有一个邻村的瘸腿乡亲找上门来，这个年轻人腿上肿着一个大包，爬着蛆虫，散发着恶臭。我奶奶问咋弄的？年轻人说砍柴摔了一跤，没钱治，就瘸了。我奶奶说："再不治，你这条腿都要锯掉！"她让这个后生坐在灶台前，把剪刀在灶台里的柴火上烧红了消毒，然后把他腿上的脓包剪开，放出了脓血、减掉烂肉，然后撒上香灰，并用干净的白布包好。几天后，这个后生腿上的脓肿彻底好了，腿也不瘸了。乡亲们闻讯，把她认作"神医"，纷纷来找她看病，也会顺便带来一些吃的、用的，接济这个带着三个孩子的寡妇一家，一家四口勉强可以为生。

有一天几位乡亲抬来了一位姑娘，姑娘咽喉溃烂，吃不下饭，喘不上来气，发高烧，浑身滚烫，奄奄一息。我奶奶看了，是扁桃体溃烂，先用柴胡煎药煮水，让姑娘连喝了三天，才消炎退烧了。然后我奶奶用剪刀把姑娘那个总是反复发作的扁桃体给剪了下来，并用甘草、青黛、山豆根煮水，让姑娘喝，以保持伤口不发炎。一周多过去后，姑娘痊愈了，她和她的家人逢人便说是我奶奶救了她，用剪刀摘掉了她憋得出不来气的"喉头"。"剪刀婆"的名声一下子不胫而走。被她治好病的姑娘和小伙子纷纷认她为"干娘"。于是，我奶奶有了一批干闺女和干儿子。（而我有了许多素不相识的"干叔叔""干姑姑"）。

传说她还用剪刀减掉了一个老汉脖子底下长着的一个巨大的肉瘤，那个老汉，因为肉瘤溃烂，要没命了，没有钱看病，只能等死。我奶奶犹豫再三，终于拿起剪刀。不可思议的是这个老汉居然没死，还活了两三个月，但这可是传说，没有真凭实据。不过我奶奶的剪刀"什么都敢剪"成为十里八乡人们茶余饭后的谈资！

三

三个儿子要抚养，我奶奶没日没夜地用剪刀维持生计。一天，二儿子，也就是我爸爸，和村里的孩子打架，而且打的是地主家的儿子。地主带着家丁找上门来了，怒气冲冲地质问我奶奶："有人生，没人养，你要不管教，我就替你管教你家的儿子，不能让他胡作非为！"我奶奶根本不理来人，还在用剪刀做活计。来人大声说："你再不管，我可要当着你的面抽他大嘴巴了！我们可下手重，乱棍打死也说不定！"我奶奶这才抬起头，瞪着丹凤眼厉声说："谁说我不管了？我的儿子用不着你管。"说着她把手里的剪刀向她的二儿子身上投掷过去，还骂道："没出息的，看我扎不死你！"我爸爸转身一躲，却没有躲过去，剪刀嗖的一声插在他的后背，那里离后心脏不远。我爸爸哎哟一声应声倒地。这一群兴师问罪的来人都被吓呆了，从没有见过这么惩罚孩子的，比他们还狠，于是转身神色慌张地跑走了。"这个娘儿们，敢用剪刀杀人！连自己的儿子也敢杀！"他们边走边说。

后来我奶奶用中草药把我爸爸后背心上的剪刀伤治好了。她告诫三个孩子再也不许在村里打架，要好好做人！

三个儿子在母亲面前发誓，再也不打架惹事。不久后一个儿子找到共产党的部队当了兵，发誓要给闹农会死去的爹报仇，由于作战英勇，后来被提干，中华人民共和国成立后官至大校，这就是我的叔叔王耀华。另一个儿子出去做买卖，学得一身好厨艺，做出的饭菜十分好吃，这就是我大爷王清。而我爸爸王湘，后来当了人民警察。自打我记事起，就看到爸爸后背心处有一个伤疤，那是奶奶的剪刀留下的纪念，永恒的纪念。

— 14 —

那山，那寺，那人

"满树和娇烂漫红，万枝丹彩灼春融。"桃花在早春开放，芳华鲜美，是春天到来的象征。桃花与百姓生活有着密不可分的关系，它不仅是历代咏花诗的重要题材，还是寻常人家插花点缀家庭环境的钟爱佳品。

欣赏桃花，使人愉悦。每一朵桃花都有五个花瓣，组成一个像彩碟一样的花盘，中心挺立着一簇十多根针一样细的米黄色的花蕊，花蕊的端头像火柴头，红褐色，散发着淡淡的幽香。每一枝桃花密密层叠，使细弱的桃枝变成了花团锦簇的花棒。满树的桃花，则像一面流光溢彩的花墙；而满山的桃花，则组成了一片花海，波浪起伏，有凝固的波峰，有凝固的波谷，姹紫嫣红；看上去又像燃烧的巨大火焰，点亮了苍凉的大山。

这就是桃花山，位于天津蓟县（今蓟州区）西马坊村北。"桃花春色暖先开，明媚谁人不看来。可惜狂风吹落后，殷红片片点莓苔。"拾级而上，我欣赏桃花山和桃花寺的盛景的同时想起了我的爷爷王世英，他殷红的热血染红了家乡的土地，染红了桃花山上的桃花。

一

桃花山上有一座桃花寺，始建于唐代，明万历十五年（1587年）重修，清乾隆八年（1743年）奉敕重修，并在寺旁建成桃花寺行宫，占地近30亩。乾隆每年到东陵祭奠祖先，一定要在桃花寺行宫留宿，曾写下60多首诗。其中御题桃花寺八景之一的"吟清籁"碑文尚存。"倚松架三楹，屏风抱其外。山灵茯苓润，风古笙簧会。偶来坐白昼，为我吹解带。是地可消夏，旦夕吟清籁。"而他咏桃花的诗句："唯有绯桃花，含胎迟芳鲜。"广为流传。

桃花山的景色非常优美，桃树满山，春天别处的桃花尚未开放，这里的桃花却已竞相怒放，堪称此山一景。桃花寺北依桃花山，南有州河水，背山面水，四季朝阳。山坡上有几处汩汩作响的山泉，任凭天旱不雨，仍常年不涸；泉水甘甜、清洌。其中"涤襟泉"最为有名，这处泉水水量大，甘洌清甜，敢与北京玉泉山的泉水媲美。相传乾隆以后各代皇帝每年清明从京都去东陵谒陵祭祖时，先从北京玉泉山带些水路上饮用，到桃花寺后，再取"涤襟泉"之水饮用。返京途中，还要带足"涤襟泉"泉水供回京一路饮用。至今仍有两处山泉常年不涸，已被村民引下山来，作为生产、生活用水。相传，慈禧太后也非常喜欢这里，不仅喜欢这里的泉水，还喜欢当地的一种小吃"咯吱盒"。传说这种小吃原来没有名字，公公把这个"绿豆酥卷儿"端给慈禧吃，慈禧随口说"搁这儿"，从此这种小吃因老佛爷喜欢而迅速流传。"咯吱盒"是用绿豆面裹馅油炸，吃到嘴里咯吱咯吱地脆响，满口余香。

清末民国初年，驻蓟孙殿英的部队，不仅在东陵盗墓，把含在慈禧口中的夜明珠献给了宋美龄，还拆毁了位于桃花寺旁的皇家行宫。桃花山变成了一座荒凉的山，残破的桃花寺只剩下一个僧侣，名叫李崇喜。他是我爷爷的好友。那一年桃花盛开，蓟县共产党组织发展我爷爷入党，在桃花树下，我爷爷举拳宣誓，要为共产主义奋斗终生。桃花寺，成为地下党组织秘密活动的场所。殷红的桃花，成为共产党联络农民抗捐抗税的暗号，也象征着革命形势如火如荼。

我爷爷受党组织委派，组织附近村民成立农会，他当选为农会主席。"一切权利归农会！"那是他们喊出的嘹亮口号。

我爷爷，中等个子，瘦弱，四方脸，浓眉大眼，是当地村里的教书匠，娶崔家的闺女也就是我奶奶结了婚，生下三个儿子。他常常手拿一卷书、一把尺子，行走在这片土地上。他常对家人说："天地生人，有一人当有一人之业；人生在世，活一日当尽一日之勤。"利用教书匠的身份，他走村串户，了解农民的疾苦，组织农民团结起来，争取穷人自己的权利。在桃花寺，他们把空闲的房屋作为教室，他教农民识字、算术，还给他们灌输革命道理。让穷苦的农民明白一个道理，人生下来就是平等的，就有吃饭的权利。地主老财奢华的生活，是穷人的血泪、汗水滋养出来的，只有把世上的地主老财消灭干净并推倒他们的政权，才会有穷人的活路。

闲时，僧人李崇喜常和我爷爷讨论，他认为佛教主张向善、利他，终极目标是大同的极乐世界，这和共产主义有点像。我爷爷推心置腹地对他说："不对，有本质的不同。你们信的是唯心主义，而共产党人信的是唯物主义。让天下穷苦人翻身解放，实现人类大同的共产主义，不是每个人都闲散地享受极乐世界的快乐，而是人人都要劳动，物质相对丰富，按需分配。"

就这样，两人经常探讨理论问题和社会问题。特别是我爷爷对李崇喜耐心地解释，你们佛教主张人生来就不平等，富贵是因为上辈子积阴德，贫穷是上辈子没有积阴德。要人们逆来顺受。这是不对的，我们主张人生下来就是平等的，天赋人权，富人是靠剥削穷人而致富的，穷人要翻身，就必须团结起来，一切权利归农会，农民必须当家做主！

残破的桃花寺，虽然香火不旺，但是人气变旺了，成为农会所在地，成为农民的"沙龙"，成为农民在这里诉苦、宣泄不满和宣讲翻身解放主张的场所。

二

那一年，天降大雨，连下了30多天，庄稼地成了泽国，青黄不接。我爷爷带领饥饿的农民"吃大户"，闯进地主老财的家里，打开粮仓，分粮食救济活不下去的农民，并支锅做饭，席地填饱肚子。

"一切权利归农会！"首先，就是要让农民活下去，而那些地主老财土豪劣绅根本不顾农民的死活，大灾之年，不但不减租减息，还要横征暴敛。因此农会的主要攻击目标是土豪劣绅、不法地主、贪官污吏，以及乡村的恶劣习俗。因此深得民心，受到所有穷苦农民的拥护。"吃大户"立刻蔓延起来。附近几个乡镇和村落，都出现了把几千年封建地主的特权打得个落花流水的局面。地主的体面威风，一扫而尽。土豪劣绅、不法地主、贪官污吏的权力即倒，农会便成了唯一的权力机关，真正办到了人们所谓的"一切权力归农会"。连夫妻吵架的小事，也要到农民协会去解决。一切事情，农会的人不到场，便不能解决。农会在蓟东大地上，简直就是"真理"的代名词，真是"说得出，做得到"。当然穷苦的人都说农会好，只有那些反动的人才说农会坏。土豪劣绅，不法地主，则完全被剥夺了发言权，没有人敢说半个不字。在农会威力之下，一等的土豪劣绅们跑到海外，二等的跑到北京、天津、上海等大城市，三等的跑到内陆，四等的跑到县城，五等以下的则在村里向农会投降。

桃花寺空前忙碌，人来人往。整个蓟东大地都一样。哪里挂农会的牌子，哪里就彻夜灯火通明，人声鼎沸。我爷爷也空前忙碌，处理各种事物，组织协调各村农会的行动。按我奶奶的话说："那个短命的，从不回家，家里的事，他一概不管，成了撒手掌柜的！也不给家里带回一分钱。都说'半大小子吃死老子'，这仨孩子，都是半大小子，吃多少都不饱，你让我一个妇道人家靠啥给他们弄嚼谷？"

我爷爷是农会主席，农民运动正在如火如荼地开展，他真腾不出时间回家。因为，党组织和他这个农会主席都意识到形势发展得太快了。有些超出了设想和控制。不少村的农民闯进反对农会的土豪劣绅的家里，一群人拥进去，杀猪出谷。土豪劣绅的小姐少奶奶的牙床上，也可以踏上去滚一滚。动不动捉人戴高帽子游乡，"劣绅！今天认得我们！"有些人确实为所欲为，一切反常，竟在乡村造成农会人了不起的盛气凌人现象。下一步农民运动该怎么走，他在思索，也在等待党组织的指示。

农会运动深深地触犯了地主老财的利益，有些地主的土地和财产都被分光了，地主本人则被扫地出门，这些经济利益的损失无疑是刺激地主展开疯狂报复的原因。他们组织了民团武装还乡团，在国民党反动派的撑腰下，很快反扑了过来。

那是一个伸手不见五指的夜晚，还乡团把我爷爷和其他几个农会干部抓了起来，在桃花寺挂着农会牌子的那间屋子里，我爷爷和其他几位农会干部被五花大绑吊在房梁上。东马坊村的大地主气焰嚣张地说："你们这些穷棒子，谁给你们这么大胆儿？大白天闯进我家，抢我家的粮食，抢我家的财产，还分我家的浮财，真是狗胆包天！我家的粮食你们这些穷疯了的穷棒子也配吃？即使喂狗，也轮不到你们吃！现在我要你们把吃下去的都给我吐出来！谁带头闹的事，你，王世英，带头闹农会，你先吐！"

于是，地主指使狗腿子用烧红的火筷子准备第一个先刺向我爷爷的心脏。在地主的淫威面前，我爷爷宁死不屈，大骂地主老财，骂他们见穷人饿死也不施救，盘剥农民，欺压百姓，横行乡里。但是没等我爷爷说完话，烧红的火筷子就穿进他的心脏，将他杀死了。另外几个农会干部也都被烧红的火筷子穿心杀死。

三

血雨腥风中，农民运动被镇压下去了。但是怒火，却在穷苦的老百姓心中燃烧，永远不会熄灭。僧人李崇喜帮助我奶奶和其他几位农会干部的家属在桃花山山坡上选了一块干净的土地，准备埋葬了我爷爷和那几位牺牲的农会干部。我奶奶没有哭泣，而是用剪刀剪白纸，但不是剪纸钱，而是用白纸剪出了扫帚，寓意是扫天扫鬼！扫天就是要期盼云开日出，扫鬼是要扫走那些欺压百姓的恶鬼厉鬼！

出殡那天，乡亲们帮忙举着我奶奶剪的两排纸扫帚在灵柩前开路，号啕的队伍浩浩荡荡延绵数里，那扫天扫鬼的扫帚，白花花两长串，让乡亲们看了受鼓舞，让地主和狗腿子看了心慌。我奶奶用白纸剪出的扫帚，成为穷人发泄悲愤的旗帜、追思英魂的号角、刺向地主和狗腿子的标枪。

满山的桃花，殷红如血，千叶桃花胜百花，那是烈士用鲜血浇灌出的花朵，所以才更加鲜艳、更加美丽。革命先烈们，你们是为人民利益而死的，你们的死重于泰山，你们与青山同在、与大地永存。

桃花寺也难逃一劫。日军为了摧垮抗日根据地，实行野蛮的"三光"政策。1942年的正月初三，20多个日伪军沿山脚从西向东扫荡，日军少佐见桃花寺和院墙内外成片的松林，怕给八路军留下藏身之地，便下令放火。他们抱来干柴，堆在三座大殿和钟鼓楼门窗下，点燃柴草。时值冬日，空气干燥，大火很快烧了起来，浓烟弥漫了天空。住寺僧人李崇喜赶忙提来几桶水，浇灭了四大金刚殿前还未燃烧起来的柴堆。可启圣殿、十八罗汉大殿和钟鼓楼都已是大火烧上了房顶，无法扑救。他捶胸顿足，号啕大哭。大火整整烧了两天一夜，一架架粗木檩柁烧断了，一尊尊塑像被砸碎了，两座大殿和钟鼓二楼变成了一片瓦砾。寺外的松林也被大火一起烧毁。大火过后，僧人李崇喜只得含泪告别了桃花寺。

我奶奶王崔氏，寡妇一人，含辛茹苦，带大了三个儿子。我出生在北京，1975年我第一次回老家给我爷爷上坟，那时桃花寺只剩下一些断壁残垣，作为历史见证，向人们诉说着当年日军破坏中国文物的累累罪行。在爷爷墓前，我磕头跪拜，满山的桃花，灼如丹华，让我心潮起伏，热血沸腾，立志要做爷爷王世英那样的人！

2010年7月在政府的主导下桃花寺和行宫重新建成。流落别处的乾隆皇帝御笔诗碑"吟清籁"被移送到新建的桃花寺，涌晴雪、小九叠、吟清籁、坐霄汉、云外赏、涤襟泉、点笔石、绣云壁等"桃花寺八景"也重现。

"桃花浅深处，似匀深浅妆。春风助肠断，吹落白衣裳。"桃花山、桃花寺，被灼灼其华的桃花掩映着，红墙黛瓦，气势恢宏，美轮美奂。登山赏景的时候，我告诫后人，今天的幸福生活和静好岁月，是先辈们用鲜血和生命换来的，烈士忠魂铸桃花，所以这里的桃花分外鲜艳。

— 15 —

消失的赤脚医生和神奇的中草药

"山驴驹子"不是驴,更不是驴下的崽子。那么"山驴驹子"是什么?说白了,它就是巨大的蝈蝈,比人们常见到的大蝈蝈要大十来倍,是超巨型蝈蝈。头上有两只硬角,大脑袋、大身躯,浑身披着一层黑色油亮的硬甲。两只黑色的大眼睛,占据头大部分面积,嘴巴不小,吱儿吱儿吱儿地叫起来,比蝉鸣更嘹亮、更浑厚、更婉转悠长,此起彼伏,再加上山谷的回音,仿佛是一支小乐队在深山里演奏的音乐会。

我下乡待过4年的北京怀柔喇叭沟,丛林中、草地上、河滩边、庄稼地里、山坡上,到处可见个头大黑亮亮的"山驴驹子"。最大个的,有老鼠那么大,四肢强劲发达,可以跳跃,但不会飞,没有翅膀,摇摇晃晃地在地面上横行。山里人都叫它"山驴驹子"以形容它的庞大。"山驴驹子"牙齿锋利,以青草、野菜、树叶子为食,偶尔也吃虫子、蚂蚁、蚂蚱等幼小的生物,是个杂食家。

一

我第一次见到"山驴驹子"非常好奇,试着捉了一只,拿在手里,仿佛是在抓住一只努力挣扎的大螃蟹，它的力量很大，甲壳很硬，很快就挣脱了我的手，吱吱吱地逃走了，而像锯齿一样的后腿，还把我的手指割伤了。

"干啥呢？"杏花姑娘见到我狼狈的样子，关切地问起来。她是村里最漂亮的姑娘，当年14岁，皮肤白皙，身材丰满挺拔，人见人爱。她家和我家是邻居。"哦，流血了，抹点马勃粉，保证止血不留疤。"说完，她把采来的干马勃掰开，把里面的黑色粉末涂在我的伤口上。

"谢谢，"我感激地说，"你们山里人为什么叫这种大蝈蝈'山驴驹子'？"

"这个嘛，真把我问住了。我给你找个人，他一定能回答你的问题。"很快，杏花姑娘便把村里的赤脚医生何青山介绍给了我。

当年，何青山20多岁，靠祖传和自学，掌握了丰富的医学知识，他能识别生长在喇叭沟的700多种中草药，懂得这些中草药的药性，他会扎针灸，会接骨，会打针输液，是个全能的乡村赤脚医生。瘦长脸、中等个子、身材单薄的何青山，微笑着和我打招呼。他说："'杏花'告诉俺，你特别好学，总爱问问题。你想知道为啥叫'山驴驹子'？俺也弄不清楚，老辈人都这么叫。喇叭沟的生态好，山清水秀，只有喇叭沟才有'山驴驹子'。俺到别的地方参观学习过，没见到过这么大个头的。也就是说，是咱们喇叭沟的特产，蝎子拉屎（毒）独一份！"

何青山——由于医术高明，又根红苗正，是县里赤脚医生的典型，经常到处作报告、演讲。因此，他的话，让我信服。

我好奇地问："'山驴驹子'能吃吗？"

何青山笑了："听说广州人什么都吃，除天上飞的飞机和地上四条腿的板凳不吃，其他都吃，包括蚂蚱、蝈蝈、老鼠、蛇，他们特别爱吃蛇。咱这个村，没有人吃过'山驴驹子'，只有俺烧烤过一只，打开硬壳后，几乎没有什么肉，吃不得！"何青山为了试验药性，像神农尝百草一样，品尝过所有他采的草药，当然他也试验过"山驴驹子"的药性。他告诉我"山驴驹子"烤干后磨成粉可以治疗跌打损伤，也可治疗小儿腮腺炎和蛇咬伤。

"那你教我识别中草药行吗？我想拜你为师。"我诚恳地说。

"你还小，不到12岁，想当赤脚医生还早。不过，你明天可以跟俺上山采药去，采了药，可以卖钱，卖给公社收购站。他们的价格高。俺这个诊所也收中草药，不过，俺没有钱给乡亲们。炮制的药，给乡亲们用，也不收什么钱。除非西药，那是用钱买来的，俺不得不收钱。"

赤脚医生，那时基本是免费给乡亲们看病的，自己炮制中草药。他家的院子里，到处是晾晒的各种中草药，洋溢着中草药特有的香味。

第二天一早，我拿一把锄头和一只荆条筐，随何青山上山采药。我们上了大南山，他告诉我，大南山的远志、黄芪、苍术、黄连、党参很多。在一片朝阳的林子里，他一一告诉我发现的柴胡、野百合、肉苁蓉、五味子、丹参等药材。有的药材要采集根茎，有的要采集茎叶，有的要采集花朵，有的要采集果实。一天下来，我认识了三四十种中药材。第二天我把采集的药材卖到了公社收购站，卖了5块7毛钱。那时物价低，票子很值钱，当时一斤肉才6毛6分钱。看来，只要勤劳，山里丰富的物产，饿不死人，也穷不死人。就怕没有知识、又懒得劳动，只有受穷的份儿！

杏花姑娘见到了说："不赖呀，跟着瓦匠会搬砖，跟着木匠会拉线，跟着郎中会赚钱！"

陈嫂是村里最漂亮的小媳妇，皮肤白，脸盘靓，身材好，外号"小白丫"，性格开朗，最喜欢和小伙子开玩笑。她见我和"杏花"说话，就笑吟吟地插话说："多刨药材，多攒钱，嫂子好给你说对象，山里的姑娘要彩礼。越是漂亮的姑娘，彩礼就越高。你知道我家'杏花'的彩礼是多少？告诉你，傻小子，说出来吓死你！五元的票子两斤！外加八身趟绒衣服！"

"杏花"不爱听，扭头走了。

我真被陈嫂说的彩礼给吓晕了，我第一次听说票子要用斤称，五元的票子两斤，那是多少钱？天文数字！

二

喇叭沟的山美水美，空气清纯，森林面积在80％以上，植物种类繁多，动物有300多种，是一个生物多样性的王国，也是原始次生林动植物精华所在之处。前喇叭沟和后喇叭沟，交会在一起，拥抱着上千公顷原始森林。因处于针叶林和阔叶林之间的过渡地带，有油松、山杨、蒙椴、辽东栎、白桦、山杏、荆条等树木。春季时山花烂漫。特别是漫山遍野繁花似火的杜鹃花，灿若朝霞，十分壮观。姹紫嫣红的杜鹃花海，满山满谷，红色、粉色此起彼伏，如海浪翻腾。

然而在那个杜鹃花开的春天，我却病了，腰上长了一个大疖子，十分疼痛。疼得我不能行走，只能侧卧在炕上。

"杏花"知道我病了，帮我叫来了赤脚医生何青山。见到了和蔼可亲的何青山，我感激地坐起来。打了招呼后，青山哥检查了我的病处，他按了按疖子周围，说："根不小，发展下去，就会要人命的！"他先给了我贴上了拔毒膏药，然后从药箱里拿出了柴胡、大青叶、青黛等中草药，嘱咐我妈妈去熬水给我喝，因为他发现我的体温挺高，发烧了。柴胡能退烧。

几天后，我的烧退了，但是腰上的疖子更大了，要破脓了。"杏花"又找来了何青山。他看了后，说："再贴膏药拔毒。脓出来后，就要用'山驴驹子'和疥蛤蟆粉消脓。俺去捉'山驴驹子'去！"

一天后，何青山来了，先给我排脓，然后用"山驴驹子"和疥蛤蟆粉等几味中草药配置的膏药给我敷上。一天后又来换药，如是三五天。我便彻底好了，虽然右腰处还留有一个疤，但是，非常严重的疖肿被何青山用神奇的中草药给治疗好了。这其中，就有"山驴驹子"的功劳。

喇叭沟的林木多，蛇就多。无毒的草蛇、有毒的蝮蛇，惊蛰后都从地缝里、树洞里和山洞里钻了出来。几个月后，会蜕皮，蜕皮后，就交配。人在路上走，经常看到两条蛇缠绕在一起。交配后，它们食欲大振，即使天上的飞鸟、地上的走兽，它们都敢攻击。特别是在林子树梢上游走的赤链蛇，游走速度比人跑得还快，有人进林子不小心就会被这种赤链蛇飞扑下来咬一口，轻则红肿，重则数日毙命。有经验的山里人，随身带一根棍子，走路时一边下打草棵，一边上打树枝。草棵里的蛇听到动静就躲开了，树枝上的蛇听到如此大的动静，知道不好惹，就爬走了。"杏花"告诉我，上山去干活时一定要随身带根棍子，敲敲打打，就不会被蛇咬伤。一天，我和小伙伴打死了一条一米多长的赤链蛇。杏花姑娘告诉我，别扔，剁掉七寸以上蛇头，蛇身拿回村，架在柴火上烤，烤熟了给猪吃。她说："春天，猪要蜕毛，猪吃了蛇肉，猪的毛就蜕得好，长出来的新毛又黑又亮。"我按照她的说法，把烤熟的蛇喂给了猪，那头猪高兴地哼哧哼哧美餐起来。几天后，长出的新毛果然又黑又亮。

这一天，生产队在南山沟开荒，准备种植萝卜，那里腐殖质落叶厚，萝卜会长得像娃娃一样大。而开荒，就会惊动灌木丛中的蛇，那里居然是一个蝮蛇的蛇窝。被激怒的蝮蛇蹿起来一人多高，向人群扑来。何青山的父亲动作迟缓，被这条将近两米长碗口粗的蝮蛇狠狠咬了一口，毒液顿时让伤口周围肿得像馒头一样高，黑红黑红的，老人顿时倒地。众人连忙叫来何青山，他从药箱里拿出"山驴驹子"和疥蛤蟆粉等几味中草药敷在伤口上，说："快帮忙把俺爹抬到公社卫生院吧，这些中草药不管用，烟袋油子也不管用，必须用蝮蛇血清。俺没有这药。要命啊！"

村里8个壮劳力，轮流抬着老人向10里外的喇叭沟公社卫生院奔去。与生命赛跑，早一点到达，就能早一点救老人的命。

我目送他们远去，一方面为老人担心，另一方面也对"山驴驹子"不是万能的灵丹妙药而遗憾。

由于把老人送到医院及时，医院针对山区特点，早备有抗蝮蛇毒的血清，老人得救了。几天后，在何青山的陪同下，老人骑着毛驴回到了村里。大家都去慰问他。老人对乡亲们说："感谢大家救了俺。"

何青山对我说:"俺爹命大。我在一个老中医那听说过,轻度的蛇伤,'山驴驹子'粉是管用的。但是,俺爹是严重的蛇伤,就不管用了。"

为了回报赤脚医生一家对远近村民做的好事,村民们自发地掀起向村诊所捐献中草药的行动,纷纷把采来的中草药捐给何青山,有的捐黄连,有的捐远志,有的捐当归,有的捐党参,有的捐何首乌,有的捐巴戟天,"杏花"捐的是益母草,我捐的是瓜蒌,还有几只晒干的蜈蚣和"山驴驹子"。

三

喇叭沟的秋天是最美的。由于海拔高,无霜期短,这里9月下旬,海拔1000米以上的树叶就已经是一片火红和金黄了。橡树叶慢慢褪绿变红,远远望去,满山遍野层林尽染,景象蔚为壮观;五角枫叶在秋阳中红得纯粹、红得热烈,比"二月花"还壮美,宛如丹霞。那混交林中点点红叶,在苍绿、浅鹅黄色林冠画卷的映衬下,红得像跳跃的火,红得像美艳的云,令人感到无限的温暖和沉醉。

秋天是采蘑菇的季节,松蘑菇、榛蘑菇,长满了山林。"杏花"带领姑娘小伙子们去采蘑菇,我也加入了采蘑菇的行列。"杏花"姑娘告诉我们,彭家坟地的蘑菇最多最大。我们一群少年,叽叽嘎嘎兴奋地涌向了松林笼罩郁郁葱葱的彭家坟地。这里生长着数百棵参天的松树,大多有数百年了,有的树干粗得10个少年手拉手也环抱不过来。这里的蘑菇层层叠叠,密密麻麻,一片一片地生长着。我们大家很快就采满了一筐筐蘑菇,高兴地唱着歌满载而归。几天下来,家家都忙着把采集的蘑菇,用线穿起来晾晒,有的挂在房梁上,有的挂在门楣上,成为一道风景,家家蘑菇飘香。

但是,不知道为何,第二年,村里彭姓一族经过商量,把彭家坟地数百年的参天松树统统伐倒,或做成木板,或打成躺柜或棺材,或卖钱,有的分实物,有的分卖木材的钱,总之彭姓家族个个欢天喜地,直接分掉了祖宗留下的丰厚遗产。砍树那天,"杏花"姑娘带领我们这群采蘑菇少年团,经过那里,发现突然间,从坟地和松林里飞出了密密麻麻成群的蝴蝶,遮天蔽日。这些蝴蝶非常漂亮,翅膀上带着彩色的花斑,像飞翔的花朵一样,成群地在坟地盘旋,看彭家坟地数百年的松林,被砍得只剩下一些小松树,露出光秃秃的坟头。蝴蝶群盘旋了几圈后,恋恋不舍地飞走了。而脚下,成群的"山驴驹子"也开始四处逃窜,逃向那不被打扰的白桦林去了。吱儿吱儿吱儿,叫得不再悠扬和浑厚,而像是乱糟糟的哀鸣。

何青山在这个秋天成了家。嫁给他的是城里来的下放户乔家的闺女。这个城里下放来的女孩子,非常崇拜年轻英俊有知识的赤脚医生,愿意和这样的人生活一辈子。

我一边吃着何青山的喜糖,一边和其他小伙伴去采蘑菇。走进白桦林中,银白色的树干疏朗深远,林中静谧,令人心旷神怡。白桦林中的蘑菇也不少,还有木鸡子,是一种类似灵芝的菌类,营养价值比蘑菇高,炖着吃起来,仿佛像鸡肉一样香,味道鲜美。采完了白桦林的蘑菇,我们就上大南山去采松蘑。那里落叶松林树干挺拔,枝杈繁密,树冠呈锥状生长,苍劲而妩媚、威武而秀丽。在秋阳照耀下的落叶林呈现出一片金黄、成熟、温暖的环境氛围,令人陶醉。

此时,"山驴驹子"最肥硕,肚子浑圆,叫声格外浑厚悠扬。吱儿吱儿吱儿,仿佛像青蛙一样,蘑菇香里说丰年,听取"吱儿"声一片。但是"杏花"姑娘不再和我们一起采蘑菇了。因为就在这个秋天,真有不少人,托媒人提着两斤五元的票子和八身趟绒布料,来"杏花"家提亲,车水马龙,络绎不绝。在这个秋天,陈嫂"小白丫"生下了儿子。陈家真是喜事不断。

定下亲后,"杏花"的吃穿用度,都由亲家供给,她也不再下地干活,养在闺中不出门。养得白白胖胖,美丽得超过了她的嫂子。几年后,"杏花"嫁给了公社供销社主任的儿子,过上了幸福富裕的新生活。

许多年后,我重返喇叭沟,见到了久违的何青山,他虽然60多岁了,但是似乎并没有变老，显得比实际年龄年轻，这和他懂中药会保养有关。寒暄过后，我感谢他当年治疗我的病，并教我识别中草药。之后他高兴地带着我们一行人到大西沟的"七仙盆"去看传说中的七仙女洗浴的石盆，在一处巨大的石坡上有山泉水冲刷出来的一连串七个石盆。不过，当年碧幽幽的清泉不见了，七个石盆几乎被泥沙填满。泉水稀少，像涓涓细流，顺着石坡向下缓缓流淌。四周的山，森林覆盖，郁郁葱葱，依然静谧，依然壮美。但是，我总觉得少了点什么。

少了什么呢？"山驴驹子"呢？怎么看不到"山驴驹子"的踪影？听不到"山驴驹子"吱儿吱儿吱儿悠扬浑厚的叫声？

何青山告诉我，多年来，为了森林防治美国白蛾子，政府用飞机喷洒农药，"山驴驹子"已经消失10多年了。不仅仅是这个物种的消失，许多中草药也消失了，许多小动物也消失了，许多蘑菇也消失了。"唉……"他长叹一口气。

我的心有些凉了，像山谷中的冰川还没有融化，我多想再见到活跃的山鸡、野兔、狍子、狐狸和梅花鹿，我多想再闻到蘑菇的香味，我多想再听到"山驴驹子"吱儿吱儿吱儿浑厚悠扬的叫声，看到它们像螃蟹一样横着走路的可爱景象！此时，只能借用李白的诗句："白发三千丈，缘愁似个长。"

— 16 —

被巨豹吓尿的少年

北京怀柔喇叭沟,山峦巍峨,沟壑纵横,原始森林覆盖,终年郁郁葱葱。我们一家随着父亲从城里被下放到这里四年,这里是我的第二故乡,在这里我经历了被巨豹吓尿的险情,因此终生难忘。

喇叭沟物产十分丰富,野果很多。这里山丁子成熟时,一簇簇的,硕大得像海棠果,红彤彤地挂满枝头,吃起来又酸又甜。邻居陈家大哥的妹妹小名"杏花",是山村里最漂亮的姑娘,当年14岁,梳着两条大辫子,身材挺拔丰满,皮肤白皙,双眼皮,长睫毛,一对深潭一样的大眼睛,瓜子脸,人见人爱。她教我把采回家的山丁子在太阳下晾晒,制成果脯饼,想吃时就拿出来吃。她告诉我山丁子果脯饼是山里孩子们最喜爱的甜食。山上野山梨也很多,果实像拳头一样大小,外皮坚硬,是褐色的,不可生吃。"杏花"姑娘教我把野山梨用筐采回家,先放在缸里或坛子里脱涩,里面还要放上一种蒿草,当地人叫"捂梨蒿",这种蒿草,有特殊的香味,叶子呈颗粒状,能够软化坚硬的山梨皮。坛子盖上盖子,焖上半个月,"捂梨蒿"神奇地使苦涩的山梨变成多汁甜蜜爽口的水果珍品,充溢着醒脑的香味,令人甜到心头,余香满口。"杏花"姑娘带我去采摘过野葡萄,在大西沟一处河滩中心的乱石岗上,成片的葡萄秧覆盖住了河滩乱石,绿色的叶子下面挂满一串串又红又紫的野葡萄，放进嘴里，多汁的浆液，甜甜地沁入心脾，十分解馋过瘾。附近山坡上还盛产通红酸甜的山草莓，不过当地人叫野草莓为"托喷儿"或"脑粒儿"。因当地人大多是满族，这些词汇多来源于满语。当然，野果还有杏子、山楂、山毛桃、沙果、山核桃、橡子、松果、柏果等。而产量最大、最好吃的坚果是山榛子。山榛子分为两种，一种叫平榛，果实硕大、饱满，外形像栗子，有扁平的一面；另外一种叫圆榛，果实个头比平榛小，外形圆圆的尖头尖脑，但是味道比平榛要香、要甜，是女孩子们的最爱。"杏花"姑娘最爱吃圆榛，所以她长得最漂亮，身上总带有一股清香味。

山里的蘑菇很多，"杏花"姑娘教我辨识蘑菇。她告诉我山里人常吃的蘑菇大约只有两三种。一种是松蘑，就是松树林里长的蘑菇，像一把把小黄伞，顶部的颜色发黄、发亮，有一层油脂似的黏液。这种蘑菇肥厚，吃起来像吃肉一样解馋解腻。另一种蘑菇是榛蘑，就是榛树林里长的蘑菇。外表颜色灰白，顶部有黑圈，并不好看，但非常好吃，有一种独特的香味。还有一种蘑菇叫马勃，雨后山坡的草丛里会冒出来像大白面包似的菌类，这种马勃营养价值很高，味道鲜美，还能当主食吃。过去山里的粮食少，庄户人就拿马勃当饭吃，既能生吃，又能煮熟吃。这种马勃干了，里面有一兜黑粉，可以用来治疗刀伤。当然，山里无毒的蘑菇还有很多，如喇叭张、木鸡子、狗尿苔等。她告诉我有毒的蘑菇大都颜色鲜艳，呈红色或红黄色、杏黄色、花色等，只要外观漂亮的，只可看，不能吃。陈家大哥曾送给我家一种神奇的野菜，叫"苦老芽"，采自山林深处，刚入口时有点苦，但是，几秒钟后，无论你吃什么东西，都会变成甜甜的味道，是一种可以改变味觉的神奇野菜，有点像传说中的奇异果。但是我从未见到过这种野菜长在哪里。"杏花"告诉我，"苦老芽"生长在特别高特别险的大山深处，人迹罕至，只有她哥哥这样的高手才能采集得到。从此，我们一家与陈家关系相处得十分好。

山里树多，白桦、山杨、松树、柏树、橡树、山榆树、柞木树、椴木树等遮天蔽日。椴木树生长速度快，木质软得可以造纸，椴木皮是山里人的最爱，当地人把椴木皮扒下来，泡在水里发酵，然后把内皮抽出来，拧成绳子。椴木皮韧性特别好，用它做成的绳子柔韧结实，即使几头牛也拉不断。我的第一条绳子就是陈家大哥帮我用椴树皮拧成的。山里人打柴离不开绳子。冬闲，地里没了活，男人就上山砍柴。山里男人在冬天出门必带背架子、一把斧子和一捆绳子。陈家大哥是打柴高手，他在山坡上先找一棵小树，把绳子头挂在树杈上，把两丈长的绳子铺开。砍下来的柴火往绳子上放。一天下来，能砍下小山高的柴火，然后把绳子两端使劲系紧。接着把小山似的柴捆往山下一推，这座柴山便滚到了沟底。这叫"跑圈"。好把式"跑圈"可以顺着山坡转，直接滚落在山沟口牛车停的地方，然后把上千斤的柴装在牛车上拉回村。把式差的男人"跑圈"不是卡在大树上，就是滚落在悬崖缝里，到不了沟底，还得想办法把绳子解开，把柴一点一点抽出来扔到山下，费不少工夫去捡。邻居陈家大哥是好把式中的好把式，一直是我学习的榜样。

  大西沟的密林尽头有一处山泉，奔涌的清泉飞流而下，在光溜溜的青石斜坡上，砸出了一串七个直径两米到五米不等的石盆泉，石盆泉中水清澈见底，传说这里是七仙女洗澡的地方。有诗为证：

> 七个石盆七道泉，
> 一泓飞瀑串连环，
> 似珍珠嵌在大西沟的尽头，
> 似项链挂在大山的腰间。
> 传说，这曾是七仙女洗浴的地方，
> 牛郎就从这里捧走织女彩云般的纱衫。
> 从此，神奇浪漫的故事，
> 就在放羊娃的梦里一遍遍演幻。

> 一天，放羊娃来到长满草莓的泉边，

看到少女"杏花"正浴着清泉，

他心跳怦怦，双颊燃烧着火焰，

慌忙跑开，却丢了羊铲，

滑脚的青苔把他摔进石盆泉，

激溅起水花一片，

从此，他和"杏花"姑娘开始了朦胧的初恋……

　　的确，这里的景色简直就是仙境，山奇水秀。村里的大姑娘小媳妇常到这来洗澡。石盆泉是天然的澡盆，这里是女人的天堂。我和"杏花"姑娘在这附近采摘过"托喷儿"和"脑粒儿"，她见到清澈的石盆泉，心驰神往地说："我好想洗个澡！"我听到后，慌忙跑开了，我知道那里是男人的禁区，尽管我还不算是个"男人"。

　　这里的植被好，野生动物就多。在这片原始森林中，生活着各种动物，有狼、豹子、野猪、獾子、狍子、狐狸、山猫、鹿、野兔、山鸡、山鹰等。特别是雄野雉，非常漂亮，花色的长翎，招展着，像小孔雀，成为山里一道亮丽的风景。村里有几个猎户，每年都收获二十几只狐狸、上百只野雉，三五只狍子或獾子或狼，生活得比其他人家要宽裕得多。我好羡慕这些猎户。我父亲曾在山沟抬到一个鹿角，完整的头骨和枝杈多的角，漂亮极了，他把鹿角挂在土坯墙上，成了家里唯一的装饰品。

　　有一天，陈家大哥对我说："闹狼了，村里彭家的4岁闺女，半夜上茅房，没回屋。天亮了，她爹娘发现，茅房门口，只剩下闺女的一只鞋。"那一天，全村的壮劳力都拿着锄头或棍子上了山，去找被狼叼走的女娃娃，但是，除了在一处岩石洞里发现了被撕碎的女娃娃的红棉袄和一摊血迹外，其他什么也没有发现。显然，狼已经把娃娃吃掉了。接着村里经常有人家圈养的猪不见了，但是发现猪圈周围到处是狼留下的脚印。陈家大哥说："狼可聪明了，一群狼，有的负责扒开猪圈门，有的负责赶猪，把猪一直赶到狼窝，它们才开始吃。猪胆子小，被狼吓破了胆，一声都不敢叫唤，乖乖地跟着狼走，直到被吃掉。"

陈家大哥魁梧帅气，是村里有名的壮汉，不久就和村里其他几位壮劳力被抽调到县里去挖河修建水库去了。没有了陈大哥这个保护神，我孤身一人去砍柴。很多时候，有鹿和狍子从我身边跑过，还见过獾子和兔子。但是，没有遇到过更凶猛的动物，也没有遇到过太大的危险。

那年，我父亲已经51岁了，头发都白了，我母亲年龄也接近50岁了，我姐姐13岁，我11岁多，全家人都没有干过农活，沉重的体力活，全家人都吃不消。而每天做饭用的柴，必须自己上山去砍，吃水也要到山涧去担。我父亲干这些活都干不利索。按老乡的话，"这个城里来的汉子，上山一天，打回的柴，多不过一个鸟窝"。因此，我不得不顶起家庭的重担。每天早上醒来，就肩上担着两只大水桶到山涧去打水。我要摇摇晃晃地来回四次，才能注满水缸，够家里一天用的。然后再去砍柴，而我砍柴的收获比我的父亲要多很多。但是自从陈家大哥走后，我少了个可以依靠的伴儿，我对闹狼的事，是心有余悸的。甚至半夜也不敢到门外去小解，总是憋到天亮再说。

有一天，村里放牛的牛倌彭瘸子对我说："嘿，城里来的孩子，俺告诉你要加点小心，这几天闹豹子。你看我的牛都被一头大土豹子抓伤了，身上都是血印子。"

我看到这群牛中，不少牛的背上、身上伤痕累累，一道道被利爪抓过的地方血印子已经变成了深红色的痂。他接着说："俺那头牤牛，三岁口，真叫棒，愣是把那头豹子顶跑了。你看它伤得最厉害。那阵势，真邪性。一听到豹子叫唤，所有的牛圈成一圈儿，把小牛圈在里面，所有大牛的犄角都冲外。就这条牤牛在外边溜达，对付那个大豹子。那个豹子，真叫个头大，大得像一头驴。愣是往圈里冲，要吃那小牛犊子。牤牛就和它干架，顶啊，顶啊。俺这头牤牛浑身都是血，愣是不怕。最后，那个大土豹子没占到便宜就走了。"

我看到这头牤牛果然伤得很重，还瘸了一条腿。但是，它依然威风凛凛，昂着头环视着牛群，俨然是牛群的保护神。

"得亏有了它。要不俺的牛不知道要死多少呢！"彭瘸子说着，从背篓中拿出一把鲜嫩的青草喂这头牤牛，作为对牤牛的奖赏。牤牛毫不客气地吃着青草。他接着说："三岁的牤牛，十八的汉，十八不行就扯淡！"意思是说三岁的牤牛和十八岁的汉子最天不怕地不怕，如果一个男人到了18岁还胆小怕事，就会狗熊一辈子。

我说："谢谢你提醒我。我会小心的。"

彭瘸子和他的牛群走了，奔大西沟去了，那里水草丰美，森林茂密。我钻进了一条山沟，去找荆条和榛子林或映山红等灌木丛去砍。公社有规定，只有容易生长的灌木才能允许作为柴火砍伐，而满山的橡树、柞树、白桦、杨树、松树、柏树都不可以砍做柴烧。如果被发现，是要坐牢的。但是彭瘸子告诉我闹豹子的事，让我提心吊胆，特别是亲眼看到他的牛身上伤痕累累，让我害怕起来。我一边砍柴，一边不时地大声吆喝，以壮胆。一旦我大声吆喝起来，四周的山都在回应，像有无数个我在呼应。但是很快，嗓子就喊累了，吆喝的声音就越来越小，甚至成了自言自语。

时间就这样一天天过去，我发现我养成了自言自语的习惯，甚至自言自语的时候，我的大脑在想着别的事情，手在砍着柴，手、脑、嘴是分离的，各自干各自的，不用统一到大脑神经中枢。那时我梦想的是手里捧着一本书一边看，嘴里一边嚼着白面馒头。可是到农村后，家里几乎没有一本书，就连卫生纸也没有。我不得不像当地人一样用石头或木棍解决擦屁股问题。吃不饱饭，更是常事，当地不产麦子，只有玉米和小米，家家不够吃，特别是夏天青黄不接时，山里人就吃杏树叶。吃下肚去，把肚子里的蛔虫都打了出来。此刻，我脑子里做着美梦，手在不停地砍柴，而嘴不知道在嘟囔着什么。忽然，我的白日梦被狼的嚎叫声唤醒，原来天已经渐渐暗下来了。

狼的嚎叫声很嘹亮悠长，一连串，那是一群狼。我害怕了，就大声吆喝着，企图吓跑这些贪婪饥饿的家伙。可是狼的嚎叫声却离我越来越近。我这样一个稚嫩的童声，狼是听得出来的。我停下了挥动的斧头，把柴堆在山沟口，几天后再用牛车来拉。冬天是山里人打柴的季节。冬天砍的柴薪堆在院子里干燥得快，干透后用来生火，火苗旺，不冒烟。如果冬天打不够柴，就得夏天打青柴，而"旋砍青柴带叶烧"是古人写诗的夸张，现实是，湿湿的青柴根本烧不着，除了冒烟呛人外，不可能用来做饭。此时，我这个小樵夫在狼嚎的夜色中走在回家的小路上，手里提着斧头，时刻准备战斗。狼的嚎叫声越来越密，甚至猫头鹰也加入了向我嚎叫的行列。猫头鹰的嚎叫声是突然间"嘿嘿嘿"的像老头一样粗犷的大笑声，可以把人吓个半死。就在狼和猫头鹰紧一阵慢一阵追逐着我的时候，我听到了我母亲在远处喊我名字的声音。原来，天黑了，她担心我的安全，就到后山梁外迎接我回家，母亲喊我的声音已经声嘶力竭。我激动得一边大声答应着母亲，一边飞快地向母亲奔去。我扑在母亲怀里哭了，回家后，我依然控制不住痛哭不已。我父亲和母亲还有姐姐端来热饭，安慰我说："孩子，别一个人去打柴了，明天让爸爸和你一块儿去。"我知道，我爸爸根本干不动这个活，他笨手笨脚，一天打的柴比鸟窝多不了多少，还经常弄伤手脚。待我哭够了，我说："没事了，我明天还是一个人去吧。早点回来就不会有事的。"

　　那一晚，我没有睡着觉。我的父母也没有睡着觉。我听见母亲低低的哭泣声。父母为我的安全担心。我爸爸说："别让孩子去打柴了，把家里剩的那点钱都拿出来买柴吧。"我母亲才停止了哭泣。第二天，我父亲和村里人说买柴，不少人把山上砍来的又湿又沉的木头桩子背来用秤称过后卖给我家，这些东西占分量，还不好烧。家里的钱很快就没了，才买来了一点湿柴，根本不够烧几天的。而山里的冬天漫长，寒冷刺骨，取暖都靠柴火。于是，我又出去砍柴了，我下定决心，再苦再累，也绝不哭泣，不让父母为我担心。

　　那是一个下雪天，我从十里外的大西沟砍柴回来，一个人走在雪路上，深一脚、浅一脚。走着走着，发现有一头驴一样大的动物迎面向我跑过来，它的速度不太快，像是悠然的小跑。它离我越来越近，我才发现，这不是驴，身上的毛发没有花纹，全是溜溜的土黄色，个头比驴小一点，也不像我在城里动物园看到过的任何动物，它的头比我在动物园看到过的金钱豹要大，比狮子小，也不是老虎。身子有点像狮子光溜溜的只有短毛，个头和脑袋都比狮子小一号，眼睛浑黄，鼻子像猫，嘴上有须，每侧三四根，是黑黄色的，长短不一。土豹子！我忽然想起牛倌彭瘸子告诉我的话。我和这头伤害过牛群的土豹子相遇了，它离我只有五六米远，我滑了一跤，斧子和绳子掉落在山涧下面去了，在一条狭窄的小路上，我已经没处躲了，赤手空拳。

"来吧！"我大声吼着，声音之大把我自己都吓了一跳。这是我有生以来的最大声音，像大炮轰鸣。

那只豹子也被吓得一哆嗦。它站住了，一动不动地望着我。

五六米的距离超过了它一跃就可捕获猎物的攻击距离。要是再近一点，它会毫不犹豫地扑过来把我咬死吃掉。

我也没有动，而是怒视着它，甚至还学狗"汪汪"了两声！接着就又说了一句："来吧！"最后这句的声音，比第一次还大。

就这样对峙了四五分钟，这只土豹子让开了路，自己斜刺里上山去了。我松了一口气。不过，我发现裤子湿了，被吓尿了。凉凉的一条裤腿，直到走到家，才勉强被自己的体温焐得半干。

万幸，我安全到家了，而且没有哭泣，也没有把这件事告诉父母，而是第二天告诉了彭瘸子。

彭瘸子说："肯定是那头大土豹子！没错！猎户季老大，昨天拾了一只刚被这头豹子杀死的狍子。季老大贪财，扛着狍子就走，大豹子不舍地在后面追。追得紧了，季老大砍下半只狍子扔给它，才脱身。它肯定是吃饱了，要不，你小子准没命了。季老大媳妇说季老大半夜里后怕了，浑身哆嗦，发烧了。烧得那叫一个厉害呢！"

第三天，村里的季老大死了，也许是被吓死的。

半个多月后，陈大哥挖河修水库回来了，我把这件事告诉他。他说："你命真大。你知道村里张家的故事吗？十来年前他是村里最棒的一条汉子。有一天他在大北沟里光着膀子耪地，让一头大灰狼盯上了。等村里人发现他时，他正坐在一头大灰狼身上，双手紧掐住狼的咽喉，狼死了，不过他也死了，一直保持掐死狼的姿势。所以，和山牲口遭遇，不是闹着玩的！还是小心点为好。最好别一个人去打柴，和村里的小伙子们结成一伙儿去打柴，彼此有个照应。"

从此以后，我和陈大哥一起去打柴的机会就多了，我家的柴垛也像村里有壮劳力的人家一样高，一样壮观。我父亲为此很骄傲。陈家大哥的妹妹"杏花"姑娘也对我跷起大拇指，说："人家都说，小子不吃十年闲饭，看来真没有说错。你真能干！"陈嫂也说："村里的姑娘都愿意嫁给能干的小伙子，哪天嫂子帮你说个对象吧！"

我脸红了，不过我发现"杏花"姑娘扭身走开了。

17

杏花、杏仁油、杏仁粥和她

"暖气渐催次第春，梅花已谢杏花新。"四月到北京市怀柔喇叭沟赏杏花，是一件非常惬意的事情。山里的气候比平原地区要寒冷，所以在时间上，山花开得比平原要晚一个季节。喇叭沟是燕山山脉深处的一条大山沟，沟口宽大，越向里越窄，形似喇叭。山峰绵延，高大巍峨，悬崖峭壁，沟壑纵横，原始生态森林覆盖，终年郁郁葱葱。而在所有树木品种中数量最多的当数山杏树，这种树，相貌并不好看，歪歪扭扭，树干不高，树冠不大，但是它的树皮漆黑如墨，坚硬似铁，粗糙得像锉一样。它们有的枝杈横斜着顺着山坡生长，有的沿着石头崖缝生长。不管土地多贫瘠，山杏树都能扎下根，野火烧不死，雷电劈不断，生命力蓬勃旺盛。一到春天，满山的杏花绽开，花团锦簇，色彩斑斓，绵延起伏，形成壮丽的景观。

四月，喇叭沟的杏花开了，满山遍野的野杏花开得烂漫，红的、粉的、白的，组成了一团团花簇。近看一朵朵花分别由五片花瓣组成了一个色彩渐变的托盘，越向托盘中心，花的颜色越深越粉红。花芯处挺立着十根左右针一样细的嫩嫩的花蕊，花蕊顶端有一个黄色的粉茸茸的花萼，清风吹来，花萼散发出淡淡的清香，蜜蜂嗡嗡地在花芯处采蜜，震动得花粉像一小股烟一样升腾起来，细茸茸的淡黄色花粉，随风飘扬。远看是一片花海，波涛起伏，有耸立的浪峰,有低洼的浪谷,银装素裹,在霞光映照下,像是铺天盖地飘逸而来的多彩的绸缎,给大山穿上了盛装,使平时阴森森的山,变得亮丽了,变得像待嫁的新娘,娇艳欲滴。

山杏花开,是山里春天的标志。冰雪消融,春色正浓,一场春雨后,盛开的粉色杏花花瓣上带有亮晶晶的露珠,在阳光的照射下,像一颗颗珍珠,反射着光芒。杏花开时似乎在告诉山里的人们,年节已过开始农耕了。不误农时,勤劳的山里人,赶着耕牛,扶着铧犁,翻开早春一垄垄春泥。因此,山杏花是春之信使,是满树枝头落下的无声的布谷鸟。

我们一家曾经在喇叭沟下乡,这里是我的第二故乡。那是动乱年代,我12岁左右,来到了这里,成为农民,在这条大山沟里度过了4年。我喜欢这里千姿百态的巨石山岩、郁郁葱葱的森林、清澈灵动的山溪泉水、斑斓艳丽的山杏花,还有许多不知名的奇花异草和密林深处活跃的山鸡、野兔、狍子、狐狸和梅花鹿。

我和所有山里人一样,格外喜欢山杏树,因为山杏树抗旱、耐寒、耐瘠薄,可防风固沙,对控制水土流失、封山育林、保护生态有重要作用。山杏浑身是宝,当然最主要的是杏仁,含有丰富的人体所需要的蛋白质、粗脂肪和铁、钙、磷、钾等,是上乘滋补佳品。杏仁还有良好的医疗功效,可生津止渴、润肺化痰、解毒清热。杏仁油是工业用高级润滑油和高级化妆品的主要原料。杏核是制活性炭的优质原料。

在粮食不够吃的年代,是山里人教会我们一家用山杏叶代替粮食的好方法。那一年青黄不接,家家粮食不够吃。邻居陈家大哥,带着我到山上撸杏树叶,然后装满几大筐,背回来,教我们用大铁锅煮熟这些半圆的叶子。绿色的杏树叶,在沸水中变成浅黄色,散发着苦涩的中药味道。叶子煮熟后,捞出来,放在荆条编织的大筐里,等晾凉后,把装满杏树叶的大筐背到山涧中,泡在河水里。筐上面压盖住大石板,一来保证杏树叶都浸泡在清凉的泉水中,二来避免被激流冲走。当家家户户都把煮熟的杏树叶泡在村前的河水中，长达几里的河流挤满了各式各样的荆条筐，清凉的河水顿时变成黑色，不过一两天后，河水又变清了，再浸泡十来天，黑水彻底就流干净了，这些杏树叶就可以捞上来当粮食吃。吃起来，稍微有一点苦，但苦中又带有回甘的甜味，面面的，含有一定的淀粉和蛋白质，不仅能起到充饥解饿的作用，还有治疗溃疡和消灭蛔虫的作用。

苦山杏肉虽然不能吃，但杏核大，杏仁饱满，山杏仁是非常好的油料，用来榨油，是山里人家食用油的主要来源。每到这时节，生产队也放假，家家的男女老幼，都上山采摘山杏。谁家采摘的山杏多，就意味着谁家今年的杏仁油就多。杏仁油不仅可以卖钱，更是炒菜做饭离不开的珍贵品。有了杏仁油，虽然山里人粮食不够吃，但肚子里有了油水，就可以少吃主食，节约了粮食，个个长得身强力壮。因此，山里人一到此时节，就像战士听到冲锋号响一样，热血沸腾地蜂拥奔向硕果累累的山杏树，抢着采摘。结了婚的女人这时可用最厉害的撒手锏，一旦发现一棵山杏多的树，又不让别人与她抢摘的话，她就把自己的衣服全脱光了，赤身裸体地摘山杏。男人见了只好知趣地躲到更远的山里去找其他杏树。

采摘回山杏，要放在石头碾子上破壳，木质的硬壳脱掉后，需要把杏仁用石磨磨成粉或浆，然后放在热铁锅中烤榨，清亮的杏仁油就逐渐榨了出来。一大桶杏仁，能榨一两斤杏仁油。一般劳力多的人家，这个季节能榨油两三坛子。劳力少的，也能榨一坛子或小半坛子油，够一年食用的。而榨完油的山杏仁渣滓，还可以用来炒菜或熬粥。到了吃饭时，山村里头到处弥漫着杏仁粥诱人的香味，馋得过往来人直咽唾沫。

我第一次喝到杏仁粥，甜中稍微有点苦涩，还有一点点焦煳的味道，但是油性很大，在缺油少盐的年代，油性大的食品被视为珍品，就像榨完油的猪油渣，解馋解腻。香喷喷的杏仁粥，让我喝了一碗又一碗，欲罢不能。为此，我后来还写了一首以《杏仁粥》为题的诗歌，发表在《北方文学》的杂志上。

麦子黄时杏子熟

人人摘山杏

家家榨杏油

户户熬起杏仁粥

香飘十里沟

碾子转，箩子抖

驴儿拉磨慢悠悠

用鞭抽

杏油滴答滴答地流

流满了罐，流满了坛

溢出了老瓮口

月爬东山柳

家家喝起杏仁粥

左一碗，右一碗

红了，大娘的脸庞

醉了，大伯的白头

喜丰收

甜啊，杏仁粥……

"裁剪冰绡，轻叠数重，淡著胭脂匀注。新样靓妆，艳溢香融，羞杀蕊珠宫女。"这是宋徽宗描写杏花的传神佳作。还有传说山杏花是杨贵妃的灵魂转世，她死后，变成了美丽的山杏花。因此，很多文学家都把杏花比作美人。的确，朵朵杏花美若天仙，柔媚动人。我喜欢山杏花，还因为最令我难忘的，是我那时遇到的一位姑娘。她姓陈，是陈家大哥的妹妹，小名叫"杏花"。

她是山村里最漂亮的姑娘，当年十四五岁，梳着乌黑油亮的两条大辫子，身材挺拔丰满，皮肤白皙，双眼皮，一对水汪汪的大眼睛，总是充满笑意。十里八村的人都夸耀她："柴火窝里飞出的金凤凰，山旮旯降生的美嫦娥。"无论她走到哪里，总是吸引着男人的目光。

"深山出俊鸟"，她就是深山值得骄傲的俊鸟，快乐、靓丽、人见人爱。我这个从北京下乡到山村的男孩，也被她深深吸引住了。不禁感叹，她居然比城里的姑娘更美丽、更健康、更开朗、更迷人。那时，还没有"万人迷"这个词，不然，她肯定当之无愧。

她很勤劳，在田里，和别的男女壮劳力一样，耪地锄草，细碎的汗珠挂在了她的脸上，使她白皙的瓜子脸，变得如玫瑰一样红，更像一朵盛开的花。男人们都愿意和她一起干活，并主动把锄头伸到她负责的那一垄，把那里的草锄得干干净净。她对男人们讨好的帮助，总是礼貌地说："谢谢！不过我能干得来，不必帮我。你们要是真想帮助人，去帮帮干活慢的彭老太太，还有城里来的那几个人，他们细皮嫩肉的，哪里受得了这份罪。"然而，那些热心的锄头是不会伸向彭老太太的脚下的，也不会伸向我们所负责的田垄的。魅力，就在于此，没有魅力，谁也不会为之额外付出。倒是她在我累得筋疲力尽的时候，把锄头伸向我这一垄，帮我锄了许多草。我很受宠若惊，激动得不知道说什么好，连忙说："太谢谢你了，杏花。你真是好人。"

"咯咯咯……"她笑了，鲜红的嘴唇露出了一排漂亮整齐的小白牙。两个深深的酒窝，镶嵌在她那粉红的脸颊上。"哪里有坏人？这里不都是好人吗！"她挑剔着我话里的毛病。

我窘迫得满脸通红，结巴地说："对，都是好……好……人。不过，我还是要谢谢你。"

"你真要谢，也好。把你胸前戴的毛主席像章送给我吧。那个真好看，祖国山河一片红。你来村里的那一天，我就看上了，没好意思要。就用它谢我吧！怎么，舍不得？"

"哪里，哪里。舍得，舍得。"我连忙说，"不过我两手是泥，还是你自己摘吧。"我故意这样说，无非是能够更近距离地接触她。

"那我就不客气啦！"说着，她凑过身来，从我胸前摘走了那枚毛主席像章。一股清新香甜的体香，扑入我的鼻孔，令我陶醉，我像醉酒一样，飘飘然。

她把像章戴在胸前，使那突起的部位，更加突出，令我不敢直视，心狂跳不已。她却高兴地说："啊，我终于有了像章了！让你们城里人下乡，我们乡下人也跟着沾光了。"

那一晚，我激动得没有睡着觉，满脑子都是她那美丽的影子和那忘不掉的体香，那是自然的体香、少女的体香。比我闻到过的任何香味都好闻，令我鼻孔大开，心肺舒畅。

几天后，我们又在一起干活。休息时，她问我："你们城里人都会跳舞，你跳一个给我看看。"

"那多不好意思。"我窘迫地说。

"有什么不好意思的。你到底会不会？要会就大方点，别扭扭捏捏的像个大姑娘！"她的话，把周围的人都逗乐了，纷纷大声喊着："城里人，来一个，跳一个！"

我在城里的小学校是毛泽东思想宣传队骨干，那时我们宣传队经常到附近的工厂车间机关学校去演出，曾为学校挣回来许多奖状和锦旗，挂满了一间大教室。全校师生都为之骄傲。所以，跳舞唱歌对我来说，易如反掌。于是，我就在田头为纯朴的农民们演出了一段舞蹈《北京的金山上》，我边唱边跳，非常投入。演出完毕，"杏花"和村民们热烈地鼓掌喝彩。

"太棒了！"她说，"春节的时候，给乡亲们演一台戏吧，片段也好。咱山村就是文化生活缺乏。"

这个山村，靠着一片原始森林，山清水秀。可是，公社化后，"大拨轰"的生产方式，造成生产力低下，人人吃不饱肚子。年底分红，工分才值几分钱，每人年分口粮才 260 斤，还要用工分买，家家户户在青黄不接时都断顿，靠吃杏树叶、榆树皮过活。老人都抱怨："过去一亩地能打十来石粮。现在一亩地才打几石粮。日子苦啊，比康德八年闹大水还苦！"可是再苦，过年了，庄户人也要乐一乐。生产队花二十多元钱请放映队来放一场电影，或自发组织个节目演出。于是，我就被"杏花"邀请到"戏班子"，排演《沙家浜》"智斗"一场。阿庆嫂，自然由"杏花"扮演。我演刁德一。另一位城里来的小伙子演胡传魁。那时八个样板戏深入人心，人人都会唱，所以，略加排练就上场为乡亲们演出了。演出时，我和她发挥出色，唱得很默契，赢得阵阵掌声。那滋味，比我在学校宣传队时还要美，因为是和一位让我心仪的姑娘一起同唱。

就这样，在饿肚子和劳累中，度过了 4 年，也给乡亲们演出了 10 多次节目。我还编写了"相声"和短剧，都是村里的事，演出时，乡亲们非常开心，忘记了一切烦恼。但我和"杏花"并没有发展到"什么"关系，因为我一点也不懂，只是朦胧地喜欢，以为这样就挺好。

"杏花"多才多艺，再加上貌美，名声就更加大，可以说闻名遐迩。上门提亲的，都排队。那时候，村里人时兴要彩礼，她父母开出的彩礼价码，是百十里山川最高的。这一条，也让我这样的穷小子只有干看着的份儿，唾沫自己干吞咽。

落实政策开始了，我们一家也开始返城。在离开村里的前一晚，"杏花"来看我们，我知道那是最后的辞行。她一句话也没有说，只是看着我在和周围送行的乡亲们说话，看着我捆行李。但是，她中途离开了，刹那间，我看到她眼睛红红的，是擦着眼泪跑走的。

我离开了农村，后来进了工厂，再后来考上了大学，最后当了记者。后来听说村里的那些我认识的人都结了婚，有了孩子。"杏花"嫁给了农业社主任的儿子，生活得很好。

再后来，听说"杏花"成了大款，专职在家上网炒股，并在证券所有了自己固定的大户室。

几年前的一天,我突然收到"杏花"发给我的短信,她说她还记得我,特别是我爱学习、勤奋的样子,给她留下了深刻印象。她希望我有时间回山村看一看,吃住行都由她安排。可惜,那时,我太忙,抽不出时间。我只给她回了短信:"'杏花',你好。很高兴收到你的短信。我还记得过去的一切,可是我最近太忙。有时间,我一定前去拜访。你是我最尊敬的姐姐。"

"沾衣不湿杏花雨,吹面不寒杨柳风。"山杏花绽放的时节又到了。我一定要返回喇叭沟,迫不及待地要见到她……

— 18 —

"猫台"的故事

我单位的老台院子里有一只大白猫,性格温驯,两只眼睛是碧蓝的,身上的短毛白若雪团,毛亮闪闪的,没有一根杂毛,这是一只雌性的猫,品种虽然说不上高贵,但是气定神闲,人见人爱,它是单位最受宠爱的小动物,是"网红",也是最能触动所有央视人心灵深处柔情的宠物,绰号"猫台"。

一、这只白猫的来历

原来央视没有猫,即使食堂也没有养猫,似乎很符合大机关单位"清一色"办公人员的特征。那么,这只猫是从哪里来的呢?如果问别人,也许不知道,但我是"知根知底"的。

在单位,原来我和技术部门关系不是那么"铁磁","各人自扫门前雪"。后来,也就是十来年前,我作为记者报道了一位专门消灭老鼠的"大王",此人是老鼠、蟑螂和蚂蚁的"杀手",无论多么聪明和狡猾的老鼠、蟑螂和蚂蚁,都逃不过他这一关。此人可以让藏在洞里的或藏在犄角旮旯里的老鼠乖乖出来"受死",甚至可以让树上的老鼠乖乖下来"受死"。因为,他发明了一种有香味的诱饵药,香得老鼠、蟑螂和蚂蚁经不住诱惑,一定会出来"冒死尝试"。他摸清楚了老鼠活动的规律，一般的诱饵，老鼠会让窝里最傻的那一只去尝试，如果它吃了平安无事，其他老鼠才肯放心出来吃。他的诱饵药，是缓释的，一般24小时才见效。所以，"敢于吃螃蟹"的第一只老鼠吃了后，没有任何药物反应，而且活蹦乱跳，高兴得很，其他老鼠便纷纷出来跟着吃，大快朵颐。殊不知，如温水煮青蛙，一天后药性发作，"全军覆没"。而且这药只对老鼠、蟑螂和蚂蚁有毒性作用，对鸡、鸭、鹅、狗等其他禽畜没有毒性作用。我报道完这个神奇的人物后，技术部门机房的大李科长主动找到我，说："我看了你的节目，你能不能联系一下那个灭鼠大王，给台里弄一批鼠药来？你知道吗？台里机房到处是电缆、电视音频、视频线，容易遭老鼠啃咬。一旦咬坏，就会造成CCTV的播出信号中断，后果不堪设想，那就不是技术事故了，而是政治事故，全国人民都不答应！"我一听事关重大，就马上联系了那个灭鼠大王，很快给台里弄来一批药。

从此，技术部门的大李科长和我成了无话不谈的朋友，他说，尽管药很灵，但是也不能放松警惕。他经常半夜惊醒，梦见机房线路被老鼠咬坏，或是梦见成群的蚂蚁侵入了电脑等控制设备，那里温暖的环境，特别容易吸引蚂蚁和蟑螂，造成电脑等控制设备短路崩溃，电视台的播出信号中断。醒来后，经常大汗淋漓，心脏狂跳不止，久久不能平复。我说："你的压力太大了，不如弄个双保险，在机房养几只猫！"

"这个主意好！"他眼前一亮，马上联系亲朋好友，从石景山弄来了三只半大的猫。一只是全身白色的短毛猫，另外两只是黑白相间的短毛花狸猫，都是一窝的亲兄弟姐妹。自从机房里有了猫，大李科长心情好多了，买猫粮，买猫砂，给每只猫配备了不锈钢专用小饭盆和水盆。为了怕猫跑了，进出房门紧闭，每个出入的人都被他叮嘱不能放跑了猫。他告诉我，自从有了"双保险"，他再也不失眠了，一觉睡到大天亮，有时还睡不醒，需要闹钟或他老婆叫醒！原来体形消瘦的他，体重增加了，真是心宽体胖。

这3只猫，非常可爱。翻滚尾摇堪小戏，乳猫追蝶得春萌。那只白色的

"猫台"的故事 - 147

猫大李科长给取名字叫"小白",另外两只花狸猫,分别叫"狐狸1号""狐狸2号"。但是,幽闭的机房,环境嘈杂,机器的运转噪声彻夜不停,让猫咪很不安,出现了焦躁、抑郁的症状。很快,两只"狐狸1号""狐狸2号"不吃不喝,抑郁而终。"小白"也出现了闷闷不乐的症状。大李科长见到我说:"崴泥了,弄不好都得让我喂死!"我去看了看"小白"果然奄奄一息,一点精神也没有。我说:"你得让猫咪见太阳,太阳晒晒就好了。此外,猫需要空间,这么幽闭的房间,机器还不停,就是把你关在里面,日子久了,你也会得抑郁症,不生病才怪!"大李科长觉得有道理,立刻把"小白"抱出了机房,放在主楼台阶上晒太阳。

"猫咪!猫咪!""小白"的出现,立刻引起了围观。碧蓝的眼睛,红红的鼻头,银针一样的胡须,雪白的身子,可弯曲摇动的白色尾巴,这些进进出出忙碌的电视人,看到了可爱的"小白",就像看到了美丽的风景,都被吸引了,有的拿来盒饭,有的拿来鱼干儿,有的拿来牛奶,在众人的轮流喂食和呵护下,"小白"很快恢复了健康,见到人会摇头摆尾"喵喵"地叫,愿意接受人们的爱抚。而大家也愿意爱抚它,抚摸这只白猫,可以解除这些忙忙碌碌的电视人的烦恼,使心情平静。猫的一举一动、一颦一笑,甚至呼噜声,甚至它打滚或起身,毛茸茸的两只前脚垫向前一搭,夸张至极地伸一个懒腰,都赢得喝彩、赢得合影。它的一切都是可爱的、醉人的。关心弱者,是人们心灵中最柔软的部分,呵护抚摸一下小白猫,成为这里的电视人进出央视主楼时一道亮丽的风景。

不过大李科长告诉我,这只白猫再也不愿意回到机房去!有那么多热心人喂它,它找到了温暖和慰藉,似乎成了全台的明星!

是的,白猫每天晒太阳,接受人们的爱抚,自由自在地在央视小花园里奔跑,"闲折海榴过翠径,雪猫戏扑风花影",渴了有水喝,饿了有美食,那个机房就是个监狱,鬼才愿意回去呢!

白猫自由了,成了全台人的"宠儿"!

二、"猫台"绰号的由来

　　白猫越来越漂亮，毛发雪白油亮，显示出成熟雌性的美。在那个春天，快下班时，我和不少同事都听到这只白猫在央视三楼平台顶部栏杆处"喵喵"地大声叫，叫得声嘶力竭，叫得让人心烦意乱，叫得让人心生可怜。来来往往的同事都被它的叫声吸引了，抬头望去，它趴在三楼栏杆处，向下不停歇地叫，"喵~喵~喵~"。

　　"啊呀，白猫下不来了，绝望地叫！""是啊，那么高，它肯定是下不来了，在向人求助呢！"我听到人们的议论，心揪紧了，生怕这只可爱的白猫出事，如果真下不来，它会饿死、会渴死，会在向下跳时摔死！我马上给大李科长打电话，可惜他下班了，他在电话里告诉我："你到台一楼消防中心，让消防战士想办法把它弄下来！"

　　我快步跑进消防中心，说明了情况，请求他们的帮助。因为三楼平台顶部是禁区，只有消防人员或特批的工作人员才可以上去。两个消防员上去了，可是他们想抓住这只猫谈何容易？！白猫和他们玩起了捉迷藏，你追我跑，你不追了，它就接着"喵~喵~喵~"地狂叫。一个多小时后，两个消防员无奈地下了楼，说："没办法捉到它！"表示爱莫能助。我正在准备再接着央求时，他们的领导，一位经验丰富的消防员说："别担心，猫既然能上去，饿了后就一定能顺原路下来！肯定死不了！"听到后，我很认同这个观点，心也踏实了许多。

　　接下来的两周，每到下班时，都会听到白猫在三楼平台栏杆处"喵~喵~喵~"地大声叫，懂猫的一位在食堂工作的大姐说："那是它在闹春呢！闹春猫一定会爬上房顶大声叫，彻夜叫！好招来公猫！"

　　原来如此！白猫爬那么高，居然是为了招来公猫，"垂緌饮清露，流响出疏桐。居高声自远，非是藉秋风。"这只母猫，干干净净，白如雪团，相貌漂亮，自然吸引了无数只公猫前来"巡幸"。于是，央视主楼前后，到处可见黑的、白的、黄的、花的各种颜色的公猫游荡，各种血统和品种的公猫前来"比武招亲"，有时几只公猫大打出手，打得你死我活，在草地上翻滚，滚扑撕咬，此起彼伏，一波未平，一波又起。

不久后，白猫不再叫了，也不再爬那么高了，在台阶上慵懒地晒太阳。我发现它的肚子大了，后来生了一窝小猫。大家更加爱惜呵护这一家子，纷纷买来好吃的喂它们。这只猫叫什么名字呢？"小白"已经不合适了，它已经是大猫了。有人看到大白猫大摇大摆地从站岗的警卫员身边走过，自由地出入戒备森严的主楼，不用出示证件，而这个待遇，只有台长才有（甚至在特殊时期，台长也必须出示证件）。于是有人叫它"猫台"，一下子，这个绰号不胫而走，被大家叫开了。

央视老台的猫越来越多，前后花园几乎都被猫占领，这都是"猫台"的功劳。这些猫中，有"猫台"的后代，也有不断前来"比武招亲"的公猫，总之，早晚时刻，这些场地一定是猫的天下，各种颜色的猫，欢蹦乱跳，你追我赶，好不热闹！"猫台"成为女王，是名副其实的母系社会的领袖！

大李科长退休了，他见到我说："现在央视院子里到处是猫，对老鼠有震慑作用，大楼里果然没有了鼠害，我可以安心回家颐养天年了！"看来，还真得感谢"猫台"的存在！

三、"猫台"的恋旧情结

有一天，我下班，正准备取车回家，发现我停在台后花园旁的轿车四周，围着"猫台"和10余只猫，它们如临大敌，个个毛发耸立，怒目圆睁，发出"呼呼"的战斗威胁声。我很纳闷，就趴下身去，向车底盘望了望，发现有一只黄鼠狼正躲在车下。这只黄鼠狼，全身毛发呈褐黄色，身材比"猫台"要矮小得多，但是身子和尾巴要比猫长一些，毛发比猫的要短许多，像个光溜溜的黄老鼠，脑袋小，尖下巴，小眼睛，龇着牙，惊恐地和

"猫台"对峙。"猫台"有大将军的范儿，临危不惧，蓄意进攻。大有"我的地盘我做主""卧榻之上岂容他人安睡"的架势。我的出现，给10余只猫壮胆，它们紧紧收缩包围圈。我找来一根竹竿，前来助阵，向黄鼠狼打去，可是黄鼠狼灵活机敏，躲避及时，让我落了空。我又打了一竿子，忽然之间，黄鼠狼嗖地一下子蹿了出去，向玉渊潭方向逃窜。这一带，生态环境好，黄鼠狼、松鼠、乌鸦、喜鹊、麻雀、癞蛤蟆经常出现。十几只猫在"猫台"的率领下，追了一段，就停下来了，个个高扬着尾巴归来，像得胜班师的无敌勇士。

"打虎亲兄弟，上阵父子兵"，这只黄鼠狼不断来"猫台"的领地骚扰和挑战，而每次"猫台"都会率领子弟兵把黄鼠狼合围在停在那里的一辆汽车底盘下。大约两三周后，我和其他同事没有再见到那只黄鼠狼，大概它知道"猫台"军团不好惹，只好悻悻而去了。

有了"猫台"军团的恪尽职守，老台断绝了鼠患，就连乌鸦、喜鹊、麻雀、蛇和癞蛤蟆也休想在此地久留。一旦被"猫台"军团发现，不是被逮个正着，就是被碎尸万段。"猫台"成了央视领地的最忠实卫兵和守望者，还成为记者编辑心灵的调解员。谁有了烦恼，谁的片子被毙了想不通了，和"猫台"聊聊，烦恼就会纾解，心情就会好很多。我亲眼见到一位编辑女同事，流着眼泪，抚摸着"猫台"的脑袋说："我加班加点好几个晚上，辛辛苦苦编好的片子，被领导一句话就给毙了。你说我的命怎么就这么苦啊？""猫台"善解人意，回答"喵——"，声音拉得老长，听上去很像英语的"NO——"，于是这位女编辑扑哧一声破涕为笑。"何以解忧，唯有'猫台'"成为同事间的一句流行语。

央视新台落成并投入使用，那位女编辑兴冲冲地要把"猫台"带入位于光华路的新台。她用双肩包，把"猫台"装了进去，坐班车到了新台。可是，"猫台"很不喜欢新台，就像某些台长从心理上、生理上不喜欢新台的风水一样，百般不愿意，开始绝食，不吃不喝，甚至哮喘、呕吐、假装"挺尸"

装死，把那个女编辑吓坏了，真怕有个三长两短，赶紧用双肩包把"猫台"送回了老台。

"羁鸟恋旧林，池鱼思故渊。"回到老台后，"猫台"如鱼得水，这里的一花一草、一石一木，都是它熟悉的、喜欢的，它还可以颐指气使地指挥十几只猫团团转，女王的地位和权力，岂能说丢就丢呢！

央视老台有个漂亮的后花园，虽然面积不大，但是在园艺工人的设计和修剪下，花木葱茏，景色宜人。有一汪清水的池塘，水中自由自在地游动着鱼儿，有五颜六色的花朵，有婆娑起舞的竹林，有开满一串串紫色花朵的藤萝架。渴了，猫儿们可以在池塘畔饮水，高兴了，还可以逗逗鱼儿，侥幸的话，一爪子还可以捞上来一条。最让"猫台"可心的是，在旁边业务楼办公的磁带回收科有一群可爱的姑娘，视"猫台"和它的儿孙猫咪们如命，凑钱，买来最好吃的猫粮，还有"妙鲜包"，按时来"上贡"。于是，每天，"猫台"都率领它的臣民懒洋洋地卧在后花园，等待姑娘们按时"供膳"。

如今，"猫台"已经 10 岁左右了，由于营养好，并没有衰老，但牙口还是有点差了，专爱吃姑娘们"上贡"的"妙鲜包"。尽管姑娘们把"妙鲜包"混在一般的猫粮中，每到"用膳"，"猫台"总是第一个先吃，它用爪子或嘴巴把粗粝的猫粮拱开，专挑中间鲜嫩可口的"妙鲜包"吃。待它吃饱后，其余的猫才按资历和辈分依次进食。不过，最近有一只小花狸猫例外，这是它最宠爱的"小儿子"，可以和它一同"进膳"。

节假日来临了，姑娘们会把猫粮托付给值班人员，按时投喂"猫台"和它绕膝的"儿女们"。这群猫，无忧无虑，仿佛生活在伊甸园。的确，这个"伊甸园"充满了爱，是无数好心人的爱心温暖着这群小生灵，而以"猫台"为首的小生灵们，用萌萌可爱回报着爱它们的人！

每次我去老台办事，总要在小花园停下脚步，和"猫台"对视一会儿，抚摸一下它，"相看两不厌。"更多路过的同事会说对它说"猫台好"，打个招呼而过。它会回应一句"喵——"让大家开心一笑,心情立刻放松了许多。

但愿"猫台"长寿,伴随着一代电视人走过接下来的风风雨雨,彼此相伴,地久天长……

– 19 –

小区喵星族盛衰记

我家小区的花园里有一个喵咪咪的世界,有6只"喵星人",其中4只属于雪球狮子猫品种,洁白如雪;其余两只,一只黄白相间,一只黑白相间。这6只"喵星人"是野猫,同属一个家族,而族王是一只白色的母狮子猫,狮子头、小虎身、长长的毛发整洁得像梳子梳理过一样,柔顺地从脊梁处向两边下垂,尾巴由长毛组成,状如"火焰",谓之"麒麟尾"毛茸茸的,摇动时像一柄白色的鹅毛掸子。它的两只圆圆的眼睛颜色不一,一只绿得像绿宝石,另一只蓝得像蓝宝石。鼻头暗红,一张"人"字形的嘴巴,两旁有六根白色的胡须,像钢针一样。两只耳朵小而薄,尖尖的,白里透红。它的气质十分优雅,总喜欢高昂着头,翘着尾巴走路,宛若一朵白云在飘动。它不仅形象可爱,而且十分通人性,对人有依赖感,对熟人亲热地蹭裤脚,用尾巴扫人的腿,喵喵地打招呼,高兴时,还常给熟人打滚,以博人们的夸奖,真是个人见人爱的"万人迷"!

一

"插须豁口直鼻弓,环眼竖眉一线瞳。豹爪虎斑狮子面,翘耳辨听八面声。"描述的就是这种狮子猫。我岳母最早发现这只狮子猫后，十分喜爱，给它取名"白白"。买来猫粮，放在瓷盘中，喂"白白"和它的一家。日子久了，只要一开门，"白白"就会扑向我岳母，绕着它的裤腿来回蹭，喵喵地叫个不停，直到我岳母弯下身来，用手抚摸它的毛发，挼得它舒服地打着呼噜，眯着眼睛，尽情享受抚爱。这个过程一般要持续十多分钟，如果停下来，"白白"就会用前爪搭在我岳母的手上，示意继续，不要停下来。待充分满足了抚爱，"白白"才摇动着尾巴，走到盘子前趴下，等待喂食。食物放到瓷盘里，"白白"并不急于吃，而是用鼻头碰碰我岳母的手，表示感谢，然后才开动。

"白白"在族群中享有至高无上的地位，其余5只猫乖乖地趴在旁边，观看"白白"吃食。"白白"吃饱了，才能轮到那5只猫依次进食，它们中地位和辈分都分得很清楚，谁的地位高，谁轮在前面进食，从不错乱，从不越轨，从不篡位。

"白白"是小区里抓老鼠的高手，谁家有了老鼠，只需把"白白"抱进屋去，关紧房门。不消三五分钟，"白白"就会嘴里叼着一只老鼠，跑到主人裤脚下蹭来蹭去，讨要奖励。通常，主人会喂它"妙鲜包"。它会在这家屋里"好吃好喝好待遇"住上几天，直到确认再无鼠害，才放它出来。

岳母告诉我："白白最早生下两只黄白色相间的猫，一只是公猫，一只是母猫。那只小母猫长得可爱，被一位邻居抱到家里养去了，只剩下这只公猫。"我岳母把这只黄白色相间的公猫叫"小瘸腿儿"。曾一度，这只小猫被一只小狗咬了腿，瘸了两个多月，是我岳母用云南白药给它治好了，虽然腿不瘸了，但是"小瘸腿儿"的外号保留至今。此后，"白白"又生下两只黑白相间的猫，我岳母给其中一只取名叫"虎子"。它全身毛发黑亮，只是下巴处两边各有一小撮白毛，腹部是白毛，四只爪子是白色的，"四蹄踏雪"。"虎子"脑袋圆且大，像一只小老虎，也像"白白"一样与人亲近，喵喵地向人亲热地叫，愿意让人抚摸它的毛发。可是，那一年春天，闹"禽流感"，不知怎的，健壮的"虎子"患上咳嗽和喘，没多久，"虎子"就消失了。"猫死归天"，"虎子"一定是找了一个最隐蔽的地方埋葬了自己。幸存下来的是一只小母猫，身子上的毛黑白相间、左右对称，瘦弱，小脑袋，面部是白色的，我岳母给起名叫"小白脸"，不仅因为它的脸洁白如银月，而且因为这只猫从不向人示好，也不允许人抚摸它，即使给它吃的，它也从不喵喵叫几声表示感谢。最初我以为它是哑巴，后来发现它"闹春"时，嗓门很嘹亮。后来，"白白"又生下三只纯白色的狮子猫，每只猫的两对大眼睛都是"宝石蓝"，因为这是蓝眼睛大公猫的种。我岳母管那只蓝眼睛白毛公狮子猫叫"大白羊"，它像绵羊一样温驯，从不抢着吃食物，总是最后一个吃残羹剩饭。见到人，温驯地低着头，卧在墙角，一动不动，像个"乖娃娃"。可惜，这三只"大白羊"的后代，夭折了一只。那是因为，"白白"把三只刚出生不久的小猫顺着一棵高大的香椿树叼到阳光房顶部去晒太阳，等到该吃饭时，"白白"一只一只地叼着崽子，从阳光房顺着香椿树下来，那一只留在了最后，急坏了，喵喵地叫，从阳光房顶部直接跳下来，摔坏了。开始还有气息，悲惨地号叫着。"白白"和"大白羊"都心疼坏了，围着崽子殷切地呼唤，用舌头舔小猫的毛发。但是小猫的叫声越来越弱。"白白"叼着我岳母的裤脚"求救"。我岳母用手捧起受伤的小猫，发现它的眼睛充血，一定是摔坏了脑袋，"气若游丝"。用奶瓶喂它，它已经没有力气喝奶。很快，它的叫声停止了，身体僵硬了。我岳母无奈地展示给"白白"和"大白羊"看，告诉它们，"你们的宝宝不行了，已经走了！""白白"和"大白羊"焦急地叫着，流出了眼泪。这是我岳母第一次见到猫流泪，她也哭了，待哭够了，我岳母用铁锹挖了坑，把小猫的尸体掩埋了。"白白"和"大白羊"在新翻的土堆旁徘徊了很久，然后才抑郁地离开。从此，"白白"患上了抑郁症。失去了以往的快乐，叫声再也不欢快甜蜜了。

二

　　幸存下来的两只白色小狮子猫长得很快，十分健壮。蓝宝石似的眼睛，雪白的毛发，人见人爱。我岳母给那只小公猫取名为"二羊"，给那只小母猫取名为"二白"。"二羊"和"二白"最喜欢的游戏是追逐蝴蝶，一旦有蝴蝶翩翩飞来，两只小猫便竞相向蝴蝶扑去。可是蝴蝶看出两只小家伙的幼稚，依旧忽高忽低地飞着，甚至落在"二羊"的鼻子上，待"二羊"用爪子抓时，再忽然飞起来，然后落在"二白"的尾巴上，"二白"跳将起来，蝴蝶忽然飞高一点点，"二羊"和"二白"够不着，就追着蝴蝶转圈跑。苏州的刺绣常以蝴蝶戏猫为题材，栩栩如生地表现这种可爱的场景。古人有诗句描写此情此景："生就虎威娇弱身，两撇银须似铁针。谁言岁月催心老，弄花扑蝶巧怡人。"这种游戏能持续近一个小时，直到小猫失望至极，才回到"白白"身边卧下，心有不甘地望着蝴蝶飞走。母亲为了安慰两只小崽子，摇动着尾巴，让它们继续玩。"二羊"和"二白"扑来抢去捕捉妈妈的尾巴，直到累得不想动了，发出呼噜噜的鼾声睡去为止。

　　"丽景烛春余，清阴澄夏首"，初夏，在雨后一个阳光灿烂的日子，"白白"教小猫抓草坪上闲庭信步的麻雀，只见它匍匐在灌木丛后，突然蹿出去，把一只在草地上觅食的麻雀抓住。不过它没有直接咬死麻雀，而是咬断了麻雀的两只翅膀，然后叼来，让"二羊"和"二白"玩。麻雀惊恐地拖着受伤的翅膀奔跑，但是，"二羊"和"二白"跑得更快，围追堵截，把麻雀逮住，然后再放开，再围追堵截，再抓住。猫的爪子平时是藏在脚瓣中的，只有到了抓捕猎物时，才像出鞘的刀一样，伸出来，锋利无比。这只可怜的麻雀在被折腾两个小时后死掉了。但是这些吃猫粮长大的小猫，不懂得麻雀可以作为食物。姜还是老的辣。此时"白白"显露出杀生的本性，张开小虎口，连撕带咬，把麻雀吃掉了。几天后，我发现，花园中散落一片喜鹊的羽毛，在黄杨丛下，发现了半只灰色喜鹊的尸体，血淋淋的。不知道是"白白"吃的，还是它教导猫咪们一起吃的。我挖坑把残尸埋在草丛下，以免传播瘟疫。

我岳母要到二闺女家去住了，临别叮嘱我和爱人："你们一定要想着按时喂'白白'一家。'白白'牙口不好，猫粮比较硬，最好给它买'妙鲜包'。"于是，喂喵星族的任务，落在我和爱人身上。我们买来了"妙鲜包"，那是猫粮中的极品，是新鲜的带汁液的肉。"白白"从此到室内独享"特供"。其余的猫依旧在花园中吃瓷盘里的猫粮。每到这时，"白白"似乎高兴起来，蹭我们的裤脚，用大尾巴扫我们的腿，并接受我们的抚摸。我们给"白白"一只颜色鲜艳的盘子，"妙鲜包"的香味浓郁扑鼻，既有烹煮熟透的肉味，又有鱼香。"白白"先喝汤汁，然后才吃肉块和鱼块，尾巴一扫一扫地摆动着，透着满足和快乐。吃完了，还会打滚，表示感谢。它似乎不愿意出屋子，愿意陪我们一起看电视，直到它要上厕所，才走到门口，轻轻挠门，示意我们开门，让它出去。

几天后，我和爱人都出差，要走两个星期。小区中有不少爱心人士喂猫，我们把猫粮留给邻居，相信这6只野猫一定饿不着。但是等我们回来时，发现少了一只猫，"二白"不见了。"二羊"的一只眼睛瞎了。看样子，它们过得很不好。"白白"见了我们像见到了久别的亲人，喵喵地诉说着委屈，似乎在质问和责怪我们为什么抛弃了它一家，也似乎在告诉我们"二白"失踪了，"二羊"受伤了。我们发现"白白"也瘦了，毛发脏兮兮的，粘在一起。赶紧买来"妙鲜包"，每只猫一个盘子，想让它们赶快弥补亏空，尽快治愈身体的伤痛和心灵的伤痛。

到底是谁虐待了猫咪？是人还是其他野猫？我们发现，这些猫在吃食时，变得异常，时不时地抬起头来，四下警惕地观望，确定没有威胁才匆匆吃几口，然后再抬头观望。蓝眼睛"大白羊"变得易怒暴躁，它时不时地停止进食，忽然周身的毛就耸立起来了，只见它前身隆起，猫着腰，尾巴贴地，后脚蹬在地上，静候一会儿，然后，箭一般冲向南部篱笆外。很快那边就响起激烈的打斗声音。寻着打斗声，我们发现有一只黑白斑块花纹的公猫和一只纯黑色的公猫在觊觎这边的"妙鲜包","大白羊"正在和它们殊死搏斗。这3只大公猫,滚扑撕咬,上蹿下跳,惨烈的叫声,此起彼伏。我们才意识到,小区里有好几个野猫族群,彼此有各自的领地。我们的出差,让"白白"一家成了"二等公民",不得不在别的族群的地盘乞食或争食,弱小温顺的"二白"和"二羊"成了牺牲品。

"大白羊"翘着尾巴回来了,尽管浑身是伤,但是得意扬扬,显然它胜利了,不仅保护了家人,还赶走了入侵者。我们加大了"妙鲜包"的供应量,奖励和安慰这群受了委屈的猫。

半个多月过去了,这5只猫毛发变得油亮,恢复了健康。"白白"的抑郁症似乎在加重,它吃完了"妙鲜包",也不再打滚感谢,而是伸着腰身,打着哈欠,然后懒懒呆呆地卧在窗台上,想悲伤的心事。它的孩子,再也不围着它转,甚至敢和它抢食吃,对它没有了往日的尊敬和敬畏。

三

猫在所有驯化的动物中,扮演着独特的地位,与人类既亲近又疏离。四千五百年前的埃及有将猫奉为神明的记载。2004 年,在塞浦路斯发掘一座古墓时发现了随葬猫的遗骸,把人类养猫的历史提前到 9500 年前。据记载中国陕西泉护村的考古挖掘,发现了大概 5300 年前中国的村民就开始同猫、猪、鹿以及一些啮齿类动物生活在一起。老辈人的传说更有趣,十二生肖中为什么没有猫,是因为老鼠把玉皇大帝要排生肖的消息藏匿,没有告诉猫,致使猫一辈子恨老鼠,欲杀之而后快。北京人喜欢养猫,一般认为白者、黄者为上品,黑者、杂色者次之。西方也有黑猫、女巫、梯子被视为三大不吉利的说法。

"白白"应该属于上品中的上品,它的两只眼睛为两种颜色,猫眼必以两色者为贵,名曰"雌雄眼"。俗说"爹一只,妈一只",此为最正宗的"波斯种"。正因为品种优越，想和它交配的公猫一拨接一拨。喵咪咪的世界是淫乱的，荷尔蒙分泌旺盛的喵星族，把在光天化日之下交配，视为天经地义的事，丝毫没有羞耻感，反而像是在炫耀"行为艺术"。很快，"白白"又怀孕了。一天，"白白"在我面前用牙咬电工房的铁门，我觉得奇怪，就把房门打开了。它刺溜一下钻进去，无论我怎么呼唤，它也不出来了。我只好嘱咐小区的电工，有一只猫跑进电工房，房门最好别锁，否则这只猫会饿死在里面。

几天后，电工房里传来了小猫的喵喵叫声，声音惨烈。我走过去一看，只见一只黑灰色小花狸猫直挺挺地躺在水泥地上，显然已经死掉了，旁边另外一只像耗子一样大小的黑灰色小花狸猫绝望地呼唤着妈妈，只见它闭着眼睛，透明的胎衣还紧紧包裹着身体，动弹不得。"白白"哪里去了？我呼唤着"白白"，却没有回应。我端来牛奶，想让这只可怜的小猫喝，可是它一个劲地绝望嚎叫，一声大似一声，根本不懂得吃东西。随后，我在花园向阳的墙角，发现了"白白"，正在喂另外一只黑灰色小花狸猫吃奶。原来它生下了三只猫，它发现只有一只健康，于是它果断抛弃了另外两只。

一个多小时后，那只嚎叫的小猫，声音越来越小，再后来，声音全无。我走过去，发现这只被母亲抛弃的小猫身体已经僵硬。于是，我挖了一个坑，把两只小猫的尸体放进去，准备埋土。这时，意想不到的是，"白白"耷拉着尾巴走了过来，闻了闻两只死去的黑灰色小花狸猫，然后一声不吭地，叼着那只健康的小猫走了。它是来对它们做最后的告别，但已经没有了眼泪，也没有了悲痛。我理解它，野猫的平均寿命是五岁，家猫是十多岁。此时的"白白"已经老了，它的七八岁，相当于人的五六十岁，已经无力抚养幼崽，能养活一只，也算是竭尽所能了。

我们又出差了，留下了足够的"妙鲜包"，在电工房留下一个可以供猫出入的小洞口。临走时，还抚摸了"白白"10分钟，告诉它："我们只出差三天，三天后就回来，这些食物和水够你和孩子吃个一星期的，好好活着，等我们回来！"忧郁的"白白"一直闭着眼睛，慵懒地享受着爱的抚摸，没有吭一声。

三天后，我们回来了，"白白"呆呆地趴在花园向阳的墙角，那只黑灰色小花狸幼崽猫早已不见踪影。电工房里，剩下的"妙鲜包"和水还有不少。失去了最后一只小崽子，"白白"抑郁得似乎不会叫了，也不会发声了。

瞎了一只眼的"二羊"也消失了。园子里黄白相间的"小瘸腿儿"和黑白相间的"小白脸"成了形影不离的好伙伴，不仅两个脑袋挤在一起吃同一个盘子里的食物，还时不时地在光天化日之下交配，享受着青春时光，或在母亲"白白"和大公猫"大白羊"面前炫耀它们的性成熟。正是"雌雄相对目炯炯，意闲不受荣与辱"。

"大白羊"失去了往日的威风，在与黑白斑块花纹的公猫的生死决斗中，落败而逃，再也不敢进入这片花园一步。接着，我亲眼看见黑白斑块花纹的公猫突然向交配着的"小瘸腿儿"发起了死命攻击，它死死咬住"小瘸腿儿"肚皮，一下子把"小瘸腿儿"掀翻在地，"小瘸腿儿"发出了绝望的惨叫，粉红细长的"小弟弟"也被抓伤，渗出红色的血流。要不是我用扫帚把黑白斑块花纹的公猫赶跑，"小瘸腿儿"将被它咬死。"小瘸腿儿"的下部鲜血淋淋，我给它涂抹了云南白药。不过"小瘸腿儿"从此再也不敢在这片花园进食，偶尔过来，也是匆匆溜过，然后跑掉。"小白脸"成了黑白斑块花纹公猫的"妻子"。不过这只厉害无敌的公猫，允许爱妻"小白脸"先进食，它在旁边趴着看着，直到"小白脸"吃饱后它才吃。

一个月后，"白白"也消失得无影无踪。"猫老归天"，"白白"一定隐秘地安葬了自己。

花园里空荡荡的，只剩下"小白脸"一只猫了。它每天三次堵在门口，见到了我们，也会发出喵喵的乞食声音。我爱人喂给它"妙鲜包"和猫粮，"小白脸"知道用鼻子碰碰我爱人的手，表示感谢。"白白"言传身教的生存方式，在"小白脸"身上得以延续。

不久后，另外一只幼小的虎纹黑白色小狮子猫诞生了，这是"小白脸"

的"杰作"。它给小崽子喂奶,教它喵喵叫,教它抓蝴蝶,教它捉麻雀。这个小家伙,黑狮头、小虎身,肚皮是纯白色,"四蹄踏雪"。眼睛一只碧绿,一只褐黄,尾巴上是黑长毛,状如黑色"火焰",典型的"麒麟尾",是一只小母猫。我相信,长大后,这只漂亮的母猫一定是小区喵星族世界的女王!

— 20 —

包菜地的故事

都市白领,每天在城市街道汽车的长龙中焦急地等交通灯,在高楼大厦里紧张地消耗着青春和精力,在电脑前与时间赛跑一样飞快地敲击着键盘,在会议室中口干舌燥地讲解着取悦客户的方案,没完没了,日复一日,单调,重复,沉闷!不妨放松一下,在周末到郊区包菜地,接接地气,换换心情,这不正是都市生活新时尚吗。

城市普通人家,上班下班,接孩子,买菜做饭,何尝不向往有一块心灵的绿地,种植一些自己喜欢的绿色蔬菜,不施化肥,不打农药,让梦想与蔬菜一起生长,让收获的喜悦填补忙碌而充实的日子。

对,到郊区包菜地,因为我们的生活太需要小确幸了!包菜地,撒下种子,施肥浇水,蔬菜就会欢快地为我们生长,给点阳光就灿烂!当你亲手种植的蔬菜端上自家的餐桌,全家人的笑脸,就是我们生活的太阳,照耀我们信心满满地迎接新的一天!

一、第一次在包菜地尝到带露珠的果实

包菜地,并不是新鲜事,每个普通家庭都不难实现。现在的郊区农民大

多进了城，土地闲置，与其雇人来种，不如出租给城市人种着玩。许多地方的农民，把土地分割成无数小块出租给城里人，每一小块，又称一畦，大约两三平方米，每年租金 800 元以上。也有按亩出租的，价格面议。按亩出租的，一般不是菜地，而是大田，可以种植庄稼。农民在土地流转的大政策下，收益丰厚，因此，千万别瞧不起农民，他们比你有钱！

我第一次去包菜地，是二十多年前，在北京东郊飞机场附近，一排排温室大棚子，菜农把棚子中的菜地分畦包给图新鲜的城里人，每畦年费 400 元。他们负责给你种，你只需要告诉菜农你想种什么就行了，也不需要你管理，菜农负责施肥浇水，等到该收获时候，菜农打电话告诉你："来采摘吧！你的西红柿熟了！"菜农还负责来车接我们这些包了地的城里人，于是我和爱人以及许多不认识的城里人，在指定地点等候车来。一辆中型面包车来了，接上十来户人家，开到温室大棚。每个菜畦前立一个木牌，写着包地人的姓名。我找到了写着我名字的那一畦，只见西红柿秧子长得非常茁壮，有一人多高，快顶到了塑料大棚的顶部，每一枝绿色的秧子上，都结满了红彤彤的西红柿，像一串串小气球，圆圆的，挂着露珠，甚是可爱。旁边就有水龙头，用清水洗干净一个，咬在嘴里，一股甘甜的汁液，沁人心脾，真美！不一会儿，我和爱人就摘了一大筐，有二十多斤，沉甸甸的，满心喜悦！其他每一户包了菜地的人家，都是满载而归。我记得回去的路上，还有人高兴地唱起了歌。收获的喜悦，让生活充满了乐趣，也扫去工作中的烦恼！小确幸，真是我们生活中喜出望外的惊艳！还勾起我们的期待，觉得生活真美好！于是我把经验兴奋地告诉周围的同事，煽呼了不少人纷纷去郊区包菜地！

一周后，菜农又打电话来，让我们去采摘。我们这些包地人，于是又高高兴兴地乘车采摘了我们期待的果实。如是几周，每周采摘一次，不过一次比一次收获少，甚至有一次空手而归。原因是，西红柿头一茬肥力和营养充分，结的果实多，越到后来，就衰竭了。再加上前来采摘的城里人，有的人有自己的汽车，随时可以去摘，也有不少带了孩子来的，这些孩子不管是谁家包的地，只要见到有果实就摘走了,等到我们真正的主人来时,见到的只是满地脚印和凌乱的落叶。好吧,不过就是接地气,被摘走了就随它去!没有小确幸,也不至于钻牛角尖,权当郊区游了。几天后,菜农打电话来,问我:"你家的菜地西红柿该拉秧了,你打算下一茬种什么?"我想了想说:"不再种西红柿了,你种蒿子秆吧!这个不怕小孩子来抢摘。"后来我的工作十分忙,总是出差,菜农来了几次电话,让我去收割蒿子秆,我都没有时间去。最后一次,菜农来电话说:"你家蒿子秆都长疯了,顶到顶棚那么高了,已经木质化了,不能吃了!也该拉秧了!"我听了很是无奈,没再续约。没有自己的车,包地成了负担,要想包地,一定要有自己的汽车!这就是我第一次包菜地的心得!

二、第二次包菜地失败多于惊喜

终于有了自己的汽车,又想起包菜地的美好记忆,于是联系以前认识的菜农,菜农告诉我:"没有地了,你没有续约,别人续约了,我们涨价了,每畦800元,早都被租光了!"真遗憾!我懊恼了好长一段时间。忙工作,又回到了单调重复的生活节奏中,缺少了小确幸,我们的生活仿佛少了根,土地是根,这是我多年后才悟出的道理!

"移家虽带郭,野径入桑麻。近种篱边菊,秋来未著花。"闹"非典"疫情那一年,我在昌平租了一处独立的带篱笆的农家小菜园,菜园有百十平方米,可以种十畦蔬菜,而且不被打扰,真是"踏破铁鞋无觅处,得来全不费工夫"。不过,这回可没有菜农负责打理,全凭自己。

"谁知盘中餐,粒粒皆辛苦!"汗珠子摔八瓣,也未必带能来好收成!我听说过一句谚语:"清明前后,种瓜点豆",于是在清明节前后,我在翻开的土地上撒下种子,买了农家肥,浇水。可是,一周过去了,没有发芽出苗,两周过去了,还没有发芽出苗,三四周过去了,土地上冒出了一些小苗,但是病恹恹的,不健壮,后来,这些苗长大了,不仅不结果,而且叶子上有黄斑。后来问了附近的农民,有人告诉我:"你种早了,应该在谷雨过后才下种,种早了地温不够,出苗率低,而且病虫害严重,根本不会有收成!"他建议我拔掉,种点别的。我哪里舍得,这是我辛辛苦苦种的,培育了半年多,拔掉多可惜。但是后来,秧子的病情越来越重,我只好忍痛拔掉了。

已经到了数伏天,我想种点香菜吧,结果,没有出苗,栽下去的大蒜也全都死掉了。问了附近的农民,他们笑我是个"力巴",意思就是空卖力气的傻瓜。后来我查了书才知道,应在早春或秋天种植,香菜喜欢凉爽的季节,数伏天高温湿热时休眠,种了也不出苗。大蒜也是在数伏天高温湿热时休眠,即使种下去,也会烂掉。

"种豆南山下,草盛豆苗稀。"大诗人陶渊明的名句让我十分感慨,园子里狗尾巴草十分猖獗,比菜苗茂盛,任凭我薅、拔、除,"野火烧不尽,春风吹又生",顽强地生长,微风中,向我翘尾巴挑战。

在另外的几畦中,我种植了圆白菜和水萝卜,因为我没有打农药,全部被虫子钻透,下雨后,从菜中心向外烂,几天后腐烂圆白菜的恶臭飘满园子,只好通通拔掉丢掉。而水萝卜种植得过早,不仅没有长出萝卜,而且全部开花打籽,招惹得满园子蝴蝶飞舞。蝴蝶一旦落在菜叶上,就会甩子,待这些白色的子破裂后,吃绿叶的小毛毛虫就爬出来了,几天后就泛滥。更令我不敢相信的是下雨后,蜗牛满地都是,这些慢吞吞的蜗牛竟然比毛毛虫还厉害,把剩下的绿色叶子全部吃光了,就连黄瓜和西红柿都被它们吃得到处是窟窿,遇到雨水,黄瓜和西红柿全部腐烂掉。这些小生物是饕餮大师!没有天敌,它们泛滥成灾!

此外更让农民笑话我的是,我从粮食店买的大芸豆,每个有大号铜钱那么大,我想这么好的品种,种下去,一定会结出长长的大豆角,结果从春天到夏天,再到秋天,三个季节过去了,满架子绿色茂盛的秧子,没有开一朵花,当然也没有结一个果实。咨询了专家,人家告诉我,你从粮食店里买的芸豆是杂交种第一代,别看个头大,籽粒饱满,但是不能当种子,杂交的植物不能再繁殖!要买种子必须到种子站去买!

真应了农民的预言,那年我收获的只是教训和失败。除了瘦弱的大葱和细细的韭菜,别的都没有长好。当菜农需要知识和学问,不是我们这些城里人卖把子力气就行的,别看不起农民,他们的学问可大呢!他们的知识和经验,是我们必须用很长时间和代价才能学到的,也许即使我们花掉时间和不小的代价,也未必学得到真本事,碰壁的事还在后头呢!

三、失败是成功之母

"粪大水勤不用问人",这是菜农告诉我的谚语。我按照菜农的谚语去种菜,还是不成功。我的韭菜和葱长得细细的,很瘦弱,尽管我施肥和浇水很多,仍然不健壮。有人告诉我:"韭菜和葱,每年都换一块地,不换地,韭菜和葱就越来越细,因为营养不够。"我半信半疑,询问了许多人,我的一位同学在《农民日报》当副总编,包了一个温室菜棚,非常成功,在微信朋友圈里晒他的成就,我很羡慕,虚心请教他。他说:"你知道干部需要轮岗吧?韭菜和葱需要轮岗,道理是一样的!"他居然把种菜上升到干部轮岗的政治高度!

照猫画虎,我换了一块地,把葱和韭菜栽上去,但是,长得还是细细的,还不如原来。这是什么原因呢?别人的经验怎么到我这儿就不灵验了呢?我百思不得其解!

有一天一个开卡车的农民在拉渣土,路过我的园子,站在篱笆那里,看了一会儿,看到我的"杰作"是满园稀疏、一片衰败,感慨地说:"你这个城里人,瞎忙活!"我虚心地问他:"看来您是行家。您告诉我怎么才能不瞎忙活?"他说:"你得换土!全部换土!这个园子的土表层是沙土,下面是砾石,根本存不住水,你越浇水,养分随着水渗入下面的砾石层,跑光了!严格来说,这儿根本不适合种菜,要换成壤土!"

"什么是壤土?"我虔诚地问。

"壤土,就是30%的沙土,70%的黄黏土,最好是腐殖质黏土。"

"哪里有壤土卖？"我惊喜地问。

"你要买的话，我可以卖给你，1500元一车。我这一卡车能装三五吨！"他强调一口价，不能砍价，他不指望靠这个发财，而是看我实在种不好菜，是诚心诚意要帮助我的。

壤土如约运来了，我花费了好几天，弄坏了一辆小推车，才把三吨多壤土弄到菜畦里，第二年，果然，我的蔬菜生长健壮！我爱人买了黏虫纸，粘那些飞来的蔬菜天敌，又从菜农那里学来用空可乐瓶子，中间破口，里面放入白糖和醋，吸引食菜叶的害虫和蜗牛。这些环保的捉虫方法很奏效，黄瓜丰收，豆角丰收了，白菜丰收了，胡萝卜丰收了，南瓜、冬瓜、丝瓜丰收了，粗壮油绿的韭菜和大葱也丰收了！特别是采摘时惊喜不断，草莓和红、绿辣椒以及成熟南瓜的色彩斑斓，赏心悦目；摘完一遍豆角和黄瓜后，总是能从不同的视角发现绿叶下还隐藏着一串串果实；割韭菜时，新鲜韭菜特有的浓郁的芳香弥漫开来，像打开的香槟酒，像泼洒的古龙香水，久久不散，令人销魂。这些新鲜的绿色蔬菜，一家人吃不完，还把丰收的喜悦送给了城里的邻居。小确幸，给多个家庭带来欢乐！

不过当菜农还是非常辛苦，汗水打湿衣背，蚊虫叮咬，苦不堪言。冰雹、霜冻、干旱、大风、虫害、涝灾等自然灾害，随时可以毁掉你种植的希望。但是，包菜地苦中有乐，乐多于苦。尽管如此，我还是种不好西红柿和茄子，没等成熟，就开裂，然后就腐烂。要学习的农业知识还有很多。从失败中吸取教训，"其乐无穷！"我写下了几首诗，也是我当菜农的心得。

菜虫与蝴蝶

善于伪装的菜虫，柔弱纤细
像叶脉，躲在菜心深处，碧绿如洗
难以辨别，躲过天敌

如不管它，它就开始咀嚼
　　——饕餮的惬意
菜帮上出现无数个窟窿
菜心被咬穿，壮实的青菜
　　就这样烂掉如泥
然而，不知何时它变成了蝴蝶
翩翩起舞，翅膀上斑斓的图案
　　比花朵还美丽
给大自然增添了动感
给田园增加了诗情画意
撩人的妩媚，已让人忘记它的来历

狗尾巴草

狗尾巴草摇曳着示威
　宣誓生存主权
　生命力强大得
　不怕拔不怕剪
　任何拔节点
　都可以变成根
　深深扎在地下
　　一条根断了
　其他条根抓得更牢
　一棵变成一丛丛
世界其实原本是它的
　所以它无处不在

蜘蛛颂

唑唑，唑唑，唑唑唑
你忙着织网，乐此不疲
星星，月亮，夜晚，你浑然皆忘
黎明，黄昏，阳光，你尽付倥偬

唑唑，唑唑，唑唑唑
没有什么，可以阻你醇念
哪怕风雨交加，蛛丝尽断
你自排除万难，卷土重来

唑唑，唑唑，唑唑唑
无论露湿，还是雹落
活力无限，如你
勤恳耐劳，如你

唑唑，唑唑，唑唑唑
直到你的杰作大功告成
多么精妙的六角图纹
多么迷人的绢绢轻纱

唑唑，唑唑，唑唑唑
为了这片热土的欣欣向荣
你捕蚊捉蝇，孜孜不怠
你战无不胜，实至名归……

— 21 —

海外银行破产的烦恼

随着中国改革开放的深入,越来越多的中国人有机会到国外旅游、留学、工作,当然越来越多的中国人有了海外账户、海外储蓄。但是,一旦某国发生了金融危机,或一旦全球性金融危机发生,银行首当其冲宣布破产,而大多数储户在这个国家银行的存款就"泡了汤",当然"城门失火"也不可避免地殃及中国人的"鱼池"。那么如何在"覆巢之下"拿回属于自己的那枚"完卵"?换句话说,辛辛苦苦挣的钱,无论如何也不能就这么"打水漂",想办法要回来,才是明智之举。而我就遇到过这个令人心急又棘手的难题。

一

那是我1995年年底结束了英国的留学生涯,准备回国的时候,积攒了1万多英镑,那是我边学习边打工挣下的。那时,中国人普遍收入并不高,我作为来自发展中国家的留学生得到导师的关照,给我开了一张证明,每周可以工作16小时不影响学业。我拿着这个证明,到当地政府换了一张工作许可证,在"工作中心"(Job Centre)的介绍下,找到了夜晚在某厂区当保安的兼职工作。这个工作不影响看书,对我来说,十分合适。在一年多的时间里,积攒下 1 万多英镑。留学生一般会把钱带回国，而我考察了英国几大银行，发现外国的银行比中国的银行利息高，甚至高很多，于是，我决定把钱存在一家"爱尔兰国家银行"里，这家银行属于爱尔兰共和国，高息吸储，开在英国多个城市。其中一个理财项目，存 5 年保证每年收益超过 9.5%。也就是说，我存 5 年，1 万多英镑可以增值到 15000 英镑。当时中国人出国签证困难，有了海外账户，到国外旅游签证就会很容易，这是我的"小九九"。我的如意算盘果然应验了。5 年后，我准备带着老婆孩子到英国旅游，傲慢的英国签证官看到我在英国某银行的存款证明，笑容可掬地给我们一家盖了签证章，而且出乎意料的是这是一年内多次往返的旅游签证。我带着老婆孩子游了伦敦泰晤士河，参观了格林尼治天文台，看了大本钟，游览了白金汉宫、大英博物馆、杜莎夫人蜡像馆、威斯敏斯特大教堂等著名旅游景点，还登上了刚建成的"伦敦眼"，把这个英国首都尽览眼底，玩得不亦乐乎。然后取道威尔士，那是我留学的城市，漂亮、安静，不仅有威尔士公园，还有威尔士古城堡，有戴安娜王妃和威尔士王子的行宫。玩够了，我们一家就来到我的开户行打算把钱全部取回带到国内，但是业务员，名叫 Emma（艾玛），一个金发碧眼、胸部丰满的白人女子热情地对我说："你可以继续存，我们的这个理财项目下个 5 年还是 9.5%！"我不知道是被她描绘的美好愿景迷惑了，还是被她成熟女性的魅力吸引得"五迷三道"，抑或是被这家银行优质的服务赢得了充分信赖，就按她的建议行事。只取出了 3000 英镑，作为全家本次旅游之用，其余的英镑继续存在那家银行。算了一下，5 年后，我的海外账户将有 20000 多英镑。甚至得意地想，那些只知道把钱带回国内的留学生，绝不会有这么高的增值！

二

央视因为我留学的经历，组织上让我创办《世界经济报道》栏目，作为创办人，我真是夜以继日、废寝忘食，忘记了打理在英国的海外账户。我从北京电视台挖来了主持人陈晓楠，她清新靓丽的知性美女的形象，十分符合栏目的需求。很快，一个全新的高端、大气、国际化、专业化的栏目出现在电视上，受到全国电视观众的喜爱，还获得优秀栏目一等奖。这边忙着工作，那边我在英国的理财项目到期了，银行来信告诉我高息理财项目没有了，只有随行就市的定期年息滚存，如不回复，我的账户会自动变为定期年息滚存账户。我想，这也不错，钱会一直这么利滚利地滚下去，世界经济形势不错，我完全可以高枕无忧，"坐收渔利"。

的确，世界经济正在一路走高，美国股市突破两万点，全世界出现经济繁荣景象，日本的房地产高得惊人，日本人有钱，似乎可以买下全世界。但是，这是严重的泡沫经济，由于泡沫吹得太大，因而破灭得也越吓人。几乎是一夜之间，金融危机爆发了。美国华尔街哀鸿遍野，人人如丧考妣，哀号吐血。美国人为了追求资本和利益最大化，有些昧了良知的投资人，如雷曼兄弟、道格拉斯、麦道夫等一大批金融寡头，用"庞氏骗局"欺骗普通百姓，一批骗子倒下了，但是后来的骗子"后浪推前浪"，更多的"庞氏骗局"还在上演，当最后一根稻草压垮了美国金融这头庞大的骆驼，2008年的金融危机波及全球，让很多国家遭殃，危害之大，无与伦比。"蝴蝶效应"，"多米诺骨牌效应"，传到全世界，全球金融危机大爆发，几乎没有哪个国家不受"扼颈绞杀"，日本房地产被打回原形，无数投机者跳楼自杀；韩国银行破产，全体国人捐献黄金、外汇挽救银行；希腊金融危机导致政治危机，国家陷入瘫痪；冰岛金融危机，国家停摆；爱尔兰金融危机，无数银行破产……

对，这就是我存钱的那家银行，爱尔兰国家银行，开在英国，在英国高息吸储，因金融危机最先倒闭，英国也出现了金融危机，一大批中小银行宣布破产。

如果说，报道世界经济危机、报道金融危机是令"打了鸡血"的媒体人兴奋不已的工作，那么如何挽救我在海外账户的存款，则是我深切的痛！

我先是接到英国金融监管机构一封信，要求我在20个工作日内，证明我在英国境内账户来源的合法性，否则账户将被冻结。我先用航空信函回复了，但是我怕在指定期限内也许寄不到，于是马上又用 EMS 中国邮政的国际快递寄了一封信。但是，四周后接到的英国金融监管机构的最后通牒，因为我未在限定时间内提交相关文件，账号被冻结了。

我到邮局查邮件，邮局查了情况，回复我由于英国大雪和邮政系统罢工，邮件丢失了，他们可以赔付我 500 元损失。我说："你们损失我的不是 500 元，而是 2 万多英镑的账户被冻结了！这个损失怎么算？"邮政局的工作人员耸耸肩，表示爱莫能助。

三

我心有不甘。先是写信给我在威尔士的朋友，查看一下坐落在卡迪夫城堡路上的那家爱尔兰国家银行是否还存在。我的朋友回复我说，爱尔兰国家银行早就不存在了，房子被收回了，现在是音乐制品销售商店。我的心彻底凉了。

金融危机，让我这个"海归"的切身利益受到损害，也让无数像我一样的有海外存款的中国人深受其害。我唉声叹气了许久，我爱人劝我："认栽吧！就像大多数人炒股，不是都赔个'底儿掉'吗！"是的，中国股市在全球金融危机的大背景下，像个吸血僵尸，也让无数人血本无归。

一天我在查阅爱尔兰金融危机的情况，发现在都柏林，爱尔兰国家银行承诺只赔付中小储户的钱——5 万欧元以下储户的钱，以平息走上街头的人们的愤怒情绪。爱尔兰于 2002 年加入了欧元区，本以为会搭上欧盟的快车，但是由于 2008 年爱尔兰、希腊、芬兰、西班牙、葡萄牙等欧元区国家发生了严重的金融危机，欧元变得疲软，"大一统"欧洲的梦想，依稀成为泡影。英国人似乎有先见之明，酷爱印有女王头像的英镑，或称为"恋女王情结"，通过全民公投，坚决不加入欧元区。坚挺的英镑，也为后来英国全民公投决意脱欧埋下伏笔。于是，我抱着试试看的心态，打电话给都柏林爱尔兰国家银行总部。对方接到我的电话，很客气，告诉我设立在英国的爱尔兰国家银行早在几年前就全部撤店了，不过在考文垂还有一个善后小组。他们告诉了我这个小组的电话。我打电话过去，先是一个男职员接听的电话，我说明了情况，他立即否认说："我们在两年前就在英国电视台、广播电台发出了通告，关闭了银行，凡是我行储户，都进行了清算。不存在你说的现象。"我告诉他我身在中国，没有看到这个通告，他并不打算听完我的解释，就把电话挂断了。

过了几天，我又打电话给考文垂的善后小组，一个女职员接听电话，我诉说了我的情况，她要求我把我开户的账号告诉她，我刚念到前6位数，她就说"账户不存在！"挂断了。

怎么账户不存在呢？明明在这家银行存储了十多年，怎么就不存在？我想不通。但是想到因为邮政的原因，账户被冻结了，就想下次打电话，提供邮政赔付证明，也许可以找回账号。过了几天，又打一次电话，接听的还是那个男生，他耐着性子听我诉说情况，也让我告诉他我的账号，我刚念到前8位，听到他说："shit"（狗屎！）就挂断了！没办成事，还居然挨了骂，让我非常气愤！投诉！我马上写了信并电话投诉到爱尔兰的首都都柏林！

大约一个多月过去了，都柏林的工作人员回复我还是让我找英国考文垂的善后小组协商。他们不了解英国的情况。而我每次打电话，如果是这两个接听过电话的男生或女士，结果都一样，念到账号的前几位，就被挂断了。似乎我是个骗子，在骗他们的钱！

"有枣没枣打一竿子""只要功夫深，铁杵磨成针"，中国老祖宗的这两句谚语激励我，锲而不舍。在一次接通电话之后，那边接听电话的是善后小组的领导，居然是Emma，她听到了我诉说的情况，回忆起确实有这么一回事，语气中还带有兴奋，仿佛遇到了多年不见的老相识，然后她让我提供护照和因为英国邮政原因，没有在限定时间内提供资料而被冻结账户的证明材料。

我把复印件传真过去。她说："你这本新护照，号码和你开户时不一样。"10多年过去了，那本旧护照早过期了。我告诉她，我回家好好找找，找到后再传真给她。

　　一天后，我找到旧护照，传真过去，包括我的 Bank Balance Report（银行对账单），她接通电话后说，收到了。不过她要核实情况并处理相关解冻账号文件，告诉我，两周后她值班，她会打给我。两周后的那个晚上，在预定时间，我等候在电话旁，甚至不允许家人看电视，生怕错过了铃声。一会儿，Emma 如约打了过来，问了我爱好、生日、出生地等几个细节，然后告诉我提供的信息都对，她问我打算怎么处理这个账户的钱。我说全部取出来，销户，请把钱汇到我中国银行的账户上。她说会损失利息。不过她说，现在是负利息，早销户早止损。

　　又过了一个多月，我的钱终于拿回来了，扣除了1280英镑手续费，还剩下的钱相当于19万多元人民币。当我把这笔从海外要回来的钱交给老婆时，她感慨地说："别再崇洋媚外了，中国的银行才更安全、更靠谱！"

— 22 —

日本祇园祭节凸显中国元素，
伯牙的故事大行其道

　　夏天到日本旅游，最引人入胜的是到京都看祇园祭花车游行。祇园祭节（Gion Matsuri Festival）是日本京都一年一度举行的节庆，被认为是日本最热闹、最著名、最盛大的节日。整个祇园祭长达一个月，从7月1日到31日。

　　没来日本之前，我一直以为这个节日是祭鬼的，或祭奠死去亲人的，但是，来到京都，拿到了日本八坂神社博物馆馆长亲手给我的英文材料，他还用不太流利的英语向我详细介绍展品，我才知道，祇园祭节的由来很有趣，和祭鬼或祭奠死人无关。这是一个喜庆的节日，起源于970年。当时日本流行大瘟疫，传说是因为有一个叫牛头天王的鬼在作祟，他下瘟疫毒素，把卡莫（Kamo River）河水给污染了，瘟疫蔓延，夺去了很多生命。为了解救众生，皇帝派遣了他的特殊使臣到"八坂神社"，携带了66个方天画戟，矗立在地上，虔诚祈祷请苍天立刻停止灾难性大瘟疫。祈祷感动了上苍，天神下凡，净化了河水，瘟疫消失了！人们为了感激上苍，就开始了一年一度的节日庆祝。为了增加节日气氛，花车大游行成为节日最吸引人的看点，人们想尽一切办法装饰花车，用最美丽的装饰品和最珍贵的宝藏，把从中国、波斯、荷兰、法国等国家引进的花车装饰得艳丽夺目，这些花车被称为"移动的艺术博物馆"。最盛大时，有66辆花车参加游行活动，代表66个省或66个方天画戟。但是现在，早没有了如此盛大的规模，花车数量减少到33辆。

日本曾有个大型歌舞剧《祇园祭》，讲述的是日本京都八坂神社从9世纪中叶起就举行的一年一度的盛会，有彩车游行，还有形式多样的民间舞蹈。这些游行和舞蹈可以把分散的劳动人民聚集团结起来，构成一股声势浩大的民众力量。统治者害怕了，彩车游行和舞蹈被当时（15世纪）压榨人民的统治者看作人民的示威游行。于是他们颁布禁令，祇园祭节也因此中断了。后来，日本京都广大劳动人民联合起来，抗捐抗税，并且决定恢复祇园祭节。故事还讲述了木匠新吉和他的同伴们偷偷地制作彩车，农民起义军和市民群众联合斗争，战胜了统治者的打手和捕快，受伤的木匠新吉坚强地屹立在彩车上，群众拉起彩绳，在雄壮的乐声中彩车开始前进直到结束。

节日庆祝活动，从7月初开始，7月17日，进入"彩车大游行"的高潮。这一天，事先抽好巡行顺序的33辆山车装饰得五彩缤纷瑰丽耀眼，集中在京都府中京区，每辆花车都以一个神命名，叫"××山"，如螳螂山、伯牙山、黑沪山、贼木山等。以螳螂山最为有名。螳螂除害，是日本人的图腾！花车上层站立着名媛、名流和神的扮演者。打头阵的一定是螳螂山花车，随着站在山车上的指挥者一挥刀，声势浩大的花车大游行宣布开始。令我纳闷的是，花车是从中国、法国、荷兰等国学来的，但没学到位，车轮不能转动，轮轴是固定的。每辆有两层或三层楼那么高的沉重花车需要众多精壮男子汉推着在青竹皮上滑动，为了减少阻力，还需要有人向青竹皮上泼水，在沉重花车的碾压下，人们可以听得见竹子皮破裂的噼啪声。有些穿木屐的汉子，会不小心被竹子皮划破脚趾。每辆车有数十人在推动，在号子与乐曲的伴奏下，他们兴奋地推动巨大的花山车，绕着既定路线缓缓巡行。沉重的彩车压得柏油马路上发出吱吱嘎嘎的响声，人们不断地往轱辘上和地面竹子皮上浇水。最高潮处，是彩车走到了十字路口，人们奋力推呀拉呀拽呀，于是高达两三层楼的彩车终于在巨大人力作用下，呼噜噜地掉转方向，此时竹子皮破裂的噼啪声最大，水也洒得最多，人们的欢呼声最高。花山车的屋顶、栏杆上雕刻着各地题材的故事；车身四周挂满金碧辉煌的织物，包括来自波斯的绒毯、从中国引进的刺绣、来自欧洲描写《圣经》和《荷马史诗》故事的壁挂等。华丽的花山车宛如一座座流动的世界文化博物馆，吸引着来自世界各地的人们竞相观赏。

最有趣的是，我发现中国文化成为花车大游行中的重要元素，第二辆花车，叫伯牙山，讲述的"摔琴谢知音"的故事。俞伯牙善于演奏，钟子期善于欣赏。这就是"知音"一词的由来。后钟子期因病亡故，俞伯牙悲痛万分，认为知音已死，天下再不会有人像钟子期一样能体会他演奏的意境。所以就"破琴绝弦"，终生不再弹琴了。"白乐天山"描述的是白居易向道林禅师询问佛法大意的场景，"鲤鱼山"表达"鲤鱼跳龙门"的吉祥寓意。

"孟宗山"花车讲述的是中国二十四孝故事，三国吴人孟宗从小丧父，对母亲非常孝顺。重病的母亲想吃竹笋。时值寒冬，孟宗无计，抱竹恸哭，感动天神，降下一地竹笋，孟宗采竹笋煮汤侍奉母亲服下，母亲的病马上就好了。这辆花车顶部为一棵松树，树上挂满了雪白的棉花，象征着寒冷的冬天。孟宗头戴斗笠，身披蓑衣，右手持一根竹笋，左手扶一柄扛在肩上的铁锹。孟宗的斗笠上、肩上、竹笋上都挂满了雪花。塑像据说出自7条大佛师康朝左京之手。

接下来的花车是"郭巨山"，也来源于曾经广泛流传于中国的"二十四孝"中的故事。郭巨，字文举，汉时人。传说其家中贫困，快要揭不开锅了。家中有3岁的小儿与年迈的老母需要进食。郭巨与妻子商量，将儿子埋掉，省下口粮喂养老母，因为"子可再有，母不可后得"。有一日，郭巨挖坑，忽然掘出一坛黄金，坛上写着："天赐黄金，郭巨孝子，官不得夺，民不得取。"原来郭巨对母亲的孝心感动了天地，上天降下财宝嘉奖他的孝行。

看到这里，我很兴奋，与其说这是日本人的节日，不如说是彰显中国文化的节日。博大精深的中国人文故事，走向世界，融入世界文化之中，给世界人民带来丰厚的精神内涵。

祇园祭节正在成为世界级非物质文化遗产，而其中中国文化是重要的组成部分。文化交融，你中有我，我中有你，不可分割。身在海外，为中国骄傲，为博大精深的中国文化骄傲！

— 23 —

美丽春天醉人心

　　春天，来得迅疾，仿佛新娘子迫切地要穿上盛装，不仅把自己打扮得靓丽，还要把沿途装扮得红红火火、五彩缤纷。是的，春姑娘就像是要举办隆重的婚事，从南方到北方，把胭脂似的色彩染透大自然，不遗漏任何角落，就连山洼处、河滩边、峭壁的缝隙处，都绽开朵朵红彤彤的野花。"苔花如米小，也学牡丹开。"我和所有踏春的人一样，精神抖擞地走出家门，来到大自然，追随春天的脚步，感受春天的气息、沐浴春日暖阳，欣赏春天景色，品味春天的色彩斑斓。一边沿着美景行走，一边陶醉在令人赏心悦目的青山绿水之间，内心油然而生对祖国大好河的山热恋和赞美。

　　第一站，我来到云南省元阳县欣赏元阳梯田，这是哈尼族的梯田，是世界上最美的梯田。每个村寨上方是森林，下方是层层相叠的千百级梯田，中间的村寨由座座古意盎然的蘑菇房组合而成，形成人们安度人生的居所。这一结构被文化生态学家盛赞为江河—森林—村寨—梯田四度同构的人与自然高度协调的、可持续发展的、良性循环的生态系统，这就是哈尼族人民繁衍的美丽家园。当红日喷薄而出，第一缕光线射下来，云雾缭绕的梯田，层层叠叠，梯田中如镜子的水面开始反射银白色的光泽。少顷，就在红日爬上山坡那一刻，太阳和梯田镶嵌在一起，猩红和金色的光辉，熠熠反射在水田中，整个山坡都亮闪闪，仿佛置身童话世界。昨天刚下过雨，空气湿润，天空水汽缭绕，带状的云，在阳光的直射下，逐渐形成了一道彩虹，像一座拱桥，连接天际。哦，也许，那是天宫的彩门，如果谁能沿着缥缈的虹霓走过去，也许可以到达神话中的天堂。须臾间，太阳升高了，梯田中也出现了彩虹的倒影，五彩缤纷，满坡如多彩的水晶宫。

  我从滇入川，拜访四川汶川，看到这里经过灾后重建，一排排白色的高楼拔地而起，在山花烂漫的山弯间、在桃花盛开的果林旁，一排排民居，青瓦白粉墙，朱门飞檐，白色塑钢窗和宽大的玻璃窗，明亮整洁，这些造型别致的民居，更像排列整齐的珍珠洒落在青山绿水间，构成了一幅幅优美的画卷。2008年汶川的特大地震，共造成69227人死亡，374643人受伤，17923人失踪，是中华人民共和国成立以来破坏力最大的地震。但是，我们的民族，在最严重的灾害面前，没有屈服，众志成城，像凤凰涅槃浴火重生，一个美丽的新汶川崛起在废墟之上，让世界惊叹！这里黄灿灿的油菜花开满了田野，嫩黄色的花朵随着春风起舞，蜜蜂在花蕊间忙着采集花粉，嗡嗡嗡地把春天的歌唱给人们听。"暖气浅催次第春，梅花已谢杏花新。"这里杏花开得妖娆，开得俏丽。红的、白的、粉红的、淡紫色的杏花，在褐色的枝条上绽放，每朵花有五朵花瓣，花蕊是淡褐色的，还带着露珠，阳光下亮晶晶的。这里也有梨花，雪白的梨花点靓了千树万树，花的淡淡清香，沁人心脾。这里也有人工栽培的樱花，一簇簇、粉团团、红粉相间的樱花，绽放到极致，如彩云，如晚霞，如红霓，又如锦绣。所有赏花的人，不由得感叹，春天真美。因为，这里每一朵盛开的花，都与众不同，象征着强大的生命力，象征着不屈的民族怒放的心花！

  取道杭州，西湖更是游人如织，春江水暖鸭先知，数群白鸭游弋在绿如蓝的湖水中，白堤和苏堤以及西湖四周的岸柳葱茏，小鸟叽叽喳喳地绕着花丛飞。这里桃花、杏花和梨花似乎渐谢，在绿叶中只能当作陪衬。万紫千红的是海棠花，开得最艳丽，圆圆的花盘，边缘处半红半白，越向里，颜色越红，红得犹如少女娇羞的脸。"翠叶轻笼豆颗均，胭脂浓抹蜡痕新。"若仔细观看，花盘上脱颖挺立着七八根针一样细的花蕊，蕊端金黄，蕊茎上长满毛茸茸的紫须，颇有"倚霞晓抹神女肌，香醑春醉明妃骨"的神采。这些美景令游人感叹，春天真美！

然后一路北上，来到河南林县，红旗渠两岸的春景宜人，鲜花盛开时节，林县人用拖拉机等农业机具在翻耕着肥沃的春泥。"一条条沟渠绕山转，一座座水库映蓝天。林县人民多壮志，荒山变成大寨田。"被称为"世界第八大奇迹"的红旗渠，动工于1960年，勤劳勇敢的10万林县人民，苦战10个春秋，仅仅靠着一锤、一铲和两只手，在太行山悬崖峭壁上修成了这全长1500公里的红旗渠，结束了十年九旱、水贵如油的苦难历史，而且孕育了"自力更生，艰苦创业，团结协作，无私奉献"的红旗渠精神。布谷鸟在悠扬地歌唱，布谷声声，与淙淙流水，仿佛是一场音乐会，在春天里、在原野上演奏。也似乎在告诉每一个来访者，这里的每一朵花、每一寸青禾都来之不易。正是这些来之不易的花海和青禾，像一片片彩带，镶嵌在大地上，呈现色彩斑斓的春天，呈现美丽的中国画卷，赏心悦目，令人陶醉。清脆悠扬的布谷声，在催促人们把握住农时，将会迎来又一个丰收年。

最后来到了北京，祖国的首都。"最是一年春好处，绝胜烟柳满皇都。"柳树已经发出了嫩绿带黄的新芽，抽出细细的丝条，丝条上黄色的嫩芽也像花朵，与地面上黄色的迎春花媲美，万千丝条在春风中摇曳。中南海红墙外的玉兰花悄然绽放了，象牙一样白和象牙一样质感的花瓣，又大又弯曲，像一簇簇玉勺挂在树上，增加了北京的美感。北京玉渊潭公园嫩黄色的迎春花映衬着早春品种的樱花在料峭的春风中摇曳着绽开了，在园林工人辛勤栽培下，早春的樱花"初如胭脂点点然，渐开渐合成缬晕"，令所有赏春的北京人不由得感叹，春天真美。

新时代第一个春天，也是全面建成小康社会的决胜阶段的第一个春天，无论走到哪里，都可见到人们干劲冲天的景象。"幸福是奋斗出来的"，只有撸起袖子加油干，我们的生活，才能像芝麻开花一样，节节高。

　　踏春的游人，纷纷拿起了照相机或手机，捕捉生态和谐的春景，拍摄美丽的中国画卷。于是，朋友圈中，多了许多令人养眼的信息在传播，像涟漪一样，一波一波，把春天的美丽扩散到人们的心中。

　　"等闲识得东风面，万紫千红总是春。"今年的春天，就这样浓墨重彩地来了。

— 24 —

四次和大鱼近距离对话

　　小时候，我家住在玉泉河边，常去河里摸鱼摸虾，可是从没有见到过大鱼。每当我提着几条捕获的"小鱼仔子"从敬老院经过的时候，坐在藤椅上一边晒太阳，一边品着用玉泉水泡的茶的常爷爷，就会不屑地说："真不开眼，这么小的鱼仔子也值得逮？"我听了很是不爽。他70多岁，瘦长个，小眼睛，尖瓜脸，稀疏灰白的头发，梳着一条细细的辫子，耷拉在脑后，他在宫里和颐和园里当过太监，脾气大，看什么都不顺眼，外号"活不长"。我只好回答说："常爷爷，我逮来喂猫的。"他咂了一口茶，对我说："昆明湖中有大鱼，大得像龙一样。"我好奇地缠着他问："真有那么大的鱼？"他并不搭理我，而是闭上眼睛舒服地晒太阳，在他眼里，周围没有值得他搭理的人。我灰溜溜地回家，问我爸爸，昆明湖里真有大得像龙一样的鱼吗？爸爸告诉我，传说，慈禧太后活着的时候，就喜欢放生，每年都放生很多鱼，再加上昆明湖一直禁钓，所以偌大的湖泊，百余年来，鱼会长得比较大，传说最大的有三四米长，腰身比大水缸还要粗，游动起来，把水面划出小山峰似的水波，但只有少数人见过。我爸爸也没有见过。我常去昆明湖玩，也没有见过传说中龙一样大的鱼。

　　但是，有一年大雨滂沱十多天，京津冀发大水，平原一片汪洋，我家所在村庄周围原来本是平地的地方，变成了湖泊，颐和园昆明湖水满得往外溢，所有闸门都打开了，大鱼便纷纷逃逸。邻居中的大小伙子、大老爷们儿，都从家涌出来，跳进家门口汪洋的湖泊中去抓鱼。人与鱼搏斗的场面，非常壮观。大鱼遇到水浅处，噼里啪啦激溅起巨大水花。"大鱼！大鱼！"人们的目光被吸引过去了，一条大约有两米长的黑色的大鱼便成为人们围捕的对象。毕家老二，是个黑塔似的壮小伙子，第一个抢到前面，张开两条黑亮粗大的胳膊，一下子抱住了这条大鱼。他弯腰试了几下子，但是没有把鱼抱起来。别人要过来帮忙，他说："别过来，这是我的，够我家吃一个月的！都别过来，谁过来，我和谁急！"

那是一个灾荒年，青黄不接，家家吃不饱肚子，如果谁要是真能抓到这么大的鱼，肯定能改善一家人的生活。于是，在毕家老二怒目圆睁下，没有人敢过去帮忙。那条鱼是他先抢到的，理应属于他。我和姐姐站在高坡上，眼睁睁地看着他，英雄般地抱住那条扑腾的大鱼，为他喝彩！毕家和我家住在同一个四合院里，毕家哥儿两个，还有一个老妈妈，一家三口，住在南房，是我家的房客，我们两家关系很好。

毕家老二，那年20来岁，浓眉大眼，膀阔腰圆，壮硕得很，还练过武功，在一个运输队当装卸工，听说他一次能扛4袋子白面，也可以一次扛起两大麻袋玉米。也就是说，搬动三四百斤的重物不在话下。我和姐姐目睹他再次运足了气力，把那条大鱼猛地抱了起来，踉跄地在水里走了几步，试图走上坡地，但是，只见那条大鱼的尾巴来回猛扫，啪啪两下，扇到毕二哥的脸上。他一个趔趄倒在水中，痛苦地撒开了手，那条大鱼噼里啪啦地跳着游走了。"捉住它！别让它跑了！"水中的男人们大声喊着，箭镞般扑向那条大鱼。可是，那条大鱼左冲右突，时而跳起，时而用强有力的鱼尾扇扫侵犯它的人，有的人被它撞到，有的人被它咬伤。"打死它！"有个男人高举着鱼叉，刺向那条大鱼。但是，刺歪了，鱼叉落在混浊的水里。这条大鱼再次跳起来，躲过了一群饥饿的男人的围追堵截，冲入滚滚洪流中，向下游游去。

毕老二从水中站了起来，双脸脸颊被鱼尾巴扇得红肿，一只眼皮也肿得老高，眼睛不得不眯缝着，他瓮声瓮气沮丧地说："真扫兴！让它跑了！"

那是我平生第一次见到的大鱼，而且是一条活着的硕大的鱼，生龙活虎，欢蹦乱跳，也许是慈禧太后放生的宠物，活了上百年。也许已经成精了，是一条大鱼精！

几天后，洪水退去，听说骚子营有一个老爷们儿在圆明园墙外的河沟里用渔网抓住了一条大鱼，两三米长，腰身有水桶那么粗。不过听说他家开膛破鱼肚子的时候，发现鱼的肚子里，有一条人的手臂，一个手指头上还戴着一个金戒指。那是一条食人鱼，但是最终还是被人吃了！我听后，深感恐怖，大鱼啊，大鱼，为什么要人鱼相食呢？

从此，我再也不吃鱼了。再加上那时所有副食品都凭票供应，能买到鱼的机会比较少。偶尔买到带鱼，也是让给爸爸吃。几年后，闹起了造反派，副食品供应更紧张了。一天，爸爸嘴馋，想吃鱼了，要我为他买。爸爸在家里有着至高无上的地位，他一人挣钱养家，因此，可以像个皇帝那样指使着全家人围着他团团转。饭菜，当然他吃最好的，妈妈、姐姐和我只吃爸爸剩下的。再加上那时的艰苦朴素的教育，我对爸爸的好吃是看不惯的。但是父命难违。那时，我还是个小学生，个子比自行车才高出一个脑袋，刚学会骑自行车。兜里揣着我爸爸给的两块钱，从颐和园后的青龙桥，向海淀镇进发。那里有个较大的菜市场，但是我到了菜市场，发现货架上空空荡荡，连鱼的影子也没有。无奈，只好向城里进发。

大约有30里地，我用了一个多小时，到达东单菜市场，偌大的菜市场的货架很多，但也都是空空荡荡的，连鱼腥也闻不到。我问服务员："同志，哪里可以买到鱼？"那时人们的称呼，都叫"同志"，或"革命同志"。一位个子不高两鬓花白的服务员，穿着白色的工作服，看了我一眼，和蔼地说："小孩子，只有月初和月末，才能凭票买鱼，平时没有的买。不过，前门菜市场刚到一条大鱼，听说比小船还大，是渔民送给毛主席的，他老人家要送给北京市民吃，刚运到。你去看看。"

  我一听有鱼，喜出望外，赶紧骑着单车赶到前门。隔着店门的大玻璃，就看到一条硕大无比的鱼，身子有水缸那么粗，体长有两米左右，躺在大柜台上，一个工作人员激动得脸通红，正在用水龙头向鱼的头上和身上喷水，把它洗干净，并大声喊："毛主席万岁！""大鱼万岁！"店内店外围满了人，不少人跟着喊口号。"天啊，真有这么大的鱼！"更多的人是在惊叹。这是我一生中见第二次到如此大的鱼，和周围的人一样被震惊了。"还活着呢！"有人惊叫。我从人缝里挤进个脑袋，伸长脖子向里看，果然看到，那条大鱼的嘴有脸盆那么大，被水龙头灌满水后，张了一下，就再也没有动弹。它的眼睛，凸鼓着，像是在瞪着我，无声地说："我死了。我恨你们，你们这些贪婪的家伙。"我被鱼凸鼓的白眼珠震慑住了，多好的大鱼啊，多漂亮的大鱼啊，而周围里三层外三层地围着无数要吃它的肉的人。我为大鱼悲哀。

  开始卖鱼了，不要票，有钱就可以买，因为这是计划外的馈赠，是毛主席要北京市民尝鲜的。人们拥挤着排起了长队，我被挤到了队伍的最后面。排了有一个多小时，听前面的人闹嚷着："卖光了，别排了"。队伍一下子就散开了。买到鱼的兴高采烈，而没买到的一脸遗憾。我并没有沮丧，反而为没有买到这条鱼的肉而庆幸。当然，空着手回家后，被老爸骂了一通："真是没用的东西！"但是，那条大鱼凸鼓的白眼珠在我的心中留下不可磨灭的印记。

  第三次见到大鱼是20世纪80年代末，我作为记者出访西欧数国，其中的一个国家是卢森堡，是世界上国土面积比较小的国家之一，但是非常富有。卢森堡大公，慷慨地邀请所有中国代表团包括随行人员、记者在他的郊外古堡吃晚宴。古堡坐落在一个岛上。车子穿过一片茂盛的森林，停下了。所有人员要步行跨过一座木桥，这座桥有上百年历史，连接着一条河流的两岸。岸那边是巍峨的古堡，河流连接着一片开阔的湖水，湖水包围着古堡。四周非常静谧，只能听到鸟欢快地鸣叫，而没有其他人烟，因为这里是皇家禁地。

在过桥的时候，我和其他人员都惊奇地发现，河流中缓缓游动着数条大鱼，最大的有三米多长，其中有两条两米多长，人过桥的震动，吸引了鱼群，它们游过来，似在向我们问好。一条、两条、三条、四条——啊，五条，我看到了五条硕大的鱼排着队游过来，它们的头有水缸那么大，像潜水艇一样在游弋，时不时地仰头起来望着我们这些来客。几乎所有的人都被鱼吸引住了。"真大啊，这么多大鱼！"我由衷地赞叹这里的资源丰富，鱼长得如此硕大，生活得如此安逸。我想起了我在前门店里见到的那条大鱼，如果它能在我国的河湖中自由自在地游，该多好啊！

宴会非常丰盛，有很多菜肴是鱼肉做的。我不敢吃鱼，用英语问穿着白色围裙金发碧眼的女服务员这些鱼是不是在附近钓上来的，她嫣然一笑，礼貌地用英语回答我："不，先生，这里是禁钓区。整个湖都是禁钓区。所以鱼长得很大。你们一定看到大鱼了。那是古堡的骄傲，是迎宾的特殊仪仗队。菜肴里用的鱼是菜市场采购的。放心享用吧。祝您胃口好。"我再一次被感动了，被他们的禁钓感动了。难怪那些大鱼如此安逸，因为它们受到了保护，并担任着迎宾的特殊任务。人和自然是如此和睦相处，这是多么美好的画面啊！动物的天堂。大鱼的天堂。要是这个天堂在国内就好了。

第四次和大鱼近距离对话，的确是在国内，在北京密云水库。那是不久前被邀请作为专家参加全国电视专题片和纪录片界定的会议，地点是密云水库的一个隐蔽的小岛。这个岛至今没有对外开放，岛上别墅建于1960年。会议休息时，我来到岛的一角看湖水，一望无际的湖水，清澈透底，波光潋滟，让人心旷神怡。我独自坐在一块石头上，尽情享受着宁静的风景。突然，哗啦一声，打破了安静的气氛。我寻着声音望去，发现是一条大鱼跃出了水面。这条鱼有两米多长，水缸那么粗。它沉下去了，可是又有两条略小一点的大鱼紧接着跃出了水面，似在向我问好。我激动地站了起来。啊，在国内真的有这么大的鱼！不是一条，而是三条，是一个家庭！它们在自由自在地游动着。它游到了我的脚下，望着我，似乎在向我索食。我手里没有食物，如果我回去取食物，又担心回来的时候看不到它们了。所以，我没有动，只是向它们挥了挥手，轻声说："大鱼，你们好！很高兴见到你们。不过，你们千万别让鱼钩和渔网逮到，别贪吃，鱼饵不是好东西，是危险！别到有人的水域去，那里危险！当心啊，我为你们祝福，为你们祈祷！"三条大鱼在我的身边缓缓地游动了一会儿，然后沉下去游走了。我的心似乎也被它们带走了，希望它们安然无恙。

第二天，会议开得紧，连休息时间都没有了，我抽不出时间来看望这三条大鱼。下午会议结束后，在汽车开动前，我三步并做两步跑到湖边来看望，希望能够再见到它们，可能是我的脚步声太大，也可能是时间太短，我没有见到它们。但我知道，它们一定就在附近，没有走远，因为我感觉得到人与鱼和谐的气氛，也感觉得到它们安逸的律动……

— 25 —

国旗的故事

（本文初次公开发表于 2019 年）

在迎接中华人民共和国成立 70 周年的浓厚氛围中，我想起了有关国旗的几个故事。

一、在中国入世签字仪式上国旗的故事

那是 2001 年 11 月，我作为中央电视台报道组的成员，来到卡塔尔的首都多哈，报道世界贸易组织第四次部长会议将审议通过中国是否可以加入世界贸易组织。

一位上海的老先生，买了一面巨幅国旗，这面国旗曾经在 1999 年 10 月 1 日的天安门广场升起；后来请国旗设计者曾连松在上面签了名，老人家当年 10 月 18 日就去世了；再后来这面国旗又被带到悉尼 2000 年奥运会的庆功会现场；之后中国申奥成功，这面五星红旗又出现在庆祝胜利的直播现场。他想让这面国旗见证所有让中国人骄傲的大事，包括中国加入世贸组织。

11 月 10 日晚，中央电视台的记者肖振生已同我国政府代表团联系好，如果第四次部长会议通过了中国加入世贸组织，大家就在这面国旗下举行全体代表团成员签字留念。石广生部长听到后十分高兴。临入会场前，肖振生

有其他任务，就把国旗交给了我，要我把国旗带到会场，亲手交给中国政府代表团。我接过沉甸甸的国旗，一种使命感油然而出，我知道，这不仅仅是一位普通中国老人的愿望，更是全体中国人民的愿望。盼望中国早日加入世贸组织，为此有多少黑发人盼成了白发人，又有多少人未能目睹这一刻而怀着遗憾离开了我们……

我手托着这面国旗走入了会议厅。中国加入世贸组织是13亿中国人期盼了15年的梦想，而在2001年11月10日这一天，这个13亿中国人的梦想将变成现实。当地时间18时39分（北京时间23时39分），在卡塔尔多哈喜来登饭店举行的WTO第四次部长级会议一致通过《关于中国加入世贸组织决定》，大会响起经久不息的掌声。

中国政府代表团团长、外经贸部部长石广生发言说，加入WTO不仅有利于中国，而且有利于所有WTO成员、有助于多边贸易体制的发展。它必将对21世纪的中国经济和世界经济产生广泛和深远的影响。加入WTO以后，中国将在权利与义务平衡的基础上，在享受权利的同时，遵守WTO规则，履行自己的承诺，与其他WTO成员一道，为世界经济贸易的发展做出积极贡献。

接下来，所有的代表与中国代表团热烈拥抱，趁这个机会，我亲手把沉甸甸的国旗交给了中国政府代表团。石广生部长在重达13公斤的中国加入世贸组织的法律文件上签字后，这时，我带去的那面巨大的鲜红的五星红旗在主席台上伸展开来，这面国旗长4.6米、宽3.38米，主席台上一片红彤彤，像一道红霞，溢彩流光！每一位在场的中国人都站起来欢呼雀跃，我们大家把手都拍红了。全体中国政府代表团成员在这面巨大的五星红旗下合影留念并在红旗上签名。

全体中国人民盼望已久的梦想终于变成现实，每一位中国人怎能不为之骄傲和自豪！此时，滚烫的国歌在我们的心头升起，在会议大厅回荡。也许没有哪一个国家为申请加入世贸组织花费了15年时间，中国的加入世贸组织，历经坎坷，但是正因为中国各族人民在党中央的正确领导下，奋发图强，改革开放，取得了让世界瞩目的辉煌成就，中国加入世贸组织才得以实现。我们不能不为祖国而骄傲、自豪！

上海那位老先生，是个普普通通的中国公民，却想到用国旗见证所有让中国人骄傲的大事！因为，没有其他物件能够在这样庄严神圣的场合代表中国人的意志和情怀，唯有鲜艳的五星红旗，国家尊严的象征，才可担当此任！他虽然没有亲眼见到这一时刻，但是，此时此刻，他老人家可以笑慰了！

二、时代楷模和普通百姓升国旗的故事

不久前我参与了中央广播电视总台央视特别节目《闪亮新时代》。节目除了展现32年守祖国海岛的王继才、王仕花每天升国旗的故事外，还有一对姐妹花，被授予"时代楷模"称号，她们是坚守祖国边陲西藏玉麦乡的卓嘎、央宗姐妹。1962年至1996年的34年里，卓嘎、央宗姐妹在父亲的带领下，先后加入中国共产党，并组成"三人乡"，放牧巡山，坚守在祖国边陲广袤的森林和牧场间。父亲告诉她们："家是玉麦、国是中国。"他们每天迎着第一缕霞光，升起五星红旗，成为玉麦河谷里最亮丽的一抹红。在玉麦乡，每年有260多天是雨雪天气，每年的11月初至次年5月底大雪封山。由于山高谷深，玉麦能耕种的土地有限，各种物资供给全靠从山外运进来。在这样的地方坚守，既要忍受着物资的匮乏，也要克服一年有大半年与外界隔绝的孤苦。央宗15岁那年冬天大雪纷飞，阿爸送生病的阿妈外出就诊，在翻越日拉雪山的途中阿妈再也没有醒过来。也是在日拉雪山，卓嘎和央宗的16岁小妹妹被暴风雪吞噬。但是，桑杰曲巴带着两姐妹仍坚守在玉麦，"不能走，国土一分也不能少！"1996年父亲去世了，姐妹俩继承父亲遗愿，一直坚守祖国的国土，每天升起国旗，告诉世界，这里是中国！中国的国土一分不能少！

我还被一个普通的维吾尔族老农民每天在农家小院里升国旗的故事感动了。新疆塔城市哈尔墩社区的沙勒克江是个年近70岁的老人，白发苍苍，胡子都白了，但是胸腔里澎湃着一颗爱国心！从2009年开始，在自家的农家小院子里每天升国旗。伴随着雄壮的国歌声，鲜艳的五星红旗在小院冉冉升起。大家向国旗行注目礼。那一刻，大家都心潮澎湃，热血沸腾，对祖国充满了热爱和自豪！

沙勒克江曾是伊犁州和塔城市政协委员、自治区劳动模范和全国边区英雄儿女奖章获得者。老人有5个儿女。直到现在，第一次升国旗的情景还浮现在他的眼前。他说，2009年前第一次升国旗，周围学校的学生、老师、邻居、亲朋好友、社区的工作人员都来了，院子里站满了参加升旗仪式的人。沙勒克江说："今天的幸福生活来之不易，在自己家的院子里升国旗，教育自己的儿女们，要知道感谢党的恩情，更好地报效祖国。"

沙勒克江在自家的农家小院子里每天升国旗，一升就是10年！其间，风吹日晒雨淋，冰霜雾雪沙尘，从没有间断过。一共换了48面国旗，让每天升上去的国旗总是鲜艳的。他把爱国的情怀，传递给乡亲们，点燃每个人胸中的爱国火焰！

三、制作中华人民共和国成立70周年纪录片寻找国旗的故事

今年是中华人民共和国成立70周年。作为策划者之一，我参与了中央广播电视总台中华人民共和国成立70周年纪录片的制作。我们意外知道了这个故事。1949年9月27日，人民政协第一届全体会议当天的最后一个议程是讨论审查委员会提出的《国旗、国都、纪年、国歌决议草案》。大会通过了将五星红旗确定为中华人民共和国国旗的决议。长高比例和制作标准确定后，旗杆、国旗的制作被提上了议事日程。而据了解，设定的旗杆高度为22米，当时北平没有这么长的钢管。那时连生产一根钉子都困难，别说这么

长的钢管了。筹备处费了很大劲儿和工夫，弄到六七根粗大的钢管，找了一位经验丰富的电焊工，焊接了那根旗杆。国旗制作负责人宋树信跑了北平很多布店未果，最后求助"瑞蚨祥"绸布店，才找到了红绸子和黄缎子。9月30日下午，由北京"瑞蚨祥"绸布店提供布料、赵文瑞缝制的第一面五星红旗，呈到怀仁堂中国人民政治协商会议第一届全体会议会场，呈到毛泽东主席面前。

1949年10月1日，天安门城楼，全世界都瞩目于此。下午3时，中华人民共和国开国大典庄严而隆重地举行。毛泽东强劲有力的湖南口音神圣地宣布："中华人民共和国中央人民政府今天成立了！"毛泽东雄伟苍劲的声音通过无线电波传遍整个世界！这声音宣告一个旧社会的结束，一个新时代的来临。

接着，大典秘书长宣布："请毛主席升国旗！"毛主席神采奕奕，表情庄重地按动电钮，在天安门广场上所有人的翘首以待中，遥控电钮顺利启动旗杆下的马达，自动将一面长4.60米、高3.38米的五星红旗徐徐升向晴朗、明净、蓝色的天空。

人物…

— 26 —

"老饕"溥杰的"食不厌精"传奇

"老饕"溥杰，何许人也？爱新觉罗·溥杰，乃清朝末代皇帝爱新觉罗·溥仪的亲弟弟，满族人，出生于1907年，比溥仪小1岁，是光绪帝的侄子，他的乳名是誉格，表字是俊之，也是溥仪的伴读和玩伴。他自幼和溥仪一起吃遍了宫廷盛宴，尝过天下美味，堪称中华第一美食家。他还是书法家，曾为各地名胜题字，留下了不少珍贵墨宝。

一、幼年就享受遍宫廷皇家美食

1983年，我初做电视台记者时拍摄的第一部纪录片《烹坛盛会》，记录了1983年11月由中华人民共和国商业部主办的全国烹饪名师技术表演鉴定大会，爱新觉罗·溥杰是评委之一。他和蔼可亲，没有架子，个子不高，清瘦，看报纸时戴一副宽边黑框眼镜，显得很有学问。摘下眼镜时，再加上他说话幽默，很像说相声的马三立！他是央视请来的嘉宾和顾问，在西苑饭店驻地，许多人到他的房间求字，他是有求必应。他的书法隽秀爽健，婀娜多姿，在书法界可谓自成一派。他的客厅总是挤满了人，而我却是诚心诚意地想要从他那里挖掘到中华美食文化，更愿意听他讲关于美食的典故和故事，于是经常到他的房间去"叨扰"。或者说,听他口述的"烹坛盛宴"。一来二去,就知道了他不少故事。

溥杰和溥仪是同父同母一奶同胞的弟弟,出生于钟鸣鼎食之家。光绪帝是他们的大伯,慈禧是他们的奶奶,生于北京醇亲王府,母亲是瓜尔佳氏·幼兰,父亲是第二代醇亲王爱新觉罗·载沣,是大清赫赫有名的摄政王。在清朝的最后三年中(1909—1911年),载沣是中国实际的统治者。溥杰出身于这样的皇权贵族之家,什么美食没有见过?

醇亲王府,"雕楹彩槛压通波,鱼鳞碧幕衔曲玉。夜深星月伴芙蓉,如在广寒宫里宿",是气象万千、楼台巍峨、院落层叠,湖泊、假山、花园俱全的精美建筑群。这座大院最早的主人是康熙王朝极有影响力的权臣纳兰明珠,纳兰明珠的儿子、历史上赫赫有名的诗词作者纳兰性德也曾经在这里居住成长。"人生若只如初见,何事秋风悲画扇",就出自他的手笔。后来,慈禧把此豪宅赏给了捉拿肃顺有功的奕譞。后晋封他为醇亲王,掌管海军事务。载沣是奕譞的儿子,溥仪和溥杰是奕譞的孙子。慈禧临终之前,立载沣的儿子溥仪为帝,任命载沣为摄政王。所有这些都说明:慈禧对醇亲王是信任和倚重的。在"笙歌过院落,灯火下楼台"的醇亲王府,美食应有尽有。

载沣有四个儿子分别是:老大溥仪,出生于1906年;二儿子溥杰出生于1907年;三儿子溥倛,出生于1915年;四儿子溥任,出生于1918年。此外,还有七个女儿:长女韫媖、次女韫和、三女韫颖、四女韫娴、五女韫馨、六女韫娱、七女韫欢。醇亲王府坐北朝南,占地近4万平方米。府第由中、东、西三路院子构成。每个孩子通常在自己的房间吃饭,只有过节时或重大喜庆日子,才会聚在一起吃"全家福宴"。二三十道菜是有的。通常有"八大碗",指熘鱼片、烩虾仁、全家福、桂花鱼骨、烩滑鱼、川肉丝、川大丸子、松肉等;此外还有雪菜炒小豆腐、卤虾豆腐蛋、扒猪手、灼田鸡、小鸡珍蘑粉、年猪烩菜、御府椿鱼、阿玛尊肉。吃火锅涮羊肉也常有,配菜有炒青虾仁、烩鸡丝、全炖蛋羹蟹黄、海参丸子、元宝肉、清汤鸡、拆烩鸡、家常烧鲤鱼等。"烧烤是很隆重的庆典才有的,我记得父亲五十大寿时的主菜是烤全羊。"溥杰说。

溥杰回忆说,醇亲王府内有规模不小的冰窖和酒窖。为了保存食物,冰块多由人取自什刹海、后海与颐和园的昆明湖,由马车运送到紫禁城和各大王府。确保皇亲国戚在酷热暑伏天可以吃到冰镇的水果、蔬菜、多种冰镇甜品和冰镇美食。溥杰对我说,"昆明湖运来的冰倍儿棒,可以入口吃,因为那是玉泉山的好水结的冰。从城里这几个海子取的冰块,只能用来冰镇食物,不能入口,埋汰,还苦涩有股子哈喇味。"溥杰的话里,有许多满族词汇,如埋汰(脏),哈喇(腐败)。他回忆说,他家的冰窖能把冰块储藏到八月中旬。他记得每年上贡的年货很丰富。从《竹叶亭杂记》中可以看到,东北特产从梅花鹿、野猪、狍子等山珍类,到羊、驼、鸡、鸭等家畜、家禽类,还有鱼类、菌类甚至野菜类,细数有好几百项。贡品有给皇宫的,也有给王府的。这些食材从东北送来后,大多直接送进冰窖。他家的食材有大冰块保鲜,所以都保留了很好的品质和口感。冰镇"孬粒儿"[1]和"托喷儿"[2],是他和妹妹们的最爱。溥杰回忆到,家中每逢隆重的节日,不同的节日,有不同的应节食品和酒类。端午节吃粽子,饮雄黄酒;中秋节吃月饼,饮桂花酒;春节吃团圆饭,饮屠苏酒。溥仪和溥杰都在回忆录中提到过小时候经常吃鱼汤拌饭,溥杰诚实地承认,"那是因为不会择刺,吃鱼怕吃到鱼刺,怕扎,怕麻烦,就索性把鱼肉给别人吃"。他们哥俩都爱喝鱼汤,"鱼汤拌饭也不错"。他说。

但是,一个有趣的现象是,无论是溥仪还是溥杰在回忆录里描述小时候都有吃不饱肚子的情景。这是怎么回事呢?原来,清朝为了小皇子和小王孙的健康,专门由太医制定了一项规定,"要想小儿安,三分饥和寒"。让小孩

---

[1] 满语,指一种草莓。
[2] 满语,指山丁子。

少吃饭,认为吃多了容易生病。所以,确实让他们的童年有着不可忘却的饥饿记忆。通常他们早晨 6 点多必须起床,不能睡懒觉。有老妈子伺候穿衣服、洗脸、刷牙。"梳头时候,仆妇送上冰糖莲子羹或清煮梨汤一小碗,润口用的。""早点大约 7 点,就是仆人去外面买吊炉马蹄、麻酱及各种烧饼和油炸果。"中饭和晚饭大约都定在每天正午 12 点和傍晚 6 点。据查清朝有特意为王府制定的饮食规定,菜的式样,每餐四个七寸盘、四个"中碗",一般盛装两荤两素两凉拌,还有两大碗汤菜,另有粥和饭以及一般面类和两小碟卤菜。"中碗里有烩什锦丁、鸡丝烩豌豆,每餐必备两个五寸盘熟食,如小肚、酱肉等",另外两个小盘装的是酱咸菜。主食是米饭。确实,有老妈子管着他们的嘴,吃到六七分饱,碗筷就被收走,不让再吃了。这项规定,对孩子的健康成长,真是有好处,我们今天的家长,生怕孩子吃不饱,胖娃娃、胖学生是普遍现象。

  溥仪 3 岁时被抱进故宫太和殿上,成为坐在龙椅上啼哭的"皇帝",改年号为宣统。溥杰和哥哥溥仪从小一起读书长大,关系本是非常融洽的。溥仪、溥杰两人作为亲生兄弟不仅感情非常深厚,而且在吃的方面,有许多共同爱好。"食不厌精,脍不厌细""目之于色有同美,口之于味有同嗜焉"。据《宣统四年二月糙卷单》[1]记载,溥仪的一顿早膳,就有"口蘑肥鸡""三鲜鸭子""羊肉红焖泡""烹白肉""卤煮豆腐"等荤素菜肴,共 27 道。据溥杰介绍,溥仪进膳时,面前竖摆着一个小红炕桌,下面用高凳支着,再接一个大八仙桌,上面摆着各种菜肴。靠溥仪左侧有个摆咸菜的小桌,右前方是三桌主食,有点心、米饭、粥等,到了冬天还要加一桌火锅。"这种丰盛的山珍海味展示的场面远超过醇亲王府过年过节的场面,我们都有叹为观止的感觉。"溥杰在《往事如烟溥杰自传》中回忆道。

  他说,他和哥哥溥仪曾争论"活着是为了吃,还是吃是为了活着?"他

---

[1] "民国"元年三月的一份菜单草稿。

哥俩贪吃，结论是一致的："活着是为了吃！"有一次，朝廷上有人送来一份贡品。下了朝，溥仪打开一看，是酱肘子，立刻吃起来，很香，可是没吃两口，就被太监收走了，怕吃撑坏肚子。后来让溥杰知道了，他说："天福号有200多年的历史，老字号。酱肘子的秘诀在于百年老汤。御厨没有老汤，做不出来那个味，我派人出去买。"他让身边贴身太监出宫到天福号买酱肘子回来，这哥俩偷摸着躲在一间屋子里一口气吃个精光。弄得满手油，衣服上也是"额吝"[1]。但是那个香味从嗓子眼儿一直美到心里。一直到清代灭亡，这哥俩都认为酱肘子是世界上最香的一种食物。溥杰到宫里伴读，发现平常用膳只午饭晚饭两顿，此外，小皇帝哥哥还会在任何时候叫御膳房做一些东西来吃，叫"点"。不仅有"点心"或糕点，还可以随意点任何想吃的东西。如油盐火烧、口蘑肥鸡、挂炉鸭再烹肉、八宝鸭、燕窝鸭条、海参烂鸭子、口蘑火肉等。但是，每样不让多吃，最喜欢的也不能吃超过三口，太监"紧溜儿"收走。"点"不等于正餐，溥仪曾命令御厨"点"做酱香肘子，太监回报说："御厨回皇上，需要时辰，一时半会儿弄不来。"

　　溥杰向我介绍了清宫廷御膳最早是大部分继承了明朝御膳，以鲁菜为基础。所谓御厨技艺，确实精湛，制作确实精美，材料也确实名贵考究。为了显示皇家的至尊，菜品力求豪华、奢贵，也就是这个原因，御膳走向了公式化、程式化、排场化。宫廷里的膳食确实多种多样，粤菜、川菜、鲁菜、徽菜都有，当然常以京菜为主。其实，中国的八大菜系并无京菜，所谓"京菜"是把北京、山东、满蒙的某些菜肴综合而成的宫廷常用菜。如红烧肘子、氽白肉片、爆炒羊肉、涮羊肉、葱爆肉、爆鸡丁、烤鸭、砂锅鱼翅、酥鲫鱼、清炒虾仁、摊黄菜、锅塌豆腐、拔丝山药、栗子面小窝头……

　　溥杰对我讲述了一道宫廷抓炒菜肴的由来。有一天慈禧老佛爷对菜肴不满意，问御膳房还有什么菜。一个伙夫姓王，正在做给后厨们吃的菜，把猪

---

[1] 满语，油渍。

里脊片和调料放在碗里，随意抓了抓，便放入油锅里炸，捞出后浇上汁在锅里翻炒几下，被太监错端上席来。此时，慈禧正有微饿之感，见到此菜色泽金黄，品尝之后，甚是满意。便问：这是一道什么菜呀？太监急中生智，回禀老佛爷道：此菜名叫抓炒里脊。慈禧大喜，赏了伙夫白银和尾翎。从此，这个伙夫升为御厨，抓炒里脊闻名宫廷，并逐渐形成了宫廷的四大抓炒，即抓炒里脊、抓炒鱼片、抓炒腰花、抓炒大虾，后来成为北京地方风味中的独特名菜。御厨还会把百姓家吃的常菜借鉴来精耕细作，比如麻豆腐，要放入切丁的羊里脊，香油爆炒，还放入雪里蕻、青豆、胡萝卜丁，炒到刚熟，盛出，再炒黄酱、豆瓣酱，然后倒入麻豆腐，炒至香味四溢时，把刚才盛出的羊里脊丁等倒进去，再用中火炒，起锅，放入盘子中，上面要浇上现炸的辣椒油，周边撒上切碎的青韭菜，那香味，离老远就闻见了，馋得他和哥哥溥仪赶紧要吃！

溥杰说，哥哥溥仪很欣赏他这个做弟弟的才华，往往要求他在盛宴上作诗歌，他当时才思敏捷，写过不少即兴发挥的诗歌，咏叹美食，也有家常菜，如"炸酱面""苏造肘子""菊花烩鸡丝"等。我请求溥杰先生背诵两首，他说一时半会儿想不起来了。年纪大了，记忆力差了。不过，他小时候背诵的写吃食的歌谣和打油诗倒还记得清清楚楚，便背诵了几首：

奶酪
新鲜味美数燕都，敢与佳人赛雪肤，饮罢相如烦解渴，芳生斋颊润于酥。

奶油馓子
纤手搓来玉数寻，碧油煎出嫩黄深，得尝京味离情慰，狂嚼饴糖缠臂金。

糕团
米粽红枣苇叶香，荸荠杨梅琥珀光。不及糕团快朵颐，满夸风物到梦乡。

端午节

端午须当吃五黄，枇杷石首得新尝。黄瓜好配黄梅子，更有雄黄烧酒香。

西瓜

买得乌皮香掉牙，蒲瓜松脆亦堪夸。负他沙地殷勤意，贪吃喷香呃杀瓜。

溥杰对我说："20斤重的大月饼是哥哥溥仪和我最爱吃的点心，每餐必有，午膳和晚膳之间还要加食。"

"为什么要制作这么的大月饼？"我好奇地问。

"吉祥喜庆！御厨的手艺好，月饼上有广寒宫的图案，一轮月亮高悬，一只可爱的玉兔立于桂花树之下，有巍峨的宫殿，最外层是花叶蓓蕾形，构图之美，纹饰之精，内涵之丰，都达到了巧夺天工的地步。过中秋节，赏给大臣的就是大月饼，越大越吉祥喜庆！"他告诉我，月饼通常是五仁馅的，有瓜子仁、花生仁、松子仁、核桃仁、栗子仁，再加上冰糖、青丝红丝、果脯等。也有过九仁馅的，增加的是榛子仁、杏仁、桃仁和柏仁。"柏仁可以养心明目，有助于睡眠，是药膳中常用的。"他说。至于枣泥月饼、莲蓉月饼和广式月饼，大部分都赏给大臣拿回家去。他和哥哥最爱吃的还是五仁的。经常掰开把里面的五仁和青丝红丝吃了，把剩下的部分赏给太监宫女们吃。

说着，他背诵起了一首诗词："月宫符，画成玉兔瑶前居，月宫饼，制就银蟾紫符影。一双蟾兔满人间，悔煞嫦娥窃药年，奔入广寒归不得，空劳玉杵驻丹颜。"

这些诗歌的确令人垂涎欲滴。可见他真是个名副其实的"老饕"，而且"饕餮"得有文化、有审美。

二、从中餐到西餐，从荣华富贵到阶下囚

宣统皇帝只当了三年，就在1911年被推翻了。冯玉祥带兵进了紫禁城，清朝最后的皇帝，被迫宣布退位。但是实际上，国民政府给了清代皇室很多优厚的待遇，比如答应每年支付40万两的清室费，发行新币后由400万银圆改成400万元。尽管溥仪放弃了自己的皇位，但他仍然保持着尊贵的身份，还住在紫禁城内，所以，溥仪和溥杰依旧过着锦衣玉食的生活。

溥杰承认，辛亥革命后，他们的饭菜稍有节制，但是通常也有二十几道菜。米饭就有三四种，粥五六种，小菜十几种。饭后，要从太监送过来的小印盒里拿豆蔻、盐炒槟榔咀嚼帮助消化。喝水一定是从玉泉山运来的极品水。饮用的茶叶很讲究，味香汁浓而色淡，是茶叶店专门为皇帝熏制的，一斤就需要40两银子。果桌要摆放精致的点心，用牛奶和豆腐制作，比如福奶饽饽、奶乌塔、豌豆黄、栗子糕等。

溥仪和溥杰不仅把中餐中的天下美食吃遍，还逐渐喜欢上了西餐。这确实要提一提帮助他们打开味蕾的庄士敦。1919年3月，毕业于英国牛津的苏格兰人庄士敦受聘为溥仪的英文老师。溥仪在《我的前半生》回忆道："他教的不只是英文，或者说，英文倒不重要，他更注意的是教育我做一个他所说的英国绅士那样的人。"从此，溥仪、溥杰开始学着庄士敦的样子穿西装，大量置办可以配在身上的各种零碎：怀表、戒指、袖扣、领带，辫子也剪了，眼镜也配了，为了骑自行车把宫里的门槛也砍了。溥仪给自己取的英文名字是"亨利"。溥杰的英文名字是"威廉姆"。庄士敦十分耐心地教会他们使用刀叉，特别是把英国上流社会的餐桌礼仪（table manner）灌输给他们，喝汤不能发出呼噜响声，左手拿叉子，右手拿餐刀，牛排要切一小块吃一小块，不能全部先切成小块再吃，不能把叉子勺子弄得叮叮当当地响，身子要坐直，不能趴在桌子上吃……这哥俩耳濡目染不知不觉地就喜欢上了西餐，牛排、奶酪、红酒、鱼子酱、咖啡……

1922年12月3日，溥仪大婚典礼的第三天，他专门派人到北京饭店预订了西餐，举办了一场西式酒会，招待前来向他祝贺的各国驻京使节。皇后婉容，英文名是"伊丽莎白"，也非常喜爱西餐，甚至比溥仪更喜欢西餐。婉容自小在天津长大，最喜欢英租界利顺德西餐店的煮鳕鱼、清鸡汤、油酥盒子、炸比目鱼、牛里脊肉扒素菜、烤火鸡、生菜沙拉、奶油栗子粉、英式小点心、德国雷司令、法国赤霞珠、香槟、白兰地，她还特别喜欢起士林店的炸猪排、罐焖牛肉、奶油芝士烤杂拌、奶油酸牛柳、红菜汤、肉杂拌汤、德式糕点、奶油冰激凌、果料刨冰。为此，溥仪专门从紫禁城外招聘西餐厨师进宫。据《实事白话报》1923年8月25日头版登载的一条以"清室添设番菜厨房"为题的新闻："清帝宣统喜食大餐，现在养心门外设立番菜厨房，由某番菜馆延得庖师四人进内，已于二十三号开办。"

溥杰向我回忆说，他记得四位厨师的名字：刘广荣、李金泉、宋景春、傅庆福。没过多久，溥仪总觉得中国人做西餐怎么也不如洋人地道，于是立即"下'旨'"，让跟着庄士敦一起来中国的洋厨师进宫来伺候。于是，紫禁城内御厨的西餐手艺可媲美全中国的顶级西餐厅，应有尽有，汇天下之精华，扬宫廷之优势。饕餮至极，无以复加。每到夏天溥仪夫妇都特别爱吃冰激凌，为此厨房还特意准备了几个雪糕冰激凌桶，让他们大快朵颐。

"朱门酒肉臭，路有冻死骨。"那年月，百姓过着食不果腹、衣不御寒的苦日子。一方面百姓啼饥号寒，水深火热；末代皇帝则醉生梦死。然而这种日子，终要到头了。在社会各界的舆论压力和政治经济错综复杂的矛盾下，1924年11月5日下午3点，溥仪这位末代皇帝和皇后皇妃还有溥杰以及太监等一干人还在逍遥自在时，忽然被20个扛枪大兵轰出了紫禁城，随身只携带了简单的铺盖卷。

此前，早知道终究会被赶出紫禁城的末代皇帝溥仪，以赏赐的名义，偷偷让弟弟溥杰向宫外带出珍宝字画。据溥杰自传记载："我每天上午进宫伴读，下午回家就带走一包东西，名义是皇上赏给我的。字画古籍，什么珍奇的都有，如王羲之、王献之父子的墨迹，欧阳询、米芾、赵孟頫的真迹，等等。因为我喜欢写字，还记得一些字帖的名字，其他文物我还没有鉴赏能力，只是往家拿。这样的情况持续了一年多，一共拿出书画精品2000多件，里面有手卷200多件、卷轴和册页200多件。这些文物都交给我父亲，由我父亲交给七叔载涛，带到他在天津英租界新置的房子里。后来在天津卖掉了几十件，大部分又带到了伪满。"

其实，这是末代皇帝在给自己和家人的未来生活未雨绸缪。果然，这些珍宝和字画在他出宫后陆续变现，使他在天津依然过着丰衣足食、醉生梦死的糜烂生活。

为了"复辟清朝"，1929年溥杰到日本陆军士官学校学习。溥杰对我说起这段经历，"生活还是蛮艰苦的"，天还黑着，就要出早操，学习军事，先从练正步开始。冬天要学"武士道"，泡在冰河里至少10分钟。吃得比较差，让他几乎忍受不了。好想中国的酱肘子，夜里做梦都想那个勾魂的香味，吧唧嘴。好在周末和节假日可以外出，溥仪给他汇钱来，他周末到当地名餐馆解解馋。但是当地为数不多的中餐馆做的菜不地道，让他很想抽大厨嘴巴子，后来他就去吃日餐馆。随着日语的精进，他逐渐适应了日本的军校生活，也逐渐喜欢上了日本的美食，如吞拿鱼玉米饼、寿司组合、干式熟牛排、大阪烧、生鱼片、鳗鱼饭、神户牛肉等。1931年酷暑的一天，溥杰即将回国休假，一位名叫吉冈安直的日本人，在鹿儿岛的军队任少佐，热情地邀请他到鹿儿岛游玩。鹿儿岛是本州风景最美的旅游胜地。吉冈对他毕恭毕敬，热情洋溢，天天陪着他四处乱转，玩遍了整个岛屿。吉冈请溥杰品尝日本最好吃的美食，赫赫有名的黑豚料理！鹿儿岛的猪肉很有名，尤其是400年前从冲绳引入的"鹿儿岛黑豚"，在漫长的时间里，经过九州风俗和当地大厨的改造，以当地栽培的萨魔芋为主食，肉质细嫩多汁，且富有弹性。因为饱含脂肪的缘故，入口即化，可以和溥杰日思夜想的酱香肘子媲美。溥杰甩开腮帮子大快朵颐，心里认准了这哥们儿可交，像是肚子里的蛔虫，能掐准了自己爱美食的七寸。果然，吉冈在接下来的几天中，请他吃了不同的馆子，两人关系迅速发展，成为"莫逆之交"。临别之际，吉冈还摆了一桌酒宴，为溥杰钱行。觥筹交错间，两人无话不谈。溥杰希望有一天帮助哥哥恢复帝制，吉冈透露东北的张作霖对日本人不友好，"不听使唤"，日本要有动作。

果然，没过多久"九一八"事变发生了。溥仪经过一系列准备，在日本人和郑孝胥等人的协助下，潜往东北。1934年3月1日，伪满洲国实现了帝制，溥仪登基当上了伪皇帝，年号"康德"。从这天起，苦难的东北完全变成了殖民地，3000万同胞沉沦在日本帝国主义的铁蹄下，过着牛马不如的生活。溥杰回国后当了伪满禁卫步兵团长官，在宫廷宴会上起立举起香槟并带头高呼"皇帝万岁、万岁、万万岁"。吉冈安直被任为关东军参谋，并兼伪官内府"帝室御用挂"。"御用挂"是日本的名称，对应中国清朝宫中职衔，似乎是"宫中行走"，实际上是日本关东军安置在清朝傀儡政府的监督官员。监视着溥仪和溥杰的一举一动，并在必要时"出谋划策"，献出日本关东军的"锦囊妙计"。而吉冈安直本人也由一名普通的日本陆军少佐高升至陆军中将。回忆至此，溥杰有点回过味来说："现在一细琢磨，吉冈当年主动接近我，完全是有目的的，是日本人的大阴谋！"

溥仪等一干人离开故宫后，原本在故宫御膳房的厨师伙夫全部作鸟兽散。溥仪上了长春，在日本扶持下成立了满洲国傀儡政府，吃不惯东北的厨子，四处带话，让御厨和徒弟等人到长春。庖长梁忠来了，他是元老，虽年事已高，但可喜的是他收了一位徒弟，非常聪明伶俐，炒的菜可媲美师傅，这个人的名字，溥杰记得很清楚，姓唐，名克明，他不仅抓炒好，还创新甲鱼汤，用嫩羊肝煮成养生什锦粥，这让溥仪很受用。为了日思夜想的西餐，溥仪一道"谕旨"就把天津的利顺德西餐店的大厨王丰年和于清和召去了长春，以满足傀儡皇室的"味蕾记忆"。溥杰也跟着享用傀儡皇室的"宫廷盛宴"。只要想起什么菜肴，就让奴才们在北京、天津、上海、广州等地采购。"变着花样吃"，以竭尽全力满足他们的"口腔快感"为能事。

为了"复辟清朝"的春秋大梦，1937年溥杰从伪满禁卫步兵团的岗位上又到日本千叶步兵学校去深造，那年溥杰30岁。这时日本关东军开始为他挑选妻子，因为当时所谓清朝直系爱新觉罗皇族的正统继承人，一般认为只有溥仪和溥杰两人。溥仪作为伪满洲国的皇帝，虽然已经有了皇后婉容和珍妃，可是还没有太子作为皇位的后继者。因此，关东军便想为溥杰在日本妇女中物色一位对象，以便将来如果因为溥仪无嗣需要溥杰继任皇位的话，这种特定的婚姻关系便可以强化"日满一体"。此时的溥杰，已经有妻子唐怡莹。按溥杰自传中所说："我俩感情不好，是一对有名无实的夫妻。这件事也由吉冈中佐出面，替我和唐怡莹办了离婚手续。"无疑，这又是日本人的一个大阴谋！

嵯峨浩出生于日本贵族家庭，东京人，家庭条件非常优渥。1937年在吉冈安直的撮合下，两人在东京相识。嵯峨浩温文尔雅、美丽娴静，酷似明星草笛美子让溥杰一见钟情。1937年2月6日，满洲国驻日本大使馆发表了溥杰和嵯峨浩订婚的消息。婚礼定在1937年4月3日。婚礼那天，嵯峨浩内穿白衣，上面套着红色的中国衣料做的云纹花鸟衬衣，外面是粉红色和服。头发结成垂发髻，两侧耸起，长发垂在后面，宛如仙女下凡。溥杰则穿了一身满洲国军官大礼服，帽子上有一撮羽毛，戴着眼镜，胸前有两枚勋章。才子佳人，风流倜傥，风光无限。照片刊登在日本国内外媒体上，轰动一时。

婚后，两人恩爱，如胶似漆。1937年8月末，溥杰从千叶步兵学校毕业。9月，携妻子回到了伪满洲国的"新京"长春。1938年3月1日，关东军强迫溥仪签字通过了《帝位继承法》。1938年2月26日，嵯峨浩生下了第一个女儿。溥杰给她起名"慧生"，取其"智慧高深"的意思。1941年又有了第二个女儿，取名嫮生。日本人对此很失望，"混血儿"继承帝位的梦想破灭。后来1945年日本法西斯战败，8月15日日本天皇宣布无条件投降。溥杰本打算用手枪自杀，被嵯峨浩苦劝阻拦下来。不久后，溥杰与哥哥溥仪逃至沈阳打算改乘飞机前往日本，在沈阳机场连同吉冈安直一起被苏联军队俘获。溥杰和末代皇帝溥仪都被押送到苏联，成为阶下囚。后来吉冈安直病死在了西伯利亚日本战俘劳改营。嵯峨浩和女儿们则回到了日本。

三、战犯获释，"矢当珍此桑榆景，尽我余龄觅寸阴"

西伯利亚布里斯宁红房子是关押他们的驻地。白天溥仪、溥杰在大田做轻体力劳动，种植蔬菜，他们种了很多蔬菜，青椒、西红柿、茄子和扁豆等。溥仪曾在日记中抱怨"种蔬菜不如市面菜铺子里买起来方便"。这些日记如今被苏联人翻译了出来，他们还披露了溥仪和溥杰最爱吃的蔬菜是西红柿和辣椒。据管护厨娘伊莲娜的日记记载，这里的伙食并不差，食材大部分是从莫斯科运来的。溥仪和溥杰最喜欢吃黄油、果子酱和美国当年给苏联运送的牛肉罐头。可是，刚开始来到这里时，溥仪和溥杰都吃不惯这里的黑面包，抱怨说："粗糙得跟锯末一样。"还把面包皮掰下来，当垃圾扔掉。而当时，苏联刚刚经历战乱，经济情况很不好，许多人都吃不饱肚子。伊莲娜看到这么好的食物被糟蹋，很痛心，就悄悄捡拾起来，带回家给家人吃。我向溥杰先生求证这段历史是否属实，他点头称是。他说："半辈子山珍海味食不厌精，冷不丁一下子让哥哥和我馕如此粗鄙之食，还真是嗓子眼儿细，咽不下去。但是，饿了几天，逮到什么噇什么。正应了那句话'饿了吃糠甜如蜜，饱了吃蜜也不甜'！"[1]

1950年8月溥仪和溥杰被押送并移交给中华人民共和国政府羁押，关押在抚顺战犯管理所，接受中国共产党的思想改造。溥杰对我说，除了学习和劳动外，还经常让他们这些昔日恶贯满盈的战犯出去参观，当来到武汉长江大桥时，他们被震撼到了，因为对比太强烈了。蒋介石统治中国那么多年，都没能修成这样的大桥，中华人民共和国成立才不几年，就"一桥飞架南北，天堑变通途"了！当来到长春汽车厂时，他们再次被震撼了。虽说他们当年

---

[1] "馕""噇"是吃的同义词，满语，意思略有不同。"馕"意思是强行吃，难以咽下去，似乎噎在嗓子眼儿。"噇"的意思是痛快吃，大口吞咽，不挑食。

都是坐过汽车的人，可那是外国的汽车，国民政府生产不出自己的汽车，但是新中国可以，这是活生生的事实。如此庞大的汽车城，他们从来没有见过。天翻地覆、百废待兴、百业崛起，让他们看到了社会主义新中国的欣欣向荣和光明前途。

1959年国庆十周年，中华人民共和国政府大赦第一批战犯。清朝末代皇帝溥仪获得特赦。原来，是毛泽东主席让溥仪成为第一个被特赦的人。1960年3月，溥仪被分配到北京植物园担任园丁。1964年，调到全国政协文史资料研究委员会任资料专员，并担任第四届全国政协委员。1966年后的"文化大革命"时期，因周恩来将溥仪列为保护对象之一，故其在当时并未遭到"文革"的冲击，在此期间还著有回忆录《我的前半生》。

1954年，已长大成人的爱新觉罗·慧生再也按捺不住多年以来思念父亲爱新觉罗·溥杰的愁绪，偷偷写信给周总理，请求让爱新觉罗·溥杰与她们母女联络。这封信言辞诚恳，语言流利，深深打动了周总理，周总理爽快地答应了让他们父女通信联络。可是1957年12月4日，19岁的爱新觉罗·慧生，在伊豆半岛为爱自杀了。说到此处，溥杰摘下眼镜，泪流不止，他还回忆起最后见到慧生和自己告别的情景：1945年2月，溥杰和嵯峨浩带着妹妹嫮生乘军用飞机返回"新京"；慧生因为要上小学，便留在日本嵯峨的家里。"她挥动着小手，晃动梳着小辫的小脑袋，露出洁白的牙齿，笑着说爸爸，さようなら！（再见）"没想到，那是最后的永别！他最心爱的大女儿永远是他心中的痛！此时，客厅里一片寂静，我和另几位媒体记者，无不被他的父女情深打动，一片唏嘘。

1960年11月28日，溥杰第二批获得特赦。回京后，北京市委统战部把他安排到景山公园工作，一边劳动一边改造。改造完成后安排溥杰到政协做了文史专员。他住在护国寺街52号，这是一座小四合院，作为遗产分到了溥杰名下。而祖上留下的醇亲王府一部分成为宋庆龄府邸，另一部分成为国务院宗教局办公地点。

溥杰继续他的回忆，他说："我很感谢周总理，他让我找回了人生的幸福。"1961年2月12日，周总理邀请爱新觉罗家族到西花厅吃饭。在周总理的关怀和斡旋下，溥杰与妻子嵯峨浩重逢。溥杰十分感激，在诗中写道："今朝灿灿红旗下，新旧河山迥不同"，真诚表示"矢当珍此桑榆景，尽我余龄觅寸阴"。他先后任全国政协文史资料研究委员会专员、全国人大常委会委员、全国人大民族委员会副主任等职。

溥杰说，美食家（Gourmet）是以快乐的人生态度对食品进行艺术赏析、美学品位，并从事理想食事探究的人。他谦虚地认为，他研究得还不够深，被称为"美食家"有些诚惶诚恐。"人莫不饮食也，鲜能知味也"（《礼记·中庸第三十一》卷第五十二）。溥杰认为，中国历史上的美食家正是基于物无贵贱皆可入馔且各成特点这一根本原则，突破了贵族阶级取料务求珍异奢贵的传统观念，着重把握火候和调味两个基本点，使中华的美食实践升华为一种富有科学性、创造性的艺术活动，充满积极乐趣和健康养生内涵，成为是文化和文明的载体。而"老饕"这一称呼，他并不反感，饕餮者，爱吃也，可阐释食道、诠释食论。他要努力从"老饕"练就为美食家。如果今天有人问他"活着为了吃，还是吃是为了活着？"他会说，两者都对，"吃是为了活着"，大多数人都是这么过来的，但是"活着是为了吃"，是美食家的最高境界！

当初"活着为了吃"不知道人间疾苦的末代皇帝溥仪成了一名普通老百姓后，终于在粗茶淡饭的生活中发现了最爱吃的一种美食——面条。"我们哥俩一度闹掰了。"溥杰说。溥仪曾劝弟弟"一刀两断离开嵯峨浩，因为他认为嵯峨浩是日本特务"。而深爱妻子的溥杰，不愿意离开相濡以沫的嵯峨浩。兄弟俩人至此产生隔阂，最后断绝了来往。直到溥仪临终前，溥杰知道了消息，前去探望。哥哥拉着弟弟的手说后悔要拆散他们夫妻。溥杰原谅了哥哥，问他想吃什么。溥仪说"鸡肉丝汤面"。"你等着，我让浩马上做给你！"于是溥杰马上安排妻子嵯峨浩做好了鸡肉丝汤面带来见大哥。当溥仪慢条斯理地吃下嵯峨浩做的鸡肉丝汤面以后，溥杰夫妻俩在病床边热泪盈眶。

兄弟俩隔阂全释，情深意厚。历尽沧桑之后，才发现平平淡淡的生活才是真。溥仪于1967年10月17日凌晨2时30分去世。火化后，骨灰先寄存于八宝山，后被家人迁葬于清西陵附近，算是入土为安了。

溥杰对我说，他之所以不能离开妻子嵯峨浩，"不仅是一日夫妻百日恩，她还救过我的命，而且她做得一手好菜，比御厨一点也不差！"果然，后来嵯峨浩出版了书籍《食在宫廷》，详细记录了他们爱吃的宫廷菜谱和做法，以及她对宫廷菜的理解，她还把学到的和掌握的独家做菜秘籍都写在了里面，详细记录了他们爱吃的宫廷菜谱和做法。俗话说，女人要想征服一个男人就必须先征服他的胃。嵯峨浩做到了，缘分、情感和厨艺让溥杰一刻也离不开她！

溥杰说，最近看到报纸上有一个暴发户，花36万元吃了一顿"满汉全席"，那绝不是真正的"满汉全席"，是暴发户的炫富。真正的"满汉全席"非常讲究礼仪，繁文缛节，无以复加。通常要吃三天三夜，是满汉两族风味肴馔兼用的盛大筵席，是清代皇室贵族、官府才能举办的筵席，一般民间比较少见。规模盛大高贵，程式复杂，满汉食珍，南北风味兼用，菜肴达300多种，有中国古代宴席之最的美誉。"满汉全席"聚天下之精华，用材不分东西南北，仅"草八珍"就有猴头菇、银耳、竹荪、驴窝蕈、羊肚蕈、花菇、黄花菜、云香信……

他实实在在地给我们这些晚生之辈上了一堂生动的中华美食文化课！在人民大会堂当评委，他吃相最斯文，轻尝一口，闭目回味，然后侃侃而谈，果断打分。但是当浙江春华楼的厨师烹饪的"紫参镶肉圆"这道菜端上来时，溥杰这个"老饕"的本性就暴露了，甚至要与同桌的朋友抢着吃，"三分天下有其二"，竟然忘记了打分，一个可爱的"老吃货"形象显露无遗！

溥杰的美食知识非常丰富，可以说学贯中西，鉴赏力非凡。他告诉我，中国素有"烹饪王国"这个美誉，有史记载的中国饮食文化就达3100多年。中国的烹饪，不仅技术精湛，而且有讲究菜肴美感的传统，注意食物的色、香、味、形、器的协调一致，给人以精神和物质高度统一的特殊享受。绵延

3100多年的中华美食文化，博大精深；分为生食、熟食、药膳养生、自然烹饪、科学烹饪5个发展阶段，有6万多种传统菜点、2万多种工业食品、五光十色的筵宴和流光溢彩的风味流派，获得"东方烹饪王国"的盛誉。这第一届烹坛盛会的意义在于展现中华美食文化，评选全国名厨师，树立烹饪标杆，弘扬工匠精神，促进消费升级。

担任评委期间，爱新觉罗·溥杰这位"老饕"，对来自除西藏、台湾地区外的28个省、（区、市）的83位厨师和点心师参加比赛非常热心关怀。比赛分热菜、点心和冷荤拼盘三项。参赛品种有热菜276个、点心84种、冷荤拼盘24个(组)。在评审这一环节，他的权重分值很高，只要他竖起了大拇指，或引经据典地点评几句，基本就是"盖棺论定"。那气势，大有诸葛亮羽扇纶巾、决胜千里的范儿！他对每道菜几乎都给予了好评，还能从食材、刀工、火工、品相和文化典故以及创新发展几个方面，各点评三五句。如评到"三不粘"，他说："很不错，老字号同和居的招牌菜。我打8.5分。清代慈禧太后和溥仪皇帝都喜欢这道美食，不粘盘、不粘筷子和汤匙、不粘牙。用鸡蛋黄、糖和淀粉炒制而成，色泽金黄，入口软糯，香甜顺滑，回味无穷。手艺的秘诀在于水的比例和火候。"

爱新觉罗·溥杰给辽宁选手刘敬贤制作的"红梅鱼肚""凤腿仙鲍""兰花熊掌"打了最高分，把他评为中国十大名厨师之首。这是因为，刘敬贤做的那个味道，让他一下子就回忆起小时候在宫廷里吃的味道，而且还更有余香回甘的创新。"那个小伙子一定是御厨教出来的！"他说。工作人员赶紧介绍说，刘敬贤师从名厨王甫亭、唐克明、任树芳、苏林、刘国栋等餐饮界老前辈。溥杰一拍大腿说："这就对了，其中唐克明就是御厨庖长梁忠的关门弟子！宫廷御膳的传人之一。宫廷菜并没有随着时代的更迭而消亡，反而后继有人，更加发扬光大了！"

这次烹坛盛会，在中华美食文化史上写下了最浓墨重彩的一笔！经大会评审委员会评定，按参赛者的计分高低，评选出了最佳厨师10名、最佳点心师 5 名、优秀厨师 12 名、优秀点心师 3 名、冷荤拼盘制作工艺优秀奖 7 名，还有 53 人获得大会颁发的技术表演奖。这次盛会引起国内外的广泛关注，几十个国家的驻京记者和首都 20 多家新闻单位采访了参赛者，并向国内外做了报道。

这届烹坛盛会，令溥杰大放异彩名声远播，各地大小餐馆都挤破头想要邀请他去品尝，一些厂家商家顺势想借他的名声做商业推广，甚至有不少利欲熏心的商家未经他的同意，就在报纸等媒体上登广告说什么"溥杰先生独家授予宫廷秘方""末代皇弟跷指称赞"等。这让他非常生气，非常恼火。他在电话里对我说："我要弄个新闻发布会，你们来报道，让那些商家别再来打搅我，别再胡说八道，我从没有给过什么宫廷玉液的皇家秘方，我从不给商家做广告！这些商家，简直是疯了，良心大大地坏了！"我马上劝他："溥老，您消消气。我马上请示领导，不能让商家未经您的允许就拿您说事，不能让他们随便打搅您，败坏您的名誉，败坏中华美食文化！"央视和其他主流媒体都相继报道了相关消息，这才让溥杰老先生的怒火平息下来。这也说明，他热爱中华美食，一直在努力维护中华美食文化的地位。在原则问题上，绝不向无良商家屈服让步。视金钱为"阿堵物"，体现了他高洁的品德。

1986 年 6 月，溥杰的夫人嵯峨浩的肾病开始恶化，住进了北京友谊医院。相濡以沫的溥杰一直陪护着病榻上的妻子，直到 1987 年 6 月，浩夫人去世。爱新觉罗·溥杰，也于 1994 年 2 月 28 日 7 时 55 分因病逝世于北京，享年 87 岁。他的骨灰一半葬于日本山口县下关市中山神社（嵯峨家的神社）的爱新觉罗分社内，另一半葬于北京。

爱新觉罗·溥杰用传奇的一生，书写了对中华美食文化的热爱，对这片热土的热爱，对中日两国人民世代友好的热爱，也践行了他"矢当珍此桑榆景，尽我余龄觅寸阴"的诺言。

— 27 —

戴安娜，英格兰永远的玫瑰

前不久一位老牌英国特工去世前，坦白了生前最大的秘密，英国前军情五处（MI5）特工 John Hopkins 在临终前承认自己在 1997 年谋杀了戴安娜王妃。当获知自己的生命只剩下几周时间后，他承认自己曾经参与过 23 起刺杀案。其中就包括 1997 年制造车祸，刺杀戴安娜王妃。人之将死，其言也善。这个消息立刻在世界范围内引起强烈舆论和关注，国内各网站和微信朋友圈也被刷爆屏。我是戴安娜的铁杆粉丝，从 1986 年就开始不断翻译有关戴安娜和查尔斯王子的相关文章，我翻译的文章《查尔斯王子与戴安娜王妃》曾被国内报纸多次转载，也被当年的《读者文摘》转载过，之后，凡是有关戴安娜王妃的书籍和报道我都有收藏。20 世纪 90 年代中期我在英国留学期间，在威尔士城堡当过临时保安，曾与戴安娜有过近距离接触，戴安娜的美丽和平易近人给我留下深刻印象，因此，我深切怀念这朵英格兰永远的玫瑰。

一

人们都以"灰姑娘"的故事来形容戴安娜。一位来自贫穷家庭的"灰姑娘"一夜之间就得到白马王子的青睐，然后童话般嫁入了象征权力与财富的英国皇家王室。

其实不然。戴安娜（Diana Spencer）1961年7月1日出生于英国诺福克，是爱德华斯宾塞子爵的小女儿，身体里流淌着贵族的血液。唯一与"灰姑娘"相似的是，戴安娜也有一个继母。因她的父亲是子爵，需要子嗣继承爵位，而戴安娜母亲的肚子却不争气，呱唧呱唧，一连串生下五个女孩。附近社区的人都议论，戴安娜的母亲肯定是得了一种怪病。因此，戴安娜的母亲接受了各种检查以及宗教"驱病"活动。尽管在戴安娜3岁时，母亲总算生下盼望经年的弟弟。但是，长期的外界压力早已使这对夫妇酝酿着婚姻的危机。

1969年4月，戴安娜的父母正式离婚，母亲失去了戴安娜及其弟弟的抚养权。而父亲也娶了一个不喜欢戴安娜的后母。戴安娜感到十分苦恼。每到周末，戴安娜和弟弟都获准去伦敦与母亲相聚。在保姆的陪同下，他们坐火车从诺福克出发，母亲会在利物浦街车站等着他们。但是他们只能短暂相聚，当戴安娜走后，留下的只是无尽的思念和骨肉分离的痛苦。

姐姐伊丽莎白·莎拉·斯宾塞与查尔斯1977年夏天相识于皇家雅士阁赛马社交活动上，亲密交往达9个月之久。舆论一度认为莎拉很有可能成为英国未来的王后。但是，命运捉弄人。1977年一次派对上，查尔斯王子第一次遇见戴安娜，认为她是一位很有魅力的女性。随着和莎拉的交往次数增多，查尔斯觉得莎拉太过热衷于抛头露面，远远超过了王室成员女友应有的谨小慎微，于是查尔斯与莎拉的关系渐渐冷下来。1978年11月白金汉宫举办的查尔斯王子30岁生日晚会。查尔斯不仅邀请了莎拉，还邀请了她的小妹妹戴安娜。从此以后，戴安娜和查尔斯王子的关系越来越好。他们开始在美丽的湖畔约会、开始愉快地聊天，甚至热情地亲吻。那是戴安娜感到十分惬意和浪漫的青春岁月。

1981年2月6日，从滑雪胜地度假回来的查尔斯约戴安娜在温莎城堡见面。天已经很晚了，在浪漫氛围下，查尔斯对戴安娜说，他非常想念她，随后就直截了当地向她求婚。戴安娜接受了他的求婚。

最让全世界轰动的是查尔斯与戴安娜的豪华婚礼，也是英国王室第一次通过电视媒介向全世界直播的世界婚礼。筹备六个月后，1981年7月29日，伦敦城内所有教堂的钟声在上午九点一起敲响，服饰鲜艳的英国皇家骑兵仪仗队护送着王室的婚礼车队驶向大教堂，沿途是上百万因为感受到大英帝国的幸福而欢呼不已的民众，他们拿着芬芳的鲜花，举着戴安娜和查尔斯的照片，口里还高喊着美好的祝福语，每个人都像过圣诞节一样喜气洋洋、欢天喜地。

上午十点查尔斯王子庞大的游行马车队离开白金汉宫，当他们到达圣保罗大教堂后，查尔斯王子身着海军指挥官的漂亮制服，一条蓝色的装饰性肩带斜挎在前胸。戴安娜戴着闪闪发光的钻石皇冠，拖着长达8米的洁白婚纱，保持着灿烂的笑容，和她的父亲埃尔·斯宾塞乘坐乔治五世1910年在加冕典礼上用过的"玻璃"马车，在人们的热烈祝福中来到大教堂。

红衣大主教为英国王室继承人查尔斯和戴安娜主持了盛大的婚礼。婚前宣誓之后，王子和王妃一起走下铺着红地毯的走廊。在乘上敞篷马车返回皇宫前，他们一起站在教堂的台阶上向人群挥手致意。而后，这对新婚夫妇在白金汉宫的阳台上以传统方式露面，在乘坐分顶式敞篷四轮马车开始他们的蜜月之旅前，他们空前、缠绵的皇室之吻使亿万观众惊喜不已。

戴安娜穿着白色婚纱，露出灿烂迷人的笑容，那楚楚动人的青春靓丽形象，令所有人陶醉倾倒。英国广播电视公司用33种语言向全世界转播了婚礼的盛况，全球7亿多观众沉浸在这童话般的王子与公主的爱情中。

后来他们的长子威廉王子出生了。没过多久，他们的第二个儿子哈里王子也出生了。

美丽的"英伦玫瑰"，威尔士王妃戴安娜，一直以其高贵的气质及姣好的容颜为世人所倾慕。精神焕发的戴安娜投身到慈善事业。她慰问癌症患者，慰问非洲患艾滋病的孩子，到最穷的贫民窟慰问那里的普通百姓，她拥抱重症患者，抚摸可怜孤儿的头，支持保护野生动物，支持生态环保。她活跃在许多社会活动中，像一束阳光照亮世界许多被忽视的角落。她正面的形象，对世界慈善事业和野生动物保护事业都是巨大促进。她的头像经常出现在世界各大报刊的头条位置上，她时髦的时装和发型成为全世界爱美女人模仿的对象，她带动了世界时装产业以及时装杂志的发展，提升了妇女在世界上的地位，被媒体称为"世界上最美丽的女人"。

二

1994 年，我受国家公派，拿全额奖学金到英国留学。我就读的地方，是威尔士大学，离威尔士城堡非常近。我做梦也没有想到，有一天我会和"世界上最美丽的女人"——威尔士王妃戴安娜有过近距离接触，换句话说，我给英国最美丽的女人"英格兰的玫瑰"戴安娜王妃当过保安，她曾单独向我招手致意，让我终生难忘。

不过，不要误会，保安不是保镖，和我们今天小区前看大门的保安是一样的，只不过我所看护的不是大门而是一座两层小楼——威尔士古堡外延的一部分。

那是 1995 年的夏天，我在威尔士大学读研究生。看到报纸上一条消息，为了庆祝世界反法西斯胜利 50 周年，威尔士亲王和王妃要回到威尔士与民同乐。届时，威尔士公园内要举行大型文艺演出，还要燃放礼花烟火。消息登出后，威尔士一片沸腾，人人像过节一样喜庆。他们最景仰最骄傲的王妃戴安娜要回来了，我也像大家一样想目睹一下这位世界美人的风采。刚好大学放暑假了，因我没有事干，就让导师签了一张允许我短期工作的证明书，拿到"工作中心"换了一张短期工作许可证。在一家保安公司找到一份工作。通过了面试和笔试，经过一天的培训，我领到两套制服，让我第二天上岗。而我工作的地方，刚好是威尔士城堡内一座小楼。可以有机会接触到王子和王妃。

这座古色古香的小楼坐落在威尔士古堡的东南角。古堡白天向公众收费开放，晚上成为皇家禁地。这个两层的小楼是用巨石砌成的，窗子面南向阳，可以尽览威尔士公园——一个向公众开放的大型森林绿地公园。小楼单独在城墙边开一个门可以通向外面的大街。因此，小楼必须日夜有人看守，防止恐怖分子或坏人从这里跃到古堡。小楼内，一层有一个警卫室、客厅、盥洗室和一个储藏室，二楼有一个会客厅和两间卧室，两个卫生间，房间内有壁炉，但是窗子都很小，有点像碉堡，而且楼内没有任何家具，只有在警卫室有一张桌子和一把椅子。有楼梯通向楼顶阳台。站在阳台上可以看到古堡内大约100英亩修理得整齐的草坪和兀然矗立的高大的城堡塔楼、巨大石头筑成的城墙，一条宽阔且深的护城河环绕城墙四周。我所当值的小楼内拥有世界上最先进的电子报警系统，可是为了戴安娜，这几天必须加强人力值勤。我是下午六点上班值勤，第二天早上八点下班。值班时，可以在小楼内四处走动，但不可以走出小楼。而且每隔一小时要通过步话机向总部汇报情况。

　　离世界反法西斯战争胜利50周年的庆典活动的前一天，我到岗后听到附近有嘻嘻哈哈的声音，有男有女，有成年人还有孩子的声音。在这个时间这里一贯很安静，只有松鼠和鸟的叫声，不会有人的声音，因为城堡的大门和公园的东南门都已经上锁了。声音是哪里来的，我必须弄清楚。当我登上阳台才发现，声音是从城堡内草坪上传来的。威尔士亲王和他的两个孩子正在逗三只孔雀，希望它们开屏，可是孔雀很不愿意，躲来躲去的，他们就追。而王妃戴安娜就站在离我有20米的地方看着孩子和丈夫玩耍，不时告诉哈里（她的二儿子）不要试图骑孔雀，会受到伤害的。她金发碧眼，穿着一身淡绿色的连衣裙，一顶宽边的帽子没有戴在头上，而是拿在一只手上。她不时发出爽朗的笑声，美艳得让我发呆。在习习的晚风中，裙摆在飘动，宛若飘飘欲飞的仙女。她很快发现了我的存在，向我招了招手，让我受宠若惊。这样一位世界仰慕的名人如此礼贤下士，同一个普通保安打招呼，是我没想到的。我举手敬礼，表示我由衷的敬意。

　　很快，她的保镖也发现了我，示意我回到楼内去，我只好回到我的警卫室，但我的心跳得咚咚响。难怪戴安娜如此受到全世界人们的崇拜，不仅仅因为她的美丽，还因为她关心他人，周到得体。

　　第二天晚上，公园里举行盛大的文艺晚会，世界各地的著名歌手都前来演出，我在值班，不能亲眼观看，但是声音却可以传到我这里，我想那一定是盛况空前。这时总部通过步话机指示我要每隔一刻钟向他们汇报情况，不得有丝毫的松懈。这使我的注意力集中在周围的环境上。大约在晚上 11 点，晚会达到高潮，公园内燃放了大量的礼花，把天空装扮得五彩缤纷，蔚为壮观。礼花的燃放持续了 3 个多小时，让威尔士的首府卡迪夫沸腾了。而我的值班也更加紧张，必须警惕周围的一切。但是礼花的炮声、人们的欢呼声，让我和总部的交流变得十分困难，根本听不清对方的声音。

　　第二天早上八点，我下班了，但我知道威尔士亲王和王妃一家也离开了这座城市、离开了我看守的城堡。当我把步话机交到总部的时候，保安队长对我说："你干得不错，小伙子，谢谢你。从明天开始，你不用来了。王妃和亲王走了，古堡不需要这么多保安了。你的薪水会由财务汇寄到你的银行卡里。再见。"

　　我就这样结束了短期的保安工作，但是，戴安娜王妃向我挥手的画面永远在我脑海和心头播放，直到今天，还那么清晰……

三

　　我完成学业回国了，但是一直关注戴安娜王妃所有的消息，也在不断翻译有关她的报道。令我痛心的是，越来越多的坏消息接踵而来。

　　首先是她和查尔斯的爱情出现了危机。越来越多的材料显示，查尔斯作为一个王储，作为未来的国王，肩上背负着生儿育女、传承香火的责任。有作者分析查尔斯并非出于爱情，而传承香火这个责任需要一个王妃来完成。于是，他随意地选择了天真烂漫的戴安娜。但是，婚后，两人共同语言并不多。事实上，查尔斯要比戴安娜大 13 岁。当查尔斯已经过了而立之年越发精明老到老谋深算时，戴安娜却还是个天真无邪的小姑娘。有贴身知情人爆料，查尔斯最不喜欢戴安娜对许多事情都一无所知，其次，他发现这个不成熟、无知的英格兰长大的女人非常爱吃，控制不了自己的食欲。但是，为了保持身材，不得不在满足了食欲后，用手指伸向喉咙，呕吐出多余的食物，于是，她的身上总带有一股"令查尔斯厌恶的味道"。

尽管威廉王子的出生从一定程度上缓和了戴安娜和查尔斯的关系。但是，这种良好的关系并没有维持太久。戴安娜生下了哈里王子后。据贴身知情人爆料，由于哈里王子的出生时间和查尔斯王子打球的时间相冲突，查尔斯王子非常不喜欢这个孩子，甚至不愿意看一眼哈里王子。因此，戴安娜王妃生下哈里王子后得了产后抑郁症。得了产后抑郁症的戴安娜王妃情绪十分不稳定，多次用小刀来割自己的手腕、脚腕，以及喉咙。查尔斯王子却漠不关心，而且更加讨厌戴安娜王妃了。

结婚才 5 年，还没有到七年之痒，查尔斯王子曾公开表示自己对这段婚姻不抱任何希望，可当时威廉王子才 5 岁，哈里王子才 3 岁。

其实，真正的原因是查尔斯早就"心猿意马"了，查尔斯王子与旧情人卡米拉旧情复燃，当戴安娜努力试图挽救他们的婚姻时，查尔斯王子却一头扎向卡米拉的怀抱里。是查尔斯王子，首先背叛了与戴安娜王妃的婚姻。

开始时，舆论是一边倒的，所有的舆论都在支持戴安娜。甚至在外界看来，查尔斯是个"身在福中不知福的傻瓜"，放着这么美丽的妻子戴安娜不爱，偏去爱一个长得"不及格"而且年龄较大并且还是有夫之妇的卡米拉。卡米拉比戴安娜大 14 岁，且比查尔斯还大 1 岁。那年老色衰的卡米拉是靠什么赢了戴安娜呢？其实，外界不了解的是，卡米拉是查尔斯的初恋情人。"情人眼里出西施"，再有就是俩人有许多共同语言，卡米拉善解人意，善于投查尔斯所好，懂得处理各种相关的事务。

卡米拉出生在英国伦敦国王大学医院的产房，贵族家庭的母亲罗莎兰德·尚德，给刚生下的金色鬈发的女孩儿取名卡米拉·罗斯玛丽·尚德，1970年，23岁的查尔斯和卡米拉相识于一次马球比赛。1971年，二人关系更进一步，后因查尔斯加入海军而降温。1973年6月，卡米拉嫁给了她长时间的仰慕者，安德鲁·帕克·鲍尔斯（Andrew Parker Bowles）。

俗话说"老房子着火一发不可收"。一个是有妇之夫，一个是有夫之妇，两个人就这样在婚内出轨了。这无疑深深伤害了单纯的戴安娜，让她抑郁不已。

查尔斯与卡米拉的幽会绯闻不断，他们的通话还被媒体曝光。迫于压力，1995年，卡米拉与安德鲁离婚。查尔斯本人和戴安娜王妃于1996年8月正式宣布离婚。这也是英国历史上皇室罕见的离婚事件，更被外界视为英国王室最受瞩目的一次婚姻破裂，对王室声誉打击不小。

接下来，就是不断有消息透露戴安娜和情人幽会，先后有7个情人。这令王室非常蒙羞。但是，有谁知道苦闷的戴安娜需要朋友，需要从抑郁中解脱，她交男朋友难道有错吗？难道她必须为抛弃了自己的男人守寡一生？难道她必须为了所谓的王室的名声牺牲自己后半辈子的幸福吗？

但是，可怜她成为狗仔队追逐的对象，她与男友的交往不断被曝光，甚至有的男友受到媒体重金的诱惑，编造故事给媒体。背叛，无耻的背叛，再加上无耻的媒体无耻的报道，正在把怒放的一朵鲜艳的玫瑰逼向枯萎的深渊。

1997年8月31日凌晨，戴安娜与男友多迪法耶兹在法国巴黎出车祸去世，一代英国王妃从此香消玉殒。去世时，她才36岁。此后，关于她死因的调查一直没有停止，但也没有最终定论。

1997年9月6日，戴安娜的葬礼在伦敦举行，其遗体被安葬在她父亲的家族墓地，北安普敦郡的奥尔索普。

不过，在很多英国人心目中，在世界大多数人的心中，戴安娜永远是"世界上最美丽的女人"，她的形象始终无人能及。戴安娜是英格兰永远的玫瑰！

蜡烛终会燃尽，你的传奇却将永世不朽！

— 28 —

方李邦琴，活出了一部美国华人史

方李邦琴，年逾八十三岁的"窈窕淑女"，气质优雅端庄，仪态万方，瓜子脸，戴着眼镜，爱穿一袭宝石蓝色的旗袍，乌黑的头发一丝不乱地盘起，旗袍衬托着她挺拔的身材，不仅拥有东方女性婀娜多姿的柔美，还有知识女性的睿智干练之美。海外华人亲昵地称她为"方太"。方李邦琴从唐人街地下室艰难度日到成为美国总统邀请出席白宫会议的贵宾，提升了华人在美国的地位，再成为天安门城楼观看世界反法西斯战争胜利70周年阅兵式的贵宾和每年国庆招待会中国政府邀请的贵宾。她为促进中美友好、两岸和平统一、侨社发展所做出的巨大努力和惊人成就以及她的传奇，将载入华人史册上最重要的篇章。她的头衔很多，但有三个外号显示了她高贵的气节和过人的胆识，一个是唐人街上的"温柔女侠"，另一个是"钢铁木兰花"，还有一个是"可以做总统的女人"。我与她相识，是因为那一年她干了一件惊天动地的大事，收购了美国报业巨头赫斯特家族的拥有135年历史的英文主流大报《观察家报》，击败了老牌报业大王，我作为央视《世界经济报道》栏目主编赴美国旧金山采访了她。

一、从辣妹"校花"到唐人街上立足的女老板

美国前总统乔治·布什这样评价她:"美国是移民在一片土地上建设起来的家园,开拓生活的一个童话。方李邦琴的故事就是这童话中的一章。"方李邦琴活出了一部华人史,如果说是童话的话,那么是一部女性华人从底层奋斗的童话。

旧金山市市长布朗这样对我说:"方李邦琴是美国最杰出的华人女性。当年两手空空来到美国,住地下室,从社会最底层做起,靠诚实劳动、靠勤俭持家、靠敏锐的商业头脑,构建起庞大的泛亚集团,成为最有影响力的商界人士和报业巨头,她热心公益事业,成为最活跃的女政治家之一。她的人格魅力十足,让所有和她接触的人都被她的精神感动,敬佩之情油然而生。"

没错,她就是这样一位华人领袖,魅力四射。在旧金山萨克拉门托风景优美的山顶一栋白色雅致的别墅内接待了我。我们摄制组一行人都住在了她的家里。朝夕相处十几天,通过攀谈和采访,我逐渐了解了她的故事,她活成了一部美国华人史。

方李邦琴,祖籍湖北汉川,1935年4月4日生于河南郑州,长在陕西西安。1949年,她与全家一起,随做铁路工程的父亲去了台湾,在宝岛完成了学业。方李邦琴回忆起过去时,语速很快,思维敏捷,声音好听,话像泉水,滔滔不绝地喷涌而出:"我的母亲是一个旧式家庭长大的人,没有上过学,还是个小脚。生了四个儿子、四个女儿,我是第八个,哥哥姐姐们叫我幺妹。我母亲喜欢男孩,一直说老幺,你要是个儿子就好了。所以从小为了讨妈妈的喜欢,我一定要做出一个非常像儿子一样的、很强壮的样子。后来我上的是女中,个子长得很高,所以每次演舞台剧也好,跳土风舞也好,我一定要装一个男孩子。我的男性朋友比较多。我本身觉得我是比较像男孩子,比如说我不喜欢和女孩子在一起,谈怎么打扮,怎么去买东西,怎么煮最好吃的饭菜,等等。我喜欢谈哲学,对天下大事是怎么样的看法,社会局势怎么样。"她的哥哥曾参与抗日战争,每每谈及祖国在战时曾受过的创伤,她仍会

眼泛热泪。

恰同学少年，是她一生中最美好的青春时光。她热情开朗，很有理想，人也长得漂亮，从中学时代起就是品学兼优的好学生。高中毕业后，她考入了台湾政治大学边疆政治系，是全系唯一的女生，被誉为"校花"。她不但担任了大学的学生自治会主席，而且还被推举为全台湾庆祝青年节大会总主席。

谈到爱情，她显得有一点羞涩。她说，在1960年一次校友聚会上认识了正在美国加州大学伯克利分校学习新闻的方大川。方大川，生于上海，自幼失学，靠自修考入重庆政法大学新闻系，毕业后赴台湾《新生报》任职。20世纪50年代移居美国，一边在伯克利加州大学新闻系深造，一边担任《国民日报》《中国少年晨报》的记者。帅气且见多识广的方大川对这位"校花"一见钟情，发起了猛烈的爱情攻势。她开始还担心这个学长是"贾宝玉"似的人物，对每个女孩子都会奉承示爱，她最讨厌花花公子，后来发现他对自己是认真的，并非逢场做戏，所以才正式和他处对象。经过双方父母认可，她与他结婚，然后随他移民美国。

最初的日子十分艰难。住过地下室，努力工作，却保障不了一家人的温饱。她丈夫接管的两份报纸都在严重亏损，一份是1910年孙中山在美国宣扬革命时创办的《中国少年晨报》，另一份则是1909年梁启超为倡导民主立宪保皇而创办的《世界日报》。她丈夫任社长，却不得不像叫花子一样四处筹钱。她和丈夫一起，四处奔波，争取到一笔贷款，买了些旧机器，办了个小印刷厂。她既当老板，又当工人，什么重活都干，包括把一千多磅重的滚筒纸推上印刷机……就是用这样的方法起步，日子过得憋屈。用她自己的话说，是一下子"从天上掉到了地下"，"从一只孔雀变成了一只母鸡"。她生了三个儿子，为了抚养他们长大，为了维持生计，她与丈夫早出晚归，吃了不少苦。特别有段时间，丈夫卧病三年，一家人的生活重担全都压到了她的肩上，为着家用，她最多时甚至要打三份工。她独自一人，孑然无援，又要忙孩子们的吃喝，又要去医院给丈夫送饭，虽然心里很苦，但忙得连坐下来哭一场的时间都没有。只有到夜里安顿好孩子们睡觉，抽空给自己下碗面条填肚子时，委屈的眼泪才会情不自禁地掉在碗里，和面汤一起咽下。即使这样，流泪的时间也不能太久，因为放下筷子，她还得赶到印刷厂去上夜班……

她流着泪水和我讲起了"7美元的故事"。她说，一开始做印刷非常非常困难，"我还记得：我在印刷厂的时候，客人打开门一看，就讲：哎哟，怎么一个上海妹在这里！关上门就走。等了一个星期，也没有人上门给生意，但是孩子在家里要等面包吃，要等牛奶喝，我急得不得了。最后有一个朋友，在我这里印了1000张的名片，那时候是7美元。7美元对我来讲真的是太重要了，因为我拿了这7美元，才能去买面包、买牛奶。"这7美元竟成为救命稻草，让方家的生意从此有了起色。

方大川和夫人方李邦琴经营着中文报纸。他们认为，中文报纸能够聚拢华人、传播乡情，增强海外华人的民族感、自豪感。但在一个英语社会中，中文报纸永远无法成为主流声音。要想使美国人明白华人的主张，只有再通过翻译，这就有如隔靴搔痒。1979年8月，时机成熟了，他们决定扩大服务的对象，除华人之外，把韩国、越南、日本等所有在美的亚裔都包括进去，买下了《亚洲人周刊》(*Asian Week*)，成为用英文传递主流亚裔声音的报刊。1987年，他们又买下社区报纸《独立报》(*Independent*)。一年以后，旧金山另一份英文报纸《进步报》因营运不济而倒闭，方家抓住时机，集中力量，将原为四开的《独立报》改为对开大报出版，面向全市发行，以至涵盖了原《进步报》的基本读者。此后，《独立报》还出版了中半岛地区版。经过数年创业，方氏家族建立起一个拥有13家报纸和刊物，发行量达400万份的庞大英文报业和出版企业集团。

她深爱的丈夫病了多年，看了许多医生也不见起色。丈夫得的是一种奇怪的皮肤病，吃什么药都不见效果。特别是看了那些自称是"神医"的大夫，什么针灸、汤药都用过，丈夫的病情逐渐恶化，1992年4月去世了。方大川病逝后，旧金山议会通过决议，以方大川的名字命名该市的一条街道；其生平事迹记入国会档案。社会各界人士在旧金山州立大学设立以其名字命名的奖学金，以奖励新闻专业的优秀学生。

　　丈夫的去世对方李邦琴打击很大。她从此后，凡见到自称"神医"的江湖骗子就深恶痛绝。再也不信中医。在方大川出殡的第二天，方李邦琴早早地来到了办公室。别人觉得方太太真是个女强人，先生才过世她就来上班。她说："为什么我去上班？因为那一天，5月1日，要发薪水，我要在支票上签名。当我走到办公室的时候，看到所有的员工因为方先生已经走了而无所适从的表情，在这个情况之下，我一定要告诉他们说，你们放心，大川走了还有我，我还可以挺下去，你们还是要照常地工作。"

二、铮铮铁骨，唐人街上的"温柔的女侠"

　　在旧金山唐人街上，有一家中国餐馆——万寿宫。当年这家餐馆是唐人街三教九流聚集的地方，因此老板一直想把它卖给一个中国人经营。信用好，又能吃苦的方李邦琴就成了最佳人选。这的确是一个机会，方李邦琴果断盘下来，接管了餐馆。但是，接手后方李邦琴才发现，这真不是一件好差事，而是又苦又累又熬时间的差事，每天打烊要到深夜两三点，早晨进货，中午前开张，卫生关要把好，饭菜质量要讨客人喜欢，对任何客人都要笑脸相迎，那些三教九流、地痞流氓时不时前来闹事，开餐馆利润不多，但是遇到的麻烦事还真不少。

　　刚刚开张一个星期，一件意想不到的事情发生了。方李邦琴对我诉说这件往事时，至今还心有余悸。"我9点钟来上班，一看所有的员工都坐在那里，每一个人的脸色都非常沉重。我说什么事情？一个厨师就跟我说，方太太，刚才有一个人拿了一把枪来找你。哎呀！我一听，这简直像电影一样。我当时第一个反应就是，如果我态度比较软弱的话，我就没有办法再走进那个大门，他们就不再服我。所以我当时就镇静下来，我说，好了，他们是来找我，不是来找你们，你们都回去，照常开门做你们的事情。这时候我站在门口，我说：好，我就等他来，看他能怎么样。"

一个身材单薄的女性、三个孩子的妈妈，要面对持枪的歹徒，可想而知，她要面对多大的风险。她表面镇静，但是内心还是如十五个吊桶——七上八下的。店里一个收银的女孩子，就哭着跑出来，抱着她的脖子说："方太太我怕，方太太我怕。"方李邦琴拍着她的肩膀说："不要怕，不要怕，有我在，你回去做工，让他来找我。我来面对他！"她对我诉说这段往事的时候，她说："实际上我当时自己也怕得要死呢！但是我还要露出很大的女侠的风范，是福不是祸，是祸躲不过。我在想，如果他拿枪对着我，我会怎么样？哭？没有用！眼泪感动不了要你命的歹徒。晕倒，也躲不过去！逃，是逃不掉的！我心里是没底的，心怦怦怦地打鼓！"

但是，那个持枪男子并没有立刻出现，也不知道他什么时候会再出现。百般无奈中，方李邦琴突然想到自己在市政府还有一个名誉性的职位——防止犯罪委员会的委员。她灵机一动，马上打电话到了警察局求助。接到电话，警察局派了几个便衣警察过来。方李邦琴说："我不要你穿便服，你们都穿着制服来，都到我这里来吃饭。"那几天，不少警察穿着制服到这里来吃饭。那个持枪男子没有再出现，不过托人带话，说方太太，其实大家都是误会，他说你走你的阳关道，他们走他们的独木桥，井水不犯河水。方李邦琴对我说时，还拍着脑袋纳闷："我说我怎么犯你呢，你是谁我都不知道。"这个风波就过去了。方李邦琴是个"女侠"的名声一下子传开了，甚至有人称她是"温柔的女侠"。

说到女侠，不得不提到她另一件壮举，被人称为"杨慧敏"版的女侠。杨慧敏是何许人也，她是1937年淞沪会战时涌现出的女英雄，当时八百壮士孤军坚守四行仓库，女童子军杨惠敏冒险泅河给抗日将士送来了一面战旗，使孤军奋战的八百壮士备受鼓舞，坚定了用生命保卫上海的决心。方李邦琴的外形与杨慧敏很相像,在20世纪90年代末,日本反华势力猖獗,方李邦琴带领居住在旧金山的中国人举行大游行活动,抗议日本反华势力,支持国内"保钓"活动,并征集上万个签名,给国会,要求国会支持钓鱼岛是中国领土的主张。集会在旧金山的花园角举行,方李邦琴带头演讲,接受《水星报》等英文报纸的采访,将日本军国主义在中国犯下的罪行和强占"钓鱼岛"的真相,告诉美国人,争取在舆论上得到更广泛的支持。之后游行时,她站在游行队伍中的头车上,振臂高呼口号。毫不惧怕日本右翼势力在附近捣乱。在她的带动下,游行活动声势浩大,震惊海内外。从台湾来美国的华人对杨慧敏的事迹非常熟悉,就称方李邦琴为"杨慧敏",一个令人敬佩的爱国女侠形象。尽管她多次收到过日本右翼势力的恐吓电话、口信和恐吓信甚至信中还夹着一颗子弹,但是她毫不惧怕,凡是维护中国领土主权和祖国统一的大事,都有她活跃的身影。此外,她还多次组织支持中国最惠国待遇、支持中国加入世贸组织等游行集会,"杨慧敏"版女侠的名声就更加响亮。

三、击败老牌的报业大王,成为报业"钢铁木兰花"

方家的整个事业等着她去支撑、去继续。她,一个柔弱的女子,带着三个渐渐长大成人的儿子,度过了方家历史上一个又一个艰难的时期。方家企业非但没有垮,反而逐渐壮大。这得益于方李邦琴敏锐的商业头脑。别人办报纸靠订户,订户量决定发行量。让人们花钱买报纸,是惯常办报人的思维。而方李邦琴跳出了这一思维方式,她所经营的报纸用第一手消息和权威言论树立威信,吸引广告商投放广告,然后免费送给各家各户,覆盖旧金山地区的千家万户。正因为这一举动,更加吸引了广告商投放广告,该地区的家家户户不花钱就能得到影响力大的报纸看,进而越发喜欢。因此,那些需要花钱去订的报纸,就逐渐被挤出了市场。

她这一举动,令美国报业巨头赫斯特家族非常恼火,认为其侵犯了拥有

135年历史的英文主流大报——《观察家报》的发行。赫斯特家族把方李邦琴告上了法庭。方李邦琴不得不请金发碧眼的白人律师维金斯作为她的辩护律师。官司打了一场又一场，交战的一方是视亚裔为"黄祸"的赫斯特家族，另一方就是小门小户的亚裔方太家族。这场似乎不在一个重量级的较量，引起了广泛关注。人们在期待着一个戏剧性的结局。

赫斯特家族在其鼎盛时期，曾经拥有95份报纸、110家公司。而它的创始人老赫斯特一向仇视亚裔。著名影星莎朗斯通的丈夫，就是《观察家报》的老板，秉承了视亚裔为"黄祸"这个根深蒂固的观点。其家族的影响力在美国首屈一指。其庞大的律师团也让人望而生畏。但是，方李邦琴说："人生下来不是被打败的，华人更不是！"她告诉我，关键是自己要硬起来，自己惧怕了，指望别人来帮忙打赢官司，是痴心妄想。她给律师打气，给自己的团队打气，美国是所有肤色人种的美国，旧金山和湾区更不是你赫斯特家族独霸的天下！平等是写入美国宪法的权利，要求平等，反对种族歧视！她坚强的意志感染了律师，感染了整个团队！他们据理力争，寸步不让！

方李邦琴说："我们的律师，还有我的三个儿子，不眠不休地在谈判。等到我去签字的时候，那些文件已经有一两尺高了，谈判非常激烈。"就在官司打得不可开交的时候，方李邦琴又跳出了一般人的惯性思维，既然赫斯特起诉我们侵犯了他的《观察家报》发行利益，那么干脆把这份报纸买下来，岂不断了他的口实？

旧金山市市长布朗告诉我，更深层的原因是旧金山地区有两大英文报纸，《观察家报》和《旧金山纪事报》，原本是独立的，后来都被赫斯特报业买下了。在反垄断法的舆论压力下，赫斯特家族只想做做姿态，声称想将不赚钱的《观察家报》单独出售，并订出许多不合常情的条件，明眼人一看就知道赫斯特报业系"心存不轨"。更多人担忧赫斯特报业会垄断旧金山的新闻市场，因为许多电视台的新闻都是根据日报的消息再加以追踪挖掘，旧金山如果只剩下一家主流英文日报，就会失去竞争，报道的公正性将会受到影响，亚裔社区的新闻见报率就可能更低。于是，布朗市长连任成功后，就和市议会议长阿米亚诺及联邦司法部反托拉斯小组一起监督与反对报业垄断，使《观察家报》的求售表态不得不变为实际可行的商业行为。

赫斯特家族的《观察家报》大势已去，同意卖出所有权，但是公然说卖给谁都可以，就是不能卖给黄种人方家。一次次与方家对簿法庭，他们请了8个专家，到庭讲了4天，主题只有一个：方家会把《观察家报》办垮，所以不能把报纸卖给他们。赫斯特家族还在很多主流媒体上引导一边倒的言论，给民众造成的印象反而是方家理亏，要输。方李邦琴很清楚这场风波的症结所在，那是因为方氏家族是亚裔家族，是华人家族。她很气愤，利用参加一个白人有钱人聚会的机会疾呼："其实在美国的人都是移民，就看是从欧洲来、还是亚洲来、非洲来，是两百年前来，还是两年前来……不要忘了，所有的人都是移民！"

世事无常，显赫的报业大王赫斯特家族也许做梦也没有想到，正是名不见经传的方李邦琴，以"蛇吞象"的气魄，击败了老牌的报业大王。在这风云诡变、暗流阵阵的一年时间里，经过多场官司和多家竞争，多番讨价还价后，方李邦琴赢得了竞争，买下了这家报纸，使那场旷日持久扑朔迷离的官司戛然画上了句号。她成了135年以来这家英文大报的第一个女性华人董事长，进入了美国的主流媒体。她告诉我，当报纸买下来以后，她在《观察家报》第一版显目位置登了非常非常大的一个词——SOLD（卖掉了）。

那天，身穿一袭旗袍的方李邦琴步履矫健地走进《观察家报》编辑部，对留任的员工一字一顿地说："这份报纸曾刊'黄祸'（Yellow Peril）二字，今天，我用SOLD这个大字印满头版，就是告诉世人，歧视华人的历史一去不复返了！"方李邦琴在完成收购之后，在新闻发布会上对台下一众美国报业大亨们不卑不亢地说："来到美国几十年，我从未接到一张来自美国媒体界的请帖，请我正式与你们比武论剑。而今天，站在这里，我凭着自己的力量，赤手空拳打上来了。"掷地有声的话语赢得在场一片掌声。因为这句话，方李邦琴也被美国媒体誉为"钢铁木兰花"（steel orchid）。

2000年3月17日,方李邦琴成功收购《观察家报》成为震惊美国新闻界的特大新闻,主流社会和华裔社区对此反应强烈,美国主流社会对其刮目相看。3月18日,《华尔街日报》在头版头条报道了此事:"旧金山《观察家报》,一个世纪前,威廉·鲁道夫·赫斯特曾用办报的方法寻找出路,来抵御亚洲移民潮所带来的'黄祸',而今,一位美籍华人家族以其经营之道接管了它。该家族就是方氏家族,他们正驾驭着一个日益繁茂的商业集团。"

四、睿智典雅,"可以做总统的女人"

从唐人街地下室凄惨蜗居,到成为美国白宫的贵宾,方李邦琴以其睿智和干练实现了华人做梦也不敢想的人生逆袭。1991年,方李邦琴作为旧金山的代表之一,前往白宫参加全国政治领袖会议。当时,美国朝野正在辩论是否给中国最惠国待遇的问题。此时,方李邦琴主张把政治和经济分开,并带去了几千名商人的支持签名。会议中,有位白宫工作人员突然找到方李邦琴说:"方太太,请您到后面来。"方李邦琴跟他到后台,才发现布什总统在那里。布什说:"我很高兴见到你,你跟我一起到讲台上去。"还没等她反应过来,台前一声宣布:"美利坚合众国总统到。"老布什就拉着方李女士上了讲台。布什对记者们说:"我很高兴地介绍给你们,她是我的好朋友,刚从旧金山来。"

方李邦琴的倡议是给中国最惠国待遇,得到布什总统的支持,也得到美国工商界的支持,并最终得到国会的通过。布什总统知道,在中国的问题上,方李邦琴最有发言权,她是华人的杰出代表。她的睿智提议,避开了政治和经济搅在一起的棘手难题。方李邦琴也因此成为冉冉上升的政治活动家。

而接见方李邦琴的布什总统并不是第一位美国总统,第一位应是里根总统。里根总统在位时,为了刺激经济,推出了一项专门扶持小企业的贷款政策。那时方李邦琴在经营印刷厂,举步维艰,一次偶然的机会,方李邦琴得知美国政府有一项专门扶持小企业的贷款,因为女性和少数族裔的政策优惠,方李邦琴在一位旧金山市政府热心工作人员的帮助下为印刷厂申请到一笔小额贷款。但是就全国来讲，由于收不回来的烂账太多，里根总统主导推出的这一项目一度陷入窘境。但方李邦琴咬紧牙关，坚持连本带息一笔一笔按时全数返还。因为这种金子一般的信誉，方李邦琴被选为代表，赴首都华盛顿受到了里根总统的接见。即使是在最艰难的岁月，方李邦琴也从未在美国弯下过华人的脊梁。她的诚信，为她本人和华人社团赢得了良好声誉。

有一段时间，加州几家主要英文报纸，包括《观察家报》《旧金山纪事报》《圣荷西日报》《洛杉矶时报》等提出，今后卖报不再交税，并将此提交州议会讨论。方李女士知道那几百万报业税款中的30%是充作教育基金的。方李女士就以《独立报》带头，联合其他许多报纸以及学术教育界和其他各界的人士一起到州府去，挫败了这项动议。方李邦琴的政治远见超越了一般商人一味追求利益最大化的本能驱动，而是看到社会利益，因此，她的人格魅力在一件件社会效益项目上得以彰显。

方李邦琴说："过去一百年来都是由白人在主导，但是，21世纪中国人也要参与书写历史。在美国，我们华人不能只坐在公共汽车的客位上，也要有勇气坐在掌握方向盘的驾驶座上。"

方李邦琴在提升华人在美国的地位，对美国社会的繁荣进步，对促进中美友好关系等方面均做出巨大贡献，受到了在美华人和美国政府及各界人士的肯定。方李邦琴曾获多项荣誉和奖励，她所在的旧金山市市长布朗还宣布，2000年9月18日为"方李邦琴纪念日"（Florence Fang Day）。2000年1月，方李邦琴女士在旧金山发起成立了"北加州中国和平统一促进会"。当年8月，她又出席了在欧洲召开的"全球华人促进中国和平统一大会"，并在会上发言说："我要为中国和平统一摇旗呐喊，两岸只有和平统一了，中华民族才能真正振兴，21世纪是华人世纪的理想才能真正实现。"

方李邦琴女士是著名慈善家，曾向中国边远山区中小学捐资设立教育奖学金。2008年，她捐资在武汉大学设立传媒基金。2013年，方李邦琴女士捐赠

100万美元设立"中美强基金会"。2008年她向北大捐赠210万美元支持对外汉语教育学院大楼的建设。2016年,她捐赠500万元人民币设立"方李邦琴北京大学人文学科文库出版基金"。2017年方李邦琴身为飞虎队历史委员会名誉主席,在澳大利亚耗资17.5万美元购买了一架抗日战争时期美国飞虎队的援华运输机,捐给桂林美国飞虎队遗址公园。2015年8月15日,方李邦琴出资在美国旧金山中国城建立海外首家抗战纪念馆。说起筹建纪念馆的缘起,方李邦琴说,第二次世界大战期间,德国纳粹党迫害600万犹太人,目前全世界现有29个国家建立了167座犹太人纪念馆或纪念碑。而日本军国主义杀害了3500万中国同胞,在海外却无一座纪念馆,世界难以了解这段惨痛历史。我们中国人民经过14年的抗日战争,牺牲那么多人,损失那么多财产,世界却对此知之甚少。所以,应该让全世界都了解。纪念馆门口处有两条醒目条幅,一条中文、一条英文,宣示它所设的主旨:"尊重历史,珍惜和平。"

方李邦琴的家,位于旧金山萨克拉门托的山顶,正厅中央立着一座巨型根雕,造型是一只栩栩如生的孔雀,旁边有一只老母鸡抱着三只小鸡的标本,客厅里还有一只雄鹰。方太太说这些是她人生的写照。孔雀走路的时候,昂头,脚走直线,她非常喜欢这种仪态,是那种骄傲,那种真正的内心的骄傲。可是到了美国以后,一连生了三个儿子。她忽然发觉,她从骄傲的小孔雀变成了一只忘我的老母鸡。一直到买了《观察家报》以后,报社的编辑说她是一个非常精明、非常勇敢的鹰。从孔雀到母鸡再到雄鹰,她实现了人生中的三次蜕变!

83岁的方李邦琴常说自己是部"活历史",外界评价她为"可以做总统的女人"。而她却说自己是"不及格的母亲"。三儿媳妇是一个意大利人,有一天三儿媳妇问她:"我的丈夫是什么时候长牙齿的,什么时候开始叫妈,什么时候开始走路的?"方李邦琴一问三不知。那个时候因为工作太忙,就没有记得。三儿媳妇就跟她开玩笑,说做妈妈没有考及格。我想,这才是生活中真实的方李邦琴!

— 29 —

洒向千峰秋叶丹——记生物科学家张令玉

引子

亚里士多德说:"大自然,每一个领域都是美妙绝伦的。"
达尔文说:"只有服从大自然,才能战胜大自然。"
习近平说:"我们要金山银山,更要绿水青山。""人民群众对美好生活的向往,就是我们奋斗的目标!"

一

秋天是壮美的,秋风似水彩,一夜之间,染得大地和山峦色彩斑斓。植物的叶子变得黄了、红了,好一个美丽的秋天。

大自然的秋天可用成熟、壮美来形容。那么一个人的秋天,也应该如此。

故事从1993年的秋天讲起。那个秋天来得非比寻常,美国中部某地区出现了数百公顷大面积污染,而污染源与某种放射性物质泄漏有关。树木叶子黄了,脱落了;草黄了,枯死了,这片土地上所有的植物都枯死了。环境灾难是世界性难题。如何修复被污染的土地?该州政府悬赏招标。告示出示了 100 多天，没有任何回应，因为这是十分棘手的难题，世界上没有任何一个国家可以解决，也没有任何一个科学家可以有把握解决。然而，一位其貌不扬的小个子中国人被请了去，他用生物技术，每平方米播撒 100 克左右神秘的生物制剂，在几年的时间内，解决了问题，寸草不生的裸露荒野，树木草丛等植被重新茂盛生长，郁郁葱葱。放射性物质被检测在合格的范围内。美国人震惊了。

这个小个子的神奇还不止于此。美国历史上最严重的石油泄漏事件——搁浅的"艾克森瓦迪兹"号油轮，泄漏了 1100 万加仑的原油。灾难事件发生之后，石油快速散布开来。虽然全体船员进行了集中清除残留石油行动，直至 1994 年末，专家错误地预测：石油在几年后应该会自动消失。相反，石油已慢慢地散布开来，流到了小海湾或渗入了沙滩下，造成了严重的影响。主要是石油覆盖的海岸被孤立开来了。这片水域已被残油和吞食石油的细菌污染了。残留石油造成的危害是任何一个人都无法想象的。油水混合物渗透了 25 厘米深的地底下。面对如此巨大的生态灾难，美国政府官员又把这个神秘的中国小个子请了过去，他把数吨"神秘生物制剂"用飞机抛撒在被石油污染的海面。48 小时后，海水果然变得清澈了，漂浮的石油结成大团块，由石油公司捞起作为原料，投入了石化产品生产中。

这些神奇的丰功伟绩，吸引了全世界的目光。他是谁？他怎么有如此大的本事？他的"神秘生物制剂"到底是什么？

于是，这个小个子中国人走入了大众视野，无数媒体要求采访他，但是要采访他，必须经过 FBI 的同意。因为 FBI 比谁都想弄清楚这个中国人掌握的生物技术和生物产品。

二

这个神秘人物叫张令玉，1954 年出生于山东一个贫寒而又普通的家庭。

因"文化大革命"终止学业，没有高学历、没有高台阶等美丽的光环。仅靠他勤学苦钻超常人的毅力，研发出改造人类生存环境、震撼世界的系列科技成果。1993年被美国政府以国家重大利益为由把他全家4口从山东接到美国。美国政府给了他一家十分优厚的物质待遇，他用美国人给的金钱，花260万美元在邻近马里兰州首府安纳波利斯市附近的一处富人区买下一栋带游泳池的三层豪华别墅。美国政府投入重金专门为他在美国NIS医学院42号楼建立了设备先进的实验室。不少美国科学家甘愿当他的助手。而多个FBI的成员化身为他的专职司机、保镖、翻译、学徒等。他的生物研究成果自己持有60%的股份，几年间，他的现金和资产堪比美国富翁。为他服务的金发碧眼的美国人，最多时达到40多人。他领导的价值12.5亿美元的Bio3实验室，成为世界上掌握最先进生物科学密码的代名词。

　　如此优渥和令人羡慕的物质生活条件，他并不感到舒心。因为，与他接触的人绝大多数都是FBI的成员，他的一举一动都在FBI严密监视之下。他的工作环境和所经过的地方，都被FBI的摄像监控镜头无死角覆盖，FBI急于想拿到他的核心研究成果和技术。而他无时无刻不在提防自己的核心秘密被他们"拿走"。就连他的豪宅里，也被FBI偷偷放上了摄像头和窃听器，对他随时监控。他感觉不到自由。而他梦寐以求的是把自己的生物技术和成果为自己的祖国——中国服务。

　　他的生物技术成果是在中国偶然发明的。那时，他才19岁，地点是吉林省扶余市兽医研究所。他16岁时被山东当地领导保送到南京航空航天学院，毕业后被分配到扶余市兽医研究所当技术员，该所的科研项目是马的皮肤病防治。一天，单位停电，实验室的疫苗将要坏掉，他想到自己家里有电，就带疫苗向家走。半路遇到一位搞航天射频仪器的同学，因仪器坏了正找修理店，招呼他过去帮助抬仪器。于是他把疫苗放在射频仪器上，帮助同学先修理仪器。一个多小时过去了，仪器修好了，经过反复调整，同学感谢他，想邀请他吃饭。他才想起自己的疫苗，拿起疫苗一看，变异了，和原来不一样了，从白色变成了黄色。他以为坏掉了，第二天拿到单位的显微镜下检验，发现疫苗菌种还活着，而且变异了，比以前活跃、健壮。他试着给一匹马注射，很快这匹马严重的皮肤病居然消失了。他报告给所长，然后用变异的疫苗给其他6匹马注射，结果那6匹马的皮肤病也好了。于是，他在所长的指导下写了报告。沈所长拿着报告提交给卫生委，获得了当年科技进步二等奖，后来沈所长因此还被评为院士。从此，张令玉对变异的疫苗菌种着了迷，潜心研究用射频仪的不同幅度来激发和偏振酵母菌种，然后测量不同幅度偏振所产生的频谱，从而发现了一个全新的世界。酵母有6257个基因，而大多数是沉睡的或隐性的基因，通过射频仪的干扰，不同幅度地激活和唤醒那些沉睡的基因，从而使基因信息表达得到不同幅度的改变。再深入研究，发现动物、植物的基因有786个，人体基因有64对因子，384个基因。每个基因频谱的宽度都不一样。他发现动植物或人生病了，表现为部分基因的生命信息变了，部分基因频谱变了，而被激活基因的酵母，可以激活动植物或人类自身免疫系统，帮助动植物或人类修复改善基因信息表达。他其实是发现了现代生命科学（肉体生命学）并引申至生命信息科学。他提出了"生命"＝"生"＋"命"即"肉体"＋"信息"＝"硬件"＋"软件"＝"生命"的全新理论。

但是，他太年轻了，不知道天高地厚，在一次全国会议上竟然顶撞国内顶尖权威专家，反对专家们要大力发展化肥农药解决中国农业生产问题的主流观点，他认为中国就不应该用化肥和农药解决农业生产问题，应该用生物方法，这才是解决农业生产问题的正道。他的观点太超前了，于是，他被批判，认为"离经叛道""藐视权威"。他用生物技术去生产生物肥料，被权威专家否定。甚至，1992年5月7日他被某地方警察以"科技诈骗罪"逮捕，不经司法审判，关进监狱102天。坐牢期间，张令玉深刻反省："生命信息调控技术能解决困扰人类的多种难题，本应是一项利国利民的好技术，但为什么会因此而坐牢？"于是，他向狱警要来了纸和笔写下了近百万字的公式和原理以及各种图表，用掉的草稿纸厚度约一米，完善了 Tech-BIA 技术（生命信息调控技术）理论。正是由于这种极端环境下的坚持力使张令玉在 1992 年 6 月 16 日突然顿悟："Tech-BIA 技术不是自己发明的，而是上天恩赐用于救助众生生命的技术，用于自己得名得利必然会遭到天谴。"认识到这是上天赐予他的让他用这项技术来救死扶伤的，坐牢是对他贪念的惩罚。为此，张令玉立下了大愿："如能活着出狱，将以自己的生命为代价，不为名利，将 Tech-BIA 技术用于救助众生生命。"这时，张令玉入狱引起了党中央和国务院的高度关注，最后由重要领导批示获得自由。

三

正是在这时，美国人敏锐地嗅到生命信息调控技术 Tech-BIA 的重要性，以重大科技利益为由邀他到美国进行科技研究。在马里兰州的 Bio 3 实验室，张令玉完善了他的生物技术，对没有完成的 6257 个基因射频干扰进行了全部研究，对干扰后的基因表达如何对应动植物的 786 个和人类的 384 个基因进行了科研实验，研发出极具颠覆性和挑战性的技术与产品。此时，中国大使馆带来祖国诚挚邀请，希望他回国的消息，把生物科研成果为祖国和人民服务。也考虑到美国人会阻挠，作为过渡，李嘉诚先生诚意聘他为长江生命科学院的院长兼首席科学家。他决定先去香港，继续完善他的科研成果。

FBI 慌了神，尽管他们用 7 年多的时间严密监视张令玉，但是张令玉戒备心很强，关键的技术环节都是自己偷偷摸摸地完成，让美国科学家和助手没有从他那里得到核心技术，如果让张令玉离开美国，将是美国的巨大损失。于是，他们千方百计阻拦，甚至在马里兰州的地方法院起诉了张令玉。此时张令玉去意已决，中国大使馆给予张令玉大力支持。张令玉花了 2000 万美元请律师，与 FBI 对簿公堂。

金发碧眼、能言善辩、身材高大魁梧的 FBI 律师 Bone（鲍恩），他的名字和他的性格一样，硬骨头。他声色俱厉地指控张令玉是美国人，要背叛祖国把美国的重大生物技术转移到中国去，里通外国。而张令玉拿出证据，证明自己拿的是绿卡，不是美国人，而是中国人。Bone 说："拿绿卡，就证明你是美国人，受美国保护。"而经过律师辩论，证明拿绿卡不等于是美国人，张令玉拿的是中国护照，是中国国籍。Bone 说："好吧，承认你是中国人，但是你和不少中国人一样，一心剽窃美国的技术和研究成果，还要转移到中国去。简直就是贼！"张令玉的律师反驳对方的人身攻击和对中国人的污蔑，并拿出证据尤其是张令玉在中国监狱里写的近百万字的公式和原理以及各种图表，证明这些生物技术不是美国的，而是他在中国发明的。Bone 见一计不成，换了个法院，起诉张令玉把在美国完善的生物技术要转移到中国去。张令玉的律师确实为难，这个诉讼理由基本成立。中国大使馆工作人员会同律师商量，提出采取反问式辩护，请 Bone 拿出美国人完善生物研究的证据来，是哪个美国人完善了哪一项成果。结果 Bone 团队绞尽脑汁，寻找所有蛛丝马迹，却拿不出过硬的证据。根据一案不可两诉的原则，Bone 换了 20 多个法院，用 20 多个诉讼理由起诉张令玉。张令玉不得不和 Bone 打了 20 多场官司。最后，陪审团一致认为，生命信息调控技术 Tech-BIA 属于张令玉，他有权处置自己的发明成果，FBI 起诉理由不成立，张令玉无罪。

四

张令玉 1999 年年末被亚洲首富李嘉诚先生聘为长江生命科学院的院长兼首席科学家，成为长江科技第三大股东。他的成果给长江科技带来丰厚的收入。2006 年，张令玉在常人视为前途光辉似锦的背景下，源于无法还他于 1992 年极端背景下所发的报效国家的三大愿，毅然决然地回到北京，开始了所有人都无法理解的还愿历程。依托 Tech-BIA 技术研发出解决三大领域的 108 类生物制剂。创造了三安农业、环农工程技术模式和解决 62 大类危重疾病的大健康体系。8年来在国内20多个省（区、市）的大规模实践，现已充分证明了生命信息技术已经到了趋于成熟的推广阶段。

张令玉所研究的无论是医药、生态环境还是生物农业上的科技成果都获得了极为显著的效果。比如，生物肥料里的固氮肥料全世界数以万计的科学家研究了近百年也没有取得突破性进展，而张令玉早在1989年就以全面取代化学肥料的生物肥料推向市场。20年来，获得了16个国家应用的成功效果，这是很难用现代理论所判定的。因此，造成了不理解和神奇是很自然的。

中国科学家张令玉2008年3月28日在首尔获得韩国"蒋英实国际科学文化奖"大奖，韩国方面评委会表示，向其颁发此奖，是为表彰他在生命科学和有机农业科学方面所取得的成就。

此外，张令玉还担任北京三安科技集团董事长之职。他曾获108项国际专利，其中生物制药专利62项，生态农业专利28项，并且他带领的团队还制定了有机农业的相关安全标准。

"繁霜尽是心头血，洒向千峰秋叶丹。"自2010年开始，张令玉及其工作团队，在河南省南阳市环保局宋宽军局长的直接指挥下，将环农工程技术全面用于南水北调中线周边的综合治理区域，获得了政府的高度认可，并被环保部列为国家示范技术在南阳率先示范（有2014年10月环保部下发的文件），逐步推向全国。张令玉教授成功创造了根治湖泊等地表水污染七大治理模式，是一场水域治理技术革命。

治理黑臭水体，是建设城市乡村美丽环境的首要任务，那么张令玉的生物技术到底行不行？不久前，我飞抵广州越秀区，看见了区政府所在地一处景观池，原来这里臭味熏天，水体又黑又臭，属于比五类水质还要差一级的恶劣水质。政府工作人员和周围居民百姓怨声载道。张令玉团队经过政府严格程序审批后，投洒生物制剂，半小时后水体开始变清，24小时后水体完全清澈，一星期后水质经检验完全符合Ⅱ类水标准。水底的黑臭污泥在生物酵母菌的作用下，已经由黑变浅灰，彻底消灭臭味。而由于菌种不断吃下层的污泥，景观池已经恢复了应有的美丽亲水景观，鱼虾开始在这里优哉游哉地浮游。这场技术革命的核心是以世界高科技手段，构建快速修复生态的大自然循环体系，实现高效、持久、不反弹的治理模式。一位姓程的70多岁老人坐在景观池边的公园椅上对我说："现在真的不臭了，原来这里根本坐不得人，臭得你不能呼吸，现在坐在这里很享受，鱼也回来了。"

紧接着，昆明一处黑臭水体的湖泊，曾经臭气熏天、百姓怨声载道，在他的生物技术治理下，变得干净清澈了，绝迹的鱼虾等水生物可以自由自在地生活在这片水域。根据污水治理权威的内行人介绍，只有鱼虾等水生物能健康地生存，才是检验水质是否治理好的刚性标准，而张令玉和他的团队真的做到了，并实现了不反弹——不再逆转。良好的生态环境，让百姓欢欣鼓舞，感慨万千，他们真正看到了生物科技带来的实实在在的变化，造福人类，"绿水青山真的变成了金山银山！"

如今，张令玉的三个大愿景——为人类疾病的康复和预防做出毕生贡献，为提高人类的食品安全做出毕生贡献，为提高人类的环境安全做出毕生贡献——正在一一实现。用生物技术在山西基地出产的"零残毒"的超有机蔬菜不仅使当地贫困农民脱贫致富，上市后还受到中国百姓的喜爱，并且出口到日本，受到日本消费者的喜爱。用生命信息调控技术在河南省上蔡县艾滋病村救助50位患者后有48位病情得到明显改善。丹东156公里长的一条黑臭河流正在由其团队用生物技术处理，河北衡水一个面积数百亩的黑臭湖泊、福建龙岩一处黑臭景观湖正在纳入该团队的治理项目。而农田重金属污染的治理也正纳入其团队的日程表。

"我回来了！真正回来了！"年逾65岁的张令玉手捧着一把祖国大地的泥土对着苍天原野动情地呼喊！

— 30 —

瑞典汉学家认为《红楼梦》胜过《尼伯龙根之歌》

一个偶然的机会，我和瑞士著名教授、著名汉学家、德国弗莱堡大学汉学系终身教授胜雅律（Harro von Senger）相识，他把中国的三十六计介绍到西方，用17种文字出版，不过书名不是《三十六计》而是《谋略》，成为在西方深受欢迎和畅销的一本哲学书，他也因此闻名世界。

我深为胜雅律热爱中国的传统文化而感动，更感动于他愿意做中国文化的使者把中国的《三十六计》和《红楼梦》等中国的古典著作和优秀传统文化介绍到西方世界。一来二去，我们成了笔友、忘年交。他详细介绍了痴迷中国文化和三十六计的起源。

一

胜雅律出生在瑞士威勒采尔的一个书香之家。1963年中学毕业那年，他在父母的朋友家第一次接触到了中国汉字，并且一见钟情。那年秋天，他进入苏黎世大学法律系学习，不久，又到汉语系学中文，双管齐下，同修两门专业。1971年，胜雅律通过国家律师考试，成为一名律师。但是他却没有沿着自己铺平的道路前行，为了圆他的中国梦，他来到了东方，先后在中国台湾、日本以及中国大陆留学。一次很偶然的机会使胜雅律接触到了三十六计。"台北师大国语中心的老师有一次突然跟我说'三十六计，走为上策'，于是我就问老师其他的三十五策是什么，结果老师说：'你问住了我，我也不太清楚。'当时我住在台大法学院的男生宿舍，周围都是中国同学，因此我就问他们，知不知道三十六计。过了两三天，有一个同学拿着一张纸，在纸上他自己亲手写的三十六计计名。过了几个星期，我和另外一个同学去一个书市，忽然这个同学从一个书摊拿了一本书，说：'这是关于三十六计的书，你不是对它感兴趣吗？'于是我就买下了这本书，这就是我的第一本关于三十六计的书。"胜雅律笑着回忆说。

胜雅律1975年到1977年曾在北京大学进修历史和哲学专业。他亲历了中国社会的动荡和变革。在那两年中，毛泽东主席逝世，"四人帮"被打倒，前所未有的变革正在来临。第一年，他选修的是历史系，上的第一堂课是批林批孔，分析孔子的阶级立场。他觉得很有意思，因为在瑞士苏黎世大学上课的时候，从来没有听到过阶级分析这个问题和认识社会的方法。在北京大学学习期间，他越来越认识到三十六计的重要性。他发现在报纸上和北大的大字报区，充满各种批判所谓"死不悔改走资派"的文章，但是文章里面从不提所谓"走资派"的犯法行为，批判文章没有任何法律依据。文章中充斥着"计谋"，即攻击政治对手的文章不批评对方犯法，而批评对方耍了某某计谋，或称"阴谋诡计"。1976年秋，毛主席逝世不久，他发现中国的报纸突然变了调子。《人民日报》的社论是："要搞马克思主义，不要搞修正主义；要团结，不要分裂；要光明正大，不要搞阴谋诡计。"他觉得，不好好研究三十六计，就不懂中国的社会和文化。于是，他潜心钻研，把古汉语的难关一一攻克。在北大的第二年，他选修的是哲学。作为法律专家，他想通过哲学了解中国如何运行。其间，他发表了不少文章，介绍马克思主义在中国的重要作用。回国后，他就根据多年的研究，结合西方的哲学，开始了构思《谋略》一书的框架，把三十六计作为核心故事，扩展为东方人认识世界的方法和方法论。

随着研究的深入，胜雅律开始用三十六计的眼光观察西方社会的一些现象，对西方社会现象有了更深的理解。他说："我开始认识到三十六计不光是中国的东西，它有普遍的全球性的认识价值，可以更好地认识社会与人、人与人之间的关系。因此在我写的《谋略》上册中，我选了许多西方世界的例子，将三十六计这门中国学问加以全球化。"

瑞士汉学家胜雅律先生被誉为西方智谋学的领军人物。他花了数十年的研究之后发表了第一本给西方世界介绍中国的三十六计的书。1988 年，《谋略》上册德文版在瑞士出版，一时洛阳纸贵，多次再版，并先后被译成荷兰文、意大利文、中文、英文、法文等 12 种文字，全世界发行量达到 50 万册。

胜雅律在写《谋略》上册的时候，三十六计只写了十八计，由于当时不知道读者是否欢迎，所以没写全。也算是略施小计，投石问路。看到读者已被吸引，很喜欢这本书，于是他在 2000 年又出版了《谋略》的下册。《谋略》被译成 17 种文字，全球发行量超过了百万册。2006 年 8 月，《谋略》上下两册的中文版在北京出版，回到了"三十六计"的故乡中国。

在 2014 年 9 月中旬，他和夫人来北京参加会议，我们一起参加了一个宴会。70 多岁的他，瘦高，尽管白发苍苍，但面色红润，精神矍铄。席间，他用富有磁性的男中音为大家朗读了一篇他事先写好的中文贺词，写的是中国和瑞士友好的话。他的中文发音标准，而且非常喜欢用成语。四个字的成语，在他的谈话中频繁出现。宴会后，我送给了他三本书，我的这三本英文书分别是小说 The Hell and the World、散文集 UP-Streaming、诗歌集 The Songs of Harmonization。胜雅律欣然收下，并表示带回瑞士后要好好细读。

然后我陪他们夫妇浏览北海公园，并送他们回宾馆。途中，他问我最早接触《三十六计》的时间，我告诉他："是在高中的时候。"他说："不对，那时候你们国家在批林批孔，没有印刷出版《三十六计》。只是在军队高层中有一种参考资料。"我说："您说得对，我读的就是那本竖版的蓝色封面的参考资料，一本线装书。但是当时我看不懂，都是古汉语。直到大学时学习了古汉语，才明白里面的意思。"

他笑了，点头称是。"就是那个蓝色封皮书。《孙子兵法》和古代的《三十六计》太伟大了。你们中国人是不是都喜欢计谋？"

我说："不能这样说，不是每个人都喜欢'计谋'。计谋这个词，是个贬义词。优秀的军事家和领导者讲究谋略。普通人不需要这个。坏人总用计谋。"

他说："三人行，必有我师。你的回答滴水不漏，堪为我师。"

我说："折煞我也。我至今对《三十六计》一知半解。您是我的老师，我要向您学习。"

他说："中国文化博大精深，源远流长，凡事在于谋。"

通过读他的书，我发现他的《谋略》不仅仅是介绍中国的三十六计，而是一门成体系的哲学。他是目前西方最有名的谋略学专家。中间有一个很有意思的故事是：当问到中国学生，三十六计哪一计最好啊？学生们的回答是"走为上计"。中国人认为"走为上"最符合大家的心理需求。但是德国人，就是德国总理，前总理科尔。科尔总理给胜雅律写信，表扬他这本书很好，谢谢他，中间就提到说，德国人认为哪一计最好？德国人的回答是第四计——"以逸待劳"。外国人认为"以逸待劳"是最好的一计。可见文化的冲突在这里是特别有意思的。《谋略》虽然讲的都是中国的故事，但是里面还用了大量的西方的故事，什么《格林童话》啊，什么克林顿和莱温斯基啊，什么《圣经》中的故事啊，所以是一本很好玩很好看的书。

胜雅律很幽默，称他是"来自瑞士的工农兵学员"，重视和研究中国式马克思主义的"矢志不渝者"。他喜欢中国的谚语"一年之计在于春，一天之计在于晨"，"闻鸡起舞""业精于勤"是他的座右铭。

二

　　胜雅律对文学的研究也十分深入。他的文章《对〈红楼梦〉和〈尼伯龙根之歌〉里的谋略的初步比较》十分受西方学者的推崇，其中核心观点是，中国的《红楼梦》比德国文学巅峰之作、被称为"德国民族的史诗"的《尼伯龙根之歌》要好。尽管两部书都是影响巨大的经典之作，深深影响东西方文化。

　　《尼伯龙根之歌》讲述的是隐身衣的故事，西格弗里是桑腾国王的儿子，得到尼伯龙根的宝物，其中包括一件隐身衣，穿戴它的人，可获得相当于12个男人的力量，还有一柄锋利无比的巴尔蒙剑。他用巴尔蒙剑杀死了一条毒龙，并用龙血洗浴，因此刀枪不入。他用隐身衣帮助勃艮第国王赢得勃艮第战役，用隐身衣帮助勃艮第国王娶到想娶的妻子——布伦希德。同时，他的条件是允许他娶勃艮第国王的妹妹——美丽的克琳希德。他如愿以偿。但是后来，王后布伦希德与小姑子克琳希德结下死仇。克琳希德说出了是西格弗里用隐身衣帮助勃艮第国王娶到布伦希德这一实情，让王后布伦希德非常生气、非常悲伤。王后布伦希德的贴身卫士长哈根决心为王后布伦希德复仇。但是，他没有能力打败西格弗里，就骗天真的克琳希德把西格弗里的衣衫缝上补丁，标出英雄唯一的要害，因为西格弗里在沐浴龙血时一片菩提树叶粘在后背心处，那里是他唯一可被刀枪刺破的要害。哈根跟随西格弗里到森林狩猎，当西格弗里俯身小溪喝水时，哈根用长矛从后背心处刺死了英雄西格弗里。第二天克琳希德在屋前发现了丈夫的尸体，后来得知凶手是哈根，追悔莫及。她守丧多年后，嫁给了匈奴国王艾柴尔，并请求兄弟带兵攻打勃艮第。但是哈根富于谋略，警告匈奴兵不要轻举妄动，并派出3000名武士前去挫败克琳希德的计划。就这样3000名武士出发了，被称为"伯尼龙人"。克琳希德并没有做到笑里藏刀，冷淡接待家乡的"客人"，暗地里残酷的大屠杀开始了，匈奴兵屠杀了3000名伯尼龙人，挥师剑指勃艮第，只有哈根逃脱了。但是，克琳希德带人紧追不舍，最后用西格弗里的巴尔蒙宝剑砍下哈根的首级。然而，匈奴国王艾柴尔的老将震惊于眼前所见，认为克琳希德是杀人嗜血的邪恶之人，特别是她为一己私仇，害得两国损失了数万将士的生命，于是将美丽的克琳希德斩首。《尼伯龙根之歌》的结尾："这篇故事就此告终，这就是尼伯龙根族的惨史。"

胜雅律认为，《红楼梦》在文学造诣方面更胜一筹。他认为书中成功塑造的王熙凤足智多谋，王熙凤迫使贾宝玉成婚，用的是"偷梁换柱"之调包计。而偷梁换柱之计是三十六计中的第二十五计。贾宝玉由于癫疯，没有察觉，成为王熙凤谋略之下的无助受害者。但是聪明反被聪明误，王熙凤虽然在许多地方用智谋占尽了便宜，但是最终"反误了卿卿性命"。

胜雅律认为，《尼伯龙根之歌》中的主人公西格弗里穿隐身衣，用的计谋是"瞒天过海"，赢得了艰险的勃艮第之战，并赢得爱情。但是他对美丽的妻子克琳希德和盘托出一切秘密，包括自己唯一的要害。而美丽的克琳希德也是头脑简单之人，不经意间，向哈根透露了丈夫要害的秘密，使哈根得以在激烈的肉搏战中战胜了无敌的西格弗里。克琳希德缺少谋略，"笑里藏刀"之计运用不成功，由于锋芒毕露，"打草惊蛇"，使勃艮第保持了戒备。她不得不使用"调虎离山"之计，把哈根从其他勃艮第人中孤立出来，她的报仇计划才得以实现。但是她不像王熙凤那样有"奇谋"，导致了可怕的大屠杀，4万匈奴兵战死，才杀了数千勃艮第人，孤立了哈根，才战胜了哈根。她是通过一系列残忍行径才达到目的，所以也为自己被砍头埋下伏笔。

冤冤相报何时了，这是《尼伯龙根之歌》主题上的先天不足，缺乏智谋，导致人物不够丰满。而《红楼梦》人物丰满，王熙凤用计谋，屡屡得逞，使小说跌宕起伏，人物性格鲜明，栩栩如生，呼之欲出。

胜雅律的结论是："《红楼梦》与《尼伯龙根之歌》的对比显示出中国与德国文学作品在谋略能力与谋略意识上的巨大差别。《尼伯龙根之歌》如此缺乏智慧与机敏，却在德国一段时期享有如此的盛誉，甚至成为'德国民族史诗'，这令人困惑不解。"他甚至直言不讳，"在我看来，21世纪里的《尼伯龙根之歌》只能作为负面教材，戏剧性地体现出复杂的人际关系中缺乏谋略的可怕后果"。

小说…

— 31 —

随风而去

一

在北京城灵境胡同，坐落着一处三进的四合院，高高的门楼前，左右各有一只石头雕刻的狮子，可见是非富即贵的人家。但不知从何时起，那个大院的主人不在了，而接替者是一户军队的干部家属。"庭院深深深几许"，一般人从没有进去过。而有个小屁孩，却进去好几回，这个小屁孩，名叫赵长盛，是1960年出生的，在家排行老三，他上面有一个哥哥和一个姐姐。

赵长盛生来就是个情种，在3岁时就喜欢上了刘家大院的女孩子刘燕。或者说，暗恋上人家了，可人家对他却没这份情愫。刘燕就是那个军人家属的孩子，住在非富即贵的三进的四合院，离赵家只隔一个门楼。但是刘家的门楼可比赵家的门楼高，独门独户，不像赵家住的是大杂院。

赵长盛第一次走进高门楼"庭院深深深几许"的刘家大院，是三年自然灾害时期，那时，赵长盛才3岁多，他是闻到一股诱人的炖肉的香味，听到唢呐钹镲等乐器的演奏声，想进去看看热闹。"刘家的男人死了，办丧事呢，你到刘家看看，顺便给她们5块钱，就说你妈妈病重，来不了，你代表赵家表示哀悼。"赵长盛的妈妈艾梅这样嘱咐着自己的儿子。赵长盛的妈妈艾梅一直身体弱，长年不出门。邻居家出事了，街坊一定要前去吊唁的，这是北京人的常情。赵长盛机灵聪明，不认生，妈妈就把他当大人使唤。

刘家大院是灵境胡同最深的大宅院，院墙有一丈多高。平时，高门楼紧闭着，而这天，厚重的对开木门敞开着，门楼上挂满了白布挽成的花。赵长盛怯生生地走了进去，在一进院的左手月亮门内，看见了在庭院里用两条长凳支着的柏木棺材。做白事的人正在把刘家男人入殓。赵长盛看到这个直挺挺的男人穿着军装，有鲜红领章，帽子上有红五角星。男人们把他抬进了棺材。有不少邻居在帮忙，从他们的议论中，赵长盛得知，刘家的男人原来是个军械所的所长，在自然灾害中，大家吃不饱，就组织了几个人开着吉普车到内蒙古用枪打黄羊。就在他们打得兴高采烈的时候，另一拨打黄羊的，用流弹射穿了刘所长的脑袋。他是和几头黄羊尸体一块运回北京城的。刘家厨房里煮着黄羊肉，肉香就是从那里来的。

刘所长的媳妇 40 岁左右，穿着黑纱，带领刘家 7 个闺女跪在棺材前，不过，她们似乎眼泪已经哭干。当赵长盛把 5 块钱递了过去，但是叙述不全妈妈教给他的话，只说了句，"我是赵家的，妈妈让我给你钱"。当时的 5 元钱，非常值钱，那时人民币最大的面额是 10 元，其次是 5 元。按当时的物价，猪肉六角六分一市斤，5 元可以买近 8 斤肉。带鱼二角二分一斤，5 元可以买 20 多斤。当然，必须凭票和购物证。短缺经济时代，即使有钱没有票证也买不来任何吃的和穿的。

刘妈妈接过钱，感动得哭了，连声说："谢谢，谢谢赵家，谢谢你妈妈。"

棺材盖儿被盖上了，还钉上了长钉子。该起灵了，主持白事的人问："刘家的，谁摔盆啊？通常应该是个小子，你家一水七千金，挑一个摔盆吧！"

刘妈妈不假思索，指着五岁的闺女："四丫头刘燕，你摔盆，你爸最疼你！"

排行老四的刘燕，是 7 个闺女中长得最漂亮的，像个洋娃娃，娇小玲珑。她小心翼翼地用双手捧起了盆，摔了一下，那个盆居然完好地落在地上。

"这不行，不吉利，要摔碎，还要大声哭，让你爸爸一路走好！"主持白事的人这样训斥着刘燕。

忐忑不安的刘燕又摔了一下，瓦盆居然还没有碎。

"刘所长是不甘心没儿子，不愿意走。哪个邻居的男孩子代摔一下吧。"主事的人说。

在这个院子里只有赵长盛是个男孩，可是他不愿意摔那个盆。刘妈妈走了过来，蹲在赵长盛面前，委婉地说："孩子，帮个忙，把盆摔了，给你肉吃，一大块肉，你可以带回家跟你妈妈一起吃。"

一听说有肉吃，赵长盛睁大了两只乌黑的大眼睛，鼓起勇气说："我和刘燕姐姐一起摔。"于是，他和刘燕用双手抬着盆，高举过头顶，然后狠狠地摔在地上。盆碎了，刘燕和赵长盛都吓得哇哇大哭起来。

"这个好，要的就是这个动静！"主事的人说，"起灵！刘所长一路走好！"

唢呐响了起来，十分嘹亮，确切说是"震耳欲聋"。送灵的队伍出发了。一路上撒了不少纸钱。

这天，赵长盛得到一大块黄羊肉，他高兴地拿回了家。不过，让他回味不已的，不仅是肉的酱香，还有洋娃娃刘燕的美丽。赵长盛的妈妈知道后说："你给刘家摔了盆，就是刘家的半个儿了。长大了刘燕要嫁给你，给你做媳妇。"

"什么是媳妇？"赵长盛不解地问。

"你忘了妈妈教给你的那首歌谣了吗？'小小子儿，坐门墩儿，哭哭啼啼要媳妇。要媳妇做什么，点灯说话儿，熄灯做伴儿！'"

"噢，原来是这样。"赵长盛说。

二

之后，赵长盛常约刘燕出来玩，在胡同里玩捉迷藏，玩过家家。赵长盛扮演丈夫，刘燕扮演妻子，抱着一个穿裙子的布娃娃，是他们的孩子。他们给孩子起的名字叫赵燕，取了赵姓和刘燕的燕字。开始，俩人都喜欢这个游戏，非常有意思。还模仿大人，刘燕说，"我做好饭了，炒了一盘鸡蛋西红柿，老公你尝尝好吃吗？"赵长盛假装接过来一盘菜，吃在嘴里，假装嚼了嚼，然后咽下，说："老婆，真好吃，你也吃，喂你一勺。"然后用小手当勺，递过去，刘燕假装吃，吧唧嘴。吃完饭，该睡觉了。赵长盛说，"我们睡觉吧！"于是，在一个硬纸壳搭建的床上，俩人躺在一起，抱着娃娃，闭眼睡觉。赵长盛最享受的就是这一时刻，和刘燕挨得那么紧。刘燕闭上长睫毛的眼睛，呼吸均匀。而赵长盛根本就不闭眼，偷偷地欣赏刘燕的睡姿。逐渐地，刘燕厌倦了这个游戏，特别是她发现赵长盛根本不睡觉，而是睁着眼睛看她，就说："下次不玩了，你总是作弊！"

　　为了把刘燕吸引出来，赵长盛挖空心思，增加了许多新游戏内容，如跳房子、踢毽子、抓子、弹玻璃球、拍烟盒。把香烟的软包装纸盒叠成三角形，用手拍石板，掀起的空气流把三角纸烟盒掀翻者为赢。而大中华和大前门香烟的纸盒最值钱，比其他品牌的烟盒价值高，谁赢的大中华和大前门烟盒最多，谁最牛。玩这个游戏，赵长盛总是赢。刘燕厌倦了，就不再玩了。赵长盛就又找到新的玩具，那就是羊拐。赵长盛的妈妈艾梅身体不好，爸爸赵万刚就经常买羊骨头。而羊腿关节处一块小的长方形骨头，成为儿童们最喜欢的游戏道具，他们俩最喜欢的游戏是抓羊拐，也就是羊的这块长方形的关节骨头。游戏道具一般由羊拐加上一个用布头缝制的四方的小沙包组成。玩的时候，把沙包抛起来，然后，用手抓下面的羊拐，一边抓，一边唱："一抓一，老鹰抓到小公鸡。二抓二，姥姥给妞妞梳小辫。三抓三，皮鞭抽打大汉奸。四抓四，四个小孩写大字。五抓五，五个小孩吃红薯。"而抓三个以上羊拐的时候，需要把羊拐侧立起来，这样沙包抛起来，手可以多抓羊拐。然后还必须接到沙包。而玩这个游戏，刘燕赢的机会多，于是，这个游戏成为刘燕的最爱。但是，总是输的赵长盛逐渐对这个游戏厌倦了。刘燕为了吸引住赵长盛和她玩这个游戏，她就和赵长盛打赌，如果赵长盛能从一抓到五，没有抓错，没有接不住沙包，刘燕就亲他的嘴唇作为奖赏。这个奖赏，极大地刺激了赵长盛的兴趣，他试了几次都失败了，但是他屡败屡战，终于闯过了五关。刘燕也实现自己的承诺，两人嘴对嘴地亲吻了一下。不过刘燕马上后悔了，说："你吃韭菜了吧？你下次刷了牙再跟我玩这个游戏。不刷牙，臭烘烘的，别想再跟我接吻。"

那天赵长盛的确午饭吃的是炒韭菜。他很羞愧，然后他的第一次刷牙，就是从这个游戏后开始的。他向妈妈艾梅要钱买牙膏，买牙刷，刷得满嘴是泡沫。不过，刷完牙后，嘴巴顿时清爽，口气清新。但是，刘燕还是不跟他玩了，她说："我姐姐告诉我，和男孩子接吻，必须是爱人。你这个小屁孩，不是我的爱人。不接吻了。不管你刷没刷牙！"

三

赵长盛第二次走进刘家大院，是在"文革"时期。新疆生产建设兵团的文工团演员来街道慰问演出，并住在刘家大院，因为刘家大院房子多，宽敞。文工团中有一个叫买买提的小伙子，跳舞跳得非常好，可以连续翻跟头，前后空翻，特别是他穿着长筒皮靴子，表演连续高空踢腿动作，难度很大，是文工团中的压轴大戏。刘家的大女儿看上了这个小伙子，要和他谈对象。而买买提也非常喜欢美丽的刘家大女儿，就带来了新疆的葡萄干、马奶酒和奶酪，作为见面礼，上门拜见刘妈妈，并求婚。这个喜讯传来，邻居们都来凑热闹，或"凑份子"。

赵长盛又带着妈妈给的5块钱，代表赵家来贺喜。刘燕很高兴，把赵长盛领进内院。此时赵长盛读小学二年级，刘燕读四年级。他们上下学经常一起回家，因此彼此很熟悉。赵长盛第一次尝到了新疆的葡萄干、马奶酒和奶酪，觉得那是天下最美、最甜的食物。

买买提长得英俊潇洒，高鼻梁、大眼睛、深眼窝，亚麻色的头发很浓密，身高在一米七八左右，肩头和胳膊的肌肉浑圆，充满了力量。不过买买提不是纯种维吾尔族青年，而是有二分之一维吾尔族血统。尽管刘家的闺女都喜欢这个帅哥，但是刘妈妈对这门婚事似乎并不满意，怕女儿跟着不熟悉的小伙子到新疆去要吃亏，所以，她摇了摇头，没有答应。

赵长盛是看着买买提气呼呼地走了。结果，不到半个时辰，买买提在给某机关干部群众表演时，动作变形，一头从舞台上栽了下来，脑袋着地，脖子戳折了，当时就不省人事了。送到医院，人已经死亡。文工团的人来报丧，说尸体要运回新疆去，但是把买买提的一双长筒皮靴留给刘家的大女儿做个念想。刘家的大女儿顿时号啕大哭。她把委屈全部发泄出来，痛哭流涕，发誓和母亲断绝关系，一个人搬到单位宿舍去住了。

"你不是我妈，你不配当妈。你克夫，克死了我爸爸，你是个刽子手，是你杀死了买买提，多帅的一个活生生的小伙子，就因为你一句话，他赌气走了，摔死了。这个账，跟你没完！我永远不认你这个妈！"这是刘燕的姐姐临走前留下的话。

刘燕一家陷入了悲哀。刘妈妈成为这场悲剧的直接缔造者。她追悔莫及，只能以泪洗面。

如何处理这双长筒靴，成为全家人的难题。如果交给刘燕的大姐，又怕勾起她伤心。留在家里，全家人看着别扭，丧气。一家人互相观望着这双靴子，不知所措。

刘燕对赵长盛说："长盛弟弟，帮姐一个忙，把这双长筒皮靴埋了，让大姐安心。"

赵长盛巴不得能为刘燕做点什么，就点头同意，然后，他们拿着铁锹，拿着靴子，向城外走去。这也是赵长盛第一次出远门，走了不知道有多久，只记得出了西直门，过了护城河，来到郊外动物园北边的一块僻静的荒凉之地。四周树木参天，有一条河，蜿蜒从紫竹院公园流过来，沿着动物园外墙，转了九道弯向东流去,穿过高粱桥流入二环护城河。而这条河北岸大多是荒地,荒地北面有菜地,菜地连着垃圾场,垃圾场东面是一片坟地。可见这片长满了一人多高蒿子草的荒地是多么僻静荒凉,阴森森的。刘燕说:"就埋在这儿吧。"

他们挖开蒿子草,挖出一个坑,把那双皮靴掩埋了,小坟头上用一束树枝顶个破草帽,做了标记,以便让刘家大姐有空来烧纸扫墓。

那是个盛夏天,刘燕和赵长盛满身是汗,满身是土。刘燕看看四周没有人,这里很隐蔽、很幽静,只有静静流淌的清凉河水。她说:"我们游泳吧!把身体洗干净,把湿衣服洗净,晒干,然后再回家。"说完,她把自己脱个溜光,在河水里洗衣服,拧干后把衣服晒在蒿草上。她叫赵长盛也脱光,洗被汗水和泥土弄脏的衣服。

赵长盛开始有些不好意思,但是清凉的河水,的确很诱人,再加上水里有一个全裸的少女。他跃跃欲试,脱光了,把衣服在水里揉了揉,然后拧干,也晒在蒿草上。接着,他向河中间的刘燕游过去。可是,他的游泳技术不佳,扑腾两下,就呛水,咳嗽起来。

刘燕笑着说:"瞧你那点出息,还没到河中间呢,就呛水了,真不像个男孩子。"

赵长盛惭愧地说:"我真不会游泳,骗你是小狗!"

刘燕用手把水撩到赵长盛的脸上说:"你这个小狗,狗都会狗刨,你连狗都不如!"于是,她给他示范如何游泳,蛙泳和狗刨。在刘燕的教导下,赵长盛居然可以在水中浮起来,用的姿势就是狗刨!

刘燕和赵长盛都还没有发育好,但两个人彼此看得清楚彼此的身体,好奇心得到了满足。刘燕最喜欢赵长盛上臂,攥起拳头后上臂的肉可以隆起一个小疙瘩。可是刘燕无论怎么攥拳头用力气,上臂的肉都是平的。而赵长盛最喜欢刘燕白皙细长的脖子,像白天鹅一样,姿态优美地向上挺着,让他陶醉。他说:"你真像一只白天鹅。"刘燕笑着说:"你真像一只癞蛤蟆!"说完咯咯笑起来。

两人打水仗，互相撩水，十分开心。两人在水里游了一个多小时，然后上岸，衣服已经晒干了。他们穿好衣服回家了。

刘燕的大姐在二商局工作，是个售货员。不过，刘燕的大姐，根本没有心情去那个靴子塚去吊唁她的帅哥，她根本不回家，也不认刘燕这个妹妹，声称和这个家里的人再没有关系了，一刀两断。陪着刘燕的赵长盛看到刘燕在大姐宿舍门前哭了，就隔着门对刘燕的大姐说："大姐，不管你认不认刘燕，她都是你妹妹，永远是你妹妹。她为了你，把那双靴子埋了。怕你天天想那个大哥哥，把身体哭坏了。你不想去烧纸，也就算了，反正已经埋了！"

"埋哪儿了？"刘燕的大姐开了门问，她的眼睛哭得都红肿了。

"在动物园后身，河岸的北边一片荒地，我们做了标记。一根树枝上顶着个破草帽。"赵长盛说。

刘燕的大姐把赵长盛搂在怀里，亲了他的脸蛋说："真是个好孩子！你要是再大五六岁，一定也是个帅哥，一定会招女孩子喜欢！好了，你陪我妹妹回家吧，别让我妈妈担心。这个家就缺男人！"

四

赵长盛第三次来到刘家大院，是因为刘家又有了喜事，二闺女、三闺女要到黑龙江生产建设兵团去插队，而五闺女、六闺女和七闺女同时考上了一家电影厂的小演员。刘家的闺女漂亮，当然，就成为人见人爱的宠儿。

赵长盛帮助刘燕给两个姐姐捆行李，也帮助三个妹妹收拾行装。赵长盛非常好奇她们是怎么考上演员的，结果这三个小姐妹根本不告诉赵长盛实话，因为她们从骨子里看不起这个出身于普通警察家庭的小屁孩。

只有刘燕对赵长盛很热情，告诉他两个姐姐要去的地方是黑黝黝的肥沃土地，种满了大豆、高粱和土豆。赵长盛问刘燕："你为什么不考演员？凭你的条件比你三个妹妹都强。"

刘燕说:"家里总要留一个人陪着妈妈,如果都走了,妈妈太孤单了,她会疯掉的。"

直到这时赵长盛才发现刘燕富有同情心,是妈妈的好孩子,只有她最惦记妈妈,最会照料妈妈。

俗话说:"福兮祸所伏,祸不单行。"三个月后刘燕的二姐三姐在黑龙江生产建设兵团扑灭野火中被烧死了,当时的报纸把烧死的22个知识青年称为英雄。而到20年后,当地人告诉前来采访的记者,那是知识青年无知造成的悲剧。草场着火,用不着扑救,也救不了,最好的办法就是让它烧。被火烧过的草场,次年就可以生长出更茂盛的草来。"野火烧不尽,春风吹又生。"说的就是这个道理。而当时这几个知识青年不懂,迎着火头去扑火,扑不灭时,顺着风逃跑,结果被活活烧死。屋漏偏遭连夜雨,而另一个倒霉的事是在那个时候刘家最小的妹妹在演一部电影时,也不小心受了伤,一条腿折了。

刘家再次陷入空前的悲哀。怎么倒霉事总是找上刘家人?刘妈妈真的疯了,时好时坏。好的时候,还能到鞋厂上班,可是一犯了病,就摔东西,刘家的盆碗已经没有完整的了。每当刘妈妈发疯的时候,刘燕就找到赵长盛去帮助买药,白塔寺的同仁堂药店是赵长盛常去的地方,那服中药的药方赵长盛几乎都能背下来。

赵长盛成为刘燕家的常客,他看到刘燕点煤球炉子冒黑烟,脸都熏黑了,炉子也没点着。于是,他走过来说:"我来帮你点煤球炉子,这个我比较拿手。"他知道妈妈都是用废纸先把细细的木柴点燃,然后放在炉子中,再放粗柴。火苗着上来再放煤球,然后用烟囱拔黑烟、拔火苗。于是,他也这样做,果然效果比刘燕做得好。炉子烧着了,煤球冒出了蓝火苗,可以做饭了。刘燕煮面条,面条熟了,先给刘妈妈盛了一碗。刘妈妈说:"怎么没有卤?这怎么吃?"

赵长盛想到自己家里有芝麻酱,就说:"有芝麻酱,阿姨,您等等,我给您去拿。"说完,他跑回家,拿了半瓶芝麻酱,向外跑。

妈妈艾梅问:"拿芝麻酱干吗?"

赵长盛说:"给刘燕她妈妈吃,她妈妈病了,想吃芝麻酱!"

艾梅说:"你才多大呀,就知道孝敬丈母娘了?"

赵长盛没有回答,知道丈母娘是岳母的意思,他高兴地跑到刘燕家,把芝麻酱递给了刘燕,说:"你放点水和盐,搅动稀了,拌面条最好吃。"

刘燕的妈妈吃了芝麻酱拌面,很满足说:"这才对味!刘燕,给你小丈夫也盛一碗!他这孩子不错!"

赵长盛没有吃,向刘燕摆摆手说:"我吃过了,你吃吧,还有你和你妹妹都没吃呢。我回家了。"

"小丈夫"这个称呼,让赵长盛感觉到温暖。刘燕将来一定是自己的媳妇!赵长盛一边走,一边想。他想起妈妈教给他的歌谣:"小小子,坐门墩儿,哭哭啼啼要媳妇,要媳妇做什么,点灯说话儿,熄灯做伴儿"他心里很美,跳着蹦着走了。

五

刘燕不仅能照顾妈妈,在学校表现得也非常出色。由于她长得非常像洋娃娃,长长的睫毛,弯弯的眉毛,大大的眼睛,圆圆的脸盘,聪明伶俐,能歌善舞,是个人见人爱的"芭比娃娃"。因此,她一进入小学,就成为学校的校花、班干部,校歌舞团的骨干。她比赵长盛高两年级。他记得刚跨入小学没多久,就开始"文化大革命"了。学校不能正常上课了,刘燕就在老师的鼓励下,组织成立了"毛泽东思想宣传队"。她成为队长,并在全校范围内挑选演员。赵长盛那时童音嘹亮,人长得挺招人喜欢,所以,很荣幸,被她挑上了。接着,他们就在她的指挥下,排练节目。宣传队有20人,12个女生、8个男生。排练的节目有男女声大合唱、女声小合唱、男声小合唱、男女二重唱、男女四重唱、男生独唱、女声独唱、舞蹈、快板、双簧、乐器独奏等，其中压轴的节目是歌舞《长征》，他们穿着红军服装，背着木质的大刀和枪支，表现红军爬雪山、过草地、强渡大渡河的情景。舞蹈难度系数很高，女生在结束时要大劈叉，即两条腿要平直地在地上摆成前后一百八十度的造型，上身挺直，一只手向前伸直，另一只手向上高举，表现女战士勇往直前的大无畏革命气概。男生叠成罗汉，最上面的男生举着红旗。那造型，有一种气壮山河的气势。而这些节目的设计，都是刘燕请教了少年宫的老师后，创造出来的。她不仅是歌舞的设计者，还是领舞和领唱，是宣传队的灵魂。

宣传队成立后，先给全校师生做了首场汇报演出，没想到一炮打响，获得空前成功，受到全校师生的热烈欢迎和称赞。接着，他们就到附近的机关、学校、工厂、车间、街道给叔叔阿姨们演出。无论他们走到哪里，都会受到热烈欢迎。这支由童男童女组成的毛泽东思想宣传队，名声大振，不少远处的机关、学校、工厂、街道甚至农村生产队，都邀请他们去演出。还给部队演出过，他们最喜欢到部队去，因为他们会开来大汽车接送，他们送给宣传队的锦旗也最大，非常惹眼，挂在学校的教室墙壁上，非常气派。学校也专门腾出一间教室，悬挂各单位送给这支宣传队的奖状、锦旗和毛主席像、雕塑、红宝书等纪念品。这些功劳，都与刘燕分不开。

他们学校在官园附近，所以，还经常接到去欢迎党和国家首长以及外宾的政治任务。刘燕理所当然地成为领舞者和向党和国家首长、外国元首献花者。新闻纪录电影制片厂和中央电视台在拍摄领导人和外国元首游览官园的时候，也把他们的欢迎仪式拍摄了下来，不过这些男生女生们在里边只是全景，一晃而过，但是刘燕却有大特写，或是她领舞优美的姿态，或是她向首长和外宾献花的特写，长达好几秒。赵长盛记得她曾向周总理、铁托、齐奥赛斯库、菲律宾总统马科斯夫人、陈永贵等献过花和致少先队队礼。罗马尼亚、朝鲜、阿尔巴尼亚等代表团还主动与她合过影。因此，刘燕早早就成了明星、明珠和学校的骄傲，北京市少年的优秀典型。

刘燕是学生心中的女神。这个女神对赵长盛很好，也很严厉。刚排练舞蹈时，赵长盛总是东张西望，不够专注。她就过来踢一脚，或拧他的耳朵，甚至揪住他的衣服领子，让他专心排练。甚至手把手地教他怎样摆造型，怎样跟上节拍，直到他完全掌握了要领为止。赵长盛敬重她，也非常喜欢她。还记得有一次，她为保护赵长盛，与地痞流氓搏斗。那一次是毛主席最高指示下来，宣传队敲锣打鼓去宣传喜讯，可是半路上遇到了几个流氓地痞，冲击他们的队伍，特别是发现队伍中只有几个男生，而且还都是小毛孩，因此，他们就把赵长盛围住了，打他。这时，刘燕领着几个女生冲进了包围圈，把赵长盛保护起来，怒斥这些坏蛋。并警告他们再捣乱，就找警察来。那几个家伙，还不甘心，动手动脚。刘燕一方面抵抗，另一方面大声呼唤同学救援，并派人去报警。所有宣传队的队员在刘燕的带领下殊死抵抗。那几个流氓只好悻悻地败阵而逃。

"你怎么样？没事吧？"她关切地问赵长盛。

"没事，谢谢你。要不是你保护我，今天肯定要出人命。"赵长盛擦着鼻子上的血。

"啊，流血了？给，这是我的手绢，堵在鼻子上。"她递给赵长盛一块干净的丝绵素花手绢。

赵长盛知道，手绢是女孩子最心爱的东西，轻易不会给别人用的。他连忙说："不用了，没事的，已经不流血了。"把手绢还给了她。不过那手绢柔软的质感给赵长盛留下深刻印象。她的爱心，让赵长盛感动不已。

六

后来，赵长盛家因为妈妈艾梅的成分不好，跟着妈妈艾梅下放到了农村。他离开了宣传队，临别时，刘燕送给赵长盛一个笔记本。赵长盛一直珍藏着，舍不得使用。后来，农村物质缺乏，特别是纸张缺乏，赵长盛又爱写东西，很快把城里带来的笔记本都用光了。用她给他的笔记本，写出了习作《饲养员彭大爷》发表在《北京少年》杂志上，这是赵长盛第一篇变成铅字的稿子。后来，赵长盛还和山村几个少年扑灭了一场山火，保护了国家的山林，事迹被登在《北京日报》上，记得标题是"八少年奋战山火"。刘燕知道了，非常高兴，在原来的学校广泛传播，弄得尽人皆知。

赵长盛返城了。他先拜访了邻居刘家大院，刘燕看到赵长盛后，非常兴奋，拉着赵长盛的手，让他到她家吃饭，然后在她的闺房中，让他讲在山里所经历的一切。赵长盛也非常兴奋，想知道这么多年，这位女神、这位明珠有哪些不寻常的经历。刘燕出落得更加漂亮，可以说已经成为绝代美人了，"沉鱼落雁，闭月羞花"。他们忘记了时间，赵长盛和她促膝畅谈了一夜，当然是在她妈妈的监督下。她的妈妈几次欲言又止，见他们谈得这么开心，也陪他们坐了一夜。直到感觉饿了，他和她才发觉已经是第二天的早上了。赵长盛怀着激动而幸福的心情，告别了她和她的母亲以及刘家大院。

赵长盛的家随着爸爸赵万刚的工作调动被安置在海淀区了，平时联络不方便，就和刘燕有了通信来往。在信上，无非是写一些革命文化的见闻和心得。但是有一天，赵长盛接到了她的最后一封信。她说："现在有些同学非常敏感，见到我接到你的信，就造谣说我在谈恋爱，甚至老师和同学都用异样的眼光看我。我真受不了这样的压力！我们今后不要再通信了！唉，人要是不长大该多好！"

"是啊，人要是不长大该多好！"赵长盛仰天长叹！久久不能除去心中的块垒……

后来，他们断了联系。即使偶尔走在路上碰上了，只要她身旁有别的同伴，他们就装作不认识，擦肩而过，连招呼都不打。

再后来，听说她嫁给了一位英俊的海军军官……

事情的转机则发生在数年后。那一年，一位海军飞行员驾驶一架飞机叛逃到了台湾。赵长盛在报纸上读到这条消息，义愤填膺。"呸，这个叛逃者，实在该千刀万剐！海军居然也出这样的败类！"

但是，令他没有想到的是，那个叛逃者竟然是刘燕的丈夫。

刘燕那时已经生了一个女儿。她发现丈夫骆汉城有了外遇，就像晴天霹雳！刘燕感觉天塌下来了。她从怀孕到生孩子，有一年多没有和丈夫同床，她以为帅气的丈夫对自己恩爱，但是，殊不知，这个从未受过委屈、一帆风顺长大的男人，性欲比"狼叼羊、火上房"还要着急，背着老婆去拈花惹草。结果被当地一个有妇之夫发现，两人扭打起来。当过兵的骆汉城拳脚厉害，把人打伤。那个瘸着一条腿的男人，找到了刘燕，告诉她她的丈夫偷自己的老婆。刘燕又羞又恼，跑到丈夫所在的舰队政治部哭闹，要求政委处分搞婚外情的丈夫骆汉城。舰队政委连哄带安慰，说绝不姑息，一定要让破坏婚姻法的出轨者受到惩罚。

一帆风顺的骆汉城发现偷情的事败露，特别是政委要给他处分，他的大好前程眼看毁于一旦。"小头痛快了，大头就不痛快。"这是政委对他说的话，说他千不该，万不该，栽在裤裆那点事上。本来准备提升一级，名单已经上报，现在不仅不提升，还要追加降职处分。想不开的骆汉城一时恼羞成怒，驾机叛逃了。但是，江山易改，本性难移。在台北，他很快伙同另外一拨从大陆劫持民航飞机叛逃到台湾的人，干起了绑票生意，拿不到赎金，就撕票。作案多起。后来，被台湾警方抓获，经法庭审理，证据确凿，伤天害理，罪大恶极，这一伙人都被判处无期徒刑。但是，在狱中，骆汉城又和同室的狱友打起架来。会拳脚的骆汉城开始占了便宜，后来半夜，趁他熟睡，狱友把他掐死了。

万念俱灰的刘燕，接到了台湾的信，询问她是否接纳丈夫骆汉城的骨灰。此时，大陆和台湾已经恢复了"三通"。刘燕拿不定主意，想到了在电视台工作的"发小"赵长盛，就主动联系了他。

"你还好吗？"见到了多年不见的赵长盛，刘燕主动发问。

赵长盛发现自己少年时的初恋情人刘燕，已经变成了成熟的少妇，更加有女人味，只不过满脸悲伤，穿着黑色衣裙，戴着黑纱，楚楚动人。丈夫的叛逃，给她带来空前的耻辱，无脸见人，而丈夫死了，她似乎应高兴才对，但是"一日夫妻百日恩"，她有责任和义务处理这些烂摊子的后事。无论如何，她名义上还是骆汉城的妻子。

"还好，你好吗？"赵长盛关切地问。此时的赵长盛已经娶了大学的同学，一位在广播电台工作的编辑。

"不好，我找你，是想咨询一下，怎么处理我那个死鬼的骨灰！"刘燕哭了，哭得伤心欲绝，她抽泣着把事情的来龙去脉，一五一十地告诉了赵长盛。

赵长盛大吃一惊，但是，很快就厘清了思路。"应该去台湾，把他的骨灰弄回来！俗话说，落叶归根。"

刘燕还在犹豫不决。这个丈夫，除了偷人，还叛逃，是个极不靠谱的男人，自己和女儿被他抛弃，还要处理他的后事。她说："就让他客死在那里吧，死无葬身之地才解我心头之恨！"

赵长盛说："你说的是气话。真是这样的话，你也不会来找我商量这个事。这样吧，我陪你去台湾，把他的骨灰接回大陆，让他魂归故里。"

刘燕感动得不知道说什么好。

就这样，赵长盛陪刘燕去了台湾，并把那个死鬼的骨灰安葬在京郊的福田公墓。

刘燕领着小女儿在墓地祭扫。赵长盛在墓前行注目礼。

阳光灿烂，墓地静谧。

刘燕给了赵长盛一个温情的拥抱，许多含义都在里面。她知道，说也说不清楚……

— 32 —

太阳给我一把金锁

一

50岁的"炸糕李"瞅见一辆挂日本旗子的黑色轿车把儿子撞飞,路边摊锅中的热油飞出一道抛物线,遇到明火,燃烧起来,没气的儿子,被烧成黑老鸹,他呆若木鸡。

60岁的他,瞅见一辆国军的大卡车把媳妇和儿媳妇撞飞,刚用半麻袋金圆券换来的二斤棒子面撒了一地,他吓得尿了裤子,一屁股瘫坐在马路牙子上。

80岁的他,正守着油锅做炸糕卖,却被红卫兵押到高台上,脖子上挂一块牌子"狗奴才"。批斗他的理由是:"你是封建反动头目慈禧的狗奴才,奴颜媚骨,专门给她做好吃的炸糕,竭尽款曲逢迎之能事,让她五迷三道,签了卖国条约,丧权辱国!"

瘦高、驼背、满脸褶子的他,听了这狗屁不通的话,哈哈大笑:"我若有这么能干儿,这么幺蛾子,一准不让老佛爷签卖国条约,肯定让她赏我一座金山,我就甭遭烟熏火燎油烫这份罪了!"台下的群众也哄然大笑,笑得那群愣头青灰溜溜地走了。

老爷子扯下"狗奴才"的牌子,还大笑不止,笑得抽搐了,众人连忙七手八脚地抬他回家，他只剩下一口气，向孙女小翠儿比画两横一竖勾，就过去了。他临终要表达啥里格儿楞？没人明白，小翠儿更"弄不机密"。

"炸糕李"，本名李振锋，有一手绝活，他的炸糕，皮薄馅大、外酥里嫩、香甜可口，慈禧老佛爷享用后很满意，从此以后每天要吃一盘"炸糕李"的炸糕。于是，京西"炸糕李"的名声传遍四方。中华人民共和国成立后，可以顺当做小生意了，"炸糕李"却年事已高，将手艺传给了孙女，有意招个上门孙女婿。可惜没等到这一天。

听说"炸糕李"过世了，附近群众纷纷来吊唁。有的捐钱，有的捐装裹衣服，有的捐棺材。出殡那天，送行的队伍长达一里地，大有庄的、骚子营的、清河的、青龙桥的、香山的、西苑的、海淀的，甚至城里的，爱吃老爷子的炸糕、喜欢老爷子的为人的人，都来送行。

孙女小翠儿，学名李翠翠，其实是"炸糕李"从乱葬岗子捡来的。"炸糕李"路过圆明园西墙外坟地，听见一只狗汪汪叫，用舌头舔着一个啼哭女婴的脸，于是，连同那条流浪狗，弄回了家。给孩子取名李翠翠，流浪狗也有了名字"命舔"。"命舔"活了近十岁老死了，而小翠儿长到十多岁后，出落得闭月羞花，柳叶眉、杏核眼、肤色瓷白、齿如珠贝、樱桃小口，身材婀娜，小巧玲珑，是一位精致的小美人。和马家三儿子马刚同龄，俩人青梅竹马，两小无猜，上学同在一个班。初中毕业了，俩人早就好得分不开了。"夜盥银河摘星斗，朝探碧落弄云烟。"马刚把不知道从哪里抄来的一句诗念给小翠儿听，说："你想要什么，我都给你，只要你嫁给我！""别吹牛，摘星星，摘月亮，你干不来。还不如到我家倒插门，帮我爷爷做炸糕！"

他们住在颐和园后大有庄。明代时只不过是个小村落，当地人称"穷八家"。清乾隆年间，西北京郊逐步发展成为皇家行宫及别墅的聚集地，往来官员也逐渐频繁。据载，乾隆帝在观《西郊胜景图》时，嫌其村名欠雅，故赐名改为"大有庄"。这个村镇确实富有，商号繁多，有公和长栈、火兴局、公和厚粮店、万珍楼猪肉铺、贾家羊肉铺、祥和荣绒线铺、三和盛烟铺、董家茶饭馆、高家茶馆、王麻子剪刀铺……其中"炸糕李"的炸糕是皇家御园的贡品。

埋葬了"炸糕李",当时"割资本主义尾巴",所有的小买卖都不让做了,大学不招生,工厂不招工,初中毕业的小翠儿没有生活来源,就学绣花,为出口针织品绣花,每月收入二三十元,虽然不富裕,但在努力养活自己。

马刚,身高1.78米,俊朗面白,浓眉大眼,是马家的三儿子中最帅气的。结婚还不到年龄。部队征兵了,带兵的人,一眼就看上了他,要定了这个精明英俊的小伙子。当解放军,是那个年代每个男青年热切的向往。入伍前一晚马刚对小翠儿海誓山盟:"等着我,我当了干部就回来娶你!"

小翠儿却哭了,说:"谁知道你熬到猴年马月提干?你爸爸妈妈阴阳怪气,我觍着脸上赶着讨好,从没正眼儿瞧过我。把我的好心当成驴肝儿肺。"

"别理他们!是我要娶你!恋爱自由,婚姻自主!他们反对也没用!我除了你谁也不娶!你等着,到部队我好好表现,争取早日提干!"

爱情让无依无靠的小翠儿有了信念,坚强地活了下来。终于,马刚探亲回来了,他入伍后表现良好,三年后就提干当了排长,第四年被提拔为副连长。这次探亲,就为娶小翠儿。婚礼很简单,给邻居撒了一把糖,然后把家安置在马家大院正房旁边的东耳房里。

马家大院,院墙高一丈二,磨砖对缝,青砖灰瓦,三进的四合院落,房子24间,还有一个占地约两亩有余的花园。里面有假山、池塘和花房,有地下室做防空用还可做菜窖用,有一口深水井,可以灌溉花园兼菜园的植物,马家的蔬菜自给自足,一个典型的殷实人家。

公公马大合,55岁,五大三粗。婆婆钱腊梅50岁,也是高个子的女人。马家有三个儿子,都人高马大,老大、老二娶的媳妇都个子高、胸高、屁股大。唯独老三马刚娶的小翠儿,小巧玲珑,像"赵飞燕"。"不般配,太瘦、太矮,怕是生不了孩子!"是马大合两口子反对小翠儿嫁过来的理由,但深层原因是"门不当,户不对"。他们对小翠儿的身世充满了疑惑。

小翠儿一心想改善与公公婆婆的关系,她知道,公公婆婆再挑剔,也是长辈，必须孝敬，不可冒犯，再大的委屈也得受着。她把白糖、冰糖、桂花、红小豆、糯米面和食用油找出来，支起了油锅做炸糕。爷爷教给她的手艺，她学得纯熟，她尝试在豆沙馅里加上桂花，炸糕颜色焦黄，桂花的香味甜沁心田。馋得在旁边帮忙的马刚直流哈喇子。小翠儿给了新郎官几个炸糕，叮嘱他："别烫嘴，慢点吃。"然后端了一盘孝敬公公婆婆。先是给公公婆婆请安，然后让二位长辈品尝。

马大合本想摆谱炸刺，但是，老北京人讲究礼儿，特别是新媳妇刚过门，礼面周全，他挑不出毛病，就尝了一口，酥香的炸糕入口，还有桂花的香甜，立刻征服了他的口感，跷起拇指："倍儿香，香到姥姥家了！"媳妇和所有的家人都吃得满嘴流油，纷纷夸赞："绝了，得了你爷爷的真传！"

吃饭的席间，小翠儿说："公公、婆婆、大哥、大嫂、二哥、二嫂，我小翠儿是个苦命人，从小到大没见过爸爸妈妈，爷爷过世后，就没了亲人，今天进了马家的门，你们就是我的亲人，这感觉真好！以后小翠儿有什么不周的，请尽管打、骂，小翠都觉得那是疼和爱，因为爷爷走了，连个说话的人都没有了……"她伤心地哭起来。

钱腊梅本来想挑剔小翠儿的毛病给她个下马威，但是小翠说出的这番话，触动了心头最柔弱的情感，她也落下了眼泪，把小翠儿搂在怀里说："这是怎话儿说的，孩子，打今儿起我们就是你铁杆儿的亲人。今天是喜日子，不哭了，以后每天都喜兴洋儿洋儿的，马家不让你再流泪！"

哥哥、嫂子也都表示，进了门，就是一家人，大家和睦相处，说得小翠儿破涕为笑。

马大合还是说出了心中的疑惑，他是直肠子，不吐不快："你真是个苦命的孩子，亲爹妈到底是谁，为啥把这么好的闺女一生下来就扔在乱葬岗子了？天底下哪有这么狠心肠的？以后咱们都打听打听，要是找到了，我非上门抽他们大耳刮子！"

二

马刚知道小翠儿的童年是和一条狗"命舔"陪伴度过的,那条"命舔"也救过马刚的命。那是一条白色短毛短耳朵短尾巴公狗,当地的土狗品种,不高贵,但是通人性。浑身的毛发总是脏兮兮的,因为它总是喜欢在垃圾堆里找食物。

那一年大雨滂沱十多天,京津冀发大水,平原一片汪洋,鱼虾乱窜。大有庄的大小伙子、大老爷们儿,都从家涌出来,跳进家门口汪洋的水中去抓鱼。人与鱼搏斗的场面,非常壮观。大鱼遇到水浅处,噼里啪啦激溅起巨大水花。"大鱼!大鱼!"人们的目光被吸引过去了,一条大约有一米长的黑色的大鱼搁浅了,便成为人们围捕的对象。马刚,还是个未成年的小子,第一个抢到前面,张开两条胳膊,一下子抱住了这条大鱼。弯腰试了几下子,但是没有把鱼抱起来。别人要过来帮忙,他说:"别过来,这是我的,够我家吃一个礼拜的!都别过来,谁过来,我和谁急!"

那是一个灾荒年,如果谁要是真能抓到这么大的鱼,肯定能改善一家人的生活。于是,在马刚怒目圆睁下,没有人敢过去帮忙。那条鱼是他先抢到的,理应属于他。小翠儿站在高坡上,眼睁睁地看着他,英雄般地抱住那条扑腾的大鱼,为他喝彩!马刚再次运足了气力,把那条大鱼猛地抱了起来,踉跄地在水里走了几步,试图走上坡地,但是,只见那条大鱼的尾巴来回猛扫,啪啪两下,扇到马刚的脸上。他一个趔趄倒在水中,痛苦地撒开了手,那条大鱼噼里啪啦地跳着游走了。"捉住它!别让它跑了!"水中的男人们大声喊着,箭镞般扑向那条大鱼。可是,那条大鱼左冲右突,躲过了一群饥饿的男人的围追堵截,冲入滚滚洪流中,向下游游去。马刚晕倒在水泊中。

就在这时,"命舔"扑通一声跳进水里,咬住马刚的衣领,拼命向岸边拖,小翠也跑过去帮忙把马刚拖到岸边。"命舔"用舌头猛舔马刚的脸和鼻子,小翠儿急忙俯下身去给他做人工呼吸,那也是俩人的初吻。终于马刚打了一个喷嚏,醒过来,吐了不少水。脸颊被鱼尾巴扇得红肿,一只眼皮也肿得老高,眼睛不得不眯缝着。

小翠儿说:"你醒了,吓死我了!你是让大鱼给打晕了!"

马刚坐起来瓮声瓮气地说:"真扫兴,让它跑了!这条鱼,简直就是条大鱼精,也许是慈禧太后放生的百年大鱼精。"

几天后,洪水退去,听说骚子营有一个姓于的瘸子在圆明园墙外的河沟里用渔网抓住了一条大鱼,两三米长,腰身有水桶那么粗。不过听说他家开膛破鱼肚子的时候,发现鱼的肚子里,有一条人的手臂,一个手指头上还戴着一个金戒指。那是一条食人鱼,但是最终还是被人吃了!小翠儿和马刚听后,深感恐怖,感慨,为什么要人鱼相食呢?

后来,"命舔"死了,老死了。小翠儿哭得死去活来,马刚帮助小翠儿把"命舔"埋葬在红山口。坟头上立了一块木牌子"救过两条命的汪汪"。"炸糕李"的坟墓,就紧挨着"命舔"的坟,相依为命过的人和狗,再次相依,长久相伴。

如今,蜜月要结束了,马刚还要回部队去,觉得小翠儿孤独,就四处踅摸,要给小翠儿弄一条小狗做伴。托了许多朋友,终于弄来了一条短毛短尾短耳小黑狗,雌性,一个月大,毛茸茸的头,两只小黑眼珠明亮,小嘴巴"汪汪"直叫,声音又尖又细,像小猪仔在哼哼。小翠儿喜欢得抱住它亲吻,给它取名"妞妞"。这是马家大院第一个小生灵,马家的老大、老二结婚好几年,但是都没有让媳妇怀孕。"妞妞"成了马家大院上上下下的宠儿。

马刚回部队去了,和小翠儿一刻也不想分开,每周一封信,诉不尽的衷情。此后,小翠儿每天带着"妞妞"到后花园遛狗。那是她们最快乐的时刻。后花园,满目葱绿,太湖石组成的假山,攀缘着青藤,大片菜地生长着绿油油的大白菜、大葱、韭菜、萝卜、豆角。辣椒和西红柿红彤彤与一旁红若云霞的月季花争相斗艳。"妞妞"撒欢地跑来跑去,追蝴蝶,赶蜜蜂,逮蜻蜓,逗蛤蟆,不亦乐乎。

然而这天,一进后花园,"妞妞"就狂叫起来。小翠儿发现不对头,顺着

"妞妞"狂吠和奔跑的方向，发现一个伤痕累累的男子怀里抱着个婴儿，倒卧在水井的辘轳架旁。她吓了一跳，胆战心惊地走过去，婴儿"哇哇"地在哭，声音嘹亮。她胆怯地推了推那个男子，发现没死，呻吟了一下，活了！

三

　　30岁的男子，剑眉浓密，阔脸，双眼如牛眸，胡子拉碴，身材适中，浑身上下都是鞭痕，脚踝处溃烂。醒来后发现面前一个小女子，就挣扎坐起来，压低声音说："小姐姐，救命，给点水喝和东西吃，最好给孩子喂奶，他不满月，饿了两天，快断气了！"说着，把孩子托举过来。

　　吓坏了的小翠儿，被哇哇哭的婴儿唤醒了母性的本能，接过来，打开包裹，发现一张粉嘟嘟的小圆脸，在嗷嗷待哺。她说："我家里有奶粉，抱回屋去喂他，水井里有水，你摇下辘轳自己取水。喂完孩子，我给你拿吃的和药，你如果能动弹，那边的花房开着门呢，里面有宽条凳，可以躺！"

　　小翠儿飞也似的抱着孩子跑回了屋。冲了奶粉，用小勺喂孩子喝奶。虎头虎脑的男婴，非常可爱贪吃，胃口大得惊人，一碗奶不够，又吃了一碗，才饱了，满足地睡着了。她把孩子放在床上，盖上被子，把食物放在篮子里，搜罗所有药膏、药水和纱布，还提着一把热水壶，悄悄来到花园。她发现井边没人，就径直向花房走来。见门关着，轻轻敲了敲，说："是我，给你送吃的和药。"然后推门进来，发现男子正躺在宽条凳子上，警惕地张望。

　　小翠儿把食物递给他，男子坐起来，狼吞虎咽。小翠儿倒了一碗开水给他，心里既恐怖，又好奇，小声说："孩子吃饱了，睡着了，放在我床上。你身上有伤，一个大老爷儿们带孩子不方便，先由我照顾他。"

　　男子吃完东西，喝了水，接过递过来的红药水、紫药水，用纱布蘸了，往伤口上擦。伤口沾到药水，火烧火燎，他嘴里发出"咝咝"声，那是强忍着疼痛的声音。擦不到地方，小翠儿接过纱布，蘸药水擦后背。然后递给他衣服："我男人的衣服，你穿着有点大，凑合吧。他在部队当连长。"她说这些，是想告诉他，别惹我，不然你"吃不了兜着走"。军婚受法律保护，谁敢冒犯，必受严惩！

男子说："谢谢小姐姐。不瞒你，我是海淀京剧院的刁小楼，是台柱子，电影《野猪林》中的林冲，就是我演的，我唱的《问苍天》红遍大江南北。京剧界没人不知道我的名字。"

小翠儿激动地说："哦，刁小楼，大名鼎鼎，我看过《野猪林》，太棒了。您的《问苍天》我爷爷最爱唱，说是天下第一的唱腔！可是，您怎么……"

"你要问怎么落到这步田地？哎，别提了。也是我自作自受！我媳妇田小娥，是唱青衣的，和我在一个团。我们感情很好，但没孩子。团长迟骋的女儿看上了我，非要插一杠子，我没把持住。她怀了孩子，还生下来。让田小娥知道了，求助造反派，抄了迟团长的家，批斗他女儿和我。再怎么打我也不怕，但是他们要抽打孩子，我和他们拼了，用武功打倒了三五个，夺过孩子，从海淀镇跑出来。他们狂追，没有追上我。我在圆明园待了一天，没吃的，想给孩子找吃的，看到这个园子没人，就跳墙进来。"

听得小翠儿毛骨悚然，但是她说："你伤得不轻，先在这儿养伤，这是马家大院的后花园，军属的院子，一般人不敢进来骚扰。伤养好再说吧。"

"谢谢小姐姐救命，拜托照看好孩子！"

小翠儿离开了花房把真相告诉了公公和婆婆，他们全家人都过来看望刁小楼。大儿子马挺、二儿子马强包括媳妇刘蓓蓓和宋小敏都是戏迷，说："哎哟，大腕儿，了不得的大腕儿！这么有名的角儿，来到马家，是马家的荣幸，快请到客厅去喝茶，怠慢了，别介意。"

马大合两口子也说："刁先生，对不住，原谅我们不知情，快请到上房做客！"

刁小楼摇摇手说："感谢救命之恩，叨扰了！后世必将报答。我是为了孩子才和他们拼命的。他们到处抓我，我没地方去，暂住这里几日。多亏了你家三媳妇救了孩子和我。你们不必客套,藏匿我有风险,更不敢明目张胆地到贵府客厅充作客人。待我的脚踝好一点,能跑了,我马上就离开这里,不给你们添太多麻烦!"他露出溃烂的脚踝给大家看,那是戴脚镣磨坏的。马家人看了,啧啧同情。

"好,刁先生,您就委屈在这儿多待几天,缺什么,言语一声。全家人都把嘴安上把门儿的,不可走漏风声。"马大合嘱咐家人。

四

就这样,刁小楼安心在地下室养伤。连日来小翠儿照顾孩子,和孩子培养了感情,可爱的孩子给她带来了欢乐,她感觉自己就是孩子的母亲,神奇的是,婴儿的啼哭和吸吮的刺激居然让她乳房分泌出奶水,可以直接让孩子含着乳头喂养。她容光焕发,身体迸发出从未有过的能量和精神头。

"太可爱了,奶奶来看你!给奶奶笑一个!"钱腊梅来看孩子,给孩子带来一把金晃晃的长命锁。孩子笑了,露出没有牙齿的小嘴巴,手舞足蹈,逗得钱腊梅心花怒放,这是马家大院第一个婴儿,可爱的小宝贝!

刘蓓蓓和宋小敏也来看孩子,给孩子带来了小衣服、小虎头鞋、风车,并把五颜六色的风车举给他看:"宝贝,大妈、二妈来看你了,给你做的风车,你看多漂亮!"孩子睁开了眼,看到漂亮的风车和鲜艳的色彩,开心地笑了,脸上的酒窝绽开了。小翠也笑了,说:"谢谢大妈、二妈,孩子看见你们就笑!跟马家人亲!"

宝贝该叫什么名字呢?这群女人你一言我一嘴,有的说,刁姓不好取名字,取什么名字都像坏蛋,刁德一就是个大坏蛋,最好取个动物的,和刁相配。有的说刁大鹏好,有的说刁小鹰好,而小翠儿说:"马金锁!这是马家的孙子!"大家乐了,巴不得马家有这么个孙子!"马金锁,马金锁!"大家就这么叫孩子,孩子听了,露出两个小酒窝,笑得萌萌的,让大家心醉!

说来也怪，沾了喜气，刘蓓蓓和宋小敏此后分别也怀了孕，盼望生男孩。

在马家人细心照料下，刁小楼很快痊愈了，要离开马家到上海京剧院找好友裘盛繁院长去，以图在上海发展。小翠儿紧抱着孩子不愿意松手，眼泪吧嗒吧嗒地串成线，砸在地砖上，心碎的声音。

"松手吧，"钱腊梅说，"毕竟孩子的爹要带走他，孩子的亲妈在那边心乱如麻，盼子心切。"

到海淀京剧院打探消息的马挺回来了，说："大腕儿，京剧院乱成一锅粥了。团长的女儿服毒自杀未遂，被田小娥发现，送到医院，有点晚了，成了植物人。您夫人田小娥悔恨莫及，要上吊，被人解救，怕她再寻短见，暂时关押在派出所的禁闭室里。您成了通缉犯、通奸犯和拐卖孩子的人贩子，缉拿告示上是这么写的。"

马大合说："刁先生，你一个人跑路吧，带着孩子容易被抓到，孩子先暂时留在马家。你放心，绝对不亏待孩子，没有大人吃的，也要有孩子吃的！"

刁小楼先是震惊，接着认同马家人的方案，先把孩子放在马家。他亲了亲孩子，就交给了小翠儿，说："拜托了，大恩不言谢！来世再报！"就要离开。

马大合和钱腊梅拿出200元钱和60斤全国粮票，说："先生慢走，穷家富路，马家的这点心意你带上，不多，救个急。"刁小楼谢绝了，说："我不去上海了，直接去派出所自首，自己作孽自己扛起来，不能让迟团长的闺女和我媳妇田小娥为这个事殉葬。要杀要剐随他们便！"

然后，他毅然投案去了，以通奸罪刁小楼被判了6年有期徒刑。

五

从此，小翠儿含辛茹苦养育马金锁，她绣花，彻夜不眠，像一台不知疲倦的机器，就是为了多赚几个钱，好给孩子买好吃的、好衣服穿。

改革开放了，马刚回来了，立了一等功，不过，成了残疾人，一条胳膊和一条腿被手榴弹炸飞了，那是新兵投弹训练，一个新兵失手了，他挺身扑在新兵身上，新兵得救了，他被送医。之后，不得不转业到地方，在一家福利工厂当副厂长。他视马金锁如己出，一条胳膊搂着孩子乐不可支。孩子叫他爸爸，叫小翠儿妈妈，他是喝小翠儿的奶水长大的，和小翠儿最亲。为了上托儿所和今后入学方便，马刚到派出所给孩子上了户口，马金锁正式入籍马家。

有一天，田小娥找到了马家，要接走马金锁，小翠儿当然不肯。田小娥此时已经是京剧界红透的腕儿，唱《长生殿》的主角，红透大江南北。田小娥，婀娜秀美，穿戴时髦，雪色羊毛绒裘皮大衣，头戴白色俏皮的罗松帽，足登高筒靴，手提香奈儿的皮包。她说："不错，孩子是我丈夫和别的女人生的，但刁小楼还是我的丈夫，我们没有离婚，他快出来了，我必须接孩子回家。"

小翠儿说："孩子是吃我奶水长大的，你无权接走。再说，他的户口在马家，叫马金锁，是马家人！"

"你凭什么叫他马金锁？凭什么给他上了马家的户口？"田小娥怒不可遏，从高级奢侈品包里掏出了一大摞钞票扔在小翠儿的脚下，说，"感谢你养他多年，这10万块，够5年的生活费了。你这个养母尽到了责任，别拿别人的孩子当自己的！"

小翠儿气得发抖："你别以为有钱是名角就可以糟蹋别人的尊严！告诉你，田小娥，你就是搬一座金山银山我也不要，休想把儿子从我身边夺走！"

马金锁第一次看到妈妈发脾气，被吓得哇哇大哭。小翠儿的狗狗"妞妞"扑过去，咬住田小娥的小腿。

"哎哟。"田小娥倒在地上。马家人闻声赶了过来，一方面纷纷怒斥田小娥不该来闹事，另一方面马上给田小娥送医，打狂犬疫苗。

病房里，小翠儿带着马金锁去看望田小娥。"嫂子，对不起。让你受惊了。金锁，叫阿姨！"

马金锁很乖，怯生生地叫了声"阿姨好！"

小翠儿说："嫂子，大家都爱孩子。但是怎么对孩子最好，还是听刁小楼大哥亲口说。我从小就是被爷爷从乱葬岗子捡来的,知道亲情是多么重要。我们好好商量,总会有个好结果!"

田小娥自知理亏,点头同意。她拉着小翠儿的手说:"好妹妹,你是个好人,一定有好报!是我不对,盛气凌人,对不起,今后我们做好姐妹!"

新修订的《刑法》修改了相关法律,取消了"通奸罪",刁小楼被提前释放出狱。他,像飞翔的鸟,先"飞"进马家,看望日思夜想的儿子。可是,马金锁害怕这个自称"爸爸"的剑眉方脸男人,躲在桌子底下不肯见。

小翠儿深明大义,让马金锁出来见了生身父亲。但孩子死活不肯喊他"爸爸",拒绝和他拥抱。

小翠儿和刁小楼聊最近发生的一切。刁小楼知道小翠儿和孩子的感情最深,特别是马家对刁小楼和孩子恩重如山,难以回报。

马刚毕竟是理性的,和刁小楼见了面,吃饭的席间,他对媳妇说:"把孩子还给人家吧,毕竟是生身父亲,户口可以改。"

小翠儿哭了,哭得震天撼地,仿佛像孟姜女要哭倒长城。孩子也哭了,死活不愿意离开小翠儿这个慈祥的妈妈!这不是一般的生离死别,在场的人无不动容!

哭够了的小翠儿,把马金锁推给了刁小楼,说:"我的心头肉,去找你亲爸爸去吧,他是大名鼎鼎的'林冲',会给你最好的教育,我这个养母给不了你最好的教育!"

刁小楼感动得落泪了,说:"你们是我的救命恩人,也是孩子的救命恩人。他是我们两家共同的儿子。以后,每月在各家分别住半个月,直到上学,选择对孩子最有利的学校,离谁家近,就住在谁家。孩子不改名字,还叫马金锁,户口也不改。"

小翠儿说:"别的依你,但户口一定要落到你家,不然我就不配是'炸糕李'的孙女和马家的儿媳妇,明大义,是家风!"对这一提议,大家点头。

刁小楼重回舞台,《野猪林》再次上演,《问苍天》再次轰动大江南北。

得知刁小楼不愿意和田小娥复合，小翠儿借孩子过生日为由，把刁小楼和田小娥都请来，她劝他们："一日夫妻百日恩，百日夫妻似海深，你们还是共同携手的好。过去的事，就过去吧。再说小娥嫂子早就悔不当初，曾经悔恨得要自杀，说明，她良心未泯，是个好女人，何况事业上和刁先生不分伯仲，如双星，闪耀在天，相互媲美，是多么好的一对儿！"

马刚也附和小翠儿："真是这么回事，夫妻间没有绝对的对和错，过去的就让它过去，翻过篇，日子向前奔。俩人互相照顾，白头到老，才是人生大赢家！"

几杯酒下肚的刁小楼吐口说："复合可以，但有一个条件，就是我们必须共同抚养、照顾植物人的迟桂兰，迟院长不在了，我们有责任照顾迟桂兰一辈子！如果你同意，就干了这杯酒！"

田小娥哭着答应了，举起酒杯，一饮而尽。

六

小翠儿怀孕了，此时百爪挠心，有一个心愿放不下，寝食不安，那就是找生身父母，要弄清楚怎么个茬儿口就把自己给扔了，天底下的父母都是最疼孩子的呀！爷爷"炸糕李"咽气前比画的手势是什么意思？这不仅是她要破解的谜，而且也是马家和好友刁小楼夫妇要破解的谜。他们动员了所有的关系，包括派出所的朋友。

通过分析，那片乱葬岗子，离大有庄、骚子营和西苑最近。范围确定，找和小翠儿长得相像的人，通过DNA对比，确定了骚子营的于瘸子一家。于瘸子原来是个篾匠，用高粱秆高丽纸糊顶棚、糊窗户、扎纸人、纸马、纸房子，老北京人过去装修房子和红白喜事都离不开篾匠。于瘸子本不瘸，一次酒后去扎顶棚，从房梁上摔下来，折了一条腿。他有8个闺女。吃不饱肚子，老婆又怀了第九个孩子，生下来还是闺女，脐带绕脖子，接生婆说没气了，就扔在乱葬岗子了。

刁小楼夫妇在西苑美食楼，把于家、马家人都请来了，30人，3张桌子都坐满了。于瘸子的老婆不在了，60岁的他给小翠儿跪下，抽自己两嘴巴，说："翠儿，爹娘没本事，对不起你，不是不想养你，而是接生婆说你没气了，就扔了。爹该死，你有什么委屈，冲我来！我不配当你亲爹！"

小翠儿终于明白爷爷咽气前比画的两横一竖勾是个"于"字。她搀扶起于瘸子，让他坐下，给亲爹磕了三个响头，哭着说："亲爸，感谢你们生下了我。知道了扔我的原因，我不怪罪你和亲娘！能活着看到你和亲姐姐们真好！"9个姐妹和家人紧紧拥抱在一起，悲喜交加，哭成一团。

马大合说："我本来想打折于瘸子另一条腿，这么好的闺女给扔了，今天听到实情，为你们团圆高兴！打今儿起我们就是亲家，多来往，干杯！"

刁小楼夫妇觉得"炸糕李"的招牌消失了可惜，建议小翠儿重振品牌。并为小翠儿在东华门大街租了个地段好的"金边银角"的门脸，30平方米，可安排10来张桌子，于家的8个姐妹都来帮忙，生意火爆。

东华门大街像一条扁担，一头儿挑着的是闻名世界的文化遗产故宫，另一头儿挑着的是热闹繁华的王府井大街。这里成为京城最著名的美食街。街上摆摊儿卖油酥火烧、芝麻酱烧饼、褡裢火烧、门钉肉饼、庆丰包子、驴打滚、酸豆汁、卖扒糕的、艾窝窝的……各色小吃，五花八门，香味四溢。

而最著名的，莫过于慈禧太后宠爱的"炸糕李"，既是传奇，又是最好的招牌。小翠儿把"炸糕李"的绝活学得精通，还发扬光大，炸出来的炸糕，色泽金黄，外酥里嫩，特别是里面的红豆沙馅更细腻，香甜中有桂花香味，成为最受欢迎的京城美食。好这一口的北京人都排队来吃，小店装不下，排队排到了王府井。

小翠儿生了孩子取名马银锁，此时马金锁上学了，北大附小，离大有庄最近，当然住在马家的时间最多。小翠儿每天都喜滋滋儿的，爱哼唱那时流行的一首歌，"太阳给我一把金锁，月亮给我一把银锁"……

— 33 —

天若有情天亦老

一

赵万刚是京城鼎鼎有名的破案高手，曾破获过"京东大流氓案""故宫国宝失窃案""伪造周总理签名提走20万元现金案""特大持枪杀人白宝山案""解救人质吴若甫案"等，声名显赫。快到退休年龄了，仍然在市公安局刑侦大队，负责大案、要案。可是，有一天，一位外号叫"苏麻喇姑"的苏女士找到赵万刚，亲自向他报案，说她的丈夫孙福鼎失踪了，要求帮助协查下落。而这个案件涉及台湾，需要台湾警察的配合。苏女士向他提起案件中的一位刚过世的人物，余凤佩，是她婆婆，而这位婆婆说，"有事情就找赵万刚所长，因为赵所长欠我一个大人情"。

提起余凤佩这个名字，赵万刚感慨万千，他不仅认识，而且在他当西城派出所所长的时候，有一年大雨滂沱，许多人家的房子塌了，而余家有房子，三进的四合院，赵万刚曾求余凤佩帮助安置了这些无家可归的人，余凤珮很痛快地答应了。而这些无家可归的人，在余家大院，一住就住了十来年。住房紧张的北京城，解决住房是最大难题。赵万刚确实欠余凤珮的人情。

听完了案情后，叫助手登记备案，他对局长说："这个案子交给我吧，我确实欠余凤佩一个大人情。她家的事，不管涉及台湾还是香港，我都有责任查到底，给她的家人一个交代，让死者瞑目。"

局长也觉得这个案子特殊，涉及两岸关系，特别是最近台湾警方愿意与内地警方合作，这个案子刚好可以作为合作的第一个案例，不牵扯政治和意识形态，有利于促进今后海峡两岸警方的合作，于是，就同意他代表北京警方去台湾展开调查。

二

孙福鼎是什么人？档案上记录是个个体户。这个名字，把福占全了，达到了顶级。的确，他是"咬着金钥匙"出生的，他出生在北京城西四牌楼附近锦什坊街一套三进的四合院里，这可是寸土寸金的地方。能在这个地方拥有这么一套三进四合院的，非富即贵。

不过，孙福鼎自出生后，就没有见过他的父亲，是他妈妈余凤佩一个人把他拉扯大的。她妈妈本来是风姿绰约的美人，曾是京城有名的妓女，后来从良。但是丈夫去了台湾，留下一个寡妇带着一个拖油瓶，日子过得并不宽裕。

从孙福鼎3岁记事时起，记得因一次连续十多天的大雨，原本宽敞的三进四合院，后来陆陆续续搬进来许多其他的住户，再后来，这些住户纷纷盖起了违章的小房屋，像潮水退去后趴在礁石上一层叠一层的蛊螺壳，又像美人脸上贴上去密密麻麻一层压一层的小膏药。于是，这里成了地地道道的大杂院。本来方方正正的院子和笔直的方砖路，变得杂乱无章，像迷宫一样，从大门口要拐上十八道弯，才能抵达他和他妈妈住的上房。

孙福鼎中学毕业后，没有去下乡当知青，而是被分配到一家国营的菜市场卖肉，确切说是剔骨头。每天一上班，就用短刀和一把两齿叉把猪的骨头剔出来。一天剔8头猪。日子长了，他也练就了"庖丁解牛"的功夫。

那时，居民买肉要肉票，可是骨头不要票，15分钱可以买2斤，成为稀缺的"抢手货"。于是，孙福鼎每天下班，给家里带回两根棒骨。她妈妈就用棒骨熬汤。他得益于棒骨汤，蹿成了一米八的大个头，皮肤像妈妈一样白皙，五官像妈妈一样周正，双眼皮、大眼睛、高鼻梁，比那些满脸菜色和刀削般瘦条似的同龄人显得健壮、彪悍、帅气。

一晃儿就到了找对象的年龄。看外观，姑娘们都很满意，觉得他像电影明星——外号"奶油小生"的唐国强。那时年轻人找对象，流行找八大员——长得像演员、身体像运动员、工作是飞行员、其次是四个兜的指战员，再其次是列车员，再其次是海员，再其次是电影院的放映员，实在不行了，必须是卖紧俏货的售货员！至少孙福鼎占了三条，演员的外观、运动员的身体、卖紧俏货的售货员。还有，他的出身好于"地富反坏右"，因此姑娘们愿意嫁给他。

一个外号叫"苏麻喇姑"的姑娘让孙福鼎倾倒。"苏麻喇姑"姓苏，名媛淑，身材挺拔，双胸丰满，瓜子脸，柳叶眉，杏核眼，双唇红润，牙齿白如玉珠。而历史上苏麻喇姑，确有其人，堪称清朝第一美人，曾经担任顺治帝、康熙帝两代皇帝的启蒙老师，是继西施、杨玉环、貂蝉、王昭君之后的中国古代五大美女之一。

这个外号叫"苏麻喇姑"的姑娘，真名叫苏媛淑，她那时在农村插队，生活很艰苦，吃不饱饭，时刻都想着回城。而孙福鼎的妈妈，因为长得美，所以，认识许多掌握实权的"人"。"苏麻喇姑"和孙福鼎好上了，就让孙福鼎去求他妈妈找关系"走后门"。

"妈，您必须帮儿子这个忙。这可是儿子终身大事，您儿子非苏媛淑不娶。您要不帮忙，儿子就去跳护城河，不然就到故宫里找口深井跳下去！"孙福鼎这么不留余地央求妈妈，这是他一贯要挟妈妈的方式，只要他提出要跳井，无论什么要求，他的妈妈余凤佩一准答应。

余凤佩不得不动用了关系，换言之是用尽风月场上的看家本事，搞定了一个实权人物。那个人物批了"条子",于是,苏媛淑回到城里,在锦什坊街的百货商店当售货员,卖布料。

于是,孙福鼎成了家,婚姻美满。特别是,身体强壮的他,竟然有唐朝第七好汉罗成的水磨功夫,那条"银枪",不战八百回合不收兵,让"苏麻喇姑"幸福得飘飘欲仙。再加上,天天都有棒骨汤喝,很快,窈窕的"苏麻喇姑"就体态丰满,为孙家生下一个模样标致的闺女。婆婆高兴得合不拢嘴,给孙女起名孙菲。

也许是该着孙福鼎走运。改革开放了,国营的百货商店和副食店改制了。苏媛淑下岗了。而孙福鼎提出承包副食店。因为他知道副食店最紧俏的商品是猪肉,而他最了解猪肉的运作。国营的大红门屠宰厂的价格高,而农村个体户们"私屠乱宰"的猪肉价格低,这里面差价大,利润空间大。于是,承包不到半年,他就成了北京城最早富起来的"万元户"。苏媛淑在家带孩子成为全职太太。

紧接着,孙福鼎敏锐地发现,人们的生活在逐渐好转,肥猪肉不太受欢迎了,而瘦猪肉走俏。他开始购进瘦猪肉。他把猪肉的各个部位分开卖,都取好听的名字,如"柴猪高级里脊""柴猪后臀精尖"等,因此,他店里的肉十分畅销。孙福鼎甚至有了"瘦肉王"的绰号。

更让他走运的是,一次下乡购买生猪,他结识了一个推销"瘦肉精"的土博士。这个土博士告诉农家,只要吃了他的"瘦肉精",猪就只长瘦肉,不长肥肉。不过,每袋瘦肉精要价5元钱。农民就是农民,从他们兜里拿钱,那是万万做不到的。农民的兜,就像蟒蛇的胃,有倒钩,进去就出不来。所以,那个土博士四处碰壁,碰得头破血流。就在土博士绝望得快要自杀的时候,被孙福鼎碰巧看到了。

"嘿,干吗呢?歪脖树上吊?多大点事儿呀?至于搭上一条命吗?"孙福鼎一边说一边用双手抱住了刚钻进绳索套的土博士。

土博士被救了下来,一把鼻涕一把泪地向孙福鼎诉说了自己走投无路的绝望。说者无心听者有意。孙福鼎看到了巨大的商机。他用 8000 元买下土博士的"专利",租了房子和设备,雇用了土博士和几个短工,给他批量生产"瘦肉精"。不过,他不是把"瘦肉精"卖给农户,而且谁家使用他的"瘦肉精",他就奖励 100 元,并且和他们签合同,以高出市场价 10% 的价格收购生猪。定好日子,到时候来收猪。农户们看到了实惠,纷纷使用了"瘦肉精",并把猪都卖给他。于是,孙福鼎垄断了大半个北京城的市场。狗屎运把孙福鼎砸个正着,赚得盆满钵满。

有钱就是任性。不就是交罚款吗,他不怕!他不管什么计划生育不生育的,他那罗成般出神入化的"银枪"不知疲倦,和"苏麻喇姑"先后又生了 3 个孩子,都是男孩。余凤佩高兴地给 3 个孙子分别取名孙达、孙继、孙玛。

可是,报应来了。令孙福鼎没想到的是,他的妈妈因为吃多了他孝敬的瘦肉,逐渐脱发,变成了秃子,后来得了胃癌,再后来病情恶化,生命垂危。而他吃了使用"瘦肉精"的猪肉后,那条"银枪"不再有罗成的功夫,连三十回合都战不过,到后来,已经不再是"银枪",而是软塌塌的泥肠,即使服用了不少"东瀛大补丸"和"金枪不倒丸"乃至"印度神油"也不管用,顶多直立 5 秒,然后就弯成 90 度的泥肠,甚至撒尿也不能尿到马桶里,而是向后滋湿了自己的脚和鞋袜,甚至是裤腿。

"苏麻喇姑"用孙福鼎赚来的钱,把孙家大院的其他住户都请了出去,违章小屋被拆除,恢复了三进院整齐的风貌。院子里,充盈着孩子们的笑声和"苏麻喇姑"的笑声。

不爱吃猪肉的"苏麻喇姑"和孩子们都健健康康的。而"苏麻喇姑"对老公不再有好气,见了他如同见了世仇冤家。她不再和他同床,而他也自卑地乖乖单独住进了西耳房,住在上房的是他的妈妈,而东西厢房,由"苏麻喇姑"和 4 个孩子堂而皇之地占据着。二进院南厢房成了仓库和杂物间。一进院的 9 间房子成为孩子们的游戏室、读书室,还有保姆间、饭厅、厨房和储藏室。

"苏麻喇姑"越是意气风发，越是魅力四射，孙福鼎就越是自卑，越是多疑。他并不全信听到的风言风语，说他老婆在外面有人了，他被戴了绿帽子，云云。可是他没有发现是谁，再加上自己成了半残废，他只好睁大一双时刻准备捉奸的眼睛。但眼睛是不骗人的，他没有看到"事实"，只看到"苏麻喇姑"对孩子们对他母亲非常好，是孩子眼中漂亮的妈妈，慈祥的妈妈，是母亲常夸奖的"孝顺儿媳妇！"

"苏麻喇姑"也察觉到他的疑心越来越重，对他说："哎，你省省吧？我不是潘金莲，不用这么防贼似的看着我，真要有外心，你拦得住吗？闭上眼睛歇会吧！咱妈的病越来越重，大医院看了，也不见好，让回家养着，放疗化疗，折腾得她只剩下半口气了！"

孙福鼎这才不得不把注意力转移到母亲的病情上来。他和媳妇共同精心伺候母亲，可以说无微不至。

在病床上，余凤佩告诉儿子一个惊人的秘密，他的亲爸爸，在台湾，名叫孙同吾，是国民党的军官。她说："要是咱一家能和你亲爸爸团聚就好了！"

三

"苏麻喇姑"听到在台湾有亲人的消息，很高兴。她撺掇老公登报纸，寻找在台湾的亲人。

那时大陆与台湾还没有实现"三通"，刚有一些老兵历尽周折回大陆省亲，可以说费了牛劲，光车船周转，就不知道用去了多少天。而车票、飞机票都不好买。大陆的人口乌泱乌泱的，多到不可想象，买什么都排长队，有排队的，就有加塞的，再加上飞机晚点、火车晚点、汽车晚点是常态，因此，出差旅行是个苦差事，不累个半死，也差不多。上哪儿登报纸去？孙福鼎犯了难。尽管有点钱，可是，在办赴台手续上，比登天还难。办事人员说：

"口说无凭,你拿出你爸爸在台湾的证据来?"孙福鼎手里连一封信也没有,当然没有证据,赴台手续办不下来。

天无绝人之路。"苏麻喇姑"经常逛街逛商店,认识了一位台湾的记者,这个记者名叫林志赢,是当时台湾《中央日报》的,被派遣到北京采访大陆一年一度的"两会"。"两会"结束后,他不着急回台湾,而是恋上了北京的胡同,每天举着照相机串胡同,拍摄胡同里的人和建筑甚至花草鱼虫。他到了痴迷的程度,胶卷拍了几百盒。而有一天,"苏麻喇姑"进入了他的镜头。美少妇和北京四合院,成了他最得意的作品。于是,他拿出"套词"的功夫,问这问那。"苏麻喇姑"脑筋来得快,求他在当时台湾《中央日报》上发消息,寻找在台湾的老兵孙同吾。林志赢正愁没缘由深入北京的四合院看看内部,这下机会来了。

孙福鼎接待了这个台湾贵客,好茶伺候。林志赢好奇地把三进四合院的结构都摄入镜头,把院内的人和景都拍了下来。然后才品茶。他问孙福鼎有关他爹的事,孙福鼎一无所知。而他的妈妈,由于病情严重起不来床,而且掉光了头发,羞于见客。所以,孙福鼎说:"抱歉,你改日再来,等我把我爸爸的故事从我妈那儿问清楚,咱们再聊,我相信,一定是个好故事。"

送走了客人,孙福鼎和"苏麻喇姑"一起走进了余凤佩的卧室。在问寒问暖之后,求余凤佩讲一讲孙家的事。余凤佩断断续续地讲了这样一个故事。

当时,在八大胡同当头牌的余凤佩,外号"小月仙",得罪了地痞胡长奎。胡长奎长得奇丑无比,短粗的脖子,三角眼,瘪鼻子,脸像裂开口的南瓜一样硕大,肥胖的身子,散发着臊烘烘的臭气。他要嫖头牌"小月仙"。"小月仙"当然拒绝了他"癞蛤蟆想吃天鹅肉"的要求。于是,他怒砸风月场,扬言要把"小月仙"弄死。

老鸨子也得罪不起地痞头子胡长奎,就把二牌、三牌和四牌三个美丽的姑娘送到他家去,让他白玩。谁想到,他玩腻了后,派人送回三具冷冰冰的死尸还给老鸨子,并点名要老鸨子把"小月仙"送到他家,不然就放火烧妓院。

"小月仙"知道躲不过去，就对老鸨子说："妈妈，不要怕，大不了，我去送死。我攒的私房钱你都拿去，给3个死去的妹妹买三口棺材。剩下的都是你的，够你再买50个姑娘。"说完，她坐上了胡长奎手下抬的轿子。

轿子走在半路上，遇到了"小月仙"的旧相好——孙同吾。当时孙同吾是国军某团的参谋长，正带着一队兵搜查共产党，见迎面来了一顶轿子，命令其停下来接受检查。结果发现是"小月仙"。孙同吾问"小月仙"干什么去，余凤佩就如实告诉了他。孙同吾一听气炸了，就带着几个兵，跟着轿子来到胡长奎的家，然后让士兵用冲锋枪把胡长奎打成了马蜂窝，为余凤佩死去的3个姐妹报了仇。胡长奎的打手也被打死了十来个，剩余的都作鸟兽散。

老鸨子得知后，感谢孙同吾，当面让余凤佩从良，并送给了余凤佩一套三进的四合院。可是，孙同吾有家室，不能明媒正娶余凤佩，只能偷偷摸地到锦什坊街余凤佩的家去做露水夫妻。因此，这条街上的邻居，不知道孙同吾，只知道从良的"小月仙"。后来，余凤佩怀了孩子。但是没等孩子出生，孙同吾就带着家眷去了台湾。从此，余凤佩只能靠"吃瓦片"为生。（注：吃瓦片指出租房屋，靠房租为生）偶尔，有熟客来访，成为"暗门子"。

余凤佩挣扎着坐起来，让儿子打开一个柜子，从柜子里拿出了一个镜框，在镜框的后面，取出一张藏了很多年并发黄的照片，上面是穿得珠光宝气的余凤佩与穿着军装的孙同吾的合影，那是他们的结婚照，拍摄于民国三十七年（1948年）。照片上的孙同吾英俊潇洒，文质彬彬、风流倜傥。

"苏麻喇姑"接过照片，连连夸奖婆婆当年美若天仙，夸奖公公英武潇洒，并追加一句："嫁给这样的男人真有福气！"

余凤佩说："你们一定要找到他！"

孙福鼎和"苏麻喇姑"满口答应。

四

林志赢听了这段感人的故事,很快就写出了一篇通讯,题目是《当年"小月仙"热盼与夫婿团聚》并配发了照片,特别是提到"小月仙"的儿子如今是百万富翁,家境殷实。那时,台湾是亚洲"四小龙"之一,经济在腾飞,而大陆经济相对落后。许多回乡省亲的台湾老兵都被家乡亲人的窘况吓呆了,除了留下思亲激动的热泪外,还留下所带的积蓄。而这则报道不同一般,里面富翁儿子的字眼,引起了台湾人的轰动。

于是,孙家大院每天都接到数十封信,每月都有台客来参观。而来信来访的,大都称自己就是孙同吾。可是,余凤佩看了笔迹和人后,直摇头。

留给余凤佩的日子不多了。

每天孙福鼎和"苏麻喇姑"都守在妈妈的身旁,伴随她度过最后的日子。

孙福鼎和"苏麻喇姑"捧着照片夸赞照片上的人。

余凤佩笑了,在孙福鼎、"苏麻喇姑"你一句我一句对照片上的人的夸奖声中,闭上了双眼。她满足地走了。

就在"头七"过后,一位中等个子、白发苍苍、消瘦、皱纹如沟壑纵横在脑门上、眼睛已经混浊、眼袋耷拉的老人,从台湾辗转而来。他颤巍巍地走进了四合院,看到熟悉的房子,看到当年他和"小月仙"亲手栽的石榴树已经结出硕大的石榴,他手扶石榴树潸然泪下。

孙福鼎和"苏麻喇姑"把他请进屋,端来热茶,但并不信任他,任凭他诉说了一些故事和细节。直到他从腰包里拿出了一张发黄的照片,与余凤佩留下的那张照片一模一样。

孙福鼎和"苏麻喇姑"给老人跪下了。

老人把他们扶起来,要求见"小月仙"。孙福鼎和"苏麻喇姑"不得不实情以告。老人流泪了,坚持要到墓地去,向他离别60年再也没有见面的亲人道别。

在墓碑前，老人跪下了，他哭着诉说发生的一切。

原来，他是个怕老婆的人。他的老婆很厉害，是司令的女儿，他的提拔都是靠着这一层裙带关系，因此，尽管他和"小月仙"情深似海，可是，他不可能让她和他的家眷一起随着军舰去台湾。在台湾的前30年，与大陆隔绝，无法联系。后来，就是在《中央日报》发了那篇通讯后，他读到了，也不敢写信，更不敢与记者林志赢联系。七天前，他的大老婆忽然发了善心。说她做了一个梦，梦见"小月仙"哭着求她让孙同吾前来见一面，因为她就要走了。醒来后，她后脊梁发凉，同意她丈夫前往大陆来寻找亲人。没想到，那个梦正发生在"小月仙"离世的那天。

接下来，孙同吾享受了儿子和儿媳妇的孝顺，享受了孙子、孙女绕膝的天伦之乐。孙福鼎和"苏麻喇姑"请老人到"全聚德"烤鸭店吃烤鸭。全聚德是中华老字号，也是北京的名片，北京最有名的餐馆。始创于同治三年，创始人是杨全仁。孙同吾当年曾是"全聚德"的常客。后来逃离到台湾，30多年没有再尝过地道的北京全聚德烤鸭。如今他如愿以偿，在酒席上，老泪纵横。他说："还是当年那个味道，真香，让我有真正回家的感觉。"他和"小月仙"拜堂后，就是在"全聚德"办的酒席，烤鸭勾起了他的回忆。

接下来，孙福鼎还请孙同吾吃东来顺的涮羊肉。东来顺饭庄是北京饮食业老字号中享有盛誉的一个历史名店。孙同吾和"小月仙"也曾是这里的常客。店家选用内蒙古地区所产的经过阉割的优质小尾绵羊，切出的肉片更以薄、匀、齐、美著称，纹理清晰，"薄如纸、匀如晶、齐如线、美如花"，投入海米口蘑汤中一涮即熟，吃起来又香又嫩，不膻不腻。孙同吾再次老泪纵横，他说："你妈妈余凤佩原来是不吃羊肉的，但是因为我喜欢吃，她破例吃起了羊肉，后来也爱上了这一口。"孙福鼎听了深有感触，可见妈妈余凤佩爱孙同吾爱得如此之深。

接下来孙福鼎陪孙同吾到老舍茶馆看京剧、相声，到北海公园吃仿膳，到颐和园和故宫以及长城看景观。看老人穿的比较朴素，孙福鼎陪老人到王府井专门买老字号的穿戴，北京城流传多年的歌谣"头顶马聚源、身穿瑞蚨祥、脚踩内联升"。瑞蚨祥绸布店开业于清朝光绪十九年（1893年）为旧北京城"八大祥"之首。这些穿戴也勾起老人更多的回忆和对老北京的留恋。

晚上，儿子孙福鼎陪老人睡在上房。半个月过去了，孙福鼎和老人无话不聊，特别是聊到了自己萎靡不振的隐私。老人告诉他："台湾的医疗条件好，治疗性病更是先进，你到台湾来治病吧，保管你一个疗程下来，雄风再起！"

孙福鼎喜出望外，心早已插上翅膀，飞到了台湾。

老人回台湾了。大陆之行，让他满足，儿子和儿媳的孝顺让他感动，孙女、孙子的笑脸让他难忘。但是他的家在台湾，那里有他不能割舍的东西。孙福鼎和"苏麻喇姑"买了不少东西让老人带上，其中有送给老人夫人的礼物。

老人回台湾后，几次来信，催促儿子孙福鼎前去台湾治病，并告诉他，医院和最好的男性学医生，他都给找好了。

于是，孙福鼎踏上了去台湾的旅程，先绕道香港，再乘船去金门，从金门乘飞机到台北。临行前他对"苏麻喇姑"说："如果台湾好，我就在那里买下房子，接你和孩子们去住。最不济，等我的病治好了，还可以伺候你，让你嗷嗷叫！"

"苏麻喇姑"打了他一巴掌，嗔怪地说："你个死鬼，挨千刀的，就惦记那个事！注意安全！早去早回！"

五

让"苏麻喇姑"没有想到的是孙福鼎去了台湾后，很快就来信要钱，让她给他汇10万元，理由是医疗费用很贵。

她把钱汇去了。几天后,又接到来信,还是要钱,这次要50万元。接着,下一封来信要100万元,说是买房付首付,而再下一封来信则要300万元。

而此时,"瘦肉精"对人体有害一事东窗事发,"瘦肉王"的瘦肉精产业链被彻底揭露出来,孙福鼎名下的工厂和商店都倒闭、破产了。

"苏麻喇姑"拿不出钱去填台湾那个无底洞了。她不得不靠"吃瓦片"为生,一家人的生活质量从天上落到地上。

孙家大院又成了大杂院,密密麻麻的鸽子窝和蠡螺壳又出现了,本来方方正正的院子和笔直的方砖路,变得杂乱无章,又像迷宫一样,从大门口要拐上十八道弯,才能抵达"苏麻喇姑"和孩子们住的上房。

孙福鼎也不再来信了,因为来信也没有用,"苏麻喇姑"已经没有钱。

一晃,10年过去了。孩子们都要成人了,要领身份证了。这天"苏麻喇姑"做了一个重大的决定,孩子不再姓孙,改姓苏,孙家大院改叫苏家大院。因为,孩子们不再需要那个"泥牛入海无消息"的爹,"苏麻喇姑"不再需要欺骗她背叛她的丈夫。

"吃饭了!非打即骂!""苏麻喇姑"敲着饭锅,向院子里的孩子呼喊着。

她的孩子的名字最后一个字按顺序连起来,菲、达、继、玛,可不谐音就是"非打即骂!"

六

赵万刚通过与台湾警方联系,亲自赴台调查了此案。台湾警方很重视,早就听说赵万刚是北京乃至全国大名鼎鼎的破案专家,愿意合作,提供一切帮助。

他们调取了孙福鼎的入境记录,然后调查孙同吾一家人,问这个孙福鼎是怎么消失的。台湾警方的资料显示,在孙福鼎入境后的第40天,孙同吾的二儿子孙思奇报过案，说孙福鼎离家出走了，希望警方协助找人。台湾警方发出寻人启事，但是根本没有发现任何线索。

赵万刚询问孙思奇："孙福鼎来台后住在哪里？"

孙思奇说："住在我家里，跟我住一个屋，给他支了一张行军床。后来有一天他说出去遛弯，就再也没有回来。"

赵万刚提出到他家看看。通过走访，赵万刚发现，孙同吾一家8口人住一栋小楼，小楼坐落在一个小湖边，环境优雅。孙同吾的夫人住二楼主卧室。大儿子孙思淼和媳妇住三楼主卧，他们的孩子孙丽丽、孙娇娇住在二楼主卧对面。小儿子孙思洋和二儿子孙思奇住三楼，但每个人的房间都很小。孙思奇的房间在三楼的一个角落，只有十六平方米，除了一张单人床、一张桌子和一个大衣柜以及一些简单家具外，根本放不下另一张行军床。赵万刚提出要看孙福鼎的遗物。孙思奇说房间里没有，在院子的菜窖里有他的旅行包。赵万刚提出要看看菜窖，孙夫人和孙思奇似乎都有一丝丝紧张。不过孙思奇装得很镇静，说："好长时间不打开了，味道不太好！"

赵万刚坚持要看一看。菜窖打开了，一股发霉的味道还有来苏水的味道非常刺鼻。在菜窖里，空空荡荡，没有任何杂物，但是的确有一只灰色帆布材质的旅行包，包上有神州旅行社的标志，包内只有两件衬衫和一条内裤。敏感的赵万刚意识到这里才是孙福鼎住过的地方。他问行军床在哪里？瘦得像猴子一样的长瓜脸孙思奇打着呵欠说："人都失踪好几年了，留着那张床也没有用，前不久我给卖了。"

赵万刚离开了孙家，不过没有走远，而是走访了附近的邻居。邻居都说从没有见过孙家从大陆来的客人。邻居反映说孙思奇几年前租用了一台绞肉机，还在五金店买过一把电锯。不知道他做什么用，觉得奇怪。

赵万刚走访了租用绞肉机的商店，察看了孙思奇租用过的那台机器。因为时间太久了，机器被无数人租用，看不出任何问题。后来赵万刚来到了小湖边，察看情况，决定打捞这里的水草。台湾警方的人虽然很诧异，但是很配合，用细丝网抄底，把表层淤泥都捞上来。三天过去，在捞上来的细碎东西中，赵万刚找到了电锯、人的牙齿和人的碎骨。这些发现物，在台北警方医学实验室，提取 DNA，并发给北京警方。北京警方通过孙家的遗物查验出孙福鼎的 DNA，结果证明非常吻合。一切真相大白了。

其实，孙同吾从大陆回到台湾不久，就心脏病发作，死了。孙同吾的夫人生了三个儿子，都不务正业，而孙夫人和二儿子孙思奇吸毒，欠下了高利贷，他们娘俩合谋把孙福鼎弄到台湾来当人质，向"苏麻喇姑"要钱。可是破产的"苏麻喇姑"，不再寄钱来，他们只好撕票。

孙福鼎连台湾是什么样子都没有看见过，一到台湾就被罩上眼罩，关在一间地下室，逼他写信向媳妇要钱。后来，不再有钱寄来，地下室就彻底关闭，不再有食物和水送进来。孙福鼎临死前的最后一句话是："要是不来台湾治性病就好了！"

孙福鼎死后，孙思奇租用绞肉机、买来电锯毁尸灭迹，罪行令人发指！孙思奇等案犯被逮捕，通过台湾法院审判，孙思奇被判处死刑。而孙同吾的夫人是主谋被判处终身监禁。正义得到了伸张。孙福鼎和余凤佩的灵魂得到了告慰。

台湾警方非常佩服赵万刚的职业敏感和严谨的办案作风，这个案例写进了海峡两岸警方合作史，成为海峡两岸警察学校经典教科书的重要案例。

— 34 —

蛇豆

一

袁家大院，坐落在京城的东交民巷，可以说是城市的中心，紧挨着天安门广场，寸土寸金。可是，这家的新主人却在寸土寸金的四合院内种起了蔬菜。

谷雨这天，正是种瓜点豆的好日子。66岁的男主人袁大心，开始在院子的犄角旮旯翻土、松地、施肥、然后，撒下蔬菜的种子。袁大心，个子不高，一米六多一点，不胖不瘦。大眼睛，连毛胡子，确切地说，上嘴唇上留的是标准俄罗斯式的八字胡。尽管到了这把年岁，他头上没有几根白发，短寸头，头茬是黑的，胡子也是黑的。他心情舒畅地点播着生菜、西红柿、红叶菜、芫荽、苤蓝、豆角、南瓜、葫芦和黄瓜。品种齐全，可谓丰富。

"要的，要的，好个老公，好个勤快人。你不要忘记种点辣椒——朝天椒——四川的朝天椒，你老婆我是四川人，离不开辣子哈！"小媳妇梁茶花，站在一旁指点着。

梁茶花26岁，身高1.7米，窈窕挺拔，瓜子脸，柳叶眉，杏核眼，是个标准的美人。她的尖下巴，是韩国美容师的杰作，原来她的下巴，像个结瘤的小南瓜，后来，她去韩国潇洒了一把，把自己变成了动漫中的"美眉"。

四合院中种菜，在北京城不多见。两进的四合院，一般人家只是种种花草或栽种几棵树，如石榴、海棠等象征着幸福红火等喜性的树。而桑树、枣树、杏树、梨树和槐树一般是不种的。桑枣杏梨槐，不是树不好，而是名字听上去不好："丧早腥离鬼"，槐与鬼同字形，所以，在老北京的生活中，是不栽种在自家院子里的。

"要的，要的，老公，不要忘记种几棵蛇豆。看到曲曲弯弯的蛇豆，我就不想家了哈！"梁茶花吩咐着。其实，让老公种菜，有着另一层用意，就是让这个老男人忘记他的俄罗斯冬妮娅。

这个老男人和冬妮娅的故事，梁茶花最清楚，因为，她逼着老公每天坦白三遍，即使他和冬妮娅情深似海，也不许再想她！

说起来，冬妮娅的确是袁大心的救命恩人。在改革开放之初，袁大心就下海，奔赴苏联倒腾羽绒服，他看准了这个商机，苏联轻工业少，日用品奇缺，而中国恰巧轻工业产能过剩，东西便宜，这个差价能"撑死胆大的"。而他恰好有一颗大胆。于是，他从乡镇企业订购了一批假冒伪劣的羽绒服和其他日用品，雇了好几个车皮，往苏联运。他立刻就发财了，成了腰缠万贯的暴发户，成为苏联人眼中的富豪。不过他的假冒伪劣的羽绒服让俄罗斯人上了当，花了很多钱，穿在身上不暖和，有的还有鸡屎味，从布丝里面向外渗油渍。于是，两个俄罗斯小伙子愤怒地来到袁大心的仓库，把他绑架了，索要20万卢布。袁大心不愧是新中国教育出来的北京爷们儿，宁死不屈，面对皮鞭和皮靴，他绝不交出20万卢布赎金。两个小伙子一个叫阿廖沙，一个叫安东尼，是亲哥俩，打累了，居然征服不了这个良心大大坏了的中国奸商，于是就把他绑成一张弓，确切地说是反弓形，肚子朝前，脑袋和脚朝后，在脖子和双脚之间，拴上一根绳索，如果袁大心想伸直腿，那么就会把自己勒死。不过不伸腿，那么这个反弓形的姿势，让他难以维持。就在他生死之间，他看到一位俄罗斯美女翩翩而至，来到这个储存货物的仓库，挑拣羽绒服、纱巾，并一件一件地在自己身上比量。袁大心把塞在嘴里的臭袜子吐了出来，用结结巴巴的俄语说："阿拉瘦，大姐，这几件衣服样子鲜艳，但羽绒的质量太差，在墙角的箱子里，有我准备送给你们农业部部长夫人的裘皮大衣，如果你把我松开，我就送给你！"

这位俄罗斯美女就是冬妮娅，当时20岁。金发碧眼，身材中等，但窈窕、胸部丰满，能让所有男人倾倒。她并不信任这个中国奸商的话，不理他，继续挑拣服装。

"美女，我决不说假话，如果你救了我的命，你要什么，我给你什么！我裤兜里有一块劳力士表，你先拿走，绝对是正品，不是假货，那是我自己戴的，裤子就在那个行军床下面！"袁大心不甘心放弃最后一根救命稻草。他想扭动身子，但是绳子绑得紧，疼痛已变成麻木，血液流通不畅，手足已经变白，再有个把时辰，说不定手脚就会坏死。

"你哪里有真话，你们中国人爱撒谎、骗人。你是奸商，fake, fake, fake!"冬妮娅用俄语夹杂着英语厌恶地说。

"美女，我这几句话都是真的。不信你在我的行军床下，翻一翻，裤兜里有劳力士表，还有两万卢布！"反弓形的姿势让他非常难受，想早点脱离痛苦，话也像橡皮膏一样有黏性紧贴着这根救命稻草。

冬妮娅半信半疑地走到附近的行军床边，俯下身去，果然发现了一条牛仔裤，翻开裤兜，左兜里有一块崭新的劳力士表，右兜里有一个鼓鼓囊囊的皮夹，皮夹里有两万卢布。她拿着战利品，走到袁大心旁边说："我的两个哥哥打你，你都没有告诉他们你的钱在哪儿。为什么你告诉了我？"

袁大心恳求地说："美女，求求你救我。那个箱子里有裘皮大衣，是我准备行贿你们部长夫人的，现在也是你的，你会发现，我不说假话！"见美女还不救他，他只好又抛出一个诱饵。

冬妮娅来到墙角边，打开了箱子，果然发现了一件狐狸皮的上等裘皮大衣，穿在身上，果然暖和，像个贵妇人。于是，她高兴地对袁大心说："你没有说假话，你不是骗子！说真话的男人，我喜欢！"

袁大心伸了一下麻木的腿，脖子被绳索狠狠地勒了一下，喘不上来气，脸憋得通红。他赶忙恢复原来的反弓形姿势，咳嗽好几声，然后再次求救，再次套词。"美女，中国男人其实挺好的，从不酗酒打老婆！你的两个哥哥一定酗酒，他们满身酒气，现在又喝酒去了。你们俄罗斯的男人都酗酒打老婆！"

这句话触痛了冬妮娅，她的姐姐就在一个月前被酗酒的姐夫殴打致死，因此，她发誓不嫁男人，不愿意成为下一个牺牲品。冬妮娅哭了。

"别哭，我有钱，只要你救了我，我给你20万卢布！你看我没有说谎，刚才说的不都证实了吗！"他再次加码，开出了天价。

冬妮娅不解地问："为什么我哥哥们要20万卢布你说没有，可是你现在可以给我20万卢布？"

袁大心说："北京爷们儿是好男人，面对凶残，决不认怂，但是为了你这样美丽的姑娘，什么都舍得！"

"那好，你什么时候给我20万卢布？"冬妮娅试探地问。

"你只要给我松绑，我和你一起到银行，把20万卢布划到你的账户上！"袁大心肯定地说。

就这样，袁大心得救了。他履行诺言给了冬妮娅20万卢布。当冬妮娅得知袁大心的账户上还有20万卢布，她动心了，表示要嫁给他，嫁给这个不酗酒、不打老婆的中国男人。

冬妮娅把20万卢布交给了哥哥，两个哥哥允许这个拿来茅台酒和劳力士表和裘皮大衣作为聘礼的中国男人把妹妹带走了。不过他们不明白的是，为什么这个中国男人宁愿被打死也不给他们20万卢布，而妹妹一出马，不仅给了20万卢布，还给了仓库里所有的货物，让他们哥俩成为仓库的主人！

二

"种蛇豆，不要忘记种蛇豆哦！"梁茶花吩咐说。

蛇豆，外形像蛇，吃起来像香瓜，可以炖汤，可以爆炒，可以和任何菜搭配，是这个四川妹子喜爱的家乡菜。

袁大心愉快地服从小媳妇的吩咐，其实，袁大心知道，他和冬妮娅的一段姻缘和蛇豆有关，是冬妮娅用一捆蛇豆打倒了他的前妻——人高马大的钱淑英，把袁大心从中国大女人手里抢过来的。

被解救的袁大心，和冬妮娅成了家。冬妮娅痛恨袁大心倒腾假冒伪劣的羽绒服，痛恨他骗人的奸商行为。她劝他合法经商，诚信经商。于是，袁大心把仓库给了两个俄罗斯大舅子，自己到莫斯科郊区租了几十亩地，改做经营温室大棚，给俄罗斯市民提供新鲜蔬菜。他种的蔬菜品种多样，其中就有蛇豆。这种曲曲弯弯的粗大长长的豆角，酷似一条条青蛇和白蛇。一开始，俄罗斯人不知道是什么，不敢吃，后来，冬妮娅现身说法，告诉俄罗斯人用它做罗宋汤，风味独特，用它拌沙拉，更是美味。渐渐地，俄罗斯人接受了蛇豆，袁大心成了"蛇豆大王"。不过冬妮娅把袁大心裤裆的那话儿，戏称为"蛇豆"，形状弯曲！两人成家后，十分和谐，颠鸾倒凤，"蛇豆"是他们的开心果。

袁大心在娶冬妮娅之前是有老婆的。袁大心原来是毛纺厂的车间主任，娶了一位纺织女工。不过这个纺织女工可不是一般的女工，而是从市女子篮球队退役下来的运动员，长得人高马大。30岁的袁大心是个篮球迷，还是单身，爱屋及乌，于是就疯狂追求这个退役的女运动员。另一个原因就是袁大心一直由于身材矮小而自卑，当了车间主任的他，就想征服一个高个子女人，来证明自己是个顶天立地的爷们儿。还有，前篮球女运动员的曲线哪里都大，可满足他对"大"地方的渴望。可是，由于身高的差距太大，女运动员一直不同意。直到袁大心下海，成为北京城最早的万元户，女运动员钱淑英才不情愿地嫁给他。钱淑英心里也清楚,她一米八多的身高,满身伤病,需要钱来治病,况且她一直也没有遇到真心爱他的同等身高的男人,于是,就下嫁了,"高矮配"。这段婚姻被前篮球队的队友戏称为"潘金莲"找了个"武大郎"。婚后,两人性生活不幸福。钱淑英没有享受到上下同时得到滋润的快活,而袁大心顾得了上边,顾不到下边,自己快活了,而钱淑英还饥饿得很呢,就像一只馋猫刚尝到半口荤腥,食物就被拿走了,干着急!日子还要凑合过。开始袁大心在苏联经商,还经常寄钱来。后来当钱淑英发现老公给家里寄的钱越来越少了,信也不写了,电话也不打了,就产生了疑心。正巧,工厂的业余篮球队到苏联的毛纺厂访问,她兴冲冲地找到袁大心在莫斯科的住址,发现袁大心正和一个俄罗斯女人过起了鸳鸯日子,就怒火冲天,一把抓住袁大心的子孙根,用力一握,袁大心哎哟一声,疼晕了过去。冬妮娅见状,情急之下,用一捆蛇豆砸向钱淑英,把人高马大的钱淑英砸倒。待袁大心醒来,发现两个女人在一起喝酒,在一起痛哭流涕!

摆在袁大心面前的只有两条路,要么选择人高马大的前篮球运动员,要么选择小巧玲珑的冬妮娅,否则,她们要共同把他告上法庭,"重婚罪"!一日夫妻百日恩,割舍不得,还必须割舍。最后,袁大心选择了冬妮娅,因为钱淑英下手太狠,差点要了他的命。袁大心把剩余的存款赔给了退役的篮球运动员钱淑英,"高矮配"从此一刀两断。

但是,从此,袁大心落下了病根,受了伤的"蛇豆"再也不能雄起。冬妮娅帮他找医生治疗,吃了各种补药,无济于事。一晃30多年过去了,两人连个孩子都没有,生活单调而平淡。

三

袁大心在俄罗斯的生意做大了,从经营蔬菜,到日用品,再到文化商品,无所不包。特别是,他精明的商业头脑,在苏联解体时发了财。那时,卢布贬值，百姓生活困难。就连苏联画院的有名画家，都不得不低价出售自己的作品换取面包和黄油。于是，袁大心大手笔地收购，他买断了几十位院士的画作，回国后办画展，出画册集，赚得盆满钵满。

生意大了，就需要人手，于是，他就到处招聘员工。四川来的妹子梁茶花被他招聘来了，负责展会的策划和销售。这个妹子，身材不错，眉眼清秀，会说一口流利的俄语，四川外国语学院毕业，不过，就是有个丑下巴，像结了瘤的南瓜。

袁大心从没有把这个结瘤南瓜下巴的女孩子当根葱，连正眼也没有看过她。

"手把青禾插满田，低头便见水中天。心地清静方为道，退步原来是向前！"袁大心经常给员工培训，这首诗既是他的开场白，又是他的结束语。他告诫大家不要急功近利，要看得长远。不过，这首诗不是他所作，而是唐朝一位名叫布袋和尚的人所作。布袋和尚留名野史，因为他扶贫济困，总给穷人从布袋里拿出层出不穷的食物和救命钱。说的次数多了，袁大心就想修建一座布袋大佛像，修建一座布袋和尚庙。于是，在浙江溪口的布袋山，他捐了一千多万元，和全国各地的慈善家一起修建了世界第一大佛像——布袋和尚像。布袋寺庙也修建了起来，建筑用的木材都是从东南亚运来的金丝楠木，千年不朽，芳香扑鼻。布袋和尚不仅被一千多年后的今人隆重地用香火朝拜，他的诗也走向了海内外。

袁大心到处捐钱，他成了"国民老公"。一天，他偶尔看到正在为他的俄罗斯油画展忙乎的结瘤南瓜下巴的女孩，忽然套近乎说："你要把下巴做了，一定是天下第一美女！"

梁茶花说："我是个月光族，哪里有钞票去美容下巴？再说，'女为悦己者容'，没有谁看上我，我凭啥子去花钞票忍痛挨刀子？"

她的话让袁大心一愣，没想到无聊的一句话，竟然让自己的下属驳回了。他于是忽发善心："你去韩国美容，我出费用！"

梁茶花说:"老板,不带这样开玩笑的,你真的出钱吗?如果做坏了怎么办?我可听说,许多人到韩国受了骗,把鼻子做歪了、把脸做歪了的都有,我可不想挨了痛,还做歪了,成为丑八怪,就更嫁不出去了!"

简直就是在拱火,袁大心可是吃软不吃硬的主,于是半开玩笑地说:"做歪了,没人要你,我要!我养你一辈子!"

梁茶花和同事都哄然笑了起来。自卑的梁茶花说:"老板,不带这样玩的。这个玩笑开得太大了。你老牛吃嫩草,不怕被冬妮娅老板娘发现吗?这个国际玩笑开不得!"

还有的同事说:"老板应该说一不二,写下军令状,白纸黑字,如果她做坏了,你不娶她,我们是证人,不答应!"

玩笑就这样过去了。

展览会十分成功,俄罗斯名画家的油画和画册卖出去不少,利润滚滚流入了袁大心的腰包。为了奖励员工,袁大心真的出钱,让公司最能干的梁茶花去了韩国旅游,并为她出了美容费,嘱咐她说:"一定找最正规的美容院,国家级大美容院!"

一个月后,梁茶花回来了,不过在海关遇到了麻烦。边检人员认为她的形象与护照照片上的人不符合,拒绝她入境。她给老板袁大心打了个电话,求他到海关接人。接到电话后袁大心让秘书备齐所有必需的资料,然后驱车到北京机场海关,找到负责人,提供了相关资料,说明情况,然后,把换了一副面容的员工梁茶花接了回来。不过,让袁大心大吃一惊的是,结瘤南瓜下巴的女孩摇身变为狐狸精般的美女,妖艳、姣美、娇媚,吓得他不敢直视。

同事们见了都大呼:"晕菜了!倩女幽魂转世了!"

结瘤南瓜下巴的女孩成了人见人爱、花见花开的美天仙。不过这个美天仙知恩图报,她给袁总带来了礼物——韩国的美酒——坊士力,功效可与伟哥媲美。

就是这个坊士力,让袁大心和冬妮娅闹掰了。那天晚上,在办公室加班的袁大心喝了两杯辛辣的坊士力,两个小时后,忽然发现,那个软弱已久的"蛇豆"可以伸展了,膨大得不可遏制。他赶忙驱车回家,发现老婆冬妮娅正在床上和她的俄罗斯相好亲热。自从他的"蛇豆"出问题后,他允许冬妮娅寻找她想要的,因为爱一个人,就要让她快乐,这是他做男人的座右铭,也是他作为北京爷们儿的座右铭。但是此刻的他,怒火中烧,冲上去就厮打。结果是,不自量力,自己被俄罗斯壮汉踢倒在地,"蛇豆"再一次受伤。

受伤的不只是"蛇豆",冬妮娅提出和他离婚,有其名无其实的婚姻让她受够了。于是,冬妮娅连分手费都没要,就离开了他。

四

"老公,你种蛇豆没有?你晓得的,我蛮爱吃蛇豆的,用它做泡菜,也蛮好吃的,脆脆的,爽口!"梁茶花做饭去了,但是还隔着窗子叮嘱袁大心。

袁大心是怎么和人造仙女走到一起的,这还真与蛇豆有关。冬妮娅走了,袁大心像变了一个人,魂不附体,心不在焉,像个梦游者,或活着的"僵尸"。

梁茶花身边有不少追求者,她先后三次结婚,但是都失败了,原因是她不可以接吻,脸部怕压,一旦受到压迫,就让她疼痛难忍。外表好看,但是毕竟是人造的,面部神经受到伤害,而且心理上的疼痛回忆,让她越发觉得接吻是一件最可怕的事。

知道底细的人,都认同这样的结论:做坏了。不少人认为:韩国美容,是吹牛皮吹出来的。但是,人家吹不吹牛皮,跟你认为不认为人家吹牛皮,没有一毛钱的关系。人家没求你上门,但是,全世界特别是中国每天有成千上万的女人哭着喊着找上门去,花钱求人家修理脸面,人家没有用枪逼着你来,你偏要来,你愿意花钱找罪受,拦都拦不住。其实,都是钱闹的,人穷的时候,吃不上饭的时候,打死她也不会去美容。而人一旦有了钱,温饱有余，就开始烧包，臭美。

梁茶花没想找袁大心算的后账，袁大心也没注意到这档子事。他依然不断往返莫斯科，经常把温室大棚种的蛇豆，挑拣出最好的，小心翼翼地用锡纸包装，然后再装入印有"大心公司高级精品"字样的硬纸盒中，亲自送到冬妮娅家。但是，冬妮娅没有给他开过门。任凭他不断地送蛇豆，任凭蛇豆放在门厅前的走廊上。

袁大心的状态引起了梁茶花的担心。公司的人，有辞职的，有私拿公款的，有财务造假的，有偷字画的，有卷包跑路的。一个大公司，眼看要散了，梁茶花心疼。于是，她帮助袁大心管理财务，帮助他整顿公司。

"手把青禾插满田，低头便见水中天。心地清静方为道，退步原来是向前！"梁茶花认为这几句话非常有道理，认为是时候急流勇退，把公司卖掉，让袁大心养老。

这天，袁大心再次给冬妮娅送蛇豆，冬妮娅怒不可遏地从屋里冲了出来，把一纸盒蛇豆砸在痴心想复婚的袁大心的头上，袁大心被砸倒了，血流如注。跟着袁大心的梁茶花冲了上去，用蛇豆猛砸冬妮娅，把冬妮娅砸个大马趴！然后，她扶袁大心上了车，把他送进莫斯科的医院。医院很快处置了伤口，她送袁大心回宾馆。不过，此时的袁大心被冬妮娅砸得清醒了，思路正常了。他感谢梁茶花的相救，也为自己对冬妮娅的痴心而懊悔。

他说："小梁，如果你不嫌弃，咱俩搭伙过日子如何？我知道自己的年岁太大，比你父亲还大，也许不合适，但是公司离不开你，你挽救了公司，我给你钱，也不知道给你多少合适。我想来想去，还是把自己给你吧，这样，我死了，你可以拿到全部财产。如果你想离婚，随时可以，也可以带走一半财产。这样才名正言顺。"

梁茶花笑了，她说："你是国民老公，真的想娶我？"

袁大心说："真的，你美若天仙，不想娶你的男人是傻瓜！"

梁茶花说："你欠我一个承诺，如果我的脸做坏了，你说要管我一辈子的，是该你兑现的时候了。"

袁大心说："你的脸不是做好了吗？这么美？"

梁茶花叹气地说："做坏了，不能接吻，怕压！我结了三次婚。那些狗男人，不接吻不过瘾，说我不像个媳妇，连充气娃娃都不如！你说气人不气人！"

袁大心说："哦，是这样！我要对你负责，负责一辈子！兑现承诺！接吻不接吻，其实不重要，重要的是相爱！我的前两次婚姻，爱情的分量不足。利益的成分挺足，所以压坏了天平！"

梁茶花说："你想好了，可别后悔。世上没有后悔药！"

袁大心说："不后悔。不过，有个事，我必须向你坦白，我的'蛇豆'受过伤，可能不能给你事实婚姻。但是，你上次送的韩国酒，挺灵的，还有吗？"

梁茶花说："没有了，但是我们可以飞韩国，买上几箱子！"

袁大心说："还是你聪明，上点关税，买一车皮吧！"

梁茶花说："好，买一车皮。你还可以跟他们谈当中国总代理，专卖这种酒！"

俩人开心地笑了。

一年后，27岁的梁茶花为67岁的袁大心生了一个儿子，3.5千克重。看到刚出生的肉乎乎的大胖小子对他笑，袁大心心花怒放！每天高兴得合不拢嘴！

在北京的四合院，袁大心种植的蛇豆开花了，粉白色的花非常好看，散发出一阵阵沁人心脾的馨香……

— 35 —

小周璇和大猪头

一

爱情的成功大都像奇门遁甲，爱情的失败大都像被玻璃门夹脑，看得见，摸不着，头破血流，心绞痛，硬是过不了这道门。

从小就有"小美人"之称的赵婉娥，大眼睛，高鼻梁，樱桃小口，瓜子脸，身材窈窕，典型的东方美人坯子，宛如红透上海滩的影星周璇小时候的拷贝版。父亲赵瑞麟是米店的老板，家境殷实，可惜就是没有儿子继承香火，尽管在床上砸夯般使劲捣鼓，要老婆一定生儿子、生儿子，可是裁缝铺丫鬟出身的老婆"三寸金莲"，就是肚子不争气，"呱唧""呱唧"一连串"孵出"了4个不带把儿的，赵家立刻就阴盛阳衰了。好在排行老三的赵婉娥伶俐乖巧又貌美，夫妇俩把三女儿婉娥视为掌上明珠。而邻家姓朱，书香门第，三代单传，在县里当师爷的朱世襄，生下的儿子取名朱福载，这个胖嘟嘟的儿子非常有福相，大耳朵，大嘴唇，大方脸，眼睛却不大，额头较高，身材修长。两家走得近，关系好，一次酒后，两个父亲就拍板订下娃娃亲，后找风水先生算了生辰八字，赵婉娥命中属土，朱福载则是木命，土生木，断定是好姻缘，赵婉娥将来一定旺夫，朱福载这个未来的金龟婿一定福大命大造化大！

"玩过家家了！"赵婉娥和朱福载就这样开始了青梅竹马的生活。无非是小姑娘扮装小媳妇，傻小子扮装新郎官，骑马上轿、入洞房瞎闹。两人不欢而散的故事常常发生，也无非是这方堆好的沙子城堡被那方一泡尿给冲毁了，或在崭新的布娃娃脸上滴落了肮脏的鼻涕，或那方好不容易搭好的积木被这方一脚踢散。

"小小子，坐门墩，哭哭啼啼要媳妇，要媳妇做什么？点灯说话儿，熄灯做伴儿，饿了吃她的小咂儿砸儿！"这就是他们那时的歌谣。而朱福载那时就学会伸出"咸猪手"去触碰漂亮的"小美人"的胸部和屁股，认为是"新郎官"理所当然的"福利"，被赵婉娥当即一巴掌拍个满脸花。"大猪头，记吃不记打！""小美人"骂道。

有福相的朱福载在江苏的水乡镇上被称作朱家大少爷，而赵婉娥只叫他"大猪头"。随着年龄的增长，到了该上学的年龄，那年月，刚好兴起女妮子也能入私塾了，赵婉娥和"大猪头"同窗，冬烘先生从"人之初，性本善"启蒙，谁知，"大猪头"竟然非常了得，老师教的他全懂，老师没教的，也能把十几首唐诗背得滚瓜烂熟，深得冬烘先生的赏识，聪明伶俐的赵婉娥竟然经常被罚站，因背不下来课文被打手心。冬烘先生70岁了，打不动了，就让"大猪头"代打。而"大猪头"和赵婉娥是青梅竹马，怎么舍得打，像挠痒痒那般把竹板子戒尺在小手心上打两下。一来二去，赵婉娥喜欢被"大猪头"打手心，有一种痒痒的快感和在众目睽睽之下被关注的刺激，于是，能背下的课文也诳称不会，于是，每天都上演被罚被打手心的固定科目。

而这一天却改戏了，县上发布告示，要每家商铺多缴税，开米店的赵瑞麟带头反对，联合百余家商铺抗税，并痛骂师爷朱世襄给县太爷出的坏主意，还亲手打了回家休假的朱世襄两巴掌！目睹了这一幕的"大猪头"来到课堂，当冬烘先生问赵婉娥"窈窕淑女，君子好逑"是何意？这个赵婉娥故意说："腰长的女子，名叫君子，最喜好玩皮球！"惹得学生们哄堂大笑！

"胡说！打板子！"冬烘先生命令道！

"大猪头"抡起了竹板戒尺,狠狠地向赵婉娥手心打来!

"啪!"一下,"啪!"又是一下。

"哎哟!""哎哟!"赵婉娥声嘶力竭地号啕大哭起来。

放学后,赵婉娥在桥头堵住了"大猪头",质问他:"侬(你)晓不晓得下手沉,痛得阿拉(我)一塌糊涂?侬(你)的心瓦塌了还是怎的?"

"侬莫问阿拉,问侬(你)家父,他打阿拉(我)家父,让阿拉(我)家父吃两记响亮的耳光哩!"

"家父打侬父,侬(你)就狠命打阿拉(我)?道理说不通!"

"打人莫打脸,侬(你)家父偏打脸。"

"为啥子打侬家父脸?"

"说阿拉(我)父亲当的狗屁师爷,出的狗屁主意,多征税!"

"活该!打的好!打的妙!要是打出血来,打出肠子脑子来才更妙!侬(你)家父就晓得征税征税,不晓得百姓日子过得紧,饥荒年,家家日子不好过!"赵婉娥整日听得家里大人们的谈话,知道的事情多,超出了一般孩子的认知。

"别人打得,侬(你)家父打不得!侬(你)家开米店,日子比别人家好!"

"阿拉(我)家父赊账给穷人,他代表穷人讨道理,有权打得!"赵婉娥晓得父亲是农民的头头儿,农会主席,受乡亲的爱戴和敬仰。

"打不得,侬(你)家阿拉家是亲家,家父从小给阿拉(我)俩订下娃娃亲!"

"侬(你)今天打痛了阿拉,娃娃亲不作数,阿拉(我)才不做侬(你)的新娘,'大猪头'!"

于是,这对儿青梅竹马彻底决裂,恨不得互相生吃了对方,好一曲不欢而散的枉凝眉!

二

一晃儿，两个孩子都大了。"大猪头"考取了空军航空学院，而赵婉娥考的是上海护士学校。天各一方。

之后日本鬼子悍然发动了全面侵华战争。航空学院的学员全部参战了，驾驶老掉牙的落后飞机与日本先进的零式战斗机缠斗，空战的惨烈，吃亏的当然是中国空军，一共不到200架飞机，全部被打了下来。最后就连航校的老师也亲自驾驶飞机上了天，老师给家属的留言是："我的学生都战死了，该我这个老师上了。"而航校师生英勇壮烈的牺牲并没有换来胜利。噩耗传来，举国哀痛。

在上海辅仁教会医院当护士的赵婉娥这一天当班，几个渔民抬来一个重伤员，是从黄浦江上捞起的国军飞行员，被烧得面目全非，奄奄一息。经过抢救，命保住了。赵婉娥发现这个人的领章内侧写的名字就是朱福载，她的发小"大猪头"！

只要当班，赵婉娥便来护理"大猪头"，而日本兵已经占领了上海，到处搜查中国军人，藏匿"大猪头"成了难题。于是，赵婉娥冒着砍头危险，把"大猪头"转移到自己在郊区宝山路的家，这里是个小渔村，此时的赵婉娥已经嫁给了一位小业主刘长庚，刘长庚经营的是渔具，中共地下党员，他们给"大猪头"换上了渔民的服装，谎称是自己的堂弟，渔船着火时被烧伤的。换药、涂药甚至植皮，大约一年的光景，才治疗好"大猪头"的伤。在养伤的日子里，赵婉娥晓得飞行员比金子还金贵，何况"大猪头"是中国仅存的"国宝"，举家把最好的食物贡献给"大猪头"吃，而她和丈夫吃糠咽菜。有教养的"大猪头"发现后，感激地说："谢谢侬，救了阿拉，还把阿拉藏在侬家。看到侬成家立业，为侬高兴！"

"谢啥子，侬是民族的英雄，国人要感谢侬！"赵婉娥说。

"惭愧，阿拉是被我们的防空炮火打下来的，不是被日本飞机。"

"怎么会？"

"阿拉的飞机飞得低，正在躲后面的日本咬住阿拉的那架飞机，地面防空炮打中了阿拉。"

"哦，大猪头，侬真是个大猪头！白给侬这么多好吃的！"

"惭愧，从今天起，不要特殊照顾阿拉，和你们吃一样的。"

"阿拉们吃糠咽菜，侬吃得下去吗？朱少爷。"

"别叫阿拉少爷，阿拉愿意和你们一样吃糠咽菜！"

"侬父亲被乡亲们打死了，晓得吧？"

"晓得，他当了汉奸，给日本鬼子当县长，还征税，官逼民反！"

"侬还晓得官逼民反？当年家父痛打侬父亲两记耳光是轻的。侬晓得侬父亲当年的外号'朱腰子'吗？因为他总是出馊点子，出幺蛾子，所以就被乡亲痛骂！"

"晓得的，侬父亲还好不啦？"

"没了，他闹农会后来被侬父亲关起来，每天喂他鸦片，放出来后，成了大烟鬼，烟瘾犯了，没有鸦片就用头撞墙，家里的米店没多久就败了，都用去还买鸦片借的高利贷。妈妈抱怨说，'侬这个败家鬼，怎么不去死？'家父羞愧难当，就投河自尽了。说起来，也是侬父亲害的！"

"抱歉，抱歉，对不起侬，对不起侬全家。侬姐姐和妹妹呢？"

"逃难去了，不晓得流落在哪里？没的书信。阿拉心急得如火燎呢！"

刘长庚回来了，他是个高个子瘦长脸的汉子，常年和渔民打交道，粗糙得像个渔夫。他带回来鲜鱼，一边收拾鱼，一边对"大猪头"说："你是我老婆的发小，巧得很。照顾你是应该的，伤愈后你打算怎么办？"刘长庚是北方人，说普通话。

"谢谢你和夫人照顾我，"朱福载的普通话说得也很标准，"我要找部队去。"

"蒋介石逃到了大后方，重庆陪都，你去那里吗？陕北考虑没有？"

"你是说毛泽东的红区？那里穷得叮当响怎么有飞机，我这个飞行员还是想干老本行，给我一架飞机，我还是要上天去打鬼子！"

"现在是国共合作，全民抗战。我会安排你去重庆。"

"谢谢你，也谢谢婉娥，她如今长得比周璇还美，简直就是小周璇！你是怎么娶到婉娥的？"

"谢谢你的夸奖，朱先生，婉娥说过，你们俩曾订过娃娃亲，后来黄了。我和婉娥认识，是在寒山寺。"

那一年，刘长庚做地下工作，为了躲避伪军和鬼子的搜查，在寒山寺隐蔽。一天，青年学生赵婉娥和她的同学到寒山寺玩。忽然，来了一小股鬼子和伪军，发现寺庙有"花姑娘"，就兽性大发，抓住几个姑娘就要强奸，刘长庚挺身而出，用短枪击毙几个正在奸淫女学生的鬼子，吓跑了那几个伪军。受了侮辱的赵婉娥痛不欲生，而刘长庚不仅救了她，还安抚了她受伤的心灵。赵婉娥仿佛在茫茫黑夜遇见了北斗星，毕业后就半报恩半像萤火虫要找北斗星那样嫁给了在上海郊区搞地下工作的刘长庚。但是，刘长庚没有对"大猪头"说这么详细，毕竟他和"大猪头"现在是情敌。俗话说"山不转水转"，赵婉娥对青梅竹马的朱福载还是有感情的，不然她不会冒着生命危险把他藏匿在家中。

"大猪头"的儒雅和童年的回忆，让照顾"大猪头"的"小周璇"赵婉娥沉浸在幸福之中，每天俩人有说不完的话。开场白一定是"大猪头"说"侬米孔嗲"（你的面孔真漂亮）。说到欢快处，俩人的频率和速度像是做爱，蜜稠的吴侬软语像瀑布达到高潮，然后糯黏地藕断丝连地平息下去。日子过得像做梦一样。

而在刘长庚听来，却像一条钝锯正在撕咬着一棵大树，吱吱啦啦，钻心、钻耳，令他如火烧屁股，坐卧不宁。

几天后，朱福载在刘长庚的安排下，坐船去了重庆。临别，他把金质派克钢笔送给了"小周璇"，而"小周璇"偷偷地送给"大猪头"一方绣了梅花的手帕。

三

赵婉娥和刘长庚生了两个儿子，随着中华人民共和国的成立，刘长庚当上了南京水产所的所长，赵婉娥也随丈夫定居南京。日子过得比较宽裕，眼看儿子像吹气似的，忽然间长大，上了寄宿学校，赵婉娥觉得家里空落落的，偶尔会拿出那支金质派克钢笔发呆。那个青梅竹马的发小"大猪头"现在还活着吗？

随着政治运动的兴起，刘长庚倒霉了，他被人双手捆在背后，脖子上吊着沉重的小黑板，上面用白色粉笔写着"走资本主义道路的当权派"，天天被批斗，还挨打。那时被打成"黑五类"，会株连九族，为了不连累老婆和孩子，刘长庚回家后，写了一封离婚书，自己签上名字。赵婉娥看到离婚书几乎昏了过去，她清醒后大骂："侬个挨千刀子的，敢休老婆了？侬个没良心的，到底想要咋个死样子吗？"

"不是为你和孩子好吗？不让你们受连累！"刘长庚说。

"连累就连累吧，不就是挨斗挨打吗？阿拉们陪着你！"越是黑暗的时刻，赵婉娥这只萤火虫越是要用小翅膀托住那颗黯淡欲坠的北斗星。

刘长庚感动得热泪盈眶，那年月，一沾上"黑五类"的边，就意味着被宣判了政治死刑，活着如行尸走肉，生不如死。但是，他好言相劝老婆孩子和自己划清界限，以便在政治上有个好前途。总之，老婆始终没有在离婚书上签字。挨了多次批斗和打之后，刘长庚得了严重的胃病，那是生气被气坏的，一个做地下工作用鲜血和生命打江山的共产党员竟然被污蔑是敌特，他怎么也想不通，越想胃越疼，最后吐出一大口鲜血，送到医院，没有抢救过来，胃出血而死。

赵婉娥成了"黑五类"的遗孀，又被称为"黑寡妇""黑小周璇"，总之，尽管她长得白如凝脂，但是政治上的归属于"黑五类"，所以，她的外号中一定带个"黑"字。

"寡妇门前是非多",何况还是像周璇一样漂亮的寡妇。于是,走在大街上,有流氓骚扰,回到家里,家门口会有冒失的单身男子前来求婚,来到单位会有领导明里暗里地暗示是否可以"潜规则"一下,甚至还有的看上去文质彬彬的却在路上拦住她,跪下了恳求"片刻之欢"的。

"小周璇"不胜其烦,不胜其扰。每个女子都盼望自己是美人,而赵婉娥根本没有感觉到当美人有什么好,她成了骚扰的首选目标,成了众矢之的,万人色猎之物。

找一个人嫁了吧!这是她的姐姐和妹妹失散多年后团聚了异口同声劝她的话,她们的老妈妈已经过世了,她们都希望这个"贼机灵""贼漂亮"的老三,能向前走一步,或找个死了老婆的男人续弦,或找个单身男人填房,总之,走马灯似的给她介绍单身汉,似乎没有了男人的女人就必须依附一个男人才能活得下去,似乎那一张结婚纸才能证明一个女人活得幸福。殊不知那张纸下,有多少人根本不幸福,那张纸也衡量不出幸福的密度和质量!

离开"小周璇"的朱福载,不仅没有死,而且到重庆后,果然兑现了自己的诺言,飞上天去打鬼子。在重庆保卫战中,他击落了日本一架轰炸机,击伤一架战斗机。自己曾被打下来两次,两次都死里逃生,成功地活下来,成为战斗英雄。随国民党兵溃退到台湾后,更混得风生水起,不仅成为某航空学院的院长,而且还进入了政治圈,在行政院有了较高的职位。相貌不凡的他,尽管脸上有点疤痕,看上去更加有历尽沧桑的英武和成熟,笔挺的军装加上笔直的身材,成为不少妇女崇拜的对象。可是他,依然孑然一身,没有和任何一个示爱的女子结婚,在他的心中,那块绣了梅花手帕的女主人,才是他一生心仪的对象。可是,一道窄窄的海峡却隔断两岸的音信,他盼望,早点有那么一天,见到他的"小周璇",亲口对她说:"阿拉爱侬,侬米孔嗲,侬是否愿意嫁给阿拉!"尽管他知道"小周璇"早就嫁给了刘长庚,但是他坚信,"远道的和尚会念经",他可以带走和他青梅竹马玩过家家的心上人。他是周璇迷,铁杆粉丝,只要是周璇的电影他都要反复看,只要是周璇的歌都要反复听,那个客死香港的周璇，让他想起了远在大陆的"小周璇"，日有所思，夜有所梦，甚至在梦中幽会，梦中交合。唯有梦，才是他最幸福的时刻。

四

朱福载的长官兼挚友死了，临死前托付朱福载："好兄弟，阿拉死后，只要有可能，一定要把阿拉的骨灰带回老家去，埋在苏州的土地上。阿拉们是中国人，故乡在苏州。"朱福载痛哭流涕，当即表示，一定要完成长官的心愿，他晓得这是所有老兵的心愿。可是，一道海峡阻隔，难以逾越。

终于，有那么一天，两岸"三通"了，朱福载联系了苏州的福田墓地，可以接收台湾老兵的骨灰，于是，他搭乘飞机，回到了阔别 50 多年的故乡。故乡以宽广的胸怀迎接海外归来的游子，故乡的泥土掩埋了爱家乡老兵的骨灰。故乡的桃花、杏花、梨花怒然绽放，姹紫嫣红；故乡的风像恋人温暖的手，轻轻地抚摸着老兵的双颊。他跪在故乡的土地上，久久不愿意起来，他知道他那颗跳动的心，是属于这里的，落叶归根，热土难离！

朱福载还活着，消息传来了，"小周璇"听到后，也十分欣慰。而姐妹中，老四赵秀娥充当了"红娘"，先与朱福载通信联系上，并向他介绍了三姐赵婉娥的情况，希望这俩人能牵手，共度余生。朱福载接到信后，欣喜若狂，仿佛像范进中举一样，手舞足蹈，逢人便说，他要向"小周璇"求婚。

俗话说，"好事多磨"。赵婉娥根本就没有这样的打算，她的心中，放不下的是刘长庚。那个"挨千刀的"，即使去世那么多年，她还是把他视为北斗星，死得越久，越发明亮。至于那个"大猪头"，她无论如何，提不起兴趣。况且两个儿子听说母亲要改嫁，公然反对。大儿子说："老爸刚被平反，工资也补发了，你就改嫁，还是国民党军官，老爸的江山就白打了！真不可以，我们坚决反对！"二儿子说："爹死娘嫁人各人顾各人，这个家就散了，要让我叫那个陌生的男人爸爸，我张不开嘴！"

四妹妹赵秀娥听到后，特意从北京赶到南京，做这两个外甥的工作，告诉他们，他们的妈妈有追求幸福的权利，任何人都不能阻挠。她这一辈子不容易，特别是一个寡妇带两个拖油瓶，日子过得太艰难了，现在幸福在招手，过了这个村就没有这个店了！况且，那个台湾老头可是打过日本鬼子的民族英雄。这句话触动了两个儿子，像所有南京人一样，只要提起日本鬼子，就想起30万同胞被杀害，因此，对打过日本鬼子的民族英雄就油然有了好感和敬重。总之，两个儿子晓得了人世间的道理，支持老妈"枯木逢春再发芽"！

但是，"小周旋"就是不开口，像缄口不言的菩萨。可是那支金质派克钢笔，她时不时要拿出来凝视抚摸一番。仿佛在捡拾遥远的记忆，那被一泡尿冲毁的沙子城堡、被鼻涕弄脏的布娃娃、被脚丫子踢散的积木和被那只"咸猪手"打痛手心的竹板戒尺。一旦记忆的闸门打开后，就怎么也关不上了，乃至很少失眠的她，竟然彻夜失眠了，吃了几天安定也不管用。

心病还得心药医，解铃还须系铃人。那是一个阳光灿烂的午后，"大猪头"朱福载在四妹赵秀娥的陪同下走进了家门，银白色短发的朱福载，还是那么儒雅，站有站相，坐有坐相，腰背挺直，穿着一身白色西装，手捧一大抱鲜红的玫瑰花，见到了依然秀美的"小周旋"，当即单膝跪下，说道："阿拉爱侬，侬米孔嗲，侬是否愿意嫁给阿拉？"

此时的赵婉娥，虽然也是银发飘飘，但是更多了一分成熟的风采，眉眼还是那么清秀，脸颊还是那么红润，身材还是那么窈窕婀娜，她有那么一点惶惑，有一点不知所措，但是四妹拉着她的手，示意她点头同意，并把姐姐的手交到朱福载的手上，这个"大猪头"趁机拿出准备好的戒指，给"小周旋"戴上。

后来的事儿，就不用多说了。只说十多年后，"大猪头"躺在沙发上看电视的时候，头枕着爱人"小周旋"的小肚子睡过去了，幸福得永远不再睁开眼睛。此时电视正在播放的是一首童谣："小小子儿，坐门墩儿，哭哭啼啼要媳妇……"

— 36 —

老宅挖宝的"京混儿"

一

京城大宅门的四合院内,大都埋藏着宝贝。对这一说法,姜家大院的姜二彪和他的外甥李成才深信不疑。

老北京人都知道过去流行的"四怕"谚语:"民怕兵匪抢,官怕纱帽丢。穷怕常生病,富怕贼人偷。"于是,那些有钱人,为躲避贼人和兵匪,往往把财宝埋在地下,但是随着岁月的更迭和时代的变迁,老宅子的主人不在了,那么这些地下财宝会便宜了谁呢?

姜家大院,是位于景山东街最僻静的一处二进四合院。院门口有一棵老槐树,上面住着蝙蝠。老爷子姜家驹原是皮货商号的经理。膝下有两个儿子一个女儿。大儿子姜大彪,闺女姜雁,小儿子姜二彪,二十好几岁了,当"啃老族"。这座四合院还住着大姑奶奶,也就是姜家驹老爷子的妹妹,姜凤兰,出嫁后不久,男人就得肺结核死了,于是她带着哑巴闺女回到了姜家大院,一边在鞋厂上班,一边给哥哥一家人做饭、洗衣服、打扫庭院,当老妈子。哑巴姑娘名叫刘巧儿。

在一个多灾的龙年,姜家大院这个哑巴姑娘居然开口说话了。消息传来,附近邻居都前去凑热闹，欲看看究竟。原来这天姜家驹老爷子去世了，老爷子咽气前用手比画着，对儿子、闺女和老婆只说了三个字"刨……刨……刨……"他的儿子、老婆都不知道是什么意思，就哭着看他咽下最后一口气。但不知道何故，这位哑巴姑娘却被姜老爷子的灵魂附体，只见她红着脸，粗着嗓子，用姜家驹老爷子的口吻大声训斥了姜家大院的人。"你们这群没用的东西，以后不许你们再欺负你姑姑，她孤儿寡母，带着个哑巴孩子，整天像牲口一样，除了上班，下班后还给你们姜家干活，而你们不是挑三就是拣四，鸡蛋里面挑骨头，她不欠你们的，她用劳动吃饭，不是你们姜家的下人。还有，大彪、二彪，你们不许再欺负哑巴妹妹。还有，你们都不小了，该找个事做了，不能靠着你老爸的积蓄活一辈子。别以为你爸爸给你们挣下了金山、银山，你爸爸就是个皮货商，倒腾皮货的，坐吃山空啊！"

所有看热闹的人都被震惊了，哑巴真的会说话了，而且句句在理，把以浑蛋为名的姜家二少骂得体无完肤，大家无不拍手称快。但是，称快之余，无不惊讶天下居然有灵魂附体这样的事，于是又无不惊悚，吓得面如土色。

姜家两个儿子，也吓得头发竖立，鸡皮疙瘩遍布全身。不过，浑蛋的本性，战胜了恐惧，姜二彪跳起来骂道："你丫的胡说八道，你个哑巴装什么装，找揍是不？让我给你熟熟皮子。"于是，他走上前去，欲抽哑巴姑娘的嘴巴。

"敢打你老子，反了天了！"哑巴姑娘厉声喝道，并使出姜家驹老爷子当年雄霸一方的力气，狠狠给姜二彪一个嘴巴，把姜二彪打翻在地，弄了个嘴啃泥。

在场的人无不惊呆了，真的是灵魂附体，就连力气也和姜家驹老爷子在世时一样大。

姜家人在姜王氏的带领下，给哑巴姑娘跪下了，姜王氏说："他爹，你别生气，放过姜家人吧，你说的话，我们都记下了，按照你说的做。"

姜大彪也说："爸爸，我们听你的，你还有什么遗言要说，就赶紧说吧，我们一定按照您说得做。"

"那好，算你们孝顺。第一，我不能火化，现在政府提倡火化，我怕烧。你们把我装在棺材里埋在西郊的红山口。第二，没工作的都出去找工作，记住了吗？"

姜大彪说："记住了，记住了。"

说完，哑巴住了口，但是她像姜老爷子一样大摇大摆地向正房走去，要睡在姜王氏的炕上，这可把姜王氏吓得浑身如筛糠，抖动得尿湿了裤子。她赶忙让出了房子，自己颤抖着到姜凤兰的屋子去睡觉。她求姜凤兰说："他姑姑，真是邪门了，怎么老爷真的附体了，而且还这么能说，还能打人。我可害怕了，让我和你凑合着睡。不然，我会被吓死的。"

40岁的姜凤兰满脸皱纹，和45岁的姜王氏比，老了许多。而姜王氏细皮嫩肉，保养得不错，但是，邻居们都看到她尿湿了裤子。姜凤兰就找了一条干净的裤子让姜王氏穿上，说："嫂子，别怕，我听说，死了的人有灵魂不散的，找身体弱的人附体。刘巧儿身体最弱，就让他找上了。不过，最多不过7天，过了头七，他的阴魂也就散了，就不能这么附体还魂了。"

"哦，7天，还不把姜家都吓死？"

"你就忍一忍，一切都会过去的。"

二

半夜，哑巴姑娘粗吼着男人的大嗓门把姜大彪、姜二彪从睡梦中叫醒，要他们趁着夜色把姜老爷子的棺材运出城去。

姜大彪、姜二彪此时已经恐惧得对这个哑巴姑娘唯命是从，他们拿上工具，把棺材装在一辆三轮平板车上，上面盖上了苫布，尽量弄得外观不像棺材，于是向西郊红山口奔去。

红山口，是离京城最近的一座山口，因为山石和土壤都是红色的，故曰

"红山口"。有另一种说法,传说红山口是兵家必争之地,古往今来,无数战事发生在这里,鲜血把土壤和山石染红了。

夜色朦胧,荒凉的山岗,歪脖松连成片,说来也怪,这里的松树总是长不挺拔,歪歪扭扭。荒草茂密,有齐腰深。山岗上很静,静得只有三个人的喘息声。哑巴姑娘跟着姜大彪、姜二彪一起到了山岗上,她先选中一块风水不错的地方,让这哥俩儿用铁锨向下挖,可是没挖二尺深就挖到了早已经埋在那里的棺材。于是,他们不得不另选地方。可是无论他们怎么选地方,挖下去两尺,下面都有棺材。原来,红山口土层薄,有土的地方基本都埋着棺材。他们就到处试着向下挖。终于在一处向下挖了两尺,没有见到棺材。哑巴姑娘粗着嗓门说:"再向下挖,挖深点,不然,土盖不住棺材。"

这哥俩儿已经累得汗流浃背,但是,不得不听从哑巴姑娘的指挥,谁让她现在是他们的爹——还魂的阴魂附体的爹!

可是再向下挖深一尺多,还是碰到一口棺材。哥俩儿绝望了,瘫坐在地上,大眼瞪小眼,呼哧带喘。

"好吧,三尺半深就三尺半深吧,刚好埋住棺材,你们把装殓我的那口棺材抬下来,就埋在这儿!"

这哥俩儿使出九牛二虎的力气,费劲地把老爸姜家驹的棺材从车上抬上山,然后埋起一座坟头。

一切安排停当,哑巴姑娘命令这哥俩儿:"哭两声吧,你爸爸我死了,你们还没哭一声呢!"

这哥俩儿哪里哭得出来?惊吓恐惧已经让他们魂不附体、浑身筛糠,勉强在坟头前跪了一下,磕了三个头权作敷衍了事。

三

次日中午,哑巴姑娘拿出了纸条,那是姜家驹老爷子生前写下的。她吼着粗嗓子，俨然还是姜老爷子在世时的声音，做派也是开宗明义："这个家坐吃山空，要败了。因此，从今天起，你们人人都要找事做，我生前写好了条子，拿着条子去找工作。"

姜家人面面相觑，胆战心惊。姜大彪拿到的条子，上面写："你到照相机厂找厂长张传昌，告诉他我前年给他弄的那件豹子皮大氅，他一直没付钱，现在不要他付钱了，只要他给你在厂子里找个事做。他不能驳我这个面子，不然就说姜老爷子会上门亲自和他说这个事。"

姜大彪半信半疑，但是他到了照相机厂找到厂长张传昌，拿出条子，把他爹所写的话说了一遍，张传昌满口答应，并让他当日就上了班，一个月工资32元。

姜雁拿到的条子上写道："你到气枪厂找厂长万大海，告诉他我10年前给他弄的那件貂皮的皮氅，他一直没攒够钱，现在不要他付钱了，只要他给你在工厂安排个工作。不然的话，我会亲自上门找他麻烦的。"

半信半疑的姜雁来到了气枪厂，找到了万厂长，给他看纸条。万厂长面带难色，说厂里的指标已经满了。姜雁说："你要不给安排，我爸爸的阴魂还没散呢，在哑巴姑娘身上附体了，他会亲自找到你家去。"

万厂长一听吓坏了。哑巴姑娘被姜老爷子阴魂附体的消息他早已听说了，如今真的要找上门来，他非常害怕，就连连说："你看这样好不好，你先在厂里干临时工，一旦有转正指标，马上就给你转成正式工，这总行了吧？我是真有难处，希望你爸爸体谅。"

姜雁同意了这个安排，在气枪厂当上了临时工，干的是给气枪上黄油的简单劳动，每个月工资22元。

在姜家大院，哑巴姑娘对姜二彪犯了愁，她用姜家驹老爷子的口气说："二彪啊、二彪啊，就你不争气，没个正行，精细活干不来，苦活你又不愿意干。你去插队去吧，街道正动员待业青年插队呢，广阔天地大有作为，这是毛主席的号召。毛主席号召所有知识青年都要上山下乡，接受贫下中农再教育。这个很有必要，对你这个不务正业的特别适用。"

姜二彪非常不愿意，但是哑巴姑娘说："你去也得去，不去也得去。你是京城的小混混，干尽了坏事，到农村锻炼锻炼对你有好处。"

姜二彪不甘心地说："爸爸，你怎么这么偏心眼，给他们都是好工作，到我这儿就必须去插队，凭什么？"

"就凭你一辈子没干过一件好事。你必须去插队！孩子他妈，你陪二彪到街道去报名！"姜老爷子在家里一向说一不二，如今仍然是这个风格。

姜二彪不甘心地说："难道家里真的没钱了，你原来不是说家里还有金条和银圆吗？都弄哪里去了？"

"都埋在老房子地下了，不到万不得已，不可动用。你赶快去插队。"哑巴姑娘粗着嗓门说，并给了二彪脑门上一巴掌。二彪的脑门顿时红肿起来。

姜二彪在姜王氏的陪同下，在街道报了名，去插队。第二天就动了身。不过，他好吃懒做的习惯根本改不了，在郊区的生产队，不是偷鸡就是摸狗，然后烤肉吃。三天后，他的偷窃行为就被人们发现了，被打断了一条腿，不得不回家来养病。

得到工作的姜家两兄妹，从此有了生活尊严。对哑巴姑娘敬若神明，心怀感激。但是姜王氏惶惶不可终日，对姜凤兰说："这吓人的日子什么时候是个头呀？"

姜凤兰说："快了，头七快到了，说不定过了头七，大哥的阴魂就走了，就不再缠着我的闺女了。我的闺女太可怜了，我这个当娘的心疼啊，可是没辙，什么也做不了，只能随她去！"

四

姜二彪其实伤得并不重，骨头没有折，只不过是皮肉伤，但是他装得一瘸一拐的，好像是腿被打断了，这样就可以堂而皇之地在家享受自由自在的日子。

不过，他对阴魂不散的父亲姜家驹所说的有金条和银圆埋在老房子地下的事上了心，特别是老爷子临咽气前说："刨……刨……刨……"是不是告诉我去刨这些财宝呢？于是趁着夜里，大家都睡了，他偷偷地挖起来，先从西耳房挖起，那里是姜老爷子棺材停放过的地方，可是挖了半夜，什么也没挖着。第二天，他怕哑巴姑娘发现，就跟妈要钱，买了一瓶酒，说是孝敬老爹的，然后亲爸爸长亲爸爸短地说着甜蜜的话，把哑巴姑娘灌醉。趁哑巴姑娘昏睡的时候，就在正房下面挖起来，一连挖了四天四夜，老房子基本被他挖空了。而哑巴姑娘自从被灌醉后，呼呼睡了四天四夜。

姜老爷子的头七到了，而那天正好是1976年7月28日。夜里，哑巴姑娘醒来了，发现屋子有坑，并感觉房子要塌，就慌忙跑出来，向西厢房里的娘和舅妈喊道："大妹子姜凤兰，还有我的老伴，都快出来，要出大事了，快出来，要出大事了。"

就在她大声呼喊的时候，大槐树洞里蝙蝠和西耳房里的蝙蝠吱吱地惊慌叫着飞了出来，盘旋着不肯回巢。姜凤兰和姜王氏被喊醒了，慌忙披上衣服跑了出来。

"发生什么事了，你这么折腾人，不让人睡觉？"姜凤兰生气地问。

"你们听，狗在狂叫，要出大事了，快到院子外边去。"哑巴姑娘用男人的嗓门说。

"二彪，你在屋里吗？快出来！"姜王氏关切她的儿子，但是，他的儿子二彪在地洞里挖财宝呢，根本没听到他娘的呼唤。

当这三个女人走到院子外面时，发现远处昏暗的天空中闪过一道蓝光，轰隆隆的声音，由远而近，接着大地在颤抖，地动山摇，老房子哗啦一声坍塌了。西厢房尽管房梁和房柁等木架子还在，但是山墙已经垮塌，正房和东厢房连同木架子一起都塌了，那是二彪把地下挖空了，再好的房子也经不住这么挖。

三个女人抱作一团。"天啊，得亏你把我们喊了出来，不然我们都会被埋在里面。"她们感谢哑巴姑娘救命，尽管她是被姜老爷子附体。

不过，从此哑巴姑娘再也说不出话了，她恢复了神智，再次还原为哑巴。

在这场空前的大地震中，北京虽然离唐山较远，但是倒塌的房子也不少，姜家大院是最严重的，而且姜二彪被埋在了里面，他是紧紧握着挖到的金条窒息而死的。倒塌的房子粉尘夺走了洞里的空气，接着土方塌落下来，把他埋了。姜大彪和姜雁在工厂上夜班，逃过一劫。

几周后，姜二彪的尸体才被找到。不过，那些金条，已经由不得姜二彪享用了，姜家大院里的姜大彪和姜雁认为姑姑没有继承权，这兄妹俩把金条平分了，哑巴姑娘和姜凤兰没有得到一毫一厘。

而更奇怪的是，姜家大院的蝙蝠从此消失了，此后再也没有出现过。

五

刘巧儿的妈妈姜凤兰一直住在姜家大院。自从唐山大地震除正房塌了外，这座院子只剩下西厢房还孤零零地矗立着。姜家驹老爷子的大儿子姜大彪、女儿姜雁都因为单位分了单元楼房，而搬走了。二儿子姜二彪在地震时被垮塌的房子砸死，后来被挖出后，尸体火化。因此这个老院子阴气一直很重。如今只剩下姜凤兰一个老婆子守着一个空空荡荡的大院子和一堆瓦砾，更显得荒芜阴森森的。外孙子的到来，让她欣喜若狂。

哑巴刘巧儿嫁给了在民政局所属福利工厂上班的残疾人李长丰，生下一个宝贝儿子，起名李成才。李长丰是残疾人福利工厂的副厂长，虽然一条腿是瘸的，但脑袋好使，和哑巴媳妇刘巧儿商量，要把四合院恢复，把垮塌的三间北房和三间东厢房以及南厢房都盖起来。两人向银行贷款80万元，以四合院的土地抵押。正所谓，败家子总是败家，旺家子总是旺家。四合院很快就恢复了旧貌，二进的四合院，焕然一新。

但是李成才，一点也不"成才"。从小就被姥姥姜凤兰给惯坏了。凡是让老辈人端着饭碗追着喂的孩子都不知道天高地厚，李成才就是典型的一例。

上学不好好上，念到初中就弃学，在家啃老。

很快，就到了找对象的年龄了。一米七六的个头，单眼皮，小眼睛，算不上帅哥，但也不"有碍观瞻"，整天无所事事，在姜家院子里晃荡。姜凤兰爱唠叨，时不时地把姜家老房子倒塌的事给外孙子李成才讲，特别是讲到姜二彪刨出了金条，但是没有命享用。李成才对这个故事很感兴趣，就不断地问："他都刨哪里了？院子的每个角落都刨过了吗？"

"没有，他只刨了北屋的地下，别处没刨。"姜凤兰跟外孙子说。

"院子里别的地方是不是还藏有宝藏呢？"李成才问。

"不知道，鬼才知道呢！"姜凤兰不愿意顺着这个话题再讲下去。她问："外孙子，你也不成个才，这么大了，都二十好几岁了，不找个工作，在家啃老，你也真好意思。把你残疾爸爸妈妈都吃穷了，吃死了，将来你靠谁去？"

"靠姥姥你呀，你不是有退休金吗？"

"你这个杂种！我那几个钱你也惦记？亏你想得出。你胳膊腿都健全，凭什么吃我？想办法去工作，去赚钱去，自己养活自己才硬气。再说，我还能活几年，说不定哪天嘎巴儿了，这几个钱也没有了。你根本就惦记不上！"

姜凤兰的这几句话对李成才触动很大。于是，他想到了地下的财富。他准备卖力气，在院子里开挖！

咚咚咚，25岁的李成才，光着膀子，只穿一条三角裤衩，挥汗如雨，在姥姥家的四合院里玩命地抡着大镐，刨坑，原本青砖墁地整齐的四合院，变得坑坑洼洼，大小土丘一个挨着一个。但是，他把院子翻了一遍，什么也没有发现。

"别刨了，你半夜连着折腾，让人没法睡觉，你姥姥我心脏病都犯了，快，麻利儿着停下来，消停，消停，让你姥姥我睡个囫囵觉。天底下，没有你这么当外孙子的，成了北京城小混混儿，气死人了！"姜凤兰抱怨说。

六

姜家的四合院原来是北京非常典型的二进院落建筑，有大门楼，门前有一对石狮子，高门槛，朱红对开厚木门。一进门，首先有一堵墙，又叫影壁。影壁由青砖砌成，中间有一大块菱形砖雕，雕刻的是葡萄图案，意味着富饶而甜蜜。转过影壁，向西拐是夹道，南厢房窗户和门面对狭长夹道，夹道尽头有一座古色古香木雕的垂花门楼，又称二道门，只有通过二道门，才能到达二进内院。内院四周是回廊，上房坐北朝南，东西厢房相对。院子里有两棵石榴树和一座葡萄架。修缮后的姜家大院，比较清静。北京人讲究"有钱不住东南房，冬不暖来夏不凉"。如今李成才的姥姥住北房，外孙子住西厢房。

夕阳西下，李成才坐在夹道二道门的台阶上发呆。这座垂花门楼有三级台阶，台阶下朝南方向有两个石雕，图案是石炮。内院台阶下朝北方向也有两个石雕，是绵羊图案。小时候，他和铁哥们儿骑在石炮墩子上玩耍，也站在石炮墩子上比谁尿得远。现在石炮墩子已经没有了原来的大理石的白色，变成了黄褐色，那是李成才和铁哥们儿长年累月撒的尿染黄的。

夕阳的余晖把石炮墩子染成金黄色，这时，李成才突然发现，每个石炮墩子侧面图案下各刻有一行五言诗，从东边这一侧读起，连起来则是"忠厚传家久，诗书继世长。太平福来远，盛世子孙康。"这首诗没有什么特别之处，是古往今来许多大户之家门联常用之语。

李成才并没有从中领悟到什么。但是，他突然想到，"刨……刨……刨……"三个字的遗嘱，会不会是"炮，炮，炮！"他试图搬动重达一百多公斤的石炮墩，但是，体力不支的他，丝毫没有撼动这两块沉重的石头。于是他放弃了。但是，他把这首五言诗抄写在纸上，准备找铁哥们儿看看。

"噇饭吧，外孙子！噇吧！败家子，噇吧，噇个饱死鬼去。"他姥姥姜凤兰在厨房敲着钢笼锅盖,不耐烦地向坐在院子里的李成才喊着。她对这个不成才的外孙子已经失望,但不得不伺候他的一日三餐。

李成才不记得姥姥何时把吃饭说成"噇",他明白,他姥姥恨不得用饭噎死自己这个不争气的外孙子。于是,"噇"已成为姜家四合院里每日早中晚三个时辰多次出现的热词汇。另一个热词是"败家子"。

"不吃了,你噇吧!"李成才不高兴地说。他把五言绝句抄在纸上后,兴冲冲地出了家门,他去找哥们儿刘吉祥——因人高马大,外号"骆驼祥子"。但是,他跑到刘吉祥家,发现刘吉祥出远门跟着媳妇旅游去了。问去哪儿了,刘吉祥的父亲回答:"去马尔代夫了,什么沙屋、水屋的。你也麻利儿地找个媳妇吧,老大不小的了,让你姥姥不放心。"

李成才失望地心想,怎么关键时刻掉链子,一到了节骨眼儿上,就找不到祥子了。他回过神儿来对祥子的爸爸说:"您这么惦记我的事,给您作揖了。我没正经工作,哪里有好看的姑娘看上我。我姥姥总说三件宝——丑妻、近地、破棉袄,那我也不能找个自己看着都恶心的丑媳妇,半夜还不被吓死。"

刘吉祥的爸爸乐了,说:"你姥姥说得在理。丑妻、近地、破棉袄,就是家中三件宝!你和祥子一般大,他都娶媳妇了,你还光棍一条,不抓紧,丑媳妇都难找呢!"

"即使打光棍也不找丑媳妇!"李成才坚决地说。

"得,我的少爷,你是爷,你说了算。别在这儿耗着了,哪儿凉快,哪儿待着去吧。我要出门了寻宝去了。"刘吉祥爸爸说。

"寻宝?"李成才突然想到,祥子爸爸满腹经纶,是古玩专家,一定能破解他的疑问,于是就把手中的纸递过去,说,"叔叔,求您一件事,帮我破解一下这首诗。"

60岁的祥子爸爸,额头的皱纹如蚯蚓爬,戴着深度眼镜,瘦高但有点驼背。他好奇地接过来,看了看说:"这有什么好破解的,不就是吉祥如意的吉祥话吗？"不过老先生把几句诗横着、竖着、斜着、倒着都读了一遍，说："你小子这笔破字，和蜘蛛爬一样。可见从小就没好好念书，尽贪玩了。不过这几句诗是藏头诗，确切地说是藏字诗。把中间的几个字连在一起念，则是'传继福子'。一定是谁家祖上有宝物，要传承给有福的子孙，而不是没福气的孙子。"

"真的？藏在中间的，每句第三个字？忠厚传家久，诗书继世长。太平福来远，盛世子孙康。嘿，还真是'传继福子'。我难道是那个福子？"李成才自言自语。

"也许！你回家好好找找。你外祖宗是清朝五品官，说不定家里有宝物。不过，你发现了宝物，可以找我兑现，找别人，你准得挨坑。咱们都是老邻居，你是我看着长大的，价格上给你照顾，不让你吃亏！"刘吉祥的爸爸说。

"得了。有您这句话，有了宝，我肯定找您去！咱爷俩一块儿发财！"李成才高兴地说。

七

李成才找来撬杠，把两尊大石炮墩子给挪了地，推倒过来。发现两边的石炮基座的石槽里都有一个小木片，赶紧小心翼翼地掏了出来，木片都写着"寄下有勿"。不过，他还没有弄明白这四个字的含义。李成才不甘心，仔细琢磨，突然领悟道：这四个字难道是"基下有物"？石基下藏有东西？于是他使劲把石头炮墩的基座挖出来，接着向下挖，一锹下去，声音不是唰唰的土声，而是闷闷的声音。果然有东西！挖着挖着，坑越挖越大，由于震动太大，突然这座二道门楼——垂花门楼塌了，差点把李成才埋了。李成才额头擦伤破了相，腿肚子和胳膊也都擦伤了，可是他一点儿也不在乎，自己抹上点碘酒和红药水、紫药水，贴了几个创可贴，继续清理倒塌的门楼，索性把石基都掀开，石基下共藏有 8 个大木箱。他兴奋了，他闷着声叫："姥姥，姥姥,您出来看看,劳您大驾!"

姜凤兰被巨大动静吵醒了,不耐烦地走了出来,说:"你不睡觉,折腾,除了噇饭,就是折腾。不消停一会儿,你会嘎巴儿呀?你想嗝儿屁,别拉你姥姥当垫背的!"

"姥姥,不是,您帮把手,是好几个大木头箱子,挺沉的,我一个人真弄不动!"李成才小声说,这时他生怕别人听到他家的秘密。顺着李成才手指的方向,姜凤兰发现果然大坑下,出现了8个木头箱子模样的东西。姜凤兰的心猛地狂跳,差点栽个跟头。

"您慢着点。您千万别嘎巴儿在木头箱子上。"李成才抱住姥姥说。

"这里面装的什么?打开看看!"姜凤兰说,她又兴奋,又害怕。

8个箱子,每只箱子上下八个角都包着铜活儿,正面钉着铜合页,合页鼻子上锁着铜锁。箱子散发着一股紫檀木特有的香味。李成才用镐敲烂了一把铜锁,打开,用手电筒向里面一照,只见银砖金锭、翡翠玉镯、银圆钞票……让他俩彻底惊呆了。

"快盖上,弄到屋里去。"姜凤兰命令着外孙子。

俩人用撬杠和绳索,忙乎了一夜,才把8个箱子都弄进了屋。不过俩人都累坏了。姜凤兰说:"外孙子,快看看大门关好没有,关得严严的,再顶上门杠,这几天谁叫门也别开。"

"您放心吧!"李成才出去把两根又粗又长的门杠顶在门上。然后回到屋里,俩人开始数金银财宝的数量。这可是一个巨大的工程,俩人数着数着累得睡着了,睡醒后再接着数。金元宝若干,银元宝若干,袁大头若干,法币若干,各种各样的珠宝若干。债券若干,还有一本书,李成才发现封面上用楷书写着"姜家秘籍菜谱",翻开头一道菜是秘制酱鸭……

八

俗话说，"世上没有不透风的墙"。姜大彪、姜雁很快就听说老房子地基下挖出了很多的财富，立刻像猫闻到荤腥一样急红了眼。财宝，那是姜家祖上留下的财宝，如今让外人李成才给霸占独吞了，那还了得，天理不容！住在四合院的外人必须吐出来，必须把他们赶走！他们商量后，上法院把姜凤兰和李成才给告了，诉讼理由是姜凤兰和李成才没有资格享有姜家祖宗留下的财富，她们必须把全部财富上交给他们兄弟姐妹，因为他们才是姜家正宗的继承人。

亲情撕下了脸面，就不再存在了。在法院，姜凤兰坚持："女子没有继承权是旧社会的观念，在新社会不作数。在新社会，男女平等，享有同等权利！"她认为自己和死去的哥哥是平等的合法继承人。得到法官的认可。经法庭判决，把所有财富包括房产做评估，然后按一半分割给姜凤兰，另一半姜大彪、姜雁平分。姜凤兰坚持要房子，并且这套房子是女儿刘巧儿和女婿借钱进行修缮的，所以把房子做了价格评估，刨除修缮费用后，折成现金，从财宝里扣除。八大箱子财宝，最后姜凤兰得到三箱子半。而那些账本和菜谱，姜大彪、姜雁看不上眼，就留给了姜凤兰。

姜凤兰和李成才打赢了官司，留住了一半财富，长舒一口气。但是接下来，他们把这三箱子半财宝分门别类、统计数目，仍然数目不小，价值连城。

李成才先把一部分袁大头卖给了刘吉祥爸爸的古玩店，换得数百万元现金，有了钱的他，每天招呼狐朋狗友去消费，住总统套房，吃大餐，喝洋酒，最后发展到赌博。俗话说，"坐吃山空"，短短几个月的时间，李成才就把两箱子的东西卖光了。他姥姥听说外孙子沉溺在赌博中，就找到宾馆气愤地好言相劝，说："外孙子你赌博，只能败家。趁着我还有口气，你把赌博戒掉，娶个媳妇，好好过日子。如果你不戒掉这个毛病，姥姥就死在你的面前！别以为我用话吓唬你，不然，你就试试！"

李成才情急之下，口头答应了。他和姥姥回了家。可是吃惯了山珍海味，他已经不习惯吃他姥姥做的粗茶淡饭。于是借口买菜，就又揣着巨款逃出了家门，继续挥霍无度的生活。

几天后，发小铁哥们儿"骆驼祥子"找到他，告诉他，他家里出事了，让他赶紧回家。回到了家，发现他的姥姥姜凤兰上吊死了，并留给了他一张纸条，纸条上写着："外孙子，我把余下的金银财宝都捐给了国家，只给你剩了20万元。祖宗留下的财宝，是为了让你幸福，可是你却在走邪道，与其让你这么走下去，不如断了你的后路。姥姥走了，姥姥用自己的命换你走条正路！——姜凤兰绝笔！"

李成才惊呆了，也突然猛醒了。自己的狂浪行为，害死了姥姥。他痛哭流涕，抱住姥姥的遗体号啕起来。他发狠抽自己的嘴巴并发誓，戒掉赌博，重新做人。

"你要说话算话，只有重新做人，你姥姥才不白死！""骆驼祥子"说。

"算话！一定算话。如果我食言，你就狠狠揍我！你是我最好的哥们儿，只有你能管住我！"李成才恳求地说。

办完了丧事，李成才最后一次打开空箱子的时候，发现只剩下那本"姜家秘籍菜谱"。他认真翻阅了起来。凭着这本食谱，他开办了属于自己的饭馆，主打菜系就是他们姜家祖上的绝活——养生菜，而地址呢，就选在了南厢房，那个当初挖出了宝贝的夹道南边。

一年后，靠勤劳挣钱的李成才成了家，不过娶的媳妇并不漂亮，小眼睛，其貌不扬，但是"看上去瘦瘦的，摸上去肉肉的"。好在是俩人"王八瞅绿豆——对上眼了"。而且，这个媳妇喜欢喝酸豆汁、吃焦圈儿、咸菜丝儿和王致和的臭豆腐，是个地道的北京胡同大妞。

李成才满足了，他对发小"骆驼祥子"说："我姥姥说了，丑妻、近地、破棉袄，是持家三宝。我已经浪荡过，再也不能浪荡了。踏踏实实过日子，才是最重要的！"

— 37 —

淘粪工、弃婴和亲妈

一

"哇哇哇",嘹亮的婴儿啼哭划破了京城象来街胡同清晨的寂静。

天还蒙蒙黑,胡同里静悄悄的,盛开的槐树花在微风中飘溢出一阵阵饴糖一样沁人心脾的馨香,枣花也开了,细碎的微黄小花,也酿蜜似的,散发出甜丝丝的香味。但是,这么早,连蜜蜂都卧在巢中休眠,不会出来采蜜,只有天大亮了,太阳出来了,它们才会嗡嗡叫地飞进槐树花和枣花的丛中忙碌地采集花粉,然后带回巢酿蜜。而淘粪工,在黑咕隆咚的凌晨三四点钟就开始了京城的清洁工作,等天大亮,北京城一定是一个整洁一新的城市。

婴儿的"哇哇哇"哭啼,是从女厕所传出来的。淘粪工老蔫,50多岁,个子不高,长瓜脸,厚嘴唇,饱经风霜的脸,满是皱纹,脸色黝黑,穿着深蓝色的工装,脖子上系着一条白毛巾。他头发有些花白,两只小眼睛,不怎么对称,瘦瘦的,有点佝偻,那是从14岁起就在京城掏大粪让大粪桶压弯的腰。这个又脏又累的活计,他一干就是40多年。中华人民共和国成立前挨粪霸压榨,受尽了剥削和压迫。中华人民共和国成立后,清洁工成为工人阶级,但是,没有女人乐意嫁给他。他一直打光棍儿。

"又有人扔孩子了！"他对徒弟小乔说。

徒弟小乔，是开清洁车的司机，中学毕业考的技校，毕业后就被分配到清洁公司，成为老蔫的徒弟。尽管20多岁，长得没啥毛病，要个头有个头，1.72米的个子，浓眉大眼，五官周正，可是还没有谈对象，是个小光棍儿。

"您说得对，这么黑，孩子在厕所哭，准是被扔的！"小乔说。

是的，自从改革开放，一切向"钱"看，北京城的厕所，成了不少外地人、本地人扔孩子的地方。仅老蔫和小乔这个清洁队，五年间就捡了8个孩子，或残疾，或有病，也有没灾没病的健康孩子。他们捡到后，交给派出所，在没有找到孩子的父母后，最后被转送到福利院。

"造孽呀！生了孩子不养，见孩子有病就遗弃，这叫什么父母？"老蔫一边向女厕所走去，一边向小乔发着牢骚。不过，声音不大，像是小声嘟囔，怕惊醒胡同的居民。干他们这一行，早起悄没声地干活是常态。

走进女厕所，在茅坑旁的水泥地上，一个包袱皮，被婴儿的脚丫子蹬开了，一个肉乎乎的婴儿，手舞足蹈地哭，如果能打滚的话，这个孩子一定会滚进粪坑，性命难保！蚊子、苍蝇围着孩子嗡嗡转，一定痒得难受，难怪孩子在拼命哭喊！

老蔫抱起了孩子，看看是个女婴，没有外伤，嗓门挺大，哭得很有力气，看样子没啥毛病。最突出的特征是黄毛绿眼，左腹上有一块胎记。他把包袱皮捡起来，裹在孩子身上，轻轻地拍了拍孩子的背："乖乖，好了，别哭了！"

说来也怪，在他温暖的怀里，孩子不哭了，睡着了。

老蔫让徒弟小乔继续打扫厕所，他抱着孩子坐进了汽车驾驶室，仔细端详这个女婴，粉嘟嘟的脸，黄黄的绒毛头发，像个洋娃娃，越看越喜欢，说："俺老蔫要是有这么个娃娃，一辈子也算没白活！"

他就这么一直抱着孩子，看孩子睡觉，娃娃的小鼻子轻轻地呼哧着，她的心跳强劲有力，和老蔫的心跳，脉动一致，彼此都感到安逸。老蔫心醉了。

二

在派出所，老蔫抱着孩子，坐在等候的长条椅子上。所长赵万刚走了出来，这个50多岁中等个子浓眉方脸的老所长，和老蔫相识好几十年，已经是故交了。"老蔫，又捡孩子了？"

"又捡一个！你说，这些扔孩子的父母，心咋这么硬？还偏爱往厕所扔亲生的骨肉！"

"国家刚刚颁布了遗弃罪，过去扔孩子没法律管，现在不行了，入了《刑法》，是遗弃罪，抓到了要判刑！"赵万刚说。

一位女民警抱过孩子说："赵所长，这个孩子真漂亮，像个洋娃娃，高鼻梁、黄头发、蓝眼睛，是个外国血统的女婴！"

"真不像话，一定是中国女孩子和外国人的私生子，怕周围同事或邻居发现，就给扔了！好好查一查这个犯遗弃罪的姑娘！"赵万刚说。

"是，所长，先给孩子做血型检测，我登记，看样子身体无大碍，是个健康的孩子，你瞧这个奶瓶，老蔫给喂的是高级奶粉，让老蔫又破费了！"女警察说。

老蔫舍不得把孩子给女警察，等检查完身体，他把孩子又抱在自己怀里。他像打开了话匣子，一辈子也没有像今天这么话多："俺高兴，能捡这么漂亮的洋娃娃！旧社会，俺每天就是背上背着一只大粪桶，挨家挨户到茅厕掏大粪。粪桶装满了，就背出来，倒进粪车里，粪车满了，就拉着粪车到城外的粪场。过去，粪场是由粪霸把持着，俺14岁从家乡逃难来到北京，没得吃，为了活着就背起粪桶当了一名生活在最底层的'粪花子'，饱受了粪霸的剥削压迫，还遭人白眼，谁见了俺们掏大粪的，都吐唾沫，骂街，说丧气、臭死人的东西。俺们只能半夜里进城给人家掏大粪，黑灯瞎火的，粪汤滴落在地面上，就要挨打，受尽了凌辱。中华人民共和国成立后，俺真正感觉到人民当家做了主人，感觉到了尊重与平等，没有人再骂俺们，不再叫俺们是掏大粪的，而是清洁工。市民要清洁，北京城要清洁，没有俺们清洁工，就没有万家净！可是，改革开放了，扔孩子的就多起来了。俺心疼这个孩子，能不能让俺先养着，等你们找到她的亲爹娘，再还给人家？！"

赵万刚说："老鸢，你为什么对这个孩子这么上心？过去捡来的，我劝你养一个，你总摇头不乐意，这个怎么就乐意了？"

"乐意，这个乐意，见到俺就不哭，见到俺就笑，笑得俺打心眼里喜欢！俺给她起了名字，叫年芳！跟俺的姓，年，过年的年！"

老鸢姓年，大名高，可是他不爱说话，再加上眼睛不对称，人前就更不爱说话，人们一直叫他"老鸢"这个外号。

赵万刚说："老鸢，恭喜你当爹，她太可爱了，大家都喜欢她，不过你还没有成家，收养她不合适。这样，把她送到福利院，由公家抚养。这样你好找个媳妇结婚，不然，哪个女人肯嫁给你？"

老鸢说："不，俺不能把她送到福利院。俺养活得了她，俺每月工资好几千块钱，够俺俩人吃的了。"

赵万刚说："够是够，但不富裕。再说，你不能老不结婚吧？"

老鸢说："不管谁给俺说对象，都要养活这个孩子！"

赵万刚说："好吧。你老鸢真是拧！犟不过你，就由你吧！马蜂教徒弟——就这么着！不过，我得千方百计给你说个对象。"

派出所和清洁队的上上下下，都喜欢洋娃娃年芳，轮流去看望慰问老鸢收养的孩子。年芳长得眉清目秀，见人就笑，可招人喜欢了。

老鸢尽管是单身汉，但又是大名鼎鼎的劳动模范，是清洁工最杰出的劳模代表。单位给分配了一套两居室，80多平方米，他勤快，归置得窗明几净一尘不染，让前来慰问的女民警和女同事都啧啧不已。

功夫不负有心人。经过一系列寻找，终于有一位老处女愿意嫁给这个劳模，也不嫌弃他带着一个洋娃娃女儿。这个老处女，原来是个尼姑，后来还俗了，在街道工厂里糊纸盒，刚刚退休，愿意和老鸢共同抚养这个洋娃娃。

老蔫的婚礼是赵万刚给主持的。简单朴素，而邻居们和民警都送来了贺礼，有给红包的，有送暖水瓶的，有送席梦思的，有送真丝被的。喜气洋洋，每个人脸上都挂着彩，乐开怀！

三

老蔫的小日子过了起来，红红火火。特别是一个淘粪工收养了一个外国洋娃娃女孩见报后，不少商家厂家找上门来，要求免费提供婴儿奶粉、各种营养品和婴儿用品。而老蔫和老婆都给拒绝了，凡是找上门来送东西的，都不让进门。真是忠厚传家久啊！街坊邻居人人见了老蔫都竖起大拇指！

但是，让老蔫两口子犯难的是，随着孩子长大，越来越漂亮，越来越像芭比娃娃，在托儿所、小学，她一方面受到老师的喜爱和照顾，另一方面要承受来自同学的歧视和欺负。长着金发碧眼，说着一口流利的北京胡同方言，到底是外国人还是中国人，这是同学围攻她时常问的一句话。在英语课堂上，如果她讲错了单词和语法，就要受到同学们的嘲笑，认为这个外国人不会说外语，一说就出错。

受了委屈和挫折的年芳，经常哭着回家，让老蔫两口子十分心疼。就给转学到一所专门学习外语的国际小学，可是那里金发碧眼的同学，都说一口流利的外语，对她这个土生土长在中国的洋妞，英语烂得一塌糊涂，还是歧视。经常被问"You are Chinese. Why your skin colour is not the same as your father and mother's（你是中国人，为什么你的肤色和你父母的不同？）"老蔫两口子，为了闺女，真是操碎了心。不得不和年芳说了实话，她是被收养的，她的真实父母，不知道在哪里。赵万刚所长了解到情况后，协助老蔫两口子和年芳谈心，协助和学校的老师座谈，组织年芳的生日宴会，请所有同学来参加，这样通过建立友谊，年芳渐渐找到了友谊和同学们的认同，情况好了起来。再加上她中文的优势，电台、电视台纷纷请她前去录制节目，于是小小年纪的年芳成为网红，成为冉冉上升的小明星，还有不菲的收入，她也经常掏钱请同学吃饭逛街，和同学的关系越来越好。大学毕业后，在一家电视台做节目主持人，金发碧眼说一口流利的中文和对中国文化背景的了解透彻，受到观众的喜爱和欢迎，家喻户晓。

年芳的节目，经常批评一些不文明的现象。如"一切向钱看"。如男人没有绅士风度，公共汽车上的上班一族男人每天都为了争抢座位打架，根本不让着女同志，甚至把女同志挤到一边去。还有什么"事不关己，高高挂起""人心隔肚皮"等，呼唤礼让、友善、尊老爱幼等传统中华美德。

年芳在节目中请父亲老蔫这个劳模来做客，讲一讲"家风"。穿着一身朴素的工装，满脸皱纹，精神依然矍铄，笑容留在饱经沧桑的脸上。他说："俺是大老粗，没啥好讲的。过去，俺说过，宁可脏一人，换来万家净。今天，俺还是这句话，宁可脏一人，换来万家净。俺还是不嫌脏，干活不惜力，为北京市容的整洁，做好俺该做的事。俺，高兴，如今，不需要像过去那样用粪勺掏大粪，而是用抽粪机，直接抽到车上。俺，高兴。如今，不需要用扫把，一扫帚一扫帚地扫大街，长安街用的是可以喷水和扫地的全自动清洁车。全市主要街道都用上了清洁车。我们环卫工人，劳动强度减轻了，不再那么脏了。俺，高兴。三四个徒弟在环卫局干清洁工干得不错，也都被评上了劳模。俺退休了。俺的徒弟顶上去。后继有人，他们有文化，开清洁车，愿意加班加点，别人一天扫一趟，他们就扫两趟，别人扫两趟，他们就扫三趟。为的就是让街道清洁，不为和别人比高低。俺高兴，他们这点像俺。你们都会问俺，你家的家风是啥？这就是俺年家的传统，做厚道人，做踏实事！年芳，就是俺捡来的闺女，当年她的父母抛弃了她，我们年家把她视为掌上明珠，如今在电视台工作，俺希望她也继承俺年家的传统，做厚道人，做踏实事！"

他的讲话，深深感动了所有的人，大家热烈鼓掌。劳模就是劳模，思想境界就是比普通人高。我们时代不正需要这样甘愿奉献的精神，做厚道人，做踏实事这样好的家风吗?

电波把他家的事迹传到了国内外,老蔫一家的事迹感动了全中国和外国的观众。

四

几个月后,老蔫找到在市文明办工作的赵万刚秘书长,说:"老赵,你说没承想一个节目把我家现在的事弄得尽人皆知,还给登在国内外的报纸、电视上去了。我收到了成麻袋的群众来信。我看不过来,俺家三口人,就天天拆信读信。你猜怎么着?一封美国来的信。她就是年芳的妈妈,她说她当时未婚怀孕,怕丢人,把孩子扔在了象来街转角的厕所,孩子左腹上有一块胎记。丢孩子的年月和我见孩子的年月一模一样,我正是在象来街转角的厕所捡到的孩子。如今,孩子的亲妈是美国的有钱人,钱多得花不了。她老头死了,如今她想回国,与女儿认亲。您说,老赵,俺该不该让孩子认这门亲?"

赵万刚说:"好事啊,应该让孩子认这门亲。人家亲生的孩子,这么多年了,这个华侨想回国认女儿,这不仅是个人的事,还是统战的大事。马上向组织汇报,由市里外事司来安排。俗话说,落叶归根,老来认女儿,对她来说是多大的安慰!"

老蔫说:"俺闺女,年芳,俺跟她说了这个事,她不愿意认这个抛弃她的娘!这么多年,俺和俺老伴就是她的亲爹娘。她说了,不管那个人有没有钱,都不能认!打死也不能认!俺老伴也不同意她认那个亲娘!"

赵万刚说:"这就不对了。亲娘就是亲娘。不能因为她当年犯错误,抛弃了孩子,就不认了。咱中国人最讲究将心比心。换你是她亲娘,你想认女儿,你家里人拦着不让认,你心痛不痛?"

老蔫说:"心痛。尤其是老了,孤独一人,没个亲人,想起了过去的女儿,真的想认!"

赵万刚说:"这就对了。都是人,人心都是肉长的,人家过去不仁,我们就不能揪住过去的事不放,做出不义的事来。老蔫,你说是不是这个理儿?"

老蔫点头承认,并表示回去做老伴和女儿的思想工作。赵万刚嘱咐他说:"要体现北京人的包容和宽容,要大气一点,不要小气!"

老蔫回去了,经过耐心的思想工作,老伴和女儿都同意认这门亲。而统战部和外事司的领导商量过了,决定让精神文明办的赵万刚负责这件事。

五

那是一个阳光明媚的下午,赵万刚领着40多岁近50岁的龚女士去找老蔫。她穿着古色古香的红色旗袍,忐忑不安地出现在老蔫家门口。她礼貌地敲了门,老蔫和老伴出来迎接这位美国来的客人。23岁的年芳姑娘也出来迎接,她爽朗干脆地叫了声"妈妈"!

龚女士听到了这一声喊,眼泪唰地奔涌而出,她紧紧地把年芳抱在怀里,哭着说:"孩子,妈妈对不起你,妈妈不好,当初,不该丢下你!妈妈,是罪人。而养你的年爸爸和妈妈才是你最值得孝敬的人!"

老蔫和老伴说:"别像桩子似的戳在院子里,快进屋,喝茶,坐下来慢慢聊。"

龚女士进了屋,坐下,女儿端上来茶。龚女士哪里有心思喝茶,她拉着女儿的手不放,生怕她跑了。她端详女儿,柳叶眉、杏核眼、高鼻梁、瓜子脸,窈窕的身材,活像芭比娃娃。她说:"我是看了报纸上的照片,才想起来,应该是我当年丢下的孩子。仔细一读消息,果然是捡来的孩子。我想天下哪有这么巧的事,就先写了一封信。没想到你们给我回信了。从那天起,我就吃不下饭,睡不好觉,恨不得早一天飞到北京来!"

老蔫说:"得亏了派出所所长老赵,他劝我们全家,要让你们母女相认。您一个人孤零零地在外国,再好,再有钱,身边没个亲人,多寂寞。将心比心，我们就支持你们母女相认！"

龚女士向赵万刚表示感谢说："谢谢赵所长，谢谢人民政府。我没脸见女儿的。当年我大学时，和外教发生了关系，外教要我打胎，我没打。结果偷偷生下了她，怕被人发现，坏了名声，就狠心地把她给扔了。我该死啊！"她放声痛哭。

后来，她叙述被分配到驻美国的中国大使馆工作，就这样她去了美国。再后来，工作了一段时间，那个外教也回到了美国，到使馆去找她。他们结婚了。她辞去使馆的工作，在家伺候丈夫。不过，她和丈夫生活了多年，一直没有怀上孩子。"二人世界"开始还很和美。当教书匠的丈夫，倾向于共产主义，因此，在资本主义的美国，很受排挤。许多年后，她丈夫失业了、破产了，全家穷得连面包都买不起。龚女士以泪洗面。她不知道今后该怎么生活下去。跳湖自杀，还是卧轨自杀，是她和丈夫讨论了多次的话题。龚女士不想死，就把家里值钱的东西变卖，换取面包。最后她搜罗出家里的一只小猪造型的零钱储蓄罐，砸开，把零的美分加在一起，总共有两美元零三分。于是，她用一美元零三分买了一小袋面粉，用最后的一美元买了一张彩票。当她和丈夫吃完了用面粉做的糊糊，不知道怎样打发接下来的日子时，在街上的报刊橱窗中看到那期的彩票开奖号码，她拿出了兜里的彩票一对，发现她中了大奖，是五亿美元，美国历史上最高的乐透彩票。她和丈夫高兴坏了，真是天无绝人之路。资本主义的彩票，把他们从濒死的边缘拉回来。但是，一夜暴富的彩票，摧毁了无数和睦的家庭，她的家庭也不例外。她的丈夫从此花天酒地，醉生梦死。很快，丈夫的身体垮了，酒精中毒造成了肝坏死，尽管移植了一个肝，但是，嗜酒成命的他又接着喝，结果，再次肝坏死，又移植了一个肝，排异反应，造成了他全身浮肿，最后撒手人寰。孤独的龚女士，想回国定居，如今认下了女儿，让她有了归属感，晚年有了依靠。

龚女士了解了老蔫一家的情况，知道这家人在为北京的环保做贡献，于是决定把500万美元捐给北京的环保事业。

真是一个传奇，人间传奇。报社记者纷纷发表了消息和通讯，把老蔫一家和龚女士的事迹传播开来。

时代变了，社会进步了，再也不需要工人背粪桶了，旧北京臭烘烘的茅房没有了，被自动冲水的厕所取代了。但是，老蔫勤劳朴实乐于助人的精神影响了徒弟和许多人的一生，年芳立志为北京人民服务一辈子。龚女士也成为投资北京环保事业的慈善家。

赵万刚见证了这段人间佳话。他感慨万千，龚女士是不幸的，但又是幸运的，老来和女儿团聚，在北京安家，与老蔫做邻居，非常和美。而老蔫一家的故事，充满了北京人仁义、局气的正能量。

"你是中国人还是外国人？"如果有人问年芳，她一定会大声回答："我是中国人！我的父亲是中国最有名的劳模，叫年高！我们年家的家风就是做厚道人，做踏实事！"

— 38 —

跨国爱情流产记

一

"为什么这个时候他来了,为什么早不来、晚不来,偏偏在这个时候,这个孩子要来了?"朴木垚沮丧地说。

朴木垚长得十分帅气,甚至帅气得可以和韩国男影星李敏镐媲美。大眼睛,瓜子脸,高鼻梁,身材颀长,浓密的头发遮盖住前额,尤其是眼神中透露着孩子般天真无邪的稚嫩神态,可以说和李敏镐简直就像孪生兄弟。这年头还有谁不知道李敏镐?他是韩国人气男演员、广告模特。早年以《秘密的校园》正式出道,后因饰演韩版《花样男子》红遍亚洲,又因出演韩版《城市猎人》的男主角李润成人气飙升。超高的人气和模特般完美身材的李敏镐被选为韩国十大男明星。也许正因为这么相像,5年前,崇拜韩国男明星的刘津津才和朴木垚在美国洛杉矶同居了,继而结婚。

刘津津,来自中国的苏州,是典型的苏州美女,长着一张菩萨一样的脸庞,身材高挑、丰满,柳叶眉,杏核眼,樱桃小嘴巴,一笑起来,除了露出两排白净得像珍珠一样的牙齿外,脸上的酒窝和慈祥的眼神,和菩萨简直是一模一样。因此,在大学里,她被男女生称为"刘菩萨"。大学毕业后,她做外贸生意，后来，在美国的洛杉矶一间酒吧里遇到了朴木垚。当时朴木垚因喝酒没有带钱，还撒酒疯，被酒吧老板和伙计揪住暴打，是刘津津站出来阻止朴木垚被打，并为朴木垚付了酒钱。

两人婚后一直没有孩子。但是正像刘津津的名字一样，她天生旺夫，因为她的水多得如泉涌，不仅使男人滋润、受活，而且每个汗腺还分泌出芳香的味道，成为世界上稀有的"香妃"。无论哪个男人离她近了，都能被她身上散发的自然体香所吸引，鼻孔张大，心情愉悦，甚至兴奋。自从上中学开始发育后，她的体香就开始散发了，追求她的男生如成群结队采蜜的蜜蜂，又如逐臭的苍蝇，嗡嗡不断。走在路上，当街向她下跪求爱的陌生男子也络绎不绝。她司空见惯类似的场景，也不胜其扰。被她拒绝的男生足以排成10条苏州河。而她偏偏被这个韩国小白脸征服了。受了她的甘露水的滋润，本来一文不鸣的韩国大学生朴木垚，身心愉悦，一帆风顺，一毕业就在纽约找到了一份证券商的体面工作，并凭借购买了雷曼兄弟的股票和债券，很快就像吹足气的气球一样鼓囊了起来，成了人人都羡慕的最年轻的亿万富翁。他还斗胆借高利贷，买下两家医院和洛杉矶附近的一片房地产。他逢人便说："这一切好运气都是中国的老婆给带来的！我的老婆不仅旺夫，还是香妃，世界上最稀有的珍宝！"

"为什么他这个时候来，为什么？他在我最富有的时候没有来，可偏偏这个时候，他要来了？"沮丧的朴木垚此时在歇斯底里地质问老婆刘津津。

在外人看来，帅男靓女，是多么幸福的一对儿。但是，只有津津自己知道，这个比自己小10多岁的韩国大男孩，十分靠不住，骨子里，他还没有长大。因此，她想生一个孩子，她误认为当了爸爸的男人会成熟一点。可是，结婚5年他们一直没有孩子。她想尽一切办法，吃药、打针，甚至求仙拜佛。当她听说洛阳的白马寺里面供奉的菩萨最灵，就拉着小丈夫从洛杉矶飞到了中国的河南洛阳，在白马寺的菩萨面前烧香磕头。也许真的是菩萨显灵，此后刘津津怀孕了。

三个月后，医生证实了津津的妊娠。朴木垚听说了，非常高兴，抱住老婆还要行房，他说，他感觉最好的那次，就是在白马寺的女厕所。可是津津拒绝了他，要他不要碰她，因为高龄的她要保住肚子里的孩子。于是，肚子里的这个孩子，成了朴木垚为所欲为的障碍，让他恨恨不已。十月怀胎，正当津津沉浸在即将做母亲的幸福期待中，席卷全球的金融危机爆发了，骗人的雷曼兄弟正是这场危机的祸首！一夜之间，刘津津和朴木垚的财富大幅度缩水，逼近零甚至是负数。朴木垚哪里经受得住这样的打击，他几次要跳楼自杀，都被刘津津拦了下来，而这个时候，被疯狂的朴木垚拳打脚踢受伤的刘津津出现了早产的征兆，住进了医院。

在病床前，朴木垚绝望地问："为什么他偏偏在这个时候来？我们拿什么养孩子？做掉他，不要把他生下来！"

脸色苍白的刘津津，有气无力地躺在病床上，她后悔找了这么一个不懂人事的小丈夫。唉，谁让自己图虚荣来着，这就是报应！如今这个梦到了破灭的时候了。

"为什么他偏偏在这个时候来？他是个丧门星，还没有出生就让我破了产，让我身无分文，我凭什么要把这个孽障生下来？我不要这个孽障，不要他，不要他！"朴木垚歇斯底里地哭喊着！

刘津津的脸色更加苍白，疼痛已经让她虚弱得额头冒出了冷汗。她攒足了力气，高声说："你滚，You are a fucking bastard! 你滚，我和你离婚，我不需要你来养这个孩子，我自己来养！我更不许你侮辱这个孩子，他不是丧门星！他是无辜的，他是我的宝贝，是我的一切！"

"他就是丧门星，坑爹种，让我破产了！你要养，你养，我不要他！离婚就离婚，我根本就没想当孩子的爸爸！"朴木垚如释重负地说！

"滚，滚得远远的！我再也不想看到你！"刘津津绝望地说。

这个长不大的韩国大男孩，就这样像甩掉破包袱一样，离开了刘津津和即将出生的孩子。

二

羊水破了，可是孩子并没有随着羊水出来。难产！

在洛杉矶一家中国人开办的医院，医生乔安给刘津津做了检查。刘津津出现了惊厥的征兆，血压计显示，高压280，低压180，母子生命都处于危险之中！医生护士立刻采取急救措施，剖宫产！

"请病人家属签字！谁是产妇刘津津的家属？"护士拿着文件夹在走廊上高声呼喊。

手术室内，刘津津听到了，对医生说："这个字我自己来签，因为我的孩子没有父亲！"

有人把在走廊上呼喊的护士叫了进来，把文件夹递给了刘津津。不过医生乔安对刘津津说："你这样的高龄，孩子胎位不正，羊水也早破了，我不得不告诉你，孩子可能保不住，即使保住，也不会正常，可能因大脑缺氧，生下来是残疾，或是智障。我建议最好不要孩子。"

刘津津知道，42岁才怀上孩子，生下孩子不正常的概率非常高。曾在怀孕4个月时，医生试图给她做穿刺筛查，以检查孩子是否正常。当时她看到签字单上写着这种穿刺可造成千分之二的流产现象。本来怀孕就很难，如果流产，将来就更怀不上了，因此刘津津拒绝签字，一定要把孩子保住。如今，医生再次让她签字，要她抉择是要这个孩子，还是放弃孩子。此时，她下定了决心，无论如何也要把孩子生下来，即使这个孩子是残疾是智障，她也要把孩子养大。于是，她准备在手术单上签字，一切后果自负！

"你再好好想想，你的孩子没有爸爸，你一个人怎么养？如果生下来不正常，你今后的日子怎么过？"医生乔安关切地叮嘱她。因为这种现象医生见得多了，他要为病人负责，要做到提醒的义务。乔安50岁，是洛杉矶有名的产科医生，来自台湾。

"我坚决要生下这个孩子，无论是智障还是瘫子，我都要他活下来，我自己养！别浪费时间，我签字。做手术吧！把我的肚子切开！"刘津津签完字，把文件夹递给了护士，催促手术。

乔安医生不再说话，命令："把无影灯打开，准备手术。准备注射麻药，全麻！"

"不，医生，全身麻药对孩子不好。我要第一时间看到孩子，不要麻药！"刘津津坚持说。

医生乔安从没有见过这么倔强的女人，他吃惊地问："你不怕疼？不要命了？"

"我只要孩子！快开刀吧！"刘津津催促说。

医生乔安只好在无麻醉的情况下给这个倔强且坚强的女性做了剖宫产手术。

"男孩！"

护士举着一个男婴给她看。不过血渍呼啦的一个小肉球，看上去像扒了皮的兔子。

手术很顺利，医生乔安很骄傲，从高危产妇刘津津的肚子里成功取出一个男婴，而且母子平安。护士用秤称重量，3.32千克，虽说是早产儿，但体重基本正常。

"孩子哭了吗？我怎么没听到哭声？"刘津津问。

"没哭，但是他在笑呢！"护士把孩子的血渍擦干净，用布把孩子裹上，并递了过来。

刘津津看到一个肉乎乎的小生命躺在自己的身侧，孩子真的在笑，张着小嘴在开心地笑。两只小眼睛充满了笑意，两只小手张了张，似乎想触摸妈妈的脸，但是，很快放下去了，因为孩子的眼睛闭上了，他需要休息，需要睡觉，在来到人世间第一眼看到妈妈后，他幸福地睡着了。

"乔医生，这个孩子怎么不哭，反而先会笑呢？"刘津津不解地问。

"我也是第一次看到孩子出生后就笑，太奇怪了。他真的不一般！"医生乔安说。

护士也插嘴说:"我干了这么多年助产士,没有见过像这样的,一出生就笑,而不是哭!"

医生乔安说:"看上去,没有什么不正常,祝贺你当了妈妈。你早点休息吧。女人生孩子,是过鬼门关。你闯过了这一关,不容易。你没有用麻药,一会儿就会疼得受不了。好自为之吧!"

刘津津这时候才感觉到刀口的疼痛,但是初当人母的她,沉浸在幸福的喜悦之中。十月怀胎,自己每天都盼着孩子的出生,如今,孩子降生了,和自己想象的不一样,没有人生的第一声啼哭,反而笑,太好玩了,难道这个孩子是白马寺的菩萨显灵?反正,太可爱了,这个小生命不一般。那么就叫他"二班"吧!对,小名就叫"二班"!大名叫什么好?既然不一般,那么就是非凡,大名叫"刘非凡"好了,对,就叫刘非凡!

刘津津就这样给孩子起了名字。

三

刘非凡果然不一般,他从来不哭,总是爱笑,而且笑起来十分灿烂,十分招人喜爱。在刘津津的精心呵护下,孩子非常健康。这让刘津津十分欣慰。

3个月后,一个律师带来了噩耗。前夫朴木垚因醉酒驾车出了严重车祸,生命垂危。

刘津津抱着孩子赶到了朴木垚所在的医院重症监护室。浑身插满各种管子和缠满绷带的他,已经在深度昏迷中。刘津津想让他看一眼孩子,可是这个年轻的韩国男人再也没有醒来,反而一命呜呼,驾鹤西去。刘津津不得不忙乎这个韩国负心汉的丧事。

几天后,朴木垚的父母从韩国赶来了。葬礼上,白发人送黑发人,悲痛让这对韩国老夫妇痛不欲生，也对这个只见过一面的前儿媳怀恨不已。要不是这个中国女人和儿子离了婚，朴木垚也不至于天天醉酒，更不至于失去生命！所以，他们把怨恨都记在刘津津的头上。当得知朴木垚和刘津津有了一个孩子后，坚决要夺走孩子，并在法院打官司，争夺孩子的抚养权和监护权。

刘津津同情韩国老夫妇的悲痛心情，但是绝不放弃孩子的抚养权和监护权。母爱大如天！官司赢了，刘津津欣慰法官同情她！但是，就在韩国老夫妇将要离开美国的时候，他们要求同刘津津和孩子见一面，要私下谈谈。刘津津带着孩子去了。见面的气氛是和谐的，婆婆和公公要求抱一抱小孙子，刘津津同意了。两个老人长久地抱着刘非凡不愿意松开手。后来，公公说："如果我给你我毕生攒下的全部财富，换这个孩子的抚养权和监护权，你看可以吗？大约有10亿美元！你可以带着10亿美元再嫁他人，你还可以再生育。"

刘津津摇头，她吃惊这个家族是这么有钱，但是她不在乎钱，10亿美元也不能阻断她和儿子的亲情，她不允许他们用钱把自己的亲骨肉带走。但是，她心软了，同意他们经常来看望孩子，同意将来孩子经常去看望祖母和祖父。就这样，他们洒泪而别！

在一切安排妥当后，刘津津一个人把孩子带回了苏州。租了一间小房子，开始了单身母亲的生活。外贸不景气，那么就做内贸，不服输的刘津津，在街头卖过服装，卖过鞋袜，还卖过卫生巾等妇女用品。

"非凡妈，你背着孩子卖东西呀，怎么不把孩子放在家里，找个保姆看着？"邻居问。

"谢谢您的关心，我要时刻和孩子在一起！"津津说。其实，她心里清楚，自己微薄的收入，根本请不起保姆。但是，爱笑的刘非凡很招人喜欢，那些路过的人，看到孩子笑，都很开心，就停下来逗逗孩子，顺便买几样东西。就这样，刘津津的生意反而越做越好。

"那个没良心的韩国男人说你是丧门星，他说错了，他才是个丧门星。而你是妈妈的小宝贝,人见人爱的小宝贝,每天都给妈妈带来好运气!"没人的时候,刘津津总是亲儿子的小脸蛋,总是这样对儿子说。

几年后。

"妈妈,别人都有爸爸,我的爸爸去哪儿了?"会说话的孩子"二班"有一天问刘津津。

"噢,这个问题嘛,我也不晓得。他去了天堂,他在天堂里等着妈妈和你。不过,我们不要去找他,等我们老了,再去找他,因为我们的好日子还长着呢!别提他了,今天你想吃什么?妈妈给你做。"

"我想吃糖耳朵!"

"好,妈妈给你做糖耳朵!"

在营养方面,刘津津非常注意均衡。苏州水乡温暖潮湿的气候,让刘津津面色滋润,虽然40多岁,但看上去就像30出头的少妇。而刘非凡5岁了,比一般孩子都健壮,特别是身高,要比一般孩子高,脸盘俊俏,是个十足的小帅哥,人见人爱、花见花开。

他们租住的房子漏雨了,雨水形成了小水帘,刘津津把家里的盆盆罐罐都用来接水,防止把被褥弄湿。"要是买一套好房子就好了。"刘津津说。

"妈妈,我在学前班有个女同学,叫王巧玲,她的爸爸是房地产老板,造了很多房子。你找他买吧!"

"唉,哪里有那么多钱?不过这个漏雨的房子真的不能再住了。"刘津津说。

说来也巧,第二天,刘津津送孩子上学前班,见到了那个老板。那个老板40多岁,是曾追求过刘津津的高中时的同班同学,叫王坚平。如今已经是大腹便便的他见到刘津津吃惊地说:"我的孩子巧玲很喜欢一个小名叫二班的孩子,说他长得最漂亮、最帅气。没想到这个二班竟然是你的孩子。为什么你给他取这么个名字啊?太逗了!"

"哦,没想到是你,王坚平!怎么,你的孩子也这么小?不会是你早早就当了爷爷吧?"

"不是爷爷,她管我叫爸爸。我原来的大老婆那时嫌我穷,瞧不起我,抛下孩子嫁给了一个法国酿酒的酒庄老板。我一直没有再娶。等孩子长大了上了大学,我也发了点小财,没想到一天在工地上捡了一个被人抛弃的两岁的小女孩。这个孩子真可爱,见到我就叫爸爸,叫得我心里热乎乎的,当时就流下了眼泪。我把她抱回了家,现在和你儿子一个班。巧玲,叫阿姨。"王坚平说。

"阿姨好!"5岁的王巧玲乖巧地说,她长得眉清目秀,穿得漂亮整齐,特别是两只忽闪的大眼睛,纯洁,充满朝气,十分可爱。

"哦,真乖,真是好孩子。难怪我家二班总是回家夸奖你。"刘津津俯下身子和王巧玲说完话后,站起身来对王坚平说:"看不出你还是个热心人。我的儿子小名叫二班,而大名叫非凡,就是不一般的意思。"她要尽力维护儿子的形象,不能让孩子受到任何歧视。

"刘非凡,这个名字好,大气,将来一定有出息。巧玲可喜欢你家的非凡了。我也早听说你回苏州了,还带着孩子卖零货。本来早点想看你去,可是开发一个大楼盘,忙得我没走开。你的事我听同学提起过。这样吧,不如到我的公司来吧。你做过外贸,来做我的销售经理或销售总监。"王坚平爽快地邀请。

"谢谢。不过,现在外贸形势好转了,我原来的公司请我回去呢,还是做北美。"刘津津回绝了老同学的邀请,尽管她说的事八字确有一撇,但是她还没有实施。她不愿意被别人看不起,尤其是老同学。

"我的孩子巧玲听你的儿子非凡说,你家的房子漏水,这样吧,我在东湖公园旁那个别墅区的楼盘,还有三套独栋别墅没卖,留着给自己或哥们儿的。钥匙就在我这儿,给你一把,你今天就搬过去住!"王坚平摸了摸兜,掏出一串钥匙,从中摘下一个,说:"这栋号码好,008,你就拿这个去。住宅面积500平方米,带一亩半花园。别客气,你先住着,免费白住。"

"谢谢,我不能住,你还是留着卖吧。对不起,我该走了。非凡,听妈妈话,和巧玲一起到教室去。"刘津津命令着孩子。她是倔强的女人,从不会接受别人的施舍或热情的帮助。她知道王坚平一直喜欢自己,但是,自己对他就是没有感觉。

津津没有再上街去卖零货,既然这里的同学都知道了自己在卖零货,那么她一定要想别的出路。她直奔了图书馆,打开电脑,寻找在美国和自己生意相关的信息。她发现,外贸生意已经恢复,她原来的客户正在与她联系。

几天后,她和儿子刘非凡坐上了飞往美国洛杉矶的飞机。刘非凡非常兴奋,他问:"妈妈,我们去美国住在哪儿?是大房子还是小房子?房子还漏水吗?"

津津说:"还是小房子,但是不会漏水的。用不了多久,妈妈会给你买一套大房子。你看中国经济形势这么好,中国制造的商品又便宜又好,美国人离不开。妈妈就把这些商品卖给美国人!赚了钱就能买大房子!"

刘非凡说:"妈妈,你真是好妈妈。我爱你!王巧玲的爸爸说你像菩萨,菩萨有你好看吗?"

"别听她爸爸瞎说,菩萨是这个世界上最美丽的女神,没有人能和她相比。"

"王巧玲说,我的小名'二班'不好听,妈妈,到了美国你别再叫我的小名了,叫我的大名非凡,好吗?"

"好的,非凡,你真是妈妈的好儿子,不一般的好儿子,是二班的好儿子!"

"妈妈,我不是二班的!"

"Sorry,妈妈错了,你是非凡,是非常不平凡的好儿子……"

— 39 —

三巴、蚂蚱和女人

一

杏花村是坐落在中国北方燕山与大兴安岭山脉交界处的一个小山村，位于杏花山主峰前坡。这座山高大巍峨，悬崖峭壁，沟壑纵横，原始生态森林覆盖，终年郁郁葱葱，而在所有树木品种中数量最多的当数山杏树，这种树，相貌并不好看，歪歪扭扭，树干不高，树冠不大，但是它的树皮漆黑如墨，坚硬似铁，粗糙得像锉一样。它们有的枝杈横斜着顺着山坡生长，有的沿着石头崖缝生长。不管土地多贫瘠，山杏树都能扎下根，野火烧不死，雷电劈不断，生命力蓬勃旺盛。一到春天，满山的杏花绽开，花团锦簇，色彩斑斓，延绵起伏，宛如一个壮观的花海。杏花山由此得名。而杏花村，就隐藏在花海的深处。

"哎，小朋友，我问个路！"一个甜甜的声音，出自一位时髦的姑娘之口。这个姑娘名叫唐颖，25岁，身材窈窕，皮肤白皙，留着漂染成金黄色的长发，穿着一身火红色的名牌登山服装，背着一个棕色鹿皮质的双肩背包，戴着最时尚的宽边墨镜，手拄着一支登山拐杖。她像小鹿一样，一蹦一跳的，兴奋地走在山路上。她看到了一个放羊娃，俯下身去问路。

与唐代大诗人杜牧"借问酒家何处有，牧童遥指杏花村"所描写的那个古代的杏花村不同，这个只有30多户人家的小山村，仿佛是个世外桃源，很少有外人来访。而这天，这位城里来的姑娘，翩然而至，已经到了村口。"小朋友，请告诉我，这是杏花村吗？"

放羊的孩子小名叫三娃子，十二三岁，个头不高，圆头圆脑，黑不溜秋，眼睛不大，但爱笑，露着两只小虎牙，脑袋刚被爹给剃了个光头，在阳光下反射着光。他的衣服膝盖和胳膊肘处都磨破了，露着洞。里面的肤色也是黑的，确切地说是黑泥，常年不洗澡堆积成杏树皮一样漆黑粗糙的铁皮。他的嗓子正在变声，尖亮中带着沙哑，回答说："是杏花村。你是哪家的亲戚？"

城里来的姑娘笑了，说："我是刚毕业的硕士研究生，分配到你们村当村官，你能把我带到村委会吗？我要见你们村长。"

放羊娃立刻高兴地高声喊起来："快来人啊，城里的村官可是来啦，是个漂亮的妮子，可俊呢！"

放羊娃的嗓门之大，让唐颖吃了一惊。随着放羊娃的喊声，村子沸腾了，家家户户都走出来了人，男女老少，纷纷来到了村口，迎接这位远道而来的客人。大家七嘴八舌夸奖唐颖长得俊，像画上的美人一样，特别是当唐颖摘下墨镜，露出了两只水灵灵的大眼睛，再加上像细瓷一样嫩白的鸭蛋形脸和抹了口红的樱桃小口，更是让乡亲们赞美不已，甚至有的夸赞是嫦娥下凡。

这时一位30多岁高大魁梧的男子握住唐颖的手说："欢迎你，唐村官，乡里的范乡长早给俺打了电话，说你来报到。俺们是盼星星、盼月亮啊，让三娃子，从早上到下午晌就在村口迎着你。累坏了吧，山路不好走，快到村委会歇着，饭都给你预备好了。"

唐颖被老乡的热情感动了，她放开了被这个高大男人紧握的手，说："我叫唐颖。请问您是？"

这个魁梧的男子连忙说："俺叫彭天魁，是这个村的村长兼党支部书记。唐颖欢迎你。我代表杏花村的老少乡亲欢迎你！快请！"

唐颖被簇拥着来到了村委会，她从来没有遇到过这样的礼遇。而村里人像看见外星人一样争相拥挤着看这位水灵灵的美人，有咂舌赞叹的、有交口夸赞的，总之溢美之词不绝于耳。

唐颖坐了下来，桌子上已经摆满了饭菜。但不是山珍海味，而是当地的土特产，有炖山鸡蘑菇、烤野猪肉和各种山野菜。彭天魁村长招呼唐颖吃饭，告诉她是他的老婆桂兰亲自做的饭菜，都热了好几回了，不知道是否合她的口味。而不少乡亲包括大人和孩子，脑袋挤挤挨挨地贴在玻璃窗上，睁大了眼睛向里看。村委会已经被围得水泄不通。

唐颖不习惯吃饭被这么多人看，尽管肚子很饿了，但是却吃不下，特别是尝了几口后，感觉难以下咽。只是简单吃了几口，就放下了碗筷。她礼貌地说："村长，您夫人做的饭菜真好吃，要是少放点盐就更好了。我吃饱了。现在谈工作吧？请告诉我，我的工作是什么？"

彭天魁本来准备陪着吃饭，见客人不吃了，他还没有动筷子，就只好不吃了，说："唐村官，不急。你休息休息，过几天再说工作的事吧。"

唐颖说："就现在说吧，我等不及了，希望马上开始工作。还有这是我的入党申请书，请求杏花村的党组织考察培养我，争取早日成为一名中国共产党党员！我在大学里读研究生时就是入党积极分子，可是三年内我们班连续换了四个书记，有三个是陆续出国留学去了，有一个是犯错误被学校开除了，所以我的入党被耽搁了。我愿意接受党组织的长期考验！"

彭天魁郑重地接过来入党申请书说："杏花村党组织接受你的申请，将会考察培养你。你真是个干工作急性子的姑娘。俺村的妇女主任刚刚空缺，你先接替妇女主任的工作，就是抓计划生育。咱村计划生育工作抓得不错，很少生二胎的，基本没有生三胎的。每年都是乡里的先进。但是，要抓紧不能放松。"

唐颖说："好吧。我服从组织安排。但是怎么抓，从什么地方开始入手？您要多教教我。"

彭天魁说:"不瞒你说,俺村原来的妇女主任张兰,一直工作挺认真的,抓得紧,自己还带头计划生育,可是她却不小心怀上了二胎。村医张青山给把脉,起初以为是肉瘤,没有在意,后来6个月了,确定是怀了娃子。妇女主任张兰她很要强,就说服了丈夫,到县医院去做流产。说是要给全村人的妇女做榜样,结果在县医院做手术的时候,死在了手术台上。"他沉默了一会儿,强忍住悲哀。

唐颖感到震撼,对前任妇女主任肃然起敬,说:"她是好样的,我要向她学习,学习她的以身作则的精神,学习她献身事业的精神。你说,我该做什么?"

彭天魁说:"张兰主任的死,让全村的妇女都吓坏了,都害怕做流产。当务之急,就是发放避孕套,并教会她们使用。不能再死一个做流产的妇女,那么就要先普及避孕套,让大家都用起来,避免计划外怀孕。你今天就给大家开会,给妇女发避孕套,教她们用!"

唐颖大吃一惊,脸红得像个苹果,她窘迫地说:"什么,发那个。可我还是个姑娘呢,怎么能教她们使用?村长,你是不是换个人发那个。教她们那个?再说,你不是给我个下马威吧?捉弄我?"她天生文静羞涩,对男女之事总是回避,没想到,上任第一天的任务就是发放避孕套,还要教妇女们如何使用,这让她非常难为情。她甚至连"避孕套"这个词都难以说出口,而是用"那个"替代了。

彭天魁脸也红了,他生怕新来的城里人误会他,急忙说:"真不是捉弄你。咱村的妇女主任刚下葬没7天呢,就在彭家坟地。村里的村医兼治保主任张青山,因为误诊了张兰的病,没脸见人,躺在家里病倒了,村里的干部就剩我一个人,真是忙不过来。这个避孕套,你不发谁发?咱村是个经济落后村,村里的年轻人都出外打工了,剩下的老弱病残留守,没多少生气。但是精神文明是先进,计划生育是先进。你来了,这两个'先进'一定要保住!还有,想办法帮助村民脱贫,摘掉贫困村的帽子!"

唐颖发现这个魁伟的汉子，不仅膀大腰圆，身材颀长，而且还非常英俊，高鼻梁，大眼睛，深眼窝，黑眼珠深邃，像大海一样纯净，双眼炯炯有神，如果不是头上长着黑色的头发，说的是地道的汉语，那么看上去，很像美国电影明星蓝博。这么纯种的优秀男人一脸真诚和谦逊甚至有些大孩子般害羞的表情，一下子吸引住了唐颖。她的心甚至怦怦地狂跳不止。可以说，这是唐颖一生中从没有过的对男人的一种欣赏和心灵震颤。唐颖是学习和研究人类学的，她像发现了新大陆一样，发现了眼前这个汉子正是她苦苦寻找的锡伯族后裔。她愣了一会儿，羞答答地说："村长，你真让我为难。但是既然这个村对坚持计划生育的基本国策是如此严格，我可以试试。不过请你帮助我召集所有妇女开会。避孕套在哪里？准备免费发放吗？"

彭天魁听到了积极的回应，很高兴，说："就在墙角，五大纸箱子，免费发放。这是乡政府奖励给计划生育先进村的奖品。每个妇女先发五打。不能遗漏一个育龄妇女。不够用的，下次俺向乡政府再多要几箱子。好，俺这就召集全村的妇女开会。"说完，彭天魁打开安放在村委会办公室的扩音器，对着用红绸子包裹的麦克风，大声宣布："杏花村的全体妇女同志请注意，杏花村的全体妇女同志请注意，马上到村场院开计划生育大会，请新上任的大学生村官妇女主任唐颖同志给大家讲话，并免费发放避孕套，并免费发放避孕套。"这个扩音器，连接着村子里4个方位的4个高音大喇叭，形成了震耳的回声，在山谷里激荡，仿佛是很多人在先后吼着，特别是最后那一句话的后三个字"避孕套"在山谷回荡很久。

在场院里，唐颖第一次面对30多位育龄妇女讲话。她的脸红得比苹果还要红，羞涩的脸蛋更显得妩媚，凹凸有致的身姿与村妇们相比，显得更加窈窕，楚楚动人。她说："乡亲们，我叫唐颖，是新来的大学生村官，接替妇女主任的职务。我听说了，咱们村是计划生育先进村、精神文明先进村。前妇女主任张兰为此献出了生命。我和你们一样感到非常遗憾和痛心。为了继承她的遗志，我们有责任把计划生育这个基本国策贯彻落实好。为了避免再发生类似的悲剧，大家就要用好避孕套。下面我给大家发放避孕套。谁来帮助我发一下。"

彭天魁的姐姐彭天英和彭天莲主动帮助唐颖打开箱子，给大家发放避孕套。这些印刷精美的彩色塑料膜包装的产品，像欢乐药剂，一下子使这些妇女从张兰不幸去世的悲痛中缓过劲来，变得有说有笑，甚至嬉笑打闹起来，有的抢，有的推让，就像一群小孩子在抢一堆花花绿绿的水果糖，笑作一团，闹作一团。唐颖窘迫地问："大家知道怎么用好避孕套吗？"

其实这些娘们儿，早就知道怎么用，但是，故意说："不会，请你教教俺，怎么套，套在哪儿？"接着，爆发了一阵笑声。

唐颖更加窘迫，羞涩的红云从脸蛋儿泛红到脖颈。彭天魁的媳妇桂兰更是故意地问："村官，你给大家比画比画。"

唐颖手足无措，不知道怎么办。彭天莲说："大妹子，你打开一个，给大家比画比画呗！哎，桂兰，把你家的黄瓜拿一根来，让唐村官给大家比画比画！"

桂兰说："好，等俺一会儿，回家拿了黄瓜就来！"不一会儿，这个身材丰满的桂兰笑着拿来了一根又大又粗、又长又圆又黄的留种子用的老黄瓜。举着给大家看，说："大黄瓜来了！你们看看，和你们当家的那个像不像！"

这下子，30多个妇女顿时笑得前仰后合。有的说："你家当家的有这般驴样的玩意儿？"

桂兰不示弱地反击："你家当家的才有驴样的玩意儿呢！看你乐得合不上嘴了。美着呢是吧？别得了便宜卖乖！"

彭天英笑弯了腰，然后说："唐村官，你把打开的那个套子套上吧，给大家展示展示。"

唐颖第一次接触这个东西，并不知道还有正反面之窍门，再加上害羞，笨手笨脚地从反面套，她发现非常困难，不是套子从黄瓜头部滑脱了，就是套不进去。这些妇女们，笑得更加开心，有的人笑出了眼泪，有的笑弯了腰，有的笑得尿湿了裤子。

桂兰故意问："村官，你这当官的妇女主任都套不进去，让俺们咋整？"她的话音一落，这群妇女又爆发出一阵笑声。有的甚至声援："是呀，这玩意儿不好用，还是自然避孕的方法好。新妇女主任，你教教俺们自然避孕吧，就是那个啥来着，前七后八？你讲讲，咋弄呀？"笑声再次像海啸一般掠过场院，震得玉米秸垛哗哗响。

唐颖感觉无地自容，更感觉这群脸皮厚的已婚妇女简直是在捉弄她，而且如此不知羞耻。她用力地把那根黄瓜摔在地上，愤怒地说："你们爱怎么套就怎么套。总之，要计划生育，减少计划外怀孕。什么前七后八，乱七八糟的，我不懂。今天的会就到这儿。那些没来的，没领避孕套的，到村委会找村长吧！散会！"说完，她大步跑回了村委会。回到她的单身宿舍，委屈地抱头哭泣。

"这个妮子，气性还很大哩！"桂兰说。

彭天英说："也是的，人家还是姑娘呢，哪见过你们这群不要脸的过来人，如狼似虎的，把她吓坏了。大家都散了吧，够这个姑娘受的。"

第二天，唐颖在彭天魁的劝说下勉强振作起来，和彭天魁一起拜访了村医张青山。张青山年近五十岁，个子不高，瘦弱，长瓜脸，小眼睛，他因为沮丧，脸更显得长，胡子已经有日子没有刮了，蓬乱如麻。唐颖做了自我介绍后，问："青山叔，我希望你振作起来，特别是你是村医，计划生育的事，你是可以帮上忙的，比如避孕套怎么发，这些妇女有哪些关于怀孕的问题，你都可以帮助解答。我昨天出了丑，没有完成给妇女开会落实计划生育的任务。"

张青山有气无力地说："张兰主任的死，俺有责任。俺想她是计划生育的带头人，又生过孩子，一定不会是喜脉。就按肉瘤诊断了，结果一错再错，耽误了最佳的刮宫引产期。俺也劝过她，过了怀孕的前3个月，引产就是大手术，风险高，就不要引产了。可是张兰的觉悟高，坚决要打掉第二胎，给大家做个榜样，结果就出了这样的事！"

彭天魁说："张青山，你是党员、是村干部，不能就这样破罐子破摔，要从哪儿跌倒就从哪儿爬起来才行。振作起来，帮助唐颖把计划生育抓好。再说，有哪个医生没有误诊过，好马也会失前蹄。过去的事，就让它过去吧，别再提了。"

唐颖非常感动彭天魁这么英俊的高大汉子竟然如此心细，能说出这么通情达理的话，她立刻对彭天魁多了一分崇拜和爱戴。她也受了鼓舞，接着说："彭村长说得对。你一定要振作起来，村里的工作需要你的帮忙，村民需要你看病，我也需要你的帮助！"

张青山也非常感动，这个党支部书记兼村长没有埋怨他，反而一如既往地支持他的工作，新来的村官是个大姑娘，让她和那些已婚妇女谈避孕套和计划生育问题，确实勉为其难，的确需要自己这个当村医的帮助。于是，他鼓起勇气，说："天魁、唐颖，你们不知道啊，张兰的死，多一半责任在俺。他男人彭天才死了媳妇，已经半疯了，恨死俺了，还有他家的亲戚，恨不得杀了俺。俺哪儿还有脸见人。"

彭天魁说："你放心，彭家的事，俺做主，俺是彭家的主心骨，俺叫他们不要记恨你，是医院的责任，是手术意外。彭天才是俺的叔伯哥哥，俺不仅要劝他，也劝所有的彭家人，人死不能复生，纠缠谁的责任，已经没有意义。让活着的人好好活着，坚持计划生育不动摇，坚持基本国策。让张兰的遗志由大家继承，发扬光大，这样，张兰就不白死。她死得伟大，死得光荣。所以，你这个村官要振作起来。村里人等着你行医，村里的治安等着你来抓呢！"

张青山非常感动，他默默地流泪了。过了一会儿，他沉痛地说："你们放心，俺会振作起来。从哪儿跌倒，就从哪儿爬起来。过去，俺就是把自己的名声看得太重，认为自己的爹张二斗是远近闻名的赤脚医生，大医院看不好的病，到他这里可以妙手回春。自己也沾了爹的光，大家都高看俺一眼。其实，俺爹的艺术高明，他是一生积累的结果，俺没有俺爹那样的经验积累，医术跟俺爹差得远呢！这件事就是个教训，让俺更要细心，更要不断学习，争取不再误诊。名声可以从头再来，俺还是有信心的！"

彭天魁说："这就对了。青山，俺对你也有信心。你救了远近十里八乡那么多人的命，只误诊一次，不算啥，大家都记得你的好。找你看病的人，该来还是来的。一来比卫生院方便就医，二来省得大家跑远路。所以村医是离不开的！"

唐颖说："那么好了。明天，你要出席给妇女们开会，帮助解答她们的问题。"

张青山说："好，俺明天肯定去！那些老娘们儿俺可以对付，她们在俺面前犯浑，俺有办法对付！"

正说着，三娃子从外面匆匆赶来了，说："天魁哥，不好了，出大事了。季满囤让警察给抓走了！"

彭天魁大吃一惊："犯啥事了？警察来村抓人也不通知俺村干部一声，真要命。这下，咱村的精神文明先进算是泡汤了。警察出村了没有？"

三娃子说："季满囤和外村的几个人在家里赌博，警察是昨儿后半夜悄悄来的，逮个正着。4个人都抓走了，早出村了。"

彭天魁一脸无奈："唉，这个满囤，总是不安生。咋办？找乡长疏通？可是范福乡长总看俺不顺眼，动不动就劈头盖脸撸一顿。这回又得挨他撸了。哎，对了。唐颖，你是刚上任的村官，乡长一定对你客客气气的，你跑一趟乡里，向乡长求个情，让派出所把季满囤教育教育后就放回家吧，不然，满囤他爹、他娘跟俺要人，要死要活的，俺弄不住啊！"

唐颖想了想，认为彭天魁说得有道理。昨天范福乡长还嘱咐自己"有啥困难就来乡里找俺，你们大学生村官是咱乡的宝，一切俺给你们做主，为你们撑腰！你们就放手干吧！俺相信有了你们这些有知识有文化的村官，杏花乡的落后面貌一定会改变！"范福乡长和蔼可亲的样子，想起来，唐颖的心头就感到有一丝温暖。于是，唐颖说："好吧，村长，我去乡里，争取把满囤这个大活人领回来。你想啊，即使满囤赌博，在这个贫困村，他的收入不高，怎么可能赌得很大，小赌虽然不对，但也构不成什么犯罪，教育教育就可以了。我有信心办好这个事。"说完，唐颖大步流星地向乡政府所在地走去，那是一条20多公里的山路。她健步如飞。既然当了大学生村官，她就想做出点成绩来。

唐颖来到了乡政府，找到了范福乡长，说明了情况。范福乡长和派出所所长进行了沟通，最后同意唐颖这个村官把犯事的村民季满囤领回村。

唐颖在派出所的办公室见到了季满囤，在唐颖看来，这个男子生得贼眉鼠眼的，龇着大黄板牙，30岁左右，个子不高，但是微胖，肤色黝黑。与其说是丑陋，不如说是肮脏得出奇，再加上常年不洗澡，黑色的对襟袄，散发着酸味。对襟袄里子是白布做的，但是已经没有了布的本色，汗渍和脖子上出的油，已经把白里子染得黄黑油亮。派出所张所长说："记住，满囤，再聚众赌博，就要关上你好几天。这次要不是你们刚上任的唐颖大学生村官来求情，本来要好好教育教育你的。现在，你可以跟唐村官回村了，记住，别再犯事。再犯事，决没有你的好果子吃。"

季满囤心虚地点头称是："谢谢张所长，谢谢唐村官。"

在回村的路上，季满囤对唐颖说："俺真不愿意蹲笆篱子，那滋味不好受。好几个人只能蹲在冰凉的水泥地上，没地方躺，想伸伸腰都没地方。谢谢你出面将俺从笆篱子捞出来。你比俺爹娘还管用，俺以后听你的。不过，你不在城里过滋润日子，到这穷山沟来干啥？这鬼地方，要啥没啥，吃了上顿没下顿，你图啥？"

唐颖说："我也不知道图什么。现在就业难，毕业了，没有好的工作可以找到，就稀里糊涂地报名当了大学生村官。走一步看一步吧！"

季满囤说："这个村官根本就不是官，比芝麻粒还小。村里大大小小的事，都会找你。尤其是韩寡妇，最不好惹。你多加小心吧。"

唐颖并没有把季满囤的话当回事，结果她在韩寡妇那儿还真就吃了亏。

韩寡妇，名字叫李秀芬，她的男人原来是个木匠，挺能干的，手很巧，能用双手把圆木变成雕花的大木柜，能制作各种家具，当然山里人盖房子上房梁更少不了请他。因此，韩木匠是远近最受欢迎的人，他家的日子过得比一般人家都好。秀芬嫁给韩木匠，也是百里挑一。但是哪里能想到，天有不测风云。当地人盖房子上房梁前，一定要请木匠喝酒的。那一年，韩木匠是在喝醉了酒后，爬上房梁看大梁安装得正不正，结果从房梁上掉了下来，摔瘫痪了。秀芬任劳任怨伺候着丈夫。好在女儿杏花很争气，学习好，考上了大学。就在瘫痪的韩木匠看到女儿举着大学录取通知书给他看的时候，他高兴地咽了气，韩木匠死了。秀芬成了寡妇，嘴像刀子一样，不饶人。

这一天，唐颖按照名单，主动上门给那些没有领取避孕套的育龄妇女发放避孕套，误入了秀芬的门，当唐颖好心好意地把避孕套递给秀芬的时候，这个瘦弱的年近40的寡妇，像受了天大的侮辱一样，扯着大嗓门，号啕大哭，确切地说，是号丧似的唱起来："你们村干部真是缺德呀，缺了大德呀，竟然强给俺这个当寡妇的人发避孕套，还问五打够不够，你们丢人现眼不要紧，咋能这么糟践俺这个孤苦伶仃的寡妇呀！天打五雷轰啊！作孽呀，你们这是作孽啊！你们干部真缺了八辈子德了，老天爷不长眼呀，让村干部欺负寡妇呀！"她的哭声惊动了全村，大家都来看热闹，看到大学生村官唐颖手里举着避孕套不知所措。不仅没有一个人同情唐颖，还纷纷指责唐颖不像话，欺负寡妇，特别是怂恿寡妇使用避孕套，简直就是猪狗不如，禽兽不如！

唐颖吓坏了、哭了，泪流满面地连连说："对不起，我不了解情况，不是故意的。"但是，周围似乎没有人同情她的，都同情秀芬。秀芬的哭声更大，号丧的内容更加刻薄狠毒，甚至脏话连串，把村干部的祖宗八代都骂遍了，那号丧声简直就是震天动地。让唐颖不仅知道酿成了大错，而且彻底绝望了，死了的心都有。

就在这时候，彭天魁来了。他先当着秀芬，让唐颖认错赔不是，接着说：

"秀芬嫂子，不要哭了。大家都知道你贞洁，是守身如玉的楷模。但是这么点小误会，不值当这么大呼小叫的，更不值得你这样脏话连篇地骂。当村干部不容易，钱没多拿，连祖宗八代都得赔出来让你骂，村干部的祖宗没招你惹你呀。再说你骂坏了身子，杏花不在家，在省城上大学呢，谁伺候你。快歇会儿吧，大家都散了吧！"

秀芬听了这番话，果然停止了号丧般的哭。她与其说是受了侮辱需要发泄，不如说是需要村长来安慰她说她贞洁，她要的就是这个效果。

唐颖从心里感谢这位英俊的村长，在她心目中，这样的汉子真值得尊敬、值得敬爱。同时，也觉得自己太无能了，不仅粗心大意，而且学到的知识在这个山村一点儿也用不上，更觉得这个村官真不值得这么热情地全身心投入地去干。给寡妇发避孕套这个错误，不仅会让她铭记一生，而且也会让别人笑话一辈子。即使自己再努力，乡政府的干部知道了，也会像污点一样看待自己。政治前途，因这个纰漏已经暗淡。想到这里，从此，心高气傲的唐颖消沉了，有些灰心了，对村里的工作不再那么热情高涨了，甚至是"当一天和尚撞一天钟"。她每天专心看书，对研究锡伯族后裔的这个课题兴趣浓厚起来，她发现一部分彭姓家族在这个村好像是锡伯族的后裔，她要研究他们是怎么流落到这个山村的，历史的演变和民族的迁徙有着什么样的关系。她查阅了很多资料，有一本书上提供了一条线索，在成吉思汗怒杀锡伯族男人试图彻底消灭这个异类种族的时候，锡伯族的一支部落在一位女头领的带领下，逃跑了，跑向北方某处的大山里，被一支满族头领所接纳，然后隐遁下来。对外声称是满族，并改了姓氏。这时唐颖心里的谜团解开了，难怪彭天魁等彭姓人都否认自己是锡伯族人，而说自己是满族人。唐颖还特意观察了彭天莲等彭姓人的脚指甲，小脚指头上的指甲是一个饱满圆圆的指甲，那是典型的锡伯族人的标志，而满族人的小脚指头上的指甲是两瓣的。满族人上身与下身的比例有相当大数量的是上身长一点，腿短一点，小腿大多有一点罗圈，那是祖先常年骑马的遗传，而锡伯族人双腿修长，腰细，肩宽，臂长，没有罗圈腿，身材与匈奴人或西方人类似。有资料显示，锡伯族男人大多数有厚厚的胸毛，而满族男人大多没有胸毛，即使有，也很稀疏。尽管目前唐颖没有亲眼看到杏花村彭姓男人的胸毛，但是从这些妇女的谈话中，她们提起彭姓男人厚厚的胸毛，有的婆娘甚至称自己的老公为"狗熊""大熊""熊玩意儿""毯子""长毛熊"等。因此唐颖确信，锡伯族隐遁下来的那一支就在杏花村。

但是，当唐颖越对彭天魁这个锡伯族的纯种男子有好感和好奇之时，彭天魁的老婆桂兰就越不放心，愈加吃醋。这天下午，三娃子报告彭天魁和唐颖好像抱在了一起，好像在亲嘴哩。于是，桂兰火冒三丈地跑到村委会兴师问罪，可惜，唐颖不在办公室，只有彭天魁一人在。桂兰扑上去，一把抓住彭天魁的裤裆，大声骂道："好你个王八犊子，竟敢背着俺偷腥！俺把你的屌蛋捏碎，把你那活用剪子剪下来！"

顿时，彭天魁疼晕了过去。

二

"今天的总结会，就是给你们敲敲警钟。你瞧瞧你们中有些干部，什么形象！像个干部吗？要是干部的话，就要管好你的'四巴'！"杏花乡乡长兼乡党委书记范福在全乡干部工作会上正在做总结，这个3天的会，反复强调的就是落实党中央的八项规定，整顿和维护党的干部的形象问题。按照文件上的说法是"照镜子，正衣冠，洗洗澡，治治病"。此时台下，笑声一片。小道消息传得更邪乎，说杏花村的村长彭天魁最近闹"小三"，让老婆桂兰逮住个"现行"，还不依不饶的，拿着剪子非要把那根惹祸的子孙根"一剪梅"。因此，其他几个村的干部，听到乡长的训话，都会意地笑起来，红杏村的村长张德昌外号叫张大杆笑得喘不过气来，一口痰憋在嗓子眼儿，脸涨得又红又紫，像个茄子。他和彭天魁在中学时就是死对头，后来长大后他通过关系在杏花县政府当了小职员,这次响应走基层的号召,交流挂职在山寨子村当村长,他上任后的第一件事就是把山寨子村名改为红杏村,又大张旗鼓地要建造一座夏凉宫来吸引城市人来山区旅游。

个子高大魁伟的彭天魁反倒很平静。他目不斜视,盯着乡长,一副专注且呆呆的样子。其实,他的心思,根本没在会场里,这几天发生的事,让他的心全乱了。人来了,魂没来。

"安静,安静,安静!"乡长敲着桌子,他不喜欢自己的讲话被别人打断,尤其是在他讲到节骨眼时。"这'四巴'嘛,第一个就是尾巴!我说的尾巴,就是官僚主义、形式主义。说到尾巴,每个人都有。别以为你们穿着裤子,直立行走,就没有尾巴了,材料都反映到我这儿来了,每个人都翘着尾巴呢!特别是那些工作有点成绩的村,干部的尾巴都翘到天上去了!不知道自己姓什么!你们知道,我最烦翘尾巴的人,这种人,干不成大事,小富即安。而你们那点成绩,离老百姓的要求还差得远呢!"

"这是在说谁呢?"几个村干部在下面小声悄悄地议论着。几个人面面相觑,不知所以然。

"第二个就是嘴巴,这张嘴巴净惹事,惹大事,其中有两点需要牢牢管住,一个是不能大吃大喝。党中央规定的八条,其中一条就是吃喝的问题,群众意见最大的就是当干部的大吃大喝问题,享乐主义和奢靡之风,很大程度上是嘴巴没管好,贪污腐化有很大一部分是从吃上来的,管住了嘴巴,不该吃的不要吃,不该喝的不要喝。另一点就是不能说的,不要乱说,对安定团结没有好处的话不要说,对党的形象没有好处的话不要乱讲。也许有人说如今因嘴巴犯事的,都不算大事了。吃点喝点,不算啥。说点不该说的话,也不算啥了。俺强调的是,吃点喝点和乱说话说不负责任的话,都不行。如果你们管不好你们的嘴巴,你们就不配当党的干部,大吃大喝乱讲话的你自己不主动辞职,党组织会帮助你离开你所在的岗位的!群众的选举也会把你拿下的!"

这些开会的村干部顿时安静下来，已经意识到了会议的重要性，意识到这次党的群众路线教育实践活动不是走过场，而是动真格的了。

范福接着说："第三个巴就是钱巴，这个关系重大，贪污腐化的问题是党的生死存亡问题。享乐主义和奢靡之风主要是和这个巴没管住有关。不该你用的，你不能用，不是你的你不能拿。可是有的人，偏偏在这个问题上不清不楚，让群众戳脊梁骨！说小了，是工作作风问题，大手大脚，或是管理问题，粗手粗脚，说大了就是涉嫌犯罪。要是问题大了，有公安司法部门专门开小灶招待你们，我可管不了，也不能管。我在这里只是提个醒！抓经济，就要管好钱，经济搞上去的，钱巴要管好用好。经济没搞上去的，钱巴更要管好用好！这不是本事的问题，是原则问题！"范福58岁了，在这个乡工作了30多年，工作抓得紧，说话有分量，没有人不服气。可是，就是"走背字"，他总也没被提上去。

"这又是说谁呢？"几个村干部议论的声音更小了，会场趋于安静。气氛严肃起来。

"第四个就是大家都知道的那个巴，不该杵的地方，不能杵，不该用的地方，不能用！党的干部，很多就是因为这个而走向了骄奢淫逸的享乐主义，走向了腐化堕落的深渊，严重败坏了党的形象！因此，这个巴必须hold得住！"台下又是哄然一片笑声！"不许笑，不许笑！我还没说完呢！"矮胖的范福再次敲着桌子，敲得山响。那笑声像潮水一样拍打得墙壁直颤抖，震得房子稀里哗啦地向下掉土渣子。待安静下来时，范福已走到门口，他觉得该说的也说得差不多了，不长篇大论是他的一贯主张，他张了张嘴，犹豫了一下，把一口唾沫咽了下去，准备离开会场，在推门的那一刹那，他用手指着彭天魁说，"你，到我的办公室来一趟！其余的，散会，把精神带回去！"

所有的目光像刀子一样集中到了彭天魁的身上，彭天魁感觉到了那些目光的锐利。如芒刺在背，他坐立不安了。他的脸开始红了，比张德昌卡痰时的脸还更加像紫茄蛋，确切地说像个大西红柿。他低头默默地向范福的办公室走去,像个犯了错误的小学生。

红杏村村长张德昌凑到彭天魁跟前说:"你艳福不浅啊。小头快乐了,大头未必快乐。管不住小头,大头就要受苦!"

彭天魁说:"滚一边去,大杆儿子,就你搞那个花架子,典型的形式主义,俺看不上眼。别以为你是个啥大个的,屎壳郎蹲门板——假充大帽钉!"

张德昌说:"还牛啥呀?快去吧,乡长在等着你坦白从宽呢!"

彭天魁没有再和张德昌斗嘴,默默走进了范福的办公室。

"天魁呀,天魁。你说说你,咋就管不住自己?"在办公室里,范福像长辈一样用手拍打着彭天魁的后背,恨其不争地说,"这'四巴'中,只有鸡巴的事最小,我是放在最后强调的。前三个巴,都是大事,不能含糊。那几个村的干部,我不敲打敲打,就要出大事了。可是,让我没想到,安分的你偏偏就栽在最后这个巴上,让我说你啥好?"

彭天魁的魂仍然没有与身子合并,他还沉浸在媳妇桂兰那恶狠狠的话中。那天,媳妇桂兰的确拿着一把剪刀,扯住他的裤裆就要剪。是自己的亲娘,扑上去以身护儿,并夺下儿媳妇的剪刀,说:"那可是命根子,剪不得!"

"咋就剪不得?你儿子都做下那样见不得人的缺德事,剪了省得再惹事!"

"哪有你这样当媳妇的,把丈夫废了,你有啥好日子?"

"不废了他,也没啥好日子!自从嫁到你们彭家门,除了给你们生儿子坐月子,才过得像个人样,剩下的日子,跟驴马差不了两样。干活,除了地里的,就是家里的。"桂兰委屈地哭了,哭声惊动了邻里,有来看热闹的,也有来劝架的。

来人了,要脸面的彭天魁的老娘张九月立刻变了声,60多岁的她,毕竟经历的沧桑多了,笑哈哈地说:"没事,没事,都家去吧,没啥好看的,儿媳妇桂兰跟俺拌嘴呢。事儿不大,都是为了她娘家盖新房的事,要天魁出5万块钱，俺没答应，就跟俺拌上嘴了。"她在竭力维护儿子彭天魁的形象。

而看热闹和前来劝架的都知道，彭天魁和新来的大学生村官唐颖搞在一起了。她们议论："那个唐颖，身材苗条，但是胸脯丰满，脸小，像瓷器那么白，屁股圆圆的，是个能生育的女人坯子。她的眼睛能放光，那光能把山里的男人电得神魂颠倒，她说话很妩媚，有时软得让男人心里酥痒。"还有的说："就是这个有文化的学生村官，虽说是个研究生，有学问，可她偏偏研究的是啥人类学，毕业论文写的啥？关于一支少数民族迁徙繁衍史。她来这个村除了给寡妇发避孕套闹出大笑话外，就是整天研究那支叫啥锡伯族的少数民族，说就流落在这个叫杏花乡的东北大山里。"还有的爆料说："她曾和俺私下说过，她喜欢这个村的锡伯族男人，这可让村里的男人都火烧火燎的。她还当着不少村里人夸彭天魁长得帅，像美国电影里的蓝博，说他的血统一定有着锡伯人的影子，是个纯种男人。""哈哈哈"……这些媳妇婆娘的议论，爆发出一阵阵笑声。

啥叫锡伯人？唐颖的确给村里的大姑娘、小媳妇说，就是和成吉思汗的老婆睡过觉的那个游牧民族的后裔。那个民族的男人，长得英俊魁伟，让成吉思汗的老婆都动了心。后来事发了，成吉思汗大怒，几乎把那个民族的男人赶尽杀绝了。所以，当唐颖看到彭天魁那天，就像发现了新大陆一样，这正是她要找的锡伯人的后裔。身材魁伟，高鼻梁，眼窝深陷，浓眉大眼，长睫毛，典型的锡伯人后裔的特征，于是她就动了心思，她的确说过："要嫁就嫁这样的纯种男人，可以和山里人结婚生崽。而且生出的娃娃一定高大健壮，出类拔萃。"她认为，从人类学上，汉人在许多方面已经并不优秀，特别是由于缺乏和其他种族的交融，在遗传上，如身高、体重、体魄、耐力、力量、运动能力和协调性等方面，不如其他民族。她说，美国之所以发达，除了高科技外，差异化大的种族相互融合，形成了杂种优势，生出来的孩子高大健壮，体魄强劲，头脑聪明。因此，要想振兴中华，就要先从娃娃抓起，而要想有优秀的娃娃，就必须找高大健壮的纯种男人结合。她说，她曾去过康巴，那里的男人的确高大健壮并且纯种,但是由于语言的关系,她没有和他们交融成功。而她最热衷的还是她所研究的锡伯人,这个村彭姓的男人,甚至比康巴汉子还出色。她的理论,吓坏了不少村里的媳妇们,从那一天起她们都把自己的丈夫看得紧了,千万不能让这个从外面来的小妮子把自己的汉子抢走。

"你说说,到底是咋回事?"范福嗔怪地问。

彭天魁捂着隐隐作痛的裤裆不耐烦地问:"啥,啥咋回事?"

"还装,这没外人。你说,到底咋回事?"

"啥事也没有。不过是和她抱了一下,想亲个嘴。"

"就亲嘴来着?亲嘴能闹出这么大动静?桂兰要剪断你的子孙根?别跟我装。装傻充愣是没有用的。"范福似乎见惯了那些死不认账的主,早就有耐心和心理准备。

"就抱一下,嘴还没亲着,她主动抱我的,我也没扛住,抱在了一起!刚巧,让三娃子给撞见了。"

"啥嘴还没亲着,肯定比你说的要那个,你呀,别再装了,太不像话了,你到这儿还狡赖,是不是让纪检委书记跟你谈谈。"

杏花开了,高大巍峨的杏花山,满山遍野的野杏花开得烂漫,红的、粉的、白的,组成了一团团花簇。近看一朵朵花分别由五片花瓣组成了一个色彩渐变的托盘,越向托盘中心,花的颜色越深越粉红。花芯处挺立着10根左右针一样细的嫩嫩的花蕊,花蕊顶端有一个黄色的粉茸茸的花萼,轻风吹来,花萼散发着淡淡的清香,蜜蜂嗡嗡地在花芯处采蜜,震动得花粉像一小股烟一样升腾起来,细茸茸的淡黄色花粉,就随风飘荡。远看杏花山是一片花海,波涛起伏,有耸立的浪峰,有低洼的浪谷,银装素裹,在霞光映照下,像是铺天盖地飘逸而来的多彩的绸缎,给大山穿上了盛装,使平时阴森森的山,变得亮丽了,变得像待嫁的新娘,娇艳欲滴。

唐颖在花海中举着数码相机捕捉最美的镜头,处处是美景,无论从哪个角度取景,都漂亮得让人心醉。杏花淡淡的香味,也让她陶醉,就像喝了香槟酒一样,甜香绵软,还有几分兴奋。她是个浪漫的女人,总爱追求完美和不可言状的浪漫,仿佛是骨子里总在不断涌出着不可遏制的冲动。而杏花之海的壮美,给她的浪漫增添了如诗如画的氛围。她闭上眼睛,呼吸着春天温暖的甜丝丝的空气,享受着阳光和微风的抚爱。26岁,是成熟的年龄了,这个年龄在山里人看来,已经是老姑娘了。山里的姑娘,十六七岁就说下亲事,彩礼先送过来,吃穿基本都是未来婆家供给。待两三年后,一定是要出嫁的。不然,婆家空然耗费着不小的供给支出。过了门,不上一年,基本就生娃子了。女人到26岁时,孩子都已经五六岁,不仅可以满山跑、拾柴、摘榛子、采蘑菇,而且还可以上学前班,跟着老师学认字。

就在唐颖享受着春日暖阳和花香的时候,放羊的三娃子走了过来。他摇着小羊鞭,咦咦啊啊地吆喝着羊群。十二三岁了,个子比锹把高一点。他不爱念书,他爹娘曾用擀面杖打他,把他向学堂里撵,可是他死也不肯到学堂去。三番五次后,他的爹娘死了期盼儿子成龙的心,只好随他去,早早放羊满山跑。

唐颖睁开了眼睛,从温暖的石头上坐起来,对着三娃子说:"三娃子,你过来,我问你,那天你看见什么了?你怎么向桂兰学舌的?"

三娃子发现了唐颖,走过来说:"咋了?你还找俺算账,咋的?"

"算账?算什么账?"唐颖不解地问。

"桂兰嫂子说,千万绷住了,不向任何人说你勾引她汉子,她不愿意得罪你。说你是村官,有文化,人长得好看,见多识广,不至于和她抢汉子。"这个孩子心眼实,竹筒倒豆子,一股脑儿都说了出来。

"什么,勾引她汉子?没有的事。是谁胡编的?"唐颖有些气愤了。

"就是勾引她汉子。那天,俺看见你和彭天魁抱在一起,亲嘴哩!"

"胡说,就拥抱一下,高兴嘛。拥抱就像握手一样,平常得很,没有什么可大惊小怪的。"唐颖哭笑不得。

"那可不中,没过门子,就和男人拥抱,那是犯法的。"

"犯法？瞎说。法律根本没有这一条。"唐颖说着，把三娃子拉过来拥抱了一下，说："这就是拥抱，西方人都这样，高兴了，不高兴了，都可以和身边的人拥抱。表示祝贺或体谅，懂吗？"

三娃子受宠若惊，从唐颖的怀里挣脱出来就跑了，边跑边说："俺娘要是知道了，要打断俺的腿。不过，你的两个奶子又大又软，让俺想起了在俺娘怀里吃奶。"

唐颖更加哭笑不得，心想，真是个傻小子，挨到女人的身体就想起了吃奶。她感觉到桂兰最近情绪强烈，很不对劲，问："你别走，桂兰还说啥了？"

"彭天魁3天没回家，听说让乡里给蹲笆篱子了。桂兰急得到处打听，哭着找你要人呢！"

唐颖听了，心里一惊，必须回村，安抚桂兰。她急忙向村里走，但是走着走着，觉得面对桂兰时怎么说呢？弄不好，俩人会打起来。山里的女人见识短，听风就说雨。吃起醋来，把一丁点小事弄得比天还大。不行，要解决问题，就必须到乡里，找乡长，汇报实情，澄清真相，还自己和彭天魁一个清白！于是，她迈向另一条下山的路，这条路有20多公里长，名叫四十里杏花沟，而乡政府坐落在杏花沟的沟口，是杏花沟和桃花沟的交会处。

走着走着，唐颖还是停下了脚步。她思索着，向乡长说什么呢？这种事越描越黑，而且这么急着去澄清，别人会觉得你们俩人一定有事。自己是姑娘，更没有必要去急着澄清什么，不然，那些爱说闲话的，可以夸张演绎成一出戏了！对，不理它！干自己该干的正事！如何帮助山里人脱贫致富，怎么自己还没想出办法来呢。自己来这个山村快一年了，除了完成了锡伯族那篇论文，别的什么也没干呢！这个处在偏远深山的村落依然贫穷落后，还使用着木头轱辘连轴转的牛车，村里只有一部电话、一台手扶拖拉机和几辆自行车。由于没有信号，连电视也看不到。要不是自己向电话局申请ADSL，使用自己的笔记本电脑通过电话线上网，这里基本与外界隔绝了。当然，这里民风淳朴，有点像陶渊明笔下的世外桃源。但是，落后的生产力和全年无霜期短、白天短黑夜长的自然条件，使百姓只能刚刚解决温饱，富裕只是梦想。

　　她一屁股坐在杏花沟的河滩上，用手扯断身边一棵嫩绿的青草，用两根手指转动着青草沉思着。青草的鲜嫩清新的味道，像洗发香波的芳香一样蔓延到整个手上，她沉思着。这时，一只蚂蚱跳到她的手上，蹿上她手里的那棵青草，咔咔地咀嚼着青草的嫩叶，接着又一只蚂蚱也蹿上来，同吃一棵青草，全然不顾唐颖这个大活人的存在。"闹蝗虫了！"唐颖心里第一个反应。但是她向四周看了看，没有发现大规模的蝗虫，只有少数几只在蹦跳着，或吃着青草。她仔细观察着手里青草上的两只蝗虫，一只全身为绿色，另一只是黑褐色。两只蚂蚱的头大且圆，两只大眼睛占了头部的70%，两根触角向上伸展，但不太长；身上有两对翅膀，呈绿色或黑褐色，前翅狭窄而坚韧，后翅宽大而柔软薄如蝉翼。胸部和后背看上去很坚硬像是铠甲。蚂蚱有6条腿，前两对腿像大粗针一样粗细，但是很灵活，有关节，可以弯曲。但是一对后腿十分粗壮，占据了身体的三分之一，显得强劲有力，腿上还有尖锐的锯齿。这两只蝗虫惬意地吃着青草，一会儿就把这棵青草的叶子都吃光了，只剩下一根细茎。然后，两只蝗虫满意地叠落在一起，两条尾巴交会结合在一起，交配了！唐颖专注地看着蝗虫在手中的草茎上交配。她没有打搅，反而很好奇。"吃饱了就交配！真忙乎，一点也不知道休息！"唐颖觉得有趣。

　　就在唐颖津津有味观看蝗虫交配的时候，35岁的桂兰急匆匆地赶到了乡政府。她走得急，汗流浃背。因为，有人打电话告诉她，会议早散了，而她的丈夫彭天魁被扣住了，不让回家，似乎是被"双规"了。丈夫是家里的顶梁柱，丈夫的事比天大，因此，桂兰撇下手里的活计，不顾一切地赶到乡里救丈夫，发誓舍得一身剐，也要把丈夫带回家。她和彭天魁结婚13年了，生了两个孩子，一儿一女。丈夫比她小三岁，"女大三，抱金砖"，在生活上，她无微不至地照顾着丈夫，在她眼里，丈夫就是心理上还没长大的儿子，需要她的呵护。

"范乡长，范乡长！你还俺男人！"一进乡政府的大院，桂兰就大声地嚷了起来。体态丰满的桂兰，穿着肩头和胳膊肘都打着补丁的素花对襟蓝袄，汗水已经湿透了后背和胸部，盘卷在头上的黑发也湿了，她索性让湿漉漉的长发散落下来，更给人一种披头散发的恶煞女印象。"你还俺男人。俺男人咋了，你就蹲他的笆篱子？"她的嗓门大得出奇，震天动地的，像母驴的吼叫。

"是谁在政府办公的地方嚷嚷？像什么话？"范福从办公室走了出来。其他人员也有不少走出来的，还有的隔着窗户，从玻璃向外看的。

"你还俺男人！"说着桂兰伸出两只手来就要抓范福的衣服。

"住手！"武装部部长李刚一下子横在了中间，阻止桂兰的无理取闹。

"李刚你让开，没事，我知道这是彭天魁屋里的，桂兰，你这么大呼小叫的，是咋回事？"

"你把俺男人蹲笆篱子了，还问俺咋的了？"

"没有的事，谁说把你男人蹲笆篱子了。你男人难道犯了啥事应该蹲笆篱子吗？"范福反问着。

桂兰卡了壳，但是迅速找到了话茬儿："没蹲笆篱子，咋不让他回家？"

"回家？他敢回家吗，你不是要剪断他的子孙根吗？"

听见男人没蹲笆篱子，桂兰松了一口气，脸立刻红了，有些害羞："这事，你都知道了？乡长。"

"知道了，桂兰呀桂兰，你说你干的是啥事？"

"别说了，乡长。让俺把俺男人带回家，保证不剪他那话儿了。"

"知道错就好，'一剪梅'可是犯罪，可不能乱剪！你下的保证，我听到了，你可要说话算话！你也要学着怎么做个好女人，不然，哪天你男人真的不要你了，你着急也没用！好了，我还有会，不陪你聊了。你男人不在乡政府，他到农村商业银行去了，我担保的，贷款30万元，他准备开发山杏产业，还有让你们妇女养殖苍蝇虫，可以赚钱。"

"啥，养苍蝇？没门！俺最闹心的就是苍蝇，没人愿意养那玩意儿，打死了也不养！饿死了也不养！俺这就去找俺男人去！"桂兰说完就转身跑了。

"这个媳妇，真是个乱弹琴的主！"范福望着桂兰的背影感叹着。

唐颖还在观察着蚂蚱。两只蚂蚱交配后，跳到地上，继续吃草叶子。咔哧咔哧，吃得很香。大约半个时辰后，有一只个头大绿色的蚂蚱，卧在一小片硬硬的土地上。它鼓鼓的尾巴像打桩机一样向下钻动着，一下、两下、三下，连续不断。这是在干什么？唐颖好奇地继续观察。她看到，不一会儿，这只蚂蚱的尾巴下面就钻出个小洞，然后，蚂蚱把尾巴伸进洞去，像是在排泄。不一会儿，蚂蚱把尾巴抽出来，用6条腿把浮土埋向洞里。然后它就飞走了，飞到附近的草丛继续吃草。

土洞里有什么？唐颖越发好奇了。她小心翼翼地用一根小木棍挖开蚂蚱掩埋的土洞，发现在2cm深的土中里面有一窝小米粒大的土白色的卵，她数了数，大约90多颗。她用手指探到土洞里感觉一下温度和湿度，发现这里在太阳的照射下，很温暖，大约接近30摄氏度。略有湿度，但不很湿。唐颖把卵放了回去，掩埋上土，她想看看需要多少时间能够孵出小蚂蚱来。生命的奇迹，是她所热心探寻和期待的。

三

彭天魁的确觉得自己的媳妇有点粗俗，特别是当唐颖出现后。他觉得自己各方面还不错，就是媳妇桂兰总把自己当儿子，让他别扭得时刻有一种渴望自由的冲动。不过，媳妇还是个好媳妇，家里家外都拿得起来，特别是在田里干活比男人还能干，力气大得能按倒一头小牛犊子。那天，媳妇一手拿剪刀，一手扯住了他的蛋，让他疼得眼冒金星，差点晕过去。3天过去了，屌蛋还疼得要命，就连平日惯例的晨勃都没有了，那话还行不行，已经成了未知数。他也想与这个下狠手的媳妇离婚，可是，想起了她炕上炕下的千般好，照顾婆婆和孩子的贤惠，就打消了念头。特别是，他知道，唐颖和他拥抱是因为他把开发山杏产业的计划和养殖苍蝇虫的想法告诉了她,她激动得主动拥抱了自己。他发现唐颖那柔软的身体与自己老婆那硬邦邦的身体确实不同。他刚想把自己的嘴唇按在她那红润的嘴唇上,就让三娃子撞见了,三娃子大嚷着:"你们干啥,俺可告诉俺桂兰嫂子去!"一桩好事,就这样戛然而止了。

开发山杏产业和养殖苍蝇虫,又叫面包虫或黄粉虫,需要设备,需要资金。没想到,乡长听到了自己的想法,马上担保,让他从农村商业银行贷出30万元。还给他联系了县里相关的农业服务站,人家能全方位满足彭天魁的需求。特别是当范福得知彭天魁没有乱整,而是想着带领全村人致富,还表扬了他,说:"天魁,我就知道你是块材料,没辜负我对你的希望,没辜负杏花村的百姓对你的希望!"

就在彭天魁取了钱向银行外走的时候,媳妇桂兰闯了进来,一下子拉住丈夫的手说:"天魁,可把俺吓坏了,还以为你蹲笆篱子了,都是那个狐狸精害的你。要是你真蹲了笆篱子,俺可饶不了那个狐狸精!非挖出她那双骚眼珠子来,看她还咋勾引别人家的汉子!"

"胡闹!"彭天魁气愤地说,"你再这么胡搅蛮缠,俺可真要和你离婚!"

"离婚,不要俺了?你敢!俺可以把你的屌蛋捏碎,让你上不了她的炕,让你干着急!"桂兰瞪着眼睛说。

这句话勾起了彭天魁蛋疼的回忆,此刻,越发显得裆里疼痛,走路都一瘸一拐的了,手里的一包钱也掉到了地上。

"这么多钱啊!妈呀,太好了,俺一辈子也没有见过这老多钱。先给你娘买上3斤槽子糕,她牙口不好,就爱吃软的、甜的。再给孩子买2斤糖果,还有俩孩子的鞋都小了,衣服也该买新的了。俺的针线活不行,还是买现成的方便。还有儿子也不小了,该给他盖房子了。最后俺买一身花衣裳。"桂兰边说边把一沓钱抽了出来,剩下的丢给了丈夫。她说:"你先回家,等着俺。俺亏待不了你!"

彭天魁说:"住手!这是公家的钱。不能动。"

"啥公家不公家的，先借千八百的用用，然后俺卖了猪就还上。"桂兰自信地说。因为家里的事她一贯做主，习惯成自然。"你啥时回家？"

"俺不回家了！还要买设备和苍蝇卵呢！把钱都给俺，不然看俺怎么收拾你！"彭天魁气愤地说。

"你小子红毛了？放着家不回，还要收拾俺，看你能的。钱俺拿走一点，用不了几天准还上。俺买东西去了，你买苍蝇卵也不在乎少这千八百块。还有俺就不信你不回家，离开俺，你准活不滋润！"桂兰说完，就拿着钱大步向集上走去。她心盘算着，日头已经偏晌了，集市说不定散摊了，不抓紧时间不行啊！

"这个败家的娘们！敢拿公家的钱！你回来，把钱给俺！"彭天魁大声喊着。可是他的身子没有动，一来裤裆里隐隐作痛，二来媳妇要买的东西也是家里急需的。

彭天魁的喊声惊动了一个小偷，这是个40多岁的惯偷，面貌猥琐，个子不高，常在银行门口和集市上转悠，逮住机会就下手，不过偷的数额都不大，因为山里人不是很富裕，没有多少钱装在身上。他本来要跟踪那个大大咧咧的娘们，可是他看到了彭天魁手里的钱更多，那是厚厚的一个大包，于是心里狂喜，觉得自己的运气来了。

俗话说"三十三，乱刀砍"。彭天魁今年刚好33岁，正是多事的坎年。他看媳妇走远了，就没有真的去追。把装钱的纸袋子夹在胳肢窝下，就向车站走去。他要到县里的农业服务站去买山杏破壳机和榨油机，还有买黄粉虫和卵。这都是乡长用电话给他联系好的。其实，他只要电汇给人家钱就行了，但是，彭天魁总觉得心里不踏实，怕给了钱，人家不给货。因此，他想登门面对面地一手交钱一手交货。长途汽车来了，彭天魁上了车，而那个惯偷也上了车，就挨着彭天魁坐在同一排座位上。

太阳快要下山了，唐颖发现那个藏着蚂蚱卵的土洞并没有什么变化。她觉得一会儿天就黑了，温度会降低，蚂蚱卵肯定孵不出小蚂蚱来，于是就回村了。她急着要上网查查蚂蚱的习性,有没有开发利用价值。她觉得村长彭天魁养殖黄粉虫的计划是好,但是,如果自己能发明创造出一个新项目,会更能体现自身的价值。毕竟自己是研究生,村长只不过是个林业专科函授学校毕业的汉子。在带领乡亲们致富的道路上,多一个项目就多一条路啊!

在村口,唐颖遇见了背上驮着大包小包的桂兰,唐颖主动说:"哟,嫂子,买这么多东西。让我帮你拿吧!"她伸出了手。

此时的桂兰走得汗珠子从脸上脖子上向下流,两腮通红,但是兴奋得一点也不觉得累。她知道自己的丈夫还在自己的掌控之中,就对眼前这个情敌多了一分优越感。她说:"不劳你大驾,俺能行。俺家男人还是心疼俺,借来钱就先让俺花,买了不少东西,一家四口的衣裳鞋袜都买齐了,俺家还要给儿子盖房子呢,有了房子就给他说媳妇,这才叫过日子嘛。"

"你儿子才多大,就盖房子说媳妇?"唐颖疑惑地问。

"虚岁12岁了,再过两年就可以定亲了。所以,先盖房子,没有梧桐树,引不来金凤凰嘛!哈哈!"

"彭天魁从哪儿借的钱,不会是杏花村振兴计划的贷款吧?"唐颖问。

"谁知道是啥?反正钱是从俺男人手里拿过来的。男人嘛,不养家咋行,难道倒贴给狐狸精不成?"桂兰挑衅地说。

唐颖心头咯噔一下,心想彭天魁这是用公家的钱补贴家用。彭天魁啊,彭天魁,没见过钱,见到了钱就不知道如何管理钱和合理使用钱。可惜了,这个锡伯族的美男子,不过是个登不上台面的俗汉!她没有回答桂兰的挑衅,而是直接走到村委会的办公室。

桂兰非常得意,心里乐开了花,终于能把情敌噎得说不出话。这时,放羊的三娃子赶羊回村。桂兰高兴地叫:"三娃子,来,嫂子犒劳你,给你一包糖,今后你就把那个小妖精给我看紧了,有啥风吹草动,就给俺学个舌,让俺时刻知道她憋啥幺蛾子屁!"

三娃子高兴地接过来一包糖,说:"谢谢嫂子,还是嫂子好。从今往后,我就天天盯着大学生村官，有啥情况都向嫂子报告！"

桂兰说："好娃子，嫂子不会亏待你！"然后，桂兰就径直回了家。

唐颖坐下来，打开自己的电脑，上网查阅有关蚂蚱的资料。三娃子把羊归了圈，吃了两碗粥，就来到村委会，看看唐颖在干啥。他拿一块糖给唐颖，想报答她今天的拥抱，女人的拥抱的确让他有点受宠若惊，有点想入非非。

唐颖说："谢谢你，三娃子，我不吃你的糖。肯定是桂兰给你的吧，奖励你打小报告，我最恨打小报告的人。你年岁小，不懂事，我不跟你计较。不过你哪儿凉快，哪儿待着去，我忙着呢！"

正在这时，电话铃急促地响了起来。唐颖拿起电话听筒："喂，这里是杏花村村委会。我是唐颖，请问您找谁？"电话那头传来了乡长范福的声音："小唐啊，我是范福。刚才接到彭天魁从县里打来的电话，他把今天中午从农村商业银行贷的30万元现款全给丢了，那是你们村振兴经济计划需要的资金。这个彭天魁，真是成事不足，败事有余。你给他媳妇传个话，他人还在县里，在公安局报案呢，今天是回不来了。"

唐颖听了非常震惊，但是很快她冷静了下来。她说："好的，乡长，我会告诉他家人的。但是，乡长，我有责任和义务告诉您，她媳妇桂兰亲口跟我说，天魁把钱，不知道是多少，给了桂兰，桂兰回村大包小包的，说是在集上买了不少东西，还要给儿子盖房子，说是天魁给她补贴家用的。现在他声称30万元丢了，是不是真的，请您甄别。"

"什么，有这种事？好了，我知道了，我请你帮我调查一下，天魁给了桂兰多少钱。同时我会打电话给县里，让他们把彭天魁先给我控制住。我最不待见管不好'四巴'的干部！"范福把电话挂断了。

"'四巴'是什么？"唐颖心里疑问着，不过她还是很快来到彭天魁家，见到桂兰正在把买来的新衣服给孩子和婆婆试穿，全家人十分高兴，忙着上下比量着新买的衣服和鞋袜。"大娘好、嫂子好、孩子们好。嫂子，乡长来电话了，说天魁在县里，今天不回来了。"唐颖没有把丢钱的事说出来，怕搅了这一家人的兴。

"啥，不回来了？"天魁娘张九月担心地问。

唐颖说："大娘，您老就放心吧，不会有事的。我告辞了。嫂子你送送我，我有句悄悄话给你说。"

桂兰正忙着试衣服，很不耐烦地看了唐颖一眼，但是看到唐颖一脸严肃的样子，还是跟着她走出了家门。在院门口，唐颖问："嫂子，天魁给了你多少钱？"

桂兰警惕地反问："你管得着吗？这是俺的家事！咋着？你眼红了？眼红了就赶紧找个未婚青年把自己给嫁了。别没事盯着别人家的丈夫打歪主意！"

听了这样的话，唐颖气得脸发白。她嘴唇颤抖着，静了静，然后平静地说："嫂子，你想歪了。你家丈夫还没有好到我要跟你抢的程度。跟你直说了吧，他出事了，在县里把钱丢了。他报案说丢了30万元。但是你曾经对我说，他把钱给了你，有没有？"

"啥，天魁出事了，把钱丢了？这可咋办呀！"桂兰号啕大哭起来。

屋里的人听到了桂兰的哭声，一下子从喜悦变成了悲哀。但是张九月镇静地说："桂兰，别哭了，就是砸锅卖铁卖房子，也要把公家的钱还上。让天魁赶紧回家来！"

四

彭天魁回到乡里被乡长请进了单间。有人看见了就传小道消息，说彭天魁被"双规"了，理由是没管好"四巴"，还有报假案的嫌疑。乡长范福亲自过问，其实这是乡长在爱护干部和保护干部。但是他对彭天魁说话的口气很不客气，告诉他不讲清楚问题连续72个小时不让睡觉，听上去很像"双规"。

消息传到杏花村，彭家陷入了悲哀。桂兰傻眼了，毫无一点主意，只会哭哭啼啼。她后悔不该从天魁手里夺钱，用公家的钱给自家买东西。婆婆张九月是个不显山露水的人，但是心里装得住事。她嫁到彭家后，一心想着生个儿子，给这个稀有的种族延续香火。可是她和丈夫连续生了8个女儿，没有一个是带把儿的。丈夫由于劳累和营养不足，已经出现了痨病的征兆。再加上计划生育的政策在各村实施着，当村长的丈夫彭德祥就决定响应号召不再生了。但是，张九月留个心眼，她说你是少数民族，可以生。丈夫说，不生了，生不动了。张九月不干，隔三岔五地强迫老公行房，还谎称吃了避孕药，其实吃的是田七片。结果，在一次行房后，怀了孕。肚子大了，瞒不住了，她就跑到山沟里私自生下了孩子。好在这时"文革"结束了，村里承包了，没人管别人的闲事。张九月生下儿子那天，丈夫彭德祥因痨病骤发和长年的劳累，病倒了。弥留之际，看到了儿子，很欣慰，彭家终于有了延续香火的儿子，就琢磨了半天，给孩子起名。因为祖上已经把辈分的字号都排好了，德字辈下面是天字辈，天字辈下面是正字辈，再下面则是大、光、明、兴等依次传承。所以，孩子的名字好起，第一个字是姓，第二个字是辈，第三个字是名。这就是锡伯族流动的家谱。他8个闺女的名字也是他这个当父亲的给取的。老大叫彭天红，老二叫彭天英，老三叫彭天兰，老四叫彭天莲，老五叫彭天萍，老六叫彭天娟，老七叫彭天姿，老八叫彭天娴。把儿子的名字彭天魁起完了，彭德祥眼睛一闭，归天了。张九月埋葬了丈夫，含辛茹苦地把9个孩子抚养大。8个闺女都长得水灵俊美，其中彭天红和彭天姿嫁到了外村，其余6个嫁在本村。儿子天魁一直是家里的宠儿，怕受委屈，当娘的就给他找了个能干且大他3岁的女人结婚，这就是桂兰。桂兰过门后，生了一个闺女，张九月给取的名字，叫彭正春，次年生了个儿子，取名彭正堂。一家人的日子过得还算红火。可是这天当张九月听到儿子彭天魁出事了，她忍不住哭了，但是她很快把眼泪擦干，从一个祖上传承下来的黑漆皮樟木柜子里拿出一个黄缎子包裹，小心翼翼地打开。桂兰发现是一个镶金和宝石的翡翠簪子。翡翠碧绿，凤凰展翅的形状，栩栩如生，镶嵌的七颗红宝石晶莹红润，黄金镶边，使翡翠和宝石更显得华贵。

张九月说："明天到县里把这个宝物当了，用钱把天魁赎回来。这是天魁的奶奶在俺嫁过来那天交给俺的，说是祖上传下来的宝物，是成吉思汗的夫人奖赏给祖上的爷爷，祖上在颠沛流离中，仍然把宝物保存了下来，并留下话除非这个家族面临亡族灭种，不到万不得已，不得出卖转让。现在，唯一的香火人彭天魁有难了。俺是她娘，必须救他！"

就在彭天魁被"双规"的时候，唐颖对蚂蚱的研究有了新进展。她发现，在24小时内，蚂蚱卵就可以孵出小蚂蚱。在河滩向阳处，特别是泥土坚硬的地方，是蚂蚱最喜欢产卵的地方。小蚂蚱像一窝窝黄蜂一样突然间拱出地面，愉快地蹦蹦跳跳，庆祝新生，它们对初次来到的新奇世界非常兴奋。它们抖动着柔软的翅膀，伸展着6条腿，像是运动员在赛前做着热身准备，它们的触角在摇动着，晶莹的眼睛在转动着，感受着阳光和微风。它们窸窸窣窣地抖动着幼小而且土黄中泛绿色的身体，胸部甲胄形状的两块壳摩擦出窸窸窣窣轻微的声响，像是合唱队员集体在欢快地轻声歌唱。温暖的阳光和温暖的土地以及出生地旁鲜嫩的青草，迎接着它们的到来，很快，它们便投入了啃食青草和野菜叶子的战斗。咔哧咔哧，那响声，此起彼伏，为宁静的山谷增添了一种跳荡的节奏和韵律。

通过查阅资料，唐颖已经知道蚂蚱富含蛋白质和氨基酸，还有多种自然合成的微量元素。这些，对人体都非常有益。如果开发成产业，前景十分可观。有些地方，已经有人开始养殖蚂蚱了，而且还赚了钱。养殖蚂蚱投入小，见效快，是农民致富的一条新途径。因此，唐颖非常兴奋，把所观察的结果都记录下来。

彭天魁确实蒙了，他被丢钱的残酷事实弄蒙了，报案时忘记了自己的老婆曾拿走了十几张钱，的确说"30万元被人偷了，一直在胳肢窝下夹着的牛皮纸口袋就在县里过街问路时不见了"。他都不记得自己是怎么稀里糊涂地回到乡里，就被范福请进了乡政府一间办公室，让他反省怎么在县里丢了钱，是不是真的夹着30万元，那牛皮口袋里到底有多少钱。彭天魁一口咬定是30万元。乡长范福很生气。他最不喜欢不说实话的干部，最不喜欢管不好

'四巴'的干部。再次提醒彭天魁好好想一想，对组织说实话，包括是否乱用了'四巴'。不说清楚，不让回家。

儿子丢了公家的钱，张九月的确着急了。她在儿媳妇的陪伴下，来到了县里的古玩城。俗话说，盛世典账文章，乱世粮食金银。如今中国不仅政治稳定，百姓康宁安居乐业，而且经济连续多年高速平稳增长，取得了世界瞩目的成就。盛世收藏兴。因此，现如今，无论走到哪个县城，都可以看到新建的装修豪华的古玩城，大大小小的商铺，鳞次栉比，门脸的招牌醒目，有的挂着绣着字号的锦旗，有的贴着彩色宣传画，有的张灯结彩，像是在办喜事。古董商都对张九月小心翼翼从黄缎子包袱皮里拿出的宝贝赞叹不已，可是，就是没人肯给高价，给出的价码，只是张九月心里价位的零头。张九月并不着急。晌午了，俩人累了，肚子也饿了，口也渴了。张九月和儿媳妇坐在一家当铺商店的屋檐下，啃着自带的干粮，并让桂兰向店主讨碗水喝。可是这家店小二不仅不给水，还把桂兰像轰叫花子一样给轰了出来。桂兰本想发作，可是一来自己干的事惹得丈夫蹲笆篱子，二来婆婆一直在批评她做事鲁莽，因此她忍气吞声，到厕所的洗手池接了一杯子冷水给婆婆喝。正在张九月准备喝冷水的时候，这家当铺的主人从外面回来了，他近七旬，白须白发，瘦高，高鼻梁，眼睛明亮，精神矍铄。他看到了张九月，连忙说："九月妹子，你咋在这儿，快进屋，小二，上茶，上热茶。"张九月抬头一看，不是别人，原来是自己的堂哥张七月。张家家族弟兄姊妹多，谁生在几月份，就取名字叫几月。张九月有些窘迫不敢面对亲人，但是还是进了屋，说："七哥，是你。桂兰，这是你七舅，快叫七舅。"桂兰怯生生地叫了声"舅舅"。

张七月说："快进屋！你俩咋到县城来了？"

"俺是遇到为难着窄了，你能帮就帮，不能帮也就不难为你。俺儿子丢了钱，公家的钱。俺想把祖上的宝贝卖了，赎儿子。"

张七月说："外甥出事了？丢钱还要自己赔呀？报案了没有？"

张九月说："报案了，但是警察没抓着偷钱的。乡长却把俺儿子扣住了。

不管咋说，那是村里的公款，俺打算先自己赔上，先紧着公家有钱办公事！自己家的事再大也是小事，公家的事再小，也是大事！"

张七月说："妹子，你总是把不该扛的事揽在自己头上。丢了多少？"

张九月说："听说是30万元！"

张七月说："不是个小数目。"

张九月冷静地说："不白要你的，俺婆婆传给俺的宝贝，并嘱咐俺，不到万不得已时，不能拿去换钱。你看看价值多少，给个数。"说着她打开了包袱皮。

张七月仔细端详了一阵子，说："九妹，这可是传家宝，俺知道是元朝皇族的宝物，传给你彭家祖上的，不可糟蹋了。宝物你带回去，30万元俺到银行给你取，你和儿媳妇坐着等俺。"说着他出了门。

就这样，张九月和桂兰拿着30万元钱，找到了范福。告诉他30万元钱找回来了，让范福放了她儿子。范福其实早已经让彭天魁回家了，因为彭天魁突然想起来媳妇桂兰曾拿走了十几张票子，那包钱不够30万元。实话实说后，范福满意了。不仅放了彭天魁，还再次提醒他要管好'四巴'！这时范福对张九月说："你儿子没事，在家等你呢！这30万元肯定是你借的，你带回家吧。给孙子盖房子，该盖还得盖！"

张九月说："不，先紧着公家的事用。啥时县公安把俺儿子丢的钱找回来，俺再给孙子盖房子不迟！"

范福说："嫂子，彭天魁有您这样的好娘，一定能干成大事！我代表乡亲们谢谢您了。"

五

唐颖查资料得知，蚂蚱是城里餐桌上备受青睐的绿色食品，1公斤能卖几十元。她又查询了蚂蚱的养殖过程，发现"只需要几亩闲地，弄几个网棚就行了"。她通过网上订购了养殖蚂蚱所需的密网和大棚材料。她从自己的爸爸妈妈那里借来了5万元，她要成为杏花山里第一个养殖蚂蚱的人。

唐颖买回了蚂蚱卵。她回村后搞起了实验，村里人都笑话她疯了。认为蚂蚱还用养吗？山里有的是，认为她这条路肯定走不通。特别是彭天魁当面说唐颖异想天开！"你这个村官，不帮助俺养苍蝇虫，还跟俺唱对台戏？告诉你唐颖，蚂蚱是个祸害，'蚂蚱蚂蚱，剩个茬茬'。这是从古传下来的一句农谚。蚂蚱吃庄稼，闹了蝗灾，庄稼只剩个茬茬。你这条路根本不行，瞎耽误工夫。你看苍蝇虫价值很高，又称'软黄金'。蛆种都运来了，不养起来，就都饿死了，俺娘搭的30万元除了买设备外，买苍蝇虫的这部分都要赔进去。现在村里人不开通，没有人愿意养，你带个头，咋样？"

"那不叫苍蝇虫，叫黄粉虫！养黄粉虫和养蚂蚱都是致富的新途径，我都支持。你不能用黄粉虫压倒一切！多一个品种，多一条路，难道不好吗？我可以帮你动员村里人养黄粉虫，但是，你不能限制我养蚂蚱！我只要几亩闲置的河滩荒地，一些杂草而已！"唐颖激动地抗争着。她曾对这个俊美帅男有着敬意和好感，随着了解深入，这些好感已经不复存在，更多的是看到他的缺点和短识。

彭天魁说："好，我不限制你，河滩地随你用，但是你也要支持我，先拿10斤蛆种，在村委会的西厢房把苍蝇虫养起来。剩下的200斤，我召开村民大会，让大家认养。"

唐颖看到彭天魁妥协了，也做出了让步，答应帮助推广黄粉虫养殖。

村民大会上，尽管彭天魁和唐颖磨破了嘴皮子，就是没有人愿意养黄粉虫，都认为彭天魁和唐颖以及几个村干部疯了。"苍蝇虫是恶心人的东西，还传染疾病。你们干部的脑子都进水了吧！"村民季满囤发着牢骚。村民都大笑起来，附和满囤的观点，纷纷抵制养苍蝇虫。现在是土地归了农民个人，不缴税了，所以，各家的日子各家过。村委会没有集体时代那种威信和号召力。

唐颖对乡亲们说："乡亲们，我来给大家介绍一下，这个虫子其实不叫苍蝇虫子，叫黄粉虫，也叫面包虫，当然，外观与苍蝇蛆虫差不多，所以，很多老百姓通俗地叫它苍蝇虫。这种虫，特别是幼虫长大后，很有价值。彭村长买回的虫现在正是幼虫阶段，需要养20天到1个月，就可以卖钱了。它们是优质的高蛋白食品。黄粉虫可以做饲料，也可以食用，是营养丰富的绿色食品。它所含的高蛋白、游离氨基酸是哺乳动物的50~100倍，是牛奶的11倍。但是，的确这个虫子看起来很难看，和苍蝇蛆虫一样，也很脏。不过我看了资料有许多人养的黄粉虫大都出口国外，经过烘烤、煎炸、加工成具有果仁味的蛋白饮品、精制蛋白粉等多种形式的食品。还可以卖给花鸟市场，喂鸟用。近年来，黄粉虫的价格一次次上涨，前景不错。书上有黄粉虫的养殖信息，易成活，没啥饲料成本，米糠、麦麸、菜叶、厨房下脚料啥都吃，只要每天喂一次就行。当然，这些虫子爱吃甜食、红糖、蜂蜜，吃了后繁殖快，而且没有臭味。"

唐颖解释得很翔实、很具体，但是，村民还是一个劲儿地摇头，反对声不绝于耳。就在彭天魁急得跺脚干瞪眼的时候，张九月站了出来，大声说："彭家的闺女，都给俺听好了，你兄弟是为了大家好，养苍蝇是新鲜事物，适合咱山村，咱这里土地薄，长啥庄稼也长不好。养殖不吃粮食的东西，俺看准了是一个好路子。别人俺劝不了，也不想劝。但你们6个都是彭家的闺女，就算帮你兄弟一把，也要把这200斤苍蝇蛆领回家，好好养，给你兄弟争口气，他既丢了钱，干不成这个事，就更是丢人！咱彭家人不能丢这个人！再说，本钱是你七舅给的。俺说了要还的，让你们拿出钱来，你们没有，那就把苍蝇虫养好了，卖蛆赚钱吧！"

张九月的话，彭家的6个闺女不得不听，纷纷说："娘，俺听你的，知道兄弟丢了30万元，你从七舅那借了30万元。你大公无私，俺们为了娘，为了兄弟不蹲笆篱子，豁出去，赔本也要养苍蝇蛆！"

俗话说，"打虎亲兄弟，上阵父子兵"。在张九月的号召下，彭家姐妹齐上阵，领走黄粉虫，还把原本唐颖认养的那份黄粉虫也领走了，让唐颖省下心来专门养殖蚂蚱。排行老二的彭天英对唐颖说："妹子，你是个好人。俺那个弟媳妇有点缺心眼，你别和她一般见识。俺彭家要是有你这么个知书达理的媳妇就好了。养苍蝇虫和养蚂蚱都是不错的路，试试吧，也许能赚钱，也许会赔钱，但不试怎么能知道呢！"

唐颖说："感谢你们这么支持我的工作。你们彭家姐妹愿意养殖黄粉虫，我坚决支持。我从网上搜了点关于养黄粉虫的资料，打印出来了，你们拿走看去吧。"

彭天英说："你说的方法，我们记住了。但是谁也不愿意把家里弄得臭烘烘的，下点本钱就下点本钱吧！谢谢你的资料，祝你养蚂蚱成功，有啥事可以找俺，俺这个当二姐的，支持你！"

桂兰对唐颖一直耿耿于怀，特别是当三娃子告诉她，唐颖曾经给乡长打电话，告诉乡长彭天魁可能用公家的钱给了媳妇买东西。她恨唐颖恨得牙根痒痒，对三娃子说："好三娃子，盯紧了她。俺早晚要给这个骚货点颜色看看！"

唐颖养蚂蚱进展顺利，3个大棚支起来，割了青草后，扔在棚里，蚂蚱就欢快地吃，个头长得快，交配后，就产卵，产卵后就可孵化小蚂蚱。但是，蚂蚱食量大，很快唐颖一个人割草就不够蚂蚱吃了，唐颖累得吃不消，打算雇短工。可是，桂兰和村里的男人和媳妇都打了招呼，不许他们帮助这个外来的小妮子，巴不得她混不下去，赶紧滚蛋，离开这个村。倒是放羊的三娃子与唐颖形影不离，一来他要盯住她，把唐颖的一举一动汇报给桂兰；二来他觉得养蚂蚱新奇，就主动帮助唐颖割草。唐颖奖励他，把一串蚂蚱穿在一根树枝上，烤熟了给三娃子吃，三娃子尝了尝，说："香！真香！好吃，有肉味！要是再放点辣椒酱和盐就更好吃了。"

唐颖觉得有道理，弄来了盐和辣椒酱，炒了一锅蚂蚱，拿给三娃子吃。三娃子反而说："不好吃！不是味！"不过三娃子出主意说："俺娘说了，啥东西用油炸，狗屎都香。"唐颖乐了，说："你吃过油炸狗屎呀？即使用油炸也是臭的。再说，油炸，油太大了，不符合现代人的消费时尚，少油、低盐，才是主流。"三娃子听不懂，建议唐颖清水煮或焖烧，反正蚂蚱有的是，变着方法弄熟了吃，总不是坏事。

彭天英等6个彭家的闺女养黄粉虫，也进展顺利，她们都舍得喂蛆虫红糖，甚至买蜜来养黄粉虫。彭天莲的丈夫是养蜜蜂的，把上等的清亮透明的槐花蜜拿集上去卖，把混浊的卖不出去的杂花蜜，交给媳妇喂黄粉虫，结果，黄粉虫长得快，下蛆多，那滚滚蠕动的蛆虫，的确白花花肥硕。但是她们谁也没有考虑成本，如此高的成本，根本不会给她们带来有利润的收益。

只有桂兰会精打细算，投入少，但是她养的黄粉虫不景气，繁殖的蛆少，因为她舍不得喂红糖或蜜，弄得家里臭烘烘的。村民谁也不愿意到她家去串门，那臭味熏得邻里直抱怨。彭天魁发现，邻居抱怨声越来越强烈，有的骂："太臭了，气味太大了！"有的实在忍不住就去敲他家门，要求他家别再养这个闹心的臭玩意儿了。此时由于正值热天，养殖黄粉虫气味大，招来满屋的苍蝇、蚊子。彭天魁在屋里喷了整整一瓶杀虫剂，苍蝇、蚊子死了，桂兰辛苦养了20多天的黄粉虫也几乎全军覆没，为此夫妻俩大吵了一架。俩人都骂对方是败家玩意儿。彭天魁一脸无奈，承认养苍蝇虫也就是黄粉虫不是个好路数。

而村里有一个姑娘叫兰草，是刘老三的闺女，20岁出头，不仅人长得眉清目秀、俊俏水灵，而且愿意接受新鲜事物，对创业有着渴望。她听了唐颖的话就跟彭家姐妹要了一点黄粉虫，实验养殖。她弄一个简易窝棚做起了临时养殖场，又买了10公斤虫子，但是树上的鸟，洞里的老鼠都是窝棚里的常客，喜欢吃黄粉虫，棚子里一刻都不能离开人。可人总得睡觉啊，兰草困得不行睡着了，一觉醒来，虫子就少很多。真是辛苦。唐颖鼓励兰草，告诉她，黄粉虫抗病性强，饲养简单，弄上网子，可以防老鼠和鸟，兰草照办了。又养了半个月了，离收获不远了，但是谁也不承想到，一场大雨冲毁了棚子，让兰草的黄粉虫全军覆没。

唐颖再次鼓励兰草不要灰心，她还出钱从农科院买来他们新研究出的一种叫超级黄粉虫的新品种，相比普通黄粉虫来说，个头更大，营养价值更高，并按专家的指示，教兰草改良了养殖方法，实行立体养殖，把房间用木条做成几排像楼层一样的隔断，把木箱和盆子放在上面，这样一是增加了养殖面积，也方便日常管理；二是在饲料上也进行了改进，除了喂不花钱的青草饲料以外，还增加了稻皮、麦麸、玉米面等更具营养的饲料，就这样兰草的黄粉虫出现了丰收景象。

唐颖养蚂蚱也出现了问题，棚子里的蚂蚱出现了死亡的现象。唐颖把成片死亡的蚂蚱放在显微镜下检验，发现死蚂蚱的身体各个部位出现了霉斑，是霉斑菌在作怪。那么怎样才能消除霉斑呢？唐颖查找资料发现，是由于温度高，通风不好所致。于是，唐颖每天给大棚里的蚂蚱通风，很快，就控制住了蚂蚱死亡的现象。

这天彭天魁来到唐颖的大棚，看到棚里密密麻麻的蚂蚱，肥硕健壮，数十万只，规模庞大，十分欣赏。他佩服地说：“唐颖，你这个路数看来是对的，适合咱山区养殖。山上的植被好，青草有的是，成本低。俺承认是俺错了，向你赔罪。你考虑销路没有，卖给谁呀？这东西咋个吃法？”

唐颖高兴地说：“知道错就好，说明你还有救。县公安局有消息吗？案子破了没有？”

彭天魁说：“目前还没有啥消息。听三娃子说，你这几天一直在亲自试验各种方法弄蚂蚱吃？弄一盘，让俺尝尝。”

唐颖招待他吃红烧蚂蚱。彭天魁尝了后，连呼：“好吃！好吃！要是来上二两老白干，就更美了！”

唐颖说：“你想得美，本姑娘不伺候你们男人喝酒。你只要告诉我，这红烧蚂蚱你是不是吃了还想吃？如果开农家乐特色饭店，会不会让顾客喜欢？”

彭天魁说：“那还用说，吃了还想吃，美味！天然的美味！三娃子，俺给你10块钱，你到村里俺四姐开的小铺买上一瓶二锅头，剩下的钱归你买糖吃。”

三娃子很高兴，拿了钱买酒去，不过他顺路告诉了桂兰，天魁要与唐颖喝酒，吃红烧蚂蚱。桂兰听后很生气，忍了再忍，最后还是忍不住心中的怒火，放下手里的活计，拿上一柄五齿钉耙赶来了。就在彭天魁喝酒吃红烧蚂蚱的时候，桂兰举着钉耙把三个大棚都给打坏掀翻了。蚂蚱轰地一下子都飞走了！

彭天魁大怒，骂道："你这个败家的玩意儿，做啥？你是在犯罪！你还嫌家里赔的钱不够是咋的，俺丢了30万元，俺娘又搭进去30万元。你砸坏了大棚，那是唐颖用钱买来的！"

桂兰说："活该！谁让你俩勾肩搭背的，一个好色，一个卖骚。还喝上酒了，下一步是不是该拜天地了？甭想！有俺在，就是打死也不跟你离婚，让你一辈子背着乱搞的名声，让这个狐狸精一辈子都背着偷汉子的名声！"

"胡说八道！俺打死你，让你满嘴胡诌！"说着，彭天魁愤怒地举起巴掌，狠狠地抽了自己老婆一个嘴巴。

桂兰见自己的男人真的打自己，就号啕大哭地喊："你打，你打，你今天不打死俺，你就不是你爹揍的。打老婆算啥本事！你丢钱，你丢人，还打老婆，还偷腥！俺让你打，打呀！"

就在彭天魁的巴掌再次准备落下去的时候，唐颖用身体护住了桂兰，并大声地说："住手！你老婆说得对，打人不算本事！打人更让我看不起你！你是一个村长，你老婆诽谤他人，并破坏他人财物。我本可以起诉她，弄到法院，至少要判几年刑。但是，考虑到她爱你，怕失去你，爱你爱到没有理智的地步，作为女人，我同情她，你们一块儿回家去吧。嫂子，和你丈夫回家去吧，没有人跟你抢男人。"

张九月闻声赶了过来，她听到唐颖如此通情达理的话，哭了，她流着泪说："唐颖，你真是个好姑娘，俺彭家对不起你。桂兰，你给人家跪下，你祸害人家的大棚，祸害了人家养的蚂蚱；你还祸害人家的名声，人家大仁大义，不跟你计较，你别给脸不要脸。你犯的罪，足够蹲5年笆篱子的！"

桂兰说："不跪！俺宁可蹲笆篱子，也不给这个狐狸精下跪！"

张九月气得怒火攻心，心口剧痛，嘴唇哆嗦地说："你，你，你不配做彭家的儿媳妇！"然后，她昏倒了过去。

"娘！"彭天魁冲上去抱住了张九月。桂兰也傻了眼，哭着说："娘，你咋了？俺错了，你快醒醒！"

这时，唐颖忙走过来，用拇指掐张九月的人中，见没有反应，接着马上命令彭天魁把老人放平躺的体位，然后做人工呼吸和胸部按压。几分钟后，张九月醒了过来，但是仍然感觉天旋地转，十分难受。彭天魁大声喊："娘，你好点了吗？"张九月无力回答。唐颖说，"快送乡卫生院，大娘是心肌梗死，目前还没有脱离危险。快，用拖拉机送大娘去卫生院！"

村里人很快把拖拉机开来，并拿来了两床被子，一床铺在张九月身下，一床盖在身上，把老人抬上拖拉机车厢，彭天魁、桂兰和唐颖都上了车厢，陪同老人到卫生院看病。

三娃子和村里人目送拖拉机远去，十分为老人担忧。排行老二的彭天英问三娃子："三娃子，你看见天魁和唐颖干啥了吗？"三娃子说："二姐，没看见啥。唐颖给天魁哥炒了红烧蚂蚱，要天魁哥尝尝，如果味道好，她准备把蚂蚱卖给县里和乡里的餐馆，还准备教他们做红烧蚂蚱。天魁哥说好吃，要喝点酒就更好了。就这，桂兰嫂子就不干了，打烂掀翻了大棚，放跑了蚂蚱，还骂人家狐狸精。"

彭天英说："这个桂兰，真不知道深浅。饭可以乱吃，话不能乱说！又没抓到真凭实据，凭啥就乱来！俺彭家是没那个福气。娶了这么个丧门星，净干让人不省心的事。"彭家的6个闺女都赶过来，准备到乡里卫生院看老娘。彭天英说："都别去凑热闹。听二姐的，人多了，妨碍医生看病。当务之急是怎么赔人家唐颖的大棚和蚂蚱。咱每家把黄粉虫卖了钱，凑钱把唐颖的大棚赔上，把蚂蚱种买回来。咱彭家永远不能干理亏的事！"

彭家五姐妹都点头称是，连忙联系卖黄粉虫和买大棚材料与蚂蚱种的事。一天半后，三个新的大棚在河滩空地上支起来，新买的蚂蚱种在棚里吃着青草。三娃子和彭家6姐妹以及家人都来帮忙割草喂蚂蚱。待这些都安排妥当后，彭天英带领彭家6姐妹来到乡卫生院，看望老娘并告慰唐颖。

张九月因为抢救及时脱离了危险。彭天英告诉张九月她和五姐妹所做的补偿措施，张九月躺在病床上，听到后，感到很欣慰，并一再称唐颖是她的救命恩人，称6个闺女懂事，做得对。唐颖也感到欣慰，她对彭天魁说："这些日子，我摸索出了养蚂蚱的规律，投资少，见效快，是一条好路子。让大家把闲地利用起来，多养点蚂蚱。"

彭天魁说："唐颖，谢谢你。要不是你，俺娘就没命了。你对俺彭家有大恩大德！对杏花村的发展有大恩大德，俺彭家对不住你。桂兰，快过来给人家赔不是。"

此时的桂兰，已经是羞愧满面，扑通一下跪在唐颖面前，说："唐村官，俺对不住你，俺是个醋坛子。脑子一热，只会犯浑。你别跟俺计较，你宰相肚里能撑船……"

唐颖连忙把桂兰搀扶起来，说："嫂子，别这样，我承受不起。你和彭天魁好好过日子，别总一惊一乍的，让婆婆担惊受怕，她心脏不好，需要你们细心呵护！"

彭天英说："唐颖说得对，俺娘的心脏都是你这个不着调的儿媳妇闹的，娘要是有个三长两短，俺八姐妹跟你没完！俺兄弟没福气娶唐颖那样好的媳妇，所以，你就夹好你的尾巴，别总生事，让俺们担心！"

桂兰哭着，连连点头。

此时，彭天莲说："唐颖，俺天魁有个叔伯兄弟，长得跟天魁没啥两样，叫彭天栋，在部队当了营长，还没娶媳妇呢？你可愿意？如果愿意，俺给你说说？"

唐颖笑了，打趣地说："好呀，这样的帅哥，天下少有，这么纯种的男人，我是打着灯笼也找不到啊！快帮我引见引见！"

张九月说："你要真能嫁给彭家，俺把祖上传下来的那个传家宝就交给你！只有你配保留它！"

唐颖开玩笑地说："那个翡翠红宝石镶金的簪子，我喜欢！巴不得呢！"

病房里爆发出一阵爽朗的笑声……

还俗和尚

一

"月黑杀人夜,风高放火天。"故事偏偏发生在一个大雪纷飞的白天,在光天化日之下。

那是在西山群峰峻岭中的一个小村庄,名叫石头窝村。快过年了,家家门口贴着新春联。

一群土匪骑着马向村里冲来。

"杀!一个都不留!"匪首"独眼龙"号叫着。

刀光四起,村内百姓惊慌失措。

"马匪来了,快跑!"

土匪血洗村庄。雪地上,村民被马刀砍倒,血光四溅。

宋家大院。50多岁的绅士宋鸿儒对妻子说:"快,套上驴,带上孩子,快逃命!"

40多岁的妻子翠英说:"他爹,你也逃命!土匪要赶尽杀绝,一个不留!"

宋鸿儒说:"快跑,再不跑,就来不及了。"

宋鸿儒帮助妻子给毛驴的背上放上褡裢，褡裢的一头放进两岁的男孩，另一头放了些值钱的东西。妻子拉着毛驴。可是，毛驴原地打转，根本不走。

宋鸿儒用棍子打毛驴，可是毛驴还是不走。

土匪的杀喊声越来越近："杀！一个都不留！"

宋鸿儒说："这个死犟驴，拉着不走，打着倒退！这可咋办？"

他一眼看到了门上吊挂着一串鞭炮，于是，赶忙把过年用的一串鞭炮拴在毛驴的尾巴上，从灶台处取来一根冒火苗的柴火，把鞭炮点燃。

鞭炮噼里啪啦响起来。

毛驴受到惊吓，猛然向大门外窜去。

刚出大门口，一个土匪见驴后面有一个人，就挥刀砍去。

翠英被砍倒，倒在血泊里。

宋鸿儒冲出了门大声呵斥："你们，土匪，杀人不眨眼！"

"独眼龙"说："对，我们土匪就是杀人不眨眼！杀！一个也不留！"

一个土匪挥刀，把宋鸿儒砍倒。

拴在驴尾巴上的鞭炮还在响，毛驴疯狂地向山下跑去。

平原，某城市外，矗立着一座破败的青龙寺。

那头驮着褡裢的毛驴，累倒在青龙寺前。褡裢里的孩子，哇哇地哭。

正在寺庙内扫雪的老住持方和尚，90多岁了，眉毛胡子雪白，瘦骨嶙峋，穿着褴褛的袈裟，听到哭声，颤巍巍地走出寺庙，发现了毛驴，并发现了男孩。

方和尚抱起男孩。

"阿弥陀佛！"

说来也怪，孩子听到了这一声，便停止了哭声，露出了笑脸。

方和尚重复说："阿弥陀佛，善哉，善哉！"

孩子再次笑了起来。

就这样，这个孩子活了下来，靠老方丈喂米汤长大。

在木鱼的敲击声和方与尚的诵经声中，孩子在一天天茁壮成长。老方丈发现孩子头脑聪明，天资聪颖，有过目不忘的本领。于是细心呵护他，叫他读书写字，读经诵经，还教他中医学、天文学、地理学。孩子都能一一掌握，背诵如流。

转眼间，孩子就11岁了，到了剃度出家的年龄。

方和尚说："你已经11岁了。从今天起，你就是出家人。你生于宋家，你爹留下字据说你姓宋，名清。师父我赐你法号'思远'。我所教你的经书要每日习诵，不可懈怠！终生侍奉释迦牟尼，遵守戒律！"

宋思远说："弟子思远牢记于心！"

就在师徒说话间，佛殿山墙坍塌，尘土落下，差点把师徒俩砸死。

小和尚扶起师父，帮助掸落师父衣服上的尘土。

小和尚说："师父，您没事吧？"

方和尚说："没事。只是这大殿年久失修，老衲无力重振寺庙，惭愧，惭愧！"

三尊佛像还在，其余都埋在尘土里。

小和尚说："师父，我一定帮助您重振寺庙！修一座更大的庙院！"

方和尚："谈何容易！先打扫打扫，再做打算。"

师徒二人开始打扫寺庙。

二

那是战火纷飞、军阀混战的年代。"梦里依稀慈母泪，城头变幻大王旗。"天下纷扰，你争我夺。

东北奉系军阀张作霖指挥军队在打仗。

张作霖说："打，给老子狠狠地打，谁打死吴佩孚，就奖赏100万大洋！"

直隶总督吴佩孚指挥军队在打仗。

吴佩孚说："打，奶奶个熊！谁活捉张作霖，奖赏200万大洋！"

枪炮互射，弹片如飞，血流成河，生灵涂炭。

一些士兵在大街上、墙壁上贴告示。

告示上写着：征求精准预测天下迷局高人。中华大地，分崩离析，四分五裂，军阀割据。中国欲统一，唯有战与和，方可完成一统之伟业。但何时开战？如何开战？何时和谈？如何和谈？需高人指点迷津。上古有姜子牙战前求签占卜，保王师旗开得胜。中古有诸葛亮预测三分天下。今求高人圣贤，预测战事迷局。能揭此榜者，赏大洋10万。直隶总督吴佩孚。

11岁的小和尚走出庙门，看到此榜，念毕，自言自语："军阀混战，谁也阻止不了。那么这10万大洋，如果拿来，可以修建一座大庙。何不试试！"

于是，他伸手揭榜。

一个当兵的当场把他逮住："住手！你个屁大点儿小和尚，胆子也太大了吧？找死呀？"

小和尚说："我不找死，我可以预测大帅得胜！"

士兵说："真的？"

小和尚说："真的，不骗你！"

士兵说："好，跟我见大帅去！"

小和尚被大兵押进北平城里铁狮子胡同一个大军阀的官邸。

士兵说："报告大帅。这个小和尚揭了榜！"

吴大帅说："浑蛋，奶奶个熊。你们脑子进水了，还是让猪啃了？怎么带来这么一个雏儿前来蒙事？"

11岁的小和尚声音洪亮地说："大帅，我昨夜观星象，帅府上空星斗灿烂，北方罡星惨淡，您已经准备北征，但南方军阀已觊觎中原，所以，您要和南方诸雄握手言和，威慑北方。同时国外列强已瓜分我国肥沃领土，投靠外国列强，等于为虎作伥。上策是和平统一，中策是远交近攻，下策是锱铢必较，先行北伐。"

大帅听了大喜，说："你个小和尚，怎么能知道这些？"

小和尚说："我师父教我天文地理、佛学、哲学、医学。我日夜揣摩，屡试不爽。尤其不敢在大帅面前信口雌黄、胡说八道。还有，中华四分五裂，凭大帅的实力，枪多、炮多、人多，首战必胜。次战，我不敢说，目前也预测不出来。总之，傻子都知道，和谈还不是时候，没把人家打趴下，谁和你和谈？"

大帅说："这话有点道理。中华是要三分天下，还是两分天下？还是四分天下？"

小和尚说："目前是八分天下，军阀各自割据，谁也不服谁。将来是两分天下，您和奉军南北对峙。再后来，就说不好了。"

大帅说："你个小和尚，瞎猜的吧？想蒙老子要10万大洋吧？你要这么多钱干什么。出家人，不应该爱财。"

小和尚说："青龙寺年久失修，坍塌了，我师父没有能力筹钱修庙。我想借大帅10万大洋来修庙。"

大帅说："修庙是个理由。不过，老子信不过你这个乳臭未干的小和尚的话。来人，把他绑在柱子上，如果首战老子打赢了，就赏你10万大洋去修建你的寺庙。如果打输了，就割掉你的脑袋和鸡巴，把你的身子扔在万生园喂老虎。"

炮火满天飞。直奉首战，这个大帅获胜，杀得奉军的兵退回山海关外300里。

吴佩孚高兴地说："打得好！奉军退到山海关外，太好了。听我指令，班师回朝！"

在大帅府，大帅见小和尚还绑在柱子上，说："快，快给这个小和尚松绑。他预测得挺准，让财务大臣拿出 10 万大洋，赏给小和尚！"

财务长说："10 万大洋要装好几麻袋，你一个小和尚如何拿得走？"

小和尚说："我只好求大帅借一辆马车运送。"

财务长说："我替你请示大帅，你等着。"

一会儿，财务长从院里出来说："大帅真准了，派了几个亲兵和一辆马车押送。你真走了狗屎运啊！"

小和尚和 10 万大洋出了城，直奔坍塌的青龙寺。但是这些大兵见钱眼开，到了青龙寺后，用刺刀架在小和尚的脖子上。

士兵指着马车说："奶奶的，我们哥几个辛苦了半天，要一份辛苦钱。一半大洋，还有，不准小和尚打小报告，如果传到大帅耳朵里，我们还会来找后账！"

老方丈吓坏了，屎都拉在了裤裆里，忙说："只要保住性命，钱你们老总全拿走。"

小和尚却毫无惧色地说："说好了，你们可以拿走一半，多一个子也不能再给了。说不定大帅哪天来参观青龙寺，一看根本没有修缮，肯定会问原因，到那时你们有几个脑袋能扛得起这么大的事。只要留下一半，我就能建起几十间房，大帅来参观时，我会为你们几位老总兜着，绝不泄露半点口风。"

这几个大兵一听在理，就乖乖地拿走了 5 万现大洋，留下一半用于寺庙的修建。

当兵的走远了，破败的庙院里安静了下来。小和尚看到老师父面色凝重，知道势头不好，本来心里不胜欢喜，却凉了半截，仿佛猪八戒犯了天条。

老和尚厉声对小和尚说："你个小杂种，犯了滔天的罪！进黑屋去，闭门思过！"

老和尚把门从外面锁上。

小和尚在屋内小声抱怨说："师父，我怎么犯罪了？您为什么把我锁在屋里？我本以为您会夸奖我呢！"

方丈说:"你犯了出家人的大忌。你要弄清楚为善欤、为恶欤的问题和如何痛改前非。"

小和尚说:"那5万大洋怎么办?"

方丈说:"这你就不用管了,雇泥瓦匠,修庙!"

在老方丈的指挥下,建筑工人陆续来了,砖石瓦块运来了。

修庙工程进展顺利。

三

"乱哄哄,你方唱罢我登场。"在沈阳张作霖大帅府,败兵残将狼狈回巢。

张作霖叹气:"怎么第一仗就打输了,真他娘的败兴!"

侍卫官说:"他们准备充足,我们仓促上阵,轻敌了。还有,听说他们战前,请了个小和尚,预测天文地理,有点像当年刘备和诸葛亮的隆中对。那个小和尚不得了,说得吴佩孚心服口服,还赏了10万大洋。"

张作霖说:"有这事?一个小和尚,赛过诸葛亮?哪个庙的?把他抓来,给本大帅也预测预测,我也与他来个'辽中对'!"

一天夜里,有几个蒙面黑衣人摸进了青龙寺庙。个个身手矫健,动作麻利,携带短刀和手枪。

黑衣人抓住了老和尚。

老方丈说:"你们是来抢钱的吧,告诉你们,没有了,都买了石灰、砖瓦,预付了泥瓦匠和木匠的工钱,一个大洋也没有了。"

一个黑衣人说:"老不死的,老子不抢钱。说,那个能掐会算的小和尚在哪儿?"

老方丈说:"没有能掐会算的小和尚,出家人不干那坑蒙拐骗的事。"

黑衣人厉声说:"别他娘的废话,就是你这个庙,有个小和尚在吴佩孚那里测战事,说得准,那个老贼才给你们10万现大洋修庙。那个小和尚在哪里？不说就宰了你！"

老方丈才明白，他们是在找那个作孽的徒弟。他说："噢，你找那个惹祸的挨千刀的小兔崽子，我把他关在黑屋里了。他为虎作伥，犯了滔天之罪，让他反省呢！"

黑衣人说："黑屋在哪儿？"

在后边，地窖旁。

老和尚被推倒在地。

黑衣人用脚踹开了小黑屋的门。"就是你？这么个小王八羔子和尚，害得老子们大老远跑来专程寻你！"

小和尚被抓出来。

小和尚问："你们是谁？带我去哪里？"

黑衣人说："到了你就知道了！"

几匹快马，用了3天，驮着小和尚到了辽宁大帅府。

小和尚的眼罩被打开，绳子被松开。小和尚睁开眼，只觉得天旋地转。

张大帅那天刚喝酒完毕，带着醉意，乐陶陶地说："嘿，往哪儿看呢，往这儿瞧，这儿，对，就是这儿，别王八犊子瞅绿豆，这儿，本大帅在这儿坐着呢，往上看，正上方，你的正脸！"

小和尚说："您是谁？声音如洪钟，气势如皇帝，一定是星宿下凡！"

张大帅说："哈哈哈，你个小和尚真会说话！本人是奉军大帅！不是皇帝！"

小和尚说："久仰大帅之英明，今日得见，三生有幸！"

张大帅说："别整这些水词了，老子听腻了。直说了吧，请你来给本人也预测预测，咱们来个'辽中对'咋样？"

小和尚说："在马背上绑了我三天三夜，颠簸得我肠子都翻了，给口水喝行吗？"

张大帅说："手下人得罪你了，本大帅请你原谅。来人，看茶！再拿点心来！"

茶来了，点心也摆上了。

小和尚喝了茶说："'辽中对'，不敢当，我不过是一个小和尚。师父要我反省为善还是为恶，我还没搞清楚。"

张大帅说："大帅我请你来是要你为奉军测一测下次开战的结果，看看奉军是否能赢。本大帅开的条件也是10万大洋！如果测不准，立即千刀万剐，五马分尸。"

小和尚慌了神，结巴地说："大帅，我那是蒙事的。就是为骗那10万大洋，给我师父修庙。我师父说我造孽，造大孽。要我从此学好，不惹祸，祸从口出，小僧不敢造次。"

张大帅听了不爽，爆粗口说："你妈了巴子的，不识抬举？让你测，你就测，哪那么多废话！不然现在就杀了你个小杂种！来人，刀架在他的脖子上，看他尿性不尿性！"

卫兵把佩刀真的架在了小和尚的脖子上。

小和尚闭上了眼睛，小声自言自语："师父，徒弟不能伺候您了，也不能帮您修庙了。"

张大帅说："慢着，还算是个有尿性的孝顺小子。稍后再杀，我再试试他。小子，小秃驴，你就不会假装像算命先生一样，让老子抽个签，你随便说几句，就算报答我派兵千里把你抓来了。"

小和尚睁开眼睛，说："骗人的那套戏法，您也信？"

张大帅说："本大帅今天高兴，没别的事，就拿你开心，耗耗闲工夫。你就给我装一会儿算命先生，不，算命瞎子，逗我玩。逗我乐了，就赏钱。10万大洋，一个子也不少你的，让你给你师父去修庙！"

副官对小和尚说："别不知道好歹，赶紧的，弄个抽签什么的，让大帅高兴。只要大帅乐呵了，你的命就保住了。别犯傻！"另一个卫兵拿来一副抽签的圆筒。

小和尚只好先念一通经，然后让这个军阀抽签。

结果这是一个上上签，小和尚洪亮地宣布预测的结果是："大帅，如今天下四分五裂，要想赢得天下，必先赢得人心。如今的百姓，渴盼和平，减轻赋税，结束战乱。特别是南方水灾，中原蝗灾，民不聊生。而辽东，不，是整个东北三省风调雨顺，丰收超过往年。因此，您只要给予饥馑的百姓以粮食，打出'平安天下，顺天讨伐逆贼'的旗号，就可赢得人心。您的王师就可大获全胜，所向披靡，统一中原。"

大帅十分高兴，说："他奶奶的，你还懂得不少呢！不过你这个给百姓分粮食的主意不错，得人心者得天下。老子就爱听这个！"

张大帅转过头对参谋说："下令再次开战！"

参谋说："是，大帅，传大帅命令。出发，开战！"

军旗飞扬，炮火连天。张大帅的旗帜打着"平安天下，顺天讨伐逆贼"的旗号。

奉军沿途给百姓分粮食。百姓感谢、作揖、握拳、叩首等，不一而足。

果不其然。这回奉军取得了全胜，甚至占据了中国的半壁江山。

各种报纸头条都是"张作霖部攻克山海关""奉军横扫千军如卷席""半壁江山已归奉"等。

大军阀张大帅大喜过望，帅府内摆起隆重的庆功宴。

在庆功宴上张大帅说："小和尚，你还真能整，一点不含糊，比诸葛亮还掐得准。来，你也是功臣，喝一杯，酒肉随便造！"

侍卫逼着小和尚喝酒吃肉："吃，喝！大帅的话，不听就是个死！"

小和尚死活不吃，几个当兵的就掰开他的嘴往里塞肉，不咽下去不松手。他只好嚼了嚼，吞咽下去。

侍卫问："味道怎么样？好吃吧？比你的斋饭味道好吧？"

小和尚说："平生第一次吃这样的食物。但本僧最关心的不是食物，而是大军阀能否兑现赏金。"

然后他大声对大帅说:"请大帅金口玉言,给我赏金,放我把钱拿回去扩建寺庙。"

大帅说:"好个小和尚,给我做军师,不比当和尚强?等你再长大一点,本大帅叫人给你找个漂亮媳妇搂着、睡着,那多美!留下,别走了。"

小和尚说:"阿弥陀佛。您大人金口玉言,说话应算话。我师父缺钱建庙院,有了您的赏金,庙院可以盖得更大一些。"

大帅说:"你狗蛋日的,别不知好歹。"

小和尚说:"大帅您的好意,思远心领了。但人各有志,勉强不得。强按头的牛不喝水,强扭的瓜不甜。"

大帅说:"好小子,一套一套的,小嘴巴巴的,会说话,有主见,是个人才。本大帅一言既出,驷马难追。来人,赏钱!"

于是奉军的大军阀也赏给小和尚10万大洋。为了安全起见,也派了一队大兵和一辆马车护送前往青龙寺。

不过这些大兵,可不是吃素的,不仅见钱眼开,而且杀人都不带眨眼的。才出了城不久,护送到一片林密的地方,便把小和尚捆了起来,他们把钱全部私分了。

几个人商量:"要不要把小和尚处死,免得漏了口风?"

有人答:"一定要弄死他,不留后患。"

有人问:"给他啥死法?"

有人答:"如果枪毙了小和尚,就太便宜了他,应该让他死得难看一些。"

于是他们用绳子把小和尚吊在了树上。

看到小和尚被吊得舌头伸出老长之后,这些大兵们便携钱四散了。

一个乡绅坐着马车路过此地,抬头看见一个小和尚被缢死在半空中。

乡绅喊:"伙计停车,把人从树上放下来。一个小和尚怎么就这么死了,可惜!"

伙计说:"老爷,接下来咋办?就地埋了吧!"

乡绅说:"对,埋了。车上有张苇席,裹了、埋了,好歹比直接入土强!"

就在苇席入坑,往下填了许多土的当口,一阵大暴雨降落下来。

乡绅:"伙计,赶快上路,到前面二里开外一个镇子找个酒家避雨!"

乡绅和马车走了,大雨把苇席上的土冲开了,露出了小和尚的舌头和脸。

小和尚苏醒了过来。他发现自己躺在一个泥坑里,身上压着不少土,他动动身子,好在有苇席围成的圆筒,把土隔开了,没被土压死。他艰难地从土里爬了出来。

他念了声"阿弥陀佛",庆幸生还。

这时雨也停了。过往的行人和车马多起来。

小和尚作揖,搭了一辆顺路的马车。

在两天后的夜晚,他摸着黑回到了青龙寺。他敲开老方丈的门,惊魂未定地哭着诉说了被大兵吊死在树上的经过。

老方丈又被小和尚叙述的遭遇吓得尿了裤子。

老和尚:"阿弥陀佛,你真是命大,佛祖保佑。你经历的磨难,足以让你弄清楚为善、为恶的道理,也吓坏了老衲!千万不要再出去搞钱了。现有的钱,能把庙建多大,就算多大。即使是十间房,也比以前规模大。知足则矣。"

于是青龙寺只盖了三十几间房。

小和尚看到新建成的庙院对方丈说:"师父,比我预想的小了一半。"

老和尚:"知足则矣。"

青龙寺盖好后香火很盛。

此时的小和尚已长大成人,身材魁梧颀长。

青龙寺用香火钱开办起义学。

青龙寺义学的牌匾挂起来,在鞭炮声中,小和尚宋思远向老师蓝先生施礼说:"义学开张了,今后就麻烦蓝先生给孩子们上课。"

40多岁的蓝先生,清瘦,中等个,穿一身洗得发白的蓝大褂。蓝先生说:"我很荣幸为穷苦的孩子们教书。"

课堂内,蓝先生教十多个穷苦人家的孩子读书:"人之初,性本善,性相近,习相远……"

下课铃响了,孩子们欢快地在庙院内玩耍。寂静的寺庙有了生气,凝滞的空气被孩子们的跑动扯动得流转起来,仿佛一潭死水被注入了活水,沉寂的鱼儿忽然喋喋起来。

上课铃响了,孩子们又开始了读书。

琅琅读书声,在太阳偏西的时候结束了。孩子们下学了。

宋思远对蓝先生说:"蓝先生,辛苦了。您从不打学生,手中的戒尺只当作教鞭用,偶尔用来画直线,孩子们都喜欢您。"

蓝先生说:"思远和尚,孩子们都是穷苦出身,学习很用功,用不着打。你说要找我探讨问题,什么问题?"

宋思远说:"哦,我要请教您哲学。我师父告诉我的哲学,世界都是玉皇大帝安排好的,现世受苦是因为前世没有积德,如果人们从现在开始积德行善,来世便可享福。这个因果报应论,放之四海而皆准吧?"

蓝先生说:"因果报应论有它的道理,可以放之四海而皆准。但是我认为世界是上帝创造的。世界万物是唯心的,意识决定物质。为什么有花香,是因为我认为它香和美,所以花才香才美。"

宋思远说:"上帝是谁,不是玉皇大帝吗?"

蓝先生说:"不是,西方人管他叫耶和华。"

宋思远说:"上帝和玉皇大帝都是造物主。"

蓝先生说:"可以这么说。"

四

1937年卢沟桥事变爆发。日本鬼子来了。从卢沟桥到青龙桥不到半天的路程。这群在卢沟桥杀红了眼的野兽,在青龙桥也大开杀戒,奸淫掳掠。他们闯进了青龙寺。

日本大佐对翻译官说:"发现这里房子多,新建的庙宇、配殿、正殿、禅房等,宽大、干净,很适合驻军。命令大队人马便要驻扎下来。"

老方丈看到庙宇闯进来这么多士兵,忙出来阻止。他颤巍巍地说:"庙宇净地,不得驻军。请各位军人搬出庙宇,到他处借宿。"

翻译官把他的话翻译成日语,日军一位戴眼镜文质彬彬的大佐听后,微笑着,伸出戴着白手套的右手做了一个手势,两个端着刺刀的日本兵便冲了过来,一个标准的教科书式的扑刺动作,两把刺刀直插老方丈的心脏。血流如注,年迈的老方丈血溅庙宇的门槛,把汉白玉石阶都染红了。

小和尚与蓝先生忙去扶倒在血泊中的老方丈,发现老方丈早已命归西天。宋思远大哭:"师父!"

他们强压愤恨,含泪把老方丈掩埋在庙后院的花园中。

在埋葬老和尚的时候,蓝先生问小和尚:"这帮野兽,太残忍了。你看清了没有,大约住进来多少鬼子,多少大炮,多少机关枪?"

小和尚说:"大约有1700多个鬼子,20门大炮,但我没看清有多少机关枪。"

蓝先生说:"城里的国军也许不知道这里有这么多鬼子。我写个条子,你敢不敢偷偷溜出去给城里的国军送个信,让他们早有防备,或带大队人马前来消灭这些鬼子?我知道你会些功夫,走路也比我快。"

小和尚说:"只要能给师父报仇,让我干什么都行。"

于是趁鬼子吃饭的当口儿,蓝先生写了个便条,年轻力壮的小和尚把便条藏在裤裆里,然后翻越后墙,钻进树林逃过哨兵的视线,直奔西直门而来。

路标西直门。

小和尚健步如飞,不消两个多时辰就来到了西直门。

此时整个北平城已经戒严,城门紧闭,不许任何人出入。

年轻的和尚喊："开门，开门！"城上的守兵就是不开门。

小和尚说："老总快开门，我是来送信的。青龙桥一带有1700多个鬼子，20门大炮，还有不少机关枪。你们快派人打他们。"

一个当官模样的守军说："把信裹一块石头，扔过来。"

小和尚把衣服撕下一条来，把信和石头包在里面，狠劲把信扔上了城墙。

那个当官的看了说："我们知道了，你回去吧。"

小和尚说："你们不派兵来吗？他们杀人放火，我师父也让他们杀了。"

守军说："现在四面都是鬼子，北平城都保不住了，没有援军，我们也要撤了，你快逃命吧。"

满怀希望的小和尚被守军的这一番话说得心都凉了。半夜，他溜回了寺庙，见到了蓝先生，告诉了他所见到的一切。

蓝先生无奈地哀叹："中国完了，积贫积弱，受尽列强凌辱。"两个人无不感到悲哀。

第二天一早，日本鬼子逼着体弱的蓝先生为日本鬼子洗菜做饭，逼着身体强壮的小和尚扛炮弹、运弹药，把成箱的弹药整齐码放到后花园的空房里，那里成了弹药库。

小和尚整整运了一天弹药，累得筋疲力尽。

晚上鬼子把小和尚与蓝先生关在厨房，让他们睡在菜案下面。两个人一边啃着生白菜充饥，一边商量报仇的事。

蓝先生出主意："只要弄个火种，扔在装弹药的房子，就可以引起爆炸。"

小和尚说："但是那里有哨兵看守，无论是白天还是黑夜，谁也接近不得。"

蓝先生说："那我们只能等待机会。"

半个月过去了，日本鬼子接管了北平城，紧接着，在春节来临前夕又攻克了济南、上海和南京。报纸刊载这样的消息。

为了庆祝胜利，鬼子们喝酒放烟花爆竹。

小和尚看到了机会。他偷偷弄来几个二踢脚。在鬼子放烟花的时候，小和尚把点燃的二踢脚对准弹药库，谁想三个二踢脚放过去，并没有引起爆炸，反而引起了鬼子的警惕。

鬼子军官说："不允许再放烟花爆竹，防止弹药库爆炸！"

小和尚与蓝先生被鬼子逼着干各种体力活。

小和尚与蓝先生被役使折磨得皮包骨，走路都打晃。

一天，那个日本大佐带兵扫荡回来，收获很大，牛羊猪狗和粮食弄来不少，还从一家药铺抢来一棵价值连城的老山参。

大佐拿参给蓝先生与小和尚看。

大佐说："让你们鉴定这棵人参是不是真的，如何吃它补身子？"

蓝先生说："那真是一棵千年老参，拇指粗，半尺长，两条根须长达一米。价值连城啊！"

小和尚说："好人参，我只是听说过，一辈子都没见过。大佐您真有福气！"

药理知识渊博的蓝先生有了主意："我建议大佐您蒸着吃，把人参放在大碗里，碗内放少许水，蒸两三个钟头，把人参蒸烂，连汤带水一起服用，最补身子。"

日本大佐很高兴："呦西，你们俩的，负责蒸人参。勤务兵，看着他们操作。"

小胖子勤务兵爱喝酒，蓝先生就从厨房找出一瓶老白干让他喝。在勤务兵喝得高兴的时候，蓝先生趁他不注意，把藜芦放进碗里。

同时，小和尚到老槐树洞下捡几粒五灵脂，偷偷放进参汤里。

蓝先生对小和尚说："人参最忌藜芦，这是中药配方禁忌中'十八反'中的一反，同时人参最畏五灵脂，这是'十九畏'中的一畏。这几种药都没有毒，但配在一起就成了毒药。"

小和尚说："让他吃个够！"

半夜，人参蒸好了，蓝先生对勤务兵说："你端着人参汤，送给大佐喝。"

勤务兵进入大佐的房间，献上大碗。

大佐笑着说："呦西。"然后把这棵千年老参汤喝了。

这个补药劲很大，大佐喝了之后，精神昂奋。他说："你的，给我弄个花姑娘干干，这个药性太大了，我受不了了，简直是欲火焚身。"

勤务兵出去后转了一圈回来说："大佐，对不起。大半夜的，士兵弄不来花姑娘。"

大佐猴急地说："我受不了了，没有花姑娘，只好借你的屁股用一用。"

勤务兵只好撅起了屁股。就在大佐兴奋地享用勤务兵屁股的时候，心脏爆裂，当场毙命。

勤务兵出去报丧："大佐死了！"

少佐问："为什么死了？"

勤务兵答："他喝了千年老参汤，欲火焚身，就借我的屁股用用，结果，死了！"

少佐说："八嘎！人参是绝对好的补品，不会出问题。那么就是你的屁股有问题！来人，打烂他的屁股！"

几个士兵进来，把那个勤务兵按倒，用皮带把屁股打烂了。

勤务兵疼得鬼哭狼嚎。

鬼子们号啕着为大佐办丧事。

蓝先生与小和尚悄悄来到老方丈的坟前，小声说："老方丈、师父，您老人家大仇已报。那个大佐死了！"

日军少佐在指挥士兵穿白衣戴孝后，对干活的蓝先生与小和尚说："以后不允许这两个中国猪接近厨房！他们只配干重活！"

日本兵逼着蓝先生与小和尚搬石头，挖工事。

他们累得几乎奄奄一息。后来，蓝先生劝小和尚道："你赶紧逃离这个地狱。"

小和尚说："要逃，咱俩一起逃。"

可是蓝先生说："你逃吧，我不能走，留下来还有事做。不瞒你说，我是地下组织的人，收集鬼子的情报。"

小和尚说："我更加敬重蓝先生。"

蓝先生说："明天我安排地下组织的人护送你逃出去。你先去嵩山中岳庙，那里的老方丈是我的朋友，我写信，你带上。"

小和尚说："谢谢蓝先生。"

夜里，小和尚逃离了青龙寺。

五

1938 年 6 月，日本鬼子进犯中原，蒋介石为了阻止日军西进，居然下令中央军扒开花园口！汹涌的黄河水吞噬了无数村庄和生命。

铁蛋和娘从河南黄泛区一个无人的村落逃了出来。

当时洪水、灾荒、饥饿使全村人死的死，逃荒的逃荒。

由于没得吃，娘俩吃观音土，吃树皮，吃死猫死狗，最后吃起了村外路上倒卧的饿殍的肉。

孩子娘说："总比没的吃强，吃了人肉，咱虽然不再是人了，可总比饿死强。"

铁蛋说："难吃，没有比死人肉更难吃的东西了，又酸又腥，不是味道。"

娘说："凑合着吧。好死不如赖活着。"

娘和他吃得浑身长癞，癞痂破了之后，痂下面流出了黄水，黄水流到哪里，哪里的皮肤就溃烂。

铁蛋说："娘，俺身上的癞又痒又疼！"

娘说："这都是吃死人肉吃的。咱娘俩赶紧逃难。到大城市，找医生看看就好了。"

可是他们俩走到大城市边，附近的几座城市为了防止日本奸细，到处设防设卡，就连要饭的也禁止进入。

娘说："铁蛋，咱是没指望了，只好绕开城市和大路，走小路到山里去，因为山里人厚道，即使要不到粮食，也可以要到一碗野菜。"

娘俩在路上蹒跚行走。

来到了北方一个半山的地方，娘实在走不动了，浑身浮肿，身上的癞痂和黄水弄得她人不像人，鬼不像鬼。娘躺在路旁的一个石窝里，上气不接下气。她知道自己快不行了，对儿子说：

"儿呀，如果……娘死了，……你饿急了，就吃娘的手，然后找个能收养你的人家，……就说给人家做牛做马，长大了给人家养老送终……"

铁蛋哭了说："娘你不能死，铁蛋不能没娘。"铁蛋还没有哭完，娘就咽了气。铁蛋摇了摇娘，见没动静，吓得号啕大哭起来，童音凄厉的哭声传得很远，但这绝望的哭声不仅没有引来过路人的援手，反而招来了一条饥饿的野狗。

这是一条豁了一颗獠牙的野狗，那是和其他野狗争食撕咬时弄断了牙齿，它闻到死人的气息，兴奋地扑了过来，它本想吃那死了的人，它知道只要破开死人的肚子，里面的肝脏和心肺是最柔软可口的食物，但死人旁一个稚嫩绝望的孤儿挥着胳膊拦着它，不让它吃眼看就能到嘴的美食。于是它张开豁了牙的大口，一声不吼地向这条稚嫩的胳膊扑了过去。它一口咬住了孩子的胳膊，只听嘎吱一声，骨头断裂的声音，从它的嘴中传了出来。

"娘，救俺！"铁蛋喊了起来，凄厉的童音更加惨烈。

说时迟，那时快，一个身材高大腰板挺直的光头男人跳过来，一脚踩住了野狗的脑袋，把一条血淋淋的小胳膊从野狗嘴里夺了下来。这个光头男人就是宋思远和尚。

宋思远看看孩子的胳膊说："万幸，还没被咬断，只不过是骨头裂了和部分皮肉伤，幸亏那是一条豁了牙的狗，不然，孩子的这条胳膊早就被咬断了。

肢体一旦被咬断，我就无能为力了。"

宋思远把自己的衬衫撕下一条来，把孩子的伤口包扎好，并找来两块小树枝把孩子的胳膊做了固定。他从衣袋里掏出一块野菜窝窝头，那是他外出采药带的干粮。他递给孩子，说："饿了吧，把它吃了，你就有力气哭你娘了。你娘死了，就埋在这儿吧。这个石窝委屈她了，没办法，只好将就罢了。"

说完，宋思远搬来几块大石头，把石窝堵上了，然后又用无数石块垒起了一座高大锥状的石塔。这条山沟里，已经有这样十多座石塔，确切地说是碎石堆。宋思远为他们念经祈祷，超度他们屈死的灵魂。铁蛋娘是第13个饿殍，也是这条山沟第13座石塔。

铁蛋吃了窝头，久瘪的胃一旦塞进了食物，就需要很大气力去消化它们。再加上胳膊疼和惊吓，铁蛋不但没有力气去哭她娘，反而一声不响地睡着了。

宋思远抱着睡着的铁蛋回了村，边走边说："我从日本鬼子占领的北平逃出来，准备逃向嵩山中岳庙挂单。可是黄河水泛滥，半路上被困在了这个小山村。山村里的人得瘟疫，缺医少药，我每日不得不上山采草药，治病救人。谁想，还捡了个死了娘的孩子。"

村里人见了问："宋先生，怎么捡了孩子？"

宋思远说："死了娘的可怜孩子。"

村民说："你真是好人。"

宋思远说："屋里又多一张嘴，还不知道拿什么喂呢！"

村民说："这个村叫石头窝村，附近的山沟都是石头，田地土层很薄，打不了多少粮食。有一首民谣，'石头窝，石头窝，满山石头坡连坡；兔子没有草儿啃，井泉无水沟干涸；十年九旱谷无收，人靠野菜难成活，一旦暴雨发洪水，房倒屋塌填沟壑'。缺吃少粮，又加上闹瘟疫，要不是您来给大家采草药，治疗瘟疫，还不知道死多少人呢！"

宋思远把孩子放在土坯房的炕上，盖上被子。有人敲门，说："他大舅，我们来拿药。"

宋思远把配好的草药拿出去，给村民说："回去熬三煎。这个村的病人大多数躺倒、拉稀、打摆子，忽而发高烧忽而浑身发冷，还说胡话，是伤寒症。这种病传染得厉害。用胡黄连、山栀子、白芷、生甘草、姜、葱白、枣、紫背浮萍等，加水，煎药，此方名'神白散'，或'圣僧散'。治疗伤寒最有效。"

村民说："谢谢，宋先生，你成了石头窝村的救星，孩子们都叫你大舅呢！"

宋思远说："大舅不大舅的不打紧，治病救人最要紧。"

破旧的土坯茅草房内，孩子在睡觉。宋思远开始研磨中草药。他对孩子浑身流黄水、长癞疮的症状十分惊讶，说："我从未见过如此严重的癞疮，这是怎么得的？用癞蛤蟆毒汁试一试。"他把积攒的一小瓶蟾蜍背上的毒汁都用上了，也抹不完孩子浑身溃烂的地方。

红日东升。第二天，孩子醒来了，身上的癞疮少了许多，神志也清醒了许多。尽管胳膊还有点疼，但他记得是眼前这位高大的光头男人从野狗的口中救了他，并掩埋了他的娘。懂事的孩子双膝跪在地上，哭着说："爷爷，俺一家人都死了，没一个亲人了。您救了俺，俺给您当孙子，等俺长大了，给您老人家养老送终。"

小小年纪竟能说出这样的话，宋思远被感动了，他说："孩子，我做善事从来不图报答，你不必给我养老送终。再说，你别叫我爷爷，我还没那么老，不到30。你叫我叔叔、大爷还差不多。"孩子愣住了，其他的话，娘没有教，他不知道说啥是好。

沉默了一会儿，宋思远发问了："你叫什么？从哪儿来？"

铁蛋说："俺叫铁蛋。从河南兰考边上的杞村来。"

宋思远说："你和娘为什么要讨饭，你身上的癞疮是怎么得的？"

铁蛋说："黄河发水了，村子淹了。俺和娘躲在高岗上，没得吃，饿坏了，吃死人的肉，身上就长癞疮，后来就出来要饭。"

宋思远说："啊？吃死人肉？阿弥陀佛。罪过，罪过。"他念起了经文，念了一通经文后，他问孩子："你和你娘身上的癞疮是吃死人肉吃的？"

铁蛋说："对。吃了死人肉，身上就长癞疮、流黄水，跟死人身上的味道一个样。"孩子实话实说。

宋思远说："阿弥陀佛。罪过，罪过。"又念起了经文，在念了一通经文后，他好奇地问："怎么吃人的肉？"

孩子说："用锅煮，用火烧，生的、熟的，都吃过。很难吃。可也有好吃的地方，最好吃的是人的手。俺娘说，比猪蹄还好吃。俺吃过死猪蹄，没有人的手好吃。"

宋思远说："阿弥陀佛。罪过，罪过。"半还俗的出家人又念起了经文，在又念了一通经文后，他说："我把你送回去好不好？你们村里主事的人总会收留你的。"

铁蛋说："不！不！千万别把俺送回去。村里没人了，地里到处是死人。俺怕那些死人，俺不愿再吃死人肉，俺不愿意死！"孩子大哭了起来。

听了孩子凄惨的哭声，宋思远说："你哭得我没了主意，那你说咋办？"

机灵的孩子抱住了宋思远的大腿，清脆地叫了声："爹！您行行好，救救俺吧！您就是俺的亲爹，俺从今儿起就是您的亲儿子。俺给您当牛做马，伺候您一辈子，给您养老送终！"

正是这一声撕心裂肺的哭声和爹的称呼，从此确立了两人的关系。铁蛋从此成了宋思远的儿子。

六

铁蛋在偷老乡自留地的蔬菜吃。

宋思远成了铁蛋的爹，首先是要给孩子弄吃的，其次就是治疗孩子身上的癫疮。宋思远常年吃素，从不吃荤，甚至连蔬菜中的葱、姜、蒜、韭菜、香菜（又称芫荽）都不吃，因为这五种蔬菜被出家人称作"小五荤"。而铁蛋这孩子，最爱吃葱、姜、蒜、韭菜、香菜，见到村里的地头上谁家种了这些蔬菜，他就抑制不住去偷拔，放到嘴里就吃，直到吃过了瘾、满嘴都是味道为止。

铁蛋捉麻雀，生吃；捉蚂蚁，生吃；捉老鼠，生吃。他都放进嘴里大嚼。

宋思远看了，忙念："阿弥陀佛，你这杀生和吃荤的孩子，应该忏悔罪过。"

孩子说："我就爱吃肉，爱吃荤。这个改不了。"

宋思远吓唬他说："你再吃这些不干净的东西，你身上的癫疮就好不了。"

铁蛋不怕吓，他说："俺从小就逮这些东西吃，太好吃了，不吃就馋。俺身上的癫疮是吃死人肉吃的，是后来才得的。"

宋思远说："孩子你说的是事实，我拿你这个孩子没办法，可是你不能到别人地里偷人家的蔬菜吃！"

铁蛋说："俺饿，不吃咋管住饿？"

铁蛋还偷别人家鸡窝里的鸡蛋吃，偷人家的剩饭吃。

村民抱怨："哪来的野孩子，这个孩子就是饿死鬼托生的，就是贼坯子托生的，逮住什么吃什么，逮着什么偷什么。"

铁蛋在偷吃别人家地里的黄瓜时，被村民逮个正着，拧着他的耳朵来见宋思远。村民说："和尚，你要好好管教他，不然就剁了他的小爪子。"

宋思远只好让铁蛋趴在门前的石台上，用一根烧火棍打他的小屁股。直到孩子吱哇乱叫、屁股红肿，村民才愤愤地离开，临走还撂下话，"如果再偷，下次逮着了就剁他的小爪子"。

村民走了，宋思远抱着哭成泪人的孩子说："儿呀，你怎么就不能改改你的坏毛病呢？"

铁蛋捂着疼痛的屁股，不服地说："俺不信，见了好吃的你就心不痒？你就没做过坏事？"

宋思远对铁蛋说："我师父说我干过坏事，但我至今也没想通是不是真干过坏事。"

铁蛋说："那你就没有吃过肉？见了肉你就不馋？"

宋思远摇了摇头，后来又点点头："后来仔细想想，的确有过一次吃肉的经历。那是被人掰着嘴灌下去的。"

铁蛋听着故事早就睡着了，宋思远于是也和衣而卧。和尚睡觉讲究睡如弓，他从不仰面睡在炕上，而是弓着身子睡在一张笸箩里。他看不惯铁蛋仰面睡觉的样子，但是也只好由他去罢。

山上，宋思远在挖野菜。

屋里宋思远在煮野菜。揭开锅，捞一碗给铁蛋说："吃吧，没有粮，只有野菜。凑合吧！"

铁蛋吃了野菜之后，开始反胃，往外吐酸水，黑绿黑绿的，味道非常难闻。

山上，宋思远在挖野菜。

屋里，铁蛋在呕吐。

宋思远采药回来，发现铁蛋口吐白沫，浑身抽搐，面色铁青。凭经验判断："坏了，孩子是吃了什么东西中毒了。"

于是他掐孩子的人中，用醋和石灰水交替给孩子洗胃。孩子呕吐出不少黑绿黑绿的脏东西，恶臭难闻。孩子昏迷许久才醒来。

宋思远问："你吃了什么？"

孩子说："我饿极了，就把你采的中草药当饭吃，每一种都吃了一些，大概吃了十几种中草药。"

宋思远听了着急地说："孩子，药是用来治病的，不是当饭吃的，你这样胡吃会吃死的。"

"俺饿，你又不让俺偷，俺只能寻你屋里的东西吃，俺现在特别想吃肉。"

孩子说完又昏迷过去了。

宋思远叹气说:"看来孩子天生就是个食肉动物,他是吃肉吃上了瘾,我只有念阿弥陀佛,毫无其他办法。"

第二天,粒米未进的孩子更加虚弱,给他喂野菜粥,孩子连头也不抬,嘴也不张。

宋思远问:"你想吃什么?"

孩子睁了睁眼上气不接下气地说:"肉……肉。"

宋思远说:"你可难坏了我。我是出家人,从不吃荤,也不杀生,如何能够为你做荤腥,为你解馋烹肉呢?再说到哪里给你找肉来烹呢?这年月,粮食比黄金还贵,百姓连肚子都填不饱,更不用说吃肉了。"

宋思远抱着孩子落泪:"孩子,你可不能死,你胡乱吃药,后果严重。中药里有不少配方禁忌,'十八反''十九畏',你要没命了!"

为了满足濒死的孩子要吃肉的最后愿望。宋思远想了一夜没想出辙来,说:"既然不能杀生破戒,那么只能虐待自己了。"

他最后狠心用刀剁下自己左手的小手指,用砂锅炖了。半个时辰后,肉香充满了茅草屋。孩子闻到肉香醒了过来,睁开眼后,一口便把炖烂的手指吞了下去,把砂锅里的肉汤也都喝了。最后打着饱嗝说:"好吃!这是俺一生最好吃的一顿饭。"说完又昏沉沉地睡去了。

而宋思远也抱着疼痛的手昏睡过去。

一天后,铁蛋醒了。铁蛋发现爹的左手少了一根指头,问:"爹,你的小手指咋没了?"

宋思远说:"爹砍柴时不小心砍断了手指。"

铁蛋责备爹:"你为啥不小心呢?疼吧?俺给您吹吹。俺的手弄破了,俺娘就是这样给俺吹的。"他鼓起腮帮子用小嘴吹气,安慰宋思远。

宋思远惊喜地发现:"孩子,你身上的癞疮都好了,黄水也不流了,身上长出了白嫩的新皮。原来这吃死人肉长的癞疮,需要很毒的药和活人肉汤才能治好。孩子胡乱吃了不少中药当饭，又吃了肉，这两种功效凑到一起就产生了奇迹！"

村民告诉铁蛋："你爹是为了救你命，在你昏迷时，剁了自己的手指，让你吃，你才活命的！"

铁蛋听了跑进屋，跪在宋思远面前说："爹！您比俺的亲爹、亲娘还亲！俺一辈子做牛做马也报答不完您的大恩大德。"

宋思远说："得了，儿子。你不用总把'报答'放在嘴边上，只要你没事，只要你学好，不再偷，不再吃蚂蚁、蜗牛和蛤蟆，我就不用再着急了。"

村里人知道了这件事无不感慨，纷纷捐来一些粮食。父子俩才不再只吃野菜，有了糠菜拌粮，勉强度日。

七

洪水渐渐退去，大路逐渐通了起来，有行人往来，有商贾车马运送货物。夹缝里求生存，驼铃叮当响。

南来北往的人渐渐多了起来，宋思远托人给北平青龙寺的蓝先生捎去一封信，问讯平安，并告之自己意外当了爹。不久，宋思远收到了蓝先生托人捎来的回信。

宋思远读信："思远贤弟，来信收到，内容尽悉。青龙寺的日本鬼子离开了，驻扎进了北平城。青龙寺空了，恢复了原貌。我继续开办义学，教穷人的孩子读书，希望贤弟回到青龙寺维持香火，主持佛事。"

读完了信，宋思远激动得泪流满面。铁蛋问："爹，您怎么这么高兴？"

宋思远说："我的心早就飞回亲手建造的寺庙了。我要回北平去，带着你，那里的寺庙大，有大房子住、好房子住。我去当方丈、当住持。"

铁蛋说："太好了，大寺庙，有大房子，那里一定是天堂，我盼着和爹去！"

他们心驰神往，甚至盼星星、盼月亮，恨不得长出一对儿翅膀飞将过去。不过，爷俩身无分文，这么遥远的路程，需要筹措点干粮。而村里闹的瘟疫并没有消除，村里人离不开宋和尚，于是他们就把行期一而再再而三的延误，甚至耽搁了下来。

日本鬼子此时已经占领了大半个中国。国军节节溃败。报纸标题：郑州失守，长沙失守，武汉失守，广州失守。中央政府机关迁到了号称为"陪都"的重庆。

炮火，爆炸。而离石头沟不远的嵩山中岳庙和少林寺，都遭到了日本鬼子的炮轰和焚烧。

日本鬼子扫荡，到处实行"三光"政策，即烧光、抢光、杀光，残忍至极。

石头村一位八路军给村民和儿童团布置任务："为了消灭中原的八路军、游击队和一切抵抗力量，日本鬼子开始了空前的大扫荡。咱们石头沟也数次遭到鬼子的扫荡。但是，前几次，由于站岗放哨的儿童团员发现敌情早，放倒了消息树，村民转移及时，鬼子没捞到太多的便宜。我们还要坚持站岗放哨，不放过任何可疑的情况。好解散！"

儿童团长对铁蛋说："铁蛋，今天是你站岗，可要小心，时刻提高警惕！"

铁蛋坚决地回答："是，团长。铁蛋明白！"

可是，铁蛋站在山头上，站累了，就走了神儿。看到附近的树上的鸟窝里鸟儿叫得欢，他就爬上树掏鸟窝，抓到了一窝小鸟，然后，到山沟底拾得干柴，点着了篝火，烤鸟肉吃。正当他吃得满嘴流油、美滋滋的时候，一队日本鬼子和伪军，把他逮住了。然后，拧着他的耳朵，向石头窝村里扑过来。石头窝村的20多户人家，除了下地干活的和上山砍柴的，几乎都被抓住了。鬼子挨家挨户搜粮食，抓鸡逮羊，然后在村头架起机关枪。

一个少佐说："你们要说出八路军和游击队藏在哪儿了，说出谁家是抵抗皇军的军属，不然就统统枪毙。"

宋思远当时上山去采草药了，当他下山时，看到村子浓烟滚滚，停下手中的活说："不好了，一定是日本鬼子在烧杀抢掠。我要回去救铁蛋和乡亲们。"说完就毅然回了村。

村头，他看到日本鬼子在杀人，把逮到的大人几乎都杀光了，只剩下十来个被吓傻了只知道哭的孩子。一个嘴巴上有一道刀疤的日本鬼子少佐，举着军刀对铁蛋说："你的，不说，就和他们一样，死啦死啦的！"那把军刀，搁在了铁蛋的脖子上。铁蛋吓得浑身颤抖，屎尿拉了一裤子。

宋思远说："住手！"走上前去大声阻止。

鬼子见到一个破衣烂衫的大个子和尚，不由得哈哈大笑起来。他们用刺刀把他团团围住。

刀疤日本少佐问："你的，什么人，什么的干活？"

宋思远说："我是和尚！北平青龙寺的和尚！"他不卑不亢地回答。

刀疤日本少佐问："北平的和尚，为什么在这里？"

宋思远："路过此地，这里闹了瘟疫，就留下来治病救人。"他把背篓里的草药给他们看，"这些草药可以治疗瘟疫。"

刀疤日本少佐问："瘟疫？什么瘟疫？"

宋思远说："伤寒和痢疾！"

日本少佐吃了一惊说："难怪我的士兵最近也在闹伤寒和痢疾。原来这里是传染源！全体士兵听我的命令，把这里的房子全部烧掉，把所有的人都杀光，免得瘟疫扩散！"

日本士兵和伪军立刻行动，四处放火烧房子。

机枪已经对准了十几个哭成一团惊恐万状的孩子。

宋思远说："住手！"用身体把孩子挡在身后，大声说："你们还是不是军人？怎么能没有理由随便杀人，作为军人你们更不能杀无辜的孩子！"

少佐挥手暂停射击。他说："你的，好样的，和尚，你的胆子很大，敢和大日本帝国军讲理。你告诉我,为什么我们大日本帝国军要听你的?一个中国的破衣和尚!"

宋思远说:"他们是孩子,不是军人。如果你们日本军人屠杀无辜百姓,连儿童也不放过,你们是天下最残忍的军人,禽兽不如!"

刀疤少佐哈哈大笑,说:"你们支那,根本称不上人,而是肮脏的支那猪!杀猪根本谈不上残忍!机枪准备!"

宋思远知道在毫无人性的日本军人面前,这样说理根本保护不了这些幼小的生命,就准备和孩子们一起受死。不过他双手合十说:"阿弥陀佛,我听说你们日本人也信佛,信佛的人向善。救人一命,胜造七级浮屠。为什么佛祖传下的信仰在你们日本就变样了,把你们变成了杀人的机器!"

刀疤少佐说:"本少佐今天心情好,可以告诉你一个日本和尚的故事。他是我的朋友,从小一起长大。后来我们爱上同一个姑娘,他要和我决斗,不过他打不过我。他不愿意看到我和那个姑娘在一起,就出家当了和尚。中日开战了,天皇要求所有日本国的和尚、道士和宗教人士祈祷我们帝国军多打胜仗,征服中国、征服东南亚。我的这个朋友和尚,主动要求随我们出征。在金山卫的战斗中,我们久攻不下。我的这位朋友和尚就鼓励我们鼓足勇气,要我们吃掉他的心脏。他用刀挖开自己的心脏后,就死了。我们吃掉了他的心脏,发起冲锋,就拿下了金山卫,合围了上海,然后攻占了你们的首都南京。今天,你这个和尚,正是我们需要的。你的个子大,心脏一定大,够我的午餐。其余的孩子,也要挖出心来吃,每个士兵吃一颗心,免得生灶做饭了。来,把他们统统绑起来,先挖出大和尚的心,大家开饭!"

于是,这群日本鬼子欢呼雀跃着,把宋思远和孩子们都绑了起来。他们把宋思远捆在一棵大树上,把他的上衣扒掉,用刺刀刮去他的胸毛,然后用凉水猛然泼上去。

据说,日本鬼子常常生吃人的心脏,这是他们的惯用手法,先用凉水一激,人的心脏会猛然收缩,这样挖出来的心脏是脆的,生吃起来,他们觉得爽口。

铁蛋哭了，大声呼喊："爹！"

所有的孩子都哭了，大声呼喊着："大舅！"

而宋思远双目紧闭，默诵着佛经……

就在这时，枪声大作，一支30多人的八路军的武工队突然出现。鬼子没来得及挖出宋思远的心脏，就匆忙溃败逃跑了。

宋思远和这群孩子们得救了。一位小个子戴眼镜的40多岁的张政委，亲手给宋思远松了绑，并让卫生员处理宋思远胸部的伤口。好在伤口不深，缝合了十几针，上了点药，缠上绷带。宋思远握住张政委的手说："感谢八路军的救命之恩。要不是你们及时出手援救，我早就死了。其实，我死了不要紧，就怕这些禽兽不如的日本鬼子，还要杀害这些无辜的孩子们，他们太可怜了。"

张政委说："我们还是来晚了。要是早一点知道消息，乡亲们就不会遭这么大的殃。听说你是北平的和尚，为了治疗瘟疫，你才留下来的。下一步，你有啥打算？"

宋思远说："我要回北平，回青龙寺。那个庙院是我建的，需要我回去做住持。这个孩子叫铁蛋，是孤儿，我要带走。还有，这几个父母被鬼子杀害的孤儿，无依无靠，我也准备带走。那里有个蓝先生，办义学，可以教他们读书认字。孩子们，你们愿意跟大舅走吗？"

十来个失去父母的孩子，一齐围住了宋思远，说："愿意跟大舅走。"

张政委说："你真是个好人。好吧，这么远的路，不好走。我们地下交通站的同志可以帮助你，给你提供马车和食物。"

路上，马车、孩子们和宋思远。

就这样，宋思远带着十几个无依无靠的孩子上了路。在共产党地下交通站同志的帮助下，他们辗转半个多月，终于来到了北平的青龙寺。

八

蓝先生热情地欢迎宋思远的归来,俩人拥抱在一起。

宋思远对孩子说:"快叫蓝先生!"

孩子们齐声高呼:"蓝先生好!"

蓝先生高兴地说:"孩子们好!"

上课的钟声敲了起来,孩子们起立,蓝先生向孩子们鞠躬,然后开始讲课:"人之初,性本善,性相近,习相远……"

孩子们跟着读。

宋思远打扫寺庙,庙里的佛像大都保存完好。他打扫浮尘,清理佛像,让青龙寺恢复晨钟暮鼓。

下课了,蓝先生和孩子们来到食堂。蓝先生问:"今天有什么吃的?"

宋思远说:"带来的粮食吃得差不多了,今天还有的吃,明天就难说了。这十几张嘴,靠什么来养活?战火连绵,谁还来拜佛上香?更不用说施舍香火钱了。这些佛像泥胎,在战火年代,本来就泥菩萨过河——自身难保。更甭提保佑众生了。"

蓝先生说:"一个是化缘,一个是开荒。庙院里有很多空地,可以开荒种菜、种粮食。"

宋思远说:"还是你有主意。我下午就开始开荒!"

锄头狠劲刨向地面。宋思远在佛院的空地上,开荒种粮食,房前屋后、院内院外,只要有空地,就开荒种菜种粮。

当然,远水不解近渴。他每天还要出去化缘,说难听点,就是为孩子们去要饭。要得来,孩子们就有的吃;要不来,孩子们就饿肚子。就这样日子一天天地过去了。

忽然有一天,青龙寺外面走来了一队国军。满街的人在奔走相告:"胜利了,日本鬼子投降了!"

蓝先生激动地告诉正在种粮食的宋思远这个好消息："思远，日本鬼子投降了，中央军接管了北平和许多大城市。我带领学生们制作彩色纸小旗子，上街欢迎国军光复北平。"

国军的一个军官是蓝先生的同乡。他们热情拥抱。这个军官还给了蓝先生一个电台和发报机，说："再遇到情况后，不用跑路，用电波送信。还有，这个寺庙，上方派来一个新住持！你帮助安排一下。"

铁蛋告诉宋思远："爹，国军派来一个不懂经文的大和尚当了寺庙的方丈和住持。"

宋思远说："佛教界等级森严，即使和尚要想晋升，概率极低。尽管寺庙是因我这小和尚筹措来的钱建起来的，但是我始终是低级和尚。我真有些愤愤不平。"

但蓝先生开导他："出家人还争什么？老方丈不是早就教导你，色空色空，色即是空，空即是色吗？他不常告诉你，你有等于我有，你吃等于我吃吗？心如止水，名、利、物质、欲望、仇恨、嫉妒、烦恼等都抛在九霄云外，那才叫真的是心中有佛，四大皆空嘛！"

宋思远答："然也！"继续种菜。

庙院在新住持的领导下，进行了新的翻修，泥胎进行了重塑，庙院扩大了，义学的规模也扩大了。蓝先生成了校长，他更加忙碌。但是庙院的香火依然不旺，铁蛋和十几个孩子依然每天吃不饱，经常饿肚子。

铁蛋对宋思远说："爹，俺以为北平是天堂呢，原来还不如石头窝村呢。咱回石头窝村吧。你看看你，庙院成了别人的庙院，你啥事说了也不算，在这饿肚子，有啥意思？要是回到石头窝村，俺还可以上树掏鸟窝、烤鸟肉吃，解馋呢！"

许多孩子都对宋思远说："大舅，我们想回家！"

宋思远说："那么远的路，怎么回？忍忍吧！有机会再说！"

炮火再起，爆炸声、枪弹声，呼啸起来。

一队解放军要驻扎青龙寺的时候，不懂经文的方丈和住持忙出来阻拦，说："寺庙净地，不得驻军，请你们另寻他处借宿。"一位文质彬彬的解放军营长，也戴着眼镜和一副白手套。他看了一眼大和尚，这个和尚胸前还没来得及摘下他长期佩戴着的一枚国民党党徽。营长也是微笑着没有说话，做了一个手势，两个士兵把这个方丈踢倒在台阶上，也是两刺刀，结束了他的性命。

蓝校长忙出来指责："你们怎么和日本鬼子一样，滥杀无辜？"

营长说："怎的无辜？"

学校中一位衣衫褴褛的学生是地下党，他站出来说："他是假和尚，他的真实身份是国民党蓝衣社特务机关的少校，名叫程春楠。"

几个士兵从方丈的卧室内搜出了蒋介石颁发给程春楠的委任状，还在蓝校长卧室内搜出了电台和发报机。于是，蓝校长也被当作特务立即处死。

宋思远在远处看到，被吓得目瞪口呆，只有双手合十，闭目朗诵《华严经》。

解放军战士打扫庙院，搬走佛像。

在北平和平解放后，解放军工作队把青龙寺改成了青龙桥中心小学。工作队还给宋思远做了思想工作，劝他不要再过寄生虫生活，不劳动者不得食。特别是，这些工作队的同志得知十几个孩子都是来自石头窝村，都愿意回到石头窝村去，于是他们动员宋思远和孩子离开青龙寺，并派马车送他们回乡。

宋思远来到老方丈的坟前哭了一场，同时也给葬在旁边的蓝校长的坟添了土。

那个假和尚没有埋在庙院里面而是埋在庙外的乱葬岗子。

九

宋思远和铁蛋回到了石头窝村，开始在山上开采石头。一个扶钢钎，一个抡铁锤。这是苦力活，但是盛产石材的石头沟，宋思远发现了商机，石头可以卖钱。

爷俩还学会了雕刻石头，石人石马、拴马桩、门墩、石栏杆。

石头窝村土地贫瘠，粮食产量极低。但这里的山到处是石头，盛产石材。宋思远和铁蛋成了远近闻名的石匠，靠力气吃饭，靠手艺吃饭。

但是，这爷俩，一个嗜荤腥如命，一个只吃素斋，吃不到一起，甚至不能用同一个锅灶吃饭。

铁蛋端来一碗肉，说："爹，您尝尝我做的红烧肉，可好吃了。"

宋思远说："我不吃，我终生吃素！你不能破我的戒！"

铁蛋用筷子把肉夹到爹的碗里，气得宋思远连忙把碗里的饭菜倒掉，用碱和清水洗净了碗，说："阿弥陀佛！罪过！你就是专门和我作对的冤家、克星。"

铁蛋最爱反驳的理由就是："既然您愿意当和尚，为什么还俗？既然还了俗，不是和尚了，就应该像正常人一样什么都吃。要不然，您还是回去当和尚吧。您是青龙寺的，不如我给您联系联系，看看青龙寺还要不要您？"

于是宋思远便无言以对。

铁蛋问："爹，蓝校长怎么就稀里糊涂地被误杀了？我当时年龄小，实在不懂这里边的事。"

宋思远说："尽管我不情愿，还是讲给你听吧。那是1948年年底，解放军还没有来。"

蓝校长对宋思远说："国民党政府大势已去，腐败，不得人心，而共产党顺乎民意，深得民心。但是攻打北平，百姓会遭殃，古城会遭殃。北平和平解放，才符合百姓的心愿。我愿意和共产党接触，为和平解放北平出力。我先捐出自己仅有的20个银圆，为孩子们买粮食吃。"

宋思远捧着银圆感动了，说："你说得对。我们应该为北平和平解放出力！可是我早就和他们失去了联系。"

蓝校长说:"不要紧。我的那个老乡决定带他的团首先起义。我知道共产党在西山。麻烦你把这份情报交给西山的共产党。"

宋思远说:"好,我今晚就走,明早就能回来,来得及给孩子们做早饭。"

宋思远在黑夜急速奔走。

他来到西山,找到了共产党游击队的队长,把情报交给了他。

队长说:"太感谢你了,解放军刘清波营长正等着这个回信。明天,解放军的先头部队就开过来。和国军守备一团接触。他们左翼的守备二团能和平起义,那么守备一团就成了瓮中之鳖!太好了!"

队长用电话和刘清波营长进行了汇报。

刘清波在电话中说:"感谢送情报的宋和尚,感谢蓝校长,他们是解放北平的功臣,为解放北平立了首功!几天后,我会亲自到青龙寺登门拜谢!"

当刘清波代表解放军北平前敌委来到青龙寺专门感谢蓝校长时,他来晚了一步,蓝校长已经被错杀。他只好在蓝校长的墓前三鞠躬,表示他对死者的敬意和惋惜。

刘清波对有功而被错杀的蓝校长深深鞠躬。

铁蛋说:"太可惜了!"

宋和尚说:"仗打大了,人多、部队多,误杀是不可避免的。但好人终究是好人,这一点错不了!"

铁蛋和宋思远一直开采石头,把石雕运到城里换钱换粮食,生活逐渐好起来。

俗话说,"男大当婚,女大当嫁"。一转眼,铁蛋早就到了需要女人的年龄。只要吃饱了饭,他的下部就硬起来,特别是吃了葱、姜、蒜、韭菜、香菜"小五荤"和肉类的大五荤后,尤为明显。

在集市上,他直勾勾地瞪着两只眼睛看女人高耸的胸脯和翘起的屁股。

妇女骂道:"流氓,看什么看?没怀好意!"

有人说:"就是那个吃过死人肉和他爹手指头的那个,谁家的姑娘敢嫁给他？活该他打光棍儿！"

有人喊："打流氓啊！"众人七手八脚地把铁蛋当作流氓暴打一顿。

晚上回家铁蛋鼓起勇气对爹说："爹，俺要娶媳妇。没有媳妇，家不像家，日子不叫日子。"

宋思远念了声"阿弥陀佛"，但没有说"罪过"二字。他知道这样的事不是"罪过"可以解释的。他说："我托人帮你说说看，你也三十好几了。看看人家愿意不愿意嫁给你！"

改革开放了，包产到户了。铁蛋和宋思远成了村里的首富。由于他们有石匠手艺，城里乡村到处都是盖楼建房的，大量需要石材，大量需要石雕产品。

铁蛋张罗着盖了两栋高大的以石材为主料的瓦房。石头雕花的廊柱和飞檐，仿佛高级别墅。他还修建了一座水塔。特别是铁蛋模仿城里人盖楼房的标准，把自来水接到厨房和卫生间，并在房顶架设了太阳能热水器，卫生间里安装了浴盆和可调节冷热水的莲花喷头，可以随时洗热水澡。

村民议论："宋家的房子太让咱山里人看了眼红。山里人洗澡困难，更不用说洗热水澡了。许多光棍汉一辈子没洗过澡，许多女人一辈子只洗过两次澡，一次是在出生时，母亲用一碗热水给孩子擦擦身；另外一次是出嫁时用半桶温水洗去身上多年的泥垢。"

有人说："女人们是多么向往能随时洗热水澡的日子。幸福的好日子，也就是这样的吧！"

于是本村外村的姑娘都愿意嫁给铁蛋，丧夫或离婚的寡妇们都愿意嫁给宋思远。一时间，上门提亲说媒的络绎不绝，门槛都被踏破了。

媒婆："宋先生，给你提个亲，是张庄的老姑娘。"

另一个媒婆："他大舅，李庄的小寡妇，可是漂亮，说给你！"

宋思远对给自己提亲的摇头："不要，不要！"

媒婆说："说给你家的儿子咋样？"

宋思远对给儿子铁蛋提亲的说,"好,好,好"。

而铁蛋说:"不要,不要!凡以前看不上铁蛋的,一律不考虑。俺要求女方的条件是,第一,要赡养老人,对待还俗和尚要比对待自己的亲爹娘还好;第二,不嫌弃还俗和尚吃斋念佛;第三,不嫌弃铁蛋有吃过人肉的历史;第四,胸部要大,屁股要圆。"

媒婆双手一摊说:"你的要求也忒高了,不好找。能满足铁蛋这四个条件的女孩子不多啊!"

太阳升在东山上。

铁蛋走在路上。

一对母女进入了铁蛋的视线。

女儿叫巧珍,刚好22岁。妈妈叫木兰,40出头。这家人是不远一个村落戴帽地主家庭,受尽了世人的白眼。改革开放了,地主摘帽了,而当家人却激动得死了。尽管她们不再遭别人白眼了,可以和贫下中农平起平坐了,可一个寡妇带着女儿耕种分到的4亩薄地实在吃不消。

母女俩一个推着独轮车一个在前面拉着车往地里送粪。汗水湿透了母女俩的衣衫和头发,胸部的线条凸显出来,特别是母女两人汗湿的脸红通通的,显得分外妖娆动人。铁蛋看呆了,连步子也迈不动了。当车子路过铁蛋身旁时,歪倒了,粪撒在地上。

巧珍说:"妈,歇一歇吧,就最后一车了。今天真倒霉,每趟车都歪倒三回。"由于累得呼吸急促,她的胸部一起一伏的,像波浪。

木兰说:"嗨,大小伙子,帮帮忙好不好?别站在那里傻看。"

铁蛋醒过梦来,忙上前帮忙,他用铁锨三下五除二把粪收回车里,两手轻松地推车前进。他问:"哪块地是你家的?"

巧珍说:"前边左手路边那块有玉米茬的地就是。"

铁蛋说:"你们俩歇着吧,俺一个人就行。"说着他把粪送到了地里。铁蛋一边撒粪,一边高声说:"去年的玉米茬还在地里,这怎么行?应该在去年收了粮后,就深翻土地,一冬天的太阳把深翻的土地晒熟了,开春再翻回去,这样才能多收粮食。你们当家的太懒了,这样种地,你们要喝西北风了。"一边说着,他一边用铁锨把带着庄稼茬的土地深翻过来。他膀大腰圆,身上有使不完的力气。不消两个时辰,他把4亩地全部深翻完毕。然后把玉米茬根挑拣出来,堆成几堆,挖个坑掩埋了。

铁蛋对在地头歇着的母女说:"把庄稼茬埋了沤肥料,既环保,又不糟践东西。"

巧珍说:"娘,你瞧他轻松地把活干完了。这些繁重的活计在咱母女俩手里要干几个月也干不完,而这个壮小伙子不消两个时辰就全干完了,干农家活没有男人真不行。"

木兰说:"小伙子,你真行,身大力不亏。过来歇一歇。是哪村的?成家了没有?"

铁蛋擦了把汗,腼腆地走过来说:"我是石匠,所以力气大,这点农活根本不算啥。我是石头窝村的,还没成亲,也没对象。过去人家是看不起咱,嫌弃咱是穷光棍儿,见了俺就像躲瘟疫一样。现在俺和爹生活富裕了,当年拒绝过俺的人家又回过头来说媒,俺才不要呢,所以一个也没看中。俺家还是像筷子一样,横竖戳着两条光棍。"铁蛋幽默风趣的话和同样遭过别人白眼的经历,一下子拉近了和母女俩的距离。

巧珍问:"你叫啥名?"巧珍欣赏这个大小伙子,想问个究竟。

铁蛋:"俺叫铁蛋。石头窝村最漂亮的两栋房子就是俺和爹的。好找。俺走了,再见。"铁蛋撂开大步走了。

夜晚,不光是铁蛋躺在床上辗转反侧,巧珍母女俩也都在辗转反侧。木兰躺在被窝里对辗转反侧的巧珍说:"我知道他和他爹的事,他爹姓宋,以前当过和尚,是个大好人。他是宋和尚捡来的要饭孩子,吃过人肉,那是过去的事了,饿得没办法,不然他也活不下来。过去人们都讨厌他,就像咱家是地主,到处遭人家白眼一样。听说他们现在靠采石发了家。你要喜欢他,我明天找个媒人去说亲。看得出来，他也喜欢你，不然，他不会这么卖力气帮咱翻地。他看你时，眼睛绿得跟饿狼一样，一直盯着你的胸部看，哈喇子都要流出来了。"

巧珍说："娘，你净瞎说。我怎么没注意他的眼睛像饿狼一样，什么哈喇子都要流出来了？"

木兰说："傻闺女，你怎么连这点都看不出来？也难怪，娘是过来人，知道男人喜欢啥，你没沾过男人，所以不懂。你看人不看人的眼睛，只盯着地面，当然啥也看不见。话说回来，咱家还真需要壮劳力，你也不小了，该找婆家了。这门亲事，很般配，娘满意。就是你嫌不嫌他吃过人肉？"

巧珍说："娘，俺小时候听你说过这么一个小孩，还把他爹的手指吃了，没想到是他。要是在过去，俺绝对不乐意。可是今天见了他，挺英俊的一个小伙子，不像有吃人的毛病，不过想想也挺可怕的。万一他犯了病，真把谁吃了可不是闹着玩的。他到底为什么要吃人肉和他爹的手指头，还是弄清楚了才好。明天我和您一块去他家，一方面感谢他帮了咱，另一方面见见他的爹，问问清楚才是。"

木兰说："孩子，你说得对，婚姻大事，不可儿戏。找媒人传话，不如自己去问。宋和尚是个大好人，做了不少善事。娘倒真想见见他。再者宋和尚不会说假话，会把一切都告诉咱的。"

第二天一早，这母女俩挎着一篮子自留地产的新鲜蔬菜和刚采来的野蘑菇，前去酬谢铁蛋。

木兰问："铁蛋不在家？"

宋思远出来回答："对不起，他出门干活去了。您是？"

木兰说："我们是李家村的，专门来答谢铁蛋的。他昨天帮助我们翻地，真是帮了大忙。这是你和铁蛋的家？真漂亮，像城里的别墅啊，真让人羡慕！"

宋思远说："哦，进来坐，参观参观，这是客厅，这是厨房，这是卫生间，和城里人一样都有冲水马桶和淋浴室，还有24小时热水的太阳能热水器，泡澡用的浴缸。"

木兰说："太豪华了，太讲究了。"

宋思远不凡的谈吐，和播音员一般悦耳的琅琅声音，让巧珍妈着了迷。年近60的老和尚，腰背挺直，身体健壮得像40多岁的人，脸上没有一点褶皱，充满活力，而且没有一根白发。他语速不紧不慢，待人接物，彬彬有礼。他先礼貌地说："感谢你们的造访，坐，喝茶。你们专程来谢铁蛋，就不必了。都是乡亲，谁帮谁都是应该的，大可不必谢来谢去。如果需要我们帮忙，请尽管说话。你们母女俩过日子，着实不容易。山里的庄稼活计，没有轻省的，没有力气，日子一定很难。"

他这般体贴的话，说得木兰眼圈都红了，恨不得扑在宋思远怀里痛哭一场。但是她们没有忘记来这里的使命，问："听说铁蛋当年吃人肉，咋回事？"

宋思远说："铁蛋这孩子，吃人肉是不得已的，是灾年逼的。他死里逃生，命不该绝。我希望你们理解的是，他不是怪物，也没有毛病，他不是爱吃人肉的凶煞恶魔，也不会再吃人肉。如今他三十好几岁了，还没成家，我这个当爹的实在为他着急。你们如看到有合适的，麻烦帮助说合说合。思远将感激不尽，这里有礼了。"宋思远双手合十，深深向母女俩鞠了一躬。反而弄得木兰母女俩不好意思了。母女俩便告辞了。

她们回家商量的结果是可以考虑这门亲事。木兰说："我去找媒人第二天上门去提亲。"

媒人来了，和木兰说话，走出了房门。巧珍看出了母亲的心思，她在送媒人出门的时候，小声对媒人说："请顺便把母亲木兰说给铁蛋爹。"媒人点头，走了。

晚上铁蛋回来，宋思远说："木兰母女俩来过，专程来感谢你的。"

铁蛋非常兴奋："爹快去找媒人明天上女方家去提亲。她家的巧珍，俺相中了！"

宋思远说："我这就打电话叫媒人来。"

媒人进了门。宋思远和媒人嘀咕了一会儿。

媒人点头称是："包在俺身上！"

铁蛋把媒人送到门外，说："请顺便把巧珍娘说给俺爹。他一辈子没有女人，也该享享福了，不然俺结婚也不踏实。"

媒人说："好，你们就擎好吧！"

第二天竟出现了两个媒人分别代表男方和女方到对家去提亲的戏剧性场面。而且撮合的竟然都是把母女俩嫁给父子俩。

木兰母女俩接受了这父子俩托的媒人带着的重礼，点头答应："好好好，都答应！"

而女方的媒人并不顺利。宋思远说："铁蛋的亲事没有问题，我的亲事就别提了，免了吧！"

儿子铁蛋说："爹，你别不知道好歹，木兰娘哪一点配不上你？人家要模样有模样，要身材有身材，心眼好，不嫌弃您吃斋念佛。人家一心要服侍您，您就别给台阶不下了。"

宋思远念了声："阿弥陀佛"。

铁蛋说："别用'阿弥陀佛'打掩护。说白了，你现在根本不是和尚，说大了点是个居士。而吃斋念佛的居士都是在家修行，有老婆有儿有女，啥也不耽误。怎么你就不能成个居士呢？你教给俺读书，宋代的苏东坡就是个大居士。他还给他的亡妻写过'十年生死两茫茫'的诗句。你比苏东坡强吗？你根本没法跟人家比吧？欧阳修也是个居士，有老婆有儿女，你比欧阳修强吗？肯定没法比吧？赵朴初也是个居士，儿女成行。你能跟政协副主席赵朴初比吗？你也比不了吧？所以你念阿弥陀佛并不妨碍你成家娶老婆。不瞒你说，俺已经托媒人到巧珍家把木兰说给你。没想到人家的媒人也同时到了咱家，说的都是一码事，可见巧珍娘已经同意了下嫁给你。你不要驳人家的好意。要不木兰的脸往哪儿搁？怎么下台？再者说，你要不结婚，我也不结了，要不痛快，就都别痛快！"

对方的媒人也接着敲边鼓："人家托我可是要嫁两人，不是一个。如果只娶一个，人家还不嫁呢！"

一会儿宋思远托的媒人也回来回话说："人家母女都同意嫁你父子俩，并不在乎同一天结婚。"

俗话说，"三人成虎"，在俩媒人和铁蛋的劝说下，宋思远的心理防线崩溃了。

十

父子俩在同一天举行了婚礼，这在当地引起了轰动。村民来凑热闹的很多。婚礼也很体面，铁蛋花钱请来了戏班子唱戏，还从出租汽车公司租用了奔驰车接两位新娘。

这娘俩从未坐过小汽车，在颠簸的山路上，俩新娘都吐得一塌糊涂，下了车晕乎得站不住脚。

好在两栋新房都有可以洗浴、化妆的卫生间，俩新娘分别洗了澡、化了妆，才出来举行婚礼。这两个庄稼女精心打扮后，一点也不比城里的女人逊色，反而还多了一番纯朴健康的风采。

父子俩雇人在院子里摆下10桌酒席，由着山里的乡亲们可劲儿造，每桌上都有两斤糖果、两斤花生、瓜子和两盒烟，任来宾随便拿。全村像过大节一样，喜气洋洋，人们都为老和尚高兴。

都说："还俗和尚终于守不住了，终于要体验人间美事了。"

甚至在婚礼上高声向大家宣布："从今天起，谁也不许叫宋思远为老和尚，谁也不许再提'和尚'这个词了！"

引得大家哈哈大笑。

那晚上闹洞房的人彻夜不散，他们似乎一定要知道老和尚是怎么破色戒的，听房根的人也着实不少。

村长看闹得太不像话，就往外哄人："看什么看，听什么听？没见过你爸你妈睡觉吗？快滚回去，别在这儿起哄，让老和尚干不成。"

有坏小子接茬儿："呀，你不是说不许再叫老和尚了吗？你怎么带头叫起来？你说老和尚干不成是啥意思？"

村长恼羞成怒，笑骂道："妈了巴子的，明知故问，滚，快滚回家去。"

而整个石头窝村都沉醉在幸福之中，就像全村人都喝醉了酒，疯疯癫癫、手舞足蹈、胡言乱语。

第二天一早，这两对恩爱夫妻吃饭。宋思远一个人吃素，而木兰和女儿、女婿一起搭伙吃饭，有鱼有肉，丰盛滋补。

人逢喜事精神爽，宋思远更显得年轻了许多，走路也更加健步如飞，嘴里还哼着小曲。"谁不说俺家乡好呀，得呀呦喂。"

一年后，木兰和女儿巧珍肚子隆起，一起临产。

山里的医疗条件不好，公社卫生院离石头窝村有 70 多里地，所以一般女人生孩子都由接生婆照料。

在两栋高大的石头建筑里，两拨接生婆同时在忙乎。巧珍那边顺顺利利产下一个女儿，而木兰这边难产，还引起了大出血。高龄产妇生孩子仿佛过鬼门关。大量的出血把接生婆吓坏了，慌忙奔了出来，见到宋思远说不出话来。

正在和儿子铁蛋还有村里的男人聊天的宋思远，见到接生婆如此慌张，有了不祥之感，他问："生了吗？是男孩还是女孩？"

接生婆把脸憋得通红，好不容易憋出一句话来："快送卫生院，木兰快不行了。"村里人于是弄来了一辆救护车，风驰电掣地奔向医院。在送医院颠簸的路上，木兰生下了一个男孩，但送到卫生院后，木兰因失血过多离开了人世。

噩耗传来，宋思远一下子苍老许多，挺直的腰板变成了罗锅，脸上出现了许多皱纹，头发一下子全白了，人也失去了生气。他用自己的巴掌使劲抽打自己的脸，大声说："是我害了她，是我害了她。我要是不结婚，她今天还活着！我要是不破戒，她今天正欢欢喜喜当姥姥！是我害了她！是我害了她！我不是人，不是好人！该死的怎么不是我呀！"他凄惨的号叫把人们的心都号碎了。

铁蛋冲上去抱住了爹的双手，他说："爹，您别打了。要打您打我吧！"爷俩抱头痛哭。

从此宋思远完全变成另外一个人，变成了一个木讷浑浑噩噩的老人。他再也不关心孩子和采石的事，把一切都交给铁蛋去打理。他重新念起了佛经，百念归一，一心向佛。每日凌晨三时起来诵经祷告，然后去村外捡粪。每晚诵经到深夜，十年如一日。

铁蛋的孩子和木兰的孩子一起由巧珍喂养。巧珍的两个大乳，刚好派上了用场，一边喂一个孩子。一男一女两个孩子，一起吃奶，一起玩耍。

两个孩子一块上学。同在一个班，都戴着红领巾。

有一天，宋思远忽然把铁蛋叫到身前慢条斯理地说："儿子，我该走了，菩萨叫我给拿神水瓶。"

铁蛋说："爹，您又开始说胡话了。"

宋思远说："我没有说胡话。你弄辆车送我到青龙寺，我要给老方丈和蓝校长上坟烧纸。把这个事了了，我就该走了。"

山路上，一辆汽车在行驶。车上坐着宋思远和铁蛋。

汽车开到青龙桥中心小学。两人下车。

他们跟门卫交涉了好半天，门卫说："不行，不让进，这个小学已经是北京市重点小学，有1700多名学生，怕你们影响孩子们读书。"

宋思远说："我就在门口等着，等孩子们放了学，我们进去。这里的后院花园里埋着老方丈和蓝校长，他们是我的好朋友。我来日无多，今天来给他们上上坟，以后就再也不会来打搅了。"

门卫说："后院早已经没有花园了，现在是大操场，平着呢，根本就没有什么坟头。"

宋思远说："我要亲眼看一看，才相信，才放心。"

门卫说："看您老的确真诚可怜，不像是来捣乱的，好吧。放学后，我带你们进去。"

放学的铃声响了，孩子们走出了校园。门卫带宋思远和铁蛋来到了学校的后院，这里果然成了平展展的大操场，宽阔豁亮，根本寻不到坟头的影子。

宋思远问："你们这儿还有老教师没有，他们一定记得这里有两个坟头来着，他们把坟迁到哪里去了？"

门卫去问了一圈，回来说："从中华人民共和国成立前教到现在的老教师一个都没有了，不是升官，就是退休，而且大部分都离开了人世，没有人记得那两个坟头。"

宋思远呆了。

铁蛋说："爹，回家吧！"

十一

入冬了，下大雪。瑞雪兆丰年。

宋思远在诵经。尽管手里没有一本经书，但是凭他年轻时过目不忘的功底，小乘、大乘等无数经文他都能清晰记得，琅琅背诵。

宋思远开始了彻夜诵经。他要把一生的罪过通过诵经得到弥补，使灵魂得到解脱。他认为他这一生只做过一件错事，那就是不该娶巧珍妈。要是他不娶木兰，聪明贤惠的木兰现在还活着。

大雪片在飞舞。干儿子铁蛋早上起来，喊了声："爹！"

没有听到回答。

铁蛋又喊了一声："爹，您起了没？儿媳把早饭准备好了。"

还是没有回答。

铁蛋又喊："爹，您没事吧？"

还没听到回应，铁蛋就伸手敲门。敲了半晌还是没有回音，铁蛋心慌了，怕老爷子有个好歹，就一脚把门踹开了，眼前的景象让他大吃一惊，着火的电热褥在雪白的墙壁上熏出五朵莲花图案，火不知道怎么就熄灭了，就在这当口，一生吃斋念佛的宋思远就离开了人世。

铁蛋号啕大哭起来。全村人都被惊动了，特别是看到宋思远是驾着五朵莲花走的，无不惊叹，拍手称奇。一传十，十传百，连村干部、镇领导都来吊唁参观，看了五朵莲花图案之后，感叹不已。纷纷说："老人家不是凡人，无论是活着还是死，都和别人不一样。"

山路上，送葬的队伍很长。儿子铁蛋亲手用工具为爹敲凿出一副石头棺材，石棺的四周和棺盖上都雕着那奇妙的五朵莲花。

五朵莲花，是老人家留给世人最后的惊奇。铁蛋为爹披麻戴孝，为老人家送行，实现了40多年前他跪在宋思远面前说的誓言。

剧本……

— 41 —

太原爱情

一

太原某技校毕业典礼礼堂。

22岁漂亮的赵慧和同学们拿到毕业证书，非常高兴，搂着同学集体跳起来，面对摄像师拍悬浮照。

"毕业啦！"

"耶！"一片嗨翻天的快乐叫喊声，如潮水！

一位教师员工急匆匆走到赵慧跟前说："赵慧，你出来一下，你弟弟来找你，有急事！"

赵慧赶紧跑向礼堂外。

夏天的日头，比蝎子蜇还毒。赵慧刚走出毕业典礼的会堂，就被像被万根蝎子尾巴般的日光蜇住了，全身热辣辣地刺疼，每个毛孔滋溜地渗出了汗液，特别是腋下和胸部凸起的丰满部位下面，汗液渗透了薄薄的绿纱裙。与冷气开放的礼堂相比，日头下，简直就是冰与火两个世界。她那双妩媚的杏核眼，不得不眯成一条细缝，攒足了吃奶的力气，才定睛看到人流中像柱子一样立着的瘦高的12岁弟弟赵阳，只见他白色的衫儿已经被汗水湿透，衣服紧紧贴在胸膛，被日头晒得通红的小脸，挂着一串熠熠反光的泪珠。而他两条浓眉下的眼睛，也眯成一条缝，正在焦急地寻找着什么，直到发现了姐姐，才哇的一声哭起来。

赵阳说："姐，不好了，爹和娘挨了车祸，在医院里，快，快，爹让额（我）寻你！他有可圪紧的话儿交代你！"

赵慧听到噩耗，犹如晴天霹雳，使她从毕业典礼的喜悦中一下子变得焦急和悲哀起来。"在哪个医院？快带姐去！"她急促地说。

赵阳说："就在太原第二人民医院，离这不忒老远！"他的声音已经嘶哑。

赵慧说："打个车，姐兜里还圪动着20块钱！"

姐弟俩拦下一辆出租车，风驰电掣、弯儿圪溜地奔向医院。

在车上，赵慧问："咋出的事？他老俩早日头升，屁股就圪蹴在摊位的板凳上，卖鞋垫和鲜榨汁吗？"

赵阳说："额（我）刚放学回家，邻居张婶告诉额（我），爹和娘抬着坏了的榨汁机，横穿马路去修理店，就被一辆车给撞了。"

赵慧说："车，啥车？报警了吗？"

赵阳说："张婶说，黑色小轿车，外地牌照。撞倒了人就跑了！张婶报的警！车早跑没影了。"

赵慧说："爹也被撞，娘也被撞？"

赵阳说："爹被撞得还剩半口气，让额（我）寻你。娘昏迷着，莫吭一声。"

赵慧感叹道："唉，咱家惹了哪个鬼？屋漏偏遭连夜雨，行船又遇顶头风！烦糟心事都不落空，老天爷真不长眼啊！"

二

出租车上。

赵慧说："咱家咋这么倒霉！咱姐弟俩的父母是残疾人，一对瘸子。还赶上了车祸！一家人原来住在晋中农村。要是老老实实在农村待着，也不会碰上这个倒霉事。娘会用缝纫机制鞋垫，就让爹拿到太原城里卖。卖一次两次也就罢了，后来摆起了地摊天天卖。天天卖也就罢了，城管清理市容，发现了咱一家生活困难，就在集贸市场内，免费提供了一个摊位。日子才刚刚有了起色，额也毕业了，马上就能挣钱养家了……可是……"

【回闪】

46岁的赵葫芦在摊位上卖鞋垫。他对老伴刘敏唠叨："好市莫赶，烂市莫丢。九等买卖十一作。快不赶，慢不懒。能叫（宁叫）人等客，莫叫客等人。气大隔财，和气消灾。三分利吃饱饭，七分利钱饿一半。挑剔是买主，喝彩是闲人。"

45岁的刘敏说："老头子，每日圪挤（闭着）着眼睛，唠叨没个完，烦不烦？额最大心愿是希望娃娃们能顶起门户。"

年轻英俊的24岁民警钱大海，提着一台榨汁机，对赵慧的爹赵葫芦说："赵大爷，这个是我们派出所大家伙凑钱送您家的一台榨汁机，免费给您做小买卖的，您在卖鞋垫的同时也卖鲜榨汁。我教您怎么用。"

他边示范边说："透明的榨汁机可以把圆圆的橙子变成颜色诱人的液体，黄澄澄的果汁在透明的机器中飞转，形成瀑布和涡流，给人以美的感受。一个脐橙可以榨出一杯果汁，游客可以观看榨汁的过程，再加上这个机器有加热和制冷功能，顾客想喝热的或冰凉的，只要按一下冷或热的按钮，就可以满足顾客的要求。这个生意在夏天尤其红火。"

赵葫芦说："太感谢你们人民警察了。帮额找摊位，还帮额找活路！额给你跪下磕三个头！"

钱大海说："赵大爷，使不得，使不得。盼望您老好好做生意，多赚钱。以后有什么事，就找我。这是我的电话，您拿着我的名片。"

赵葫芦接过名片，眼里充满感谢之情。

【回闪结束】

出租车上。赵慧的弟弟赵阳说："要不是咱爹赚了点钱，就不会在太原城里集贸市场附近租了三间平房，就不会把一家人都搬到城里住，要不是那台榨汁机，爹就不会摊上这倒霉事了。都是钱大海那个榨汁机惹的祸！"

赵慧说："别这么说，钱警官是好心。他追求你姐，姐还答应他呢！知道你看不惯他。姐不怨你。娘和爹都非常喜欢这座城市，太原是一座历史文化名城。自古就有锦绣太原城的美誉。爹说太原人讲诚信。'秤平斗满，天子绷展。让人买真主顾多！生意靠实诚，买卖凭本钱，买死了店户年年在，卖死了客人永不来。真金不怕火炼，好货不怕铺摊。'这是太原流行的民谣，这里淳朴的民风让咱一家美得太！按照爹的话说：'起面（白面）馍馍不就菜，油泼辣子美得太！太原人不打谎，好话暖在心窝窝上！甜菜熬成了糖，抹到嘴里喜洋洋！'这就是爹和娘喜欢太原的原因。"

赵阳说："啥美得太，飞来横祸偏偏不偏不倚地找上门了。额就说，钱大海就像夜猫子进门，带着丧门星来的！要不是那台榨汁机……"

赵慧："别说了，钱大海追求额，你个当弟弟的，横挑鼻子竖挑眼，碍你啥事了？你报警了，警察咋说？"

赵阳说："只是记录下来了。没说啥别的。"

下了车，付钱后，姐弟俩手拉着手跑进了ICU重症监护室。

三

赵慧看到爹娘分别在两张床上躺着，脑袋上和胳膊上都缠满了绷带。她先摇了摇娘的手，哭喊着："娘！娘！额（我）是慧儿。你咋了？"可是刘敏在昏迷中，没有任何反应。

赵慧的爹说："慧儿，慧儿！"赵葫芦呼唤着女儿。

赵慧说："爹，额（我）在这儿！"赵慧来到爹的床前，双手拉住爹一只手，关切地问："爹，你怎么样？疼吧？你要甚？"

赵葫芦说："孩子，爹不行了，今后，这个家，就托付给你了。你……

要照顾好你兄弟，还有你娘。"

赵慧哭着说："爹，你放心，慧儿记住了。"

只剩半口气的赵葫芦满意了，那只颤抖的手，松开了，那颗只跳动了46年的心脏，渐渐地停止了。

"爹！爹！"赵慧和赵阳同时焦急地呼唤着，但是爱他们、给他们温暖和慈爱的爹，走了。

四

24岁年轻英俊的民警钱大海怀里抱着一抱花推开了急救室的门，看到这番景象，扑到病床前："赵大爷，赵大爷！"

赵阳一脸鄙视，说："别喊了，人都走了。"

赵慧说："钱警官，你们当民警的，一定要找到肇事车，找到逃逸的凶手！"

钱大海说："赵慧，你放心，我们一定全力追查。我的同事正在调取监控录像。太原是大城市，到处都是监控探头，那个交通肇事还逃逸的嫌疑人逃不掉的，一定会找到，一定还你家一个公道！"

赵阳说："等有了公道，你再来找我姐，没有公道就别来添堵！都是你那台榨汁机惹的祸！"

赵慧说："赵阳，别胡说，你咋这不懂事呢！这是那辆车撞死了咱爹，撞伤了咱娘，和钱警官送的榨汁机没关系，别把好心当作驴肝肺！"

赵阳说："夜猫子进宅，无事不来！"

钱大海说："没见过你这么当弟弟的。好了，我把话撂在这儿，不抓到那个交通肇事的嫌疑人，我绝不见你姐和你！"

说完，钱大海转身走了。

赵阳鄙夷地把那抱花扔在地上。

而赵慧，却小心翼翼地把花捡起来。

五

太原老城区的城市道路是棋盘式的格局，横平竖直。

一处陈旧的平房四合院，三间东房是赵慧一家租下来的住处。堂屋设立了灵堂，赵葫芦带黑框的照片放在正中墙上，白花、白纸钱堆在桌子上。

邻居张婶安慰赵慧说："是福不是祸，是祸躲不过。你一家真是可怜人！"

穿着白孝衣的赵慧说："谢谢张婶和邻居们，帮助我们姐俩办理丧事。"

赵慧把亲手制作的上供祭奠用的大馒头端了上来。她对弟弟说："上寿蒸馒头——寻的挨比头。在太原，大馒头不是给人吃的，是专门祭奠死者用的大馍。而常人吃的叫'馍'，个头要比馒头小很多。不吃馍儿不叫饭，黑馍馍多就菜，丑人多作怪。老汉离不了婆婆，娃娃离不了馍馍。馍馍不好一算子，庄稼不好一季子。馍馍吃够，万事不愁，正月亲戚多，馍馍换馍馍。"

穿着孝衣的赵阳说："姐姐你3岁就学会做馍馍，这举丧间，你做的大馒头大得像个大笆箩，把哀思全部揉进馒头里。惊讶了大家伙儿！姐姐居然能做出这么大的馒头，给爹的葬礼增添了范儿！"

穿着警服的钱大海赶来了，他向遗像三鞠躬，献上小白花。然后对赵慧说："赵慧，我今天来就是告诉你和赵阳，那辆肇事车的车牌被监控拍下来了，是北京牌照。发到北京交管局帮助协查，是辆高干子弟开的车。肇事的开车人，逃逸后，很快就去了美国，一时半会儿联系不上。不过你们姐弟俩别着急，跑得了和尚跑不了庙。他的父母也是高官，我来和你们商量是否要找他的家长交涉赔偿问题，也是解决问题的一个办法。"

赵阳说："呸，等了半天，就是这么一个结果？你也好意思来？有什么好商量的？欠债还钱，杀人偿命！一命换一命！必须要拿那个王八蛋的命来祭奠我爹。再说我娘还躺在医院里昏迷了 20 多天，虽然脱离了生命危险，但是颅脑受损，成了植物人。在重症监护室一天的花费上万元。这钱必须他们出！"

赵慧说："别抱怨没用的了赵阳。钱警官，辛苦你了。你找他的父母协商解决也中。交通法额读了，肇事逃逸，应重判。但没有死罪。何时能抓肇事者回来，是你们警察的事。眼下，最要紧的，还真是这重症监护室的费用，这么高，我只借来了 11 万，根本不够。我娘不能再住在那儿了，我今天就把她接回家。你也知道，再孝顺，也会因没钱而麻儿吃烦。"

钱大海从兜里掏出一个信封，递过来说："这是我三年积攒的 5 万元，你先拿去用。"

赵慧摇摇头说："不能要你的钱。你才工作没几年，你老家是长治的，也是农村人，不富裕。你走吧。再说，咱俩八字还没有一撇呢！"

钱大海："我不管有没有一撇，你家的情况确实困难得吃紧，你先拿去用！"说完，他把钱塞在赵慧手上就走了。赵慧赶上去，把钱塞进警车的车窗！

六

医院。

院长说："赵慧，我们全医院医护人员本着人道主义精神捐款了 4 万元，并减免了多项医疗费用，再加上你这 11 万，还差 11 万元。不过钱先欠着吧！一旦肇事的车主找到，一切费用将由他承担。交通队正在全力追查肇事逃逸的车辆和肇事者。我们相信会有好结果！"

赵慧说："谢谢院长，谢谢医院的人捐款。我先把娘接回家了。"

院长说："你娘暂时是植物人，你每天喂她点有营养的液体食物，多和她说说话，按摩，也许会醒过来的。不过，把屎把尿、翻身洗澡也是必需的日常护理，不然就会长褥疮。"

赵慧说："我记下了，再次感谢院长和医生护士的捐款与救治。走啦！"

赵阳和赵慧把娘抬到三轮平板车上，向家走去。

画外音：照顾植物人的娘和上学的弟弟成为赵慧生活的重心。赵慧给娘按摩身体、喂饭、接屎接尿，定时翻身，并隔天洗一次澡，她希望娘有一天会醒来，希望娘在自己的精心照顾下快点好起来。

七

赵慧家。

隔壁的张婶，50多岁，1.5米的小个子，晋中人，一口黄板牙，但是为人热心。她来看望赵慧和她娘并带来一篮子鸡蛋和蔬菜。

张婶同情地说："那天，额（我）一圪瞅，车逼过来了，吼你爹娘，可就是厮跟不上。那个王八车，碾了人，还圪跑了。你爹，没的快，遭罪不圪挠疼。可你娘圪挠着疼，遭老罪了！这麻儿圪烦的日子甚时是个头？她要是几年都不醒不过来，你要圪挠伺候她一辈子。孩子，雇个人吧。看你瘦成甚样了！本来漂亮得像个画里的仙女，现在瘦成了麻秆。唉，都怪那个黑心的开王八车的。这年月，人心都圪离变了味，没了人味！"

赵慧说："谢谢张婶。雇人照看额（我）娘，哪来的钱啊？额（我）夜里踩缝纫机做了几十双鞋垫，可是白天要照顾娘，没时间卖。张婶，您找个人帮额（我）代卖鞋垫吧。"

张婶说："找人代卖不难。你放心交给额（我）吧。你黑夜不睡，白天也睡不成，白眉瞪眼，这么折腾，人要垮的。一双鞋垫，不值几个钱，累死了，顶多搭条命。"

赵慧说："爹走了，娘还在，家就有了主心骨，家还是个家。照顾她，是额（我）应该的。额（我）没甚本事赚钱，这就是额（我）的命。"

张婶叹了叹气,聊了一会儿,要离开,并取回空篮子。空篮子里有一张小广告,张婶找了找屋内没有垃圾桶,就边走边说,"路上净是发小广告的,硬是圪挤着往你手里塞。你当废品卖吧"。说完她把小广告放在桌子的鸡蛋上了。

送走了张婶,赵慧给娘翻了个身,然后擦洗,接着打扫屋子。张婶留下的小广告,引起了赵慧的注意。上面印着花花绿绿的照片和醒目的标题:"天使宝贝计划",仔细一看是招揽愿意提供卵子和代孕妈妈的广告。(特写)提供一个卵子,可以得到6万元。医学专家说,提供卵子对女性身体"没有任何伤害",还有利于"消除痛经"等病症。

赵慧读道:"结婚多年,盼子心切,请好心人帮个忙,积德行善!报酬丰厚。呸,这个广告肯定是骗人的!"

她把这张纸和家里存的准备卖钱的废纸摞在一起。但是,当她把广告放在墙角的废纸摞上时,又扫了一眼广告的内容。

她说:"正应了那句话人穷志短,马瘦毛长,缺钱的我偏偏对捐卵给6万元动了心。"

她跑出去,找到公用电话,按照广告上的号码打了过去。对方要求她先登记表格,填写有关个人年龄、健康和遗传史方面的资料。并说,他们就在太原城内办公,希望她最好来面试,可以当时给定金。赵慧问了定金是多少钱,对方说5000元。

赵慧一边向外走一边自言自语:"5000元,对于制作一双鞋垫只能赚一元钱的我来说,已经是天文数字,让我看到了希望,改变贫穷现状的希望。"

八

她寻着地址找到了坐落在太原古城西大街最繁华地段,一栋新建筑,装潢豪华气派的"天使宝贝计划中心"。在大厅里,接待小姐穿着笔挺的西服,戴着领带，温文尔雅、彬彬有礼地把她领到一间办公室。办公室的经理是一位穿着考究戴金丝眼镜的中年女性，面庞姣好，神眉画眼，口鼻精致，皮肤白皙，风韵十足，操着天津口音，热情地请她坐在皮质的沙发上，并让接待小姐沏茶待客。赵慧感觉到被人尊重的温暖。

不过，这位姓李的经理对赵慧递过来填写的资料表，看了一眼后退回给她说："姑娘，很遗憾，你不符合条件。"

本来带着试试看的心情，但是一听自己不合格，赵慧倔强的劲头偏偏给勾上来了，问："为甚不符合？额（我）身体很健康。"

李经理和蔼地解释说："这不是健康的问题，我们一般要求捐卵的对象必须是结过婚的、育有一名健康孩子、身体健康、34岁以下的妇女。同时必须进行健康检查和严格筛选。"

赵慧立刻感到了挫败，但是不服输的她问："额（我）22岁，未婚，岂不是比那些年龄大的更健康，更有优势？为甚反倒不合格了？"

李经理说："赵小姐，我叫李丽，你叫我李姐吧，我比你大，我的女儿和你年龄差不多。我看到你就像看到了我女儿。对于生育来讲，你这么年轻、漂亮，也许是最有优势的，但是，你还是姑娘，取卵是要破坏处女膜的，对你今后结婚会有影响，所以，我们不能这么做。我们是信誉良好的代理公司，既维护卵子提供者的利益，也维护顾客的利益，信誉第一，服务至上。"

赵慧明白了，但是一想到家里确实需要钱，她说："额（我）不在乎。额（我）爹刚被车撞死，娘被撞成植物人，额（我）弟弟在上学，李姐，额（我）没有办法，才来找到这，不然谁愿意干这个。"

李丽听了后，感到惊讶。然后，她同情的眼泪落了下来，白润的脸变得通红，她真诚地握住赵慧的手说："你是个孝女，这个时代，孝女不多，你就是她们的榜样。我不需要你的卵。我这里有1万元，送给你，你拿去贴补家用。如果用光了，你再找我。我也是女人，曾有过瘫痪的婆婆，知道伺候一个瘫子有多难。"她把一摞钱塞到了赵慧的手上。

赵慧很感动但是把钱推了回去，连连说："不要，谢谢李姐的好意。额（我）不能要你的钱，无功不受禄！"

"不，你拿着，算我一点心意。今后有什么困难，尽管来找我，我们俩有缘，一见面就亲！再说，太原人最讲究诚信，虚怀若谷，心宽得可以装得下天下。我这个外乡人来到这里，耳濡目染，能不学习吗？俗话说，'近朱者赤，近墨者黑'。是你们太原人把我这个锱铢必较的人改造得懂得什么叫担当，什么叫责任。就算我求你成全我做点慈善吧！"说着她把钱又塞到赵慧手里，尽管赵慧几次想推回去，都被她推回来，并把她推出了办公室，让接待小姐送赵慧下楼。

就这样，赵慧带着1万元回家。走在路上，自言自语："这个世界上，好人还是多！"她伸张出双臂，感慨着，"太原，真是好地方，民风淳朴，诚信天下，名声在外，四方敬仰。"

九

赵慧家。

赵慧的远方亲戚、她的表姨宋子嘉挺着大肚子来看她，表姨就是穷困山村里的代孕妈妈。

赵慧："姨妈来了，大着肚子，这么老远，多不方便。我爹已经下葬了，没大操大办，也办不起。"

宋子嘉30岁，相貌漂亮。她说："知道了，不来一趟，心里过意不去呢！你也技校毕业了，要找个好工作。别像你姨妈我，只好嫁给本村务农的小伙子，生了一个闺女。"

赵慧说："现在找工作难，拼爹拼关系，我没关系，找不到工作。毕业就等于失业，可街道说不叫失业，叫待业。"

宋子嘉说："别着急，四处打听着点，总会找到工作的。老话说，老天爷饿不死瞎家雀儿！"

赵慧说："姨妈，你这是怀的老二，是男孩还是女孩？几个月了？"

宋子嘉说："是老二，又不是老二。别人的。这趟来，就是到大医院做个B超，看看是男孩还是女儿。"

赵慧说："别人的？姨妈偷汉子？给姨夫戴绿帽？"

宋子嘉说："没你想的那么下流，是代孕。有人出了天价，80万元。从确认怀孕那一天起，每月可拿到2万元，还有价值不菲的营养品，可以说家里衣食不愁了。"

赵慧说："我国法律不允许，是非法的，出现纠纷，法律不保护。"

宋子嘉说："外甥女，没甚可怕的，额（我）觉着日阳窝儿晒暖暖，一晒一对儿灰板板，真的挺好，忒好了！美得太！反正女人都要生孩子，给自家老公生，没钱，还受穷。可是给别人生，有钱，从此让你不再为钱麻儿圪烦。只要不闹到法院，民不举，官不究。总比受一辈子圪挠穷强！"

赵慧问："额（我）姨父愿意吗？他不成了圪纠戴绿帽子的？"

宋子嘉说："他乐意。这不是戴圪纠绿帽子，是没有身体接触，卵子也不是额（我）的，精子也不知道是谁的，在医院医生把受精卵植入额（我）身体里，就这么简单。一个月后，额（我）知道怀上了，拿着化验报告找代理公司签合同，就顺利地松里忽塌拿到了钱。"

赵慧的疑虑打消了，她问："不是一般20万元以下吗？谁代理的？"

宋子嘉说："就是那个'天使宝贝计划中心'的李丽。她说，只要生男娃，只要婆姨长得好看，年轻，价格就高。你姨额（我）可是村里有名的美人，为什么还不值80万元？额（我）后悔要少了，要是今天有人找额（我）代孕，起码100万元。"

赵慧说："李丽？'天使宝贝计划中心'？要是能拿到100万元，额（我）也想试试！"

宋子嘉说："那可不中，你还没过门子呢。将来咋嫁人？"

赵慧说:"甚嫁不嫁的,额(我)娘这样,额(我)嫁不了人的。有了钱,就能照顾好娘和额(我)弟。"

宋子嘉自责地说:"都是额(我)不好,不该招惹你动了这根筋。额(我)走了,你千万别干傻事。你死去的爹不会饶了额(我)的!额(我)走了,赶紧溜吧!少惹是非!"表姨仓皇而逃。

+

北京,某高官豪宅前。钱大海和另一位警察按门铃。

钱大海说了几句,保姆让他们二位进了屋子。

客厅内,豪华气派。

钱大海介绍说:"我叫钱大海,是太原市公安局刑侦处的。这位同事是北京市公安局刑侦处的张刚警官。您的儿子高颂涉嫌交通肇事逃逸,今年4月7日下午三点零五分在太原驾驶一辆京A8888号牌的奔驰600,在郴州路口红绿灯处撞死了一位46岁的残疾男性,撞伤了一位45岁的残疾女性,现在成为植物人。请您配合我们捉拿您的儿子高颂归案。"钱大海出示了几张监控拍下的照片。

高颂的妈妈秦婉仪,气质优雅,雍容华贵,坐在沙发上,不屑地说:"我儿子在国外,他犯的事,你们抓他去呀?跑到我这里说这些没用的干吗?"

钱大海说:"是请您协助帮我们找到您的儿子。比如,他的联系方式,他在哪个国家、哪个城市?不能撞死了人,一逃了之。法律,您是懂的,不需要我细说了。"

秦婉仪:"对不起,我不知道。他没告诉我去哪里了,也没有联系我。他国内的手机,就在桌子上,没有带出国。我也不知道怎么和他联系。"

钱大海:"我希望您能配合我们的工作。被撞死撞伤的是两口子,残疾人,家里还有一儿一女,负担不起高额的ICU费用。我这次来,还有和您协商,有关赔偿的问题。"

秦婉仪:"都什么年代了,还株连九族吗?我又没犯事,和我协商不着。送客!"

钱大海和另一名警察被轰出门。

钱大海对北京的警察张刚说:"太厉害了,盛气凌人。对撞死撞伤了人,毫无一点怜悯和同情之心!算什么高官家属?!"

北京警察张刚说:"我们北京市公安局全力配合你们,密切监视高颂是否和家里联系,尽快确定他藏匿躲避的国家和城市,并协助你们联系国际刑警组织,引渡这个嫌疑人回国!"

钱大海:"谢谢你们北京警方!"

十一

赵慧家。

赵慧在给妈妈擦拭身体,对弟弟说:"不好了,我这么精心护理,妈妈还是长了褥疮。"

赵阳说:"医生说这是由于营养不良造成的,除需要药物治疗外,还需要补充营养,如黑芝麻糊、松花粉汁、蜂王浆、燕窝粥、各种蔬菜汁、有营养的海参汤等,对病人恢复有好处。"

赵慧说:"是呀,道理我都懂,可是哪里有钱买这么贵重的营养品呢!我没日没夜地赶制鞋垫,换来钱买粮食。你也正是长身体的时候,也需要营养。撑起这个家,太不容易了。当一个孝女比当不孝之女要难多了。此时理解了'有钱不一定行,但没有钱是万万不行的'含义。"

赵阳说:"姐姐,你别着急,我来想办法,我去卖血!"

赵慧说:"不行,你正在长身体,姐姐不让你卖血,即使卖也是卖我的血。你别管了,我来想办法,还不至于卖血。"

赵阳说:"那我上学去了。"说完,出门走了。

十二

赵慧来到了"天使宝贝计划中心"见到李丽。

赵慧说:"李姐,无功不受禄。上次您给了我1万元,照顾额(我)娘,都花光了。额(我)这次来,就是来还你的情,给你额(我)的卵子。"

李丽摇摇头,说:"别干傻事。你的卵子不能要。这是我们的规定。没钱了,你找姐姐我要就可以。我这里还有1万元,姐姐送你的。不要你的卵子。"

赵慧说:"李姐,这次坚决不收。额(我)家里缺钱,缺大钱。你知道哪里需要代孕妈妈,额(我)要当代孕妈妈!"

李丽吓了一跳,见四周来往的工作人员和月嫂等,没有人注意她们之间的谈话,就小声说:"那是犯法的事,不能做!"

赵慧小声说:"我的姨妈,就是你给代理的,给了她80万元!姨妈亲口跟我说的。你一定记得她宋子嘉!"

李丽更吓坏了:"小祖宗,别让旁人知道了,要了命了。是的,我帮一个客户介绍了你姨妈的情况。没有外人知道。你姨妈生过一个女孩,现在可以生第二胎,她是在生育最佳年龄、最佳条件!"

赵慧说:"给我100万元,我愿意代孕。我年轻,比姨妈漂亮,值100万元。李姐,你反正代理过代孕,不在乎再多做一个!"

李丽摇摇头,也许是良心未泯,也许是欲擒故纵,也许她是天才极品演员,她摇着头哭了,劝道:"闺女,回家去吧,你还是个未婚姑娘,不适合当未婚妈妈!"

赵慧一再坚持,甚至要求:"李姐,帮帮额(我)。久病床前无孝子。额(我)快崩溃了,撑不住了。额(我)需要钱,一大笔钱!既提供卵子,又当代孕妈妈！这样，可多拿一点钱！"

李丽擦干了眼泪，点点头，让赵慧填写了个人资料，做了体检，并把赵慧的视频拍摄下来，供客户参考。然后说："你回家等着吧，有消息一定告诉你。这1万元你拿着，是姐姐送你的，和卵子呀、代孕呀没有关系。"

十三

太原市公安局刑侦队办公室。

钱大海向队长周强汇报："周队，北京市刑侦总队的张刚警官太给力了，查到了高颂在美国拉斯维加斯赌场的下落，并协调了国际刑警，您派我去美国吧，和北京的警官张刚一道，把高颂抓捕归案！"

周强说："不用你去美国，李局长亲自去美国。你也不动脑筋想想，你才参加工作三年，去美国办案子，你一个毛头小伙子毛手毛脚的，谁放心？肯定是让最有经验的人去。局长亲自去。不过，不光为这个交通肇事案，是猎狐行动，几个逃亡海外的红通人员，那边有线索。李局让我陪着去办。你嘛，工作热情很高，这很好。手头有一个案子，是代孕，有人在我们眼皮子底下，开展黑市代孕买卖，也形成了产业链，一条龙。你去摸摸底。"

钱大海遗憾地说："也是，去美国这种事，怎么会轮到我头上，周队你和李局去，我服气，心服口服！代孕的案子交给我，我接受，我先去调查调查，如果有线索，马上向您汇报！"

敬礼后，钱大海悻悻地走出了大门。

十四

赵慧住的大杂院。公用电话响了，接话筒的邻居张婶问："你找谁？"

回答："找赵慧！"

张婶说:"你等着,我给你喊她去!"

张婶大喊:"赵慧,电话找你!"

正在洗衣服的赵慧放下衣服,在围裙上擦了擦手,说:"来了,谢谢张婶!"

接过电话的赵慧。"喂?我是赵慧。"电话那头说:"赵慧,我是李姐。抱歉,让你等了三天。不过好在等来了好消息。孩子,你年轻、漂亮、双眼皮,杏核眼,身材中等,头发乌黑,是不比任何影星逊色的美女,因此有个客户看上了你的条件,出价很高。我们中心扣除费税包括各种医疗、产前、产中、产后的费用,你可以实际拿到100万元。我真不愿意你这么做,除非你愿意!"

赵慧说:"我愿意。"

李丽在电话那头说:"需要你来我中心一趟,签字,在合同上签字!马上能拿到一些定金的钱。"

赵慧说:"我马上出发,一会儿到!"

十五

钱大海穿着便衣,走进"天使宝贝计划中心"大楼,拿着小广告,向孕妇挨个小声询问:"大姐,有代孕的吗?"

大肚子的妇女,每个人的回答不一样,有的说:"没听说。"有的回答:"没有!滚一边去!"

他低头向一个胖孕妇私语,孕妇给了钱大海一巴掌:"臭流氓,想占老娘便宜,打死你个小流氓,就你那个穷酸样,还找代孕,流氓,你是想耍流氓吧!"

正在这时,赵慧从旁边匆匆走过。钱大海见状,忙追上去说:"赵慧,你怎么在这儿?我正要去找你,告诉你一个好消息。我们局的李局长亲自出马,去美国拉斯维加斯抓肇事逃逸的高颂。你父母的案子,很快就会结案了。"

赵慧说："谢谢你，钱警官。我有事，找人。你那边有消息，再来找我吧！拜拜！"

钱大海拉住她说："你哪天有空，请你吃个饭吧。来这儿的都是和生孩子有关的，你来这儿找谁？"

赵慧说："钱警官，我忙着呢！我哪有心思和你约会？伺候植物人的老娘都把我累趴下了。还有，你过分了吧？我来这儿找谁和你有关系吗？"

钱大海说："对不起，我嘴笨，说错话了。别在意，你忙你的。等你有空了，联系我。我随时恭候。"

赵慧敲开了李丽的房门。

李丽说："请进！"

赵慧说："李姐好！额（我）来签合同。"

李丽说："好妹妹。我们不愿意接你这单生意。长治的大老板刚才还把我骂了一顿。我是看你求我，才帮你这个忙的，真不愿意你这么做。合同在这儿，你先仔细看一下。然后再签字。"

赵慧看也不细看，就匆忙签字了。

李丽说："今天我先背着大老板，私下先给你5万元定金，是因为你太瘦了，需要吃点好的，养胖点，不然这么瘦，不适合受孕。等你胖了，合格了，到排卵期了，来这里取卵，卵子受精后，植入你的身体。等确认怀孕了，就可以拿30%的预付款。此外，每月还有2万元营养费。"

赵慧拿到5万元匆匆离开了房间。在大厅内，又碰见了钱大海，正在挨另外一个女人的嘴巴，那个长发丰满的女人说："下流坏子，离我远点，想吃豆腐，你还嫩了点。上这儿找代孕，这儿是保育保胎的，不干犯法的事，回家找你奶奶代孕去吧！"又一记响亮的耳光！

赵慧冲上去拦住，并呵斥道："你怎么打人？"

长发女人说："他离我这么近，就差脸贴在我的脸上了，小声问代孕。打这个想占便宜的流氓，给他点教训，难道不应该吗？"

赵慧说:"你打人就是不对。他不是流氓,是警察,办案的!"

钱大海见泄露了身份,忙堵住赵慧的嘴,匆匆跑出了大厅。

来到大街上,钱大海说:"你怎么把我的底给抖搂出来了?我还怎么暗中查访?"

赵慧说:"不愿意看你挨打,心疼你呀?你来这儿查什么案子?"

钱大海说:"心疼我,让我感动。这么说,咱俩的关系还有戏。我是来查非法代孕的,看了小广告,不过没查到实据。咱娘的身体好些了吗?你弟弟倔脾气,跟我杠上了,没有结案的消息,不让我登你家门,也没敢去登门拜访看望她老人家。"

赵慧说:"别咱娘咱娘的,那是额(我)娘,还不是你的。现在没有心思和你谈情说爱。我忙着呢,先走了。你把坏人抓到了,让额(我)爹死能瞑目、让额(我)娘得到赔偿,额(我)就答应你!"

钱大海喜出望外:"快了,你放心,快了!"

赵慧流泪,匆匆跑了。

钱大海高兴地跳起来,大喊:"今天是个好日子!代孕,有代孕的吗?"

路人见状都说,"疯子,一个年轻的疯子!"

十六

空镜:太原标志性建筑、街道、人流。城市绿化带,花开、花谢、暗示时间过去了三四个月。

赵慧家,屋内的装饰已经焕然一新,窗明几净,家具也高档了许多。桌子上,摆放着各种高级营养品。

赵慧穿着时髦,指挥一个保姆:"帮额(我)给娘翻个身,拍拍背,血液流通,通通经络。有了你这个保姆帮忙,可把额(我)解放了,还真干不动了!"

保姆说:"姐姐,家里的活计让我来干。我从农村来的,不怕吃苦。"

弟弟赵阳营养跟上后，穿的衣服也体面了。他说："姐姐，还是你有办法，赚得钱。额（我）好好学习，将来报答你！上学去了。走了！"

赵慧摆摆手，望着弟弟出了门，转过头来，继续和保姆说："说来也怪，人参、海参汤真好比'还魂汤'，额（我）吃了身体好多了，腿肚子也不抽筋了，不缺钙了，娘吃了也不长褥疮了。看来营养很重要，你用小勺子再喂喂娘。"

保姆说："好！"她喂躺在床上的赵慧娘。

忽然赵慧娘刘敏苏醒了，叫了声："妮儿，额（我）的好闺女！"

保姆说："慧姐，你看，你娘醒了，找你呢！"

赵慧非常激动，高兴万分，紧紧握住妈妈的手，哭泣地说："娘，你可醒了。额（我）以为您会躺一辈子，额（我）已经做好了一辈子伺候您的打算！"

刘敏说："额（我）这是睡了多久？"

赵慧说："娘，您睡了三个多月，差两天就四个月了。看月份牌上，我一天画一个叉子。您可是醒了！"

刘敏用敏感的双手，摸到女儿的身躯。她惊讶地问："孩子，你咋有点胖？脸色也好。"

赵慧回避这个问题，称："娘，是我自己吃得多，发胖了。想吃啥，给您做去。"

刘敏说："臊子面！擀尖也中！"

赵慧答应："好了，这就给您做！您累了，再睡会儿吧！"

刘敏又闭眼睡着了。

十七

公安局内。

李局长和周队长从外面回来。

钱大海惊讶地说："李局长、周队长，你们回来了！顺利吗？"

李局长说："回来了，还算顺利。抓回两个红通人员。没想到那个叫周颂的，在北京也犯了大案，比咱这边的交通肇事案子要大，被北京警方引渡回来，扣在北京了。"

钱大海说："那这边的案子，还得等那边结案后，再了结这边的。赵慧一家还得等消息，盼星星，盼月亮。"

周队长说："只能再等等，他在北京把一个外国人合伙做生意的给做掉了，还卷走了企业的4000万元，逃到美国、瑞士、阿根廷、玻利维亚。我们追踪了三个多月，才在玻利维亚的一栋湖边别墅找到他。北京警方先我们一步，和国际刑警一起，把他和另一个高管抓获并引渡回来了。"

钱大海说："合着你和李局种树，别人摘果子。"

李局长说："说什么呢，觉悟怎么这么低，都是国家的责任，国家至上，没有谁摘果子，怎么对国家有利，就应该怎么做。让我的秘书召集全局开会！"

十八

赵慧家。

刘敏已经可以起床，在屋内行走，问女儿："你给娘说实情，看病的钱、雇保姆的钱哪儿来的？还有人参、海参，这么贵重的营养品，咱怎么吃得起？你不告诉娘，娘就宁愿不吃饭。"

赵慧跪下哭了，说："娘，为了您早点好，额（我）签了代孕合同，人家给的预付款。可是人家嫌额（我）太瘦，先给了一部分钱，让额（我）养胖点，再移植受精卵到额（我）的子宫。也就是今天，额就要去做这个受精卵移植术。"

刘敏听后大哭："孩子呀，你为甚这么傻，你今后咋嫁人啊？娘不允许你这么做，别做这个手术！坚决把钱退给人家！"

赵慧说："娘，额（我）不能毁约，与人家签了协议，咱不能不做数！再说，咱赔不起那笔钱！"

"孩子，你这是折腾自己，娘和你死去的爹都不答应！娘就是砸锅卖铁卖房子，起早贪黑做鞋垫，也要你像其他人家的闺女一样，过正常的生活，你要是不答应，娘宁愿饿死，也不吃你做的饭！你要敢出这个门，娘就一头撞死在墙上！"

赵慧哭了说："可是，不去代孕，钱咋还给人家？"

刘敏果然开始了绝食。嗒嗒嗒嗒，缝纫机不停地转动着，刘敏坐在缝纫机前，熟练地制作鞋垫。她说："我不吃饭、不休息，没日没夜做鞋垫。还钱给人家！"

嗒嗒嗒嗒，缝纫机不停地转动着，那声音也像鞭子抽在赵慧的心上。

十九

钱大海在寻找赵慧家，问邻居张婶："大妈，您知道赵慧家人哪儿去了，原来不是住在这儿吗？"

张婶说："搬走了，这地界房租贵，她们一家遭了车祸，没钱住这三间东房，搬到郊区租了一间小房子。我刚从那边回来，又破又旧，不过房租便宜。"

钱大海说："您能告诉我地址吗？"

张婶说："你是那个警察，她家的事，你们警察一定要管到底才行啊，撞死人的车主，必须赔钱偿命，这家人太可怜了。"

钱大海说："一定，一定。"

二十

郊区一处农宅。

赵慧娘刘敏和赵慧母女俩做油糕。

刘敏说:"搬家不吃糕,一年搬三遭。不是油糕不沾油手,太原人不攒膘。有了黄米就吃糕,四十里夜面三十里糕,十里的荞面饿断腰。油抹糕,两面光,黄米糕擩(揉)到,做买卖话到。"

赵慧说:"最爱吃娘做的油糕,额(我)今天一定学会做油糕!您教额(我)。"

刘敏一边做油糕一边说:"一搬家,穷三年。还是制鞋垫赚钱踏实。做油糕,要和面。擀面三光:面光、手光、盆儿光。和的面铁蛋,擀下剂子圆案。你以后出嫁了,第二天就要给婆家人做剂子饭,要求面和得硬,擀得薄,切得细,煮到锅里不化,捞到碗里不粘。"

赵慧苦笑着说:"娘,额(我)不嫁人。再说,谁要额(我)?家里这么穷,还欠一屁股债。除非他是个二杆子!哈哈哈。"

油糕熟了,俩人吃饭。

赵慧说:"给弟弟的油糕,在锅里热着。苦了他,搬家就离学校远了。"

正说着话,表姨宋子嘉挺着大肚子蹒跚而来。

刘敏说:"她姨,你咋来了,快坐下,吃油糕,刚出锅的!"

宋子嘉坐下了大哭。

刘敏说:"她姨,你哭甚?"

宋子嘉说:"额(我)上当受骗了!按照代理中心的要求做了好几次B超,开始说是个小子,后来确定是丫头。人家不要了。额(我)白怀孕一场,8个月了,要打掉孩子已不可能,生下来又没钱养活,真是偷鸡不成反蚀把米!额(我)现在到处拉饥荒(借钱)呢!"

赵慧吃了一惊:"姨妈,额(我)心想,李丽是个好人,不至于骗了人吧。"

刘敏说:"妮子,你看看,还是娘给说着了,还给人家营养钱。别走你表姨的路,这个下场,太惨了!"

宋子嘉说:"太惨了,现在不是怕还人家钱的事,而是额(我)和肚子里的孩子有了感情，每日与孩子隔着肚皮交流，感觉很快乐，非常愿意做孩子的母亲。再说，做人流，有风险，特别是8个月大，七活八不活，做人流风险十分大。"

赵慧说："那也是他们违约，见怀了女孩就不要了，你就不该还他们钱，他们给你多少预付款？"

宋子嘉说："30万元，每月还有2万元营养费。他们说，营养费不要了，要还给他们10万元。女孩就值20万元。"

赵慧说："呸，一分钱也不还！这就是不合理的买卖条款！有本事，你让他们上法院告状去，违法的合同，法院不支持！"

宋子嘉说："不还钱，他们派人没日没夜地来家里骚扰，这不，额（我）想到你们这儿躲几天，可是你们咋搬到这破地，房子这么小！住不下！"

赵慧说："额（我）也是和他们签了合同，先给了几万块钱，让额（我）养胖点，再代孕。娘不让额（我）代孕，正发愁咋还人家钱呢！"

宋子嘉吃惊地问："啥？你也要做代孕妈妈，姑娘家家的，作孽呀，别学额（我）。要是未婚就代孕，你的名声咋办？咋嫁人？蝙蝠进了家儿——不像燕（样）儿！"

赵慧说："嫁甚人，女儿不嫁人也可以活一辈子！"

宋子嘉担心地问："你别学额（我），再被别人骗！拿了人家多少钱？能退回去，就退回去，省得那些黑社会天天找你碴儿要你还钱！"

赵慧说："是哩，有你的教训，额（我）也不敢去代孕了。李丽前后给了额（我）六七万元吧。说和借卵、代孕没关系，要额（我）养白胖白胖的，好受孕。好在天无绝人之路，今天额（我）申请到了一笔小额贷款，租用了两亩闲地。准备开始创业，准备雇用工人建大棚、种植蔬菜瓜果。"

刘敏说："嫁不嫁的，娘不逼你。可你要创业，娘支持你。娘还记得种庄稼的歌谣，稠麦呛死草。麦苗开花一场风，十个麦粒九个空。想吃麦面，伏里犁三遍。棉花不打挠，光长柴架架。麦茬浇棉花，十年九不差。"

赵慧说："娘，您说得好，额（我）吃了油糕今天就去大棚里种菜，有力气！"

宋子嘉说："咱山西人骑上葫芦过河——石沉（实诚），一毛钱买个牛蹄子——咬筋，一条道走到黑，九头牛也拉不回！种菜好，来钱快，再说，你在中专技校，学的不就是农业技术吗？学有所用！额（我）走了，不给你们添乱了，去她舅舅家躲两天。"

<h2 style="text-align:center">二十一</h2>

蔬菜大棚，赵慧要用知识赚钱。

棚内一片葱绿，各种蔬菜，蓬勃生长。

钱大海找到大棚，走了进来。说："哎呀，太棒了！绿色农业是朝阳产业，你种的都是新品种，反季节的蔬菜水果最受市场欢迎，价格不菲。"

赵慧说："你怎么来了？"

钱大海说："你弟弟赵阳告诉我，你姨妈宋子嘉受到非法代孕的地下黑社会组织迫害，我来找你证实一下，你认识李丽吗？你姨妈前不久来过你们家，后来走了，她到哪儿去了呢？请协助我们破案，打掉危害社会的非法代孕产业链。"

赵慧说："太好了，你们警察快帮帮额（我）姨妈。她去了舅舅家。就在太原火车站那站前街3号楼1门4单元3号。李丽是那个天使宝贝中心的经理，我认识。她帮过我的忙，不过她确实在搞地下代孕黑产业赚钱。但她好像不是头儿，啥事都要请示长治的一个大老板。"

钱大海说："太好了，你真是帮了我们警察的忙，积极提供线索。你家的案子，也快了，高颂押在北京，等待那边先审那边的案子，然后才审这边的案子，你们再等等。好在人抓到了，跑不了了。俗话说，'法网恢恢疏而不漏！'正义有可能迟到，但从不会缺席！"

赵慧说："有个事,我想告诉你,我也和李丽签了代孕的合同,他们嫌我瘦,给了5万块钱,此前,李姐个人还给了我两次钱,每次1万块,一共7万块钱。我准备卖了菜,赚了钱,一点点还给她!"

钱大海说："你真是太傻了,我给你5万块让你救急,你不要,却倒好,跑到非法的代孕贩子那里借7万块,真傻呀还是假傻呀?"

赵慧说："我们萍水相逢,凭啥额(我)要拿你的钱,靠自己挣钱来得硬气!"

钱大海说："那不叫硬气,叫傻气!凭啥?凭我喜欢你!当然也喜欢你这种傻气。好了,什么也别说了,你提供的线索很重要。我要做个笔录。"

赵慧说："能不做笔录吗?"

钱大海说："不能,公事公办,违法的事你举报有功,必须做笔录!"

赵慧说："好吧,我做。配合你!"

二十二

当绿油油的第一批蔬菜上市的时候,赵慧高兴万分,租用一辆汽车运蔬菜,车辆开进城内。

赵慧说："张婶,给您送来无公害的绿色蔬菜,额(我)亲手种的。额(我)要把第一批蔬菜免费送给太原的好邻居们,怀着一颗感恩的心,报答太原人。"

张婶高兴地说："阳婆爷不打一家门上过,麻狐吃咾大胆的,河嘞淹杀会水的。赵家的大闺女就是行,比个老爷们有闯劲!比日本的那个阿信不差毫毛!"

赵慧说："谢谢张婶。额(我)走了,去卖菜了!"

张婶说："闺女,去吧,忙乎去吧。回去向你娘问好!"

赵慧说："谢谢张婶!"

二十三

某墓地。

钱大海说:"赵慧,这是法院判决书。高颂酒后驾车撞死赵葫芦撞伤刘敏后逃逸,事实清楚,证据确凿。触犯了危害公共安全罪,判处有期徒刑15年,赔偿刘敏一家医疗费、精神损失费共180万元。而他伙同另一红色通缉人员,把贪污北京那家公司的4000万元转移到国外挥霍一空,并合谋杀害英国商人彼得。三项罪合计,判处死刑,立即执行。"

赵慧扑到钱大海怀里哭了。

钱大海说:"哭吧,司法终于给弱势群体以公正!这也是对平白无故被夺走生命的赵葫芦先生的安慰!"

刘敏、赵慧、赵阳、钱大海在赵葫芦的墓前肃立,赵家人个个痛哭,泪水打湿了墓碑。

二十四

春天来了,春暖花开,平遥郊外的田野上,四处飘荡着淡淡的花香。蜜蜂忙着在黄色的油菜花、粉红色的桃花、白色红色相间的杏花和浅黄色的迎春花瓣里采花粉,嗡嗡的振翅声和喜鹊、燕子叽叽喳喳的欢叫声,交织成一幅有色彩有动感有韵律的春之画卷。

赵慧来到某监狱,探望李丽。

与容光焕发的赵慧相比,李丽面带愁容。

赵慧问:"李姐,你还好吧?"

李丽说:"不瞒你,代孕妈妈的事被电视台曝光了,整个产业链被警察连窝端了。额(我)被判了5年徒刑。"

赵慧说:"感谢您当时把个人钱给了我,前后共 7 万块,我现在蔬菜大棚已经越办越大,承包了好几十亩地,种蔬菜,我要把钱还给你!"

李丽说:"不用还了,那钱不是好来的,给了你,算是用对了地方。"

二十五

温室大棚内。

赵慧忙乎着指挥员工采摘新鲜蔬菜和瓜果。

钱大海走了进来,捧着一抱红玫瑰说:"赵慧,请允许我向你求婚,你愿意嫁给我吗?"

说完,单腿跪下,拿出一个戒指盒子,打开,把戒指取出来。围观的刘敏、赵阳、宋子嘉和孩子、张婶等,都欣喜地起哄:"答应他!答应他!"

赵慧满脸红晕,害羞地说:"我愿意!"

钱大海把戒指给赵慧戴在手指上。

噢,耶!一片欢呼声。

钱大海问赵慧说:"你有什么约法三章吗?"

赵慧说:"额(我)姥姥家有条祖训:'天地生人,有一人当有一人之业;人生在世,生一日当尽一日之勤!'这句话与你共勉吧!请支持额(我)正经创业,扩建大棚绿色产业!"

宋子嘉说:"太有哲理了,天地生人,有一人当有一人之业;人生在世,生一日当尽一日之勤!额(我)要改过自新,踏实做个诚信的人,回老家创业去,也做蔬菜大棚!"

钱大海说:"这个约法三章好,靠诚实劳动,发家致富!"

赵阳问钱大海:"姐夫,你此时有啥感想?"

钱大海满意地笑着说:"美得太!"

大家呼喊"耶!!!"

评论……

— 42 —

大型山水实景演出：可复制的成功模式

中国地域辽阔，风景名胜盛多，数不胜数，如何玩得更嗨？如何吸引游客在欣赏秀丽风光的同时，沉浸、陶醉在大美文化之中？不能不说，梅帅元、张艺谋等艺术大师通过大型实景山水与文化艺术相结合，探索出一条可复制的成功之路。在他们的精心设计和指导下《印象刘三姐》《中华泰山·封禅大典》《禅宗少林·音乐大典》《华清池》《长恨歌》》《印象西湖》《印象丽江》《敦煌盛典》等陆续横空出世，带给世人惊艳，也给当地旅游和就业带来了繁荣。更多城市，愿意开发同样的大型实景山水主题演出，让祖国的山水大放异彩。我亲身感受了其中三处精彩的大型实景山水主题演出，并通过和梅帅元大师的交谈，产生一些思考，与大家分享。

一、《印象刘三姐》首开先河，一炮走红

桂林山水梦幻如诗，2004年3月，梅帅元、张艺谋等开发了全国首个大型山水实景演出《印象刘三姐》，一炮走红，吸引了来自世界各地的游客。

"桂林山水甲天下，阳朔山水甲桂林，群峰倒影山浮水，无水无山不入神。"的确如此，桂林山水是中国四大自然奇迹之一。"江作青罗带，山如碧

玉簪。"我去的时节是春暖花开季节，漓江两岸平原菜花正黄，江水清澈碧绿，而一座座平地拔起的山峰，有的宛如平地忽然冒出来的大蘑菇，有的宛如平地钻出来的大竹笋，还有的好似从天外飞来的仙女，身材修长，亭亭玉立，含情脉脉。偶然见到几峰相拥，宛如几位神女们惊喜地簇拥在一起翩翩起舞，她们的裙裾多褶皱，被葱绿的草木浸染之后，如烟如黛，像水墨晕染的部分，朦胧如画，令人恍若步入了神话世界。不知不觉便到了阳朔。电影《刘三姐》里那迷人的旖旎风光就在眼前、那动听的壮族山歌伴随着欸乃的桨声，激荡着我的情怀。游阳朔，听壮歌，观山水，领略到了诗意般的人间仙境。

如今阳朔最梦幻如诗引人入胜的，则是《印象刘三姐》大型实景山水演出。《印象刘三姐》把绵延12公里长的漓江水域及方圆十余里的12座山峰作为背景，构成全世界最大的天然剧场。我国著名导演张艺谋出任总导演，国家一级编剧梅帅元任总策划、制作人，以及两位年轻导演——王潮歌、樊跃的加盟，创作出集漓江山水风情、广西少数民族文化于一体的全世界第一部全新概念的"山水实景演出"。将刘三姐的经典山歌、广西少数民族风情、漓江渔火等多元素创新组合，不着痕迹地融入山水，还原于自然，力图演绎天人合一的山水诗歌境界。

"唱山歌来……，这边唱来，那边和……"随着优美的山歌，身穿艳丽民族服装的壮族少女站在竹排上，划向了江心，演出就这样开始了。江岸左侧依次出现一队手执斗笠的渔家小伙子，回应着姑娘的歌声。待筏上岸，歌声对答，情意绵绵。接着，几艘小船上的姑娘和小伙子迅速地随船划向江心，表现了壮族少女向心爱的小伙子抛荷包的爱情场面，令人陶醉。

接着，无数条竹筏，像箭一样飞驰在开阔的江面上，来回穿梭，突然，每条船上几个头戴斗笠的小伙子，变魔术般的快速地扯起藏在水里的红绸，一时间把整个江面变成红彤彤的一片霞光。这里成了红色的海洋，快乐的天堂！

音乐和灯光过渡着几艘穿梭舞动的筏子，远方的筏子上有几个挂满银饰的盛装美人在缓缓地变换队形；接着一队浴女在左手边的筏桥上翩然起舞；一叶扁舟上，一位翩跹的妙龄少女出现了，在聚光灯下，她走向银月浮雕，爬到了"月亮"之上，在银牙月上翩然起舞，她穿着薄如蝉翼的衣裳，曼妙动人。有人说，舞蹈表现了美丽的少女在月光下洗浴的情景，少女娇羞的躯体之美，只有在朦胧的月亮下才显得更美。而我认为，舞蹈表现了仙女下凡，看到如此美丽的漓江水，仙女也想要洗一洗美妙的身子呢……

演出的最后是在一片黑暗的停顿中，从远处缓缓飘出一个个亮晶晶的少女，她们身着民族服饰，整个人就像萤火虫一样透着银色的冷光。她们随着音乐跳着缓慢的舞蹈，一个个荧光少女，组成了"之"字队形，逶迤着向观众席飘来。随着天籁般的低吟，庞大的队伍缓缓舞动，突然，荧光少女身上的发光灯神奇地消失了，少女们也消失在黑暗中，给人留下意犹未尽的魔幻般的艺术享受……

然后，江面上只剩下点点渔火了。渔民们载着满船的收获，慢慢地回家去了。渔船渐渐远去，渔火从繁星变为稀疏，最后全部消失。只剩下微波荡漾的江水和黑幽幽朦胧山峰的剪影。

——这梦幻如诗的神话世界，让观众沉浸陶醉，久久不愿醒来、不愿离去。

《印象刘三姐》大型实景山水演出，获得巨大成功，使当地旅游业空前火爆，也大量地安排了当地村民在业余时间参加演出，使他们的收入丰厚，极大地改善了他们的生活。更重要的是人和景美丽的山水结合所蕴含的文化底蕴带给观众以震撼，使来自世界各地的旅游者大饱眼福，流连忘返。

"其实，奇妙的创造力，与艺术和美丽的山水结合在一起，再加上刘三姐、阳朔的名气和张艺谋的品牌效应，就是成功的秘诀。"梅帅元这样告诉我。话虽简短，但一语中的，引人深思。

二、《中华泰山·封禅大典》成功演绎了泰山文化和中华民族核心精神

"会当凌绝顶，一览众山小。"五岳之首的泰山，是中华第一名山。东临沧海，巍峨险峻。受到启发的山东省泰安市，想把泰山的旅游文化品牌做大做强，便邀请著名文化大师梅帅元先生，在泰山自然与文化双遗产的基础上，通过古代帝王对泰山封禅、祈福活动的艺术提炼，呈现秦、汉、唐、宋、清五朝六帝封禅泰山时的祈福场景，打造出的一台气势磅礴具有中华民族核心精神的大型实景演出。

经过反复地酝酿和刻苦排练，2007年，在梅帅元的深度参与策划和指导下，正式推出了《中华泰山·封禅大典》大型实景演出。

泰山是中华民族的象征，是灿烂东方文化的缩影，是"天人合一"思想的寄托之地，是中华民族精神的家园。封禅，封为"祭天"，禅为"祭地"，即古代帝王在太平盛世或天降祥瑞之时的祭祀天地的大型典礼。封禅，最早出现于《管子·封禅篇》，后太史公在《史记·封禅书》中记载"登封报天，降禅除地"，意为祈求国泰民安。

舞台选择设在泰山东麓的天烛峰脚下。自然天成的泰山，雄奇险秀的山水实景，为封禅大典剧场营造了无与伦比的宏伟气势。重叠的山势，厚重的形体，苍松巨石的烘托，云烟的变化，使它在雄浑中兼有明丽，静穆中透着神奇。天烛峰的美景尽收眼底。

700多人同台演出，为观众奉献大气磅礴的视听盛宴。我在80分钟的演出时间里，感受到了气势雄浑，如梦如幻，在儒风雅乐中穿越历史的痕迹，置身于历史画卷，在一场大典中看上下五千年的壮阔！演出共分为七个篇章，包括古代祭祀、金戈铁马——秦，儒风雅乐——汉，盛唐气象——唐，艺术王朝——宋，乾隆盛世——清，青山依旧。

开场呈现了一幅挑山远行图。远方山深处，几名挑山工排成一线，漫步而来，扁担一沉一浮承载着岁月的痕迹，他们与泰山朝夕为伴。泰山挑夫，

是中华民族负重前行、吃苦耐劳、坚韧不拔的象征。

然后场景转换，金戈铁马，南北对弈。画角震天，鼙鼓动地。历史追溯到战乱年代，六国争霸、群雄混战、兵临城下、气势洪洪。想当年，金戈铁马气吞万里如虎。南北对弈，剑拔弩张，矛盾相向，硝烟四起。

再次转换场景，韶乐大典，汉宫乐舞。钟声磬鼓，绵延悱恻，拂袖翩翩，饶有风韵，风兮起舞，大汉气象，恢宏大度，典雅美奂。

接着，也就是人们期待的汉武帝祭天，朝服华美，身姿魁梧，器宇轩昂，表情凝重。儒家礼教，仁义天下，慨当以慷，忧思难忘，以酒祭天，祈福东岳，边塞安宁，国家太平。祭祀的仪式气势雄浑，把观众的思绪带到了那个时代。

此后，大唐气象，鼎盛繁华。依次展现有亭台花月，舞榭歌台。霓裳羽衣，轻翩起舞，观音手印，华光溢彩，满目琉璃，金光烁烁。帝后双祭，日月同辉。唐高宗，武则天，一主封天，一主禅地，泰山封禅史上第一次帝后双祭，同天地共证，至感至达，至威至尊。

然后是大宋王朝的艺术盛景，笔墨书香，诗词画意。伴随着声声琴瑟之音，宋真宗潇然于山水之间，悠然于书墨中，形然于画圈上，时而舞动画笔，时而奋笔疾书，阔步徜徉，泼墨洒脱。

接着是八旗入关，巨龙腾飞。红黄蓝白，镶正交错，八旗入关，雄浑之势，万马奔腾，巨龙腾飞。文武百官，后宫嫔妃，民族融合，建号大清。康乾盛世，国运昌隆。康熙继位，奉旨承运，封西天大禅，重开科举，授翰林，撰《康熙字典》，国运昌隆，宏图大展。

最后是祈福。一切喧嚣归于寂静。观众在庄严的祈福音乐中，与700位演职员一起祈福，祈求国泰民安，祈求家人和自己平安、幸福！

这是一场历史画卷的演绎，是一次齐声祝愿国泰民安的互动。在短短的80分钟内穿越中国5000多年的历史时空，700多名演员，数千套服装，演绎了中华民族兴衰更替的历史故事，真实再现了古代五朝的政治生活特征、社会文化特征和帝王封禅场景,呈现了华夏文明发展在各个朝代所达到的高度。

梅帅元对我说,《中华泰山·封禅大典》的成功,在于较好地演绎了泰山文化和中华民族的核心精神,如果说,《印象刘三姐》给观众是灵动柔美的话,那么《中华泰山·封禅大典》则更突显了阳刚之美,深层意义则是对民族人文精神的深度思考,是对华夏古老文明的崇高礼赞,是世界上迄今为止第一个将中国五朝帝王集中在一个舞台上加以展示的文化产品。

"登泰山,看封禅,祈洪福,保平安!"成为流行语。人们既欣赏了泰山雄伟的自然风光,又领略了封禅大典的独特封禅文化、祈福文化,在泰山之巅拜天祈求家人平安,在封禅大典拜地保佑生活美满。泰山已逐步成为中华第一祈福圣地。

2018年春节联欢晚会,作为分会场亮相,节日盛典,1800多人同台演出,封禅大典天地剧场用震撼的舞台表演,让全世界观众近距离感受这座城市的独特魅力,惊艳世界,更为节后的泰安带来火爆人气。

三、《禅宗少林·音乐大典》彰显了禅意人生自然和谐的中华文化精髓

中原文化,是中华民族文明的摇篮,灿烂的中原文化,为河南留下了无数历史名胜古迹。而少林寺,闻名遐迩。"少林,少林,有多少英雄豪杰都来把你景仰……"一部由李连杰主演的武打片《少林寺》连同这首激昂的主题曲,使千年名刹少林寺声名远播,从此,它成为人们尤其是武术界人士神往的圣地,少林寺作为河南乃至中国的旅游名片,吸引着大江南北及海外的宾朋。

2007年4月27日,《禅宗少林·音乐大典》首演,获得巨大成功,持续到今天,好评如潮。特别令河南人骄傲的是,《禅宗少林·音乐大典》曾在"全国最美的五大实景演出"评选活动中取得网络投票第一名的好成绩,作为

河南文化旅游的一张耀眼名片，吸引了无数中外游客的目光。

著名策划人梅帅元制作；由曾获得奥斯卡原创音乐奖的谭盾担纲艺术总监和音乐原创；厦门大学教授易中天任禅学顾问；少林寺方丈释永信任少林寺文化顾问；著名舞蹈学家黄豆豆任舞蹈编导。《禅宗少林·音乐大典》演出规模宏大，音画一体，少林僧侣的现场唱诵，春夏秋冬的景观变化，直指心性的佛乐禅音，合成了中岳嵩山辉煌的交响。目前已成为中原文化旅游的一大亮点。

山峰秀美，郁郁葱葱。舞台位于距登封市西十公里的待仙沟，距少林寺7公里。主要表演舞台为一片峡谷，山呈竖状排列，近、中、远景层次分明，峡谷内有溪水、树林、石桥等，构成了实景表演的要素。整个演区面积近三公里，演出最高点1400米，为全世界最大的实景舞台。观众席由曲折的木廊和庙宇形态的建筑构成，与自然景观和谐地融为一体。观众席内放置蒲团，观众坐在蒲团上观看演出，是剧场的一大特色。蒲团座席设定2700个。

我追随梅帅元先生，观看了这一盛大演出。分为《水乐》《木乐》《风乐》《光乐》《石乐》五个乐章，演出规模宏大，音画一体，88架古筝的激情演奏，近600人的禅武演绎，令我和所有观众陶醉，更加感受到了禅意人生与自然和谐是人类社会发展进步的光辉篇章。

上善若水，这里开场就是表现水的乐章。《水乐》是演出的诗境篇，它描绘了中国古典山水名画的优美禅意，以《溪山行旅》《听泉抚琴》《踏水行歌》三章构成。雨景与溪流，月光与禅院，僧侣与农家，禅诗与野唱，构成和谐完美的人间生活图景，仿佛是天籁之音，让我大饱耳福，陶然忘机。

晨钟暮鼓，是禅宗的仪式。而把和尚敲打大鱼子的盛景和整齐的节奏变成音乐，可以说是创举。《木乐·禅定》千年古刹，木鱼声声，叙说着少林武僧的传闻故事；传说中的牧羊女走来了，歌声打破了木鱼的禅定，给这片佛国净土带来了人间的美丽。

达摩在少林寺筹建时期，没有房子就住在中岳山洞里面壁10年，悟出了禅宗的精髓，并为了强身健体，创建出一套武术动作，开创了禅宗在中国大地普及风靡的新局面。《风乐》演绎的是禅宗祖庭少林寺的传奇故事，由"达摩面壁"开始，讲述千年古风的传承。而在嵩山实景间以全新方式演绎的少林武术，在禅与武之间行走，一动一静，亦文亦武，浑然天成，构成"万壑松风"的壮丽景象。

　　《光乐》是演出的华彩乐章，它以顿悟的形式直面生命本体。雪景寒林，佛光塔影，远逝高僧在幻境中出现，向我们讲述禅宗故事，引导我们参透生死，彻悟人生。而吉祥的灯佛与世俗生活的交叠场面，表达了禅宗对生命万物的肯定与礼赞。幽深寂静的山谷中，一轮明月缓缓上升，半山腰，鼓声猝然响起，开始低沉舒缓，继而激越昂扬，梅花桩上武僧练功，电光闪动，雪花飘落，情致亦然。武僧们仿佛进入了物我两忘的境界。

　　最为震撼的是《石乐》，这是最后一章唱诵篇，我第一次听到佛家弟子的齐声唱诵是这么动听。而乐器，则是用36亿年的嵩山古石制成，奏出了"嵩山修禅，顽石开言"的大境界，钟磬鼎沸，诵歌嘹亮，石乐礼佛，天花绽坠，景象奇异，将音乐大典演出推向高潮。"来如雷霆收震怒，罢如江海凝清光"，演出结束时巨大的中岳佛山现身云端，佛光普照，天地祥和。

　　我和每个观众一样，仿佛经受了一次大美佛界的精神洗礼，世间一切喜怒哀乐都开始融化，沉浸在一种物我两忘的空无境界，深深陶醉，久久依然感觉那美妙的音乐余音绕梁，回荡在心中，那宏大的盛景，映在眼帘，融入心底，久久不散。

　　《禅宗少林·音乐大典》创造了多项第一，（一）目前世界上最大的舞台灯光系统。2800多盏由电脑控制的新型灯具从山下连绵，直到1400米高的山顶。（二）最大的舞台工程。舞台面积方圆5公里，如此大的舞台工程在文艺演出史上绝无仅有。（三）世界上最大的人造月亮。月亮从嵩山密林中冉冉升起，月亮由电脑控制可圆缺变化，直径达20米。（四）世界上难度最大、飞腾最高的真人武打表演。在月黑风高的夜空，武僧腾空而起，在约80米的高空飞翔、翻滚、打斗。（五）世界上声势最大的僧侣现场唱诵。少林寺武僧团数百名武僧和多名高僧亲自上场现场唱诵是国内外最正宗、场面最大、水平最高的。

正因为如此，2019年的春节联欢晚会，唯一的武术节目《少林魂》以前所未有的磅礴气势出场，上万人的大型集体武术表演，整齐划一，造型变幻无穷，拳脚如风，劈棍似林，充满阳刚向上和排山倒海的气势。

不能不感叹，同样是演出，这里的演出更绚丽；同样是音乐，这里的音乐更纯粹；同样是武术，这里的武术更亮眼；同样是山水，这里的山水更美艳。著名策划人梅帅元先生对我说，《禅宗少林·音乐大典》的成功，在于彰显了禅意人生自然和谐的中华文化精髓。他说，大型实景山水主题演出成功是可以复制的，这也是为什么许多城市都开办了这一实景山水演出模式，涌现出《长恨歌》《印象西湖》《印象丽江》《敦煌盛典》等一大批大型实景山水演出项目，吸引了全世界的客人流连忘返。但是，他认为，一定要凸显独树一帜的特色，在创新上下功夫，不能千篇一律，更不能一哄而上。

我深刻理解他的所指，虽然大型实景山水主题演出可以打造城市名片，拉动旅游，传播文化，提升审美，带动当地就业，许多当地的农民白天干自己的活计，晚上参加演出，成为脱贫致富的一条捷径；但是经营上，《印象刘三姐》演艺经营单位曾一度严重亏损，甚至通过法庭诉讼不得不进行产业重组。后来通过不断调整经营方式，创新内容，才从困境中走出来。因此，盲目效仿，一哄而上，不一定就能有好的收益。特别是如果长年累月只有那么一套曲目和内容，会出现审美疲劳，就没有回头客。因此，依靠独特的山水资源不断创新艺术内容和形式，不仅要吸引海内外第一次来观光的游客，而且还要吸引回头客，才能可持续发展。正如诗中言："繁霜尽是心头血，洒向千峰秋叶丹。"

— 43 —

博位出圈的《我是余欢水》实现逆袭

网剧是蓝海，这片蓝海最适合冲浪的小舢板（短剧），而不适合捆绑无数烂木船冒充"航母"的长剧（动辄70—80集），傻子都知道"把上千艘木船捆绑在一起也不是航空母舰"！网剧这片蓝海，可和大电视鼎足分庭。大多数网民早就不耐烦坐在电视机前看一些关于前任的又臭又长的注水剧侮辱智商，更不屑"葛优瘫"。于是看网剧，嗨翻自己和好友，才是时尚和潮流。最近，最嗨的，莫过于一部12集的短剧《我是余欢水》。

一、黑色幽默，荒诞讽刺，折射社会现实，扒掉了每个人的画皮

用"放屁都砸脚后跟"来形容《我是余欢水》中的男主人公余欢水，一点也不过分。这个悲催的中年男人，一场车祸失去了智商，床上也不行了，工作没有业绩，倒霉事一个接着一个来：因为迟到被领导扣工资；想去接儿子下学，领导不准假，结果让儿子在雨中被淋一个小时，被老婆怒骂。其实老婆根本不爱他，因为自己家里的住房条件太差，看中了余欢水有房子，工资收入比她一家人都多，才嫁给他。窝囊透顶的余欢水想买辆车改善接送儿子上下学的困扰，结果好友欠他13万元不还，却一直谎称在非洲回不来，坦言"还不还钱要看心情",让在 4S 店提车的余欢水的老婆和儿子空欢喜一场,败兴而归。让期待看开着新车回娘家的老丈人、老丈母娘、小舅子对他冷嘲热讽,再加上老婆和初恋男友死灰复燃,决定和余欢水彻底分手。余欢水这个中年不得志的男人,活得小心翼翼,换来的是处处碰壁,甚至被邻居、单位同事无端羞辱、嘲讽谩骂。离婚了,他咬牙花了一千多元买了一瓶茅台想善待自己一回,买回来的却是假酒,头晕、呕吐,上医院拍个 CT,却拿错了片子,被医生诊断为"胰腺癌",最多活不过半年。为了给老婆孩子留点什么,自己净身出户,把房子留给老婆,此时家乡的老爹也来找他要钱,没有 5 万块钱,老爹后娶的后老伴就不跟他过了。余欢水走投无路想去卖器官,却被地下黑市"医生"说,"胰腺癌,所有器官都不能要,带癌。只有眼角膜可以卖"。说好的 6 万元,拿到手只有 3 万元预付款……这位小人物悲惨命运集结了现实社会底层形象的所有元素,该剧播出后,被广大网友感慨"人人都是余欢水",是万千中年男人的写照。而非法人体器官买卖、单位领导偷偷生产不合格电缆中饱私囊、黑社会老大光天化日之下拿刀捅挡路的路人无人敢管,余欢水误打误撞,撂倒了黑老大,电视台记者报道余欢水见义勇为和抗癌斗士"双料英雄",在全市掀起向英雄学习的高潮后,却被医生告之是"误诊",而可悲的是为保住被提拔为新闻部正主任的官职,白副主任继续要求余欢水充当"双料英雄",到处作报告……可以说,把现实社会痛点像镜子一样,一一折射出来,把黑色幽默和荒诞讽刺玩向极致,像手术刀,扒掉了每个人的画皮!

二、以故事大反转叙事,充分释放人性的善意和社会正能量

该剧之所以受到网友的一致叫好,或笑中有泪,是因为剧情没有沉浸在揭露批判社会不公的狭隘个人主义小格局,而是跳了出来,以宽广的心胸、宏大的社会格局关照社会底层人物命运。余欢水在被查出"胰腺癌"时,

被他用200元雇来冒充"家属"的摊煎饼大妈，就同情地把200元还给了他，她自己的老头子就是胰腺癌走的，花光了家里能借来的钱，她知道那是个败光家底也治不好的病，同情这个弱者。一家慈善组织也给余欢水提供"临终关怀"。特别是当他见义勇为的事迹被媒体传播后，一家公司捐赠给余欢水100万元，公安机关也奖励他10万元。他本来生性胆小怕事，得知自己"活不了几个月"后，就"死"也不怕了，敢于面对歹徒的匕首，敢于怒砸扰民装修的邻居室内施工现场，敢于骂欺负自己的同事，甚至敢于敲诈3位黑心的企业领导。后来在正义的感召下，敢于把领导暗地里生产不合格产品中饱私囊的事举报，敢于拒绝领导给价值2000万元豪宅封口的诱惑，敢于拒绝以女色出位的女上司的赤裸色诱（虽然也小鹿乱撞，甚至先主动脱掉了衣服和裤子，但在"临门一脚"的关键时刻把持住了自己）。被黑社会黑老二绑架后，也敢于怜香惜玉保护弱者"栾冰然"。善有善报，最后歹徒被公安击毙，坏领导锒铛入狱。该片彰显了底层善良群众人性的光辉，弘扬了正义，观照了道德、法律、人情和爱情。让不爱自己的老婆，有体面地追求到真爱的权利，让自己的真爱，在开放的结局中，给观众以无限遐想……

三、主人公表演望臻完美，"扑街"精神赢得"彩虹屁"

男主人公的饰演者郭京飞在剧中倾注了全部情感饰演，他的演技确实震撼了网友，观众看到他在得知自己身患绝症"胰腺癌"时，巨大的精神打击，像压死骆驼的最后一根稻草，余欢水精神彻底垮了，他一个趔趄倒在马路上的那个镜头，膝盖和身子像面口袋一样垂直落地，脸部直接砰的一声砸在了人行道砖石地上，还因为动作幅度太大而弹动了几下。实在是太真实了，那是豁出命来饰演这一晕倒的场景，让人看了都很心疼，感觉郭京飞不是在演"余欢水"，他就是被霉头和噩耗击垮的那个人！网上对于郭京飞这样豁命诠释角色的演技也是吹了一串彩虹屁，无疑这也是对他演技的充分肯定。

上网查看，郭京飞出道较早，毕业于上海戏剧学院，早年间并不混迹影视圈，而是致力于话剧，还有一个外号叫"话剧小王子"。2006年凭借主演的话剧《牛虻》获得第10届佐临话剧艺术奖最佳新人。2009年因话剧《罗密欧与祝英台》获得第19届上海白玉兰戏剧表演艺术奖主角奖。2011年出演爱情喜剧电影《失恋33天》。2012年主演职场轻喜剧电影《小鱼吃大鱼》。2013年领衔主演古装职场喜剧《龙门镖局》。2014年主演轻喜剧《约会专家》；同年主演并监制季播悬疑剧《暗黑者》。2015年参演电视剧《解密》。2015年3月参加中央电视台原创中韩明星体验类真人秀节目《叮咯咙咚呛》。2018年12月28日，获第五届"中国电视好演员"表彰盛典优秀演员奖。原来是个货真价实的实力派演员，此次主演的电视剧《我是余欢水》是他演艺事业的又一个高峰，受到业内业外一致好评。

其他主要女演员，表现中规中矩，尤其是栾冰然这个女主角的扮演者苗苗就显得"傻白甜"，像是玩票，虽然"栾冰然"是一个心机girl，但是并不算腹黑，在剧中的存在感很低。高露饰演的余欢水的老婆甘虹，过于僵硬，除臭骂丈夫时，有一点进入了角色，其余缺乏内心展示。相反，几个配角，如3个公司"坏领导"和倒卖人体器官的"李姐"、电梯里任意让狗撒尿不讲理的霸道女邻居等，表演得轻松，有老戏骨的张力。

四、打造短剧中国化的可行模板，率先新型短剧集出圈

《我是余欢水》是由孙墨龙执导，郭京飞、苗苗、高露等主演的当代都市题材电视剧，在豆瓣网评分高开低走，8.4冲高后回落到7.5，口碑也算炸裂级。回落的原因是最后一集的台词，剧情中被绑匪绑架的女主角求饶称"放了我吧，我是女的，我弱势"，绑匪回答道，"别来这套，男女平等，你们不是天天哭着喊着要女权，我给你呀"，这样的对白让网友很愤怒，认

为"编剧暴露了狭隘的性别观"。但瑕不掩瑜，在艺术上的可圈可点已是有目共睹。

该剧最可贵的地方，是打造了短剧中国化的可行模板，特别是在国家广电总局出台了"限长令"（限制注水剧和动辄就70—80集的长剧）之后，《我是余欢水》以12集的篇幅，引领了短剧的风骚。据权威部门统计，长视频正在面临"失去耐心的一代"。爱奇艺通过大数据发现，网友对长剧的弃剧率越来越高，对于45集以上的电视剧，2016年的观众弃剧率是47%，2017年是50%，2018年第一季度增长至56%。严酷的现实，倒逼电视剧生产供给侧的改革，势在必行。况且，12集左右，是国际上流行的电视剧的长度，许多国际影视大公司推出的连续剧，大体如此。英国短剧更是大多以2集、4集、6集、8集，到11集、12集为主流。严格认真对待影视作品，精雕细刻，适可而止，既叫好又叫座。国产短剧《我是余欢水》用出色的实践给出了答案，短小精悍，故事紧凑，对当代社会的呈现可谓入木三分，以诙谐幽默、黑色荒诞的方式描写了这位社会底层小人物的艰难境遇与心路历程，因而，率先新型短剧集出圈，则在情理之中，也在意料之外，如此走红网络、手机端，让网民和观众大呼过瘾，激发不少业内人士对本不太看好的此剧刮目相看。《我是余欢水》的成功也说明，剧集未必越长越好，演员未必是越是大咖大腕儿越好，短网剧也必须完美，摒弃注水冗长，剧集长度精悍适中。对演员的期盼是，演员不唯流量，以合适、演技为先。

总之，《我是余欢水》实现短剧和现实题材的逆袭。网剧这片蓝海，水深得充满惊涛骇浪，那就是网民的批评，网民的口水完全可以淹没所谓"航母"（动辄70—80集的长剧）。收看行为不同于大电视，观众不再是被动的，有快刷、慢刷的自由，网民充分掌握主动，是主宰。制片方看准这是资金洼地，市场更大、空间更大，再加上爱奇艺、腾讯视频、优酷等本身就是投资方，于是，网络空间的独播网剧走入了新时代。不少优质网剧"反向输入"电视台，甚至走出国门实现出海。因此，把握机遇，在这片蓝海弄潮，网剧的美好时代和大电视剧分庭抗礼的时代已经来临!

— 44 —

从《长安十二时辰》《鹤唳华亭》到《庆余年》,中国网剧崛起并反向输出

"嗨,在追剧吗?"

"Sure!"(当然!)

你也许司空见惯,在地铁里、公共汽车上,不少当下青年甚至大妈,戴着耳机听,低着头,一只手僵直地托着手机,另一只手握着车厢扶手,在人潮中被挤成柿饼状,目光还死死盯在小小屏幕上。不过,彼此心照不宣,此时的语境,大家心领神会,追的绝不是电视上的剧,而是网剧。

当下最红的网剧,非《庆余年》《大明风华》莫属,毫不吝惜地让粉丝蜂拥狂追。而此前,《长安十二时辰》《鹤唳华亭》的火爆,为这部后来居上的网剧培养了无数粉丝和不可或缺的收视习惯,咪咕、爱奇艺、腾讯视频、优酷视频等,坐收流量,赚得盆满钵满,中国的网剧从酒巷深处、从偷偷摸摸,走向崛起,并反向输入电视台。

一、《长安十二时辰》刷新并矫正了人们对网剧的看法

中国网剧,又称"小电视剧",从诞生之日起,就是庶出,常被称作"贱坯子",是电视台不要的"破烂",往往是制片方亏了血本,上不了电视,只

好当"破烂"卖给来者不拒的"废品回收站",好歹赚几文钱。在网络无序的那段"井喷"时光,网络成了"第二个舆论场",乌七八糟,乌烟瘴气。俗话说,老天如果要让谁灭亡,一定让其先疯狂。果然,政府出台,雷霆行动,净化网络空间。网络不再是"第二个舆论场",异样的声音必须闭嘴,黄赌毒被扫除干净,而网剧也加强了审查,"线上线下一把尺子",让那些触碰红线的bug、蟑螂、老鼠,统统被"电死",网络空间迎来了净化的春天。

庶出变成了嫡出,制片方看准这是片资金洼地,市场更大,空间更大,再加上爱奇艺、腾讯视频、优酷等本身就是投资方,于是,网络空间的独播网剧走入了新时代。不谈以奇葩说、吐槽大会为代表的网络节目成为娱乐急先锋,只聚焦网剧,不难看到,网剧以小成本剧为普遍现象,对正义、生命意义等情怀给予了正面关切,涌现出一大批佳作。如大家熟悉的《忽而今夏》《白夜追凶》《东方华尔街》《假如没有遇见你》《虎啸龙吟》《你好,旧时光》等网剧不仅获得官方认证,也颇得观众青睐,豆瓣评分都比较高,《白夜追凶》更是9分"封神"。网剧确实以惊人的速度崛起。近年来不少优质网剧"反向输入"电视台,甚至走出国门实现出海。

短剧成为网剧发展进程中的一个重要趋势,受到视频网站的推崇。但是,网民觉得不过瘾,期盼大成本、大制作、鸿篇巨制的独播网剧。顺应这一市场需求,经历了蛰伏期,大网剧似乎要破茧成蝶。但是,网民绝不愿意看动辄七八十集的古装历史剧,对沉疴内容注水已久的国产电视剧深恶痛绝,因此,期盼大网剧也必须完美,摒弃注水冗长,剧集长度精悍适中。对演员的期盼是,演员不唯流量,以合适、演技为先。古装宫廷剧、战争剧、历史正剧是网络视频用户最爱的三大题材。

不得不说说前一段火爆的48集《长安十二时辰》,以豆瓣评分8.6分的黑马姿态,刷爆了整个朋友圈。《长安十二时辰》剧情比起电视播放的正剧,也算毫不逊色:唐朝守军第八团,孤军固守边塞,弹尽粮绝,几乎全部战死,张小敬和他的师傅隐居长安,师傅有意把女儿闻染托付给张小敬,可是要替第八团看尽长安的闻家父女,在盛唐时期天宝三年上元节时发生在唐城内的一次刺客行动中,都死了。张小敬出身行伍,退伍后任唐城地方安保"不良人",后因处事不当违反唐律被关押狱中。唐城混入可疑人员,负责安全的靖安司特例委派张小敬戴罪立功、侦破此案。经过张小敬的一番调查,发现敌人的阴谋是为了在上元节晚上的集会中制造混乱,而距离上元节花灯大会只剩下短短的几个时辰了,张小敬必须在上元节花灯大会前抓住搞破坏的刺客。在调查与追捕中张小敬还发现靖安司中竟然有敌人的内应,在一次次的斗智斗勇中,张小敬终于在最后关头揭穿了背后主谋,阻止了破坏的发生,解救了唐城里的黎民百姓,同时,他通过救了皇上,弄清楚了是奸臣置第八团于死地、见死不救的真相,奸臣得到了惩处,为第八团死难的兄弟讨回了公道,他们的浴血付出最终得到国家和人民的认可与追封。

《长安十二时辰》不愧是中华人民共和国成立以来的大制作,仅筹拍就用了7个月,拍摄了217天,使用群众演员3万余次,跟组演员近2万次。除了剧情烧脑、刺激之外,为了体现大唐的盛况和朝代特点,这部剧在布景、场面、服化、道具,甚至是镜头、摄影等,可以说是登峰造极,十分考究。最大限度地还原了大唐盛景,复原了千年长安的风貌与气质,营造了出一种梦回大唐的真实感。

李白曾有诗云:"危楼高千尺,手可摘星辰。不敢高声语,恐惊天上人。"白居易诗:"千百家似围棋局,十二街如种菜畦。"都描写了长安城内街道南北、东西向排列,相互垂直,笔直端正,宽畅豁达整齐划一的棋盘式格局,体现了长安城的布局特色,也反映出长安城的繁华以及建筑的雄伟壮丽。而《长安十二时辰》的布景和场景,就是再造了一个传说中的盛唐长安城。尤其是把上元节花灯盛景表现得震撼。"千门开锁万灯明,正月中旬动帝京。"从王公贵族到平民百姓无不走出坊门,夜游观赏争奇斗艳的各式花灯,以致车不能掉头,人难以转身。"月色灯光满帝都,香车宝辇隘通衢。"游人仕女如织、车马喧闹的场景,如在当前。"东风夜放花千树,更吹落、星如雨。宝马雕车香满路，凤箫声动，玉壶光转，一夜鱼龙舞。"

在观众们的眼中，《长安十二时辰》精良的制作，完善的细节，全员在线的演技，再配上时机绝妙的背景音乐，让人恨不得用0.5倍速观看，甚至还要二刷。该剧最动人的还有每一个鲜活的小角色，共同组成了惊心动魄的十二时辰。剧中，对长安的定义是所有普通人的悲欢离合一起构建了这熙攘繁盛的大唐盛世。《长安十二时辰》真正打动观众的，也有每个小角色、每处细小的改编，那些卑微如蚍蜉，却又耀眼如星辰的小人物。

《长安十二时辰》刷新并矫正了人们对网剧的看法，不再认为网剧是"小儿科""小瘪三""庶出小东西"，而是宏大叙事、鸿篇巨制、宏大场景、精良制作的规模大片！

二、《鹤唳华亭》奔着贺岁档而去，搅局贺岁大片

60集的古装戏《鹤唳华亭》，2019年11月12日在优酷首播。明显是奔着贺岁档而去的，就是要搅局贺岁档大片，在年末岁尾的黄金档分得一杯浓羹。该剧讲述了储君萧定权为家国天下孤身犯险，收复兵权交于国家，自己背负千秋骂名而死的故事。《鹤唳华亭》在豆瓣评分7.5分。罗晋和李一桐主演，这部剧一经播出就受到了许多观众的好评，因为剧组非常用心，剧中布景、服装、礼仪、台词等都十分考究，各位演员的演技也在线，反转又反转的剧情更是让人欲罢不能。这部剧豆瓣开分7.7分，后来下降了一些，一开始搅局势头强劲，应该是因为停播和更新的问题，好事多磨，后来分数下降了0.2个百分点。但还是不错的口碑，属于"炸裂"级。

该剧具有强烈的传奇性和揭秘性。建元四年，萧定权被南齐立为储君。外有一代名将的母舅顾思林力撑，内有清流领袖的太傅卢世瑜支持，因而被皇帝萧鉴所忌惮打压。深受儒家传统教育的定权渴慕父爱，谨守臣子与儿子的责任，萧鉴却对其一再疏远，并纵容庶长子齐王对储君之位的觊觎。齐王

步步紧逼，先破坏太子冠礼，再逼文官死谏，使定权在朝中逐渐举步维艰。齐王设计，害死文官陆英并嫁祸于定权，陆英之女文昔为复仇化名"阿宝"潜入东宫，与定权的相互试探间逐渐产生不一般的情感，并最终反戈助定权险胜。顾思林被害，顾家愤而起兵，定权为家国天下孤身犯险，收复顾家兵权交于皇帝，自己背负千秋骂名而死。多年之后，皇帝看着阿宝留下的孩子承欢膝下，终于老泪纵横。

人民网评价《鹤唳华亭》这部剧，"不以奇观化场景和浮于表面的激烈戏剧冲突夺人眼球，反而在沉静的节奏中勾勒出深度的内心纠葛"。的确，电视剧《鹤唳华亭》将细致处做到了极致，仿佛是一部古装版《纸牌屋》，营造出了无声胜有声的意境与韵味。《光明日报》也对《鹤唳华亭》做出了高度认可，以之为代表的国产电视剧创作"不再单纯依靠原著小说等IP的光环和热度加持"，在国产剧的表达升级、观念更迭、品质提升上，《鹤唳华亭》做出的范式具有重要意义。

《鹤唳华亭》编剧和制作不谓不匠心精良，剧情环环紧接、一波三折，把深宫悲催太子萧定权的上位史讲得丝丝入扣。聚焦朝堂权谋，男人之间的暗流涌动，争权夺位也颇具看点。但是该剧生不逢时，大家对宫斗戏、廷斗戏已经产生了严重审美疲劳，如果不跳出非忠即奸的窠臼，很难实现逆袭。该剧总喜欢三轮密不透风的大反转，无反转不叙事，让不少追友一脸蒙逼。不是跟不上节奏，就是如吞鸡肋。再加上官方一再下限古令、禁宫斗令。大势所趋，犹如在没有水的沙滩上，要"咸鱼翻身"，即使导演、制片方、出品方和播放方使出浑身解数、气冲牛斗之力，能赚来7.5分的炸裂口碑，也算是奇迹了。

该剧把斗争场景从后宫转到了朝堂，主线是讲罗晋饰演的太子萧定权如何深陷权力旋涡，和亲哥亲爹龙争虎斗的过程。暗线则少不了爱情和亲情等情愫纠葛。但有不少网友诟病演员特别是男主角"他的情绪太饱满了""太过火了"，在《鹤唳华亭》中，罗晋的眼泪就像反转一样，取之不尽用之不竭。

流泪的次数高达"1集7次"。但无论如何,《鹤唳华亭》在年终岁尾,掀起了一波激流,给网友留下太多可圈可点可吐槽可甩鼻涕甩眼泪的地方,得到热切关注,便是胜利。

三、《庆余年》成为年度古装大剧,热度和口碑一路飙升

年度古装大剧《庆余年》自11月26日在腾讯视频开播以来,热度和口碑一路飙升,豆瓣评分也一度稳居8.0分。甚至有些人为了想看这部剧,出现了盗版。12月20日上午《庆余年》官微发表声明,称已向公安机关和人民法院报案,并且号召粉丝和广大群众打击侵权盗版,与《庆余年》共渡难关,可见其空前火爆的程度。

相比其他古装剧,《庆余年》看着轻松不累,不烧脑,还比较好玩。故事讲述了皇室私生子范闲的故事,从小被送到偏僻的小城,武侠高手费介教他识毒用毒和武功,范闲武力精进已达上乘。在破解了一场投毒事件后,他带着危机感和对真相的探索前赴京都。在熟悉京都的过程中,范闲见识了柳如玉和弟弟范思辙的下马威,对未来的妻子林婉儿一见钟情,也看到了亭亭玉立的才女妹妹范若若。然而随即平静的生活被突然打破,范闲在牛栏街上遭遇了一场围杀,私人保镖滕梓荆为救范闲而死,各方庆贺范闲的逃生,更引得太子和二皇子争相拉拢,却无人在意死去的卑微侍卫滕梓荆,范闲感到心寒,更加理解母亲叶轻眉要改变世界的想法。在充满正义的小伙伴们的帮助下,范闲历尽千山万水,不断克服各种困难。在这个过程中,范闲饱尝人间冷暖,但依然不忘赤子之心,坚定着自己的理想。

作为拥有百万粉丝的超级 IP 影视化改编,《庆余年》表现不俗,《庆余年》出圈成为年度 IP 剧代表作,年末引爆观剧高潮,也让 2019 年的 IP 改编以"庆余之年"完美收官。剧作既根植于传统文化,又超脱于传统历史小说,是一部极具东方古典气韵和现代意识的力作。这也许就是这部剧能够在如今

这么多男频古装剧中脱颖而出的缘由吧。

看《庆余年》让网友最大观感是一个字"爽"。作品是浪漫主义和理想主义在时代新的叙事语法中的张扬,主角一路开挂,是个穿越众多朝代的超人,范闲从现代穿越到庆国,身边的人都无法理解自己,让他显得格格不入。但是他惩恶扬善留下无数英雄美谈。就像人们喜欢西游记里的孙悟空一样,范闲这个人物让网友集体陷入童年梦游,可天马行空,实现各种稀奇古怪的愿望。在《庆余年》中,范闲不仅武功高强、还会施毒解毒,见佛杀佛,见鬼杀鬼。可解毒让无辜百姓免遭荼毒之苦,想避开美女的纠缠时,略施小毒让倾国倾城的妓女晕倒后,自己自行离去救滕梓荆于鲁莽杀人之前。为赢得满皇都贤淑美女的青睐,能把《红楼梦》倒背如流,抄写在纸上,造成"洛阳纸贵";想出人头地时,抄录一首杜甫的名诗《登高》,就轻松击败宫廷桂冠诗人。遭到危难时,总有贵人帮忙,拼爹,拼女友,总能化险为夷。不过,剧情也有大反转,他没有按亲爹(庆帝)这位天子设计的前程走下去,范闲这位看似京城十里八荒外的"私生子",从冲冠一怒为蓝颜(滕梓荆)开始,挖掘亲娘(叶轻眉)被杀真相,并一一见招拆招,以"天若有情天亦老"的家国情怀,最终还摧毁了亲爹(庆帝)的"大谋大志"。

《庆余年》大热,除了"爽"还在于它给予了观众亲切感,仿佛是用当下@语境,和古人对话。古今时差非但没带来隔离和陌生感,反倒因为贡献出"笑点"让人大呼过瘾,欲罢不能。《庆余年》将各个无厘头的要素"蒙太奇"在一起,模糊的历史、模糊的国度、模糊的朝代、模糊的风土人情,范闲写的一笔烂字可在宫廷赛诗会上夺魁,林婉儿公主却酷爱吃炸鸡腿,在无数个场合,逮住炸鸡腿就往嘴里狂嚼,毫无皇亲国戚的闺仪。范闲嘴里一口一个"哇噻""手机""电脑"等现代词语,让古不古、今不今的庆国人一脸蒙逼。

《庆余年》让网友大呼过瘾,还在于该剧轻松地架构庞大的无厘头的群像戏,每一个配角身上都超有戏,每个看似不起眼的角色,都有可能成为推动事件发展的关键人物。剧中范思辙、王启年这样很是讨喜的角色出现,特别是王启年,时而谎话连篇,满嘴跑火车;时而满脸正义感,点评时事义正词严。这些插科打诨,让《庆余年》始终处在一种极其欢乐的氛围之中。即使有很多阴谋和算计,也不会让观众产生不适的反感情绪。与其说,该剧"弑父弑君"即范闲成功杀了庆帝(庆国皇帝,范闲的亲生父亲),不如说,让一个天外来客范闲动摇了城邦的权威和等级社会根基。看似荒诞不经,但似乎有那么一丝丝合理性,博得大家莞尔一笑而已!浙江卫视播出此剧,收视率还不错。

四、《大明风华》收视率破2创古装戏新高口碑也炸裂

最近热播的古装戏《大明风华》无论是口碑还是故事情节,都深受网友追捧,豆瓣评分6.6分。故事讲述了明永乐元年,靖难之役,建文帝削发入山,行踪遂成千古之谜。建文旧臣,尽遭屠杀,御史大夫景清,夫妻罹难,长女若微,被副将孙愚所救,次女蔓茵,为太子朱高炽所救。骨肉同胞,一在宫中,一在江湖,同时长大。10年之后,若微图谋刺杀朱棣,妹妹蔓茵嫁入宫中,若微在刺杀中,遭遇皇太孙朱瞻基,目睹了金陵城波诡云谲的政治叛乱,苍茫暮色中,曲折隐微的帝王心事,国家正在从乱象中恢复,平关外,迁首都,通运河,郑和下西洋,扬威海外,编撰《永乐大典》,盛世将成。最终若微决心放弃个人仇恨,辅佐登上皇位的丈夫,为天下人谋取最大的幸福和安宁,她历经了五帝六朝,以自己的气度和智慧,数度救大明王朝于危难,在历史洪流中,孤身一人,溯流而上,见证了一个伟大时代的诞生。

《大明风华》的优点很多。首先,历史宏大叙事,把大明朝最波澜壮阔的历史包括"郑和下西洋""编纂永乐大典""靖难之期攻济南城"等历史事件,通过新的结构和细节,一一呈现,让明史"活起来",为观众铺陈开一幅宏大的明朝画卷。其次,再现了明朝的辉煌,观众看到了明代前中期盛世,看到修齐治平、治国安邦的政治理想;看到郑和下西洋中华民族合作共赢的外

交思想，看到一代君臣的家国情怀。最后，通过考究的细节和服装道具，多面呈现了中华文化之美。开篇引入的昆曲《单刀会》，故事中涉及的鸡缸杯、宫廷画、宣德炉，都从细微处撑起历史底蕴。还有语言风格凝练讲究，文学性强。

但是，该剧开篇的倒叙并没有产生先声夺人的效果，反而略显冗长不吸引人，在宏大叙事上，中规中矩，套路满满，没有跳出偶像剧的窠臼。这也是豆瓣评分不太高的原因。

"正入万山圈子里，一山放出一山拦。"从时代的高点回望，古装进入调整期，现实主义题材成为主流。如今更多的影视制作公司已经将重心移至现实主义题材之中。但是，不得不承认，网络剧创造了竖屏剧热闹非凡的蓝海，未来这仍是片被看好的红海。网剧和大电视剧分庭抗礼的时代已经来临，甚至，有人预言，不久的将来，竖屏剧，也就是网剧，终有一天要超越大电视，成为人们收视和娱乐的主要渠道。

— 45 —

电视剧《新世界》是一部反映北平人渴望解放的史诗

70集的电视剧《新世界》终于迎来大结局，男一号徐天从旧警察变成了人民公安战士，女一号田丹真正走入北平成为新世界的引领者，黑白两道通吃的金海死于结拜兄弟铁林之手，而作恶多端的铁林、杀人恶魔"小红袄"等也都得到应有的惩处。新世界，人民当家做主，北平换新颜。这是一部牢牢吸引观众的开年大剧。虽然在豆瓣网评分高开低走，最终为6.4分，但是，在全国抗击新冠肺炎疫情期间，大多数人宅在家里，丰富了防疫期间人们的精神文化生活，为打赢疫情防控阻击战贡献了力量。在艺术上也有可圈可点之处。

一、凸显黎明前亲情、爱情、家国利益的错综纠葛，是一部反映北平人渴望解放的史诗

如何反映北平解放，该剧没有落入重大题材宏大叙事的窠臼，而是从三个不起眼的小人物故事讲起，中华人民共和国成立前夕，白纸坊警署小警察徐天（尹昉饰）在追查未婚妻贾小朵被害案件过程中，意外参与到中国共产党和平解放北平的事业当中。面对动荡的时局，金海（孙红雷饰）、铁林

（张鲁一饰）和徐天三兄弟所处不同的位置，在亲情、爱情、国家利益、个人信仰发生激烈冲突的时候，情同手足的三兄弟做出了不同的选择，走上了截然不同的人生道路。

该剧虽然是描写小人物的故事，但是，小中见大，折射了时代的洪流，该剧深度关照了北平边缘人的生存环境和人文心态，三个结拜兄弟黑道、白道、官道的鲜活故事，徐天和共产党员田丹（万茜饰）在绝境中相识，使命感让两个人走到了一起，徐天选择在动乱中协助中国共产党取得了北平的和平解放，迎来了新世界。这些在历史洪流中被席卷而前行的小人物故事，唤起老北京人的集体回忆。毛主席说过，"人民，只有人民才是创造历史的真正动力"。正是无数个小人物推动了历史进程。因而该剧以平凡人物为对象，他们的故事共同组成了历史大背景下有板有眼的惊心动魄的北平史剧。剧中，对北平的定义是所有普通人的爱恨情仇与悲欢离合一起构建了这熙攘繁盛的古都。为了迎接新世界，他们的生存、活着的理由，虽然卑微如蚍蜉，却又耀眼如星辰。因此，该剧是一部看似荒腔走板又丝丝入扣波澜壮阔栩栩如生反映北平解放前夕的平民生活史诗。

该片把旧世界的黑暗、混乱、无序、杀人越货、草菅人命和人欺负人等丑恶现象暴露出来，活埋人、杀人如游戏，恶魔把穿小红袄的无辜女人一年杀一个，流尽鲜血而死，还有恶霸开赌场、放高利贷、官匪一家，妓女和政客醉生梦死，特别是沈世昌为了杀冯清波在大街上开枪射杀无数无辜百姓，种种暗无天日的现象和新世界做了可期待的对比，新世界是一个崭新的世界，如红日升起在东方，百废待兴，干净、有序、平等、安全、善良、友爱和纯洁才是新世界的标签与元素。向往新世界，迎接新世界，贫穷的百姓站起来拥抱新世界，人民当家做主，这也是该片名定为《新世界》的深刻意义。

二、新人物形象：跳脱传统正邪善恶，每个人物都活出自己的理由

该剧可圈可点之处，就在于全新诠释了大背景下的人物形象，跳脱传统的正邪善恶，让每个人物都有合理性。最成功的人物形象是金海，北平第一监狱长，性格沉稳。是黑白两道通吃的人，为徐天兄弟，去杀叫板的仇人却不对兄弟显露此事，只要是该大哥担当的，他一定担当。对妹妹和钟情的女人刀美兰竭尽呵护之能事。在大是大非上，为了协助女共产党田丹从狱中逃走一事封口，他把自己积攒一辈子的金条都分发给手下的狱警。在私利前，他敢于挑战不可一世的特权人物柳爷和其父沈世昌，靠精明要回了属于哥仨的 46 根金条，还从沈世昌手中讹诈出另外 40 根金条。结局死而复生出现在宁波，令人喜出望外。

第二个成功的人物形象是二弟铁林，这个保密局的窝囊废，为了出人头地，不惜杀害三弟徐天的父亲和结义大哥金海，不仅床上窝囊不举，而且生活中处处小气，如乘洋车不给车夫钱。为了一纸空文的"少将"委任状，在大厦将倾之时，做无畏的垂死挣扎。但是，他爱老婆，为了让老婆跟着自己吃香的喝辣的，给冯清波当狗，低三下四，丑态百出。是个京城下三烂的典型代表。抽鼻子、嗑瓜子等下层瘪三的恶俗，全演绎到位。

大多数观众不认可徐天和田丹，一个被塑造成性格耿直倔强的莽汉，干的事都不靠谱。另一个留洋回来，无所不能，特别是女主角田丹爱上了这个莽撞傻小子，毫无厘头，一个天上一个地下，不可能的。恋爱戏是此剧最不成功的，徐天和田丹干的事都太不可思议，超出正常人的行事和思维逻辑。但是，演员外形可爱，符合年轻人的审美，还是赢得不少未婚青年男女观众的青睐。

值得一说的，是该剧最动人的每一个鲜活的小角色，共同组成了惊心动魄的新世界。北平，是所有普通人的悲欢离合一起构建的。《新世界》真正打动和吸引观众的，是北平众生相，每个小角色，卑微如蚂蚁，都很出彩。徐

允诺，小耳朵给人印象深刻，张瑶饰演的关宝慧演出了皇族格格的心高气傲、豪横。而到后来，挨了金海一个嘴巴，挨了柳爷一个嘴巴，只好忍气吞声。为了丈夫铁林，嫁鸡随鸡，后来铁林杀了徐叔和金海，她掩盖真相，甚至求徐天饶铁林一命。关老爷子这个角色，时傻时疯，时清醒。是个戏迷，一口老北京话，地道至极。拿着戏台上的银枪，怼着铁林驾驶着的现代吉普车，简直就是堂吉诃德战风车式的"挑滑车"！李成儒饰演的小角色修理照相机的小老板、梁天饰演的照相馆小老板和宋丹丹饰演的胡同老太太，台词不多，但是京腔京味，全须全影地诠释了老北京人的真实状态，堪称戏骨之作。

沈世昌是一个枭雄，由老戏骨秦汉扮演，把其老奸巨猾饰演得惟妙惟肖。借和谈之名，诱杀共产党。又借和谈之名，坐看国民党是否得势。如果得势，他是杀共产党的功臣；如果失势，他成为和谈的功臣。本打算靠着左右逢源，混成几朝都吃得开的高参元老人士，最后机关算尽。但是，士可杀而不可辱，死前非常淡定，气度雍容，死得还算不失男人体面。其女柳如丝这个形象也很出彩，既有特权阶层的霸道蛮横，可以从北平走私倒腾黄金到南方提货等，也有漂亮娇柔弱女子的多情。特别是她让徐天脱衣服亮出6块腹肌的桥段，堪称精彩。但是，她担任国防部保密局的特派员，却不曾受训不精通杀人等，不合理，是个虚幻的人物，勉强靠颜值博一博眼球罢了。她手下的女子一会儿是个狙击手，一会儿笨拙地被铁林用酒瓶子敲晕了头，不合乎杀手本性。"小红袄"的扮演者十七，表面文静，暗地里以杀人放血为快，把老北京杀人魔鬼的故事演绎得有现实基础，把悬念留到了最后。

三、剧情悬念迭起，布景宏伟，但剧情拖沓，让观众吐槽

该剧之所以牢牢吸引观众，是因为善于组织悬念，该剧从第一集就开始渲染，京城传说中，有个一年杀一个穿红袄女人的恶魔，徐天的女朋友贾小朵认为自己的未来丈夫是警察，即使是杀人魔王"小红袄"，也要"看看是谁

的女人"，相信不会有人对她轻易下手，因而大意丧命。此后的剧情，都埋伏了一条悬念线，谁是"小红袄"？可怀疑对象有金海、杀猪的屠户、小照相馆老板、圣心医院外科医生、修照相机的老板等，似乎都有可能，但最终又都不是，一个一个排除，看似人畜无害的十七最后才露出是杀人魔鬼的真面目，悬念设置得好，勾着观众一路看到最后。进入新世界，用田丹的话说，不干净的人，不适合新世界，在新世界来临之前，一切丑恶现象都要清除掉，才可建立一个公平、公正充满阳光的温暖世界。

特别是该剧的布景，可谓再造了一个偌大的老北平城，四九城巍峨高耸，城内街巷纵横，大街小巷，井井有条，街面店铺林立，人群熙攘，小胡同内市井气息浓厚，四合院布局讲究，室内陈设，有怀旧感。无论是城市规模还是街巷规模，建筑群宏大空前。演员众多，特别是调动的群众演员，可谓千军万马，是近年来少有的大制作，"城内有几十万国军"，从天津又撤回许多军队，因此，仅国民党军队和炮车如潮水般行走于大街上的镜头，川流不息，就足以令人震撼。与之对比的是解放军进城的仪式，井然有序，队列整齐，步伐铿锵，声势浩大，气势磅礴，堪称史诗级大片。

此外，该片的许多细节非常真实，如天安门、午门、太和殿、前门楼子、钟鼓楼、寺庙等，不是简单的模型，和原型几乎一模一样。京师第一监狱，规模宏大，里面一道道铁门，布局错综复杂。里面还有给皇亲国戚准备的特殊雅间监房。坚固的院墙和严谨的布局，很有历史感。东交民巷的小洋楼，也强化了殖民时代洋人留下的标志性建筑特色。

俗话说细节看成败，剧中拉洋车的细节、骆驼进城的细节，勾起老北京人集体回忆。而败兵乱放枪的细节，小耳朵活埋人的细节、柳如丝和手下小女子逃跑途中金条被当兵的哄抢的细节等，真实得不能再真实了，仿佛活生生再现了发生在老北京市民回忆中的事实。该片的音乐和服化道也十分切合时代背景和人物形象，堪称精良制作。

该剧由于剧情拖沓、冗长，特别是徐天和田丹这两位男女主角形象立不住，遭到诟病如潮。注水，这是电视剧利益驱动的通病，是艺术至上还是收入分钱至上，考验着电视艺术制作人的良心。以良心对待艺术、对待观众，才能赢得好口碑，否则，痈瘤如肿，良心落水，只会招来骂声。

　　总之，这是一部开年大剧，是走心之作，演员孙红雷、张鲁一、秦汉、万茜、胡静、张瑶、尹昉等人的用心演绎，代表了近年来电视剧艺术从古装戏、雷人的抗日剧等步入歧途后的深刻转向，是向红色历史题材和现实主义题材纵深开掘的一次成功尝试，人物特色之鲜明丰满，情感纠葛之"剪不断，理还乱"产生的影响，堪称中国的《静静的顿河》。但是，冗长、注水仍是制约其成为经得起时间检验的史诗级大剧、好剧的硬伤。

— 46 —

《我们的西南联大》震撼呈现知识分子救亡爱国的苦难风流

(本文初次公开发表于2020年)

为文化抗战立传,为知识分子立像,为青春理想立赞,为民族精神立碑——一部40集的革命/历史/励志/青春题材电视剧《我们的西南联大》未播先火。年初习近平总书记在云南考察西南联大旧址指示讲好西南联大教育救国故事。"两会"期间"文旅融合,打造西南联大文化旅游新品牌"的提案被代表、委员热议。这部由中共云南省委宣传部、腾讯影业、润禾传媒、优酷联手打造,由该剧出品人、总制片人张丽影邀请著名电影导演黄建新担任艺术总监,并聚集了国内电视剧业内最优秀的编剧、导演等主创团队;以王鹤棣、周也、叶祖新、王劲松、马少骅、王志飞、毕彦君、马跃、王鑫等为主演的电视剧,通过再现西南联大这段历史,彰显了知识分子救亡图存、知识报国的爱国主义精神,讲述了一群铁骨铮铮的热血青年,不畏枪林弹雨、不惧艰难困苦,历经重重困难与考验,最终完成了从热血青年向国家栋梁之材转变的成长故事。该剧引起社会各界广泛关注和热切期待。

一、史诗大剧，立意高远，彰显西南联大"刚毅坚卓"的品质和教育救国故事，并诠释其精神的新时代意义

历史青春励志剧《我们的西南联大》取材于真实历史。1937年至1946年，清华大学、北京大学、南开大学这三所著名高校，为了保存知识火种，南下、西迁，辗转大半个中国，最后来到云南昆明合并组建国立西南联合大学。靠着艰苦卓绝的品质与敬畏学问的精神，创造了"中国现代大学办学史上的奇迹"，8年时间里，培养出了3882名学生，包括2位诺贝尔奖获得者，8位"两弹一星"功勋奖章获得者，170余位院士，以及上百位的名师巨匠，其功绩值得大书特书。该剧呈现了联大师生保护科研器材的果敢坚毅，传递了联大师生的独特风采，描绘了学子们的青春理想，再现了那个时代优秀知识分子的群像。西南联大"刚毅坚卓"的品质是中国优秀知识分子群体与国家民族患难与共的缩影，挺起中华民族文化之脊梁，"身处逆境而正义必胜的信念永不动摇"！该剧文化的厚重和历史的传承感呼之欲出。

该剧出品人、腾讯集团副总裁、腾讯影业首席执行官程武表示："西南联大的办校历程，是中国教育史乃至文化史上的一次奇迹，腾讯影业希望通过《我们的西南联大》，让当代观众感受并触摸中华民族自强不息的文化精神、中华文人的血性与风骨。基于腾讯影业的文化担当和新文创理念，我们有责任将《我们的西南联大》打造成新时代的文化符号，把西南联大的历史和精神延续下去。"该剧出品人、总制片人张丽影说："爱国，是中国当代青年思想的最大公约数，《我们的西南联大》，一曲炮火硝烟下的青春之歌，用爱国热情激发当代青年产生共情，用爱国主义点亮他们奋斗前行的道路是我们剧本创作伊始的原动力。"

二、年轻态叙事，讲好青年学子成长为国家栋梁的故事，揭秘共产党在保护知识分子和奠定联大精神的关键作用

该剧以一群年轻大学生为切入点，一下子拉近了年轻观众与传统文化的距离。在尊重历史真实的前提下，在叙事上以年轻人的青春热血、理想抱负及纯真情感来表现历史主题，抗战历史节点重大事件都有涉及，人物形象立体鲜活，剧情直抵人心。强情节、快节奏、年轻化，同时满足现在主流观众强情节+快节奏的观剧需求。如故事讲述了卢沟桥事变爆发前夜，留美富家子程嘉树从美国回到风雨飘摇的北平，和自己的心上人林华珺以及发小毕云霄经历了卢沟桥事变以及随后的日军轰炸南开等重大事件，这些残酷的血与火的洗礼，让程嘉树迅速成长，随清华、北大以及南开三校南迁继续求学报国。学校历尽艰险迁至长沙，程嘉树等人在求学的过程中不仅感受到了战争的残酷，更了解到了普通百姓的苦难，从而更树立了他们全心全意、至诚报国的决心。到达昆明后，经历了林华珺的感情纠葛，学长叶润名的牺牲，国民党三青团等事件，使他坚定了"只有中国共产党才能救中国"的信仰。程嘉树从懵懂的后生小子成长为坚强果断、励精图治的知识分子。在我党的安排下，程嘉树赴美留学，学成归来后不仅教书育人，更是参与了我国"两弹一星"的研究开发，成为共和国的一代功臣。该剧刻画了联大中一批共产党员保护知识分子并掀起救亡图存运动的英雄群像，揭秘了共产党在联大精神奠定中起到的关键作用。当时联大师生中的共产党员占云南省共产党员总数的三分之一，该剧还原了真实的历史，为共产党领导下的文化抗战树立了丰碑！

三、人物形象立体鲜活，活化知识分子的风骨，栩栩如生，呼之欲出

该剧在人物塑造上，每一位知识分子形象非常立体鲜活。剧组下足了功

夫,首先便是注重剧情的家国情怀的构建,该剧虚构了程嘉树、林华珺、叶润名等青年学子人物,根据主题人物爱情故事和家国情怀,起伏跌宕,高潮迭起,直抵人心。同时还把赫赫有名的传奇人物如蒋梦麟、张伯苓、梅贻琦、潘光旦、郑天挺、闻一多、冯友兰、龙云、朱自清、赵忠尧等根据主题和故事选择他们灿烂的历史侧面,生动而传神地表现出来。特别是活化了知识分子的风骨,如冯友兰面对日本鬼子的刺刀,敢于怒斥其中日亲善的虚伪;闻一多面对国民党反动派的倒行逆施,在最后一次演讲中做出了深刻的揭露和批判,最后被特务暗杀,倒在血泊中;朱自清宁冒危险参加李公朴、闻一多的追悼会,冒坐牢的危险反对反动派随意逮捕人,并在13位教授宣言上签名……故事非常有揭秘性,知识分子的风骨,让人敬仰,是中华民族永不屈服精神的缩影,每一个剪影,都是民族精神的丰碑!每一个桥段都让观众感觉既合情合理又十分精彩,把观众带入了烽火岁月中,和故事主人公们一起同呼吸、共命运。最值得称道的是,无论是王鹤棣、周也、叶祖新饰演的程嘉树、林华珺、叶润名等青年学子,还是张光北、马少骅、王劲松、马跃、程煜等老一代戏骨饰演的角色,都传神地把知识分子风骨诠释到位,仿佛他们就是这些历史人物,向我们内心走来,定格历史,昭示未来。

四、匠心精良制作,逼真震撼,现象级大片,片长适中,艺术精品

为了更好地展现西南联大青春励志的主题思想、传递爱国情怀,该剧用了6年的时间打磨剧本,先后创作、修改了14个版本,开了72次剧本讨论会,6年时间,公司曾一度陷入财务危机。6年,其他影视公司足以制作三四部剧,上市公司甚至能制作十多部剧,而该团队还在精心打磨这一部剧的剧本。直到剧本得到中国电视艺术家协会领导、专家高度评价。拍摄期间,剧组近600人从北京开机,其间辗转湖州、常州、无锡、上海、昆明等地,共经历9次大转场,历经130天艰苦拍摄,行程近万公里。该剧呈现了

诸多战争场景、爆炸、轰炸等场景，为了达到逼真效果，使用了多吨黑火药（TNT），爆炸的场面砖石瓦块玻璃飞落的镜头，震撼而逼真。4K高清画质，用电影剪辑的方式，呈现了流畅而震撼的大片效果，音乐和拟音以及服化道都精益求精，该剧在昆明市委、市政府及市委宣传部的支持下，在云南昆明一百多亩红土地上一比一重建还原了西南联大建筑群（3万平方米），有二十多座一排排的教室，有礼堂，有饭堂，有体育场，有游泳池，和当年一模一样，甚至草坪和树木，也再现了当年的模样。该片坚决摒弃电视剧注水追求以规模变现的商业化通病，紧凑精悍得一集相当于其他剧的三集，40集的总集数，每集45分钟，打造了"限长令"以来的艺术精品，堪称现象级作品。

该剧的总制片人张丽影说："该剧做到了为文化抗战立传，为知识分子立像，为青春理想立赞，为民族精神立碑。一是倾情讴歌了西南联大赓续中华文脉，以及它所具有的刚毅坚卓、薪火相传、延绵不断的文化传承精神。二是着力赞扬了西南联大师生走与工农相结合的道路。三是充分表现西南联大对建设新云南的历史贡献。西南联大在昆明的8年，极大地改变了地处偏远、极端贫困落后的云南的面貌，尤其是教育、文化、卫生、体育等方面的变化更为显著。有人说，如果没有西南联大，云南的发展可能比中原等地区落后50年。四是生动诠释了教育兴国、科技救国的思想和理念。在极端艰苦的环境中坚持办学，西南联大人才辈出，为新中国培养了一大批优秀的科学家、教育家、人文学者。他们对新中国国防建设和新中国强大崛起所做的贡献是历史性的，是无与伦比的。"

"繁霜尽是心头血，洒向千峰秋叶丹。"《我们的西南联大》响应习近平总书记"坚定文化自信，打造文化强国"的号召，中共中央宣传部高度重视，国家广播电视总局、中共云南省委宣传部、中国电视艺术家协会及北大、清华、南开三所高校给予大力支持，是国家多部委扶持重点项目，并得到中国电视艺术家协会领导、专家高度评价。该剧精准传达正能量、大情怀，首度呈现中国现代史上波澜壮阔的文化抗战史诗，是一曲炮火硝烟下的青春之歌，是知识分子铮铮铁骨的传记,是民族精神的丰碑,艺术表达了个体价值与国家命运之间的共鸣,激励当今青年一代珍惜眼前,坚持学习、不断进取,为实现中华民族伟大复兴的中国梦而奋斗!

— 47 —

电视剧《谷文昌》：树起一座不朽的丰碑

2020年3月1日电视剧《谷文昌》（30集）在央视一套与观众见面。电视剧《谷文昌》取材于一位县委书记的生平事迹。这个普通的基层干部让习近平总书记念念不忘、撰文称赞"在老百姓心中树起了一座不朽的丰碑"。他为官一任，造福一方，不畏艰苦，实事求是，带领东山县人民苦干14年，终于把一个荒岛变成了宝岛。该剧歌颂了谷文昌"心中有党、心中有民、心中有责、心中有戒"的坚定信仰、公仆情怀和担当精神。当前，正值抗击疫情的关键时期，央视一套推出电视剧《谷文昌》，就是要让屏幕上这个信仰坚定、爱民如子、艰苦奋斗的共产党员干部形象激励观众，鼓舞人民，提振信心！

一、彰显情系百姓鞠躬尽瘁的干部形象，树起人民心中不朽的丰碑

20世纪50年代的东山，是个荒凉贫瘠的海岛，风、沙、旱、涝等灾害让东山民众痛苦不堪。一年6级以上大风多达150多天，全岛森林覆盖率仅为0.12%，中华人民共和国成立前被风沙掩埋了11个村庄。在解放东山岛战役中表现出色的我军侦察干部谷文昌，听从党的安排，留在此岛建设该岛。他挨家挨户了解群众疾苦，当了解到大多数家庭男丁在解放前被国民党抓走，

这些家庭受歧视生活困难，他创造性地用"兵灾家属"概念，使他们在政治上不受歧视，经济有困难者得到救济，孤寡老人由国家或集体供养。一项德政，万人称颂。他带领干部群众粉碎了敌特一次次的疯狂破坏，打赢东山保卫战。任东山县县委书记，他带领群众治理自然灾害。但是种下万株木麻黄，不料遇到持续一个月的倒春寒，树苗大部分都被冻死，仅剩下九株树苗。面对重大挫折，谷文昌没有泄气，乐观地鼓励干部群众，"能活九株，就能活九千株、九万株！"在他们不懈奋斗下，总长达194公里的林带，宛如一条条绿色长龙，顶狂风、镇飞沙、抗怒涛，环护着田园村舍。"人种树，树保地，地增粮，粮养人"，林茂粮丰、百业兴旺的景象。

二、人物塑造创新：赤子初心，本色人生，血肉丰满，立体鲜活

《谷文昌》在人物设定上非高大上或严肃刻板的干部形象，而是一个充满乐观和蔼幽默的大叔的形象，由国家话剧院国家一级演员刘佩琦饰谷文昌，导演黄克敏表示："我们要给观众展现的，是一个在真实生活中出现过的谷文昌。"剧中，石匠出身的谷文昌，吃苦耐劳，又有精明洞察的大局观。面对灾难，他总能表现出"小确幸"的惊喜，他爱唱戏，竟然在最受挫时忘情地在办公室唱起来，乐观的态度感染了每一个干部群众。他没有一点官架子，该悲哀处，他也为民流泪；该拼命时，他冲锋在前；该笑时，笑得手舞足蹈；该认真时，他铁面无私。诠释刻画出了一位既具有坚定党性又充满温暖人性的共产党人崇高的人格魅力。

三、悬念抓人，戏剧冲突迭起，明暗两条线交织叙事，结构严谨

电视剧《谷文昌》脱胎于话剧《谷文昌》，拥有非常强大的创作基础。话剧《谷文昌》是中国国家话剧院为迎接党的十九大召开而重点打造的现实

题材作品，先后获得"梅花奖""文华大奖""五个一工程奖""致敬新中国话剧70年"十大代表作。巡演足迹遍布北京、上海、湖北、云南、广西、福建、江西、山东、江苏等地，演出近百场。在总结话剧经验的基础上，根据电视剧的视听艺术特点，着力对人物、环境、细节和谷文昌的心路历程进行刻画。剧情层层递进，叙事丝丝入扣，悬念高潮迭起，每一集都充满了戏剧冲突，并为下一集的冲突预埋线索。如第一集谷文昌身负枪伤在被一个排的蒋匪军围追堵截时，忽然来了一场铺天盖地飞沙走石的沙尘暴，他成功逃脱。他认定了遮天蔽日的"沙虎"是他的救命恩人。而党要他留下来执政，遮天蔽日的"沙虎"又成了首要的"敌人"，不制伏风沙，誓不罢休。治沙这条明线和严防敌特反攻报复与破坏这条暗线，纵横交织，错综复杂，既有保卫东山之战激烈的叙事，又有和平年代建设热潮的铺陈，充分发挥了影视剧美学的张弛有度、诗情画意。

四、表演可圈可点、精良匠心制作，打造主旋律扛鼎之作

演员表演可圈可点。谷文昌的亲属谷豫东一家看《谷文昌》，给予了"像极了"的高度评价。该剧的主演刘佩琦、刘晶晶，还云集了雷恪生、奚美娟、韩童生、程煜、刘威、张喜前、薛山等众多实力派老戏骨。让每一个角色都如灿烂星河熠熠生辉。一颦一笑、举止投足，都符合角色定位，给人印象深刻。制作团队由吴子牛担任艺术顾问，黄克敏执导，谈锐、史建全、冯静编剧，话剧《谷文昌》导演白皓天担任总制片人，更是让《谷文昌》呈现了硬朗、明快、鲜活的风格，呈现了一个主旋律、正能量的"活着"方式。该剧不失为近期值得追剧的主旋律作品之一。

该剧制作精良，构图工整，剪辑流畅，有大片的艺术效果。据报道，摄制组踏上东山，走遍整个岛上，都找不到能取景的成片黄沙。后来，县政府将岛上某产业园的部分用地临时腾了出来，并"远调"黄沙，才协助剧组完

成场景布设，可见其匠心制作要求之严格。该剧音乐和服、化、道，都严丝合缝地还原了那个时代的特点，烘托出极浓厚的年代戏的艺术氛围。

电视剧《谷文昌》用艺术诠释了前辈用青春书写的誓言，用热血铺就的长路，用生命熔铸的丰碑。打造出一部情系百姓、讴歌英雄、致敬新时代的精品力作，为当代主旋律的影视题材创作树立了一个新的风向标。

— 48 —

《正是青春璀璨时》：浪漫主义叙事闪耀家国情怀的光辉

电视剧《正是青春璀璨时》是一曲和平年代的青春之歌，是对奋斗者青春年华的礼赞，自 2020 年 7 月 13 日在中央电视台电视剧频道播出以来，在全国观众的心中荡起热血沸腾的豪迈情感。

一、青春的诗行由奋斗写就，青春的故事世纪回响

《正是青春璀璨时》全景式讲述 20 世纪 60 年代最美"逆行者"的故事。出于战略需要，毛泽东提出战略构想，把全国划分为前线、中间地带和三类地区，分别称为一线、二线和三线。其中三线地区位于中国腹地。建设"三线"，一大批关乎国计民生的企业转移到偏远中西部，对中国中西部工业发展起到"加速器"作用，初步改变了中国东西部经济发展不平衡的局面，带动了中国内地和偏远地区的社会进步，堪称中国历史上空前的西部建设战略。

由习辛执导，李健、黄曼领衔主演，刘冰玥、刘明瓒、杨静儿、夏天、杨猛、白建才等联袂主演的《正是青春璀璨时》，剧情从 1964 年冬天开始，时间跨度 50 多年，直到新世纪、新时代"三线"企业的全面改革，凤凰涅

槃,再度崛起。在波澜壮阔的时代背景下,讲述六盘水两代"三线"人关于事业、家庭、情感、命运的动人故事,彰显"三线"建设英雄群像,讴歌了"艰苦创业、勇于创新、团结协作、无私奉献"的"三线"精神。"三线精神",与"两弹一星"精神、"载人航天精神""抗洪救灾精神"等一起,被中宣部列为新时代大力弘扬的民族精神、奋斗精神。该剧以"三线"精神为内核,与当下现实形成观照和呼应,释放出民族精神的强大力量。

二、青春的璀璨在奉献中溢彩流光,青春的芬芳因高洁而饱满绽放

该剧宏大题材年轻态叙事,人物丰满,性格鲜明,人性的晶莹闪耀家国情怀的光辉。在这部剧中,塑造了一系列形象丰满、性格鲜明的人物,用浪漫主义的表现形式把一个个承载着家国情怀的"三线"人刻画得血肉饱满。诸如方云鹤、林雨萍、孟德耀等,理想坚定,排除万难,艰苦奋斗,让青春在"三线"建设中绽放光芒。

宏大题材年轻态叙事,不仅以年轻人物为故事的主人公,而且,叙事上用当下年轻人喜爱的浪漫故事为切入点,讲述了他们的痛苦、纠结、隐忍、坚守、无畏、奉献。爱情在这里不是点缀,而是一波三折,林雨萍费尽千辛万苦找到了方云鹤。两人在一起没多久,方云鹤在一次矿难中,被洪水冲走,全矿职工寻找数日在暗河下游几十里外只找到了他的鞋子和衣服,被认为死了,开了追悼会。为了保住肚子里的孩子,林雨萍嫁给了善良体贴的夏文忠。方云鹤被彝族姑娘阿珠从河滩上救起,昏迷了好几个月,经过精心呵护,他活了。当得知林雨萍嫁人,在夏文忠的努力下,方云鹤慢慢振作起来,找到情感归宿,和阿珠在一起。两难的爱情,成为该剧深深吸引年轻观众的亮点。

三、青春的节拍快速铿锵，青春律动与时代同频共振

　　该剧仿佛是一首青春圆舞曲，情节紧凑，节奏明快，悬念迭起。开场就是一场冒顶矿难！惊心动魄。方云鹤在事故中双腿负伤，几个月都得在轮椅上度过。党号召"三线"建设他立刻报名参加！全剧冲突设置密集，不拖泥带水！在悬念设置上，牢牢吸引观众。如母亲不同意林雨萍和方云鹤去穷苦偏僻的"三线"，这对恋人是否被拆散？为什么史主任总是揪住方云鹤要整他？林雨萍千里苦寻恋人是否值得？方云鹤被暗河冲走，是死是活？阿珠救了他，两难爱情怎么处理？人情味实足，情感线与建设线、斗争线错综交织。

　　小正大的创作方向，值得充分肯定，过硬的艺术效果值得称赞。演过不少军旅硬汉形象的演员李健，拍摄这部剧，一度"濒临崩溃"，更一度"生死难测"。在一场冒顶逃生的戏中，危险系数很大，无数大小不一的石头块如下雨般落下，方云鹤等组织工友撤离，从落石纷纷的矿洞中奔跑，震撼逼真，令人为剧中人捏一把汗，同时为演员的安危也捏一把汗。李健和刘明赞等演员完美诠释了"三线"建设者面临的生死考验，由于吸入煤灰太多，"吃晚饭的时候两个人几乎丧失了味觉，舌根都是苦涩的"。饰演林雨萍的演员黄曼因拍摄矿井下的戏份，原本白净的脸也变成了"黑黢黢"的一片，鼻子、耳朵和眼里都是煤灰。她戏称自己是"煤姨"。正因为该剧场景高度还原了云贵高原煤矿的艰苦环境，所以才真实再现了"三线"人在最艰苦条件下用青春热血换来丰硕建设成果。这曲"三线"建设者的颂歌，雄浑厚重、铿锵有力、悲壮激昂！致敬那个年代最可爱的"逆行者"！

　　吹毛求疵，该剧艺术上还略有一些粗糙，经济段落呈现略显沉闷，剧中史主任、张军、吴大龙等几个反派人物，有些脸谱化。部分场景的群演，衣装过于整洁，与愚昧相信山神的老封建不搭。

但是，瑕不掩瑜。《正是青春璀璨时》艺术表现了热血青年奔赴贵州投身"三线"建设大会战的经历，揭示青春的含义，折射家与国的情感交织，在爱情、家庭、理想、热血的碰撞中，引领时代风流。重现"三线"建设故事，弘扬"三线"精神，现实意义重大。正因如此，《正是青春璀璨时》开播以来，好评不断，唤起一代人的集体回忆，不忘初心，汇聚亿万干部群众砥砺前行实现民族伟大复兴中国梦的磅礴力量！